Volume 1   Carole

D1180435

GRACE
O'MALLEY

Ann Moore

GRACE
O'MALLEY

Roman

Traduction de Zoé Delcourt

ÉDITIONS FRANCE LOISIRS

Titre original : *Gracelin O'Malley*

Édition du Club France Loisirs,
avec l'autorisation des Presses de la Cité

Éditions France Loisirs,
123, boulevard de Grenelle, Paris
www.franceloisirs.com

Le Code de la propriété intellectuelle n'autorisant, aux termes des paragraphes 2 et 3 de l'article L. 122-5, d'une part, que les «copies ou reproductions strictement réservées à l'usage privé du copiste et non destinées à une utilisation collective», et, d'autre part, sous réserve du nom de l'auteur et de la source, que les «analyses et les courtes citations justifiées par le caractère critique, polémique, pédagogique, scientifique ou d'information», toute représentation ou reproduction intégrale ou partielle, faite sans le consentement de l'auteur ou de ses ayants droit ou ayants cause, est illicite (article L. 122-4). Cette représentation ou reproduction, par quelque procédé que ce soit, constituerait donc une contrefaçon sanctionnée par les articles L. 335-2 et suivants du Code de la propriété intellectuelle.

© Anne Moore, 2001
Edition originale : NAL, New York

© Presses de la Cité, un département de Place des éditeurs 2003, pour la traduction française
ISBN : 978-2-298-00512-7

Pour Rick,
qui me montre le chemin

« Vous aurez aussi à entendre parler de guerres et de rumeurs de guerres ; voyez, ne vous alarmez pas : car il faut que cela arrive, mais ce n'est pas encore la fin. On se dressera, en effet, nation contre nation et royaume contre royaume. Il y aura par endroits des famines et des tremblements de terre. [...] Mais celui qui aura tenu bon jusqu'au bout, celui-là sera sauvé. »

Matthieu, 24 : 6-13

1

Sur la rive opposée de la Lee, des feux de camp projetaient leur lumière vacillante sur les arbres. On était au début du printemps, et les marchands itinérants venaient tout juste d'arriver. S'ils avaient attendu ne serait-ce qu'un jour de plus, ils n'auraient pas été témoins du terrible accident, et ils n'auraient pas pu sauver la vie du jeune Sean, de la vallée – un garçon dont la mère ne le laissait jamais partir sans une miche de pain et quelques mots d'encouragement.

Dans l'Est, les premiers jours du printemps rappellent les derniers de l'hiver ; les rivières sont gelées, et un verglas meurtrier recouvre, invisible, les branches mortes et les ponts de pierre. Les marchands itinérants le savent bien ; chaque année, ils traversent la Lee avec précaution, respectueusement. Mais un jeune garçon n'a pas nécessairement conscience du danger, surtout un jeune garçon ivre d'air frais, chargé de guider un animal nerveux dans le crépuscule pour sa jolie maman qui, assise à son côté, chante gaiement et éclate de rire quand il va trop vite. Un jeune garçon comme celui-là ne pense pas forcément à se méfier de la glace au moment de traverser le pont.

Accroupis autour du feu, les marchands itinérants se levèrent, mus par un sens inné du danger, quelques instants seulement avant que le chariot ne se renverse, écrasant le jeune garçon contre le pont et envoyant sa mère voler par-dessus la rambarde. De l'autre côté de la rivière, ils assistèrent à la scène, impuissants. Même si l'un d'eux avait su nager, il n'aurait pu atteindre la malheureuse, tant le fleuve était agité, et après s'être débattue pendant une minute interminable, elle disparut dans les flots. C'est vers le jeune garçon qu'ils se précipitèrent. Ils soulevèrent le lourd chariot et esquissèrent une grimace en découvrant la gravité de ses blessures : l'os d'une de ses jambes était apparent, son épaule et son bras avaient été écrasés. Il respirait encore, mais avait perdu connaissance, et ils s'en réjouirent pour lui. L'un d'eux abrégea les souffrances de la mule d'un coup de lame précis ; les autres portèrent avec précaution le blessé sur une charrette et partirent en direction de Macroom, car ils avaient reconnu sans peine le fils de Patrick et Kathleen O'Malley.

L'obscurité et la pluie glacée ne tardèrent pas à les envelopper mais ils continuèrent, guidant leur cheval le long des petites routes glissantes et boueuses. Deux hommes maintenaient fermement le jeune garçon. Quand, enfin, ils atteignirent l'allée où il vivait, ils virent de la lumière aux fenêtres de sa petite maison. De la fumée sortait de la cheminée. Toute la famille attendait le retour de la mère et du fils.

Presque sans prononcer une parole, les marchands descendirent de la charrette, soulevèrent le corps du blessé et le portèrent jusqu'au seuil. De leurs pieds nus, ils donnèrent des coups dans le battant en criant pour se faire entendre par-dessus le vacarme de la pluie. Ce fut le père du jeune garçon qui leur ouvrit, une expression surprise et choquée sur le visage ; il lui fallut quelques instants pour réaliser que son fils était encore en vie. Il jeta un coup d'œil à la charrette, cherchant son épouse, et les itinérants se contentèrent de secouer la tête et de lui tendre le blessé. Son regard ne faiblit qu'un instant ; puis il prit Sean dans ses bras et le porta avec douceur à l'intérieur de la maisonnette, où il l'allongea sur une paillasse de bruyère. Ryan O'Malley, son fils aîné, se hâta de jeter de la tourbe dans le feu fumant et alla chercher la trousse de Grandma. Cette dernière avait vu les visages des marchands itinérants et la façon dont ils avaient secoué la tête, et elle ne demanda pas où était sa fille. Déjà, elle s'était approchée du jeune garçon et s'efforçait d'apaiser ses gémissements tout en le débarrassant de ses vêtements lourds et mouillés, qu'elle découpa pour dégager son bras et sa jambe blessés, horriblement mutilés.

La petite Gracelin, la fille adorée de Kathleen et la sœur chérie de Sean, s'approcha en silence aussi près que possible pour mieux voir ce qu'il se passait sans gêner sa grand-mère. Cette dernière jeta de côté une manche de veste trempée ; Grace l'attrapa au vol et la serra contre elle. En quelques secondes, sa mince chemise de nuit fut toute mouillée, mais elle n'y prit pas garde.

La nouvelle se répandit dans toute l'allée comme une traînée de poudre. La porte ne cessait de s'ouvrir et de se fermer, et à chaque nouveau voisin qui venait proposer son aide, une rafale de pluie pénétrait dans la maison. Les marchands itinérants qui avaient sauvé Sean s'étaient réfugiés dans un coin de la pièce. Ils attendaient, mal à l'aise, serrés les uns contre les autres, les yeux baissés, leurs chapeaux usés à la main.

— Va chercher la bouteille de ton père et donne-la-leur, dit Grandma à Grace sans lever les yeux de l'entaille qu'elle recousait au-dessus de l'œil de Sean. Quand ils l'auront finie, prépare du thé. Il y a du pain.

— Oui, Grandma.

Grace se leva lentement, les jambes raides.

— Je vais t'aider.

Debout près d'elle, Ryan lui tendit la main. Ensemble, ils se frayèrent un passage à travers la foule et allèrent chercher la boisson, évitant les regards, à l'exception de ceux des marchands itinérants, qui vivaient en contact plus étroit avec le monde des esprits et qui savaient bien des choses.

— Il vivra, dit calmement l'un d'eux à Grace comme elle remplissait son verre.

Du menton, il désigna le coin de la pièce, derrière la paillasse de Sean.

— Vot' m'man l'attendait, là, dans l'ombre, mais maintenant, elle est partie.

Grace regarda dans la direction indiquée un long moment, jusqu'à ce que le décor familier disparaisse et qu'elle puisse voir au-delà. Elle fit un mouvement, comme pour aller rejoindre sa mère, mais la main de l'homme se posa sur son épaule. Avec douceur, il la détourna de la vision et plongea son regard dans le sien en secouant doucement la tête. Il savait qu'une enfant à peine arrivée du paradis pouvait encore se souvenir du chemin qui y menait. Dans sa langue étrange, il la bénit et Grace l'écouta sans quitter son visage des yeux. Quand ils se furent compris, il se glissa dehors avec ses compagnons et disparut sans un mot de plus.

Le médecin finit par arriver, pestant contre les intempéries. Il hocha la tête avec satisfaction devant le travail de Grandma, puis il se mit à l'œuvre, non sans avoir auparavant fait avaler un verre de whisky à son jeune patient. Il y eut un hurlement, puis un autre, comme il tirait sur la jambe et remettait l'os de la cuisse en place. Le membre était également très abîmé au-dessous du genou, mais heureusement, lorsqu'il entreprit de réduire cette fracture-là, Sean avait de nouveau perdu connaissance.

Le médecin était vieux, et accoutumé aux cris de souffrance, mais les hurlements que poussait la fillette debout près de son frère lui fendaient le cœur, et il fut reconnaissant aux femmes qui la soulevèrent dans leurs bras et la bercèrent jusqu'à ce qu'elle sombre enfin dans le sommeil.

Plus tard, bien plus tard, dans l'heure grise qui précède l'aube, allongée sur sa paillasse au côté de Grandma, Grace ouvrit les yeux et écouta le silence qui suivait la tempête. C'est alors qu'elle réalisa que son frère était vivant, mais que sa mère était morte, très certainement morte, et qu'une douleur terrible lui opprima la poitrine, lui coupant le souffle. Le sang battait à ses tempes, mais à travers ce bruit sourd elle entendait la voix de sa mère, comme si celle-ci chantait au sommet de la colline à laquelle était adossée la maison. L'air de la pièce sembla alors s'évaporer brutalement, emprisonnant le cœur de Grace dans sa poitrine comprimée ; autour d'elle tourbillonnaient les eaux sombres de la Lee qui, après l'ange, convoitaient sa fille. Le chant se fit plus fort, plus proche, jusqu'au moment où la voix de Kathleen s'éleva, claire et impérieuse. « Respire, Grace ! Respire ! » criait-elle.

Les yeux de Grace s'ouvrirent et elle haleta, incapable de remplir ses poumons assez vite. Elle luttait et se débattait, et soudain, Grandma s'éveilla et la souleva dans ses bras pour la serrer contre elle de toutes ses forces. Petit à petit, la panique de Grace reflua. Chaque nouvelle goulée d'air calmait la brûlure de sa poitrine. Les voix chantantes se firent plus aiguës, plus lointaines, moins distinctes, et enfin elles disparurent, celle de sa mère comprise.

Lorsque Grace se calma enfin et que ses yeux commencèrent à se refermer, Grandma la reposa doucement sous la couverture. Là, la fillette demeura immobile, bien qu'encore consciente, attendant patiemment que le vent la soulève et l'emporte. Elle n'était plus retenue que par le bras de Grandma, mais celui-ci était fermement passé autour de sa taille, et voilà pourquoi, lorsqu'elle s'éveilla, elle découvrit qu'elle était toujours de ce monde.

Beaucoup de gens vinrent assister à la veillée funèbre de Kathleen O'Malley, bien que le cercueil ne fût pas ouvert, en raison de l'état du corps, horriblement gonflé par son séjour dans la rivière et abominable à voir. La jeune femme au regard effronté, au chant harmonieux et au rire aisé était très aimée dans le quartier, et nombreux furent ceux qui voulurent venir réconforter sa vieille mère, son courageux mari, leurs deux fils et leur petite fille. Celles qui l'avaient le mieux connu – Katty O'Dugan et Julia Ryan, du bout de la rue, Mary McDonagh, qui vivait au sommet de Black Hill, la Colline Noire – commencèrent leur lamento funèbre dès qu'elles virent le cercueil. Les gémissements rythmés s'échappaient de leurs lèvres et elles se balançaient d'avant en arrière en tapant des mains et en chantant les louanges de la chère disparue. Chaque fois que la porte s'ouvrait et qu'une nouvelle personne entrait, les lamentations reprenaient de plus belle. Elles ne cessèrent que de nombreuses heures plus tard, lorsque tout le monde se vit offrir une tasse de la meilleure *uisage batha* (eau-de-vie) de Patrick et une pipe fraîchement bourrée. La pièce était chaude et pleine à craquer, et les hommes ne tardèrent pas à envahir le jardin où ils se mirent à secouer la tête au rythme de leur chagrin tout en évoquant des souvenirs de leurs voix basses et rauques. Les femmes entraient et sortaient de la maisonnette avec de la nourriture et narraient leurs propres histoires d'enfants perdus et de mères décédées. Ils restèrent toute la journée, toute la nuit et le lendemain, jusqu'à ce que le cercueil ait été

15

enterré au sommet de la colline et que les O'Malley aient fermé leur porte pour faire leur deuil en privé.

Grace ne pouvait se résoudre à regarder Sean, si pâle et immobile dans son lit, et elle ne pouvait réconforter leur père qui, assis seul dans un coin de la pièce, pleurait encore et encore. Elle ne pouvait effacer les rides profondes qui marquaient désormais le visage de Grandma ni faire disparaître la colère du regard de Ryan. Et elle ne pouvait supporter l'espoir qui s'accrochait à son cœur lorsqu'elle regardait la chaise de sa mère et qu'elle la voyait presque assise là, qu'elle entendait presque son rire ou les dernières notes d'une chanson qui semblaient encore flotter dans l'air. Alors elle quitta la cabane – à six ans et demi – et gravit la colline qui s'élevait derrière. Là, elle se promena dans les champs de marguerites tout juste écloses, et quand la lassitude se fit sentir, elle s'allongea au milieu des fleurs et imagina le paradis, un endroit où elle pourrait fermer les yeux et poser pour toujours sa tête sur le sein tant regretté de sa mère.

Sean fut installé dans la petite chambre que Patrick et Kathleen partageaient autrefois, et il demeura là pendant plusieurs jours, fiévreux et en proie à une souffrance atroce. Il gémissait et répétait inlassablement à sa mère d'attendre, de tenir bon, qu'il arrivait.

— Courage, maman! criait-il encore et encore, jusqu'au jour où, enfin, le délire passa et où il ouvrit les yeux.

Lorsqu'il eut avalé un peu de bouillon et qu'il put s'asseoir quelques minutes, toute la famille se réunit autour de son lit et attendit qu'il parle. D'une voix hachée, il leur expliqua que le pont de pierre au-dessus de la Lee en furie avait été rendu glissant par la pluie verglacée, que la mule avait perdu pied et renversé le chariot, qui avait emprisonné la moitié de son corps. Il avait vu sa mère emportée par le courant et luttant pour garder la tête hors de l'eau tandis que ses lourdes jupes et ses bottines l'attiraient vers le fond. Elle l'avait appelé, elle avait résisté aussi longtemps que possible à l'eau glacée, puis elle avait poussé un dernier cri avant d'être happée par les flots. Il ne se rappelait rien d'autre, dit-il, ses joues livides baignées de larmes, jusqu'au moment où la douce voix de Grandma l'avait ramené à lui et lui avait annoncé que sa mère était morte.

Au fur et à mesure que son fils parlait, Patrick semblait se tasser. Il tapota la main du jeune garçon, puis il poussa un soupir et quitta la pièce. Et l'homme que Grace avait toujours aimé fut lui aussi englouti par les vagues. Il ne chantait plus de chansons, ne racontait plus d'histoires à propos de leurs ancêtres, il n'avait même plus le moindre sourire en poche. Elle ne se sentait proche de lui que lorsqu'elle se glissait sur ses genoux et savourait sa chaleur, respirait son odeur familière de tabac et de terre. La tête sur son cœur, elle avait la certitude que même les battements de celui-ci étaient désormais moins forts et plus tristes que du vivant de sa mère. Elle prenait sa main et la posait sur sa tête, espérant qu'il lui caresserait les cheveux comme autrefois, mais elle retombait lourdement, tant il était perdu, et au bout d'un moment il lui disait :

— Allez, ouste, fillette, va jouer.

17

Elle ne reconnaissait pas ce vieil homme : son père avait toujours été plein de projets et d'action, comme ces célèbres chefs de clan du Nord qui avaient quitté le comté de Connaught pour prendre la mer. Le plus célèbre de tous était une femme. Granuaile, fille d'Owen, était devenue l'illustre reine des pirates, crainte des Anglais et vénérée de son peuple, et Patrick avait donné son nom à Grace parce que, disait-il, au moment de sa naissance, il avait clairement vu la lumière de la mer briller dans ses yeux. Son père était un descendant direct des O'Malley du Nord, autrefois propriétaires d'un grand domaine mais qui avaient tout perdu à la suite de la défaite de James II à Boyne. Les lois pénales édictées alors, disait toujours le père de Grace, avaient détruit les grandes familles catholiques irlandaises, les contraignant à diviser leurs terres jusqu'à ce qu'il ne reste plus rien et privant les Irlandais catholiques d'une éducation digne de ce nom et de tout pouvoir politique. Ils n'avaient plus eu le droit de faire partie du gouvernement ni de conserver leur religion.

Ses aïeux avaient été des Oak Boys [1] et des Ribbon Men [2] et s'étaient retrouvés dans des tourbières brumeuses pour conspirer et préparer leur revanche. Mais ils n'avaient jamais récupéré tout ce qu'ils avaient perdu, et l'amertume qui en résultait était

1. Travailleurs non payés contraints de construire les routes irlandaises. En 1763-1764, ils se rebellèrent et furent appelés *Oak Boys* en raison de la feuille de chêne *(oak)* qu'ils portaient sur leur chapeau.
2. Société secrète rurale des années 1790 qui se battait contre le pouvoir britannique. Ses membres se reconnaissaient au ruban *(ribbon)* qu'ils portaient. *(N.d.T.)*

palpable dans la voix de Patrick chaque fois qu'il racontait cette histoire à ses enfants.

Ce que Grace ne pouvait savoir, c'est que Patrick avait toujours eu une conscience aiguë de sa noblesse déchue, et qu'il avait eu honte de ses parents dépenaillés, vaincus, qui erraient sans but de comté en comté, vivant sans le sou dans des logements médiocres. Lorsqu'ils avaient brutalement succombé au typhus, ils avaient laissé derrière eux sept orphelins, dont trois étaient morts peu après. Les autres avaient été dispersés par le prêtre local. Aucun membre de la famille n'avait été susceptible d'accueillir Patrick, et il avait passé trois ans à l'asile des pauvres de Dublin avant de s'enfuir, à l'âge de dix ans. L'été, il vivait dans des fossés, et l'hiver dans des remises abandonnées ; il se nourrissait de restes volés dans des porcheries et portait en guise de chaussures des haillons enroulés autour de ses pieds. Après un hiver terrible où il avait failli mourir de faim, il était retourné chez les frères, qui avaient accepté de le reprendre à condition qu'il paye sa pension en travaillant. Dans la journée, il cultivait leurs champs, tondait leurs moutons, filait leur laine, nettoyait leur maison, fabriquait leurs bougies, et souvent il restait debout le soir pour prier leurs morts. On le battait pour le punir de sa paresse et de son ingratitude s'il s'endormait ou demandait plus de nourriture, et il devait faire lourdement pénitence pour ses mauvaises pensées ou son manque de bonne volonté. Le jeûne, l'épuisement et le travail incessant lui rongeaient le corps et l'âme, jusqu'à ce que sa seule force lui vînt d'une petite flamme de rage entretenue en secret.

19

Déterminé à être son propre maître, même s'il devait pour cela dormir avec les cochons et partager leur bouillie, il s'enfuit de nouveau. A l'époque, il avait quitté l'enfance et était un jeune homme, bien que son corps fût petit et frêle, et sa peau jaunie par la faim. Les traces de coups qui marquaient son dos éveillaient les soupçons partout où il allait. Jamais plus il ne pénétra dans une église, et par la suite il garda toujours pour lui son opinion sur Dieu.

Kathleen, elle, nourrissait pour Dieu un profond amour, et elle éprouvait le besoin de pratiquer sa religion. Elle était protestante – arrière-petite-fille d'un Ecossais du côté de son père, décédé –, et bien qu'elle fût quasiment seule dans la foule de compatriotes catholiques de Patrick, elle ne voyait pas de raison de laisser la religion les séparer. Patrick lui permettait de se rendre à l'église près du lac, mais il était entendu qu'elle ne devait pas lui demander de l'accompagner.

Grandma n'aimait pas faire un aller-retour aussi long dans la journée, Ryan ressemblait trop à son père pour laisser quelque émotion religieuse bouleverser l'ordre de sa vie et Gracelin était encore trop jeune pour entreprendre un tel voyage. Mais Sean sautait toujours sur cette occasion de faire de grandes promenades à travers la campagne. Il en profitait pour discuter avec sa mère de ses rêves, de la magnificence de l'Irlande et des mystères divins. Ils partaient tôt le dimanche matin, avant le lever du soleil. Ils attelaient la mule à la charrette de bois rudimentaire et se mettaient en route, emportant pour leur déjeuner une gamelle de porridge tiède et les restes de pain de la veille. Ils suivaient le cours sinueux de la Lee jusqu'à Inchigeelagh, dépassaient les rapides de Lough Allua, traversaient le fleuve à Ballingeary et prenaient la direction des montagnes Shehy. Enfin, ils atteignaient la petite chapelle de pierre qui s'élevait sur la rive du lac Gougenebarra, source de la Lee. C'était un voyage fatigant, et ils ne rentraient à la maison qu'après le coucher du soleil, excepté en été lorsque les journées étaient longues ; si bien qu'ils n'accomplissaient ce pèlerinage que trois fois par saison au maximum, ce qui était déjà beaucoup, selon Patrick.

Durant les mois qui suivirent la mort de Kathleen, Patrick sortit chaque soir s'asseoir sur le seuil de la cabane pour fumer sa pipe d'argile et penser à sa femme. Elle avait renoncé pour lui à sa façon de vivre, et que lui avait-il offert en échange, à part ses enfants et une journée à l'église de temps en temps ? Quand ils s'étaient mariés, il n'avait pas un penny à lui, seulement des rêves et des projets. Elle avait cédé la boulangerie familiale que Grandma et elle tenaient à Cork et avait utilisé une partie de l'argent pour louer des terres près de Macroom, acheter des semences, un cheval de trait, des outils, de quoi permettre à Patrick de se lancer. Il lui avait promis de lui revaloir cela lorsque la ferme prospérerait, et n'avait jamais réfléchi par la suite à la vie qu'il lui faisait mener – celle d'une épouse de fermier en difficulté, quand elle aurait aisément pu être à la tête d'une entreprise florissante. A présent, il en portait la culpabilité dans son cœur, ainsi qu'un chagrin immense que rien ne pouvait alléger. Il devrait assurer seul un avenir à ses enfants, et il comprenait à

21

quel point c'était là un lourd fardeau ; il se reprochait *a posteriori* de l'avoir fait porter à Kathleen. Il avait trop dépendu d'elle, il avait trop compté sur ses conseils et ses encouragements, son réconfort, son amour. Les yeux éteints et le cœur lourd, il avait conscience d'être redevenu l'homme amer qu'il était avant de rencontrer Kathleen Dougherty, et il souffrait non seulement de l'avoir perdue elle, mais aussi de s'être perdu lui-même.

Les soirs où il s'asseyait dehors, au pied de la colline où paissaient les moutons, et où il ressassait ses idées noires en fumant sa pipe, Grandma s'efforçait d'alléger l'atmosphère en racontant aux enfants des anecdotes sur leur mère : « C'était une vraie beauté irlandaise, commençait-elle invariablement, en gaélique, les yeux humides au souvenir de sa fille. Sa peau avait la couleur de la crème, ses joues étaient plus roses que les plus belles fleurs, ses cheveux auburn ondulaient de plaisir... Et ses yeux, ah, ses yeux ! Bleu-gris, comme la mer démontée. Toi, Grace, ajoutait-elle en souriant avec affection à la fillette assise à ses pieds, tu as les yeux de ta mère. »

Là, elle soupirait toujours. Puis :

« Et ne chantait-elle pas toujours, même quand elle était toute petite ? Et ne faisait-elle pas des commentaires bien amusants à propos des voisins ? Elle était si intrépide, si pleine de vie ! Votre père l'a aimée dès l'instant où il a posé les yeux sur elle.

— Raconte ! »

Sean était toujours le premier à réclamer la suite.

« C'était Mardi gras, oui, et les garçons jouaient à colin-maillard, et bien sûr, toutes les filles espéraient se faire attraper. »

22

Elle riait, puis mettait la main devant sa bouche en jetant un coup d'œil malicieux en direction de la porte.

« Votre papa venait juste de se faire embaucher à la fabrique, et il est venu au magasin chercher un pain à l'oignon et un verre d'hydromel – votre mère était célèbre pour son hydromel. »

Elle se redressait et prenait une voix grave, agitant la tête en imitation de l'impudence juvénile de Patrick.

« "J'ai parcouru toute l'Irlande, mademoiselle, et votre pain est le meilleur que j'aie jamais goûté." Devinez ce qu'elle lui a répondu ? "C'est maman qui le cuit." Elle avait les mains sur les hanches, mais elle était rouge jusqu'aux oreilles ! C'était une timide, notre Kathleen, mais personne ne l'aurait deviné, tellement elle était passionnée !

« "Il s'est approché d'elle, aussi près qu'il l'osait, il l'a regardée droit dans les yeux et il lui a dit : "Il va falloir que votre maman vienne s'installer avec nous quand nous serons mariés, dans ce cas."

« Elle a éclaté de rire, et voilà. Oh, elle avait du caractère, votre mère, elle savait ce qu'elle voulait. »

A ce stade du récit, Grandma soupirait, non sans fierté.

« Ils se sont mariés juste après Pâques et se sont mis à la recherche d'un lopin de terre à louer dans le comté de Cork, parce que c'était là que votre papa voulait s'installer. J'ai pensé à ouvrir une boulangerie sur la place de Macroom, mais ils me voulaient avec eux, alors je suis venue ici, puisque je n'avais personne d'autre avec qui habiter. Ma foi, ils s'aimaient, ces deux-là, aussi vrai que le soleil brille.

Votre maman n'a pas hésité une seconde à abandonner la vie de la ville pour devenir la femme d'un fermier. Forte et indépendante, elle était, et elle adorait prendre la vie à pleines mains et s'en envelopper comme d'un manteau. »

Les enfants écoutaient. Leur soif d'entendre des histoires à propos de leur mère n'avait d'égal que le besoin de Grandma de parler de cette fille qu'elle avait tant aimée.

Kathleen et elle s'étaient efforcées d'introduire en douce autant de traditions religieuses que possible dans la vie de la famille, et peut-être parce qu'elles étaient protestantes, Patrick avait dans l'ensemble fermé les yeux. Il lui arrivait même de rester dans la cuisine pour les écouter raconter les histoires des miracles du Christ pendant qu'elles préparaient les crêpes sucrées du Mardi gras, dernière gourmandise avant le Carême. La plupart de leurs voisins se contentaient d'un repas par jour durant les quarante jours précédant Pâques, mais Patrick ne voulait pas entendre parler de sottises pareilles et insistait pour que sa famille continue à prendre deux bons repas quotidiens. Lorsqu'il était parti aux champs, Kathleen essuyait ses mains pleines de farine sur son tablier et expliquait avec grand sérieux aux enfants les souffrances qu'avait endurées Jésus avant Sa mort, et combien il était important de les garder à l'esprit en renonçant eux-mêmes à un petit quelque chose. Grandma, cependant, considérant la mort de Kathleen comme la privation ultime pour ses enfants, ne leur demanda plus jamais par la suite de sacrifier quelque chose durant le Carême.

Au bout d'une année de deuil, Grandma commença à parler plus librement de Kathleen. Elle préservait ouvertement les traditions qui avaient été importantes pour sa fille. Ryan étant assez grand pour travailler avec son père, Sean et Grace constituaient désormais le seul auditoire de la vieille dame. Patrick ne supportait toujours pas d'entendre chanter dans la maison, aussi attendaient-ils qu'il soit parti pour apprendre les vieilles chansons traditionnelles. Grandma leur enseignait les paroles de «John O'Dwyer of the Glens», la mélodie du «Last Glimpse of Erin» de Thomas Moore, et la chanson préférée de leur mère, le très ancien «Derry Aire».

Il n'était pas question d'aller à l'église, et Sean n'en parlait même pas, bien que le vieux bâtiment de pierre, les hymnes et le bruit de l'eau léchant les rives du lac lui manquassent cruellement. «Votre papa est en colère contre Dieu, leur expliquait Grandma. Il n'arrive pas à trouver de sens à sa vie sans votre maman, et il ne pardonne pas au Seigneur de la lui avoir enlevée. Mais ne demeure-t-il pas le bon père qu'il a toujours été? Et n'est-ce pas à nous de le réconforter à présent? C'est ce que votre maman aurait voulu. Faites confiance au Seigneur pour adoucir son cœur.»

Mais à mesure que le temps passait, les rides du visage de Patrick ne faisaient que se creuser, et de nombreux cheveux blancs se mêlaient à ses boucles auburn. C'était de Ryan, qui travaillait à présent avec lui chaque jour et apprenait à diriger la ferme, qu'il était le plus proche ; avec son fils cadet et sa fille, il demeurait distant.

Grace sortit de l'enfance plus belle encore que l'avait été sa mère, bien qu'elle ne pût en avoir conscience. Elle avait depuis longtemps oublié le visage de Kathleen, même si parfois, la nuit, elle se réveillait au son d'une chanson fredonnée tout bas. Elle découvrait alors une silhouette debout dans le coin de la petite pièce, nattant les longs cheveux qui lui tombaient jusqu'à la taille, la tête tournée juste assez pour dissimuler ses traits. Dans ces moments-là, Grace se sentait envahie par une merveilleuse paix intérieure, mais quand elle tendait la main ou essayait de réveiller Grandma, la silhouette se détournait et disparaissait. « Dieu n'a pas oublié ton chagrin, murmurait Grandma en caressant doucement les cheveux de l'enfant en larmes. Moi, je porte son visage dans mon cœur, mais toi, tu n'en as pas le souvenir. »

Un matin, Grace lui demanda pourquoi elle était la seule à avoir de telles visions.

— Le Seigneur ne t'a-t-il pas toujours accordé de voir des anges et divers signes de l'autre monde, et ce depuis ton plus jeune âge ? répondit Grandma. Ne te souviens-tu pas de toutes les fois où tu nous as empêchés d'aller dans un coin ou un autre de la maison de peur que nous n'écrasions les orteils d'un ange ?

Elle rit, levant les yeux des oignons qu'elle était en train d'éplucher.

— Ne te pose pas de questions, mon enfant. Que

ne donnerais-je pas, moi, pour l'avoir devant les yeux une dernière fois, une seule ?

— Moi, je rêve que je la sauve, que je la tire de l'eau, intervint Sean, installé sur la dalle devant le feu où il passait le plus clair de ses journées. Chaque printemps, quand le fleuve monte, le rêve revient.

Grandma lui jeta un coup d'œil empreint de compassion.

— Je le sais, mon enfant. Certains soirs, je t'entends t'agiter sous tes couvertures.

— Pourquoi nous a-t-elle été enlevée ?

L'angoisse était toujours palpable dans sa voix, bien qu'ils en eussent déjà discuté à maintes reprises. Grandma secoua la tête.

— Son heure était venue, voilà tout. (Elle s'interrompit.) Laissez-moi vous raconter une histoire. Il y a de cela très longtemps, les Irlandais avaient le don de savoir quand ils mourraient, et tous se satisfaisaient de vivre leur vie de leur mieux jusqu'à ce moment-là. Mais un jour, un homme vit qu'il allait disparaître juste après les moissons. Il ne prépara qu'un enclos rudimentaire pour ses moutons, et se contenta de réparer son toit à la va-vite. Ses voisins en parlèrent entre eux avec une telle véhémence qu'un ange alla lui rendre visite. « Pourquoi n'as-tu pas protégé tes moutons ni réparé correctement ta cabane ? » demanda-t-il. « Je n'en vois pas l'intérêt, puisque je dois mourir après les moissons. Mon successeur fera le travail à ma place. » L'ange vit que cela n'était pas bon et en parla avec Dieu, qui enleva aux gens la connaissance de la date de leur mort afin qu'ils ne renoncent pas à la vie avant que leur heure ne soit venue.

Grace avait écouté la vieille histoire en silence et les mots s'étaient imprimés dans son cœur, mais Sean se contenta de secouer la tête.

— Certains capitulent et attendent la mort avec impatience quand même, dit-il. Comme papa.

— Oui, et c'est mal, reconnut Grandma. Mais il ne désire pas vraiment mourir, votre papa. Il veut seulement trouver un moyen de continuer à vivre, parce que pour l'instant il ne voit aucun but à son existence.

— Moi non plus, soupira Sean avec amertume en jetant un coup d'œil à son bras et à sa jambe estropiés.

Grandma posa son couteau à éplucher sur la table avec un bruit sec.

— Tu sais que tu n'as pas à remettre les voies du Seigneur en question, Sean O'Malley. Tu crois que Dieu t'a puni en te laissant infirme, mais c'est parce que tu regardes ce que tu n'as pas et non pas ce que tu as. Si tu étais grand et que tes membres étaient forts, tu serais dans les champs avec ton père et ton frère, ou tu travaillerais à la fabrique de lin, ou sur le port de Cork. Tu ferais un labeur difficile, jour après jour, et il ne te resterait pas de temps pour ces livres que tu aimes tant !

Sean leva les yeux vers elle, et elle lut dans son regard une douleur qui lui serra le cœur.

— Je sais que ce n'est pas facile, mon petit. A quatorze ans, ne pas pouvoir fréquenter les autres garçons... sauf Morgan McDonagh, qu'il soit béni. Tu ne vas pas au bal, tu ne connais pas grand-chose en dehors de cette maison, tu es malade presque tout l'hiver. Mais ton esprit est fort, mon garçon.

28

Elle le fixait avec intensité.

— Tu as la vivacité d'esprit de ta mère et la volonté bien ancrée de ton père. La lecture et l'écriture seront tes passeports pour la vie. Jamais tu n'aurais pu tant apprendre et étudier si tu avais travaillé avec ton corps.

Grace s'approcha de son frère et noua ses bras autour de son cou.

— N'est-ce pas toi qui m'as appris à lire et à écrire ? demanda-t-elle avec douceur. Qui m'aurait enseigné tout cela sinon ? Je suis désolée que tu sois infirme, Sean... mais je remercie Jésus (elle prononçait «Jaysus») de nous avoir permis de te garder.

Sean la serra contre lui et esquissa un faible sourire.

— Ah, ne t'inquiète pas pour moi. Malgré tous mes livres, je suis toujours un imbécile. Que disent les anciens, déjà ? demanda-t-il avant de réfléchir quelques instants. «Le lac n'est pas embarrassé par le cygne, ni l'étalon par sa bride ou le mouton par sa laine ; et de même, l'homme n'est pas embarrassé par son âme.» Je crois que je ferais mieux de m'en souvenir.

Grandma et Grace sourirent. Elles n'avaient pas compris un mot de ce qu'il avait dit, mais elles étaient soulagées de voir la dépression qui souvent s'abattait sur lui se dissiper cette fois aussi facilement.

— Morgan ne devrait-il pas venir nous voir ? demanda Grandma. T'entendre parler du lac me donne envie de saumon. Cela fait plus de quinze jours que vous n'êtes pas allés pêcher, tous les deux.

29

— Mme O'Dugan dit que la maman de Morgan a eu son bébé. Encore une fille, intervint Grace. Et que son papa est reparti en mer.

— En laissant ce pauvre garçon s'occuper de toute la famille, le lâche ! dit Grandma avec un claquement de langue désapprobateur. Oui, c'est une vie dure que mène ce pauvre Morgan. Une journée de pêche vous ferait du bien à tous les deux.

Mais Morgan ne vint pas, et ils se remirent au travail, cousant sans relâche jusqu'à ce que leurs yeux soient secs et fatigués. Sean s'était fait une honnête réputation en tant que couturier, et il effectuait des travaux ponctuels pour la fabrique ainsi que des commandes pour la haute bourgeoisie locale. Grandma lui avait appris à coudre afin de lui occuper les mains et l'esprit, et maintenant il avait suffisamment de clients pour rapporter un peu d'argent à la famille. Grace s'était mise elle aussi à la couture pour tenir compagnie à son frère, et s'était rapidement révélée très douée pour la broderie. Elle brodait mouchoirs, cols, tabliers et revers, ainsi que de superbes abécédaires. Ceux qui en avaient les moyens faisaient souvent appel à elle pour les trousseaux de leurs nouveau-nés, et elle était en cela assistée par Sean, capable de confectionner des douzaines de couches en un rien de temps. En dépit de son infirmité, il n'avait pas de mal à découper et à coudre les chemises de nuit, les bonnets, les couvertures, les robes et les petites vestes que Grace ornementait ensuite de broderies et de rubans. Une commande de ce type pouvait rapporter une somme d'argent non négligeable, mais le travail n'était pas régulier et ils ne pouvaient compter dessus. Grandma et Kathleen n'avaient jamais cessé d'exploiter leurs talents de boulangères et avaient toujours confectionné des pains et des brioches qu'elles vendaient ensuite au marché de Macroom, mais même avec l'aide de Grace, c'était désormais trop difficile pour Grandma, d'autant que Patrick refusait de les laisser prendre la charrette pour se déplacer, surtout pour aller aussi loin que Macroom.

Ils vivaient dans une zone rurale semblable à toutes les autres ; la plupart des familles des alentours luttaient pour survivre d'une année sur l'autre, et il n'y avait jamais d'argent pour le superflu. Les maisonnettes étaient meublées spartiatement, les vêtements étaient simples. Plus loin dans la campagne et dans les montagnes, les logements se résumaient le plus souvent à des huttes en terre battue sans fenêtres. A l'intérieur, un ou deux tabourets, voire de grosses pierres, pour s'asseoir, une marmite pour faire bouillir les pommes de terre sur le feu et, dans un coin, de la paille qui, la nuit, servait de couchage à toute la famille et aux animaux. Eau et tubercules constituaient la base de l'alimentation. A cela s'ajoutait ce que la campagne pouvait leur fournir : noix, baies, petit gibier, poisson, herbes, légumes amers. Ceux qui vivaient dans les montagnes usaient leurs vêtements jusqu'à la corde et se considéraient comme chanceux lorsqu'ils avaient une couverture à se partager.

La vie était plus facile pour ceux qui, comme les O'Malley, habitaient plus près des routes principales conduisant en ville. Ils vivaient dans de petites cabanes en pierre au toit de chaume en travers duquel étaient jetées des cordes lestées de cailloux pour empêcher la paille de s'envoler. Ces cabanes avaient des fenêtres et des demi-portes, des chemins pavés et des cours balayées, des pâturages délimités par des murs de pierres, et les routes alentour étaient plus larges pour se déplacer. A l'intérieur, on trouvait quelques meubles, chacun avait sa tasse et son assiette, sa paillasse et sa couverture, des vêtements de rechange. La plupart des hommes cultivaient des pommes de terre, mais certains offraient aussi leur labeur aux propriétés plus grandes, ou allaient une partie de l'année travailler à l'usine ou en mer. Personne ne menait une vie riche et confortable, mais grâce au don de Kathleen pour épargner, les O'Malley étaient plus aisés que la plupart. Les cochons vivaient dans une remise séparée et ne souillaient pas la pièce principale de la maison ; il y avait quelques cadres aux murs, des carafes en étain, de la vaisselle et des couverts. Ils possédaient des fourchettes et Kathleen insistait pour que les enfants s'en servent, au lieu de porter simplement la nourriture à leur bouche avec les doigts comme c'était la coutume. Leurs casseroles étaient en bon état, leurs couteaux bien aiguisés, réparés par les rétameurs itinérants qui passaient par là de temps en temps, et le sol de pierre était même recouvert d'un vieux tapis. Aux tables de cuisson et aux tabourets s'ajoutaient les quelques meubles que Kathleen et sa mère avaient rapportés de la boulangerie : une table avec des bancs, un buffet, deux chaises et un rocking-chair. Des bancs peints étaient construits à même les murs, et la pièce était égayée par des fleurs et des gerbes séchées. Ils dormaient sur de vraies paillasses, de grandes pièces de flanelle cousues ensemble et bourrées de paille, et avaient des dessus-de-lit pour se réchauffer la nuit. Kathleen s'était attiré des regards soupçonneux de la part des voisins en blanchissant la maisonnette à la chaux deux fois l'an et en laissant en permanence le balai tremper dans un seau de désinfectant, mais la plupart des fièvres qui avaient balayé le comté avaient épargné les O'Malley, et Grandma affirmait que c'était au bon sens de leur mère que le devaient les enfants. La vieille dame était tout aussi étonnée que les autres des idées modernes de sa fille et de l'assurance dont elle faisait preuve pour les mettre en œuvre. Elle affirmait souvent que, bébé, Kathleen avait dû être échangée par des itinérants avec la fille d'une reine, et lorsqu'elle disait cela, ses yeux brillaient et il y avait de la fierté dans sa voix. Grace savait que l'argent économisé par sa mère avait depuis longtemps été dépensé et qu'ils avaient maintenant du mal à payer leur loyer. Tous les métayers se plaignaient des propriétaires terriens, de même que tous levaient les yeux vers le ciel et ramassaient des poignées de terre, qu'ils portaient à leurs narines pour faire des prévisions sur la prochaine récolte de pommes de terre – prévisions qu'ils affirmaient ensuite exactes quoi qu'il advînt. Telle était leur vie.

Et ainsi, les saisons passèrent, les unes après les autres, marquées par les dates fériées et les petites fêtes célébrées par tous, même si Patrick continuait à s'isoler et à travailler chaque jour, sans distinction.

Il n'ouvrait la bouche que pour discuter avec Ryan de la condition de la ferme et s'interroger sur ce qu'ils allaient faire pour payer le loyer, qui avait doublé en l'espace d'un an. Celui-ci représentait une inquiétude constante, et les paysans avaient toujours à l'esprit le jour du terme, où les agents du propriétaire venaient chercher leur dû. Ryan avait hérité le caractère maussade de son père ; Sean et Grace le considéraient comme un « vieux », puisqu'on ne pouvait plus compter sur lui pour reprendre un refrain ou jouer aux dames les soirs d'hiver. C'était comme si deux familles vivaient sous le même toit : l'une résignée à lutter âprement pour survivre, l'autre déterminée à trouver dans chaque journée une raison de se réjouir.

Noël ne fut guère généreux, mais Grace qui n'était pas habituée aux cadeaux se réjouit du ruban que Sean lui offrit pour ses cheveux, de la poupée de chiffon que Grandma lui avait fabriquée avec des chutes de tissu, du baiser distrait et du bonbon à la menthe de son père, et des lacets de Ryan. Elle aussi avait des babioles pour eux : des hameçons, une paire de chaussettes de laine, un marque-page brodé, un pot de confiture aux fruits d'été scellé à la cire. Ce fut le seul jour où son père se détendit légèrement, même s'il partit tout de même travailler dès qu'ils se mirent à chanter.

Le jour de la Saint-Stéphane, Grandma insista pour que Grace se noircisse le visage comme les autres enfants du village et décore les buissons de houx avec des morceaux de ruban. En février, tout le pays fêtait sainte Brigitte – et Grandma faisait de même, car bien que non catholique, elle était très attachée à Brigitte. « Une vraie Irlandaise, disait-elle. Bien plus intéressante que Patrick, ce vieux coquin charmeur de serpents. »

La Chandeleur, fête des lumières, était suivie par Mardi gras et le Carême. Des enfants affamés venus de toute l'allée apparaissaient à la demi-porte des O'Malley, sachant que Grandma ou Grace leur donnerait un morceau de gâteau ou de pain d'épice. Le jour du mercredi des Cendres, les catholiques portaient un peu de cendre étalée sur leur front ; Grace restait à la maison, car il n'était alors que trop évident qu'elle était différente. Elle voulait éviter les regards de pitié des voisins et les froncements de sourcil des prêtres.

Vendredi saint était un sombre jour. Exceptionnellement, ce jour-là, Grandma ne faisait qu'un minimum de ménage, puis elle passait la soirée assise dans le noir et leur racontait à voix basse l'histoire de la terrible mort du Christ sur la croix. Le dimanche de Pâques, jour de Sa résurrection, était accompagné d'une célébration de la vie renouvelée, avec un festin d'agneau rôti pour tous ceux qui pouvaient se le permettre. Mais la fête préférée de Grace était celle de Beltaine, le 1er mai. Des feux de joie illuminaient les collines dans toute l'Irlande, et l'on faisait passer les vaches en procession entre les bûchers. La veille de la Saint-Jean, au début de l'été, était elle aussi synonyme de feux de joie, mais en ville cette fois. Grace, Sean et même Ryan sautaient dans la charrette à foin pleine de jeunes gens qui passait dans leur allée et ils se laissaient conduire jusqu'à Macroom pour regarder les danses. Ryan se mêlait parfois à ceux qui sautaient par-dessus les flammes pour montrer leur courage et leur force. Le jour de Lug, le 1ᵉʳ août, était le jour bienvenu où l'on récoltait les pommes de terre nouvelles, et de grandes assiettes de *colcannon*[1] étaient sur toutes les tables.

L'automne passait rapidement, entre les moissons et les préparations de l'hiver. Les enfants célébraient Samhain en essayant d'attraper avec les dents des pommes placées dans des baquets d'eau et en disputant des parties de colin-maillard ou de corbeau noir, un jeu de table auquel Sean et Morgan s'adonnaient devant le feu. Même si elle préparait toujours le *barm brack*[2], Grandma ne glissait plus dans la pâte les bagues, pièces de monnaie et autres babioles qu'il était d'usage d'y mettre. L'année de sa mort, Kathleen n'avait pas trouvé de fève dans son gâteau, chose qui ne s'était jamais produite auparavant; on n'avait pu faire de prévisions pour l'année suivante, et cet incident avait constamment hanté Grandma par la suite.

A en juger par les charrettes et les équipages qui passaient dans l'allée, l'Irlande devenait chaque jour plus bondée, selon la vieille dame : «Je peux à peine parcourir mon propre *boreen*[3] sans qu'une mule manque de m'écraser», se plaignait-elle souvent.

Mais elle aimait voir passer du monde devant sa fenêtre, et conservait dans son cœur une place spéciale pour les marchands itinérants qui s'arrêtaient

1. Sorte de ragoût de légumes traditionnel à base essentiellement de pommes de terre, de navets et de poireaux. *(N.d.T.)*
2. Sorte de pain sucré. *(N.d.T.)*
3. «Allée», «chemin» en gaélique. *(N.d.T.)*

pour jeter un coup d'œil à l'intérieur et bénir la maison.

On était en 1840. Grace avait onze ans, et le monde était de plus en plus petit – du moins était-ce l'impression que donnaient toutes ces allées et venues devant la maison. De fait, la population irlandaise avait doublé en l'espace de vingt ans. Les gens continuaient à vivre de pommes de terre, consommant jusqu'à cinq kilos par jour et même plus ; un demi-hectare pouvait produire jusqu'à six tonnes, si bien que même les *cottiers*, ceux qui n'avaient pas de terre, offraient leur main-d'œuvre et louaient des parcelles à plusieurs afin de gagner de quoi nourrir leur famille. La terre, c'était la vie ; perdre la sienne équivalait à un arrêt de mort. Les O'Malley louaient une exploitation relativement grande de cinq hectares, produisant essentiellement des pommes de terre mais aussi du grain. Une partie était réservée aux pâturages, sur lesquels paissaient des moutons. Ils disposaient aussi d'un potager et élevaient des poulets et des porcs. A l'origine, le bail de longue durée les avait incités à s'installer ; à présent, le bail arrivait à sa fin, et Patrick ne pouvait payer le timbre de renouvellement, si bien qu'il payait tous les trimestres, comme les autres paysans de leur connaissance. Suivant les conseils de Kathleen, il avait refusé de dépendre uniquement des pommes de terre ; elle avait toujours conservé une petite réserve pleine de conserves, de sacs de farine et de viande salée. Patrick la taquinait, se moquant de ses stocks et soulignant qu'ils s'étaient fait une réputation d'avaricieux ; mais Kathleen mettait ses mains sur

37

ses hanches et rétorquait que les gens pouvaient dire ce qu'ils voulaient. Les pommes de terre n'avaient-elles pas déjà manqué par le passé ? Il était certain que cela se produirait de nouveau, et quand le moment terrible serait venu, elle ne voulait pas voir sa famille mourir de faim.

La terre des O'Malley et celles qui l'entouraient appartenaient au châtelain local, M. Donnelly, et c'était à son agent que les métayers payaient le loyer, le jour du terme venu. Le châtelain, fils d'un lord anglais et déjà deux fois veuf, vivait seul dans sa demeure, Donnelly House, ne s'en éloignant que pour monter dans le Nord pour affaires. A en croire les on-dit, ses escapades de jeunesse à Londres et son refus d'obéir à son père l'avaient fait exiler dans le domaine familial du comté de Cork, mais il semblait s'être accoutumé à son sort et même apprécier son indépendance. Il avait fait de Donnelly House sa maison. Ses loyers étaient relativement raisonnables, bien qu'il les eût augmentés à deux reprises pour soutenir sa nouvelle usine de Galway. On disait aussi qu'il envoyait une bonne partie de ses gains à sa famille, en Angleterre. Ses agents étaient des gens secs, mais pas grossiers, et jusqu'alors aucune famille n'avait été expulsée arbitrairement. Sir Donnelly avait la réputation d'être froid et dénué d'humour, mais ceux qui prononçaient son nom ne crachaient pas ensuite avec dégoût dans la poussière, comme souvent lorsqu'il était question d'autres châtelains.

Jamais un homme comme Patrick n'aurait pu envisager d'acheter des terres, même s'il y en avait eu à vendre, aussi payait-il son loyer à temps en espérant conserver la ferme pour en transmettre le bail à ses fils et à leur famille. Il avait toujours escompté travailler avec Ryan et Sean, lorsqu'ils seraient en âge de l'accompagner aux champs, et avait même pensé hériter peut-être les forces d'un beau-fils, une fois Grace mariée. Il aurait divisé la terre entre les enfants quand ceux-ci auraient entamé une vie de famille, et n'aurait conservé qu'un petit lopin pour Kathleen et lui. Maintenant, il souhaitait seulement tenir bon jusqu'à ce que Ryan soit marié et prenne la responsabilité de la ferme. Il ne voyait aucun avenir pour Sean. Il pouvait à peine regarder le jeune garçon en face, et le voir penché maladroitement sur son ouvrage lui brisait le cœur. Ce que Sean et Grace gagnaient les aidait ; cela leur permettait de se vêtir et de se nourrir un peu mieux, mais pas de faire des économies. L'argent que Kathleen avait mis de côté penny après penny avait depuis longtemps été dépensé, en raison de l'indécision de Patrick et de ses erreurs de jugement. Il n'avait pas le talent de son épouse pour anticiper les coûts, et il se montrait terriblement impatient. Deux demi-hectares divisés avaient été loués à des paysans, mais le travail quotidien que demandait l'entretien du reste commençait à avoir des répercussions sur sa santé. Il n'était pas homme à se contenter de bêcher mollement un plant de pommes de terre. Il avait vu maintes fois des champs voués à l'abandon parce qu'ils n'avaient tout simplement plus rien à donner après avoir été trop longtemps ensemencés avec la même plante, aussi faisait-il tourner ses récoltes, ce qui ne manquait pas de beaucoup amuser les gens des alentours. De l'aube au crépuscule, il labourait, s'occupait des moutons et des cochons, plantait, binait, par tous les temps – et dans la région, il pleuvait plus souvent qu'il ne faisait beau. Les autres hommes trouvaient un peu de réconfort dans les débits de boisson clandestins essaimés le long des allées reliant les fermes entre elles, mais Patrick n'était pas un buveur ; il se contentait de prendre un petit verre aux mariages et aux veillées funèbres, ou lorsqu'il tombait malade. Ryan travaillait sans arrêt à son côté jusqu'à la tombée de la nuit, puis il se rendait chez les O'Doud pour faire sa cour à leur fille Aghna, une jeune femme avenante et franche. Depuis qu'il la fréquentait, son expression austère avait fait place à une mine énamourée. Patrick le houspillait, affirmant qu'il était devenu un vrai poids mort dans les champs tant il était distrait. Tous avaient conscience de son désir de se marier.

Grandma préparait le porridge chaque matin et cuisait le pain au lait quotidien. Grace, âgée désormais de quinze ans, s'occupait du souper, du linge, du potager et des conserves de nourriture. C'était elle aussi qui balayait la maison, allait chercher les œufs et trayait la vache. Sean pouvait l'aider un peu au potager et était devenu un pêcheur hors pair. Il se hissait sur la charrette et s'allongeait sur le siège pour conduire la mule jusqu'à la rivière ou jusqu'au lac. Il descendait de la charrette en roulant à terre, puis il traînait sa jambe derrière lui jusqu'au bord de l'eau et pêchait truites et saumons. Ils avaient assez à manger, mais les revers de fortune subis par Patrick leur avaient coûté. Il avait acheté des têtes de bétail dans l'espoir d'exporter du bœuf salé, mais ses prévisions avaient été mauvaises, et les cours avaient chuté lorsque l'Angleterre s'était tournée pour ses importations vers le marché concurrentiel des Etats-Unis. Il avait abattu les animaux qu'il n'avait plus les moyens de nourrir, et les avait vendus à perte sur le marché local. Puis il s'était essayé à la culture du blé et de l'orge, mais les Irlandais considéraient ces céréales comme du fourrage pour animaux, et une fois encore il avait perdu ce qu'il avait investi. A présent, il ne leur restait plus que leur vache laitière, quelques moutons et poulets, et deux cochons. L'un serait vendu, l'autre mangé.

Il fallait payer les frais de médecin et les médicaments de Grandma, qui avait fait une attaque, et de Sean, également malade. Une toux profonde, douloureuse et persistante l'avait secoué tout au long de l'automne, un automne humide durant lequel le vent n'avait cessé de souffler en bourrasques, et de l'hiver glacé qui avait suivi. Grandma était encore faible et devait s'asseoir souvent durant la journée, en dépit des bols de bouillon de bœuf que Grace préparait à son intention. Sean aussi se remettait lentement : le bruit de sa respiration évoquait celui du vent dans les arbres nus. Il était terriblement maigre et pâle, et son moral était au plus bas. Même les visites de Morgan, mouillé et plein de boue mais chantonnant gaiement dans le matin glacé, ne parvenaient pas à le distraire.

Grace pénétrait dans la cuisine silencieuse après avoir passé l'après-midi à ramasser de la tourbe dans les marais, ivre d'air frais et le cœur léger, et elle trouvait Sean et Grandma là, immobiles comme des statues et l'esprit ailleurs ; et elle tremblait de peur

41

à l'idée qu'ils puissent tous deux baisser les bras et l'abandonner. Elle leur parlait sans relâche du printemps qui s'annonçait, leur apportant chaque fleur nouvelle qu'elle trouvait et ouvrant en grand portes et fenêtres pour laisser la lumière pénétrer dans la maison. Elle cuisinait à longueur de journée dans l'espoir de leur rendre l'appétit. Une fois, elle travailla tout le jour à laver des tenues de travail souillées en échange d'un seau de palourdes de Cork, et avec, elle prépara à Grandma une soupe riche et épaisse. Elle vida les réserves et ratissa les bois et les ruisseaux à la recherche d'ingrédients afin de leur concocter des tourtes au poulet, au jambon ou au mouton, du saumon – pêché par Sean – à l'oseille, du haddock avec des toasts beurrés servis chauds, du lapin rôti, des champignons frits, du chou au bacon, des gâteaux de pommes de terre, du *colcannon*, des pains au lait, du pain noir, des *boxties*[1] et des gâteaux d'avoine. Elle leur faisait boire d'innombrables tasses de thé, bien que ce dernier fût devenu coûteux et qu'elle dût pour s'en procurer vider son coffre de troc. Le soir, ou quand les journées étaient humides, elle préparait du *scolleen*, et ce mélange de lait chaud, de miel, de beurre et de whiskey les réchauffait et leur remontait le moral. Souvent elle avait l'impression que seule sa volonté les maintenait en vie, mais quand l'été succéda au printemps, elle fut récompensée de ses efforts : enfin, elle les vit commencer à ressortir lentement de la maison. Leur corps avait repris quelques forces, leur visage rayonnait de la

1. Sorte de crêpes fourrées. *(N.d.T.)*

promesse d'une nouvelle vigueur, et dès qu'elle s'approchait d'eux, leurs yeux brillaient d'amour pour elle.

— C'est grâce à toi qu'ils ont passé l'hiver, ma fille, lui dit Patrick un soir, alors qu'elle trayait la vache dans l'étable. Oui, c'est grâce à toi et à personne d'autre s'ils sont encore là.

Grace poursuivit sa tâche en silence, peu habituée aux compliments de son père.

— Pas que ce soit très utile, dans l'état où ils sont, poursuivit-il en passant une main lasse sur son visage. Vrai, ils auront de la chance de tenir encore une année. Ta Grandma est bien vieille, à présent, et notre Sean...

Il soupira. Grace releva la tête, horrifiée.

— Comment peux-tu dire ça, Pa?

Ses joues étaient rouges de colère.

— C'est vrai, Grandma est vieille, mais la grand-mère de Katty O'Dugan est toujours là, dans son rocking-chair – et ne se souvient-elle pas de Brian Boru[1] lui-même?

Patrick eut un petit reniflement de mépris.

— Et l'état de Sean va s'améliorer, il est plus fort de jour en jour! continua-t-elle. C'est cette épaule rentrée qui fait qu'il attrape si facilement froid à la poitrine... Ne pourrions-nous pas l'emmener à Dublin, à l'hôpital?

Son père secoua la tête.

— Nous n'avons plus d'argent pour payer

1. Né en 940, Brian Boru fut l'un des plus grands chefs militaires que l'Irlande ait connus. La légende veut qu'il soit responsable de l'avenir de l'Irlande, en bien ou en mal. (N.d.T.)

des voyages ou des médecins, petite fille. Inutile d'espérer.

— Par tous les diables, Pa ! s'insurgea Grace. Tu ne peux pas baisser les bras comme si Sean était déjà mort et enterré !

Patrick fronça les sourcils.

— Je ne tolérerai pas que l'on jure sous mon toit, que ce soit dans la maison ou dans l'étable, et tu ferais mieux de ne pas l'oublier, mademoiselle, sans quoi tu verras de quel bois je me chauffe !

Contrite, Grace baissa la tête.

— Désolée, Pa.

Patrick lui concéda un faible sourire.

— Ta mère lâchait un bon juron de temps en temps, avoua-t-il, et tu me fais penser à elle.

Il prit le seau plein de lait et lui en tendit un vide, qu'elle plaça sous le pis de la vache.

— Je n'abandonne pas notre Sean, *agra*[1], simplement, je ne me fais pas d'illusions à son sujet. S'il se remet, tant mieux ; bénis Dieu, et prie pour qu'Il nous envoie des solutions à nos autres problèmes.

— Quels autres problèmes, Pa ?

— Eh bien, pour commencer, qui prendra soin de lui lorsque Grandma et moi serons morts et enterrés ?

— Qui, à ton avis ? répondit Grace, pour qui c'était une évidence.

— Tu auras peut-être un mari qui acceptera de prendre chez vous ton frère estropié. Mais ce n'est pas certain, fit valoir Patrick, objectif.

Les yeux de Grace s'agrandirent de colère.

1. Terme affectueux, équivalent à « mon (ma) chéri(e) ». (*N.d.T.*)

— Me crois-tu assez bête pour épouser un homme qui refuserait que mon propre frère vive sous notre toit?

— Tu n'auras peut-être pas le choix, rétorqua Patrick d'un ton égal. Vu les circonstances, ne serai-je pas obligé d'accepter pour toi le meilleur parti possible? Contrairement à ce que tu as l'air de croire, le frère d'une jeune fille ne fait pas d'ordinaire partie de sa dot.

Grace baissa la tête et serra plus fort le pis de la vache. De son côté, Patrick avait ramassé un brin de paille et le mâchonnait nerveusement.

— Il restera ici, à la ferme, si tu veux mon avis. Il vivra avec Ryan et Aghna et, si Dieu le veut, il ne sera pas un trop lourd fardeau pour eux.

— A mon avis, ce sera plutôt le contraire, grommela Grace contre le flanc chaud de la bête. Et de toute façon, dit-elle plus haut, il n'aura pas besoin de leur aide, ni de celle de personne. Il va devenir plus fort, j'en suis sûre, il sera en bonne santé et il aura une vie très agréable, une femme à lui et plein d'enfants!

— Ha!

Patrick se leva de son tabouret.

— Tu en es sûre, hein?

Comme Grace soutenait son regard avec passion, il se radoucit.

— Ma foi, tant mieux pour toi. L'espoir est le propre de la jeunesse.

Il la laissa terminer sa traite et se calmer un peu, mais pendant de nombreux jours après cela, Grace songea à leur conversation et fit particulièrement attention à ce que Sean prît assez de repos et de nourriture et qu'il fît travailler ses membres atrophiés. De fait, il allait mieux et exprimait un fort désir de trouver un but à sa vie. Grandma lui avait donné la Bible de Kathleen, qu'il étudiait en profondeur dès que son père était parti, cherchant de l'aide et des conseils dans les Ecritures. Il commençait à penser que Dieu donnerait un sens à son existence le moment venu, mais qu'il devait s'y préparer, et il lisait et relisait les versets comme pour déchiffrer un code secret.

— «J'aime ceux qui m'aiment; et ceux qui me cherchent avec diligence me trouveront.»

Sa voix était un murmure, à peine audible audessus des sifflements du feu devant lequel Grace et lui étaient assis.

— «La fortune et les honneurs m'accompagnent, la richesse durable et la vertu sont avec moi. Mon fruit est meilleur que l'or, même que l'or pur, et ma récolte que l'argent le plus fin. Je suis la voie de la vertu, j'emprunte les chemins de la justice, pour offrir à ceux qui m'aiment la richesse, pour remplir leurs trésors.»

Il marqua la page du doigt et releva la tête.

— Tu as entendu ça, Grace? «Mon fruit est meilleur que l'or.» C'est le Seigneur qui me parle. Tu entends?

Grace hocha la tête et ses doigts continuèrent à broder mécaniquement pendant qu'elle levait les yeux vers lui.

— J'entends, Sean.

Elle ne put s'empêcher de rire devant l'ardeur tendue de son visage, le zèle qui faisait briller ses yeux.

— Tu penses encore à la richesse.

— Ah, non, petite sœur, cela va bien au-delà.

Il referma le livre sur son doigt et se pencha au-dessus de la pile de linge posée sur ses genoux afin de mieux se faire entendre.

— Il dit qu'Il emplira nos trésors, et qu'en retour, Il ne demande que notre amour.

— N'as-tu pas répété bien souvent que les choses comme l'amour, l'honneur, la foi et la charité ne pouvaient être achetées ?

Du bout des doigts, elle lissa les fils du poignet de dame brodé auquel elle travaillait et regarda le résultat. Satisfaite, elle fit un nœud minuscule, presque invisible, avant de couper le fil.

— Moi qui prenais mon frère pour un homme noble, voilà que je découvre que son souhait le plus cher est de devenir un riche propriétaire terrien. Ne m'as-tu pas lu ce matin même que c'est aux faibles que reviendrait la terre ?

Sean fronça les sourcils et fit mine de se lever, mais une grimace de douleur déforma ses traits lorsqu'il poussa sur son pied. Il tendit la main pour masser la chair nouée de sa jambe.

— Tu t'es trompée, Grace. Tu ne vois pas au-delà des mots eux-mêmes. Il dit que ceux qui L'aiment *sans attendre de récompense* seront les gagnants. Quant à posséder ma propre terre, ma chère sœur, tu sais que ce n'est pas à cela que je suis destiné, à moins d'un miracle.

— Des miracles se produisent tous les jours, commenta Grandma depuis son fauteuil près de la fenêtre.

Désormais, elle se contentait le plus souvent de

regarder leurs visages et d'écouter leurs conversations sans y participer ; parfois, elle semblait même complètement absente.

— Oui-da, acquiesça Sean, voilà qui est vrai. Regarde-nous assis là, en bonne santé.

Il se tourna de nouveau vers Grace.

— Mais je ne lutterais pas pour survivre si je devais passer le restant de mes jours devant le feu à coudre afin de gagner ma subsistance. Le Seigneur me donnera une tâche digne de Son nom, j'ai foi en cela.

— La foi n'est qu'un désir plus têtu que les autres. Comment sais-tu que le Seigneur ne veut pas que tu restes là à travailler dans l'humilité ?

La mine de Sean s'assombrit.

— Ce pourrait être le cas. Ce pourrait absolument être le cas, Grace.

Il secoua la tête si tristement que sa sœur tendit la main pour lui tapoter la jambe.

— Je ne dis pas que ça l'est. N'avons-nous pas toujours pensé que Dieu avait de grands projets pour notre Sean, Grandma ?

Elle regarda par-dessus son épaule et sourit à sa grand-mère, qui avait posé la tête sur le dossier de son siège, la bouche entrouverte dans un demi-sommeil.

— Peut-être connaîtras-tu une longue vie de lutte, chuchota-t-elle à l'adresse de son frère.

— Ce n'est pas un problème. Lutter ne me fait pas peur, dit-il, pensif. La lutte peut être positive, si elle renforce notre foi en Dieu. C'est la lutte dénuée de sens qui enterre un homme avant même qu'il ne meure.

— Comme Pa.

— Oui-da, acquiesça-t-il en hochant la tête. Pa a cessé de chercher un sens à sa vie. Il se contente de travailler jusqu'à ce qu'il soit assez fatigué pour dormir. Et quand il se lève, il repart au travail.

— Pourtant, il croit en Dieu, c'est sûr !

— Il croit en Dieu, mais il a perdu la foi. On ne peut pas la retrouver tout seul quand on a subi un coup dur comme notre Pa. S'il fréquentait une église, il aurait une chance de s'en sortir.

— Essaies-tu de me dire que je n'ai pas la foi sous prétexte que je ne suis jamais allée à l'église ? demanda Grace, qui avait posé son aiguille et regardait son frère les sourcils froncés. Et que la tienne est plus forte parce que tu y es allé quelquefois ?

Elle secoua la tête.

— Tu ne parles pas de foi en Dieu.

— Tu as en partie raison et en partie tort. Quand les chrétiens utilisent leur église pour servir leurs propres intérêts, elle ne devient guère plus qu'une salle paroissiale. Mais quand elle se fait l'instrument du bien et qu'elle sert Dieu, c'est un lieu puissant, capable de nous soutenir tous. Nous sommes censés rechercher un endroit comme celui-là. Dieu dit que nous devons appartenir à une communauté chrétienne ; après tout, l'Eglise est le corps du Christ.

— Et nous, ici, ne constituons-nous pas une communauté ?

— Si, en effet. Mais qui nous guide ? Qui est notre berger ? Pas Pa. Il ne veut pas entendre parler de religion, et ne nous laisse même pas accomplir une recherche personnelle. Il respecte Dieu et nous incite à faire de même, c'est vrai, mais la route est longue, très longue, et il ne nous a donné aucune carte pour nous guider.

A l'extérieur, des voix retentirent, couvrant le bruit de la pluie. Sean ouvrit du bout du pied le panier où il rangeait son fil et ses aiguilles et glissa la Bible tout au fond. Au moment où la porte s'ouvrit, il avait repris le col de lin sur lequel il travaillait et s'affairait en silence.

— Il pleut des cordes, là dehors, dit Patrick comme Grace se levait pour lui ôter son ciré dégoulinant.

Elle alla pendre le vêtement sur une patère.

— Ryan ne rentre pas? s'étonna-t-elle.

Patrick fit non de la tête.

— Prépare-lui une gamelle, veux-tu? Je la lui porterai quand je ressortirai.

— Mais où est-il? Je croyais l'avoir entendu, dit Sean.

Il posa son panier et se déplaça pour laisser à son père une place près du feu. Cependant, au lieu de s'asseoir, Patrick demeura debout dos à la flamme.

— Les brebis sont en train de mettre bas, et il y a une renarde qui traîne dans les bois. Nous ne sommes pas rassurés. Il refuse de quitter les bêtes. Si la pluie cesse un peu, nous les ramènerons à l'étable.

— Pas d'Aghna ce soir, alors? dit Sean avec un sourire. Ça va leur faire un peu de repos là-bas – quoique notre Ryan ne soit guère bavard.

Patrick fronça les sourcils.

— O'Doud l'aime beaucoup, et il est clair comme de l'eau de roche qu'Aghna a jeté son dévolu sur lui. Il parle de se marier cet été, et se demande s'il va l'emmener vivre...

Il laissa sa phrase en suspens et fixa la pointe de ses souliers.

— Aghna a toujours voulu grimper dans l'échelle sociale. Elle a sa fierté, intervint Grandma. Cela m'étonnerait qu'elle accepte de commencer sa vie de femme mariée dans une petite masure avec une vieille femme et une jeune fille dans les pattes.

Réchauffé, Patrick s'assit sur un tabouret près de Grandma et alluma sa pipe. Il tira vigoureusement dessus en maudissant son tabac humide.

— Il dit qu'elle rêve de quitter la ferme et de partir pour l'Ouest, chez la famille de sa mère à Galway. Mais ce n'est pas la pêche qui l'intéresse. C'est la ville qui la séduit.

Il s'interrompit pour aspirer une bouffée de tabac.

— Notre Ryan, ce n'est pas un gars des villes, mais que voulez-vous qu'il dise, fou amoureux comme il l'est ?

— Il ne va pas nous quitter, n'est-ce pas, papa ? s'inquiéta Grace.

— J'ai dit que j'agrandirais la maison dès que nous aurions un sou de côté. L'appât d'une jolie chambre rien que pour eux pourrait la faire changer d'avis. Et puis, ils ne tarderont pas à récupérer la ferme tout entière...

Sean regarda Grace, puis son père.

— Que veux-tu dire, Pa ?

— Eh bien, ne vais-je pas bientôt m'éclipser, moi, vieille comme je suis ? intervint Grandma en décochant un sourire réconfortant à Grace, qui s'était

51

levée pour protester. Toi, *agra*, si Dieu le veut, tu te marieras avant longtemps et auras toi aussi ta propre maison. Tu n'auras plus besoin de celle-ci.

— Oui-da, vous partirez toutes les deux et me laisserez ici seul, assis près du feu à coudre jusqu'à ce que mes mains soient toutes bleues. Et je ferai sauter les bébés de Ryan et de Grace sur mon genou valide, comme un bon tonton.

Sean les regarda tour à tour ; son sourire était aussi tordu que son bras, et il était impossible d'ignorer l'amertume de son ton.

Patrick tira de nouveau sur sa pipe et plissa les yeux.

— Et tu auras bien de la chance, oui, dit-il. Logé et nourri par ton frère et sa femme. Où pourrais-tu aller, sans ça, estropié comme tu l'es ?

Bien que penchée sur son ouvrage. Grace vit les mains de Sean se crisper sur ses genoux. Cependant, lui aussi garda la tête baissée. Elle mit de côté son morceau de tissu et s'empressa de déclarer :

— Le repas est au chaud dans la marmite, et il y a du pain et du beurre frais pour l'accompagner.

— Tu nous as fait ton bon ragoût, j'espère, et tes scones au babeurre, qui sont légers comme des nuages... C'est exactement ce dont un homme a besoin à la fin d'une dure journée de labeur.

Patrick tira trop fort sur sa pipe et fut pris d'une quinte de toux. Il cracha un filet de salive noircie par le tabac dans le feu avant d'essuyer la sueur de son front.

Les trois autres le regardaient. Quelque chose n'allait pas. Ils se rassemblèrent en silence autour de la table et dès que Grace eut rempli leurs bols,

52

ils se mirent à manger. Grandma et Sean regardaient Patrick parler de tout et de rien comme il ne l'avait jamais fait auparavant. Même Grace sentait que son père avait à parler mais n'y parvenait pas.

— Tu feras une bonne épouse, Gracelin, dit-il.

Soudain, il reposa sa cuillère et s'essuya les yeux.

— Qu'y a-t-il, Pa ? lui demanda la jeune fille avec douceur. Un problème ?

— Allons-nous être expulsés ? s'inquiéta Grandma en posant sa main sur celle de Grace.

Patrick demeura silencieux, les yeux fixés sur la table.

— Dis-nous ce qui se passe, pour l'amour de Dieu ! le pressa Sean.

Patrick redressa vivement la tête.

— Je ne veux pas que l'on évoque en vain le nom du Seigneur dans cette maison ! gronda-t-il.

— On ne l'évoque pas du tout, dans cette maison, répondit Sean sur un ton de défi.

Patrick se leva.

— Écoute-moi, mon garçon. Ne te l'ai-je pas dit un nombre incalculable de fois ? Les gens d'ici étaient irlandais bien avant que quiconque s'avise de préciser « catholiques » ou « protestants ». Contrairement à ce qu'ils aimeraient penser, les curés et les pasteurs n'ont pas le monopole de la foi !

Il frappa du poing sur la table.

— Je suis irlandais, nom de Dieu ! Voilà ma religion. Et ce serait aussi la tienne, si tu avais un peu de bon sens.

Penaud, Sean baissa les yeux.

Patrick se rassit, et son visage reprit peu à peu une

couleur normale. Il tendit la main vers sa cuillère, puis la reposa. Finalement, il se racla la gorge sans regarder Grace.

— C'est une bonne nouvelle, oui, que j'ai à vous annoncer, mais maintenant tout est gâché, grommela-t-il avec un coup d'œil furieux en direction de Sean. Je ferais aussi bien de parler sans plus attendre.

Son regard fit le tour de la table avant de se poser sur Grace.

— Je t'ai trouvé un mari, et aucun père ne pourrait rêver meilleure alliance pour sa fille.

Grace ouvrit de grands yeux. Aussitôt, elle se tourna vers Sean qui fixait leur père, bouche bée.

— Un mari, Pa ? Pour moi ? dit-elle avant de regarder Grandma. C'est que... je n'avais pas encore songé à me marier, ajouta-t-elle d'un ton calme.

Le visage de Grandma exprimait un choc au moins égal à celui de Grace, mais elle se reprit vite et hocha la tête, comme si la sagesse d'une telle décision lui apparaissait clairement.

— Ma foi, tu nous sembles si jeune, à nous qui te connaissons... Mais à quinze ans, on n'est plus une enfant. C'est l'âge qu'avait ta mère quand ton père et elle se sont mariés, ajouta-t-elle après une courte pause.

Grace secoua la tête comme pour clarifier ses idées. Elle regarda son père.

— Et avec qui dois-je me marier ?

Patrick demeura de nouveau immobile quelques instants.

— Sir Donnelly, dit-il enfin.

Un silence de mort s'abattit autour de la table. Tous fixaient sur Patrick des yeux abasourdis.

— Mais il a au moins trente ans ! éclata Sean. Il est plus proche de ton âge que de celui de Grace. Et il a déjà été marié deux fois. Cet homme n'a pas la réputation de savoir garder une épouse ! Tu sais très bien ce que je veux dire, Pa, ajouta-t-il en jetant à son père un regard appuyé. Grace ne peut pas épouser un type comme lui !

Patrick lança sa pipe sur la table avec violence.

— N'est-ce pas avec Grace que j'ai prévu qu'il se marie, et non avec toi ? Tu ne crois pas avoir causé assez d'histoires ce soir ?

Il s'interrompit pour prendre une profonde inspiration.

— Il a perdu sa première femme en couches, et la seconde a succombé à une attaque de fièvre. Ne peut-il se retrouver veuf sans qu'on l'en blâme ? Cela m'est bien arrivé, à moi !

Il se tut de nouveau. Mais, ne lisant aucune approbation sur leur visage, il perdit patience.

— Ce n'est pas comme s'il faisait d'elle sa maîtresse, pour l'amour de Dieu. Il a demandé sa main ! Sir Donnelly est le plus grand propriétaire terrien du comté, le fils d'un lord ! Utilise ta tête, mon fils, réfléchis à ce que cela signifie !

— C'est donc ça ? demanda Sean, sa main valide crispée sur le rebord de la table. Tu as vendu Grace en échange d'une remise de loyer ?

Patrick se redressa si vivement que son tabouret tomba à terre avec fracas. Il se pencha par-dessus la table et attrapa Sean par le devant de sa chemise, l'obligeant à coller son visage au sien.

— Ne me parle plus jamais de cette façon, fils, tu m'entends ? Pour qui te prends-tu, au nom du ciel ?

Il laissa Sean retomber sur le banc.

— Je ne l'ai pas vendue. Je ne ferais pas ça à ma propre fille. Nous avons conclu un marché, c'est vrai.

Cherchant du renfort, il se tourna vers Grandma.

— Mais tout ça, c'est pour le bien de Grace. Elle n'a aucune dot, si ce n'est le trousseau qu'elle s'est cousu elle-même. Qui pourra-t-elle épouser, sinon un pauvre *pegeen*[1] qui ne parlera pas un mot d'anglais et ne lui donnera qu'une tripotée d'enfants et peut-être quelques années de sa jeunesse ? (Du regard, il les suppliait de le comprendre.) Jamais elle ne retrouvera une occasion pareille. C'est d'ailleurs un miracle qu'il l'ait choisie. Avec son titre, il aurait pu épouser n'importe quelle fille de bonne famille, mais c'est Grace qu'il veut, il l'a clairement fait savoir. Et si elle l'épouse, cela nous aidera tous. Nous garderons la ferme, même en cas de mauvaise récolte ; Ryan et Aghna pourront venir s'installer à la maison, et il a proposé de construire de nouvelles pièces, et de nous donner un cheval de labour. Il offrira à Grace tout ce qu'elle mérite : une grande maison, des domestiques, un médecin pour ses enfants... Une vie correcte !

— Mais elle ne l'aime pas, objecta calmement Sean.

— Et que sais-tu de tout cela, toi, à part ce que tu as lu dans les livres ? voulut savoir Patrick. Crois-tu vraiment que les mariages dureraient, s'ils

1. « Paysan ». *(N.d.T.)*

n'étaient fondés que sur l'amour ? L'amour naît du respect, et je suis sûr que le leur se développera dès qu'ils seront mariés.

Comme dans un rêve, Grace s'entendit demander :

— Pourquoi m'a-t-il choisie, moi ? Sait-il seulement à quoi je ressemble ?

— Il t'a vue le soir de la Saint-Jean, autour du feu de joie. Brigid Sullivan, qui travaille pour lui, lui a dit qui tu étais, et quand il est revenu du Nord, il a posé des questions sur toi.

Patrick sourit avec fierté.

— Certaines femmes ou filles de châtelains lui ont montré tes broderies et lui ont dit combien tu étais douée. Il a affirmé que tes ouvrages étaient les plus beaux qu'il eût jamais vus, et pourtant c'est un homme qui voyage beaucoup, en Angleterre et jusqu'en Ecosse.

— Es-tu en train de nous dire qu'il veut l'épouser parce qu'il aime ses broderies ? demanda Sean, les yeux plissés d'un air dubitatif.

— Bien sûr que non, espèce d'idiot, rétorqua Patrick en secouant la tête. Mais le fait qu'elle possède un tel talent la place au-dessus des autres filles, sans compter qu'elle sait un peu lire et écrire, et que son anglais est aussi bon que son gaélique. Ce n'est pas seulement une pauvre fille de la campagne vivant dans une étable entre les cochons et les moutons.

De la main, il désigna les murs de sa maison.

— Ta mère n'avait-elle pas la réputation de vivre mieux que les autres, et Grace n'est-elle pas la digne fille de Kathleen ? Il a entendu dire que c'était une cuisinière hors pair, et que son hydromel était aussi bon que celui de Kathleen. Il sait aussi qu'elle est jeune et forte, et il a désespérément envie d'un héritier.

Patrick regarda Grace comme s'ils étaient seuls dans la pièce.

— Je suis allé le voir. Il m'a fait une offre généreuse en échange de ta main. Tu ne manqueras jamais de rien, *agra*. Il m'a donné sa parole d'homme d'honneur.

— Un homme d'honneur ! cracha Sean. C'est un propriétaire terrien. Et un Anglais, en plus ! La parole qu'ils donnent aux Irlandais est comme un morceau de viande : elle a l'air fraîche aujourd'hui, mais sera pourrie avant la fin de la semaine.

— La parole de Donnelly permettra qu'un médecin jette un coup d'œil à ta jambe, mon garçon, alors ne sois pas si prompt à la critiquer. Qui es-tu pour juger les autres ?

Patrick se leva de nouveau et tendit la main vers son ciré. Grace s'empressa de l'aider à l'enfiler, puis elle alla lui chercher la gamelle de Ryan. Il la prit et posa la main sur la sienne.

— Tu n'es pas obligée de l'épouser, Grace, dit-il, soudain las. J'ai fait ce qui, à mon avis, était le mieux pour toi, mais la décision finale t'appartient. Il attend une réponse d'ici demain matin.

Grace regarda le visage tant aimé de son père et n'hésita pas une seconde.

— Je l'épouserai, Pa. Tu peux le lui dire.

Elle l'embrassa rapidement sur la joue, puis caressa avec affection sa barbe rugueuse de sa main ouverte.

— Tout va bien se passer. N'as-tu pas pris la meilleure décision pour nous tous?

Il se redressa et sourit au joli visage levé vers lui.

— Tu es une fille intelligente, comme ta mère, que Dieu la bénisse. C'est toi qui élèveras le nom des O'Malley à sa juste place.

Grace le regarda disparaître sous la pluie battante, puis elle retourna à table. Sean avait repoussé les prunes qu'il n'avait pas touchées et regardait fixement le mur. Grandma prit le bol de fruits et le porta lentement vers le buffet.

— N'avez-vous donc rien à me dire, tous les deux? demanda Grace comme le silence s'éternisait.

Sean leva les yeux vers elle et secoua la tête. Une mèche de cheveux blonds lui tomba dans les yeux.

— Il n'y a plus rien à dire, maintenant que tu as pris ta décision.

Grandma se retourna et s'appuya contre le rebord de la table.

— Ne veux-tu pas réfléchir un peu plus longtemps, Grace? Après tout, comme le dit ton frère, c'est un châtelain, et un Anglais. Ces gens-là sont différents de nous. Ta vie va changer à jamais.

Le regard de Grace allait inlassablement du visage de sa grand-mère à celui de Sean. Ses yeux se remplirent de larmes.

— Qui que j'épouse, ma vie changera. Ne dois-je pas faire confiance à mon père? Comment saurais-je ce qui est mieux pour moi, alors que je me conduis encore comme une enfant?

Elle battit des paupières et se mordit la lèvre.

— La veille de la Saint-Jean, Morgan McDonagh

était près de moi, et quand il a essayé de me prendre la main, j'ai failli sauter dans le feu ! Je n'avais qu'une hâte : rentrer à la maison le plus vite possible. Rêver est une chose, mais un jour ou l'autre il faut redescendre sur terre. C'est vrai, je ne pensais pas me marier si tôt, mais voilà, le moment est venu !

Elle s'essuya les yeux, puis observa un moment ses doigts humides.

— Regardez mes mains : sales et abîmées. Ce ne sont pas des mains de dame...

Elle soupira et les cacha sous son tablier. Puis son visage se durcit, un éclair déterminé étincela dans ses yeux embués et elle redressa fièrement le menton.

— Mais ne puis-je pas apprendre à être la femme d'un gentilhomme, exactement comme j'aurais appris à être l'épouse d'un fermier ou d'un commerçant, d'un instituteur ou d'un boulanger ? demanda-t-elle. N'ai-je pas de la chance de recevoir pour mari un homme fortuné ? Un homme capable de balayer toutes nos inquiétudes matérielles, de nous réconforter ? Grâce à lui, je pourrai m'occuper de vous deux, m'assurer que vous ayez des vêtements chauds et de quoi manger l'hiver, que vous puissiez voir des médecins et vous acheter des médicaments...

Elle s'interrompit à la vue de leurs visages désolés.

Faisant un pas en avant, Grandma l'entoura de ses bras.

— Allons, allons, mon enfant. Bien sûr, oui, tu t'occuperas de nous, nous n'en doutons pas. Quant à devenir l'épouse d'un châtelain, cela ne te posera aucun problème, tu es déjà une lady dans ton cœur, c'est évident. Ta mère serait fière de toi.

Elle fit un pas en arrière pour regarder Grace.

— Tu es une fille bien, et tu te conduis comme il faut. Simplement, nous voudrions que tu trouves ton bonheur dans cette affaire, n'est-ce pas, Sean?

Grandma fixa l'intéressé sans ciller jusqu'à ce que son expression se soit un peu radoucie.

— Donnelly fera un très bon mari, reprit-elle. N'a-t-il pas tout l'entraînement qu'il lui faut?

Une lueur malicieuse brilla dans les yeux de Grandma, et même Sean ne put s'empêcher de rire malgré lui.

— Ta mère aussi paraissait jeune à quinze ans, mais elle avait un caractère bien trempé, exactement comme toi, et un cœur aussi noble que le tien.

Grace observa en silence le visage de sa grand-mère pendant quelques secondes.

— Pa et elle étaient amoureux.

Grandma hocha la tête.

— Vrai, ils s'aimaient, reconnut-elle en serrant avec force les épaules de Grace. Mais plus nombreux sont les mariages qui commencent comme le tien. L'amour viendra, comme le dit ton père. Le châtelain devrait être sourd et aveugle pour ne pas succomber à ton charme, et nous savons qu'il ne l'est pas.

Sean s'appuya sur la table pour se lever.

— Je suis fatigué, déclara-t-il d'un ton sec. Ma jambe me fait souffrir, ce soir.

Il parvint à esquisser un maigre sourire avant de franchir la porte de derrière pour se réfugier sous l'appentis qui lui servait de chambre.

Grace sursauta lorsque la porte claqua derrière lui.

— Grandma ?

— Tout ira bien, mon enfant, chuchota la vieille dame. Il t'a eue rien qu'à lui pendant toutes ces années, et il ne pensait pas devoir se passer de toi si vite.

— Je ne serai pas loin, fit valoir Grace. A cheval, Donnelly House n'est qu'à une demi-journée.

— C'est à un monde d'ici, mon enfant, et il faudra que tu t'y habitues, soupira Grandma en ôtant son tablier. Maintenant, je vais me retirer, moi aussi. Viens m'embrasser quand tu iras te coucher, veux-tu ?

— Et maintenant aussi !

Grace effleura de ses lèvres la joue parcheminée à l'odeur familière de fleur de pomme de terre et d'oignons, et son cœur se serra dans sa poitrine.

Après le départ de Grandma, Grace acheva de laver la vaisselle et de ranger la nourriture. Elle remplit d'eau une casserole, ajouta des flocons d'avoine et posa un couvercle sur le tout afin que le porridge soit prêt à cuire le lendemain. Puis elle mit de côté des graines pour les poules pondeuses. Cela fait, elle s'interrompit et regarda autour d'elle la petite maison familière, avec ses murs blanchis à la chaux et ses quelques meubles. Dans la lumière mourante du feu, elle s'y sentait au chaud, en sécurité, et à l'idée de devoir la quitter, elle fut envahie par une douleur terrible. La fumée avait noirci la cheminée, tout près, une pile de tourbe attendait d'être jetée dans les flammes ; son tabouret et son panier à couture étaient posés à côté. Un abécédaire brodé était pendu au mur, et des rideaux de *hawneen*[1] égayaient les fenêtres. Grandma avait fait un tapis avec de vieux haillons déchirés, et Sean avait cloué dans la cuisine des étagères un peu plus basses que les autres afin qu'elle puisse atteindre les casseroles et les marmites sans avoir à monter sur un tabouret. Des cartes postales illustrées datant de la jeunesse de leur mère étaient épinglées au mur, des paysages pour la plupart : les montagnes Mourne plongeant dans la mer – son père, qui affirmait les avoir gravies dans son enfance, les appelait les collines des Peines-de-Cœur –, des chèvres broutant sur les collines près de Kilkee, les riches pâturages de Golden Vale – c'était la carte postale préférée de sa mère, et elle trônait dans la cuisine – et, près de la porte d'entrée, une image plus grande du ciel au-dessus de la baie de Bantry, à l'ombre de Hungry Hill, au coucher du soleil. Tout cela témoignait de l'amour de ses parents pour la terre douloureusement belle de leur Irlande natale, un amour qu'ils lui avaient transmis. La petite maison et la vie tranquille qu'elle y menait lui manqueraient, mais tout à coup elle réalisait qu'elle allait peut-être enfin avoir l'occasion, à son tour, de visiter le reste de l'Irlande. Elle voyagerait peut-être même dans d'autres pays. Cette pensée la rasséréna, elle se tourna pour parler à Sean, mais ne vit que des ombres dans le coin où il s'asseyait d'ordinaire.

Elle traversa la pièce et sortit de la cuisine dans l'air frais du soir. D'un pas vif, elle se dirigea vers

---

1. Laine vierge non teinte et filée à la main traditionnellement utilisée pour tricoter les fameux pulls irlandais. (*N.d.T.*)

les toilettes extérieures. Au retour, elle s'attarda dans la cour boueuse, les yeux levés vers le ciel. La pluie avait cessé de tomber, mais les gros nuages sombres ne laissaient filtrer qu'une infime partie de la lumière des étoiles. Elle vit de la lumière derrière la fenêtre en toile huilée de la chambre de Sean et frappa doucement à la porte.

— Qui est-ce ? aboya Sean.

Grace ne put s'empêcher de sourire.

— Et qui donc attendez-vous à cette heure, monsieur O'Malley ?

Elle l'entendit s'approcher de la porte en boitillant.

— Je suis crevé, Grace, dit-il lorsqu'il eut ouvert.

De fait, il paraissait épuisé. Grace recouvra son sérieux.

— Sean..., dit-elle en lui caressant doucement la joue. Tu es en colère contre moi, alors ?

Baissant la tête, il serra un instant la main de la jeune fille entre sa joue et son épaule.

— *Musha* [1], Gracie.

Il repoussa une mèche de cheveux qui tombait dans les yeux de sa sœur.

— Comment pourrais-je jamais être en colère contre toi ? Tu sais pourtant que je t'aime plus que quiconque sur cette terre ! Bien des fois, j'ai espéré que le Seigneur me rappelle à lui, mais penser à toi me donnait envie de vivre. A toi et à Grandma. En m'offrant la Bible de maman, Grandma m'a aidé, mais c'est avec toi que j'ai partagé le plus clair de

1. « Chut, ne dis pas de bêtises. » *(N.d.T.)*

64

mes longues journées... Tu m'as même appris à coudre !

— Et tu me maudis depuis, le taquina-t-elle.

Il rit de bon cœur.

— Mais j'ai toujours apprécié ta compagnie.

— Et moi la tienne. Tu es un frère formidable. Tu m'as appris à lire et à écrire, à m'en sortir avec les chiffres, tu m'as parlé de maman...

Ils demeurèrent un moment silencieux. Ils écoutaient les bruits du soir, de plus en plus étouffés : les meuglements de la vache dans son étable, les caquètements des poules dans le poulailler.

— La vie va changer, maintenant, dit Sean d'une voix douce. Tu seras une femme mariée. Plus question d'échanger des ragots tout en cousant avec ton vieil estropié de frère.

Il souriait, mais Grace lisait de la tristesse dans ses yeux.

— Je suis heureux pour toi, je t'assure, poursuivit-il. Mais jaloux, aussi, je crois. Tu vas t'en aller vers une vie nouvelle... et tu vas me manquer, voilà.

Grace le prit dans ses bras.

— Tu n'auras pas le temps de me regretter, idiot. Je te verrai plus souvent que tu ne le crois.

Sean enfouit son visage dans ses cheveux et l'étreignit avec une telle force qu'elle en eut le souffle coupé. Elle recula d'un pas.

— Tu ne penses pas ?

Il ne répondit pas.

— Et pourquoi ne te verrais-je pas, Sean O'Malley ? Que se passe-t-il dans cet esprit tordu qui est le tien ?

Il refusa de croiser son regard.

— Je resterai assez longtemps pour que tu puisses t'installer dans ta vie de femme mariée, et pour m'assurer que ce sire Donnelly est à la hauteur de ses promesses.

Cette fois, il la regarda.

— Mais tu ne peux pas me demander de demeurer ici éternellement. Je gagne si peu que ça paye à peine mes frais de médecin et mon laudanum !

— Voyons, nous aurons de l'argent pour ça, maintenant ! s'exclama Grace. Nous pourrons t'emmener à Dublin, à l'hôpital. Un médecin moderne redressera ton bras et ta jambe, et tu pourras de nouveau marcher correctement !

Sean pencha la tête sur le côté. Avec la lumière de la petite lampe qui l'éclairait par-derrière, on aurait dit un ange.

— Tu ne vas pas te mettre dans la tête de t'en aller tout seul, Sean, tu m'entends ? reprit Grace en secouant le bras valide de son frère. Tu as pensé à Grandma ? Cela lui briserait le cœur de nous perdre tous les deux en même temps.

— Grandma sait que je dois prendre ma vie en main.

— Mais où iras-tu ? s'inquiéta Grace. Que feras-tu ?

Sean haussa les épaules, mais son expression trahissait une volonté farouche.

— Le Seigneur a des projets pour moi, mais Il ne va pas me donner une feuille de papier avec Ses instructions. Je dois partir et me tenir prêt. Ryan et Aghna vont fonder une famille, et le seul fait de poser les yeux sur moi fait frissonner Aghna. Elle pense que je suis maudit. Je ne pourrai pas vivre

66

avec ça au quotidien. Nous serions tous malheureux.

— Dans ce cas, tu viendras vivre avec moi à Donnelly House, décréta Grace.

Sean sourit et secoua la tête.

— Je ne pourrais pas plus vivre avec ton châtelain que lui avec moi, Gracie, et tu sais que je dis vrai.

Il vit le désespoir se peindre sur les traits de sa sœur et se radoucit.

— Quinze ans, murmura-t-il. J'oublie que tu n'es encore qu'une enfant... Comment est-il possible que tu deviennes l'épouse de quelqu'un?

Grace soupira.

— Je ne sais pas. Cela ne me paraît pas réel... Je n'y arriverai pas sans toi, Sean.

— Bon, d'accord, petite sœur. Je n'irai nulle part tant que tu ne m'y auras pas autorisé. Mais dès que j'aurai ta bénédiction, je prendrai mon sac et partirai pour l'Ecosse... ou peut-être même pour l'Amérique.

De nouveau, Grace le serra dans ses bras un long moment en silence.

— Tu me le promets, hein? Tu ne partiras pas avant de m'en avoir parlé et d'avoir reçu mon accord.

Sean se dégagea doucement de son étreinte.

— Promis.

Devant l'expression de sa sœur, il fronça les sourcils.

— Hé! Je t'ai fait une promesse. Je ne me dédirai pas, insista-t-il. Je ne vais pas disparaître dans la nuit, si c'est ce qui t'inquiète. J'assisterai d'abord à ton mariage avec le vieux Donnelly.

Il gonfla ses joues et prit un air important.

— Le riche propriétaire terrien, tu sais ? A partir de maintenant, je t'appellerai madame...

Ils rirent en chœur, puis Grace l'embrassa sur la joue et lui souhaita une bonne nuit. Elle se faufila à l'intérieur de la maison par la porte de la cuisine, ôta ses bottes couvertes de boue et secoua sa jupe. Son père n'allait pas tarder, aussi laissa-t-elle de l'eau chaude dans la bouilloire et un morceau de pain et de fromage sur la table. Puis elle retourna dans la pièce principale, où elle partageait une grande paillasse avec Grandma. Elle emporta une chandelle avec elle et s'immobilisa un moment sur le seuil. La faible lumière tombait sur la silhouette endormie.

Au pied du lit se trouvait un coffre contenant les ouvrages de sa mère et certains des siens – des choses qu'elle avait mises de côté pour les emporter avec elle lorsque le moment de se marier serait venu. Elle posa la chandelle sur le montant de la fenêtre, ouvrit le coffre et en tira une pile de draps propres bien pliés, au rebord retroussé et brodé ; des taies d'oreiller dont le côté ouvert était orné de fleurs sauvages ; une nappe que Kathleen lui avait donnée à broder et dont elle avait décoré tout le tour d'hommes et de femmes dansant, de chanteurs et de musiciens. Il y avait des napperons et des sachets, des abécédaires, des cols de dentelle, des combinaisons décorées de roses et de cœurs, et une longue chemise de nuit blanche offerte par Grandma deux ans plus tôt, que Grace avait brodée d'oiseaux et de fleurs qui cascadaient sur le devant jusqu'à un merveilleux jardin de marguerites et de verges d'or. Elle la tira de la pile et la déplia devant elle. Jusqu'alors, elle s'était toujours dit que plusieurs années s'écouleraient encore avant qu'elle n'en ait l'usage, et une légère rougeur envahit ses joues à la pensée de sa nuit de noces. Comme toutes les filles de la campagne, elle avait une idée des choses de la vie, mais en tant que cadette de la famille, elle n'avait jamais vu sa mère enceinte ou en train d'accoucher, et soudain elle avait peur de ce qu'elle ignorait. Elle se déshabilla rapidement et enfila la chemise de nuit. Elle était censée la porter le soir où sa nouvelle vie commencerait, et c'était aujourd'hui, décida-t-elle. Le tissu était lourd et frais contre sa peau, les rubans soyeux entre ses mains. Elle lissa les plis, puis elle défit sa natte et se brossa les cheveux, comme l'avait fait si souvent sa mère en vision.

— Ainsi donc, je vais me marier, se dit-elle à voix basse. Gracelin Donnelly. Mme Donnelly. Mme Bram Donnelly.

Elle s'interrompit.

— Propriétaire terrienne.

Là-dessus, elle ne put retenir un petit rire nerveux et plaqua sa main sur sa bouche, étouffant le bruit pour ne pas réveiller Grandma. Le rire se transforma rapidement en larmes sobres, et son visage se décomposa. Elle éteignit sa bougie et se mit au lit, allongée sur le dos afin de pouvoir apercevoir, par la minuscule fenêtre, les étoiles qui éclairaient le ciel. Lorsque, enfin, elle sentit son corps s'abandonner à la somnolence qui précède le sommeil,

elle récita en silence la prière que lui avait ensei-
gnée son frère : Notre Père, Qui êtes aux cieux, Que
Votre nom soit sanctifié, Que Votre règne vienne,
Que Votre volonté soit faite...

— Que Votre volonté soit faite, répéta-t-elle lentement à voix basse, laissant les mots réconfortants
l'envelopper, la rassurer et l'entraîner en douceur
dans l'oubli.

2

Sean était assis sur le banc de bois installé devant
la maisonnette lorsque Morgan McDonagh remonta
l'allée avec la charrette de son père. La vieille mule,
presque aveugle, était têtue et avançait moins vite
qu'un homme de bonne humeur à pied, mais Sean
n'aurait jamais pu marcher jusqu'à la rivière, aussi
Morgan prenait-il toujours la charrette pour passer
le chercher.

— Belle soirée pour aller à la pêche, O'Malley !
claironna-t-il en jetant les rênes de côté avant de
sauter à terre avec aisance.

C'était un jeune homme bien bâti, doté, comme
tous les membres de sa famille, d'une épaisse chevelure brune. Ses yeux noisette éclairaient un visage
hâlé et serein, et ses hautes pommettes étaient
parsemées de taches de rousseur.

Sean se leva avec précaution, toujours heureux de

voir Morgan, puis il lui tendit sa canne et son matériel de pêche pour qu'il les mît à l'intérieur de la charrette, à côté du panier vide attendant leurs prises. Il donna une tape amicale sur l'épaule de son compagnon.

— C'est toujours en soirée que l'on attrape le plus de saumons, au printemps, dit-il gaiement. Nous aurons tout un tas de poissons à rapporter ! Merci d'être passé, Morgan, ajouta-t-il d'un ton plus sérieux. Je sais qu'on a besoin de toi, chez toi.

Morgan se contenta de hocher la tête.

— Vrai, c'est sans fin, je te jure ! Maintenant que tout le monde est menacé d'expulsion, avec les loyers qui ont encore augmenté, il faut mettre les bouchées doubles.

Il jeta à l'intérieur de la charrette le petit tabouret sur lequel Sean s'asseyait lorsqu'il se fatiguait pendant la pêche.

— Presque quarante livres par an, tu te rends compte ? reprit Morgan en secouant la tête. Sans compter tous les petits extras qui s'ajoutent au loyer proprement dit – une livre si l'on blanchit la maison à la chaux ou si l'on pave l'allée, un péage chaque fois qu'on transporte des sacs de tourbe d'un côté à l'autre du lac, des amendes si un membre de la famille ne paie pas son loyer, si on ne peut pas faire ses jours de service, même si on est malade le jour de la convocation... Il faut aussi payer pour pouvoir se marier sans autorisation préalable de sa seigneurie ! Par tous les diables, on peut à peine se retourner sans que ça nous coûte quelque chose !

— O'Flaherty est un salaud, reconnut Sean en

posant son pied sur les mains croisées de son ami afin de se hisser sur le siège de la charrette. J'ai entendu dire qu'il avait mis tout le monde dehors à Castle Rock, rasé les maisons et placé des soldats sur les lieux pour s'assurer que les anciens métayers ne viendraient pas reconstruire en cachette.

Morgan s'installa à côté de lui.

— C'est exact, acquiesça-t-il. La plupart de ces familles habitaient là depuis un siècle ou plus. Elles se saignaient à blanc pour payer leurs loyers, mais ils augmentaient tant et si vite qu'à la fin elles n'ont plus pu suivre. Maintenant, il va élever du bétail et des moutons sur ces terres. Il dit que ça, au moins, ça rapporte. Alors que maintenir en vie des gens qui ont travaillé une terre toute leur existence, bien sûr, ça ne rapporte rien.

Il cracha de côté avec dégoût, puis secoua les rênes. La mule se remit en marche.

— Quelques-uns sont venus par ici, dit Sean.

Il se déplaça vers le bord du banc pour laisser plus de place à son ami.

— Ils espéraient se faire héberger par des membres de leur famille. Mais nombreux sont ceux qui n'ont plus personne, et ceux-là, que vont-ils devenir ?

Morgan haussa les épaules.

— Bonne question. L'agent d'O'Flaherty – un suppôt de Satan, ce Ceallachan – dit qu'il est prêt à payer les frais d'immigration, mais les gens n'acceptent de partir que parce qu'ils n'ont pas le choix : c'est ça ou crever comme un chien au bord de la route. Leur payer les cinq livres du voyage revient moins cher à O'Flaherty que de laisser leur loyer au même prix un an de plus. A ce qu'on dit, il les envoie au Canada où ils meurent dans des *fever sheds*[1]... Du moins ceux qui survivent à la traversée dans des cales infectes ! Et le pire, c'est qu'à l'arrivée, ils vivent toujours sous le joug anglais.

— Grace m'a dit que des familles entières étaient installées dans les marais. Elle les a vues quand elle est allée chercher de la tourbe avec Ryan.

Morgan hocha la tête.

— Oui, certains habitent dans les marais et d'autres dorment sur le bas-côté des routes. Des gens respectables se retrouvent obligés de vivre comme des itinérants, en pire, car ils ne savent pas mendier leur nourriture sans perdre leur fierté.

— Ne serait-il pas préférable de risquer la traversée plutôt que de mourir de faim dans un marais boueux, avec seulement de l'eau croupie à boire et des racines à manger ? demanda Sean en frottant son bras estropié. Moi-même, j'y ai pensé plus d'une fois, alors que Dieu sait que j'ai un bon toit au-dessus de ma tête et le ventre plein.

Il jeta un regard mélancolique à sa jambe tordue.

— On peut faire quelque chose de sa vie, là-bas. En Amérique, tous les hommes sont égaux, paraît-il.

— Tu ne crois pas qu'ils ont des riches et des

---

1. Littéralement : « hangars de fièvre ». Les émigrants irlandais arrivant à Québec ou Montréal souffraient de nombreuses maladies, dont le typhus, et ils étaient mis en quarantaine. Devant le nombre d'arrivants dans les années 1840, les autorités avaient été obligées de construire des hangars autour des hôpitaux maritimes pour accueillir les malades.

pauvres, comme ici ? demanda Morgan. Il faudrait être idiot pour s'imaginer le contraire.

Sean fronça les sourcils.

— En Irlande, on peut se tuer à la tâche tous les jours de sa vie sans jamais arriver nulle part. On ne peut même pas léguer à sa femme et à ses enfants la terre que l'on a travaillée toute son existence. Alors qu'en Amérique, si l'on se donne à fond, on peut devenir propriétaire de sa terre, et offrir à sa famille le fruit de son travail.

— « The Land of Opportunity[1] », cita Morgan d'un air narquois. Tu as raison, et il est vrai que certains s'en tirent bien, ils partent vers l'Ouest et obtiennent un lopin de terre, ou restent dans l'Est et peuvent envoyer un peu d'argent à leur famille ici. Mais la plupart ne donnent plus jamais de nouvelles. Les filles qui reviennent à la maison sont muettes comme des tombes.

Il fit claquer les rênes.

— Ma cousine Colleen était domestique dans une grande maison de Boston, elle envoyait régulièrement de l'argent à ses parents, mais au bout d'un an, elle est rentrée. Elle a rapporté à sa mère une machine à coudre et dix livres, puis elle est entrée directement au couvent. L'Amérique est un endroit pernicieux, si tu veux mon avis.

Il leva les yeux vers le ciel bleu. Quelques nuages blancs s'éloignaient, poussés par le vent ; des merles volaient dans les arbres. Il prit une profonde inspiration et reprit avec passion :

1. « La terre de toutes les occasions ». *(N.d.T.)*

— La vie est peut-être dure, ici, mais je ne quitterais pas l'Irlande pour tout l'or du monde.

Sean sourit.

— C'est ma foi vrai. Tu es un véritable Irlandais, de la trempe d'un Finn McCool[1] ou d'un Brian Boru. Tu aurais dû naître roi.

Morgan lui lança un regard noir.

— Je suis fils de roi, tout comme toi – nous sommes les descendants des sept cents rois qui vivaient ici autrefois. Il n'est pas de sang plus fort ou plus noble que le sang irlandais, et il coule encore dans les veines d'hommes comme William Smith O'Brien[2] et John Mitchel[3].

Il secoua la tête d'un air écœuré.

— Nous avons laissé ces satanés Anglais nous malmener et faire de nos pères des paysans, mais il est temps que nous nous dressions pour réclamer notre dû. Il est temps que les Irlandais reprennent le contrôle de l'Irlande.

Le sourire de Sean s'évanouit.

— On dirait bien de la sédition, mon ami, observa-t-il doucement.

---

1. Héros irlandais semi-mythique, leader du mouvement Fianna Eireann fondé en 400-300 av. J.-C. C'était un poète, politicien, guerrier et magicien. Il existe plusieurs versions de sa mort dans la légende irlandaise ; on dit notamment qu'il n'est jamais mort, mais qu'il dort dans une grotte et attend d'être réveillé pour défendre l'Irlande quand elle en aura le plus besoin !

2. L'un des leaders des Young Irelanders (1803-1864). Ce groupe de rebelles prônait une lutte armée pour libérer l'Irlande du joug britannique — par opposition aux Old Irelanders, qui eux privilégiaient une position plus nuancée et pacifiste.

3. Journaliste révolutionnaire irlandais (1815-1875). Ses articles, jugés subversifs, lui valurent un long séjour au bagne.

Morgan soutint son regard.

— Appelle ça comme tu voudras. Pour moi, c'est la simple vérité.

Ils se turent un moment, tous deux perdus dans leurs pensées. Le père de Sean, qui se méfiait des catholiques, ne militait pas activement pour l'abrogation des lois anglaises anti-catholiques, bien qu'il la souhaitât ardemment. Morgan, en revanche, était nourri des opinions politiques de son père, qui participait à tous les meetings des Repealers[1] quand il rentrait de ses séjours en mer. Mais les noms de Smith O'Brien et Mitchel étaient associés au nouveau parti des Young Irelanders, radical même aux yeux des Repealers, car ses membres se disaient prêts à prendre les armes. Sean se demanda à quel point Morgan était impliqué dans leur combat.

Dans le ciel sans nuages, le soleil brillait de tous ses feux, réchauffant leurs épaules. Un coucou appela dans le bois. Morgan soupira et se tortilla sur son siège.

— Vous n'allez pas payer de taxe de mariage pour Gracelin, je suppose, dit-il tout à coup en jetant un coup d'œil en biais à son ami. Et bien sûr, pas de risque que vous finissiez dans les tourbières de sitôt, vous autres.

Sean tendit la main, arracha les rênes à Morgan et immobilisa la charrette avant de se tourner pour faire face à son ami. Ses yeux brillaient de fureur, mais c'est d'une voix calme qu'il déclara :

— Ma sœur n'est la maîtresse de personne,

1. Partisans de l'abrogation *(repeal)* des lois anti-catholiques qui, notamment, interdisaient à un catholique irlandais d'être membre du Parlement. Le leader du mouvement était Daniel O'Connell.

Morgan McDonagh. Et si c'est ce que tu sous-entends, je vais devoir te tuer sur-le-champ.

Les yeux de Morgan s'agrandirent de surprise et il leva les mains comme pour se protéger, en dépit de son avantage physique évident sur son ami.

— Je ne l'appellerais jamais ainsi, et tu le sais, espèce d'idiot ! Tout le monde adore Grace ! Et certains plus que d'autres, ajouta-t-il à mi-voix avant de laisser tomber ses mains sur ses genoux. Ah, mon frère, je ne suis qu'un bavard imbécile, voilà tout. Ces derniers jours, j'ai le cerveau en purée.

La colère de Sean s'évanouit aussitôt et ses épaules s'affaissèrent.

— Nous sommes deux, dans ce cas, soupira-t-il. A dire vrai, cela me met mal à l'aise de voir Grace épouser ce type. Cela semble si... bizarre. Notre Grace, mariée à un châtelain et allant vivre dans une grande maison avec des domestiques et tout ! Je n'arrive pas à me l'imaginer.

— Tu n'es pas le seul.

Reprenant les rênes, Morgan remit la charrette en marche.

— Les langues vont bon train dans toute la vallée, c'est moi qui te le dis. Tout le monde veut savoir comment c'est arrivé.

Sean esquissa une grimace dégoûtée.

— Tout ça, c'est parce qu'il veut un héritier. Et pour avoir un garçon, il s'est mis dans la tête qu'il lui fallait une jolie fille de la campagne au lieu d'une dame du monde, puisque comme tu le sais il a déjà essayé ça sans succès. Il a vu Grace à Macroom à la Saint-Jean, et Brigid Sullivan, qui est sa gouvernante, lui a dit tout ce qu'il voulait savoir à son sujet.

Il est parti quelque temps dans le Nord pour affaires, mais maintenant il est de retour et bien décidé à avoir Grace. Il a annoncé à Pa qu'il voulait l'épouser, pas seulement faire d'elle sa maîtresse. Alors qu'elle n'a même pas de dot – mais bien sûr, pour lui, ça ne fait pas de différence.

Il s'interrompit, respira profondément et regarda Morgan dans les yeux.

— Et je dois dire qu'il promet aussi de nous rendre la vie plus facile. Maintenant, Ryan va pouvoir épouser Aghna O'Doud et l'amener à la maison, parce que Donnelly va construire des pièces supplémentaires. Ça permettra à Ryan de rester sur nos terres au lieu de partir à Galway comme le craignait Pa. Nous aurons un nouveau cheval de trait, aussi, et un médecin de Dublin m'examinera. Et, bien sûr, nous ne risquerons plus d'être expulsés en cas de période difficile. Hélas, nous ne pourrons rien faire pour nos voisins... A vrai dire, j'ai honte de tout ça, ajouta-t-il. J'ai l'impression que nous vendons Grace pour avoir une vie plus facile.

Sans lâcher les rênes, Morgan posa une main sur la jambe raide de son ami.

— Tu ne peux pas en vouloir à ton père, dit-il avec fermeté. Il est un peu plus aisé que d'autres, c'est vrai, mais en Irlande les pauvres restent pauvres, tu l'as dit toi-même. S'il a conclu un marché qui vous est profitable, alors il a fait son devoir envers vous, et cela doit le soulager un peu, crois-moi.

— Lui qui a une vieille femme et un fils estropié à charge, c'est ça ? grommela Sean avec amertume.

Morgan lui donna une petite tape.

— Idiot ! Ce n'est pas du tout ce que je voulais dire, et tu le sais parfaitement. C'est vrai, ton corps est handicapé, mais pas ton esprit, et ne devrais-tu pas remercier le Ciel pour cela ? Tu n'es pas un fardeau pour ton père. Regarde tout ce que tu gagnes !

— Cela paie à peine le médecin une fois l'an.

Sean détourna la tête.

— C'est pour ça que je pense à l'Amérique, à partir tout seul. Mais hélas ! que pourrais-je faire, même là-bas ? A quoi suis-je bon ? ajouta-t-il en abattant un poing furieux sur sa jambe atrophiée.

— En général, tu es doué pour faire la conversation, observa Morgan avec un sourire ironique, mais pas aujourd'hui, on dirait.

Sean continua à froncer obstinément les sourcils.

— Tu as une bonne mémoire et tu comprends bien les choses, reprit Morgan. Tu as la chance d'avoir un esprit acéré, le plus vif que je connaisse, et c'est la vérité vraie.

— La chance ? C'est une malédiction, tu veux dire ! Avoir un esprit acéré... et un corps trop abîmé pour l'abriter.

Le visage tendu, Sean se frotta le front.

— Dieu ne nous dit-il pas de profiter de Ses bienfaits et de porter nos fardeaux en silence ? demanda Morgan en essayant d'apercevoir la rivière à travers les branches. N'est-ce pas pour notre bien qu'Il nous les envoie ?

— Et quels fardeaux portes-tu donc, toi, McDonagh ? demanda Sean d'un ton agacé. Toi, avec ton corps parfait, ton visage avenant et ta voix qui fait perdre la tête aux filles ? Quel fardeau Dieu t'a-t-il donné à porter, à toi ?

79

Morgan garda les yeux braqués sur la route.

— J'ai ma part, crois-moi.

— Tu t'occupes de ta mère et des filles, je le sais, admit Sean. Mais ça, c'est un devoir, pas une souffrance.

— Récemment, mon ami, j'ai fait connaissance avec la souffrance, déclara Morgan d'une voix grave. Je suis tombé amoureux d'une fille qui ne pourra jamais devenir ma femme.

— Ma parole, elle doit être aveugle et sourde ! s'exclama Sean. C'est peut-être ma chance... Donne-moi vite son nom, que j'aille sur-le-champ lui rendre visite !

Morgan rit malgré lui.

— Non, répondit-il en secouant la tête, elle ne voudra pas de toi, bien qu'elle t'aime de tout son cœur.

— Qu'est-ce que tu racontes ?

Sean lui donna un coup de poing sur l'épaule.

— Allez, explique-toi !

Morgan lui jeta un coup d'œil en biais. Il mordillait nerveusement sa lèvre inférieure.

— Tu dois me promettre de ne jamais en parler à quiconque.

— Je le jure sur l'âme de mon père, le roi, dit Sean, la main levée solennellement.

— Alors, sache qu'elle est plus belle que la plus belle des fées, plus douce que la plus douce des mères. Courageuse comme le pirate dont elle porte le nom, et aussi vive d'esprit que son frère.

Sean le regarda en silence, puis il cligna deux fois des yeux avant de recouvrer l'usage de sa voix.

— Morgan ! Tu es amoureux de notre Grace !

Un sourire penaud se peignit sur les lèvres de Morgan.

— C'était à cette satanée fête de la Saint-Jean, l'été dernier... Je me demande si tous les hommes présents sont tombés amoureux d'elle ce soir-là ? Elle était debout à côté de moi et je sentais l'odeur de fumée de ses cheveux. Tout à coup, elle a levé la tête et elle a souri, tu sais, ce petit sourire très doux, très gentil qu'elle a parfois... et là, j'ai réalisé tout à coup que je l'aimais.

— Pourquoi n'as-tu rien fait, dans ce cas ?

Morgan et Sean se regardèrent ; le regret de l'un n'avait d'égal que la stupeur de l'autre.

— J'ai saisi sa main, dit Morgan avec un petit rire. Et elle a failli s'évanouir tant elle était intimidée. Elle a pris ses jambes à son cou. Mais j'ai su, en la regardant gravir la colline à toute vitesse au clair de lune, que le moment d'avouer mes sentiments ne tarderait pas à arriver.

Il s'interrompit et déglutit avec difficulté.

— Je me suis dit que j'attendrais le printemps pour venir lui faire ma cour. Je pensais que ça me donnerait une longueur d'avance sur tous les autres garçons qui ne manqueraient pas de vouloir sa main.

Un petit rire las lui échappa.

— Jamais je n'aurais cru que Donnelly me précéderait et la voudrait pour lui. Alors, tu vois, Sean O'Malley, tu n'es pas le seul à avoir ta croix à porter.

Sean ne dit rien jusqu'à ce qu'ils eussent atteint la rivière, une ramification claire et fraîche de la Shannon qui fourmillait de poissons au printemps.

Ils sortirent leurs cannes de la charrette et s'approchèrent de la rive, suivant le petit chemin qui conduisait au banc de sable où se rassemblaient les saumons qui essayaient de remonter le courant. Là, ils posèrent leurs paniers et le petit tabouret de Sean, puis ils s'installèrent pour pêcher.

— Elle n'est pas encore mariée, observa Sean lorsque leurs lignes furent lancées.

— Certes, mais elle est promise à un autre.

— Bien des engagements ont été rompus pour moins que ça.

Morgan fit non de la tête.

— S'il s'agissait d'un garçon de la campagne comme moi, tu peux être sûr que je plaiderais ma cause.

Il tira doucement sur sa canne à pêche.

— Mais ce n'est pas un fils de paysan, Sean, reprit-il. Ni même un citadin. C'est un châtelain. Le fils d'un lord anglais, pour l'amour du ciel ! Que puis-je offrir à Grace, en comparaison ?

Sean attrapa le bras de Morgan et l'arrêta avant qu'il ne pénètre dans l'eau.

— De l'amour, dit-il simplement.

Morgan ne sourit pas.

— Tu es un rêveur, Sean. C'est vrai, je l'aime plus que n'importe quelle autre fille que j'aie jamais connu. L'amour est un grand réconfort dans la vie d'un homme... Mais pas dans celle d'une femme. Ne le vois-je pas tout autour de moi ? N'ai-je pas vu ma mère souffrir de son amour pour un mari toujours absent ? Je ne veux pas charger Grace du poids de mon amour alors qu'elle peut espérer plus.

— Elle n'éprouve rien pour Donnelly.

— Et qui te dit qu'elle a des sentiments pour moi ?

Morgan tira sur la ligne avec colère, puis soupira d'un air écœuré en voyant qu'elle s'était prise dans les herbes.

— Que le diable t'emporte, Sean O'Malley ! Qu'est-ce que tu me fais faire ?

— Tu es mieux que lui, et de loin, insista Sean. Grace s'en apercevra bien, si on lui donne le choix.

Morgan cracha à terre avec dédain.

— Le choix entre quoi et quoi ? Vivre dans un taudis avec moi et nos bébés, travailler inlassablement pour payer le loyer et avoir de quoi manger... Ou vivre dans un manoir avec des domestiques et des vêtements chauds, de la viande à volonté pour ses enfants, et l'occasion de penser à autre chose que « Devrions-nous acheter une vache cette année ? » ou « Pouvons-nous nous passer de chaussures jusqu'à l'hiver ? ».

— Ce n'est pas un mari pour elle ! rétorqua Sean avec un coup de pied rageur dans le panier à poissons.

Il s'assit lourdement sur la rive.

— Ce n'est pas à toi d'en décider.

Morgan passa sa main éclaboussée d'eau dans ses cheveux.

— Même si elle m'aimait vraiment, ça ne pourrait pas durer. Tu ne comprends pas ? Plus maintenant. Réfléchis : si elle acceptait de m'épouser, elle finirait par le regretter en voyant la vie misérable et difficile de ses enfants et en songeant à ce qu'ils auraient pu avoir. Et si elle choisissait de ne pas m'épouser, elle risquerait de s'interroger, dans le confort de sa grande demeure, sur cet amour qu'elle aurait laissé passer.

Il s'avança vers Sean.

— Tu crois que ce serait lui laisser le choix... mais en fait, tu ne ferais que semer le doute dans son esprit. Mieux vaut qu'elle ne sache rien de mes sentiments. Ainsi, elle épousera Donnelly et finira par l'aimer. C'est ce qui se produira si nous ne nous en mêlons pas. Tu me comprends à présent, mon frère ?

Un moment immobile, Sean finit par hocher la tête.

— Tu es meilleur que moi, McDonagh. A ta place, je tenterais ma chance... Veux-tu bien m'excuser de t'avoir harcelé ainsi ?

Morgan sourit.

— Bien sûr, comme toujours !

— J'avoue avoir nourri de gros espoirs, l'espace d'une minute. Ne t'aimons-nous pas déjà comme un membre de la famille ? ajouta-t-il en lui rendant son sourire. Même si tu passes ta vie chez les curés.

Morgan arqua un sourcil.

— Plus tant que ça, figure-toi. Je savais que ton père ne laisserait jamais sa fille épouser un catholique, alors j'ai pas mal réfléchi et lu de mon côté, l'hiver dernier. Ne crois pas que tous tes discours soient tombés dans l'oreille d'un sourd.

Sean ouvrit de grands yeux.

— Tu plaisantes ? Jamais tu ne quitterais l'Eglise ?

Morgan secoua la tête.

— Non. Mon père me tuerait si je faisais une chose pareille. Mais un homme doit penser par lui-même s'il ne veut pas mourir idiot, et certains prêtres se comportent comme si penser était un péché. Pourtant, ne sont-ils pas des hommes aux yeux de Dieu, exactement comme nous ? Quel est ce passage de la première lettre aux Corinthiens que tu m'as souligné, déjà ?

— « Ne savez-vous pas que, dans les courses du stade, tous courent, mais qu'un seul obtient le prix ? »

Morgan hocha la tête.

— « Courez donc de manière à le remporter. »

Il s'interrompit.

— Et à la fin : « C'est pourquoi je cours [...] de peur d'être moi-même disqualifié. »

— Tu l'as appris par cœur, observa Sean avec douceur.

— Oui, et je comprends à présent ce qu'il signifie : ceux qui prêchent la parole de Dieu devraient s'efforcer d'être les meilleurs parmi les hommes, tout en se montrant humbles et en servant les gens de leur Eglise, comme le Christ servait Dieu.

De nouveau, il s'arrêta pour regarder son compagnon.

— Je dois participer à cette course. Pas seulement en tant que membre de l'Eglise, mais en serviteur de mon peuple, en serviteur de Dieu.

— Comment t'es-tu procuré une bible ?

Morgan rit.

— Ta grand-mère en avait une qui avait appartenu à ta mère, et elle a insisté pour que je la prenne, tout en me faisant jurer le secret et en me suppliant de la cacher à un endroit où mon père ne la trouverait pas.

Sean joignit son rire au sien.

— Je me demandais où elle était passée ! Vraiment, je n'aurais jamais cru Grandma aussi rusée...

— Je l'aime beaucoup. Maman ne sait pas ce que je fais, elle a seulement vu ma chandelle allumée la nuit, et elle a fièrement annoncé au père Brown que son fils était devenu un lecteur émérite grâce aux quelques leçons des frères. Maintenant, il estime de son devoir de me fournir toutes sortes de pamphlets sur l'agriculture moderne et l'hygiène personnelle ! (Il éclata de rire.) Tu imagines comme il porterait la main à son cœur et prierait pour mon salut s'il savait que je feuillette le saint Livre tout seul ! Et de fait, ajouta-t-il, recouvrant son sérieux, ce n'est pas facile de comprendre tout ce qui y est dit.

Sean hocha la tête.

— Oui, il faut vraiment vivre dedans avant que ça commence à devenir clair.

Ils se turent, le regard fixé sur l'eau sombre. On distinguait les formes mouvantes des saumons qui nageaient sous la surface, parfois l'éclair argenté de leurs écailles. Sean sentit sa ligne se tendre et tira dessus doucement pour la ramener d'une main experte. Morgan entra dans l'eau et attrapa le poisson avec une gaffe, puis il ôta l'hameçon de sa bouche et le jeta sur la rive, où Sean l'assomma d'un coup de bâton. Lorsque le saumon eut cessé de bouger, il fit passer un morceau de bois entre la bouche et l'ouïe et installa sa prise dans un peu d'eau peu profonde pour la garder au frais. Il reprit sa place et lança à nouveau sa ligne avant de jeter un coup d'œil à Morgan, debout sous les châtaigniers dont les fleurs blanches se balançaient paresseusement dans la brise.

Morgan leva la tête et croisa son regard.

— Je ne dis pas de mal de l'Eglise, ne te méprends pas. J'ai connu plus de bons prêtres que de mauvais, et le père Brown est l'un des meilleurs hommes que je connaisse, curé ou non.

— C'est un brave homme, je te l'accorde, admit Sean. Il vit au milieu du peuple, il ne s'isole pas. En fait, reprit-il après une courte pause, c'est la combinaison de la religion et de la politique qui me met hors de moi. Quel droit les prêtres ont-ils de dire aux gens qui ils doivent soutenir?

Morgan lança sa ligne et attendit.

— Je ne sais pas s'il est possible de se diviser en deux parties distinctes. Si nous voulons nous conduire en chrétiens dans ce monde, nous ne pouvons pas en ignorer les affaires. Nous ne pouvons pas faire comme si la détresse de notre voisin n'était pas la nôtre.

— C'est vrai, acquiesça Sean. Mais dans ce cas, pourquoi tyrannisent-ils les gens en les poussant à payer leur loyer alors que leurs enfants meurent de faim? Pourquoi les menacent-ils de la colère divine s'ils ne rendent pas à César ce qu'ils lui doivent? Crois-tu qu'il soit juste d'affirmer que l'oppression et la famine sont la volonté de Dieu et qu'ils doivent l'accepter en silence, la tête humblement baissée?

— Non, reconnut Morgan, les sourcils froncés. Un homme doit payer ce qu'il doit et se montrer de bonne foi, c'est cela, rendre à César, mais il ne reste plus beaucoup de bonne foi en Irlande. Ces agents arrogants collectent des loyers de plus en plus élevés pour des propriétaires qui ne viennent même pas faire un tour dans la campagne une fois l'an!

Comment un homme vivant à Dublin – ou, pire encore, en Angleterre – pourrait-il comprendre les souffrances de personnes qu'il ne voit jamais ? Dieu ne souhaite pas voir Son peuple sacrifié pour des moutons et du bétail, ou pour permettre à d'autres de mener une vie riche et aisée. Non, ce n'est pas ce qu'Il veut.

Un éclair illumina ses yeux noisette.

— Il veut que nous nous dressions et insistions pour vivre dans un pays chrétien, où chaque homme pourra compter sur une assiette pleine le soir, où il n'aura pas à craindre que sa famille se retrouve à la rue au plus froid de l'hiver, que sa maison et toutes ses affaires soient détruites sous ses yeux... Un pays où la vie ne soit pas aussi misérable.

Il s'interrompit et baissa la voix.

— Les hommes comme le père Brown utilisent leur influence pour rallier du soutien à O'Connell et aux Repealers, et c'est une bonne chose. Mais nous ne pouvons pas continuer à faire partie de la masse silencieuse.

— J'ai du mal à croire ce que j'entends, Morgan, dit Sean en scrutant le visage de son ami. Es-tu vraiment sérieux ?

— L'Irlande s'apprête à connaître une période plus dure encore que celle qu'elle vient de vivre.

Morgan se pencha et se lava les mains dans l'eau claire.

— Je le sens. Elle ne se laissera pas malmener encore longtemps de la sorte. Il y a eu trop de famines par le passé, trop de fièvres, trop de travail... trop peu d'espoir. Quoi qu'il arrive, conclut-il en s'essuyant sur son pantalon, j'avais espéré avoir toute ma vie Grace à mon côté en tant qu'épouse, et toi en tant que frère. Mon cœur se révolte, mais j'essaie d'accepter la volonté de Dieu, qui m'indique un autre chemin.

Sean regarda son ami.

— Crois-tu vraiment que ce soit Sa volonté, Morgan ? En ce qui concerne Grace, je veux dire ?

Il s'interrompit avant de reprendre, très mal à l'aise :

— As-tu entendu les rumeurs ? Pa affirme qu'il ne s'agit que de mensonges proférés par des jaloux. Mais franchement, je... je ne sais pas. (Il secoua la tête.) Tout ce que j'entends me trouble. Je ne dors plus la nuit tant je suis inquiet.

— De quoi parles-tu ?

Embarrassé, Sean rougit.

— Tu n'es donc pas au courant ? A propos de Donnelly. On dit qu'il... qu'il se rend dans des maisons closes, dans le Nord, et qu'il maltraite les filles qui s'y trouvent. Et n'a-t-il pas perdu deux épouses ? poursuivit-il, les yeux pleins d'angoisse. La seconde, d'une manière telle que les gens ne parlent d'elle qu'à voix basse. Qui est cet homme qui va emmener notre Grace, et comment pourrai-je l'aider, si elle a besoin de moi ?

Le visage de Morgan s'était figé sous l'emprise de la colère et il se redressa, les épaules rejetées en arrière, les poings serrés. Lorsqu'il parla, sa voix était d'un calme mortel.

— Je n'avais pas entendu parler de cette histoire de femmes dans le Nord. Mais de fait, il faudrait être bien sot pour ne pas s'interroger sur le sort de cette pauvre Anglaise qu'il a épousée la seconde fois.

Quoi qu'il en soit, reprit-il après quelques secondes de réflexion, nous garderons un œil sur lui. Et s'il ne se comporte pas avec Grace exactement comme il le devrait... Eh bien alors, nous le remettrons dans le droit chemin, toi et moi, pas vrai ? Tu as ma parole. Dieu est mon témoin, conclut-il, la main droite solennellement tendue devant lui.

Sean prit la main de son ami entre les siennes et ils demeurèrent un long moment ainsi – Morgan, large et fort comme un chêne de Shillelagh, Sean fragile et tordu comme une haie de prunelliers, chacun puisant un peu de courage dans le contact de l'autre tandis qu'autour d'eux les arbres ondulaient dans le vent et que la rivière se hâtait vers la mer.

3

Le mariage de Grace ne ressembla en rien à celui qu'elle s'était toujours imaginé. Il n'y eut pas de chants traditionnels, pas de grande réunion de la famille et des voisins dans la maison, pas de *poteen*[1] ni de toasts en gaélique, pas d'itinérants jouant leurs ballades, pas de danses. Aucun animal ne passa la tête par la fenêtre pour jeter un coup d'œil à la fête, aucun enfant ne traversa la pièce en courant entre les jambes des adultes, les joues rouges d'excitation,

1. Whiskey distillé en fraude. *(N.d.T.)*

la tête ornée d'une guirlande de fleurs. Ce fut, au contraire, un jour très solennel. Le pasteur qui officiait était grand et digne, tous les membres de la famille de Grace étaient installés sur un banc derrière elle, assis très raides avec leurs cols et leurs gilets amidonnés. Les invités, répartis dans les autres rangées, lui étaient tous inconnus : c'étaient les connaissances de Bram, des grands bourgeois, des hommes d'affaires, des officiers anglais, tous, bien sûr, accompagnés de leur épouse. Grace portait la longue robe ivoire de sa mère, sortie de sa malle et fleurant bon la lavande. Elle avait été aérée au soleil et ajustée pour épouser le long cou de Grace et sa taille très fine. Une guirlande de roses printanières et de lierre ornait ses cheveux, et un voile de dentelle lui dissimulait le visage. Le cadeau de mariage de Bram, un superbe collier de perles, avait été livré dans un écrin de velours par Nolan Sullivan, son garçon d'écurie. Grace s'était empressée d'ouvrir le boîtier et avait soulevé le bijou pour le faire admirer à toute la famille, tout en s'interrogeant intérieurement sur l'homme qui avait choisi pour elle un présent aussi coûteux. Ils ne s'étaient pas encore rencontrés, il avait souhaité négocier avec son père uniquement tous les détails de leur future vie commune, afin qu'elle ne le vît pour la première fois que devant l'autel.

La matinée était nuageuse, et le vert des collines contrastait violemment avec le gris du ciel couvert. De délicats arbustes en fleurs éparpillaient leurs pétales roses et blancs le long de l'allée, les roses des haies ajoutaient à l'ensemble une touche de couleur profonde. Pour Grace, cette lumière avait toujours été synonyme autant de souffrance que de beauté, elle emplissait son cœur d'émotion tout en le serrant douloureusement, et ce sentiment était encore exacerbé par la certitude qu'elle avait d'admirer ce paysage pour la dernière fois. Aujourd'hui, elle changerait à jamais... Mais soudain, alors même qu'elle avait l'impression de ne pouvoir supporter cela une seconde de plus, alors qu'elle se sentait envahie d'un désir presque irrésistible d'arracher sa robe et de s'enfuir à travers champs sur la colline, le soleil apparut, et l'attelage envoyé par son fiancé s'arrêta devant sa porte.

Elle sortit dans la lumière à la suite de Grandma, les jupes soulevées pour ne pas souiller sa robe dans l'herbe et la poussière. Elle patienta tandis que Nolan prenait la main de sa grand-mère pour l'aider à monter à bord. C'était Jack, le père du jeune homme, qui conduisait l'attelage, dans lequel Grace grimpa avec l'aide de son propre père. Puis ce dernier se dirigea vers sa charrette et s'y installa aux côtés de Ryan et Sean, prêt à suivre l'attelage jusqu'à Macroom. Tous les voisins étaient sortis de chez eux pour dire au revoir à Grace, qui fit un petit signe de la main à Julia Ryan. Cette dernière, debout à côté de Katty O'Dugan, lui serrait le bras, les larmes aux yeux. Les enfants arpentaient la rue en courant, tandis que les hommes portaient sobrement la main à leur casquette. Tad O'Dugan piétinait sur place, l'air embarrassé par tout cet étalage. Le vieux Campbell Hawes sortit à son tour, le nez rougi par l'alcool et l'émotion, et cria une bénédiction, aussitôt rabroué par sa femme, qui lui reprocha de mettre Grace mal à l'aise. Les Sheehan et les Daly formaient un petit groupe – Fiona et Shane tout proches l'un de l'autre, sans toutefois se toucher. Les Kelly étaient là, eux aussi, Irial au violon, son fils Kealan à la flûte, tous étaient alignés le long du chemin et envoyaient des fleurs au convoi en demandant à Dieu de bénir cet heureux jour. Les jeunes gens formèrent un groupe derrière l'attelage et entonnèrent « The Paisteen Fionn », et Grace eut la certitude de distinguer le timbre de ténor familier de Morgan McDonagh parmi les voix qui l'accompagnaient jusqu'au bout de la route, couvrant le clip clop régulier des sabots des chevaux.

Le cortège s'immobilisa lorsque l'attelage atteignit l'avenue et elle ferma les yeux, tendant l'oreille pour saisir le dernier couplet de la superbe chanson :

« Oh ! You are my dear, my dear, my dear.
Oh, you are my dear and my fair love !
You are my own dear, and my fondest hope here,
And oh, that my cottage you'd share, love [1] ! »

Elle cligna des yeux pour chasser les larmes qu'elle s'efforçait de ravaler depuis le matin, puis elle se retourna avec raideur dans sa robe pour jeter un coup d'œil derrière elle, mais les chanteurs avaient rebroussé chemin.

— La maison te manque déjà, on dirait ?

1. « Oh ! Tu es ma chérie, ma chérie, ma chérie/Oh, tu es mon cher et tendre amour !/Tu es ma chérie à moi, mon espoir le plus doux/Et oh ! comme j'aimerais que tu partages ma demeure, mon amour ! »

Grandma saisit la main froide de Grace entre les siennes, toutes chaudes.

— Il n'y a rien à craindre, tu sais, ajouta-t-elle à voix basse pour ne pas être entendue de Jack Sullivan, bavard invétéré. N'es-tu pas sur le point d'épouser un homme bien, et ta mère n'aurait-elle pas été fière de toi ?

— Je n'ai pas peur, Grandma, répondit Grace avec douceur en gaélique. Sean a dit que les anges de Dieu empliraient l'église et que maman serait parmi eux.

Elle passa sa main, un peu tremblante, sur la superbe jupe pour la lisser.

— Vraiment, ce garçon a une imagination débordante, observa Grandma avec tendresse. Mais dans la mesure où c'est toi qui la verras, je t'en prie, montre-moi où elle est, que je puisse lui dire un mot et peut-être sentir son parfum.

Elle s'interrompit et eut un petit rire gêné.

— Ne crois-tu pas que ton promis changerait d'avis s'il nous entendait parler de la sorte ? Et en irlandais, en plus ! Nous ferions mieux de garder tes dons secrets et de ne parler que l'anglais de la reine, sans quoi il se demandera dans quoi il s'est embarqué !

Grace rit avec elle.

— Ne se posera-t-il pas la question de toute façon, après avoir passé quelques jours avec moi ?

Un éclair affectueux brilla dans les yeux de sa grand-mère.

— Si, car tu es la plus merveilleuse jeune fille du comté, Gracelin, et même de toute l'Irlande, crois-moi !

Son sourire se figea et elle baissa les yeux vers ses mains, triturant les gants dont elle n'avait pas l'habitude, les joues soudain colorées.

— Je ne t'ai pas parlé comme devrait le faire une mère, Grace, car je n'ai jamais eu l'occasion d'être seule avec toi.

Grace fronça les sourcils, intriguée. Grandma se ressaisit et déclara avec fermeté :

— Je parle de ta nuit de noces, *agra*. Sais-tu de quoi il retourne ?

Ce fut au tour de Grace de rougir.

— Eh bien, j'ai toujours entendu des plaisanteries, lors des mariages, bégaya-t-elle. Et les vaches et les moutons...

Elle laissa sa phrase en suspens. Grandma posa un bras rassurant sur ses épaules.

— Chasse tout ça de ton esprit. Ça n'a rien à voir avec ce que font les animaux, l'union d'un homme et de son épouse est une très belle chose.

Elle jeta un coup d'œil en biais au visage baissé de Grace et se jeta à l'eau.

— Quand le moment sera venu, il te laissera seule un moment. Mets ta chemise de nuit et glisse-toi dans le lit pour l'attendre. N'aie pas honte de ta timidité, il comprendra.

Ecarlate, Grace n'osait pas regarder sa grand-mère.

— Ce qui se passera ensuite est naturel, c'est ce que Dieu a voulu pour les hommes et les femmes. Fais confiance à ton mari et laisse-le faire. Réjouis-toi de son amour pour toi et dis-toi que ton amour pour lui ne fera que croître grâce à cela. Et n'est-ce pas ainsi que tu pourras avoir des enfants, qui sont une bénédiction pour un couple ?

Grace releva vivement la tête, les yeux agrandis d'effroi. Elle se jeta au cou de Grandma et s'accrocha à elle avec désespoir.

— Ne peux-tu pas venir avec moi ? supplia-t-elle.

— Et que voudrais-tu que je fasse, exactement ? Que je me plante au pied du lit pour te souffler des encouragements ?

Elles se regardèrent un instant, imaginant la scène, et éclatèrent de rire.

— Voilà, voilà, dit Grandma lorsqu'elles eurent repris leur sérieux. Il y a longtemps que j'aurais dû t'en parler, et j'ai honte d'avoir tant tardé.

Elle força Grace à se redresser et rajusta sa robe et son voile.

— Ne te tracasse pas maintenant, mon enfant. Une jeune mariée doit briller comme le soleil le jour de ses noces, si elle veut réchauffer le cœur de son mari.

Grace hocha la tête, mais son sourire, tendu, disparut rapidement. Elle prit la main tiède et familière de Grandma et la tint dans la sienne jusqu'à leur arrivée à la chapelle.

Des lambeaux de nuages continuaient à traverser le ciel, masquant puis révélant les rayons du soleil qui venaient caresser les collines et les vallées. Grace avait recouvré son calme et elle se sentait relativement solide lorsqu'elle descendit du cabriolet dans la fraîche brise printanière. Elle secoua doucement les plis amples de sa jupe, lissa le bustier ajusté, prit une profonde inspiration et pénétra dans l'église au bras de son père. Mais la vision de son mari, qui l'attendait près de l'autel, la fit vaciller sur ses jambes, et de nouveau ses yeux se remplirent de larmes. La remontée de l'allée centrale lui parut durer une éternité, en dépit du visage affectueux de Patrick tourné vers elle et de son bras ferme sous le sien.

— Tu as tout d'une reine. Grainne la pirate serait fière que tu portes son nom, chuchota-t-il.

Son haleine avait une odeur humide, chaude et boisée de whiskey. Voyant la mine surprise de sa fille, il lui décocha un clin d'œil.

— Tu ne voudrais pas que les nerfs de ton vieux père lâchent un jour comme aujourd'hui, et qu'il s'évanouisse devant tout le monde, n'est-ce pas, ma chérie ?

Une bouffée de tendresse envahit le cœur de la jeune fille, et elle embrassa spontanément la joue de son père. Elle vit une larme briller dans ses yeux alors qu'ils approchaient de l'autel et qu'il glissait sa main dans celle de l'homme qui l'attendait.

Là, debout côte à côte, Grace et son futur mari demeurèrent immobiles et écoutèrent les paroles du pasteur, qui parlait du mariage chrétien et des devoirs des époux. A travers la dentelle de son voile, Grace jeta un coup d'œil furtif à son compagnon, s'attendant à voir d'imposants favoris et une allure générale sévère. Elle fut donc surprise par la jeunesse du visage de Donnelly, bronzé et ferme, seulement ridé aux coins des yeux et de la bouche. Il n'avait pas de favoris, mais une épaisse moustache blonde, plus claire que ses cheveux. Il se tourna légèrement et elle vit que ses yeux étaient bleus, aussi pâles qu'un ciel d'été ; quand il lui décocha un petit clin d'œil complice, elle sursauta légèrement. Rougissante, elle se mordit la lèvre et se hâta de se retourner vers le pasteur, qui leur demandait de prononcer leurs vœux. Timidement, elle répéta après lui le serment matrimonial : elle promettait d'aimer et de chérir son mari, de lui obéir en toutes choses, et ce jusqu'à ce que la mort les sépare. Quand vint le tour du châtelain, elle entendit une note d'amusement dans sa voix et le sentit serrer fermement son bras au moment de lancer son « Oui ! » d'une voix forte.

Comme le leur indiquait le pasteur, ils se tournèrent l'un vers l'autre, et Donnelly glissa à son doigt un large anneau d'or orné d'un diamant, avant de soulever son voile et de la regarder dans les yeux. Puis il déposa sur sa bouche un baiser si léger qu'elle eut l'impression qu'une plume lui avait effleuré les lèvres.

Tandis qu'elle écoutait le religieux achever la bénédiction, elle avait une conscience aiguë de la présence solide de son mari à son côté, de son odeur, du contact de son manteau de qualité contre son bras. La révélation qu'elle avait eue à la mort de sa mère s'imposa de nouveau à elle : la vie ne serait plus jamais la même. A l'époque, l'évidence avait été accompagnée d'une intolérable tristesse ; aujourd'hui, elle se mêlait d'excitation et d'une impression de fatalité. Dieu lui avait donné cet homme pour compagnon. Ses enfants seraient éduqués dans une école digne de ce nom, ils ne manqueraient jamais de nourriture ni de vêtements, et grâce à sa nouvelle position sociale, elle pourrait désormais aider sa famille et ses anciens voisins. Alors, elle se redressa, les épaules en arrière, le menton fièrement pointé en avant, et tous ceux qui la virent quitter l'église au bras de son nouveau mari furent frappés par la lumière qui semblait irradier de son visage et par l'assurance qui brillait dans ses yeux.

Trop vite, la cérémonie puis le déjeuner de mariage s'achevèrent. Avec l'aide de Grandma, Grace ôta sa belle robe et enfila des vêtements plus confortables pour le voyage jusqu'à Dublin. Celui-ci leur prendrait deux jours, car Bram devait s'arrêter en route pour affaires. La jeune fille fit ses adieux à sa famille, puis ils partirent en cabriolet jusqu'au port de Cork, où les attendait un bateau léger. Jamais de toute sa vie Grace n'était montée sur un bateau, bien qu'elle eût passé de nombreuses heures à regarder voguer les voiliers dans la rade.

Le temps était clair, et l'atmosphère marine vivifiante ; l'eau n'était pas trop agitée, et Grace fut heureuse de trouver rapidement son équilibre sur le pont. Bram passa le plus clair du voyage à parler du transport du blé avec le capitaine, laissant à sa jeune épouse le loisir de contempler le paysage. Regarder l'Irlande depuis la mer lui paraissait étrange, mais elle éprouvait aussi un immense sentiment de fierté devant la beauté de sa terre natale, avec ses collines sombres, puissantes et ses riches pâturages. Le printemps faisait tout juste place à l'été, si bien que les arbres étaient revêtus de tendres feuilles toutes neuves, leur couleur claire et fraîche contrastant avec le vert plus sombre des collines. Même la mer aux vagues couronnées d'écume était plus verte que bleue.

Ils suivaient la côte, et de temps en temps Bram lui signalait des points de repère importants : la baie de Youghal, le port de Dungarvan dans le comté de

Waterford et enfin la baie de Wexford, où ils firent étape. Le capitaine voulait les emmener jusqu'à la baie de Dublin, mais Bram lui expliqua qu'il avait des rendez-vous dans les comtés de Wicklow et de Kildaire.

De Wexford, ils se rendirent en voiture à Blessington, où Bram avait loué une chambre pour la nuit. Grace, fatiguée par une matinée émotionnellement éprouvante et une longue journée en mer, goûta à peine à l'œuf au beurre, à la truite et au pain de blé posés devant elle. Elle serrait une tasse de café entre ses mains et soufflait dessus entre deux gorgées somnolentes. Bram lui conseilla de finir son repas et de se retirer dans sa chambre ; lui avait rendez-vous avec le capitaine Hastings, de Kildaire, au pub voisin. C'était leur nuit de noces, mais il la prit à part et lui expliqua que leur lune de miel commencerait réellement à Dublin, que ce soir-là elle aurait sa propre chambre à l'auberge afin de pouvoir se reposer confortablement. Bien que surprise, elle ne dit rien, songeant qu'il avait plus d'expérience de ces choses-là qu'elle et savait de quoi il parlait.

La patronne, une Mme Garrity dont les cheveux orange et frisés s'échappaient d'un bonnet de mousseline blanche, la conduisit jusqu'à une petite chambre très propre au deuxième étage.

— Allez vite au lit et profitez du calme, car à n'en pas douter vous n'en connaîtrez plus de pareil avant un certain temps, lui conseilla-t-elle, avant de lui décocher un clin d'œil pour faire bonne mesure.

Grace esquissa un faible sourire. Lorsque la porte se fut refermée, elle se déshabilla et passa sa chemise de nuit avant de s'allonger. Elle s'attendait à affronter une longue nuit sans sommeil ; au lieu de quoi, elle s'endormit aussitôt profondément.

A l'aube, elle fut éveillée par un petit coup frappé à la porte. C'était Bram. Quand elle lui eut répondu, il passa la tête dans l'entrebâillement pour lui dire que le petit déjeuner les attendait en bas. Elle se vêtit rapidement, arrangea sa coiffure et le rejoignit, bien qu'elle se sentît incapable d'avaler autre chose qu'un thé et un peu de pain. Son manque d'appétit ne parut pas déranger Bram, qui était très animé et se frottait les mains à la pensée du voyage qui les attendait. Il lui confia à voix basse, mais avec une grande fierté, que le capitaine Hastings avait payé une somme rondelette pour devenir associé dans son usine de lin de Kildaire.

— Vous me portez déjà chance, dit-il, le visage luisant de satisfaction.

Il l'entraîna dans l'air frais du matin et lui apprit qu'il avait réservé deux places à bord de la voiture Bianconi [1] qui se rendait à Dublin. C'était une autre aventure nouvelle pour Grace, qui commençait à se sentir l'âme d'une grande voyageuse. Les bagages étaient rangés au milieu de la voiture ouverte, laissant de la place tout autour pour que les gens puissent s'asseoir, tournés vers l'extérieur, les pieds

1. Créateur d'une compagnie de diligences tirées par un seul cheval et pouvant transporter jusqu'à six passagers, Charles Bianconi connut un tel succès dans la première moitié du XIXe siècle que ses voitures devinrent bientôt une institution en Irlande. En 1857, en dépit de la concurrence des chemins de fer, elles parcouraient près de 6 800 kilomètres par jour dans 22 comtés. (N.d.T.)

posés sur une planche juste au-dessus du sol. Une bâche en toile protégeait les passagers de la pluie légère qui tombait parfois en chemin. Ils avaient quatre compagnons, ainsi qu'un cocher portant un chapeau lustré et une longue redingote, qui tenait fermement les rênes dans une de ses mains gantées. De l'autre, il agitait son fouet. Ils ne firent que deux arrêts pour déposer des voyageurs et en embarquer d'autres, et Grace fut chaque fois charmée par les serviteurs des auberges où ils faisaient halte, qui se hâtaient de leur apporter des plateaux de boissons pour les rafraîchir durant ces courtes pauses.

Les tourbières silencieuses et les bois tranquilles firent place à des villages de plus en plus peuplés et bruyants, puis finalement ils arrivèrent à Dublin. Grace regardait autour d'elle, abasourdie, tandis que la voiture pénétrait dans la grande cité, plus belle que tout ce qu'elle avait vu auparavant. Partout, il y avait des soldats, des gardes en uniforme élégant, des étudiants avec leur couvre-chef caractéristique, des dames et des messieurs impeccablement vêtus, des marins, des marchands, des avocats en perruque, mais surtout des mendiants. Bien que Grace eût vécu en contact permanent avec la pauvreté, elle-même ne s'était jamais considérée comme pauvre, et elle n'avait jamais réellement réfléchi au problème avant de voir les gueux de Dublin : des enfants miteux qui poussaient des cris perçants comme des mouettes, des femmes en haillons portant un nourrisson sur chaque bras, des vieillards amputés ou aveugles, malades, estropiés, épuisés, qui suivaient toutes les personnes susceptibles de leur jeter un penny en leur promettant la chance éternelle, la bénédiction divine, une danse, une chanson, ou une malédiction si aucun sou ne venait. Bram lui conseilla de les ignorer ; lui-même se déplaçait comme s'ils étaient invisibles, se contentant parfois d'en écarter un du bout de sa canne. Mais Grace était incapable de détourner le regard, et ils se massaient autour d'elle à la moindre occasion. Elle s'accrochait au bras de Bram, regrettant de ne pas avoir une petite bourse de piécettes à distribuer. En particulier, elle aurait aimé donner quelque chose à la petite fille brune qui, maigre et les pieds nus, les suivit jusqu'à leur hôtel.

Les portiers chassèrent les mendiants, la fillette comprise, et entraînèrent Grace et Bram à l'intérieur, dans un autre monde, feutré, opulent, délicatement parfumé par les immenses bouquets de fleurs déposés dans des urnes de part et d'autre de l'escalier grandiose qui s'élevait élégamment au centre du hall. Bram s'avança vers le bureau de la réception et donna leur nom, puis il prit le bras de Grace et l'accompagna jusqu'au troisième étage, suivi par un groom avec leurs bagages.

Leur chambre était magnifique, et Grace sentit ses jambes flageoler lorsqu'elle regarda autour d'elle et vit les lourds rideaux accrochés par des anneaux en bois, la table de toilette richement ornée, la coiffeuse et sa glace à trumeau, l'immense commode, et les deux fauteuils de velours confortables de part et d'autre du petit bureau placé devant la fenêtre. Enfin, son regard se posa sur le grand lit double et elle baissa vivement les yeux, comme pour admirer l'épais tapis chinois avec ses motifs complexes, fleurs et oiseaux entremêlés.

Lorsque le groom eut posé leurs malles, reçu son pourboire et pris congé, Bram attira Grace dans ses bras et l'embrassa. Ce fut un baiser bien différent de celui qu'il lui avait donné dans l'église ; la force de Bram, son exigence, le contact rugueux de sa moustache la prirent par surprise, mais elle n'offrit pas de résistance, et bientôt sa nervosité céda la place à une sensation plus agréable. Ils se sourirent et s'embrassèrent de nouveau, de façon plus réservée cette fois.

— Vous ne semblez pas avoir trop souffert du voyage, observa Bram en ôtant les épingles du chapeau de Grace d'une main experte avant de lisser ses cheveux. Vous êtes d'une bonne constitution.

Il fit un pas en arrière pour l'admirer, puis rajusta son propre manteau.

— Je vais vous laisser vous installer et ôter vos vêtements de voyage.

— Mais... où allez-vous ? demanda Grace, soudain inquiète à l'idée d'être abandonnée toute seule dans cette grande ville.

Son appréhension le fit sourire.

— En bas. Au fumoir. Je lirai les journaux pendant une heure, puis je reviendrai.

Il s'interrompit et tâta sa montre à travers la poche de son gilet.

— Nous aurons faim, reprit-il, je nous ferai servir à dîner ici.

Grace déglutit avec difficulté et hocha la tête. Il parut satisfait de sa réaction et quitta la pièce en sifflotant.

Il n'était pas parti depuis une minute qu'un coup fut frappé à la porte. Une servante entra et déclara qu'elle se nommait Alice et était venue aider madame à défaire ses bagages. Ne sachant comment réagir, Grace la laissa entrer et montra du doigt sa petite valise et la malle de Bram.

Pendant qu'Alice se mettait au travail avec ardeur, Grace s'assit avec précaution sur le bord du fauteuil de velours le plus proche et avoua d'une voix timide qu'il s'agissait de son premier séjour à Dublin. Alice lui sourit d'un air rassurant et se lança dans une description enthousiaste des plus beaux endroits de la ville, puis elle s'interrompit pour lui demander comment les choses se passaient en ce moment à la campagne, dans le Sud. La timidité de Grace s'envola comme elle lui parlait du petit village et de la vie simple qu'elle avait quittés. Pendant ce temps, Alice avait entrepris de défaire la petite valise de Grace et en avait tiré les témoignages de cette vie modeste. Elle secoua la chemise de nuit brodée et l'étala sur le lit, pendit dans l'armoire la robe de Grace – la seule qu'elle possédât qui fût correcte, celle qu'elle portait sur elle mise à part – et rangea dans le tiroir de la commode ses quelques sous-vêtements tout simples.

— Attendez-vous une autre malle, madame ? demanda-t-elle lorsqu'elle eut posé la brosse et le peigne de Grace sur la coiffeuse.

Grace se mordit la lèvre.

— Non, répondit-elle. Il n'y aurait rien à mettre dedans.

La femme de chambre hocha la tête, comme s'il s'agissait là d'une réponse parfaitement acceptable, puis elle ferma la valise et la rangea dans le placard.

— Je vous demande pardon, madame, mais

voudriez-vous quelques adresses pour pouvoir faire des achats durant votre séjour en ville ?

— Je ne sais pas, admit Grace, penaude.

Alice ouvrit d'un coup sec les serrures de la malle de Bram. Lorsqu'elle vit la qualité de ses vêtements, elle arqua un sourcil et sourit.

— C'est à Sackville Street qu'il vous faut aller, annonça-t-elle. Il y a de très belles boutiques là-bas : des couturiers, des modistes, tout ce qu'il vous faut. Ils auront besoin de temps pour vous constituer une garde-robe, je vous conseille d'y aller dès demain matin. Lorsque tout sera prêt, on vous l'enverra chez vous.

— Oh, non, dit Grace, les mains serrées l'une contre l'autre. Je n'aurai pas besoin de grand-chose, n'est-ce pas, puisque je vais vivre à la campagne ?

La voyant jeter un coup d'œil par la fenêtre, Alice alla ouvrir les rideaux pour qu'elle puisse mieux profiter de la vue.

— Il est vrai que les dames de la campagne sortent moins que celles des villes, mais comme vous le savez, il vous faudra tout de même trois bonnes robes pour recevoir, au minimum.

Sans se tourner vers Grace, elle attacha les rideaux avec un large cordon doré.

— Et vous aurez besoin de deux ou trois robes bien chaudes pour vos travaux du matin, d'un châle de laine et d'une veste d'équitation, d'un bon manteau d'hiver – par ici, ils portent de la peau de phoque ou de la laine huilée –, de chaussures, naturellement, d'une paire de bottes, d'un chapeau pour tous les jours et d'un assorti à chacune de vos

106

jolies robes, de gants, de jupons, de combinaisons, de corsets...

Elle levait les doigts un à un au fil de son énumération. Arrivée là, elle jeta un coup d'œil à la silhouette de Grace.

— Non que vous ayez besoin d'affiner votre taille artificiellement, observa-t-elle, mais c'est ainsi que s'habillent les dames élégantes.

— Tout ça ? demanda Grace d'une voix faible.

— Oui, acquiesça Alice. Au moins.

Grace soupira, songeant au coût d'une telle garde-robe.

— Ne vous inquiétez pas, madame, déclara son interlocutrice, devinant ses pensées. Il a les moyens de vous habiller correctement... et c'est ce que vous devez attendre de lui. Ne le laissez pas s'en tirer à moindres frais. Enfin, je ne prétends pas qu'il essaierait de vous léser, s'empressa-t-elle d'ajouter. Mais sachez qu'une dame du monde ne se préoccupe pas du prix des choses ; elle laisse les inquiétudes matérielles aux filles de paysan.

Elle passa un chiffon à poussière sur l'écritoire puis, voyant l'expression de Grace, elle ajouta gentiment :

— Allons, vous n'êtes pas la première à épouser un homme d'une condition supérieure à la vôtre. J'en ai vu beaucoup arriver de la campagne, effrayées comme de petites souris d'église, au début. Donnez-vous quelques jours ; de nouveaux vêtements, quelques bons repas, un peu de raffinement, et vous vous sentirez tout à fait à l'aise dans votre nouveau rôle. Votre mari vous respectera davantage si vous exigez ce qu'il y a de mieux, c'est ainsi qu'ils fonctionnent, ces gentlemen. Vous devez franchir le pas sans hésitation, oublier pour de bon la campagne.

Grace ouvrit de grands yeux.

— Cela se voit donc tant que ça ?

Alice secoua la tête.

— Pas le moins du monde. D'ailleurs, au début, je n'étais pas sûre, même si votre robe vous trahit un peu. Vous avez de la prestance, la tête droite, et vous êtes superbe, cela saute aux yeux.

Grace poussa un long soupir de soulagement.

— Et j'ai vu votre mari descendre, ajouta Alice. Vous auriez pu tomber plus mal. Certaines épousent de vieux célibataires perclus de goutte. Mais le vôtre est bien, très séduisant, si je peux me permettre.

Grace se leva et tendit la main à la servante.

— Je m'appelle Gracelin O'Malley.

Elle secoua la tête.

— Grace Donnelly.

La bonne ne prit pas sa main, mais esquissa une petite révérence.

— Madame Donnelly. C'est un plaisir de vous servir, madame. Si vous avez besoin de quoi que ce soit d'autre pendant votre séjour ici, n'hésitez pas à sonner et à me demander.

Là-dessus, elle prit congé et Grace se dirigea vers la table de toilette pour se laver les mains et le visage. Elle s'apprêtait à ôter sa robe, mais songea qu'elle ne pouvait dîner en chemise de nuit. Elle se contenta donc de se brosser les cheveux et de mettre de son mieux de l'ordre dans sa tenue. Puis elle s'assit et attendit.

108

Le coup frappé à la porte la fit sursauter, bien qu'elle l'eût attendu. Un domestique entra, poussant devant lui une table roulante. Une multitude d'odeurs différentes, toutes délicieuses, envahit la pièce, et l'estomac de Grace se mit à gargouiller, à son grand embarras. Le serveur n'y prêta pas attention ; il disposa une nappe sur le bureau, mit le couvert et installa au centre les plats, couverts par des cloches argentées. Puis il s'inclina avant de sortir. Il faillit se heurter à Bram au moment de franchir la porte ; ce dernier lui glissa quelques pièces avec aisance avant de lui donner congé.

— Vous portez encore vos vêtements de voyage ! s'exclama-t-il aussitôt la porte refermée.

— Je... je n'avais rien d'autre à me mettre, bégaya Grace. Et je ne voulais pas vous faire honte en dînant avec vous en chemise de nuit comme une petite ignorante.

Bien qu'écarlate, elle soutint son regard avec franchise.

— Avec une robe de chambre, cela n'aurait pas posé de problème, objecta Bram.

— Je n'en ai pas, avoua-t-elle. Je n'ai qu'une autre robe.

Bram se frotta le menton.

— Mmmh. Je n'y avais pas pensé. Mais évidemment, il va vous falloir une garde-robe correcte. Nous irons demain vous équiper de pied en cap. Il doit y avoir des douzaines de boutiques pour femmes par ici.

— Sur Sackville Street ! renchérit Grace d'un air entendu.

Il rit.

— Bien, je vois que vous avez tous les renseignements qu'il vous faut. N'est-ce pas typiquement féminin ?

Mais il paraissait satisfait et lui tira galamment une chaise pour la faire asseoir.

Le dîner se révéla aussi délicieux qu'il sentait bon et Bram remplit à plusieurs reprises de champagne le verre de sa compagne avant qu'elle ne le supplie d'arrêter, craignant de s'écrouler. Elle avait goûté du champagne pour la première fois lors de son mariage et n'était pas encore habituée à l'étourdissement qui s'emparait très vite d'elle lorsqu'elle en buvait. Néanmoins, cela fit merveille pour calmer sa nervosité, et à la fin du repas elle était détendue et joyeuse. A ce moment-là, Bram suggéra avec tact qu'elle se prépare pendant qu'il prendrait un dernier verre au fumoir. Lorsque les plats eurent été remportés et que Bram se fut éclipsé, Grace se hâta d'ôter ses vêtements, pestant contre les boutons, puis elle les pendit tant bien que mal dans l'armoire. Elle se lava le visage et se brossa les cheveux, passa la superbe chemise de nuit brodée qui conservait encore l'odeur de la malle de sa mère, et grimpa dans le lit immense pour attendre son mari. Comme la veille, elle s'endormit instantanément et s'éveilla une heure plus tard, au moment où Bram se glissait à côté d'elle sous les couvertures. Il portait un pyjama en soie si doux qu'elle ne put résister à la tentation de passer sa main sur le tissu. Ravi de ce qu'il prit pour une initiative, Bram l'attira à lui et l'embrassa profondément. Elle sentit sur sa langue le goût du cognac qu'il avait bu et du cigare qu'il avait fumé. Tout cela était si étrange...

Sa nuit de noces se déroula comme l'avait prédit Grandma. La voix grave de Bram dans l'obscurité et ses mains expertes qui prenaient un plaisir évident à caresser le corps jeune et élancé de Grace compensaient la nervosité de celle-ci et son inconfort. Tout se termina étonnamment vite, et ensuite il sombra dans un lourd sommeil. Une main autour de Grace, il la serrait contre son torse. Bien réveillée, elle songea longuement à tout ce qu'il lui était arrivé depuis deux jours. Pour la première fois de sa vie, elle dormait dans un vrai lit, entourée d'un luxe qu'elle n'aurait jamais imaginé. Elle se dégagea de l'étreinte de Bram pour s'installer confortablement sur son propre oreiller. Là, elle demeura étendue, les mains nouées derrière la tête, et elle écouta les bruits étranges de la ville – le sifflement du train, au loin, le fracas des roues des attelages sur les pavés, les cris, les chansons et les jurons qui troublèrent le silence toute la nuit.

Au matin, sa timidité revint et elle alla s'habiller dans la salle de bains attenante à la chambre. Pendant tout le petit déjeuner, constitué de hareng fumé, de fruits, de bacon et de scones, elle jeta des coups d'œil furtifs en direction de son mari, essayant de faire le lien entre cet homme vif et bien mis, qui se comportait davantage comme un père ou un professeur que comme un mari, et l'amant passionné qui avait partagé sa couche. Il ne fit aucune allusion à leur première nuit ensemble, et se contenta de suggérer qu'ils s'occupent de la nouvelle garde-robe de Grace dans la matinée afin qu'elle puisse se reposer cet après-midi-là. Il semblait penser qu'elle devait être épuisée, aussi feignit-elle de bâiller à une ou deux reprises pour lui faire plaisir ; mais en réalité, elle se sentait plus vivante que jamais, revigorée et pleine d'excitation.

Dublin était fascinant : chaque coin de rue réservait une nouvelle surprise. Bram l'emmena chez les couturiers aussitôt après le petit déjeuner, et la fit équiper comme promis. Il se montra plus que généreux, la poussant à acheter tout ce qui lui serait utile, car ils risquaient de ne pas revenir à Dublin avant un an, peut-être plus. Il faudrait qu'elle se contente des boutiques de Cork, expliqua-t-il, comme s'il se fût agi d'un problème majeur. Il fit prendre ses mesures pour une robe de bal si décolletée que lorsqu'elle essaya le modèle, Grace osa à peine se regarder dans la glace, en dépit de la sensation très agréable du velours sur sa peau. Sur les conseils de la maîtresse femme qui dirigeait la boutique, Bram acheta à Grace une paire de gants français, un foulard en dentelle de Limerick, deux chapeaux à plumes et un bonnet bleu vif qu'elle pourrait porter immédiatement. Il quitta la pièce lorsque l'assistante de la patronne apporta chemises, jupons, corsets, bas de soie, jarretelles et culottes. Grace se regardait fixement dans le miroir, enveloppée dans des mètres de tissu, et elle se demandait si elle était toujours la même jeune fille que celle qui s'était éveillée trois jours plus tôt sur un matelas de paille partagé avec sa vieille grand-mère, la jeune fille qui s'était levée vivement, s'était passé un peu d'eau sur le visage, avait brossé ses cheveux et enfilé sa robe de coton de tous les jours avec des bas reprisés et de vieilles galoches. Cette nouvelle garde-robe changeait tout ; elle respirait différemment, se tenait avec plus de raideur. Elle ne courait plus d'un endroit à un autre, mais se déplaçait lentement, majestueusement, comme si elle essayait de faire tenir des œufs en équilibre sur ses épaules. Elle commençait à se sentir vraiment femme de châtelain.

Ce soir-là, après qu'elle se fut reposée et eut pris un long bain – encore une première, et quelle merveille pour elle qui avait été habituée à se laver dans des bassines ou même, l'été, dans des mares ! –, Bram l'emmena dîner au Black Swan. Le restaurant semblait davantage éclairé par les bijoux somptueux qui ornaient les femmes que par ses chandeliers. Trois serveurs s'affairèrent autour d'eux pendant qu'ils dégustaient les neuf plats du menu, et Grace était étourdie par les différents plats et vins quand enfin son compagnon commanda le cognac qui signalait la fin du repas. Lorsqu'il eut terminé, elle lui demanda s'ils pouvaient marcher plutôt que de prendre un attelage jusqu'au théâtre où ils devaient assister au dernier spectacle de la célèbre comédienne Peg Woffington. Il accepta volontiers, et la fraîcheur du soir fit merveille sur l'esprit embrumé de Grace et son estomac trop plein. Elle n'arrivait pas à concevoir que les messieurs et dames de la bonne société pussent boire et manger de telles quantités sans perdre la tête, mais elle se promit d'y arriver aussi. Une fois assise au théâtre, elle eut du mal à contenir son excitation, et Bram dut lui faire remarquer discrètement, un sourire figé sur le visage, qu'elle se comportait comme une paysanne. Honteuse, elle s'immobilisa et fut soulagée lorsque

113

les lumières s'éteignirent. Mlle Woffington entra sur scène sous des applaudissements nourris, qu'elle accepta avec un grand geste théâtral avant de commencer une excellente parodie. De nouveau, Grace s'oublia et éclata de rire, et Bram la rappela à l'ordre en lui serrant fermement le bras. Calmée, elle regarda autour d'elle et remarqua que les autres dames gloussaient discrètement dans leurs mouchoirs. Lorsqu'elle se sentit prise d'un nouveau fou rire, elle les imita et fut récompensée par un hochement de tête approbateur de son mari.

Après la représentation, ils marchèrent doucement dans l'air frais de minuit et empruntèrent l'étroit Halfpenny Bridge pour traverser la Liffey. Ils s'arrêtèrent au milieu pour regarder le jeu des lumières sur l'eau.

— Heureuse ? demanda Bram en prenant la main de Grace.

La jeune fille hocha la tête avant de lui sourire.

— Oui, c'est comme un rêve de baladin, plein de merveilles et d'éclat. Vrai, n'est-ce pas formidable pour l'Irlande de posséder une ville pareille ?

Bram fronça légèrement les sourcils.

— Un jour peut-être, je vous emmènerai voir une ville vraiment grande : Londres, ou Paris.

— Oh oui, j'adorerais ça, pour sûr, répondit-elle avec un soupir rêveur.

— Mais d'abord, nous devons vous polir un petit peu, reprit-il d'un air vaguement amusé. Et pour commencer, débarrasser votre langage de ces charmantes expressions du terroir.

Grace se mordit la lèvre.

114

— Vrai, je ne comprends pas ce que vous voulez dire.

Bram sourit brièvement avant de l'imiter :

— Vrai, je ne comprends pas... J'adorerais ça, pour sûr... Vous voyez ce que je veux dire ? conclut-il en arquant un sourcil.

Grace se raidit imperceptiblement.

— Je parle comme une paysanne, voilà ce que vous voulez dire. Tout le monde voit que vous avez épousé une fille de la campagne.

— Allons, allons, la rassura-t-il. Je ne vous reproche pas d'être de la campagne, seulement un peu trop... irlandaise. (Il lui prit le bras.) Faites plus attention à ma façon de parler et essayez de l'imiter, afin que les gens vous comprennent mieux et vous prennent davantage au sérieux. Est-ce trop vous demander ?

— Vrai...

Grace se corrigea aussitôt.

— Ma foi, non, ce n'est pas trop demander, et je suis sûre de parvenir à m'exprimer correctement, répondit-elle avec une intonation parfaite.

Ravi, Bram éclata de rire avant de lui décocher un sourire plein d'affection.

— Bravo ! Vous êtes vive, pas de doute là-dessus. Personne ne pourrait deviner, rien qu'en vous regardant, que vous arrivez tout droit de la ferme.

Grace se détourna et fit semblant de se concentrer sur l'eau au-dessous d'eux.

— Et les hommes ! poursuivit Bram.

Il tira de sa poche son étui à cigares, l'ouvrit et en choisit un.

— Ils n'arrivent pas à détacher les yeux de vous,

l'avez-vous remarqué? Vous êtes une vraie beauté irlandaise, ma chère. Tout en boucles folles et joues roses.

Il alluma son briquet et approcha la flamme de l'extrémité de son cigare, jusqu'à ce qu'il s'embrase et qu'un épais nuage de fumée odorante l'enveloppe. Il se pencha ensuite, éloigna le cigare du chapeau de Grace et déposa un baiser léger à la commissure de ses lèvres.

Grace ne comprit pas les émotions qui montèrent alors en elle. Soudain, elle était en colère et, incapable de se contrôler, elle enroula ses deux bras autour de Bram et l'embrassa avec toute la passion dont elle était capable pour tenter d'effacer le goût amer que lui laissaient ses paroles. Lorsqu'elle eut terminé, et que sa rage eut reflué, elle le lâcha et fit un pas en arrière, les mains sur les hanches, le chapeau de guingois, une expression triomphale sur le visage.

Il fallut une bonne minute à Bram pour reprendre contenance, après quoi il jeta un coup d'œil autour d'eux. Ils étaient seuls sur le pont ; néanmoins, il se tourna vers sa femme avec sévérité.

— Pour l'amour de Dieu, qu'est-ce qui vous a pris ?

Les mains de Grace retombèrent à ses côtés et elle parut soudain moins sûre d'elle. Cependant, c'est d'une voix ferme qu'elle répondit :

— Je voulais seulement vous rappeler que pendant que vous parlez de moi, je suis là, monsieur Donnelly. Et que les mots durs lancés sans réfléchir, même dans un langage châtié, peuvent faire beaucoup de mal.

— Ah ! Vous êtes une jeune fille sensible, c'est ça ?

Il aspira plusieurs bouffées de cigare tout en l'observant avec attention. Elle était dos à la rambarde, droite, le menton pointé en avant.

— Eh bien, avant de commencer à me corriger, ma chérie, vous feriez bien de travailler un peu sur vous-même.

Là-dessus, il lança son cigare à peine entamé dans l'eau, où il s'éteignit avec un petit sifflement. Rapide comme l'éclair, il attira Grace dans ses bras et l'embrassa avec force jusqu'à ce qu'elle commence à se débattre, incapable de reprendre sa respiration. Les dents de Bram heurtaient leurs lèvres mêlées et elle sentit le goût du sang sur sa langue. Elle eut beau le repousser des deux bras, elle ne put lui faire lâcher prise, et il ne la libéra que lorsqu'il en eut terminé. Il la maintenait toujours fermement d'un bras ; penchant la tête sur le côté, il cracha dans l'eau, puis porta la main à la coupure au coin de sa bouche. Il regarda le sang sur le dos de sa main.

— C'est donc cela que vous recherchez, ma jolie ? Un rien de rudesse ? Les petites culbutes dans le foin avec les garçons d'étable de votre père vous manquent ?

— Non ! s'exclama Grace, choquée, la bouche encore meurtrie par la violence de son baiser.

— Parce que si c'est ce que vous voulez, je me ferai un plaisir de vous satisfaire, ma chère, continua-t-il en la serrant étroitement contre sa poitrine. Ne vous méprenez pas : j'apprécie un peu d'entrain et d'effronterie. J'aime qu'une femme sache exiger ce qu'elle désire. Et qu'elle puisse me donner ce que moi, je désire.

Il pressait sa bouche contre l'oreille de Grace, faisant siffler ses mots.

— Mais pas en public. Jamais. Est-ce clair ?

— Oui, murmura-t-elle en luttant pour ravaler ses larmes.

— Et autre chose. Un point de détail. C'est *sir* Donnelly, pas monsieur.

— *Sir*, répéta-t-elle à mi-voix.

Il se détendit alors légèrement, mais il la maintenait toujours plaquée contre le tissu soyeux de sa veste.

— J'ai l'intention de vous offrir une vie agréable, ma chère. Mais vous devez me respecter en toute chose et à tout moment. Vous suivrez mes instructions à la lettre, parce que désormais, vous êtes entrée dans ma vie et devez vous y adapter.

Sans un mot, elle hocha la tête et ils repartirent d'un pas lent vers leur hôtel. Il ne parut pas se formaliser de son silence et se mit à parler avec animation de leur succulent dîner et de la représentation. Plus tard, au lit, il se montra encore plus doux avec elle que la nuit précédente.

Au matin, tout se passa comme si rien ne les avait jamais opposés. Grace était calmée. Jamais elle ne se serait crue capable de se mettre en colère aussi vite, et jamais elle n'aurait imaginé que son mari réagirait ainsi à sa tentative de rébellion. Etait-elle téméraire et irrespectueuse, ou seulement jeune et naïve ? Son mari avait-il eu raison de la corriger ? En tout cas, elle se sentait plus vieille ce matin-là. Elle avait appris une bonne leçon... Même si les mots de Bram la troublaient encore. N'étaient-ils pas censés *partager* leur vie ? N'avait-elle fait, comme il l'avait affirmé, qu'entrer dans la sienne, abandonnant son passé derrière elle ? Sa maturité nouvellement acquise lui soufflait qu'il serait toujours différent d'elle, et c'était là quelque chose qu'elle n'avait jamais envisagé dans un couple.

Peut-être était-ce préférable. Peut-être valait-il mieux qu'une épouse ne sache pas tout ce qui se passait dans la tête de son mari. Et, selon le même principe, il était peut-être souhaitable qu'elle apprenne également à conserver son jardin secret. Ces pensées la laissèrent confuse et lasse, mais à mesure que la journée s'écoula, le charme de Bram et son dévouement apparent reconquirent son cœur et la convainquirent qu'elle avait réagi trop violemment, que sa jeunesse l'avait conduite à se faire des idées, et qu'en réalité elle ignorait tout des relations entre hommes et femmes.

Leur lune de miel se poursuivit en douceur. En l'espace d'une semaine, ils visitèrent la cathédrale de Christchurch, le château de Dublin, ils se promenèrent au milieu d'autres couples dans Phoenix Park, prirent des rafraîchissements au salon de thé qui se trouvait au centre du parc, et Grace assista à son premier concert de musique classique. L'orchestre symphonique anglais joua des concertos d'un dénommé Haydn, et la lente progression des cordes éveilla chez Grace une nostalgie indescriptible et impalpable. Elle ne s'aperçut qu'elle pleurait que lorsque Bram glissa son mouchoir dans sa main.

Son plaisir ne fut gâché que par une visite : celle de la vieille église de Saint-Michen où, préservés presque parfaitement par la pierre calcaire qui les entourait, étaient exposés un certain nombre de squelettes et de momies. Les muscles et les tissus s'étaient détériorés, bien sûr, et la peau parcheminée collait étroitement aux os des crânes ; les ongles et les cheveux étaient longs et secs. Grace demeura silencieuse devant ce spectacle, à la fois fascinée et troublée, jusqu'au moment où Bram déclara, sans baisser la voix :

— Les voilà, Grace, les rois guerriers de l'Irlande, vos nobles ancêtres. Toujours en attente d'une petite goutte de gnôle pour réchauffer leurs vieux os avant le Jugement dernier.

Cette mauvaise plaisanterie le fit éclater de rire et il s'essuya les yeux avant de s'excuser pour la forme. Grace eut alors une révélation ; les deux pans du rideau s'entrouvrirent brièvement et elle comprit que là était le problème. Bram, en Anglais fier et sûr de lui, se moquerait toujours complètement de son amour à elle pour ses compatriotes ; il s'efforcerait de fouler aux pieds ceux qu'il considérait comme des êtres inférieurs, même si sa femme était issue de leur lignée et si ses enfants portaient leurs chants dans leur cœur. Cela demeurerait entre eux, à moins qu'elle n'essaie de se couler dans un autre moule. Une nouvelle fois, elle regarda les malheureux exposés dans la pièce glacée, et sa pitié se mua en compassion. La noblesse de ses ancêtres résidait dans leur esprit, pas dans leur enveloppe terrestre, et l'on ne pouvait reprocher sa cécité à son mari : il était anglais, et tout le monde savait que les Anglais n'avaient pas le don de voir au-delà des apparences.

Après cela, elle commença à se lasser de Dublin ;

elle avait la tête pleine d'images et de bruit, le cœur à vif. C'était trop pour une jeune fille qui n'était jamais allée plus loin que le marché de Cork – et encore, une fois par an –, et elle espérait qu'ils ne tarderaient pas trop à retourner chez eux pour commencer leur véritable vie ensemble. Elle avait observé et noté mentalement comment il fallait s'adresser aux domestiques et ce qu'il fallait pour tenir la maison d'un châtelain. Bram lui avait donné de l'argent de poche pour ses achats lorsqu'il avait dû passer la journée avec son avocat, et elle s'en était servi pour acheter des cadeaux à sa famille : un châle en cachemire indien pour Grandma, un pull-over de pêcheur en laine pour Sean, une chemise et un gilet pour Ryan, qui seraient parfaits le jour de son mariage, des chandeliers en argent en guise de cadeau de noces, et une montre de gousset pour son père. De retour à l'hôtel, elle s'était émerveillée de sa chance – elle était maîtresse de comptes qui lui permettaient, sur simple demande, de s'offrir de telles choses.

Ce fut cet après-midi-là que la « nouvelle » Grace acheva de se mettre en place. Alice était venue pendre dans l'armoire deux robes qui venaient d'être livrées, et elle montrait à Grace comment porter ses nouveaux vêtements.

Elle souleva une robe de coton dont la jupe était parsemée de petites fleurs.

— Quel joli motif ! Et ce bleu n'est-il pas parfait, avec vos yeux et vos beaux cheveux ?

Elle sourit à Grace, puis elle pencha la tête sur le côté et l'examina des pieds à la tête.

— Pourquoi donc me regardez-vous ainsi ?

demanda la jeune femme en portant instinctivement la main à son visage.

— Cela vous ennuierait-il que je vous donne un
petit conseil, madame Donnelly ?

Grace se mordit la lèvre.

— Pas de problème, je vous fais entièrement
confiance, Alice. Qu'est-ce donc que je fais mal ?

— Rien, madame... Vous voyez, c'est vos cheveux.

Les mains de Grace se posèrent aussitôt sur ses
épais cheveux roux, tirés en arrière et torsadés afin
de tomber sur son épaule en une natte épaisse.

— Les tresses sont parfaites pour les jeunes filles,
reprit Alice, mais en règle générale, les femmes
mariées les évitent.

— Quelle péquenaude je fais ! s'exclama Grace
en tirant sur la natte. Bien sûr, vous avez raison. Je
n'ai vu aucune des jolies dames de la ville porter des
tresses. Dieu merci, mon mari n'a pas encore fait de
remarques là-dessus, ajouta-t-elle avec une grimace
éloquente. Mais dites-moi, comment faut-il que je
me coiffe ?

Alice passa derrière elle et enroula la natte en chignon.

— Il faut qu'il soit haut, comme ça, mais plus
doux, dit-elle. Vous avez un cou très fin, si bien que
cela vous ira mieux qu'à la plupart des autres
femmes.

Elle sortit quelques épingles de sa poche et fixa
le chignon. Puis elle fit un pas en arrière pour
contempler le résultat.

— Oui, ce n'est pas mal, mais bien sûr vous devez

trouver quelqu'un pour vous le faire correctement et vous apprendre à vous coiffer vous-même.

— Oh, ne pourriez-vous pas le faire, Alice ? la pressa Grace.

C'était une très belle coiffure, qui lui donnait un air beaucoup plus sophistiqué, et elle rêvait de savoir la reproduire, mais elle avait peur d'être intimidée face à une vraie coiffeuse.

— Il y a une femme qui vient coiffer d'autres dames dans l'hôtel, déclara Alice, devinant ses pensées. Elle est gentille, pas du tout snob. Elle vous plairait, madame. Je pourrais lui demander de venir vous voir cet après-midi, avant le retour de sir Donnelly, et ainsi vous pourriez être parfaitement coiffée pour sortir dîner ce soir.

Grace accepta et la coiffeuse ne tarda pas à venir avec des épingles, des peignes et des brosses. C'était une femme âgée, très maternelle, dont les yeux s'éclairèrent lorsqu'elle vit les superbes cheveux épais de Grace. Patiemment, elle montra à la jeune fille comment les relever en partant du cou, les enrouler et les fixer haut en rentrant bien les pointes. Ensuite, elle demanda à Grace de le faire elle-même pour s'assurer qu'elle avait compris. Quelques boucles légères s'échappèrent au niveau des tempes et de la nuque, mais cela ne fit qu'ajouter au charme de l'ensemble. Grace remercia chaleureusement la vieille dame et lui glissa quelques pièces dans la main, ce qui lui valut un sourire plein de reconnaissance.

Elle était convenue de retrouver Bram dans le hall de l'hôtel et fut récompensée par son expression abasourdie lorsqu'elle descendit l'escalier, plus aérienne que jamais. Il demeura sans voix durant le court trajet à pied jusqu'au restaurant et tandis qu'ils dégustaient les hors-d'œuvre. La nourriture lui permit de reprendre ses esprits, cependant, et il lui raconta l'histoire cocasse d'un homme qu'il avait rencontré aux courses. Néanmoins, il ne cessait de secouer la tête et de s'interrompre pour lui dire combien elle était belle ce soir-là. C'était la dernière transformation qu'il lui restait à effectuer : à présent, elle se sentait plus grande, plus raffinée. Prête à affronter sa nouvelle demeure.

4

La lune de miel prit fin, et le lendemain matin, ce fut une Grace épuisée qui embarqua avec soulagement sur le bateau du retour. Le vent s'était levé, si bien que le voyage jusqu'à la baie de Clonakilty fut rapide. Ils passèrent une nuit à Roscaberry avant de prendre un attelage en direction de Macroom.

Comme ils remontaient la grande allée de Donnelly House, Grace comprit brutalement qu'elle était désormais réellement la maîtresse du manoir, responsable des domestiques qui les attendaient debout sur le perron. Bram était un homme qui travaillait et s'intéressait de très près à ses fermes et ses fabriques, mais il n'en vivait pas moins dans l'opulence.

C'était une vie entièrement différente de celle qu'ils avaient menée à Dublin, mais ici au moins elle était en terrain familier et comprenait mieux son mari. Elle savait qu'il aimait sa position de propriétaire terrien et allait chaque jour surveiller ses terres, que ce soit celles en métayage ou ses propres enceintes, et qu'il lui arrivait même parfois de travailler au côté de ses employés. Son corps ferme et ses traits séduisants lui attiraient toujours des regards admirateurs, et Grace ne manquait pas de s'en apercevoir, et de redécouvrir son mari à travers les yeux des autres. Elle comprit qu'elle était fière de lui et décida de se conformer à ses souhaits en matière de tenue et de comportement ; et en toutes autres choses, en vérité. Il était plus âgé qu'elle, plus sage, il avait déjà connu la vie conjugale. Elle se remettrait entièrement entre ses mains et lui ferait une confiance aveugle.

— Bienvenue dans votre nouvelle demeure, dit-il en l'aidant à descendre de l'attelage. Voici ma gouvernante, Brigid Sullivan, ajouta-t-il en désignant la femme debout près de la porte, et son mari, Jack, qui est mon chauffeur et mon majordome.

Un homme grand et maigre, au nez crochu et aux joues rouges, s'inclina avec raideur.

— Leur fils Nolan, le garçon d'écurie.

— Bienvenue chez vous, madame, murmurèrent-ils tour à tour avant de descendre les marches du perron pour aller chercher les malles et les paquets encore dans la voiture.

Bram guida Grace à l'intérieur. Ils pénétrèrent dans un grand hall de réception.

— Cette maison n'est pas pleine de domestiques,

la prévint-il. Je ne vois pas l'intérêt de faire de tels frais uniquement pour impressionner la galerie.

Grace hocha la tête et regarda autour d'elle. Boiseries bien cirées, rideaux de brocart soulignant les fenêtres, portraits de famille, scènes de chasse soigneusement encadrées... C'était une maison sombre, caverneuse, une maison d'homme, imposante et forte.

— Brigid et son mari vivent dans la vallée, derrière les étables. Je tiens à mon intimité et ces deux-là ont plus d'enfants que je ne pourrais en compter – bien qu'ils se soient arrêtés à Nolan, je crois. Les autres sont complètement indisciplinés ; je ne les accepte dans la propriété qu'en tant que travailleurs saisonniers.

Grace hocha de nouveau la tête, incapable de songer à une réponse appropriée. Elle connaissait les Sullivan ; elle était allée à l'école avec certains d'entre eux et ne les avait jamais jugés mal élevés ou dévergondés, même si les plus âgés des garçons s'étaient fait une certaine réputation. Elle se rappelait vaguement qu'il y avait eu deux filles après Nolan, toutes deux mortes en bas âge, mais elle ne parla pas à Bram de ses précédents contacts avec la famille.

Ils entrèrent dans une grande pièce où brûlait un feu de cheminée. Un plateau avec des biscuits et du sherry avait été déposé sur une petite table.

— Voilà le genre d'absurdités qui me mettent hors de moi.

Il se dirigea vers la cheminée et dispersa les bûches du bout de sa botte.

— C'est un gâchis de brûler de bonnes bûches

ou même de la tourbe en été. Brigid aime faire du feu, et elle en allumerait un dans chaque pièce si l'on n'y prêtait pas attention.

Il jeta un coup d'œil à Grace par-dessus son épaule et ajouta :

— Il faudra vous montrer ferme.

— Oui, Bram, répondit-elle d'une voix douce.

Il hocha la tête.

— Bon, reprit-il en se frottant les mains. Nous mangeons simplement, ici, pas besoin d'une cuisinière. Brigid s'occupe des repas et de la maison. Elle a une servante qui l'aide le jour du linge et quand elle fait les gros travaux. Sullivan fait office de majordome lorsque nous avons des invités de marque, mais ça n'arrive pas assez souvent pour qu'il soit en livrée tous les jours. C'est lui qui prépare et stocke le gibier, qui s'occupe de la cave et du jardin – même si nous devons trouver quelqu'un d'autre pour ça..., ajouta-t-il en se frottant le menton. Leur aîné est généralement au chômage. Ou Nolan peut s'en charger, les jours sont plus longs en cette saison. Ah, cela fait du bien d'être chez soi !

— Que voudrez-vous que je fasse, alors ? demanda Grace après avoir éliminé mentalement toutes les tâches qui seraient effectuées à sa place.

Bram traversa la pièce pour la prendre dans ses bras.

— Vous, ma chère épouse, répondit-il, le visage dans ses cheveux, vous avez pour mission de me donner un héritier.

Grace sourit.

— Voilà qui devrait occuper mes soirées, observat-elle, satisfaite de voir son mari arquer un sourcil

127

devant sa hardiesse, mais que ferai-je de mes journées ?

Il pencha la tête sur le côté.

— Vous dirigerez la maisonnée, naturellement : vous préparerez les menus, vous pourrez même cuisiner vous-même, si cela vous chante, Dieu sait qu'un peu de changement ne serait pas malvenu ; vous surveillerez le potager et le garde-manger, la lingerie, la bonne marche générale de la maison. Je suppose que vous rendrez visite à des dames du voisinage et en recevrez également... Mais pas trop souvent, j'espère, ajouta-t-il en fronçant les sourcils. Les vieilles dames des alentours se font un plaisir de colporter des ragots, et à votre place j'éviterais une intimité excessive avec elles. Montrez-vous polie, néanmoins, la prévint-il, car les liens sociaux sont importants, et il nous faut tenir compte de vos origines humbles.

Avec toutes ces instructions, Grace ne savait plus où elle en était.

— Je ne vous ferai pas honte, se contenta-t-elle de murmurer.

Bram lui versa un petit verre de sherry, puis il lui montra le reste de la maison. Comparée aux demeures de Dublin, elle était petite, mais Grace, elle, la trouvait immense, avec ses grandes pièces carrées hautes de plafond et ses longues fenêtres encadrées de boiseries. Le sol du rez-de-chaussée, en pierre, était recouvert dans le salon d'épais tapis, de chemins de couloir le long des corridors et d'un tapis turc élimé au centre de la salle à manger. Dessus trônait une grande table en chêne poli entourée de douze chaises et éclairée par un lustre étincelant. Un autre tapis, très simple et usé par endroits jusqu'à la corde, était posé dans l'entrée. Grace se demanda combien de jours étaient consacrés au nettoyage de ces tapis chaque mois.

A l'arrière de la maison, une pièce entièrement séparée était consacrée à la préparation et à la cuisson de la nourriture. Les dalles y étaient nues, mais Grace remarqua une natte colorée devant la chaise placée près du poêle. Ce devait être là que Brigid s'installait de temps en temps, le soir, songea-t-elle. Elle ne tarda d'ailleurs pas à remarquer le sac de raccommodage rangé dans le coin de la pièce. A côté du poêle noir se trouvait une cheminée ouverte, avec un crochet pour pendre une marmite, ce qui soulagea grandement Grace, qui n'avait jamais cuisiné autrement. Un grand coffre en bois massif occupait un coin, loin des sources de chaleur, et il y avait un évier intégré à une table placée sous la pompe à eau. Des casseroles étaient pendues au-dessus de sa tête, et une série d'étagères abritait les couverts et les ustensiles. Au milieu de la pièce trônait une gigantesque table de travail sous laquelle étaient glissés quatre tabourets. Grace était abasourdie par la taille de la cuisine, presque aussi vaste que toute son ancienne maison, et par le nombre et la variété des instruments. Elle avait toujours adoré préparer les repas, et elle aurait volontiers retroussé ses manches sur-le-champ si Bram ne l'avait entraînée dehors et guidée vers l'escalier.

Il y avait trois cheminées au rez-de-chaussée – dans la cuisine, la salle à manger et le grand salon – et quatre autres à l'étage. Le parquet du premier était en pin, et un seul tapis courait sur toute la longueur du palier. Six pièces ouvraient dessus : trois chambres, un bureau, une nursery avec une petite cheminée et un poêle et, à côté, au-delà de quelques marches, une pièce dont Bram n'ouvrit pas la porte et qui était, dit-il, « inutilisée ». Un autre escalier, à l'extrémité du couloir, conduisait au grenier. Un coup d'œil dans les chambres apprit à Grace qu'elles étaient entièrement décorées et meublées, avec de grands lits, des armoires, des miroirs, des coiffeuses et des tables de toilette. Tout était si grandiose que Grace se réjouissait d'être allée à Dublin d'abord : ainsi, elle n'était pas trop assommée par le choc. Le bureau se trouvait juste au pied de l'escalier, et la pièce située en face était clairement la chambre de Bram, aussi Grace fut-elle surprise lorsqu'il la ramena sur ses pas et lui indiqua la chambre qui faisait face à la nursery.

— Ce sera la vôtre.

Il ouvrit la porte, découvrant la plus belle des chambres de l'étage, propre et immaculée, prête à la recevoir.

Elle se tourna vers lui, abasourdie.

— Nous ne partagerons donc pas la même chambre ? demanda-t-elle.

— Pour quoi faire ? la taquina-t-il. Les messieurs et les dames ont besoin de quartiers séparés pour se retirer et se préparer.

— Mais...

Elle se mordit la lèvre, ne sachant comment formuler sa prochaine question. Bram attendait, savourant son malaise. Puis il la fit pénétrer dans la chambre et ferma la porte derrière eux.

— Je viendrai vous rejoindre le soir, expliqua-t-il,

une fois que vous aurez fini d'accomplir tous ces gestes magiques et mystérieux que font les femmes avant de se coucher. Parfois, je passerai la nuit près de vous, ajouta-t-il avec un coup d'œil en direction du lit, et parfois je retournerai dans ma chambre afin que nous puissions tous deux profiter d'un bon sommeil paisible.

— Oh.

Grace se sentait toute petite.

— Vos robes ont été livrées.

Du menton, il indiquait l'armoire ouverte et les vêtements pendus à l'intérieur.

— Et votre malle est prête à être défaite. Vous n'aurez pas besoin d'une bonne, n'est-ce pas ? ajouta-t-il avec un froncement de sourcils inquiet.

— Une bonne ?

Grace songea aux femmes guindées qu'elle avait vues derrière leurs maîtresses dans les magasins de Dublin.

L'expression de Bram se fit encore plus sévère.

— Oui, pour vous aider avec tout ça, votre garde-robe et vos tâches personnelles... Nous en avons déjà eu ici par le passé, mais je vous avoue n'avoir jamais moi-même beaucoup apprécié ce genre de personnes. Elles se mêlent toujours de ce qui ne les regarde pas, se retrouvent au milieu.

Grace ne souhaitait pas plus que son mari avoir une bonne dans sa vie.

— Je peux m'habiller seule, vous savez. N'est-ce pas ce que j'ai fait jusqu'à présent ?

Il recouvra sa bonne humeur.

— Bien. Voilà ce que j'aime entendre ! déclara-t-il d'un ton approbateur. Pas besoin d'une bonne

131

dans les pattes. Brigid pourra vous donner un coup de main en cas de besoin.

Grace se glissa dans ses bras et l'embrassa vivement.

— Je suis tellement heureuse, Bram ! Je ne souhaite plus qu'une chose : vous rendre heureux, vous aussi.

Il enfouit son visage dans ses cheveux et laissa courir ses mains sur son dos et sa taille.

— Mais je le suis, murmura-t-il en l'embrassant, doucement d'abord puis avec une passion de plus en plus grande.

Il la serra dans ses bras et la souleva de terre. Ils échangèrent un long baiser dans cette position, jusqu'à ce que Brigid s'approche dans le couloir et s'éclaircisse la gorge avant de frapper poliment à la porte.

— Oui, Brigid, répondit Bram d'une voix rauque avant de reposer Grace sur ses pieds. Qu'y a-t-il ?

— C'est Mme O'Flaherty qui est venue présenter ses respects à votre épouse, répondit la gouvernante d'une voix égale. Dois-je répondre que Madame n'est pas visible ?

Grace ouvrit de grands yeux, mais Bram lui fit signe de se taire.

— Non, dites-lui que Mme Donnelly sera à elle dans une minute, Brigid.

Ils se regardèrent tandis que les pas de Brigid s'éloignaient le long du corridor. Ils l'entendirent bientôt parler dans l'entrée.

Bram se détacha de Grace.

— Eh bien ? demanda-t-il. Qu'attendez-vous ?

La jeune femme se mordit la lèvre.

— Puis-je y aller ainsi ou dois-je me changer ?

Une expression contrariée se peignit sur les traits de Bram.

— N'avez-vous donc jamais reçu de visiteuses ?

— Oh, si, presque tous les jours ! Je les asseyais près du feu et nous prenions une tasse de thé et une tranche de pain en parlant un peu des voisins, tout ça.

Il essaya de conserver sa mine sévère, mais l'amusement l'emporta.

— Ma foi, ce n'est pas si différent, en fin de compte. Brigid va la faire entrer dans le salon et « l'asseoir près du feu ». Vous entrerez, ferez sa connaissance et lui offrirez du thé et des gâteaux que Brigid aura apportés sur un plateau.

— D'accord, acquiesça Grace, le menton pointé en avant avec détermination. J'y arriverai.

— Arrangez un peu vos cheveux et mettez ce châle sur vos épaules, cela devrait aller. Dites que votre garde-robe vient juste d'arriver et que vous n'avez pas encore eu le temps de sortir vos affaires. Versez le thé et entretenez la conversation. Evitez de parler des voisins, cependant, puisque vous n'en avez encore rencontré aucun qui soit de notre monde. Et bien sûr, vous savez que vous ne devez jamais discuter de votre vie privée.

Il se dirigea vers la porte.

— Mais... où serez-vous ? s'enquit-elle, alarmée.

Il sourit.

— Vous allez devoir vous débrouiller toute seule, madame Donnelly. Votre nouvelle vie commence ! Quant à moi, je chevaucherai sur mes terres, comme un bon châtelain se doit de le faire. Bonne chance !

133

Là-dessus, il esquissa une petite courbette ironique et dévala l'escalier, ne s'arrêtant que brièvement pour saluer Mme O'Flaherty et prendre des nouvelles de son mari avant de quitter la maison.

Grace s'approcha de son miroir, ajusta sa coiffure et se pinça les joues pour les colorer, bien qu'elles fussent déjà rosies par la vie au grand air. Elle plaça le châle de dentelle sur ses épaules avant de descendre les marches avec lenteur.

— Madame O'Flaherty, dit-elle chaleureusement en pénétrant dans le grand salon. J'espère que Brigid vous a mise à l'aise après votre long chemin. Le thé ne devrait pas tarder.

Elle dut se détourner et faire semblant d'arranger un bouquet pour ne pas pouffer en entendant le ton parfaitement policé de sa propre voix.

Mme O'Flaherty était perchée sur le bord du divan et la haute plume de paon de son chapeau ondulait au-dessus de sa tête.

— Oh oui, je suis parfaitement bien, merci. Je ne voulais pas vous importuner, madame Donnelly, mais je tenais à vous saluer tout de suite et à vous souhaiter la bienvenue.

Sans la moindre discrétion, elle détaillait Grace de la tête aux pieds tout en parlant, remarquant au passage le châle coûteux, la robe neuve et la coiffure sophistiquée de son hôtesse.

— Vous ne semblez pas avoir trop souffert des rigueurs du voyage.

— Merci, répondit Grace.

Elle s'installa sur un autre divan, face à sa visiteuse.

— Mon mari et moi sommes si heureux d'être de retour à la maison !

— Quelle belle ville, Dublin ! dit Mme O'Flaherty d'un air rêveur. Nous avons une maison là-bas durant la saison, mais M. O'Flaherty préfère la vie à la campagne.

— On m'a dit que Cairn Manor était une superbe propriété, la complimenta Grace.

Mme O'Flaherty sourit faiblement.

— Certes, mais quand on vit loin de tout, on finit toujours par regretter de ne pouvoir fréquenter de gens du monde. C'est si... stimulant ! Ici, notre fils n'a pas grand-chose à faire lorsqu'il revient de l'université pour les vacances. Quant à nos filles, impossible pour elles de trouver des prétendants de qualité ; surtout maintenant, ajouta-t-elle d'un air entendu.

Grace ignorait ce que Mme O'Flaherty voulait dire par là, et dut faire un effort pour ne pas se mordiller nerveusement la lèvre.

— Mes filles ne se rappelaient pas avoir fait votre connaissance, mais c'est impossible, vous devez sûrement vous être déjà rencontrées ? Eleanor, ma cadette, a beaucoup d'allure et c'est une pianiste accomplie. On lui demande toujours de jouer en société. Brenda a deux ans de plus, une peau superbe et beaucoup de maintien, sans vouloir me vanter. Votre mari et elle étaient assez bons amis, à une époque. Ils avaient de nombreux centres d'intérêt en commun et partageaient la même passion pour les chevaux de race. Ils ont assisté à bien des ventes ensemble... Toujours avec un chaperon, naturellement.

Grace secoua la tête.

— J'ai bien peur de ne pas avoir eu le plaisir de faire la connaissance de miss Eleanor et miss Brenda.

Mme O'Flaherty parut perplexe.

— Vraiment? N'êtes-vous pas originaire de la région?

— Si, mais j'ai toujours mené une vie très calme, répondit Grace après une seconde de réflexion.

— Je vois, vous avez été gardée sous clé! gloussa la vieille pie. Où exactement avez-vous été élevée, madame Donnelly?

— Je viens de la vallée qui se trouve entre la forêt et Black Hill. Près de la rivière.

— Et votre père?

Grace n'hésita qu'un instant.

— Il vit toujours là-bas, naturellement.

Mme O'Flaherty eut un petit rire forcé.

— Bien sûr. Vous êtes vraiment charmante...

Elle s'interrompit, le regard fixé sur la broche de Grace, sur ses pommettes hautes et bien dessinées.

— Je voulais dire, *qui* est votre père?

— Patrick O'Malley.

On entendit un petit bruit de vaisselle et Brigid entra, un plateau d'argent à la main.

— Merci, Brigid, dit Grace, soulagée.

Elle se leva pour débarrasser une petite table près de la cheminée.

— Patrick O'Malley...

La visiteuse ignora complètement l'entrée de Brigid. Elle affichait une confusion travaillée.

— Patrick O'Malley. Le nom ne m'est pas familier, même s'il est relativement courant dans les parages. Qu'avez-vous dit que votre père faisait, déjà ?

— Il est métayer.

Grace installa les tasses de délicate porcelaine sur la table et souleva le couvre-théière.

— Oh, seigneur. Oh, oui.

Tout semblait soudain redevenu clair pour Mme O'Flaherty.

— Je me rappelle à présent avoir entendu dire que Bram s'était trouvé une fille de ferme. Mais je dois avouer que je pensais que c'était pour traire les vaches !

Elle gloussa de nouveau derrière sa main, fière de son bon mot.

— Vous devez excuser ma naïveté, ma chère... Je ne suis pas habituée à cette nouvelle mode qui consiste à épouser qui bon vous semble.

Elle se pencha en avant pour poursuivre sur le ton de la confidence :

— Il faut absolument que vous me racontiez comment Bram et vous en êtes arrivés à cet... arrangement. Vous devez être une jeune fille bien maligne pour nous l'avoir volé si aisément !

Grace versa le thé, mais ses mains tremblaient et son visage était écarlate.

— Comment prenez-vous votre thé, madame O'Flaherty ? Avec du sucre et du lait ?

Elle leva la tête et remarqua l'expression ouvertement dédaigneuse de son interlocutrice.

— A moins que vous ne préfériez une petite goutte d'*uisage batha* ? reprit Grace avant de pouvoir se contenir. Il paraît qu'il n'y a rien de tel pour adoucir le lait tourné.

137

Mme O'Flaherty referma la bouche d'un coup sec et plissa les yeux. Elle se redressa de toute sa hauteur et rejeta la tête en arrière, la plume vibrante d'indignation.

— Je ne peux pas rester, rétorqua-t-elle sèchement en tirant sur ses gants avec de petits gestes brusques. Vous semblez vous être méprise sur mes intentions, ma chère. Je souhaitais seulement vous aider à partir du bon pied, c'est si important, si l'on désire se faire des amis d'un certain standing... Et bien sûr, conclut-elle avec un haussement d'épaules, si l'on a des aspirations pour ses enfants.

L'estomac de Grace se serra. Elle avait fait une promesse à son mari et s'était dédite dans la même journée.

— Vrai, madame O'Flaherty, bégaya-t-elle, oubliant ses efforts linguistiques dans sa hâte à réparer ses erreurs, je vous en prie, excusez la sottise d'une fille de la campagne. Je dois vous avouer que j'ai un peu perdu la tête, entre l'excitation du mariage, notre visite à Dublin, et l'arrivée dans cette grande maison que je n'ai découverte qu'aujourd'hui... Tout cela est nouveau pour moi, et je suis seulement habituée à ce que l'on offre aux visiteurs là d'où je viens. Alors que vous êtes une dame si respectée et appréciée dans la communauté ! Ne pourriez-vous avoir la bonté de me pardonner ma bévue, juste cette fois ? Je n'ai pas eu de mère pour m'enseigner les convenances, et ne pourrai que bénéficier grandement des conseils de quelqu'un comme vous !

Ainsi réinstallée sur son piédestal, Mme O'Flaherty se détendit légèrement.

— Ma foi, ma chère, pardonner ceux qui vous ont offensé est le devoir d'un chrétien. Il est naturel qu'une femme de mon rang éveille les jalousies, et j'ai l'habitude de voir les autres essayer désespérément de s'élever au-dessus de moi ou de me rabaisser.

Elle esquissa un sourire empreint de compassion.

— J'ai de la peine pour vous, vous savez. On a tant à apprendre, lorsque l'on n'est pas né dans le bon milieu !

Elle se pencha et tapota la main de Grace.

— Je pourrai vous apprendre bien des choses, et vous avez raison de me demander conseil. Mais pas aujourd'hui. Peut-être prendrons-nous le thé une autre fois – et bien sûr, M. Donnelly et vous devez absolument venir dîner à Cairn House lorsque vous aurez fini de vous installer.

— Vous êtes très gentille, répondit Grace, docile. Je ne sais comment vous remercier.

Mme O'Flaherty se pencha et prit une mine de conspiratrice.

— Je connais votre mari depuis qu'il est arrivé de Londres, et je suis sûre que je peux vous aider dans vos relations avec lui. C'est un aristocrate, vous savez, et ils peuvent se montrer très exigeants.

Grace jeta un coup d'œil à Brigid, qui rajoutait de la tourbe dans le feu en faisant semblant de ne pas écouter leur conversation.

— Je vous en serais reconnaissante, répondit-elle simplement.

Elle tendit la main à sa visiteuse, mais celle-ci ne la prit pas ; au bout de quelques secondes, Grace la laissa retomber à son côté.

— Merci d'être venue, madame O'Flaherty, et bon retour.

Elle attendit sur le perron que la voiture de sa visiteuse fût avancée, et demeura immobile jusqu'à ce qu'elle eût presque disparu au bout de la grande allée.

Brigid s'approcha derrière elle.

— Quel toupet ! murmura-t-elle entre ses dents. Vous risquez des ennuis avec cette femme, madame, faites bien attention.

Grace referma la porte.

— Elle a raison sur un point, cependant, Brigid : j'ai beaucoup à apprendre, si je veux m'en sortir ici.

— Oui-da.

Brigid emporta le plateau à la cuisine, où elle le posa sur la grande table en bois. Grace s'assit et grignota un gâteau d'un air absent avant de remplir deux tasses de thé.

— Ne m'en veuillez pas de vous dire ça, madame, mais vous ne devriez pas prendre le thé avec votre gouvernante dans la cuisine.

Elle s'interrompit et tendit l'oreille.

— Du moins, reprit-elle, pas quand le maître doit revenir d'un instant à l'autre.

— Oh.

Grace se leva précipitamment. Puis elle se rassit, les joues brûlantes.

— Mais ne suis-je pas chez moi également ? Et n'ai-je pas le droit de passer du temps avec ceux qui m'entourent ?

— Non, répliqua Brigid d'un ton sans réplique. Ceci est la maison de sir Donnelly, et croyez-moi, il n'a permis à aucune des femmes qu'il a ramenées

140

ici de l'oublier. Je n'en dirai pas plus sur ce sujet, dans la mesure où vous êtes encore une jeune mariée, mais suivez mon conseil. Il a peut-être souhaité prendre une fille de la campagne pour porter ses enfants, mais il veut une dame pour diriger sa maison. Et c'est *sa* maison.

Sans se formaliser, Grace hocha la tête.

— La vieille peste a bien mérité ce que vous lui avez dit, reprit Brigid avec un petit rire, mais cela ne manquera pas de revenir aux oreilles du maître, et il ne sera pas content. Tout le monde sait que Mme O'Flaherty a un goût prononcé pour le whiskey, et tout le monde sait aussi qu'il ne faut pas en parler.

Grace demeura bouche bée.

— Faites attention à ce que vous dites à ces gens-là, madame, reprit Brigid. Si vous voulez mon avis, il faut jouer au chat et à la souris avec eux. Bon, à présent, vous feriez mieux de monter là-haut en vitesse et de pendre toutes vos jolies robes neuves.

Grace se leva mécaniquement et se rendit dans sa chambre. Elle s'assit près de la fenêtre, le regard perdu dans le vague. Le temps passa, la soirée succéda à l'après-midi, mais Bram ne revenait toujours pas. Elle était déshabillée et au lit lorsqu'elle entendit son cheval remonter l'allée. Quelques instants plus tard, il apparut sur le seuil de sa chambre.

— Proposer du whiskey en plein après-midi aux dames du voisinage n'est guère une bonne manière de commencer votre vie ici, dit-il avec sévérité.

Honteuse, Grace remonta les draps jusqu'à son menton.

— Je suis désolée, Bram. C'était puéril. Je ne recommencerai pas.

Soudain, il éclata de rire et se laissa tomber sur la chaise près de la fenêtre.

— J'aurais donné cher pour voir la tête de cette vieille harpie. Je parie que son attelage n'avait pas fait trente mètres qu'elle avait déjà sorti une flasque de son sac à main.

Il ôta ses bottes et vint s'asseoir sur le bord du lit.

— Faites attention, cependant, ajouta-t-il en lui prenant la main. Je ne vous laisserai pas faire de moi la risée du voisinage.

Grace eut un hoquet choqué.

— Jamais ! Oh, Bram ! Pourrez-vous me pardonner ?

— Cette fois seulement, répondit-il.

Il contemplait ses cheveux défaits et brillants, ses joues brûlantes. Il se pencha en avant et l'embrassa.

— Je vous laisserai vous faire pardonner.

Elle lui sourit et, pour la première fois de leur courte vie commune, elle ne rougit pas.

A l'aube, elle fut éveillée par le chant clair des alouettes appelant les autres oiseaux à se joindre à leur concert matinal. Près d'elle, Bram toujours endormi respirait bruyamment, son corps tiède collé au sien. Elle était heureuse qu'il soit resté, qu'il n'ait pas délaissé son lit pour rejoindre le sien. Du bout des doigts, elle effleura son bras pour s'assurer qu'elle ne rêvait pas, qu'elle était bien là, dans cette grande maison, avec cet homme. Sans doute portait-elle déjà l'enfant qu'il souhaitait si ardemment. Elle ferma les yeux et songea à la vie

142

qui l'attendait. Peut-être y aurait-il quelques moments difficiles, quelques nids-de-poule sur le chemin qu'elle aurait à parcourir ; mais en cet instant, tous les problèmes potentiels lui paraissaient dérisoires, et elle remercia Dieu avec ferveur des bienfaits dont il la comblait.

5

L'ombre de Grace habitait toujours son ancienne maison. Ses murmures flottaient dans les coins, son rire résonnait dans la cour, son odeur imprégnait les draps, son châle demeurait pendu derrière la porte – et elle manquait horriblement à tout le monde, bien que personne ne voulût l'admettre.

Ryan annonça qu'Aghna et lui se marieraient à la fin de l'été, et pour fêter cette bonne nouvelle Grace rendit enfin visite à sa famille. Elle était venue seule et expliqua qu'elle ne pourrait rester long-temps, car on avait besoin d'elle au manoir. Grandma fut surprise de constater combien l'apparence de Grace avait changé en si peu de temps. La jolie robe et la nouvelle coiffure n'étaient pas seules en cause ; en six semaines, la jeune fille avait mûri, cela s'entendait à sa voix et se voyait à sa façon de bouger. Il fallut que Sean la taquine plus d'une demi-heure pour que son regard retrouve son éclat d'autrefois ; en échange, elle les régala d'un compte rendu détaillé de sa visite à la grande bibliothèque du Trinity College. Selon elle, aucun des étudiants qui s'y trouvaient n'avait la moitié de l'intelligence de son frère. A ce moment-là, les mots se mirent à couler plus aisément et leur Grace familière réapparut à travers ses récits de voyage. Elle leur parla de la grandeur de Dublin, des restaurants, des théâtres, des concerts, des magasins, des musées et de tous les gens différents qu'elle avait vus. Elle sortit les cadeaux qu'elle leur avait achetés, et qu'ils acceptèrent timidement. Grandma se contenta de tenir le châle avec précaution, palpant le tissu luxueux de ses doigts noueux, jusqu'à ce que Grace le déplie et le lui enroule elle-même autour des épaules. Immédiatement, la vieille dame sentit une merveilleuse chaleur l'envahir et elle poussa un soupir de bien-être. Sean essaya son pull-over, glissa tant bien que mal son bras invalide dans la manche, et déclara qu'il lui allait parfaitement. Ryan embrassa sa sœur sur la joue d'un air bourru, mais ne put s'empêcher de sourire de plaisir en voyant sa chemise et son gilet de mariage, et Patrick fut visiblement ému lorsqu'elle glissa la montre de gousset en argent dans sa main.

— Tu ne dois pas dépenser l'argent de ton mari pour nous faire des cadeaux, l'admonesta-t-il en guise de remerciement.

— L'argent qu'il met dans ma bourse est à moi, répondit-elle fermement, et donc à vous aussi.

Ils la supplièrent de rester toute la journée, ou au moins de partager un repas avec eux, mais elle n'avait pas la liberté de céder à leurs injonctions. Grandma la rassura, affirmant que ce n'était pas grave et qu'ils la reverraient bientôt, mais dans son cœur, elle soupçonnait le châtelain d'avoir décidé de sevrer rapidement sa jolie jeune femme de ses métayers de parents.

On était en juin. La Saint-Jean passa sans que nul dans la maisonnée eût vraiment envie d'aller danser autour des feux de joie. Une semaine après la fête de Lug, la récolte, satisfaisante, permit de remplir la réserve de pommes de terre ; mais seul Ryan avait de l'appétit. Son mariage devait être célébré deux semaines plus tard, et Grandma, bien qu'elle s'efforçât de ne penser qu'aux festivités et au bonheur de son petit-fils, avait du mal à dissimuler son désir farouche de revoir enfin le visage de Grace illuminer leur maison.

Ryan était devenu presque invivable, tant il était décidé à ce que tout soit parfait pour l'arrivée de sa femme. Des pierres avaient été extraites et des maçons embauchés pour construire la nouvelle chambre qu'Aghna et lui partageraient – un luxe dans le quartier.

— C'est un cadeau de mariage de la part de Grace et de son mari, expliquait Grandma à tous les voisins qui passaient la tête par la fenêtre pour s'émerveiller de cet agrandissement et s'interroger sur son coût. C'est une si gentille fille, notre Grace !

— La seule de la famille qui en vaille la peine, grommelait Patrick.

Il ne parlait plus à quiconque depuis que Ryan avait annoncé son intention de se convertir au catholicisme.

« C'est déjà assez pénible que tu épouses une catholique qui va nous remplir la maison de curés, mais en plus tu t'es laissé intimider au point d'accepter de te joindre au troupeau !

— Attention à ce que tu dis ! s'était écrié Ryan, les choquant tous. Je fais mon devoir envers Dieu et envers Aghna, et il n'y a pas à discuter.

— Je dirai ce que je voudrai ! Je suis encore le chef de cette famille, l'avait prévenu Patrick. »

Mais sa position de presque mari avait donné confiance à Ryan : « N'ai-je pas mérité la moitié de cette maison ? avait-il rétorqué avec effronterie. N'ai-je pas travaillé à ton côté jour et nuit pendant des années sans jamais rien demander ? Et encore maintenant, je ne te demande rien. Aghna et moi adorerons Dieu comme des catholiques, point final. Et nous ne nous laisserons pas traiter comme des chiots désobéissants à cause de ça. Tu m'entends, Pa ? »

Ecœuré, Patrick avait renversé une chaise, attrapé son chapeau et il était sorti dans la nuit pluvieuse. Il était resté absent deux jours, mais à son retour, il était accompagné de maçons et avait acheté les pierres nécessaires à la construction de la chambre supplémentaire ; et sans dire un mot à quiconque, il s'était mis au travail.

Sean et Grandma passaient leur temps libre à broder un couvre-lit pour les mariés. Ils travaillaient sans relâche dans un silence presque total.

— Etre catholique, ce n'est pas la fin du monde, fit valoir Grandma un jour que Patrick était sorti.

— Pour Pa, si, répondit Sean. Tu sais combien il déteste les prêtres et les évêques, et même les religieuses ! Il dit que la vie qu'ils mènent n'est pas naturelle, que demeurer célibataire, c'est faire

146

affront au corps que Dieu nous a donné. Il prétend que Ryan ne trouvera jamais le bonheur dans cette Eglise.

Grandma émit un petit claquement de langue et tira sur son aiguille.

— Vrai, moi je crois que si. Ce n'est pas un grand penseur, notre Ryan, et il ne remettra pas en question l'autorité de l'Eglise. Pas plus qu'il n'a remis en question l'autorité de ton père pendant toutes ces années.

— Est-il possible que ce soit cela qui rende Pa si furieux ? demanda Sean. Tu crois qu'il craint que l'Eglise ne prenne sa place dans la vie de Ryan ?

Grandma hocha la tête.

— Ça ne m'étonnerait pas de ton père, en tout cas. Cela dit, je ne pense pas qu'il ait raison. Ils sont de la même étoffe, tous les deux, et Ryan ne pourrait jamais se séparer de Patrick, quoi qu'il dise. (Elle haussa les épaules.) Tu veux mon avis ? Un peu de religion lui fera du bien, à ce garçon. Il a besoin de suivre d'autres préceptes que ceux de ton père. Une épouse et un peu de pratique religieuse le feront mûrir, découvrir sa propre masculinité.

— Tout de même, on a du mal à s'imaginer notre Ryan à l'église en train de réciter son chapelet, pas vrai ?

Ils rirent tous deux à la pensée de ce grand escogriffe dégingandé à genoux sur le sol de pierre.

— Il ira quelquefois, pour ne pas donner raison à ton père ; et ensuite, il laissera Aghna s'occuper de ces choses-là.

Grandma se tut un moment, penchée sur son

ouvrage, puis elle observa d'un air faussement détaché :

— Ainsi donc, tout le monde se marie autour de toi, Sean.

Elle attendit qu'il lève la tête pour le regarder dans les yeux.

— Qu'en penses-tu, toi ?

Il posa son tissu et prit la tasse de thé posée à ses pieds. Il souffla sur le liquide brûlant avant de boire une gorgée avec précaution.

— Je suis heureux pour eux, dit-il d'une voix égale. Et j'ai hâte d'être un vieil oncle.

Grandma ne le quitta pas des yeux.

— N'as-tu pas l'intention de te marier aussi, un jour ?

Secouant la tête, Sean reposa sa tasse.

— Non, Grandma. Le Seigneur m'a comblé de bien des manières, je n'attends pas de Lui qu'Il m'offre en plus une épouse, répondit-il en soutenant le regard de sa grand-mère.

Cette dernière voulut dire quelque chose, mais il ne lui en laissa pas le temps.

— Qui voudrait de moi, Grandma ? demanda-t-il sans ambages. Même si une malheureuse succombait à ma brillante personnalité – et de fait, quelle fille refuserait un homme capable de lui fournir sans cesse de nouvelles robes ? ajouta-t-il avec un sourire –, sa famille ne lui permettrait jamais de m'épouser. Regarde-moi. Je suis petit, maigre et tout tordu. A me voir, on se demande comment je pourrais survivre à ma nuit de noces, sans parler de trouver du travail et de subvenir aux besoins d'une famille !

— Je prie chaque soir pour que le Seigneur

t'envoie quelqu'un qui t'aime, mon garçon, murmura Grandma.

Sean se pencha en avant et lui prit la main.

— N'est-ce pas ce qu'il a fait ? Ne m'a-t-il pas donné l'amour de Grace et le tien ?

— Si fait, mais il ne s'agit pas exactement de l'amour auquel je pensais, et tu le sais parfaitement. Ah, vraiment... Elle me manque, elle me manque terriblement. Elle arrivait si bien à te remonter le moral !

— Mon moral est au beau fixe, Grandma. Ne t'inquiète pas pour moi. Même si je dois reconnaître que j'aimerais bien la voir un peu plus souvent dans les parages, moi aussi...

— Je pensais qu'elle serait déjà revenue.

— C'est surtout sa bonne cuisine qui te manque, la taquina Sean. Elle nous gâtait, il n'y a pas d'autre mot. Nous étions comme des coqs en pâte, quand elle s'occupait de nous.

Grandma rit de bon cœur.

— Tu te souviens du whiskey chaud qu'elle nous apportait le soir, et de son bon pain bis ?

Sean hocha la tête.

— Et cette sauce qu'elle mettait sur le saumon... Et son *colcannon* !

— Oh, et sa confiture de baies sauvages ! Nous n'en avons pas eu cet été, soupira Grandma. Pas plus que le plaisir de l'entendre chanter en cuisinant.

Sean se leva avec raideur et remplit de thé la tasse de la vieille dame.

— Eh bien, ma pauvre Grandma, tu vas devoir te contenter de thé amer, de bacon bouilli au chou et de mon humble personne pour toute compagnie.

— Ah, non, *agra*, ne dis pas ça. Le thé n'est jamais

149

amer, j'ai vécu de chou bouilli plus d'une fois dans ma vie, et quant à toi... Je ne t'échangerais contre personne d'autre, conclut-elle en se redressant.

— Elle a promis de venir au mariage. Peut-être pourrons-nous la convaincre de nous cuisiner quelque chose à cette occasion ?

Grandma rit de nouveau.

— Je ne compterais pas là-dessus, à ta place. Je doute que le châtelain apprécie de la voir s'activer dans la cuisine de son ancienne cabane.

A la mention de Donnelly, Sean fronça les sourcils.

— J'espère qu'il la traite bien.

— Moi aussi, mon garçon, acquiesça Grandma. Quand nous l'avons vue, elle paraissait plutôt en forme, quoiqu'un peu fatiguée. Il est clair qu'il se montre généreux envers elle. Nous verrons si sa gentillesse perdure au-delà de leur lune de miel... J'espère, pour Grace, qu'ils ne tarderont pas à avoir un enfant.

Les jours se succédaient à toute vitesse, et la nouvelle chambre était terminée. Patrick y installa le grand lit qu'il avait partagé avec Kathleen, et Grandma le recouvrit du nouveau couvre-lit brodé. Aghna avait été habituée à partager avec ses sœurs une paillasse dans un coin d'une maison minuscule, avec pour toute cloison un morceau de tissu pendu au plafond, aussi Grandma savait-elle qu'elle serait heureuse de sa nouvelle chambre et que ses ambitions seraient satisfaites. Sean avait bourré deux oreillers de mousse et d'herbes, et la pièce sentait le frais et le neuf. Ryan était ravi et retournait jeter un coup d'œil à sa future chambre chaque fois qu'il rentrait à la maison.

La veille du mariage, autour du dîner, il fit une annonce.

— Aghna arrive demain, dit-il, comme s'ils avaient pu l'oublier. Et, Grandma...

Il s'interrompit un instant, inquiet.

— Elle va vouloir s'occuper elle-même de la maison.

— Cela me convient parfaitement, mon garçon, affirma la vieille dame en souriant à Sean, assis à l'autre bout de la table. Nous serons bien contents de pouvoir déguster de bons repas de nouveau.

— Comment est son *colcannon*? s'enquit Sean avec un clin d'œil.

— Tout aussi bon que celui de Grace, insista Ryan. A ce propos... Vous ne pensez pas que Grace risque d'humilier Aghna le jour même de son mariage, n'est-ce pas? Elle ne va pas venir avec sa robe de luxe et ses cheveux tout remontés, j'espère? demanda-t-il avec angoisse.

Sean leva les yeux au ciel.

— Qu'est-ce que tu racontes, idiot? Jamais Grace ne prendrait de grands airs! Tu la connais.

— Elle est l'épouse d'un châtelain, maintenant, intervint Patrick sans cesser de manger, les yeux baissés. Elle est obligée de se vêtir comme telle.

Tous attendaient qu'il en dise plus, mais il se contenta de finir son repas, de repousser son assiette et d'annoncer qu'il allait au lit, car la journée du lendemain serait longue pour eux tous.

Lorsque Grandma se leva pour débarrasser, la porte donnant sur l'allée s'ouvrit d'un coup et un

151

groupe de jeunes gens du voisinage apparut dans l'encadrement. Morgan McDonagh, Declan et Paddy Neeson, Tad O'Dugan, Rory, le frère d'Aghna, et Quinn Sheehan riaient et se donnaient des bourrades tout en criant à Ryan de s'habiller et de venir avec eux, puisqu'il s'apprêtait à vivre sa dernière soirée d'homme libre.

— Ne le ramenez pas trop tard, les garçons, dit Grandma en riant. Il aura besoin de ses forces pour demain !

Ils répondirent sur le même ton pendant que Ryan attrapait son manteau et son chapeau.

— Alors, tu viens, Sean ? demanda Morgan, voyant que son ami restait assis à table.

Sean fit un petit geste négatif.

— Allez-y, je ne ferais que vous ralentir.

Morgan pénétra dans la pièce, sourcils froncés.

— Nous allons seulement à Agahmore, au pub d'O'Devlin. Tu ne nous ralentiras que si tu t'avises de nous faire la leçon pendant que nous buvons !

Sean jeta un coup d'œil à sa grand-mère.

— Allons, vas-y, dit-elle en faisant mine de le chasser avec son tablier. Amuse-toi un peu, pour une fois !

— C'est décidé, donc : tu viens, décréta Morgan. Declan a pris sa charrette.

Il traversa la pièce et souleva sans effort Sean de son banc.

— Allez, maintenant, marche comme un homme, dit-il après avoir porté son ami jusqu'à la porte – à moins que tu ne préfères que je te fasse franchir le seuil dans mes bras, comme à une jeune mariée ?

La bouche en cul-de-poule, il lança un baiser en l'air avant de décocher un clin d'œil à Grandma.

Sean ne put s'empêcher de rire.

— Je vais marcher, merci beaucoup.

Il enfila le pull-over offert par Grace et embrassa Grandma, tandis que tous ceux qui les attendaient dehors leur criaient de se dépêcher.

Comme ils se dirigeaient vers la charrette, Morgan souffla à Sean :

— Vrai, je suis content que tu viennes avec nous, car sans toi, je ne manquerais pas d'enrichir la famille Guinness[1], ce soir... Alors, va-t-elle venir au mariage ? ajouta-t-il après une courte pause.

Sean hocha la tête.

— Ah, bien, répondit simplement Morgan en l'aidant à monter dans la charrette.

Tous les jeunes gens s'empilèrent à l'arrière. Ryan, lui, était à la place d'honneur, à côté de Declan. Ce dernier fit claquer les rênes et la voiture s'ébranla. Elle descendit en cahotant l'allée étroite, tandis que le gros Quinn Sheehan entonnait « Thank You, Ma'am, Says Dan » de sa voix joyeuse de baryton.

« What brought you into my room,
to my room, to my room ;
What brought you into my room,
Said the mistress unto Dan.
I came here to court your daughter, ma'am,
I thought it no great harm, ma'am !

1. Propriétaires de la brasserie du même nom et de bien d'autres en Irlande. (*N.d.T.*)

Oh, Dan, my dear, you're welcome here !
Thank you, ma'am, says Dan [1]. »

Tout en chantant, Sean regardait dans le lointain les montagnes Derrynasaggart, ombres bleues sur le ciel enflammé du crépuscule. Au troisième couplet, il cessa de chanter et se pencha pour murmurer à l'oreille de Morgan :

— Il n'y a aucune raison que tu viennes au mariage et que tu t'imposes une telle épreuve, tu sais.

Morgan ne chantait pas.

— En vérité, dit-il à voix basse, je ne serais pas capable de rester éloigné.

Il se tourna sur le côté et frotta de la main le bois dur et rugueux de la charrette.

— Non, je ne raterais pas ça pour tout l'or du monde, conclut-il d'un ton rêveur.

6

Le lendemain, le temps était plus magnifique que jamais. Le soleil brillait dans le ciel bleu et un petit vent tiède agitait les feuilles des arbres ; mais Bram

1. « Qu'est-ce qui t'amène chez moi/Chez moi, chez moi/Qu'est-ce qui t'amène chez moi/Dit la maîtresse de maison à Dan./Je suis venu faire la cour à votre fille, madame/Je n'y voyais pas grand mal, madame !/Oh, Dan, très cher, tu es le bienvenu ici !/Merci, madame, dit Dan. » *(N.d.T.)*

Donnelly refusait tout net de se rendre au mariage catholique d'un de ses métayers, fût-il le frère de sa femme, si bien que Grace ne vit pas Aghna et Ryan unis par le prêtre venu exprès de Cork.

En revanche, elle avait réussi à obtenir, après une semaine de soupirs, d'œillades désolées et de repas déplorables, que Bram et elle fissent une apparition à la fête de mariage, et c'est ainsi qu'ils arrivèrent à midi – longtemps après le retour triomphant de l'église des jeunes mariés – devant son ancienne maison.

Des gens venus de tout le comté se pressaient à l'intérieur mais ils s'écartèrent pour laisser passer Grace ; leurs sourires chaleureux se figèrent un peu lorsqu'ils virent Bram entrer à sa suite. Elle traversa la pièce principale en s'arrêtant pour saluer tous ses anciens voisins : les O'Dugan, le vieux Campbell Hawes et sa femme, M. Neeson et les garçons, les Daly et Bully Ryan, qui tirait sur la manche de Julia pour qu'elle aille lui chercher un autre verre. Les maisons silencieuses ne sont guère légion en Irlande, et pourtant on n'entendait tout à coup plus un bruit dans celle de Patrick O'Malley. Les femmes avaient d'un seul coup d'œil détaillé et analysé la tenue de Grace – une robe très simple de soie bleue et des escarpins –, le collier de perles qu'elle portait au cou, sa superbe chevelure désormais relevée en chignon et retenue par deux peignes de nacre. Elles ne manquèrent pas de remarquer l'épaisse alliance d'or à son annulaire et sa gorge poudrée. Elle s'était vêtue aussi simplement que possible, mais elle ne pouvait rien changer à la façon dont elle se tenait désormais, dont elle parlait depuis que son mari la corrigeait constamment. Les femmes plus âgées souriaient, fières de voir ce qu'elle était devenue, elle, une fille du quartier, et les filles de son âge la regardaient avec admiration et envie, souriant timidement sur son passage. Les hommes s'empressaient d'ôter leur chapeau lorsqu'elle les saluait ; quant à Bram, ils le jaugeaient sévèrement, tout en l'appelant *sir* lorsqu'ils s'adressaient à lui. Quelqu'un arrêta le châtelain pour lui parler, mais Grace poursuivit sa progression dans la pièce jusqu'à ce qu'elle eût repéré Grandma près de la table de travail et Sean sur son tabouret.

— Grandma !

Elle se jeta dans les bras de la vieille dame et respira avec délice son odeur familière d'herbes et de farine.

Grandma la serra contre elle avant de reculer d'un pas pour mieux la regarder.

— Ah, mon enfant, tu as l'air si... adulte, avec tes cheveux comme ça et ta robe de grande dame ! Je n'en reviens pas !

Elle jeta un coup d'œil à Sean par-dessus son épaule.

— Rien à voir avec la Gracie qui revenait en courant des marais avec de la boue sur la figure et entre les orteils, pas vrai, Sean ?

Tous éclatèrent de rire.

— Ou qui avait de la confiture jusqu'aux coudes, les jours de cueillette de mûres, renchérit Sean. Allons, vilaine, viens dire bonjour à ton pauvre vieux frère qui se meurt.

— Sean !

Elle s'approcha aussitôt et scruta son visage avec anxiété. Il l'attira sur ses genoux.

— Qui meurt surtout d'envie de te voir de plus près ! reprit-il en riant.

Elle lui décocha un coup de poing, puis l'embrassa sur la joue.

— Et voilà Morgan ! Je ne t'avais pas vu, debout dans le coin.

Elle se redressa et lissa sa jupe.

— Comment vont ta mère et les filles ?

Il sourit.

— Maman va bien, Grace, merci de prendre de ses nouvelles. Elle est à la maison avec la petite dernière ; Barbara s'occupe d'elles, mais mes autres sœurs sont là.

Du menton, il désigna trois filles debout non loin de là au milieu d'un petit groupe de jeunes gens. Toutes trois lui ressemblaient de façon frappante.

— Celles-ci ne manqueraient jamais une occasion de danser et de faire admirer leur joli minois.

— Elles sont superbes.

La voix de Grace était empreinte de nostalgie tandis qu'elle observait les jeunes filles en train de bavarder et de rire, avec leur longue natte et leur jupe fleurie.

— Toi aussi.

Il s'approcha et lui tendit un bouquet de roses sauvages enveloppées de mousse.

— Tu te rends compte ? Je me décarcasse pour cueillir des fleurs à ta grand-mère, et elle n'a même pas de vase pour les mettre ! « Demande à Grace », m'a-t-elle dit. Heureusement que tu es arrivée avant qu'elles ne soient toutes fanées.

Grace se détourna, rougissante.

— Là-haut, près du chevron, c'est là que je rangeais toujours le vase.

— Ah, voilà.

Morgan se hissa sur la pointe des pieds, tâtonna au milieu des toiles d'araignée et tira bientôt un vieux pichet. Il le tendit à Grace, qui y arrangea les fleurs avant de les poser sur le rebord de la fenêtre.

— Vrai, ne sont-elles pas magnifiques ? demanda Grandma. Et toi, tu es adorable d'avoir apporté de si jolies fleurs à une vieille dame comme moi.

Grandma sourit à Morgan, puis elle se tourna vers Grace.

— Morgan et Sean m'aident à passer le temps en me rapportant des surprises de leurs balades dans les bois.

— Ah ! Ainsi, vous perdez toujours votre temps sur les rives du fleuve ? les taquina Grace.

Sean hocha la tête, les yeux pétillants.

— Oui-da. Morgan m'accompagne régulièrement pour remplir son panier de poissons et son esprit de pensées subversives. Nous avons de longues conversations à propos de Dieu, de l'état de l'Irlande, de l'amour...

Posant la main sur son cœur, il battit des cils en poussant un soupir éloquent.

Morgan lui lança un regard noir et se tourna vers Grace.

— Comme tu le vois, ton cher frère passe toujours autant de temps à raconter n'importe quoi.

Mais parlons plutôt de toi. Tu es resplendissante, on voit que tu mènes une vie agréable.

— Tu n'imaginerais pas toutes les choses nouvelles que j'ai vues et entendues ! Quand le soir arrive, j'ai la tête qui tourne et il me faut des heures pour m'endormir, dit-elle d'un air émerveillé.

Morgan sourit de son enthousiasme, puis il baissa les yeux vers son alliance.

— Ah, ma foi, c'est très bien dans ce cas, et je suis content pour toi.

Grandma passa un bras autour de la taille de Grace.

— Dieu sait que cela me rend malade que tu doives t'éloigner de nous, mais ton châtelain s'est fait coincer par le père Keating et il n'a pas l'air ravi.

— Je ferais mieux d'y aller, acquiesça Grace avec anxiété. J'ai déjà eu assez de mal à le faire venir.

Elle embrassa sa grand-mère sur la joue et se hâta de rejoindre son époux.

— Ah ! s'exclama Bram avec une bonne humeur exagérée lorsqu'elle parvint à sa hauteur. Cher père, voici ma femme. Gracelin, ma chérie, je vous présente le père Keating, un vrai prêtre irlandais, et une extraordinaire source d'information sur la vie des saints méconnus.

Grace ne se méprit pas sur le ton de son mari et s'empressa de répondre :

— Pardon de vous arracher au père Keating, Bram, mais papa vous cherche partout pour vous montrer les nouvelles pièces qu'il a fait construire. Il vous attend dans la cour.

Une déception feinte se peignit sur le visage de Bram.

— Je suis sûr que vous me pardonnerez cette défection, mon père, dans la mesure où je vous laisse en bien plus charmante compagnie.

Il fit courir son index le long de la joue de Grace jusqu'à son menton, le redressant légèrement au passage, puis il sortit dans la cour et tendit la main à Patrick.

Grace reporta son attention sur le prêtre et glissa deux souverains d'or dans sa main.

— Merci d'avoir fait tout ce chemin, mon père.

Il regarda les pièces avec reconnaissance ; en temps normal, il aurait reçu le produit d'une quête en échange de son déplacement, ce qui, à en juger par les personnes présentes, ne lui aurait pas rapporté grand-chose.

— Etre ainsi bénis par l'Eglise est un grand privilège pour mon frère et ma belle-sœur.

Le père Keating hocha sobrement la tête.

— Etes-vous membre de notre Eglise vous-même, madame Donnelly ?

— Mon mari est protestant, mon père, répondit-elle simplement.

— Ma foi, on peut être un vrai croyant et protestant, reconnut-il en faisant tourner les pièces d'or dans sa main. Simplement, cela demande plus de travail.

Grace hocha la tête. Elle l'écouta d'une oreille distraite la complimenter sur son mariage et s'extasier sur la haute bourgeoisie et sur l'exemple qu'elle donnait aux classes inférieures. Son seul regret, chuchota-t-il d'un air de conspirateur, était qu'il n'y eût pas davantage de catholiques dans la bonne société. Néanmoins, ajouta-t-il, si Dieu octroyait aux protestants (qui, comme chacun le savait, dansaient au bord du gouffre, pardon de le dire si crûment, mais c'était la dure vérité) une vie aussi agréable, pensez à ce qui attendait les courageux catholiques !

Grace se réjouit lorsqu'une bouteille apparut sur la table voisine : elle s'en saisit et remplit le verre du prêtre, le priant de prendre encore quelques forces avant la longue route qui l'attendait. Il but à sa santé et déglutit bruyamment ; puis, les joues rouges, il bénit une dernière fois les mariés d'une voix forte avant de prendre congé.

Dès que son âne eut disparu au bout du chemin, les conversations devinrent plus enjouées. Grace faisait le tour de la salle pour remplir les verres de whiskey et de punch. Pendant que Patrick lui montrait ses travaux, Bram avait déjà terminé plusieurs verres et il était dans la cour, très entouré, lorsque des itinérants apparurent à la demi-porte donnant sur l'arrière pour bénir la maison et tous ceux qui s'y trouvaient. Ils furent invités à se joindre à la fête et, en guise de remerciement, la femme la plus âgée du groupe interpréta une longue ballade très émouvante. Elle évoqua le nom bien-aimé de Carolan l'Aveugle [1] et sortit sa harpe ancienne, dont elle caressa les cordes avec agilité jusqu'à ce que toutes les personnes présentes se fussent tues et que tous les yeux fussent fixés sur elle.

---

1. Turlough O'Carolan, harpiste aveugle, compositeur et poète né en 1670 et mort en 1738. *(N.d.T.)*

Le son de sa voix haut perchée et tremblante, la solennité de sa chanson attirèrent l'attention de Bram, qui rentra à l'intérieur de la maison.

— Pour l'amour de Dieu, que chante cette vieille sorcière ? demanda-t-il à l'oreille de Grace, l'haleine lourde d'alcool.

Elle le regarda, les sourcils froncés, puis tendit l'oreille pour saisir les paroles en gaélique.

— C'est l'histoire d'un jeune homme qui tombe amoureux d'une fille d'une classe supérieure. Il la regarde toute la journée à la foire et cette nuit-là elle lui apparaît en rêve et lui dit qu'ils se marieront avant longtemps, mais qu'il doit d'abord faire fortune.

— Ça me rappelle notre histoire, observa Bram d'une voix un peu pâteuse. A part bien sûr qu'en ce qui nous concerne, la fille n'est pas d'une classe supérieure !

Il but une gorgée puis fit tourner le liquide bruni dans son verre.

— Je ne vous l'ai encore jamais dit, mais je vous ai longtemps observée, le soir de la Saint-Jean l'année dernière. Vous étiez à côté d'un gros garçon de ferme rustaud, et vous avez attiré mon attention parce que vous étiez le portrait craché d'une fille que j'avais vue en rêve. Très troublant.

Grace arqua un sourcil surpris. Il hocha la tête.

— C'est vrai, croyez-moi.

Il l'attira dans un coin et baissa encore la voix.

— Je vais vous raconter cette histoire, reprit-il avec un sourire indulgent. Dans mon rêve, j'étais tombé au fond d'un puits et n'arrivais pas à en ressortir. La pluie commençait à remplir ce satané trou et je savais que j'étais condamné. C'est alors que j'ai entendu une voix chanter et que, levant la tête, j'ai vu apparaître un bébé. Comme je criais pour demander de l'aide, je l'ai fait sursauter et il est tombé, tout droit dans mes bras. C'était un petit garçon, tout grassouillet, qui criait à perdre haleine. J'ai relevé les yeux et, dans la lumière, j'ai vu une masse de cheveux roux bouclés qui encadraient un visage anxieux, le vôtre.

Il lui effleura la joue.

— Je vous ai appelée pour que vous me sauviez, mais vous aviez peur et vous avez fait non de la tête. Ce n'est que lorsque je vous ai montré le bébé que vous avez accepté de défaire vos cheveux pour que je puisse grimper hors du puits. Quand je suis arrivé en haut, j'ai mis le bébé dans vos bras. Vous l'avez regardé un long moment, puis vous l'avez embrassé tendrement avant de me le redonner en disant que désormais, c'était *mon* fils.

La bouche ouverte, Grace le regardait avec ahurissement.

— Un après-midi à une fête irlandaise, et vous voilà devenu un conteur digne des meilleurs !

Bram secoua la tête.

— Ce n'est pas une histoire, dit-il gravement. Le lendemain soir, vous étiez là, debout près du bûcher, en tout point semblable à la fille de mon rêve. Plus jeune, peut-être, mais c'était bien vous ; impossible d'oublier des cheveux pareils.

Un moment, Grace demeura pensive.

— Si ce que vous racontez est vrai, dit-elle enfin,

vous n'avez pas fait un simple rêve : vous avez reçu un signe.

Bram leva les yeux au ciel.

— Vous autres Irlandais avec vos signes ! Vous savez, c'est une des nombreuses choses qui vous empêchent de vous intégrer dans le monde moderne. (Il finit son verre cul sec.) Il n'est pas question de fées ou de lutins, Grace. C'était seulement un rêve, un rêve frappant, je le reconnais, mais rien de plus. J'ai dû vous apercevoir un jour au village, et votre visage sera demeuré dans mon subconscient.

— Pourtant, vous m'avez épousée sans que nous ayons jamais échangé deux mots, fit valoir Grace. Ce n'est pas moi qui cherchais une réponse dans les signes, si ?

Le visage de Bram se figea.

— Je veux un fils, répondit-il simplement.

Son regard exprimait un désir presque désespéré, et Grace, qui ne l'avait jamais vu ainsi, en fut émue jusqu'au plus profond d'elle-même. Elle n'hésita qu'un instant avant de se pencher et de lui murmurer à l'oreille :

— Bram, c'était un signe de Dieu, aucun doute. J'attends un bébé pour le début du printemps.

Tout d'abord, il ne réagit pas. Puis son visage s'éclaira et il émit un petit cri de joie qu'elle essaya d'étouffer.

— Nous devons l'annoncer ! murmura-t-il assez fort.

Grace secoua la tête.

— Aujourd'hui, c'est le mariage de Ryan et Aghna. Nous n'avons pas le droit de leur voler la vedette.

— Il faut que je le dise à quelqu'un ! supplia-t-il. Votre père ! Laissez-moi au moins en parler à votre père. En privé, dehors !

Grace accepta avec réticence, craignant de gâcher le bonheur de son frère. Cependant, c'est avec plaisir qu'elle regarda Bram prendre Patrick par le bras et l'entraîner à l'extérieur.

La vieille dame termina sa chanson et Irial Kelley accorda son violon. On fit de la place au centre de la pièce et quatre couples se mirent à danser, les bras le long du corps, leurs pieds s'envolant au rythme de pas compliqués. D'autres se pressaient le long des murs, s'appuyaient aux montants des fenêtres ou des portes. Ryan et sa jeune épouse bondissaient à travers la pièce et n'avaient d'yeux que l'un pour l'autre ; Grace se réjouissait de la lumière intérieure qui éclairait leurs visages. Elle ne vit pas Morgan s'approcher d'elle, et sursauta lorsqu'il posa sa main sur son bras.

— Une petite danse, pendant que votre mari ne regarde pas, madame Donnelly ?

— Morgan ! le gronda-t-elle. Bram n'est pas du tout comme ça.

— La réponse est oui, dans ce cas ?

Ses yeux pétillaient de malice. Elle ne pouvait plus refuser.

Elle jeta un coup d'œil par la fenêtre et vit que Bram était de nouveau entouré de jeunes fermiers. Gonflé à bloc par la nouvelle qu'il venait d'apprendre, il parlait fort et buvait plus que de raison.

Elle se mordit la lèvre, mais ne put s'empêcher de sourire à Morgan, qui l'entraînait vers la piste de danse improvisée. Ils prirent place dans la ligne, attendirent que le violoniste et le joueur de cornemuse entament le morceau suivant, puis ils échangèrent un sourire complice et s'envolèrent.

Grandma et Sean observaient les musiciens et les danseurs, assis sur des chaises dans un coin de la pièce, très contents de leur position en marge de la fête.

— Morgan fait danser Grace, remarqua Sean.

Grandma hocha la tête et but une gorgée du fond de whiskey que lui avait servi son petit-fils.

— C'est malheureux qu'il soit à ce point amoureux d'elle.

Sean sursauta si violemment que quelques gouttes s'échappèrent de son verre. Il se tourna vers sa grand-mère avec un regard paniqué. Grandma le rassura.

— Allons, allons, ne t'inquiète pas. Personne ne le sait à part nous, qui les aimons tous les deux. Pourquoi n'en a-t-il jamais parlé ? demanda-t-elle après une courte pause.

Sean s'essuya le menton et approcha son siège de celui de la vieille dame.

— Donnelly est arrivé le premier, mais crois-moi, ça ne m'a pas empêché de supplier Morgan de se déclarer quand même. Il a dit que Grace n'avait pas le choix, et que l'obliger à trancher ne ferait que la rendre malheureuse, et il m'a fait jurer de ne jamais parler de ses sentiments à quiconque.

— Dieu sait que j'aurais préféré la savoir avec lui qu'avec cette grande brute. Mais on ne peut plus rien y faire maintenant, soupira Grandma, le regard perdu au fond de son verre. Grace est mariée

166

avec Donnelly et plutôt heureuse. C'est notre pauvre Morgan qui va devoir chercher le bonheur ailleurs.

Sean tourna la tête vers eux. Ils étaient debout et attendaient la danse suivante, les joues colorées d'excitation. Morgan chassa une mèche de cheveux du front de Grace.

— Il y parviendra, affirma Sean en levant son verre dans leur direction.

Les couples dansèrent encore à deux reprises, puis le père d'Aghna se leva pour entonner « Barbara Allen », une des chansons préférées de tous. D'autres chanteurs, dont Morgan, répondirent aux diverses demandes du public ; il y eut de nombreux voyages jusqu'au tonneau de whiskey et de nombreux toasts à la santé des mariés – que leur vie soit longue et qu'ils aient beaucoup d'enfants, un lopin de terre et tout l'amour du monde. Le punch au whiskey et le gâteau aux myrtilles étaient terminés depuis longtemps ; les hommes buvaient du whiskey sec à présent et écoutaient, les larmes aux yeux, des chansons où il était question d'amours perdues et de batailles sanglantes, et surtout de l'Irlande, la plus belle femme du monde. Des enfants pieds nus, tout débraillés, les yeux pétillants de gaieté, des couronnes de fleurs de guingois sur la tête, couraient en criant entre les jambes des adultes, qui au lieu de les gronder les embrassaient joyeusement. Quant aux femmes, elles surveillaient tout leur petit monde en se remémorant d'autres noces, et elles parlaient de bébés, vivants ou morts, d'enfants qui avaient bien ou mal tourné, et surtout des hommes, qui ne changeaient jamais.

7

Les McDonagh se réunirent devant l'âtre à genoux, chapelet en main, pour faire leurs prières matinales. Nally McDonagh, le père, récita les siennes en vitesse, pressé de commencer sa journée de travail. Avec ses cheveux fous qui commençaient à blanchir un peu, retenus par un lien dans son cou comme ceux de Morgan, et les deux anneaux d'or qui ornaient ses oreilles, il ressemblait au pirate qu'il rêvait d'être. Sa femme, une ancienne beauté déjà fanée à trente-cinq ans, était agenouillée au milieu de sa famille, balançant d'une main le berceau de son dernier-né ; les plus jeunes enfants, encore ensommeillés, s'appuyaient sur les plus grands. Tous les pieds exposés étaient nus et noircis par le sol en terre battue et les routes estivales, tous les visages bronzés et couverts de taches de rousseur.

— Amen, conclut Nally avec emphase tandis que tous se signaient.

Il embrassa son chapelet et le pendit à un crochet près de la cheminée avant de s'asseoir pour le petit déjeuner. Un couteau et une tasse en fer-blanc marquaient chaque place, et au milieu de la table trônaient une lourde marmite noire remplie de pommes de terre bouillies fumantes, une motte de beurre et un bol de sel. Ils plantaient leurs couteaux dans la marmite, en tiraient une pomme de terre, la trempaient dans le beurre et le sel et mangeaient à même le couteau en buvant des tasses de babeurre. En l'absence de flocons d'avoine pour le porridge, c'était là leur petit déjeuner – et, bien souvent, leur dîner aussi.

Mary McDonagh mit le bébé au sein et regarda autour de la table pour vérifier que tout le monde avait sa part de nourriture. Elle avait donné naissance à onze enfants, dont huit avaient vécu. Bien qu'elle aimât ses sept filles de tout son cœur, c'était à Morgan, son aîné et seul fils encore vivant, qu'elle était le plus attachée. Il était assis en face d'elle et donnait à la petite de deux ans installée sur ses genoux des bouchées de pomme de terre chaude.

— Allons, mange, maintenant, dit-elle avec douceur. La route est longue jusqu'à la foire.

Morgan leva les yeux et lui sourit.

— Comme j'aimerais que tu viennes aussi, m'man, toi qui adores les jours de marché !

— Nous te rapporterons un petit quelque chose, promit Aislinn en s'essuyant les mains sur sa jupe.

Quatre des filles se rendraient au marché, car Barbara, l'aînée, resterait avec sa mère et ses petites sœurs.

— Prends surtout tout ce qu'il y a sur la liste, répondit Mary avec sévérité. Et ne fais pas l'écervelée, pour une fois.

— Tu me connais, m'man ! protesta Aislinn avec ardeur. Katie et moi ferons le tour du marché et rassemblerons tout le nécessaire.

Elle jeta un coup d'œil à sa petite sœur, qui hocha

la tête avec enthousiasme, les joues gonflées de pomme de terre.

Nally se leva et s'essuya la bouche d'un revers de main.

— Vous resterez tous avec moi jusqu'à ce que nous ayons réussi à vendre la génisse et le cochon. Puis nous réglerons nos comptes avec l'agent du châtelain, et après seulement nous verrons ce qu'il nous restera pour faire les courses.

Morgan regarda son père, sourcils froncés.

— Tu vends un cochon?

— Oui, acquiesça Nally, le regard sombre. La vente de la vache nous rapportera à peine de quoi payer le loyer; le cochon doit partir.

— Il ne restera qu'une truie à manger, et nous ne pourrons pas continuer l'élevage.

Le regard de Morgan allait de son père à sa mère.

— Ce n'est pas ma faute si tous les porcelets sont tombés malades et sont morts, dit Nally avec colère. Maintenant, je n'ai plus de cochon à vendre à part le vieux, et nous aurons de la chance si nous en obtenons un prix convenable. Nous allons devoir faire confiance à notre bonne étoile et trouver un porc à accoupler avec notre truie au printemps prochain. Bon, maintenant, finissez tous votre repas et allons-y.

Il mit son chapeau de marché, marron foncé à bords mous, franchit la porte basse et sortit dans la cour en sifflant pour appeler les chiens.

Mary le regarda s'éloigner d'un air mélancolique.

— *Arrah*, il est beau avec sa chemise en lin et son gilet. Ce sont ceux qu'il portait le jour de notre mariage.

Comme souvent depuis quelque temps, une expression lointaine, mélancolique se peignit sur son visage. Morgan savait qu'elle regrettait sa maison dans la Black Valley, aussi pauvre et délabrée qu'elle eût été, et ses parents, morts depuis longtemps. Mary était une vraie fille de la montagne, élevée dans une maison troglodyte sans fenêtres. Son père et ses frères conduisaient les moutons le long des chemins étroits jusqu'aux maigres pâturages tandis que sa mère tissait la frise pour la vendre au tailleur qui passait une fois l'an.

Nally, en route pour Galway où il espérait embarquer sur un bateau de pêche, s'était cassé le bras dans une chute terrible ; c'était Mary qui l'avait trouvé. Elle l'avait aussitôt conduit chez elle et avait envoyé son petit frère chercher un médecin.

Nally avait succombé à la lumière qui pétillait dans ses yeux clairs et à la façon dont elle écoutait ses récits d'aventure. Ils s'étaient mariés et il l'avait ramenée à la ferme familiale, mais jamais il n'était parvenu à dépasser son désir de prendre la mer. Périodiquement, il laissait sa famille grandissante pour embarquer dans l'espoir de faire fortune. Il était bien rare qu'il rapportât plus que ce qu'il aurait gagné en demeurant à la ferme, mais de temps en temps il avait un peu plus de chance, et il pouvait raconter des histoires fantastiques à ses enfants autour du feu, l'hiver.

— Il nous quittera de nouveau bientôt, dit Mary, les yeux toujours fixés sur la silhouette de son mari qui s'éloignait dans la cour.

— Mais ça ne fait pas un an qu'il est rentré ! s'exclama Morgan, consterné.

Il y avait énormément à faire à la ferme, et il avait besoin de l'aide de son père.

— C'est vrai, dit Mary, mais je le vois venir. Il ne tient plus en place, et quand je lui parle de l'hiver prochain, il n'arrive pas à me regarder dans les yeux.

Morgan se leva et posa avec douceur sa petite sœur sur le sol. Il secoua la tête.

— Je vais lui parler, m'man. Le moment est trop mal choisi pour qu'il parte.

Mary soupira.

— Le moment est toujours mal choisi, mais il s'en va quand même, tant il est persuadé que l'on ne peut faire fortune qu'en prenant la mer.

Les filles s'étaient coiffées et avaient enfilé leur houppelande, et elles criaient à Morgan de se dépêcher. Il se pencha pour embrasser sa petite sœur, puis le bébé et Mary.

— Ne t'inquiète pas, je lui parlerai. Repose-toi, aujourd'hui, laisse Barbara s'occuper de toi.

Il sourit à sa sœur aînée, une jeune fille sérieuse, grande et bien bâtie comme lui.

— Allez, va vite, lui dit-elle. Je veillerai sur maman et sur les petites. Tu sais que tu peux me faire confiance.

Morgan l'embrassa et se hâta de quitter la maison. Son père et ses sœurs s'étaient déjà engagés sur la route. Les filles portaient leurs bas et leurs chaussures à la main pour ne pas les salir avant d'arriver en ville, et leurs visages étaient roses d'excitation. Devant elles, leur père guidait la vache et le cochon avec un long bâton. Le vent s'était levé et Morgan rejoignit son père en tenant son chapeau d'une main pour l'empêcher de s'envoler.

— Pas de pluie pour nous ralentir, observa Nally en guise de salut.

— C'est vrai, acquiesça Morgan.

Il poussa le cochon du bout de son bâton pour le maintenir dans le droit chemin.

— Dis-moi, reprit-il au bout de quelques secondes, je me disais que nous pourrions acheter des graines au marché, si nous arrivons à vendre le porc un bon prix.

— Quel genre de graines ?

Nally cracha un long jet de tabac sur le bord de la route.

— Au printemps, nous pourrions avoir un petit potager, suggéra Morgan.

Son père secoua la tête d'un air horrifié.

— Des légumes ! C'est une entorse à la tradition, et je refuse de cautionner une chose pareille. Les voisins riraient de me voir gâcher de la bonne terre à patates pour planter des légumes.

Morgan serra plus fort son bâton et s'efforça de répondre sans colère.

— Nous avons la place. Je pourrais déblayer ce coin plein de rochers, au sud de la maison, planter quelques graines : des navets, des carottes, des oignons...

— Les oignons, comme les baies et les noix, poussent dans la nature à l'état sauvage. Dieu nous fournit ce dont nous avons besoin.

Nally cracha de nouveau. Morgan donna un petit coup sur le flanc de la vache.

— Cela n'a pas de sens, Pa. Pourquoi faire pousser

des pommes de terre, dans ce cas ? Pourquoi élever des poules, des cochons, des vaches ? Réfléchis, nous pourrions produire l'avoine que nous donnons aux bêtes, ça nous éviterait de l'acheter !

— Parce que maintenant, c'est de l'avoine que tu veux cultiver ! Du grain et des légumes ! C'est une ferme d'Anglais que tu veux ou quoi ?

Il parlait d'une voix forte et colérique, qui résonnait le long de la route tranquille. Derrière eux, les filles s'étaient tues et écoutaient.

— Laisse-moi te dire une chose, mon garçon. Il faut la fortune d'un châtelain pour s'offrir une ferme de châtelain. Dès l'instant où nous commencerons à bêcher la terre, le propriétaire augmentera notre loyer. Quand le grain et les légumes pousseront, il l'augmentera de nouveau. Lorsque nous aurons l'air d'avoir assez à manger et de prospérer, il prendra la moitié de nos gains, et taxera le reste. Et pour tout arranger, nos voisins seront envieux et viendront nous voler ce qu'ils considéreront comme leur part légitime sur nos bénéfices. (Il secoua la tête.) Cela n'a pas de sens de faire les choses différemment quand la coutume s'y oppose.

— Mais Pa, écoute-moi, au moins ! protesta Morgan.

Nally frappa violemment le sol de son bâton et s'immobilisa.

— Non ! Non, mon garçon. Tu voudrais être comme tes O'Malley. Ta mère n'a-t-elle pas voulu faire pareil, et imposer chez nous les manières de cette Kathleen ? Et cela lui a-t-il réussi ? Je l'entends encore : « Pas de cochons dans la maison ! » Résultat, ils sont tous morts de froid, loin des braises de la cheminée. «Je vais installer le poulailler dans la cour. » Et voilà qu'elle attrape une fièvre terrible et perd le bébé qu'elle attendait, tout ça parce qu'elle devait aller sous la pluie chercher les œufs. Franchement, a-t-on jamais entendu parler de poules si huppées qu'il leur faut leur maison individuelle ?

Morgan sentait une colère croissante monter en lui.

— Ton analyse est complètement fausse. Nous avons eu beaucoup moins de maladies depuis que les animaux ne vivent plus dans la maison. Les porcs sont morts de la fièvre porcine que leur a transmise ce cochon sauvage que tu as attrapé dans les bois et mis avec les autres. Quant au poulailler, il était installé dans les buissons parce que tu avais forcé maman à le mettre là afin de la punir de t'avoir tenu tête pour la première fois de sa vie. N'as-tu pas remarqué qu'il se trouvait maintenant sur le côté de la maison, et que tout se passait très bien ?

Nally fixa son fils, les yeux plissés.

— J'entends beaucoup de reproches dans tes paroles, jeune homme. Mais dois-je te rappeler que tes jolis travaux d'agrandissement nous ont valu une augmentation de loyer ?

Il se remit en route sans cesser de grommeler dans sa barbe.

— Ces O'Malley sont protestants, on ne peut rien gagner à les imiter : ils ne sont pas guidés par Dieu. Patrick a une bonne ferme, c'est vrai, mais il la paie très cher et travaille comme un esclave. Et vrai, il est aussi maudit que Job, avec sa femme morte, son fils estropié et sa seule fille entre les mains d'un suppôt de Satan.

A l'évocation de Grace, Morgan sentit ses poumons se vider ; le poids de la défaite pesait lourdement sur ses épaules et, l'espace d'un instant, il céda au découragement ; mais presque aussitôt, il se reprit et se redressa.

— Nous ne pouvons pas continuer comme ça, Pa, dit-il en jetant un coup d'œil au profil sévère de son père. Soit tu restes sur nos terres et tu nous aides à gagner notre vie... (Il s'interrompit et prit une profonde inspiration.) Soit c'est moi qui m'enfuis en mer.

Nally s'immobilisa de nouveau, et les filles, qui les suivaient de près, firent de même.

— Allez, avancez ! leur cria-t-il avec colère. Dépêchez-vous un peu !

Lorsqu'elles furent hors de portée de voix, il se tourna vers son fils et dit d'un ton menaçant :

— Je n'ai jamais fui mes responsabilités, et je devrais te donner une raclée sur-le-champ pour te punir de tes sous-entendus.

Il leva son bâton, mais Morgan ne cilla pas.

— Tu nous quittes chaque fois que l'argent vient à manquer et que la ferme est un trop lourd fardeau. N'es-tu pas déjà en train de te préparer à partir avant l'hiver ? ajouta-t-il après une courte pause.

Nally le fixa un moment, puis il abaissa son bâton. Il détourna le regard en direction de la ville ; au-delà des montagnes, c'était la mer.

— J'y pense, admit-il calmement. On ne tirera pas beaucoup d'argent de la terre, cette année. Je rapporterai plus en travaillant sur un bateau.

— Quand comptes-tu t'en aller ?

La colère de Morgan s'était évanouie. Son père avait les épaules voûtées et, dans la lumière du soleil, les rides qui marquaient son beau visage semblaient plus prononcées que jamais.

— Et pour combien de temps, cette fois ? Un an ? Deux ? Trois ?

Nally haussa les épaules.

— Aussi longtemps qu'il le faudra, et j'irai où il y aura du travail. Je ferai de mon mieux pour maintenir la famille à flot.

Morgan attendit que son père se tourne vers lui pour déclarer avec fermeté :

— Rien ne garantit que nous survivions ici une année de plus, Pa. Les loyers augmentent, nous sommes affamés tous les étés en attendant la récolte de pommes de terre, la fièvre nous frappe...

— Les filles ne tarderont pas à se marier, fit valoir Nally, sur la défensive.

— Une s'en va, une autre naît, rétorqua durement Morgan.

Nally repoussa son chapeau en arrière et mit les mains sur ses hanches.

— C'est donc ça ton problème, mon garçon ? Tu veux te marier toi-même, avoir tes propres enfants, comme un homme ?

Ecœuré, Morgan secoua la tête.

— Non, je ne cherche pas d'épouse. Mais sois honnête, Pa : je m'occupe tout seul à la fois de ta ferme et de ta famille. Si tu veux que je continue, il y a un prix à payer.

— Ha ! Tu voudrais que je te paie pour prendre

177

soin de ta mère et de tes sœurs ? Quelle sorte de chrétien es-tu donc ?

Morgan ignora l'accusation.

— Tu me paieras en graines et tu me laisseras planter ce qui me chante, décréta-t-il. Si tu refuses, je ne resterai pas un jour de plus.

— Je te prends au mot : je sais que tu bluffes et que jamais tu n'abandonnerais ta mère.

— Je lui rendrais service en désertant la famille et en te forçant à rester, rétorqua Morgan. Alors, donne-moi ta réponse avant notre entrée en ville, ou je te laisse en plan et pars directement pour Dublin.

Son père le regarda longuement, puis il émit un grognement guttural et reprit sa marche à grands pas. Morgan se maintint à quelques pas derrière lui jusqu'à ce qu'ils eussent rejoint les filles.

Ils continuèrent leur progression dans le clair matin d'automne. Seul le fond de l'air un peu frais annonçait l'hiver qui approchait. A mesure que le chemin s'élargissait, que la piste devenait allée puis route, ils furent rejoints par une foule d'autres gens qui conduisaient leurs bêtes au marché. Des paniers de marchandises étaient attachés sur leur tête ou dans leur dos, les enfants les plus jeunes étaient placés sur de petites charrettes tirées par des ânes, jambes pendantes. Les hommes se saluaient et spéculaient sur le prix qu'ils tireraient de leurs animaux ; il y avait de l'optimisme dans l'air, ce matin-là, bien que l'essentiel de l'argent fût destiné à payer les loyers. Les femmes, en tenue de mariage – leur seul vêtement en bon état –, contournaient avec précaution les tas de crottin et les flaques de boue. Les hommes en chemise et gilet du dimanche, chapeau haut-de-forme ou feutre, de grosses chaussures raides aux pieds, leur pipe en terre dans la poche, nourrissaient l'espoir de choisir un cheval gagnant cet après-midi-là, aux courses, et de pouvoir savourer une ou deux pintes de bière à la pression. Les enfants espéraient se voir donner un penny pour acheter des bonbons ou un jouet en bois.

Lorsque les McDonagh pénétrèrent dans le village, le bruit était assourdissant ; déjà, un violoniste jouait près de la tente des camelots et quelques hommes, égayés par l'alcool, s'essayaient à une gigue. Morgan se hâta d'aller parler à ses sœurs, dont le visage était rouge d'excitation et de plaisir.

— Fais très attention, dans cette foule, dit-il à Aislinn, qui hocha la tête sans même lui accorder un regard. Tu m'entends ? insista-t-il en lui posant une main sur l'épaule.

— Mais oui, répondit-elle avec impatience. Évidemment que je t'entends, avec ta grosse voix. Par pitié, n'essaie pas de jouer les rabat-joie dès le matin, Morgan. Quel petit vieux tu fais ! Ne sommes-nous pas de grandes filles, à présent ?

— A quinze ans, tu es peut-être une grande fille, et Katie aussi, à quatorze. Mais Maureen n'a que onze ans, et Ellen huit. Garde-les tout près de toi ou laisse-les avec moi.

— Moi je veux rester avec toi, Morgan.

Ellen glissa sa petite main dans la sienne et leva vers lui des yeux adorateurs. Elle avait été plus d'une fois victime de l'insouciance de sa sœur et elle vénérait son grand frère.

— Pas moi !

Maureen fit un pas en direction de Katie. C'était une fille trapue pour son âge, mais dotée d'un visage aux traits délicats et de beaux cheveux épais.

Morgan regarda les trois filles l'une après l'autre, notamment Aislinn.

— Bon, d'accord. Mais tu as intérêt à la surveiller.

Il tourna la tête vers leur père, qui guidait déjà leurs bêtes vers l'arène où elles seraient vendues. Ensuite, il continuerait son chemin vers l'extrémité de la rue, où une queue commençait déjà à se former.

— Retrouvez-nous là-bas, chez l'agent, à midi, et nous verrons où nous en sommes à ce moment-là.

Les trois filles acquiescèrent et se fondirent aussitôt dans la foule, leur jupe flottant sur des bas ct des chaussures enfilés à la hâte, la tête penchée l'une vers l'autre comme de joyeuses conspiratrices.

— Allez, viens, toi, dit Morgan d'un ton affectueux à Ellen en lui serrant la main. Nous allons retrouver papa.

Ils pénétrèrent dans l'arène où les acheteurs faisaient des offres pour le bétail. Nally était en pleine négociation avec un boucher de Cork. Il porta à ses lèvres la flasque de whiskey que lui tendait l'homme. Par le passé, chaque fois que Morgan s'était occupé de la vente, il avait obtenu un meilleur prix que son père, mais aujourd'hui, il n'avait pas l'intention d'intervenir.

— Vas voir les marionnettes de l'autre côté de la route, dit-il avec douceur à Ellen en lui montrant du doigt la représentation, qui attirait une foule d'enfants riant aux éclats.

Elle le regarda avec anxiété, n'osant pas lui lâcher la main.

— Tu viendras me chercher ?

Il hocha la tête et déposa un baiser sur son front avant de la pousser vers le petit théâtre. Il la regarda traverser la route et se placer à l'arrière du groupe d'enfants, les épaules raides sous sa chemise et sa houppelande. Cependant, elle ne tarda pas à se détendre et il se réjouit de la voir rire avec les autres. Il reporta son attention sur son père, qui en était arrivé aux choses sérieuses avec le boucher et comptait des pièces avec concentration. Les deux hommes crachèrent par terre et se serrèrent la main, et le boucher emmena la vache au bout de sa corde. Nally leva les yeux et héla Morgan, puis il fendit la foule pour le rejoindre.

— Nous avons obtenu un prix honnête pour celle-là, annonça-t-il en montrant à son fils la petite bourse de pièces.

Morgan les compta rapidement et dissimula de son mieux sa déception : il aurait pu obtenir au moins cinquante pour cent de plus. Nally, qui le regardait avec attention, prit un air renfrogné.

— Bien sûr, tu t'imagines être le seul à avoir une tête.

Il commençait à ressentir les effets du whiskey, et il s'approcha de son fils, la mine menaçante.

— Eh bien, vas-y et vends donc le cochon, puisque tu sais tout sur tout !

— Je veux d'abord ta réponse, rétorqua Morgan après avoir enlevé son chapeau en signe de respect.

— Ma réponse ?

Nally paraissait perplexe, mais son visage s'éclaira bientôt.

— C'est moi le chef de cette famille, Morgan, et tu as intérêt à t'en souvenir. Tu es toi-même devenu un homme sans que je m'en aperçoive, mais ça, on n'y peut rien...

Il s'interrompit avant de reprendre, de plus en plus exalté :

— Il n'a pas été facile pour moi de quitter si souvent ta mère et tes sœurs, mais je l'ai fait parce que je n'avais pas le choix. Mon propre père, Dieu bénisse son âme misérable, continua-t-il en essuyant une larme, était un homme qui faisait tout une fois par jour : il mangeait une fois par jour, nous cognait dessus une fois par jour, nous adressait la parole une fois par jour – jamais pour dire quelque chose d'aimable – et nous regardait une fois par jour, pour nous jauger. Moi, je ne vous ai jamais traités comme ça, non, jamais. (Il secoua la tête avec véhémence.) J'ai fait en sorte qu'il y ait toujours de la nourriture sur la table, un mot gentil sur mes lèvres et de l'amour dans mon cœur, pour ta mère comme pour vous. J'ai été meilleur que mon père avant moi, ce qui est le devoir d'un fils. Alors ne me juge pas tant que tu ne seras pas père toi-même et que tu n'auras pas fait tes preuves.

Morgan n'était pas ému.

— Donne-moi de quoi acheter des graines et je ferai tout ce que tu voudras.

Le regard de Nally se durcit, et son visage perdit son expression rêveuse.

— Alors, voilà ma réponse, mon garçon : dans la

mesure où je ne pourrais supporter de briser le cœur de ta mère en la privant de son seul fils, je te donnerai de quoi acheter des graines et les planter selon ton bon vouloir.

— Et toi ?

— Je partirai et essaierai de subvenir aux besoins de ma famille de mon mieux.

— Tope là.

Morgan lui tendit la main. Nally la serra une fois, fermement, avant de la lâcher.

— Allez, va vendre ce cochon, mon fils, et retrouve-moi sur le champ de courses. Le boucher m'a donné un tuyau très sûr.

— L'argent.

Morgan tendit de nouveau la main.

— Prends-le sur ce que tu gagneras avec le cochon, rétorqua Nally en empochant la bourse. Et ne passe pas toute la matinée à marchander pour des clopinettes. Obtiens ce que tu pourras et retrouve-moi avant midi.

Là-dessus, il se dirigea vers le terrain où les courses de chevaux étaient sur le point de commencer.

Le spectacle de marionnettes venait de s'achever et Ellen attendait son frère, les mains croisées sur son tablier, le regard fixé avec une anxiété croissante sur la foule de plus en plus nombreuse. Le soleil montait dans le ciel, et la journée était plus belle que jamais. La fillette sourit avec soulagement lorsque Morgan l'appela par son prénom.

— Où est Pa ? demanda-t-elle en prenant la main de Morgan entre les siennes.

— Il regarde courir les chevaux. (On entendait des cris en provenance de l'hippodrome.) Il faut que je vende le cochon et que j'achète des semences. Puis nous mangerons. Tes sœurs ont complètement disparu de la circulation, on dirait ?

Elle lui sourit et secoua la tête avant de pointer un petit doigt.

— Les voilà ! Elles se dirigent vers les produits secs. Il regarda dans leur direction et constata avec soulagement que Maureen était toujours avec ses deux aînées. Lorsque les filles eurent disparu à l'intérieur de la boutique, Morgan et Ellen se rendirent à la porcherie. Au passage, ils assistèrent à la première bagarre de la journée : deux hommes, torse nu, en sueur, échangeaient des coups de poing pendant qu'autour d'eux quelques pièces changeaient de main. Le plus gros des deux était dominé par son adversaire, plus léger et plus rapide ; du sang coulait abondamment de son nez, et une coupure à l'arcade sourcilière l'aveuglait. Sa lèvre était ouverte, et sa mâchoire rouge et enflée, mais il demeurait debout, quoique titubant.

— Laisse tomber ! lui cria Morgan au passage, et la foule le hua avec bonne humeur.

Plus loin, un groupe, composé essentiellement de femmes et de vieux messieurs, entourait un prêtre qui prêchait les vertus d'une vie sans boisson ni femmes légères, et offrait sa bénédiction à tous ceux qui se comportaient de manière civilisée. Etrangement, aucun jeune homme n'assistait à ce sermon, mais Morgan ne tarda pas à comprendre pourquoi. Regardant furtivement autour de lui, il vit de l'autre côté de la rue, derrière la tente d'un camelot, un homme grand, à la barbe rousse, qui haranguait les hommes en frappant sa main de son poing et en désignant tour à tour le prêtre, puis un pasteur protestant qui distribuait des vêtements aux indigents, et enfin les gardes qui arpentaient les marches de la prison et commençaient à s'intéresser aux jeunes gens assemblés autour de lui. Morgan aurait aimé s'approcher et écouter les paroles de l'homme ; il était sûr qu'il recrutait pour les Young Irelanders qui, disait-on, avaient fait amèrement sécession avec les Old Irelanders sur le sujet de la prise d'armes. Morgan n'avait jusqu'alors entendu de leur part que des appels au combat, et n'avait guère envie de faire partie d'un groupe d'exaltés ; néanmoins il était intrigué, et se serait volontiers arrêté pour écouter l'orateur si la proximité des soldats et leurs regards en coin ne l'en avaient dissuadé. Il y aurait, songeat-il, de meilleures occasions.

Il accéléra le pas et conduisit Ellen le long d'une allée sombre jusqu'à une grange ouverte. Là, il marchanda et discuta pour obtenir, enfin, un prix proche de celui qu'il avait espéré pour son cochon. Le marché était pauvre, cette année encore, et les gens ne dépensaient pas volontiers leur argent. Il se rendit ensuite à l'entrepôt et fit le tour des graines disponibles avant d'opter pour des navets, des oignons, des carottes, du maïs, de l'avoine et du seigle. Le responsable de l'entrepôt enveloppait au fur et à mesure les semences dans du papier brun, et Morgan glissait les petits paquets dans sa poche avec un sourire, songeant à l'avenir.

— Est-ce que nous allons chercher Pa, maintenant, ou les filles ? demanda Ellen, les yeux plissés comme elle regardait le soleil, haut dans le ciel. J'ai faim.

— Quand nous arriverons en vue du bureau de l'agent, regarde bien autour de toi pour essayer de repérer tes sœurs.

A peine avait-il fini sa phrase qu'il vit les intéressées sortir du bazar des dames catholiques.

— Aislinn! appela-t-il.

Il remarqua que la jeune fille avait l'air contrariée de le retrouver si vite. Il lui fit néanmoins signe d'approcher.

— Allons chercher Pa, et nous mangerons un morceau de ce que maman nous a préparé, déclara-t-il. Ensuite, vous pourrez rassembler tout ce dont nous avons besoin et nous nous reposerons un moment avant de rentrer à la maison.

— Nous n'allons pas danser, alors?

Aislinn esquissa une moue boudeuse tandis que Katie se retournait vers un groupe d'adolescents qui leur faisaient des clins d'œil et sifflaient dans leur direction.

Morgan les jaugea. Il se réjouissait que ses sœurs fréquentent des jeunes gens de leur âge, mais ceux-là étaient des garçons de la ville, effrontés et audacieux, et il n'aimait pas voir Aislinn flirter avec eux de façon si éhontée. Il la soupçonnait d'ignorer où elle mettait les pieds.

— Nous resterons pour danser un peu, transigea-t-il, mais faites bien attention à vous, avec ce genre de gars.

Aislinn lui décocha un sourire éblouissant, et il s'émerveilla une nouvelle fois de la facilité avec laquelle elle pouvait jouer, au choix, la mégère ou le petit ange. C'était une jeune fille difficile, qu'il fallait tenir d'une main de fer, mais leur mère était

186

trop fatiguée par ses bébés pour en avoir le temps, et Barbara ne savait pas s'y prendre avec elle. Nally, naturellement, n'était jamais là, et quand il revenait, il encourageait les pires tendances de sa fille, croyant reconnaître dans sa témérité un reflet de son propre goût pour l'aventure.

Ils descendirent la rue principale en famille, s'arrêtant de temps en temps pour saluer une connaissance et donner des nouvelles de leur mère à tous ceux qui leur en demandaient. Ils entendaient les cris enthousiastes de la foule réunie dans l'hippodrome et le vacarme des sabots sur la terre battue. Nally était près de la rambarde et encourageait son cheval en hurlant comme un fou. L'animal, une jument alezane d'allure robuste aux jambes puissantes et à la foulée déliée, était bien en avant du peloton. Mais soudain, elle voulut négocier un virage trop vite, perdit pied et glissa sur une flaque de boue. Son jockey fut désarçonné et demeura une seconde sur la piste, un peu sonné, avant de déguerpir pour ne pas être piétiné. La jument, elle, resta à terre, la jambe avant visiblement cassée.

— Relève-toi, relève-toi et cours, espèce de sale carne ! criait Nally en tapant du poing contre la rambarde.

À chaque juron, il postillonnait allégrement.

— Que Dieu t'envoie en enfer, misérable canasson de malheur ! Toi et ton imbécile de jockey !

Ses épaules s'affaissèrent et de grosses larmes se mirent à couler sur son visage sale. Morgan ordonna aux filles de l'attendre et s'approcha de lui d'un pas calme.

— Ton cheval est tombé.

En entendant sa voix, Nally se raidit.

— Jamais je n'ai vu ça de ma vie ! C'est l'œuvre du démon !

— Tu avais parié dessus, n'est-ce pas ?

Nally se retourna lentement, les traits déformés par la colère. On entendit un coup de feu – on venait d'achever la malheureuse jument – et Nally esquissa une grimace, tout le sang parut se retirer de son visage, et il ne resta plus devant Morgan qu'un vieil homme tout pâle, durement choqué.

— Oui, répondit-il seulement, les yeux dans le vague.

— Tout ?

Morgan attendit sa réponse en retenant son souffle.

— Presque, dit Nally en se passant la main sur les yeux. Le boucher disait qu'elle ne pouvait pas perdre, que c'était son propre frère qui la montait et que lui-même parierait sur elle. Je savais qu'il disait la vérité !

Ses yeux s'illuminèrent brièvement, avant de perdre de nouveau leur éclat.

— Mais Dieu en a décidé autrement. C'est un signe : je dois me rendre au port tout de suite. Aujourd'hui même. Ma chance n'est pas sur terre.

— Comment allons-nous payer Ceallachan ?

Nally hésita.

— Qu'a rapporté le cochon ?

Morgan secoua la tête.

— Il nous manquera encore une livre, et il ne restera rien pour faire les courses de maman.

La mine sombre, Nally jeta un coup d'œil par-dessus son épaule au cheval mort et à son propriétaire en larmes.

— Nous lui parlerons... Nous lui dirons que nous n'avons pas eu de chance, que nous avons été malades. Il sait que je suis honnête. N'avons-nous pas toujours payé notre loyer?

De nouveau, Morgan tint sa langue. Il souleva Ellen et la posa sur ses épaules, et tous ensemble ils se dirigèrent vers la dernière maison de l'allée, sur laquelle une plaque en laiton indiquait : M. GERALD O'FLAHERTY : BREASAL CEALLACHAN, AGENT. Devant la porte, plusieurs personnes attendaient pour payer leur dû. L'humeur générale était sombre : personne n'avait envie de se séparer de l'argent durement gagné qu'il avait en main, ou pire, d'implorer la pitié de l'agent s'il n'apportait pas la somme complète. La queue, commencée dans la rue, montait une marche et se poursuivait à l'intérieur du bureau où Ceallachan était assis à une table sur laquelle un registre était ouvert. Derrière lui se tenait un homme large d'épaules à la veste étriquée ; la crosse d'un revolver dépassait de la ceinture de son pantalon. Sur une chaise à côté de Ceallachan se trouvait un autre homme, de toute évidence un gentleman : glabre, sans la moindre marque ou coupure sur les joues, vêtu d'habits bien coupés et chaussé de bottes cavalières cirées, une épaisse veste de laine sur les épaules et une montre de gousset à chaîne d'argent dans son gilet. Ses mains étaient propres et fines, et il affichait la santé resplendissante d'un homme qui n'a jamais sauté un repas. Il était relativement séduisant, si l'on faisait abstraction de ses cheveux jaunes, dont les

189

boucles serrées encadraient son visage et son cou, et de la moustache mitée qu'il lissait constamment d'un doigt orné d'une grosse chevalière en or. Morgan croisa le regard de son père et arqua un sourcil interrogateur.

— C'est le jeune Gerald O'Flaherty, chuchota Nally. Il ressemble beaucoup à son père... Il n'y a que ses cheveux et ce truc, là, au-dessus de sa lèvre, qui sont différents.

— Que fait-il ici, à ton avis ? demanda Morgan à voix basse.

— Il a dû finir ses études.

Nally s'interrompit pour jeter un regard sévère à Aislinn, qui s'était approchée pour écouter.

— Enfin, ses études... Il étudiait surtout l'alcool et le jeu, d'après ce que j'ai entendu dire. Il attend un poste dans l'armée de Sa Majesté. J'imagine qu'il doit se tenir à carreau jusque-là.

La queue avançait. Aislinn s'était placée sur le bord ; elle se pinçait les joues et se lissait les cheveux. Ils approchaient du bureau.

— Quatre livres six, madame Galligan, déclara Ceallachan en faisant courir son doigt sur le registre.

La vieille femme compta ses quelques pièces d'une main tremblante.

— Il vous manque deux livres six, aboya l'agent. Mettez-les sur la table immédiatement, madame, nous n'allons pas attendre toute la journée.

Mme Galligan baissa la tête.

— Dieu vous bénisse, monsieur, mais je ne les ai pas. Je suis veuve depuis cette année, vous comprenez, j'ai enterré mon Mike l'hiver dernier, et je n'avais que lui.

— Et vos garçons ? demanda durement Ceallachan.

— Tous morts, monsieur, à part l'aîné parti pour l'Amérique et le second envoyé chez Van Diemen[1].

— Déporté ? De quoi l'accusait-on ? demanda O'Flaherty, d'une voix plus douce que celle de son agent.

— Tentative de meurtre, monsieur.

La vieille femme tourna un regard implorant vers le fils du châtelain.

— Quand les gardes sont venus chercher son père, il est devenu fou et il a failli en tuer un. Dieu ait pitié de son âme ! Le juge lui a donné six ans, et l'a envoyé sur-le-champ en Australie.

— De quoi parle-t-elle ? demanda O'Flaherty à Ceallachan.

— Les Galligan sont des agitateurs, monsieur. Toujours à se battre avec leurs voisins, ils ont constamment des ennuis de toute sorte. (Ceallachan jeta un regard réprobateur à la veuve.) Son mari a vendu sa vache à Hynes, le commerçant, puis il en a volé une autre quand Hynes a eu abattu la première. Son fils est entré dans une rage folle et s'est jeté sur le garde qui venait arrêter son père ; il a frappé le malheureux sur le côté de la tête avec une pierre, le laissant idiot à vie, et borgne de surcroît.

1. Van Diemen's Land : surnom donné à la Tasmanie parce que le navigateur qui l'avait découverte, le Néerlandais Abel Tasman, travaillait pour le compte d'Anthony van Diemen, gouverneur général des Indes orientales hollandaises. *(N.d.T.)*

— Je vous demande pardon, monsieur, l'interrompit la vieille dame. M. Hynes s'était engagé à garder la vache pour son lait et son beurre jusqu'à ce que nos dettes envers lui soient remboursées. Au bout d'un mois, mon mari, que Dieu ait son âme, est allé la récupérer, et il a découvert qu'elle avait été abattue, et la viande vendue. Nous ne pouvons pas vivre sans vache, monsieur. Nous avions payé notre dette. M. Hynes a dit d'en prendre une autre, une vieille, et c'est ce qu'a fait mon Mike, mais là-dessus les gardes sont arrivés, alors que Mike était terriblement malade de la poitrine. Ils ont pris la vache et ils ont battu mon pauvre Mike avec leurs matraques. Martin, que Dieu le pardonne, a frappé le garde avec ses poings. (Elle parlait de plus en plus vite.) Je prie pour le garde et sa famille, Dieu sait que c'est la vérité... et pour notre Martin, qui souffre en prison à l'autre bout de la terre... et pour mon Mike, qui a quitté ce monde en me laissant toute seule.

Elle se mit à pleurer dans ses mains.

Ecœuré, l'agent émit un petit reniflement méprisant.

— Ils sont capables de vous raconter une histoire à vous briser le cœur, et dix minutes plus tard vous les retrouvez en train de rire aux éclats du bon coup qu'ils vous ont fait et de tout l'argent dissimulé dans leurs manches.

Il regarda la veuve, sourcils froncés.

— Vous avez des poulets et un cochon sur votre terre. Autre chose?

— Non, monsieur, répondit-elle avec calme avant de s'essuyer les yeux d'un revers de manche.

— Laissez l'argent, et apportez-nous les animaux.

— Mais comment ferai-je pour vivre ? Comment paierai-je la prochaine traite ?

L'agent haussa les épaules.

— Cela ne nous regarde pas.

Mme Galligan tourna les talons, assommée, puis elle se laissa tomber dans un coin de la pièce, son tablier sur la tête, et se mit à se lamenter en se balançant en rythme. Ceallachan cracha par terre avec dégoût.

— Faites-la sortir d'ici, dit-il au petit groupe massé près de la porte.

Nally fit signe aux filles, qui s'approchèrent de la veuve et l'aidèrent à se relever. Elles lui parlèrent avec douceur et la conduisirent vers la porte, mais avant de sortir Aislinn se retourna et jeta un coup d'œil effronté à O'Flaherty, qui assistait à la scène avec un mélange d'horreur et d'amusement.

Morgan et Nally échangèrent un regard. Si les deux hommes n'avaient pas eu pitié d'une pauvre veuve, quelle chance avaient-ils, eux ? Deux autres familles payèrent leur dû, puis ce fut leur tour.

— Ah, McDonagh.

Ceallachan tapota son registre de sa plume. Nally posa l'argent sur la table.

— Je n'ai pas tout, Ceallachan, déclara-t-il aussitôt, sans quitter le visage de l'agent des yeux. Mais vous savez que je suis honnête et paie toujours ce que je dois.

Ceallachan secoua lentement la tête.

— J'attendais mieux que ça de ta part, McDonagh, dit-il. Tu n'as jamais été en retard, même d'une journée.

— C'est vrai. Et j'ai même souvent payé d'avance, quand je revenais de voyages en mer.

— Quand dois-tu repartir ?

— Aujourd'hui même, et j'enverrai de l'argent chez moi avant la prochaine échéance.

— Et dans le cas contraire ?

— Mon fils, Morgan, s'assurera que vous ayez votre dû. D'ici là, notre truie aura eu ses petits, et un autre veau sera en route.

— Tu as joué aux courses aujourd'hui, hein, Nally ? ricana l'agent.

Nally demeura un instant immobile. Il jeta un coup d'œil au jeune châtelain, puis reporta son attention sur Ceallachan.

— Je n'ai pas eu de chance, c'est vrai, mais nos ennuis ne viennent pas de là.

— Si je comprends bien, tu pariais avec de l'argent appartenant à ton châtelain. (Ceallachan se tourna vers l'intéressé.) C'est du vol, n'est-ce pas, monsieur ?

O'Flaherty regardait Nally, mais il releva la tête en direction de la porte lorsque Aislinn et ses sœurs revinrent dans la pièce et rejoignirent leur père. Aislinn avait ôté le châle qui lui recouvrait la tête et ses cheveux, lâchés et brillants, étincelaient dans la lumière. Elle avait ouvert sa houppelande et dénoué le haut de sa chemise, si bien que l'on voyait clairement la naissance de sa gorge. Les épaules rejetées en arrière, sa fine silhouette parfaitement moulée par sa robe, elle soutint sans ciller le regard d'O'Flaherty.

Sans la quitter des yeux, ce dernier prit la parole.

— Comme vous le savez, faire crédit n'est pas

dans les habitudes de mon père, déclara-t-il. Et loin de moi l'idée d'encourager une famille qui n'a jamais eu de dettes à en contracter.

Il s'interrompit et son regard balaya Aislinn de la tête aux pieds avant de se poser sur Nally.

— Nous avons besoin d'une servante pour ma grand-mère, qui est malade et clouée au lit.

Il fit une nouvelle pause, comme pour réfléchir à sa proposition.

— Votre fille pourrait peut-être faire l'affaire – et pour elle, quelle promotion de travailler à Cairn Manor !

Nally ne dit rien, mais Morgan le sentit se raidir.

— Elle pourrait aisément rembourser votre dette en deux mois. Après cela, l'argent qu'elle gagnera sera à elle.

O'Flaherty regarda de nouveau Aislinn, qui avait désormais les yeux modestement baissés vers la pointe de ses chaussures.

Il fallut un moment à Nally pour faire le calcul ; quand enfin il eut réalisé combien sa fille pourrait gagner, il leva vivement la tête, incrédule.

— Elle devra travailler particulièrement dur pour payer ce que vous nous devez, s'empressa de corriger O'Flaherty. Ensuite, si elle donne satisfaction, elle recevra un salaire honnête, à déterminer le moment venu. Alors ?

Nally regarda Morgan, qui secouait la tête en silence, puis Aislinn ; la jeune fille lui décocha un regard suppliant. Il ne fut pas long à se décider.

— Il est contraire à mes principes de laisser une jeune fille quitter son foyer chrétien pour devenir domestique, sans vouloir vous manquer de respect, monsieur, déclara-t-il.

Il ignora l'expression affligée de sa fille.

— Mais mes principes ne sont rien en regard de la volonté du Seigneur, et s'Il veut que nous suivions ce chemin, alors je m'y engagerai. A condition, bien sûr, que le frère de ma fille soit autorisé à lui rendre visite, et qu'une fois notre dette payée, elle puisse retourner auprès de sa mère en cas de besoin.

O'Flaherty arqua un sourcil devant l'impertinence de ce paysan qui se permettait de poser des conditions au lieu d'accepter avec gratitude son offre généreuse. Mais après un nouveau coup d'œil au décolleté d'Aislinn, il accepta.

— Très bien, dit-il en haussant les épaules et en feignant un bâillement. Assurez-vous qu'elle arrive au manoir demain matin à l'aube.

Il observa un instant Morgan comme pour prendre sa mesure, puis il salua brièvement Aislinn de la tête. La jeune fille lui sourit timidement en retour.

Les McDonagh quittèrent le bureau, accompagnés par le silence désapprobateur de toute la salle. Les langues iraient bon train, ce soir-là, mais Aislinn n'en avait cure ; son visage était radieux, et elle avait un mal fou à empêcher son sourire de se muer en éclat de rire.

Ils se frayèrent un chemin à travers la foule jusqu'à la lisière d'un champ. Là, ils s'assirent sous un bouleau pour manger le pain et les pommes de terre froides que Mary avait mis dans le panier de Kate.

— Fais attention à toi, dans cette maison, prévint Nally d'un ton rogue entre deux bouchées.

— Oui, répondit docilement Aislinn avant de lui sauter au cou. Oh, merci, Pa ! Merci de me laisser partir vivre dans une si belle maison !

Il la repoussa, mais sourit malgré lui.

— Enfin bon, tout est arrangé, n'est-ce pas, et je m'en réjouis. Mais je connais les fils de ces messieurs, et je sais combien ils oublient vite leurs manières. (Il fronça de nouveau les sourcils.) Il va vouloir s'amuser avant de partir à l'armée. Tu ferais mieux de garder la tête sur les épaules et les pieds sur terre, sans quoi tu reviendras à la maison avec autre chose que de l'argent.

Aislinn rougit et baissa les yeux. Les cinq enfants finirent leur repas en silence, incertains de l'humeur de leur père. Ellen s'endormit, la tête sur les genoux de Morgan. Puis Nally se leva, éructa, et annonça que les filles pouvaient aller danser un peu pendant que lui essaierait de se faire offrir une pinte de bière par un autre marin. Morgan regarda ses sœurs et son père s'éloigner dans différentes directions, heureux de jouir d'un moment de solitude pour réfléchir aux événements de la journée. Il s'adossa au tronc de l'arbre, attira Ellen à lui et reposa la tête de la fillette sur ses genoux sans la réveiller. Il lissa d'une main tendre ses cheveux soyeux sur son front.

— Une petite danse pendant que votre père ne regarde pas, monsieur McDonagh ? le taquina une voix légère qu'il reconnut aussitôt.

Son cœur se mit à battre la chamade avant même qu'il eût ouvert les yeux sur le visage souriant de

Grace. Elle pénétra dans l'ombre du bouleau et s'approcha, désignant du doigt l'enfant endormie sur ses genoux.

— Se peut-il que ce soit votre Ellen? *Arrah*, comme elle est grande à présent!

Elle parlait à voix basse pour ne pas réveiller la fillette.

— Oui, et lourde, acquiesça Morgan.

Il tapota doucement la terre à son côté.

— Peux-tu t'asseoir un moment ou es-tu... attendue quelque part?

Grace jeta un coup d'œil par-dessus son épaule.

— Bram est parti acheter des cochons, et je suppose qu'ensuite il ira prendre un verre.

Elle s'agenouilla près du jeune homme.

— Est-ce que tes autres sœurs sont venues aussi? Et tes parents?

— Oui, mes sœurs sont là mais elles sont allées danser. Quant à papa, il paie sa bière en récits de voyage, comme toujours. Maman est fatiguée, car elle nourrit toujours la petite Erin, et Fiona est une vraie terreur, alors Barbara, notre commandant en chef adoré, est restée à la maison pour s'occuper de tout ce petit monde.

Il se rendit compte qu'il parlait à tort et à travers et prit une profonde inspiration.

— Je n'ai pas vu un O'Malley de la journée, observa-t-il.

Grace sourit.

— Seuls Aghna et Ryan sont venus, afin d'obtenir un prix pour les deux veaux et les cochons que Pa veut vendre. Il a refusé de venir en personne; tu sais combien il est têtu, il dit qu'il n'est pas question de perdre une journée de travail en palabres. Je les ai vus près de la piste de danse, ils se tenaient la main et avaient toujours l'air fous amoureux l'un de l'autre. Tu te rends compte ? Il arrive même à Ryan de sourire, maintenant !

— C'est la chance des hommes qui ont une bonne épouse..., murmura Morgan. J'aurais bien aimé dire un mot à Sean, s'empressa-t-il d'ajouter pour changer de sujet.

— Aghna a dit qu'il toussait de nouveau méchamment, et que Grandma l'avait contraint à rester au lit près du feu avec des cataplasmes de moutarde.

— C'est l'humidité qui s'infiltre là où son épaule lui entre dans la poitrine... (Morgan fronça les sourcils.) J'espérais qu'il ne serait pas aussi malade cet hiver. Je passerai le voir dans un jour ou deux, promit-il pour réconforter la jeune femme, qu'il devinait inquiète. Il sera ravi que je lui donne de tes nouvelles.

— Il me manque tant ! Je ne le vois vraiment pas assez.

Grace arrachait machinalement des brins d'herbe.

— Tu es femme de châtelain, la taquina gentiment Morgan. Tu dois avoir des journées bien remplies. Tu dois te coiffer, t'habiller, malmener tous ces malheureux domestiques...

Grace éclata de rire malgré elle.

— Ce n'est pas exactement comme ça, le gronda-t-elle. Même si j'avoue que je regrette parfois de ne pas pouvoir faire des choses plus utiles.

Soudain, elle rougit et déclara :

— J'ai tout de même une nouvelle à t'annoncer : j'attends un bébé pour le printemps.

A ces mots, Morgan fut complètement pris au dépourvu, mais il se remit bien vite de sa surprise.

— N'est-ce pas là une merveilleuse nouvelle ? la félicita-t-il. Eh bien, tu vas avoir largement de quoi t'occuper, maintenant ! Je suis si content pour toi – et pour ton mari, bien sûr.

Grace baissa les yeux timidement et passa une main sur son ventre, et à cet instant Morgan l'imagina sans peine un bébé dans les bras. La vision était si charmante que la douleur qui lui étreignait le cœur reflua quelque peu et qu'il put esquisser un sourire sincère.

— Tu seras une mère formidable ! affirma-t-il.

Il y avait une telle tendresse dans sa voix que Grace leva les yeux vers lui, et ils se dévisagèrent un moment en silence. Grace avait oublié les taches de rousseur qui soulignaient le regard de son ami comme deux larmes depuis longtemps séchées ; une étrange tristesse l'envahit, elle sentit son cœur se serrer, et finalement elle dut détourner la tête. Elle fit semblant d'observer les couples qui dansaient un peu plus loin.

— N'as-tu pas une petite amie parmi toutes ces belles ? demanda-t-elle pour masquer son malaise.

— Ah, plusieurs !

Il rit et jeta à son tour un coup d'œil aux jeunes filles qui dansaient la gigue.

— Mais ma préférée, reprit-il, la plus belle d'entre toutes, est ici à côté de moi, comme tu le sais.

Grace pâlit et ouvrit de grands yeux, mais elle ne tourna pas la tête vers lui.

— Endormie sur mes genoux, s'empressa-t-il d'ajouter, conscient d'être allé trop loin.

Il désigna Ellen, qui commençait à s'éveiller.

Grace rit et secoua la tête, comme pour en chasser la pensée stupide qui y avait soudain germé. De nouveau, elle sentit ses joues la brûler, et elle se pencha pour lisser la jupe de la fillette.

— Elle t'est dévouée, c'est vrai. Mais les autres, toutes ces joyeuses jeunes filles qui n'attendent que ta visite ?

— Essaierais-tu donc de me marier, alors que j'ai déjà une famille à nourrir ? la réprimanda Morgan.

— C'est la famille de ton père que tu nourris, pas la tienne.

Morgan haussa les épaules, puis il poussa un soupir.

— Il va repartir en mer, tu sais. Dès aujourd'hui. Mais d'abord, il doit boire suffisamment pour se convaincre qu'il fait son devoir vis-à-vis de nous en nous quittant ainsi. (Il plissa les yeux.) Et il a accepté qu'Aislinn devienne bonne à Cairn Manor.

Grace ne cacha pas sa surprise.

— Vraiment ? Je m'étonne que ta mère n'ait rien dit. J'ai toujours pensé qu'elle préférerait voir ses filles dans un couvent plutôt que domestiques quelque part, *a fortiori* chez cet ours d'O'Flaherty. On dit qu'il n'en fait qu'une bouchée.

— M'man n'est pas encore au courant.

Morgan regarda Aislinn qui dansait librement au loin, ses longs cheveux au vent.

— C'est Pa qui s'est arrangé aujourd'hui avec le jeune Gerald pour payer ce que nous lui devions.

— Vous avez donc des dettes ? s'inquiéta Grace.

— Pa a joué aux courses. C'était un « tuyau très sûr », jusqu'à ce que la jument tombe et se casse la jambe, fit-il avec une grimace. J'avais déjà acheté des semences avec une partie de l'argent du cochon, si bien que nous n'avions pas toute la somme. C'est O'Flaherty qui a proposé d'employer Aislinn, et tout a été décidé avant que j'aie pu... (Il secoua la tête.) Pa et moi avions déjà eu une dispute terrible à propos de son départ, et il ne restait plus rien à dire.

Grace sortit sa bourse.

— Je n'ai pas grand-chose sur moi, mais je veux que tu le prennes. Tout. Pour la famille.

— Vous m'humiliez, madame Donnelly. Je peux me débrouiller tout seul, comme vous le savez parfaitement.

Vexé, il avait répondu plus durement qu'il ne l'aurait voulu.

— Bien sûr, et ce n'est pas ce que je voulais dire, balbutia Grace.

A sa grande honte, elle sentit des larmes lui brûler les paupières. Elle les chassa d'un revers de main rageur.

— Simplement, je te considère comme mon propre frère, et je voulais t'aider.

Morgan secoua la tête, furieux contre lui-même d'avoir fait de la peine à Grace.

— Ah, Grace, je t'en prie, n'écoute pas ce que je dis. La journée a été dure, et c'est pour cela que je suis d'une humeur pareille.

Il était contrit, mais incapable de le montrer.

— Merci de ta gentille proposition, tu as bon

cœur. Mais nous nous débrouillerons comme nous l'avons toujours fait, si Dieu le veut.

Grace acquiesça et ils demeurèrent assis côte à côte en silence, aussi mortifiés l'un que l'autre par cet échange malheureux.

— Je dois y aller, je me suis absentée trop long-temps, dit enfin Grace.

Elle se leva et se hâta d'attacher sur sa tête un joli bonnet bleu qui dissimulait ses cheveux et une partie de son visage.

— Cela m'a fait plaisir de te voir, Morgan. Toutes mes amitiés à ta mère et à Barbara.

— Grace ! la rappela-t-il.

Elle ne se retourna pas et se fondit presque aussitôt dans la foule.

— Oh, pourquoi fallait-il que je lui dise ça ? pesta-t-il à mi-voix avant de jurer contre cette journée de malchance.

L'après-midi touchait à sa fin. Nally n'était tou-jours pas revenu. Les filles, épuisées, commençaient à râler, tandis que Morgan, debout sur la pointe des pieds, scrutait la foule à la recherche du chapeau de son père. Son regard fut attiré par la silhouette d'un homme en tenue de marin qui titubait sur la route. Ses vêtements étaient sales et abîmés, et il était de toute évidence ivre mort. Les yeux du marin s'éclai-rèrent lorsqu'il repéra Morgan et les quatre filles debout près de l'arbre.

— C'est de la part de votre père, le brave homme, marmonna l'homme en donnant un petit sachet en papier brun à Morgan.

Il renifla et se frotta les yeux d'une main trem-blante.

— Il est parti en mer pour sauver la vie de votre mère, la sainte femme, et de ses malheureux bébés, bien que cela lui brise le cœur. Soyez forts, ajouta-t-il d'un air grave, car il reviendra bientôt. Si Dieu le veut, avec de l'or et des richesses pour vous rendre la vie plus douce.

Là-dessus, il les salua, tourna les talons et repartit de sa démarche hésitante.

Morgan tâta le sachet, puis il le glissa dans sa poche.

— Venez, allons-y, dit-il à ses sœurs avec douceur.

Ils laissèrent derrière eux l'agitation de la ville et marchèrent longtemps dans le crépuscule. Les grenouilles et les criquets des marécages les saluaient au passage ; sous leurs pieds, la route poussiéreuse se faisait de plus en plus froide et humide. De temps en temps, ils échangeaient deux mots, mais en règle générale ils cheminaient en silence. Chacun avait le cœur ailleurs : Morgan était dans le jardin qu'il ne tarderait pas à faire pousser, entouré par des rangées de légumes soigneusement cultivés ; Aislinn travaillait dur à Cairn Manor, ravissante dans son uniforme neuf, le ventre plein de restes délicieux, flirtant de temps en temps avec l'audacieux jeune châtelain ; Kate aussi se voyait au manoir, certaine que sa grande sœur lui trouverait bientôt une place et qu'ainsi toutes deux pourraient échapper à la vie misérable de la campagne ; Maureen était debout dans une robe superbe, une couronne de fleurs sur la tête, à côté de Gavin McVey, le fils du meunier aux cheveux presque blancs et aux mains moites avec lequel elle dansait souvent ; quant à Ellen, elle fredonnait une berceuse et songeait aux adorables bébés qui l'attendaient à la maison pour jouer.

Lorsque, enfin, les marcheurs exténués pénétrèrent dans l'allée qui conduisait chez eux, les vaches du voisin meuglaient et des souris se faufilaient dans les hautes herbes. La lumière qui filtrait par la fenêtre de leur maisonnette leur remonta le moral, tout comme la fumée qui s'échappait de la cheminée, promesse d'un bon feu et d'un peu de babeurre avant le coucher. Mary vint à la porte ; elle sécha ses mains sur son tablier et scruta l'obscurité. Morgan la héla et lui fit un signe de la main, et elle se précipita à leur rencontre. Elle vit immédiatement que Nally n'était pas avec eux mais ne dit pas un mot. Elle guida ses enfants à l'intérieur et écouta leurs récits. Aislinn s'était préparée à se battre, sûre d'être grondée ; cependant, Mary accepta calmement la nouvelle de son départ. La jeune fille fut tout d'abord ravie, puis perplexe, et enfin émue lorsqu'elle réalisa qu'elle s'apprêtait à passer sa dernière nuit chez elle. Mary lui prit les mains et lui demanda doucement de faire honneur à la famille et de se conformer à la volonté divine, et Aislinn l'écouta comme jamais auparavant. Enfin, elle grimpa au grenier, suivie tour à tour par chacune de ses sœurs. Barbara était couchée depuis longtemps à côté de Fiona, et les autres s'installèrent autour d'elles.

— Il est donc reparti ? demanda Mary lorsque Morgan et elle furent seuls.

Elle accepta calmement le petit paquet que lui remettait Morgan.

— Oui, dit-il seulement.

Il se pencha pour l'embrasser et ferma les yeux pour mieux humer sa douce odeur de lait.

— Tu es un bon fils, murmura-t-elle, la main contre sa joue.

Il garda les yeux fermés pour lutter contre les larmes qui menaçaient de rouler sur ses joues et il sentit sa mère resserrer son étreinte.

— Tout ira bien, *agra*, dit-elle d'un ton apaisant. Le Seigneur est un Père pour nous tous, et Il s'occupera de nous comme Il l'a toujours fait.

Morgan hocha la tête, l'embrassa de nouveau et se réfugia dans le coin de la pièce où était installée sa paillasse. Il quitta ses vêtements, se tourna vers le mur et sombra immédiatement dans un sommeil profond et sans rêves.

Mary demeura assise sur son tabouret, le regard fixé sur les braises du foyer jusqu'à ce que seul le bruit des respirations régulières des dormeurs troublât le silence de la maison. Alors, elle se mit à prier, le cœur en pleurs. Une heure s'écoula, puis une autre, et enfin il ne resta plus rien à demander à Dieu et elle passa aux remerciements – pour ses enfants, le toit au-dessus de leurs têtes, la nourriture qu'ils partageraient le lendemain. Le dos raide, elle se leva et alla couvrir les braises de cendre, puis elle se dirigea vers l'arrière de la maisonnette et s'allongea seule sur la paille. Elle remonta la fine couverture jusqu'à son menton et plaça avec précaution sous son oreiller les boucles d'oreilles en or de Nally, tout ce qu'il lui restait de lui désormais.

8

Bien que dans l'air du soir flottât une brume légère qui, avant le lendemain, recouvrirait le sol d'une fine couche de givre, Grace n'avait pas froid. Ce n'était que par nervosité à la perspective de la soirée qui l'attendait qu'elle frottait ses bras, nus dans la robe de soirée sans manches que Bram lui avait offerte à Dublin. Ce serait la dernière fois qu'elle aurait l'occasion de la porter avant la naissance du bébé : elle commençait déjà à la serrer un peu à la taille. Il faudrait qu'elle se tienne bien droite et mange peu pour être à l'aise durant la longue soirée chez les O'Flaherty.

— Gracelin ! cria Bram, debout au pied des marches. Venez, maintenant, je ne veux pas laisser les chevaux attendre plus longtemps.

L'irritation perceptible dans sa voix la fit grimacer, mais elle ne se précipita pas. Elle prit une profonde inspiration, remit le couvercle de son poudrier en place et se leva posément. Elle s'arrêta devant son miroir le temps de vérifier son apparence. Le velours bleu nuit la moulait comme une seconde peau et mettait en valeur sa poitrine et ses hanches, un petit volant sur chaque épaule faisait ressortir la peau blanche et douce de sa gorge et de ses bras. Elle n'avait jamais encore passé un été à se protéger du soleil — elle n'y avait même jamais songé —, mais Bram avait insisté pour qu'elle portât des chapeaux et des chemises de travail à longues manches de gaze à chaque sortie, et le résultat était cette peau crémeuse, à peine parsemée de petites taches de rousseur. Le bustier décolleté qui l'avait fait rougir pendant sa lune de miel ne lui causait plus désormais le moindre embarras, elle avait appris à connaître les goûts de son mari, et savait qu'il apprécierait de voir les autres messieurs admirer sa silhouette.

— Grace !

Elle attrapa son châle en cachemire, souleva ses lourdes jupes, et descendit les marches avec précaution.

— Voilà, voilà, vous pouvez cesser de taper du pied et d'aboyer, dit-elle d'un ton léger.

Une fois arrivée dans l'entrée, elle lâcha ses jupes et leva les yeux vers son mari.

— Alors, nous y allons ?

Il n'y eut pas de réponse.

— Bram ?

Il ferma la bouche et secoua la tête comme pour clarifier sa vision. Puis il s'approcha et fit courir sa main ouverte sur son cou, son épaule et sa poitrine.

— Peut-être pourrions-nous laisser tomber ce satané dîner et rester à la maison, ce soir, suggéra-t-il d'une voix rauque en l'embrassant dans le cou.

Elle le repoussa avec douceur.

— Honte à vous, sir Donnelly ! Après m'avoir mise en garde des centaines de fois pour que je me tienne bien en présence des O'Flaherty et de leurs invités de marque, après m'avoir fait passer ces dernières semaines toutes mes soirées à travailler ma prononciation et l'art de la conversation de salon, après avoir insisté pour que je passe tout l'après-midi à essayer d'enfiler cette robe et...

— Très bien, très bien !

Il rit malgré lui.

— J'ai compris, pas la peine d'en rajouter. On y va.

Il se retourna et frappa dans ses mains.

— Brigid !

La gouvernante apparut dans l'embrasure de la porte, tenant le manteau de Grace et une couverture pour le voyage du retour, qu'elle tendit à Donnelly.

— Mme Donnelly ne doit pas prendre froid, dans son état, expliqua-t-elle respectueusement. C'est une bien belle robe qu'elle porte, et vous êtes superbes, tous les deux, ajouta-t-elle.

Bram esquissa une grimace, mais Grace vit qu'il était flatté.

— Priez pour moi, ce soir, souffla-t-elle à Brigid comme cette dernière posait le manteau sur ses épaules.

— Habillée ainsi, vous n'en aurez pas besoin, répondit la gouvernante d'un ton rassurant.

Ils quittèrent la chaleur de la maison et descendirent les marches du perron vers l'attelage ; Jack les conduirait jusqu'à Cairn Manor, de l'autre côté de la colline.

Ce serait la première fois que Grace s'aventurerait dans la haute société provinciale, et qu'elle aurait l'occasion de rencontrer les membres du cercle social de Bram. Plusieurs des hommes qu'ils s'apprêtaient à voir avaient même apporté un soutien financier à ses fabriques, dont ils tiraient désormais un profit substantiel.

Jamais elle n'avait vu Bram aussi nerveux.

Pendant tout le court trajet, il la testa et l'interrogea sans relâche.

— Après le dîner, vous accompagnerez les autres dames tandis que je me retirerai avec les messieurs pour boire un cognac et fumer quelques cigares.

— Et où donc vont les femmes ? s'enquit Grace.

Bram eut un geste vague de la main.

— Quelque part en haut, pour retoucher leur coiffure et arranger leur robe.

Il se pencha vers elle et la fixa d'un air scrutateur.

— Nul doute qu'elles feront référence à votre « bon mariage ». Que répondrez-vous alors ?

Grace se mordilla la lèvre.

— Arrêtez de faire ça ! la morigéna Bram. C'est puéril.

De sa main gantée, il effleura sa bouche.

— Bon, alors, que répondrez-vous lorsqu'elles vous demanderont : « Comment trouvez-vous Donnelly House ? »

— Ma foi, je leur dirai que c'est très facile : il suffit de remonter l'allée qui part du lac, et c'est la grande maison tout au bout !

— Soyez sérieuse ! ordonna Bram avec un regard mauvais.

Grace recula légèrement et pencha la tête sur le côté.

— Me croyez-vous vraiment si bête que ça, sir Donnelly ?

La colère de son mari se calma aussi vite qu'elle était venue, mais sa voix était toujours ferme lorsqu'il rétorqua :

— C'est important, Grace. Ces gens sont mes amis et mes associés en affaires. Ils vont vous juger...

et puisque je vous ai choisie, ils me jugeront aussi à travers vous.

— Je comprends.

Elle se détourna et regarda par la vitre la campagne enténébrée en formulant une prière silencieuse pour que ses nerfs ne la trahissent pas.

— Bram, dit-elle tout à coup, est-ce qu'ils vont me comparer à... à vos premières épouses ?

Il fronça les sourcils et demeura un long moment sans répondre.

— Pourquoi ? demanda-t-il enfin.

— C'étaient des dames, n'est-ce pas ? Comment pourrais-je rivaliser avec elles ?

— Vous ne pourrez pas, répondit-il simplement. Voilà pourquoi il est doublement important que vous vous éleviez au-dessus de votre éducation modeste. Ils seront plus indulgents envers vous si vous vous comportez avec modestie et timidité, si vous savez demeurer un peu en retrait et gardez une part de mystère. Alors, n'allez pas leur expliquer quelle est la meilleure manière de préparer des pommes de terre au chou, ou dans quel marécage on trouve la meilleure tourbe.

Grace se raidit, blessée.

— Je ne suis pas une imbécile, Bram, et si vous l'ignorez encore... Eh bien, c'est votre jugement qu'ils mettront en doute, pas le mien.

— Contentez-vous de m'obéir, Grace.

Il lui serra la main avec force jusqu'à ce qu'elle se tourne vers lui.

— Vous avez l'esprit vif, et c'est parfait à la maison... en privé.

211

Son regard survola rapidement son corps, avant de revenir se poser sur son visage.

— Mais pas en public. Pas avec ces gens-là.

Il s'approcha si près qu'elle sentit son souffle sur sa joue.

— Nos enfants seront élevés avec les leurs, ils seront éduqués ensemble, ils se fréquenteront, ils iront à l'université ensemble, ils se marieront les uns avec les autres. Vous ne devez pas faire honte à nos enfants, Grace.

Elle hocha la tête, les joues brûlantes sous l'injustice de ses paroles, la gorge sèche et serrée par les larmes.

Mais déjà, ils arrivaient à destination. Les chevaux s'immobilisèrent et se mirent à battre du sabot sur le sol, tandis que Jack venait leur ouvrir la porte de la voiture et les aider à descendre. Grace s'immobilisa un instant au pied de l'attelage pour laisser l'air frais du soir lui éclaircir les idées et l'encourager, avec son odeur automnale familière de fumée de bois, de feuilles mortes et de soucis fanés.

Comme son nom l'indiquait, Cairn Manor était un véritable manoir, immense pour la région, avec un jardin à la française et de hautes haies. Toutes les fenêtres étaient illuminées, et des éclats de rire occasionnels fusaient dans l'obscurité. Grace frissonna et posa instinctivement une main sur son ventre.

Prenant son bras, Bram lui chuchota à l'oreille :

— Vous êtes très belle.

La porte s'ouvrit et un majordome en livrée prit leurs manteaux, qu'il confia à une bonne avant de guider Bram et Grace vers un salon bondé.

— Sir Bram Donnelly et Madame, annonça-t-il avec raideur.

Aussitôt, les conversations se turent et tous les regards se tournèrent vers eux. Grace baissa les yeux le temps de reprendre contenance, puis elle releva la tête, repéra leur hôtesse et lui sourit.

— Bonsoir !

Mme O'Flaherty se hâta vers eux et les fit entrer dans la pièce.

Les discussions reprirent, calmement et poliment. Mais chaque fois qu'elle regardait autour d'elle, Grace surprenait des coups d'œil discrets dans sa direction.

— Vous ne serez pas dépaysé, sir, déclara Mme O'Flaherty à Bram avec un sourire agressif et un battement de cils coquet, lui indiquant ainsi qu'il pouvait les laisser seules, Grace et elle. Je pense que vous connaissez tout le monde.

Bram comprit ce que l'on attendait de lui, embrassa Grace sur la joue et se dirigea vers le petit cercle d'hommes réunis près de la cheminée. Dès qu'ils le virent, ses amis l'accueillirent joyeusement et lui donnèrent de grandes claques dans le dos.

Mme O'Flaherty guida Grace d'un groupe de dames à l'autre, hochant la tête, souriant et déclamant des listes de patronymes au passé prestigieux. Grace murmurait des salutations, baissait les yeux et essayait désespérément de se souvenir de tous ces noms. Il y avait dans l'assemblée plusieurs lords et ladies, de nombreux châtelains, quelques agents dont elle reconnut les noms ; elle connaissait l'avocat des O'Flaherty, ainsi que le Dr Branagh et son épouse, mais aucune des jeunes femmes présentes, qu'elles fussent mariées ou débutantes. Ces dernières en particulier l'observaient avec un mélange de mépris et de curiosité, et ne faisaient aucun effort pour dissimuler leur dédain envers cette campagnarde qui leur avait volé sous le nez un parti aussi convoité que Bram Donnelly, alors qu'il était d'une classe sociale si supérieure à la sienne. Songeant à son père et à sa mère, à sa chère grand-mère et à son frère, Grace se tenait aussi droite que possible et mettait un point d'honneur à rendre chaque regard, indulgent ou non, avec son élégance innée.

L'arrivée de nouveaux invités força Mme O'Flaherty à quitter Grace, la laissant avec un groupe de femmes plus âgées visiblement passionnées par les thés raffinés. Ecoutant leur conversation d'une oreille, au cas où on lui poserait une question, Grace laissa son regard errer dans la pièce, beaucoup plus impressionnante encore que le grand salon de Donnelly House. Les murs étaient recouverts de portraits d'ancêtres, de chiens et de chevaux dans des cadres élégants; des figurines de porcelaine et d'ivoire rapportées par M. O'Flaherty de ses aventures africaines étaient posées sur des petites tables et des étagères et dans des vitrines. Tout ce qui était en bois était ciré et brillant, les vitres étincelaient; la lumière du feu et des chandeliers dansait sur le cristal des verres; les diamants, émeraudes et rubis qui ornaient le cou, les poignets et les doigts des dames brillaient de mille feux; enfin, l'argent et l'or des bagues, chaînes de montres, coupe-cigares et boutons de manchette des messieurs ne faisaient qu'ajouter à l'éclat de l'ensemble. Grace porta la main à son cou et réalisa qu'elle n'avait pas mis le pendentif en diamant que lui avait offert Bram, même si des diamants plus petits ornaient ses oreilles. Elle but une gorgée du sherry que quelqu'un lui avait mis dans la main, et commençait tout juste à se détendre lorsqu'on annonça que le dîner était servi.

Bram vint immédiatement la rejoindre, un sourire aux lèvres pour lui montrer qu'il était satisfait, et il lui proposa son bras avant de l'entraîner vers la salle à manger.

Grace dut faire un effort sur elle-même pour ne pas rester bouche bée de stupéfaction. La pièce était immense, et au milieu trônait une longue table entourée de chaises capitonnées. Derrière, contre les murs, se tenaient vingt serviteurs, les filles vêtues de mousseline noire, avec un tablier et une coiffe blancs amidonnés, les garçons en jaquette et plastron blanc. Grace reconnut Aislinn McDonagh et faillit dire quelque chose, mais elle se retint à temps et se contenta d'échanger un sourire nerveux avec la jeune fille. Brenda O'Flaherty apparut tout à coup et prit avec coquetterie le bras de Bram, pendant que son frère, Gerald, offrait le sien à Grace avec un charme égal. Ils furent escortés jusqu'à deux places très éloignées l'une de l'autre : Grace vers la tête de la table, Bram en face et complètement à l'autre bout. Alarmée, la jeune femme jeta un coup d'œil à son mari, mais il lui imposa silence du regard avant de se tourner pour discuter avec Brenda, assise à sa droite.

La table était magnifique, des bols contenant des fleurs de serre faisaient concurrence aux assiettes de porcelaine fine, aux verres de cristal et aux couverts d'argent. Imitant les autres, Grace plaça sa serviette de lin sur ses genoux, puis elle attendit en silence que tous les autres convives fussent installés. M. O'Flaherty présidait la tablée, et son épouse était à l'autre extrémité. A la droite du maître de maison était installée lady Helen Ashton, en visite de Cheltnam; Gerald O'Flaherty; Grace; lord David Evans, de Londres; Mlle Julia Martin qui, avait-on dit à Grace, allait à l'université en Angleterre; et sept autres personnes, parmi lesquelles un comte autrichien en voyage de noces avec sa jeune épouse et une duchesse solitaire. Mme O'Flaherty, elle, avait installé Bram à sa droite, suivi par sa fille Brenda. Le Dr Branagh, plusieurs débutantes et l'avocat étaient de ce côté de la table; Eleanor O'Flaherty était assise juste en face de Grace, qui essayait d'éviter de croiser son regard austère et triste. Grace jeta un coup d'œil en direction de Bram et fut récompensée par un sourire encourageant.

Gerald s'occupa principalement de lady Ashton et d'Eleanor, tandis que lord Evans poursuivait avec Mlle Martin une discussion politique assez houleuse qui semblait les passionner. N'avoir personne à qui parler ne dérangeait pas Grace, au contraire, et elle put se concentrer sur le superbe décor et l'excellent repas, le meilleur et de loin qu'elle eût dégusté depuis son retour de Dublin. A une bisque d'huîtres au beurre succédèrent une salade de saumon, des tranches de gibier rôti, du canard aux prunes, des poires et des pommes accompagnant un délicieux fromage; puis, en guise de dessert, des confitures de cerises, des glaces rafraîchissantes, et un gâteau au chocolat, le tout arrosé de vins français.

Craignant que les coutures de sa robe ne cèdent, Grace ne put manger que quelques bouchées de chaque plat. Elle avait une conscience aiguë du gâchis qui était fait, et de la quantité de nourriture qui repartait en cuisine. Chaque fois qu'une servante lui retirait son assiette, elle avait envie de s'excuser. Aislinn était debout en face d'elle, derrière Eleanor, et Grace ne tarda pas à se rendre compte que la jeune fille communiquait de façon silencieuse avec Gerald. Eleanor remarqua elle aussi ce flirt et essaya de faire honte à son frère en arborant une expression de dégoût manifeste, mais cela ne fit qu'enhardir Gerald, qui fit signe à Aislinn et l'obligea à se pencher vers lui pour lui murmurer quelque chose à l'oreille – sans doute à propos du gibier dans son assiette, pas assez cuit à son goût. Les yeux d'Aislinn s'agrandirent et elle rougit jusqu'aux oreilles avant de prendre l'assiette d'une main tremblante pour la rapporter en cuisine. Elle revint quelques instants plus tard avec un autre morceau de viande, moins saignant. Eleanor l'appela alors et lui fit une remarque similaire à propos de sa propre assiette ; ainsi, Aislinn ne cessa de courir pendant tout le dîner, jusqu'à ce que son visage soit pâle et fatigué, ses yeux cernés. Grace la prit en pitié et ne put s'empêcher de se demander si elle survivrait à son emploi dans cette maison. Elle se promit d'en parler à Morgan, mais au même instant elle se souvint de l'expression peinée de son ami lorsqu'elle lui avait proposé de l'argent.

— Ils s'amusent seulement un peu avec elle.

Lord Evans avait parlé à voix basse, en se tamponnant doucement les coins de la bouche avec sa serviette. Il sourit à Grace lorsqu'elle se tourna vers lui.

— On ne devrait jamais se laisser affecter par les malheurs des serviteurs, surtout lorsqu'on est entouré de nourritures divines, de vins excellents, et d'un voisin de table fascinant qui se sent tout abandonné.

— Pardonnez-moi, lui répondit poliment Grace. Je ne voulais pas vous négliger. Je pensais que vous discutiez des Repealers avec Mlle Martin.

— Vous n'êtes pas, vous aussi, passionnée par la politique irlandaise, j'espère, s'inquiéta lord Evans avec un soupir.

— Le sort de mon pays m'intéresse, déclara Grace.

Elle se souvint alors des avertissements de Bram et ajouta :

— Mais je garde mes opinions pour moi.

— Quel soulagement !

Il se reposa contre le dossier de sa chaise et sourit de nouveau.

— Maintenant, dites-moi, pourquoi vous préoccupez-vous tant de cette enfant ?

— C'est la sœur de mon plus vieil ami.

Devant une telle sincérité, lord Evans arqua un sourcil.

— Ah ! J'en déduis que la famille de votre ami connaît une période... un peu difficile ?

— Non, répondit-elle, surprise. Ils vivent comme ils l'ont toujours fait.

Son interlocuteur but une gorgée de vin.

— Je vous demande pardon... Je ne comprends pas. Votre plus vieil ami est d'une... comment dire...

d'une classe moins élevée ? Et votre famille encourage cette amitié ?

Grace se redressa, puis jeta un coup d'œil en direction de Bram, en grande conversation avec Brenda. Se sentant en sécurité pour le moment, elle baissa sa garde.

— Nous nous réjouissons d'avoir d'aussi bons amis qu'eux, monsieur. Les McDonagh sont des gens bien, honnêtes et travailleurs. Je n'en connais pas de meilleurs.

— Parmi les métayers ?

— Parmi toutes les personnes que j'ai rencontrées.

Les yeux de Grace étincelaient, mais elle s'efforçait de garder un ton plaisant. Lord Evans dissimula un nouveau sourire derrière son verre.

— Vous militez donc pour la cause des pauvres, madame ?

Grace ne sut que répondre à cela ; elle avait conscience du silence de Gerald, sur sa gauche, et craignait qu'il n'écoute.

— La pauvreté et la richesse sont des conditions de l'âme, lord Evans, déclara-t-elle avec fermeté. Tout homme peut souffrir d'un esprit appauvri, et à dire vrai, je vois plus de misère ici, dans cette pièce, que dans toutes les allées de campagne qu'il m'a été donné de fréquenter.

Lord Evans pencha la tête sur le côté et étudia la jeune femme d'un œil nouveau.

— Bien dit, madame.

Il leva son verre.

— Puis-je vous proposer une trêve ?

Mal assurée, Grace tendit la main vers son propre verre.

— Vous n'avez pas dû assister à beaucoup de batailles, lord Evans, si vous pensiez que nous étions en guerre.

Il rit, et rapprocha sa chaise de la sienne.

— A qui appartenez-vous ? Il faut que je le sache.

Il regarda les invités un à un.

— Attendez ! dit-il en levant la main. Laissez-moi deviner.

Cela fit sourire Grace, qui hocha la tête.

— Je peux d'ores et déjà éliminer O'Flaherty et son fils – oh, non...

La mine déconfite, il baissa la voix pour demander d'un ton de conspirateur :

— Vous n'êtes pas avec maître Gerald, n'est-ce pas ?

Grace le regarda comme s'il était devenu fou.

— Non, non, bien sûr que non, reprit lord Evans, recouvrant son sourire. Pas le comte, ajouta-t-il après avoir de nouveau inspecté les convives. Trop autrichien.

— Et tout juste marié.

— Vous n'êtes décidément pas une femme du monde, la taquina-t-il.

Puis il esquissa une moue désapprobatrice et fronça les sourcils.

— Pas l'avocat – beaucoup trop vieux... Ni le médecin, bien sûr, je connais son épouse, une femme charmante au demeurant. Certainement pas ce type à côté d'elle, et encore moins celui avec la moustache... Mmmh, qui reste-t-il ? Lord Stevens ?

Il réfléchit un moment et examina Grace. Celle-ci secoua la tête, sans trop savoir de qui il parlait.

Lord Evans plissa les yeux pour mieux voir qui se trouvait à l'autre extrémité de la table, et s'immobilisa brutalement lorsqu'il arriva à Bram.

— Vous êtes Mme Donnelly. J'ai entendu dire qu'il s'était remarié.

Il reporta son attention sur Grace, mais cette fois son sourire était raide, forcé.

— Ainsi, vous avez épousé l'industrieux sir Donnelly. Le fils de lord Donnelly.

— Vous connaissez mon mari ?

— Un peu.

Il vida son verre de vin d'un trait.

— Mon père et lord Donnelly sont membres du même club. Je dois avouer que je suis surpris. J'étais certain qu'il finirait par épouser cette chère Brenda.

Grace regarda de nouveau Bram, qui à présent discutait à voix basse avec sa voisine, penché sur elle.

Elle tritura sa serviette sur ses genoux.

— Je ne sais pas grand-chose de sa vie avant notre mariage.

Lord Evans fit signe à un domestique de leur resservir du vin, en commençant par Grace.

— C'est aussi bien, dit-il avec un clin d'œil, essayant d'alléger l'atmosphère. Il ne méritait pas d'être connu. Un peu canaille, à vrai dire. C'est le mariage qui fait l'homme, dit-on, et de toute évidence, il a bien choisi.

Grace demeurait sérieuse.

— A-t-il rompu un engagement vis-à-vis de Mlle O'Flaherty ?

Lord Evans eut un petit rire bref.

— Probablement.

Baissant la voix, il murmura à l'oreille de Grace :

— Ne vous inquiétez pas pour les demoiselles O'Flaherty, madame Donnelly. Tout ce qu'elles reçoivent, elles le rendent au centuple. Elles aiment bien mettre un peu de piment dans leur vie ennuyeuse, et n'apprécient rien tant qu'un peu d'action.

Il s'interrompit pour s'humecter les lèvres.

— Croyez-moi, conclut-il.

Grace se recula, les yeux écarquillés de stupeur. Elle jeta un coup d'œil à Eleanor, qui les observait d'un air soupçonneux.

— Vrai, je préfère ne pas en savoir plus à ce sujet, lord Evans, dit-elle précipitamment.

Elle grimaça en entendant son accent campagnard reprendre le dessus.

— Oui.

Lord Evans hocha la tête, et elle réalisa que les pensées de l'Anglais étaient noyées dans le vin.

— Vous avez raison. Et il arrive que les hommes changent, même si c'est rare. J'en puis témoigner en personne.

Elle déglutit, et chercha désespérément de l'aide autour d'elle. Tous les autres invités étaient en train de discuter, à l'exception d'Eleanor, qui la fixait à présent sans vergogne.

— Quel âge avez-vous, ma chère ?

Lord Evans la détaillait d'un air appréciateur : sa superbe chevelure, d'abord, la peau lisse de son cou et de ses épaules, et enfin sa gorge poudrée, où son regard s'attarda bien plus longtemps qu'il ne l'aurait dû.

Grace se redressa.

— Est-ce là une question à poser à la femme d'un autre ?

— Vous avez encore raison. Tout à fait, admit-il non sans continuer sur sa lancée avec un léger froncement de sourcils. Il les aime jeunes, depuis toujours. La dernière avait vingt ans, mais Abigail n'était guère plus âgée que vous maintenant. Dix-huit ans quand elle a quitté l'Angleterre. Et vous, vous n'avez pas plus de seize ans.

— Dix-sept, affirma Grace. Bientôt, ajouta-t-elle plus bas.

Lord Evans hocha la tête.

— Très bel âge, dit-il, rêveur. Tant de choses vous attendent, vous avez encore tant de possibilités... Vous lui ressemblez un peu, vous savez.

— A qui ? demanda Grace, incapable de contenir sa curiosité.

— Abigail. Sa première femme, une beauté elle aussi... Ma cousine au troisième degré, ou quelque chose comme ça.

Il esquissa un geste indifférent de ses longs doigts avant de laisser sa main retomber sur ses genoux.

— Vous savez, nous sommes tous plus ou moins cousins, en Angleterre. Le père d'Abigail s'opposait au mariage ; ils se sont enfuis pour se marier ici. Elle est morte en... couches. Il s'est remarié assez rapidement. Mais bien sûr, vous savez tout cela.

Grace fit non de la tête. Fronçant les sourcils, lord Evans la regarda plus attentivement.

— Vous êtes véritablement une innocente, n'est-ce pas ? D'où vient votre famille ?

De nouveau, Grace regarda autour d'elle. Tout le monde était occupé, aussi dit-elle d'un ton calme :

— Mon père est l'un des métayers de sir Donnelly.

Les yeux de son interlocuteur s'agrandirent de surprise.

— Seigneur, vous arrivez tout droit de la ferme ! Une véritable fille de la campagne !

Autour d'eux, les conversations se turent subitement, et Grace sentit que leurs voisins des deux côtés essayaient d'écouter ce qu'ils disaient. Lord Evans baissa la voix.

— Je suis désolé. Je vous en prie, ne soyez pas gênée. C'est entièrement ma faute. Je comprends.

— Vous comprenez quoi ? demanda Grace, la tête baissée comme pour se concentrer sur le contenu de son assiette.

— Pourquoi je ne vous avais jamais vue auparavant. Pourquoi vous sembliez si authentique, si... intacte. Pourquoi vous regardez votre mari avec un amour aussi évident.

— Est-ce si surprenant ? Ne mérite-t-il pas mon amour ?

— Non.

La dureté du ton de lord Evans la fit sursauter, et elle releva la tête vers lui. Il eut une grimace embarrassée avant de sourire d'un air las.

— Ce que je veux dire, chère madame, c'est que je suis certain qu'aucun homme ne mérite un amour aussi pur que le vôtre. Il ne faut pas prêter attention aux délires d'un vieil ivrogne, vous savez.

Il prit la main de Grace et la serra affectueusement.

— Ce n'est que la jalousie qui me fait parler.

— Vous n'êtes pas un ivrogne.

Avec douceur, Grace lui ôta ses doigts et prit son verre de vin, sans pour autant le porter à ses lèvres.

— Et vous n'êtes certainement pas vieux ! Par ailleurs, je ne suis absolument pas gênée d'être issue d'une famille aussi respectable que la mienne. Aussi, conclut-elle fermement, parlons d'autre chose.

Il inclina la tête vers elle dans un geste qu'elle trouva à la fois élégant et touchant.

— Vous êtes bien généreuse, dit-il avant de prendre sa mine la plus mondaine. Il y a beaucoup de vent, ce soir, n'est-ce pas, madame Donnelly ?

Elle rit doucement et se tut un moment pour écouter le sifflement du vent à l'extérieur. Son sourire disparut comme elle songeait avec nostalgie aux membres de sa famille installés près du feu dans leur petite maison douillette.

— L'hiver approche, c'est certain, lord Evans.

— Dans ce cas, je ne tarderai pas à rejoindre des cieux plus cléments, commenta-t-il.

— Vous partez ? intervint M. O'Flaherty depuis l'extrémité de la table, interrompant les conversations des invités autour de lui. Vous n'allez pas nous quitter maintenant, lord Evans, pas avant de nous avoir régalés d'une chanson.

Grace ouvrit de grands yeux.

— Ainsi, vous êtes chanteur ?

En face d'elle, Eleanor émit un petit rire sec.

— Lord Evans est bien plus qu'un simple chanteur. C'est un musicien accompli dont l'œuvre est connue dans toute l'Europe.

Honteuse, Grace baissa les yeux.

— Je suis violoniste et compositeur, lui expliqua calmement son voisin. Mais ce que j'aime par-dessus tout, c'est la guitare espagnole, que j'ai étudiée pendant quelques années. Et, par la même occasion, j'ai aussi appris à chanter un peu.

— C'est formidable. Ma mère était douée pour la musique, elle aussi, ajouta Grace avec mélancolie. Elle avait la plus belle voix de toute la vallée.

— J'en suis sûr.

Leurs regards se croisèrent et Grace fut frappée par l'émotion qu'elle lut dans celui de lord Evans. Elle ne détourna pas la tête.

— Il faut que vous jouiez pour nous ce soir, intervint Eleanor d'une voix forte.

Lord Evans ne quittait pas Grace des yeux.

— Dois-je le faire, à votre avis ? lui demanda-t-il comme s'ils étaient seuls dans la pièce.

Grace hocha lentement la tête.

— Ce serait un honneur de vous entendre, monsieur.

M. O'Flaherty tapa sur la table.

— Très bien, très bien ! s'écria-t-il d'un ton jovial. Si tout le monde a le ventre plein, il est temps de quitter la table. Mesdames, ajouta-t-il en regardant sa fille, Mlle Eleanor va vous montrer où vous refaire une beauté – bien qu'aucune d'entre vous n'en ait besoin, cela va de soi !

Il rit bruyamment de sa plaisanterie, et ses invités esquissèrent un sourire poli.

— Quant à nous, messieurs, reprit-il, nous nous retirerons dans la bibliothèque pour fumer un cigare et prendre un cognac, après quoi nous nous retrouverons tous dans le salon afin d'écouter notre cher lord Evans nous jouer un peu de musique. Qu'en dites-vous, monsieur ?

— Vous me faites honneur, monsieur O'Flaherty.

Il s'interrompit, puis jeta un coup d'œil de l'autre côté de la table.

— Et je me ferai un plaisir d'accepter, à condition que Mlle Eleanor m'accompagne au piano.

L'intéressée rougit et s'agita.

— Oh, oui, ce serait un honneur, euh, je serais ravie, très heureuse en vérité, balbutia-t-elle en triturant ses jupes.

M. O'Flaherty leur décocha un grand sourire et Grace vit la joie qu'il prenait à jouer ainsi l'entremetteur. Cependant, c'était derrière sa propre chaise que se tenait à présent lord Evans, prêt à l'escorter hors de la pièce.

— Merci, dit-elle en se levant d'un mouvement souple. J'ai apprécié notre discussion.

Lord Evans sourit.

— C'est faux, mais vous êtes trop polie pour le dire.

Il fit une pause, tandis que les autres convives se dirigeaient vers la porte.

— Je chercherai votre visage dans la foule, madame Donnelly.

Prenant sa main, il la baisa.

— A tout à l'heure.

Grace le regarda sortir avec les autres hommes, parmi lesquels Bram, qui lui jeta un regard interrogateur au moment de quitter la pièce.

— Laissez-moi vous montrer où aller.

La voix, teintée d'un doux accent irlandais, était celle de Mme Branagh, l'épouse du médecin. Elle glissa son bras sous celui de Grace et la guida hors de la salle à manger. Comme elles passaient le seuil, elle murmura à l'oreille de la jeune femme :

— Lord Evans est un vrai charmeur, n'est-ce pas ?

— Ça, c'est vrai, reconnut Grace.

Soudain, son sourire se figea et elle s'arrêta net.

— Est-ce que j'ai fait quelque chose de mal, madame Branagh ? Est-ce pour cela que vous avez voulu me parler ?

— Ne vous alarmez pas, mon enfant, la rassura son interlocutrice en lui tapotant le bras. Vous vous débrouillez très bien.

Elle jeta un coup d'œil en direction de l'escalier. Les dernières dames montaient vers le deuxième étage.

— Les O'Flaherty cherchent à marier Mlle Eleanor avec lord Evans, mais je crains que vous n'ayez contrarié leurs plans en vous asseyant à côté de lui ce soir.

Grace porta la main à sa gorge.

— Mais c'est Gerald qui m'a conduite à cette place !

Mme Branagh fronça les sourcils.

— Ce garçon n'éprouve guère d'amour fraternel envers ses sœurs, et comme je le disais à mon mari, ses années à l'université ne l'ont pas arrangé.

— Que dois-je faire maintenant ?

Grace songeait au regard glacial d'Eleanor.

— Rien, ma chère, répondit Mme Branagh en souriant. Ce qui est fait est fait. Mais vous devez essayer d'éviter de parler de nouveau à lord Evans ce soir, sans quoi vous donneriez une impression négative.

Grace hocha la tête.

— Je ne voudrais pas porter atteinte à sa réputation, acquiesça-t-elle gravement. Merci de m'avoir prévenue.

Mme Branagh la reprit par le bras et la conduisit vers l'escalier.

— Ce n'est pas sa réputation à lui qui m'inquiète, en l'occurrence, madame Donnelly.

Elle s'interrompit avant d'ajouter, sur le ton de la confidence :

— Moi aussi, j'ai épousé un homme d'un rang supérieur au mien, vous savez. Je n'étais qu'une fille de la campagne, comme vous, quand le Dr Branagh a jeté son dévolu sur moi. Il m'a fallu de longues années, et bien des larmes, je dois l'avouer, pour apprendre à gérer tout ce petit monde. Je ne veux pas que vous souffriez autant que moi. Vous pouvez compter sur mon amitié.

Grace lui serra le bras avec reconnaissance.

Au sommet du grand escalier se trouvait une vaste pièce où étaient réunies toutes les dames. La plupart étaient occupées à se recoiffer, lisser leurs robes, remettre du rouge à lèvres ; d'autres bavardaient simplement.

Comme Grace et Mme Branagh approchaient de la porte, la voix d'Eleanor leur parvint.

— C'est déjà assez grossier de sa part d'épouser une pauvresse et de l'amener ensuite parader devant cette pauvre Brenda. Mais en plus, il a fallu qu'elle passe la soirée à flirter éhontément avec lord Evans !

— En fait, sa conversation est très intéressante, intervint froidement Mlle Martin. Et l'on ne peut guère en dire autant de la vôtre !

Immobile sur le seuil, Grace était comme paralysée. Ce fut Mme Branagh qui la tira d'embarras en déclarant à voix haute :

— Voilà, madame Donnelly. Rafraîchissez-vous un peu, et ensuite nous redescendrons toutes pour écouter la musique promise.

Elle pénétra dans la pièce avec Grace et l'installa devant l'un des miroirs en pied.

Grace avait conscience de la rougeur de ses joues, mais parvint à la faire disparaître par un effort de volonté. Elle fit semblant de retoucher sa coiffure et d'arranger les épaules de sa robe ; autour d'elle, les conversations s'étaient quasiment tues. Mlle Martin croisa son regard dans la glace et esquissa l'ombre d'un clin d'œil complice avant de sortir de la pièce.

Lorsque Mme Branagh se fut repoudré le nez, elle revint chercher Grace et toutes deux entamèrent la longue descente, non sans avoir entendu la dernière remarque vengeresse de Brenda dans leur dos :

— Tiens, les deux bouseuses se sont trouvées.

Quelques dames pouffèrent en réponse. Voyant Grace ployer les épaules, Mme Branagh lui fit signe de se redresser.

— Tenez-vous droite, ma fille ! insista-t-elle. Elle est seulement jalouse. N'oubliez pas que c'est vous, et non elle, qu'il a choisie.

— Et jamais je ne comprendrai pourquoi, soupira Grace, perplexe.

L'épouse du médecin sourit et replaça affectueusement une mèche de cheveux dans le chignon de Grace.

— Il a besoin de vous, dit-elle avec douceur. Il sait que vous pouvez transformer sa vie.

Ces mots réconfortèrent Grace et lui donnèrent le courage de pénétrer dans la salle de musique et de rejoindre les autres invités. Elle ne voyait pas dans quelle mesure elle pourrait transformer la vie de Bram, surtout lorsqu'elle songeait aux bouleversements que lui avait suscités dans son existence à elle. Cependant, elle se rendait compte que les femmes qui lui reprochaient ses origines étaient en définitive peu nombreuses, et qu'elle pouvait se faire des amies intéressantes si elle le souhaitait. Elle adressa un petit signe de tête reconnaissant à Mlle Martin, la jeune femme qui étudiait le droit à l'université et qui, disait-on, écrivait des articles dans le journal – non pas sur des expositions florales ou des clubs pour dames, mais à propos d'O'Connell et de la politique irlandaise. Sean aurait aimé rencontrer une femme comme elle, Grace le savait, et elle fut flattée lorsque Mlle Martin choisit de s'asseoir à côté d'elle avant que le concert improvisé ne débute.

— Je ne vais pas passer beaucoup de temps à la campagne, madame Donnelly, dit-elle d'une jolie voix de gorge. Mais pourrais-je avoir l'audace de m'inviter chez vous pour prendre le thé un après-midi de la semaine prochaine ? Je crois qu'il se pourrait bien que vous et moi partagions les mêmes idées à propos de nos compatriotes.

Ses yeux très foncés étaient vifs et pleins de malice.

— Vous seriez la bienvenue, mademoiselle Martin, répondit Grace avec chaleur. Quel jour vous arrangerait le mieux ?

Mlle Martin se mordit la lèvre en réfléchissant, et Grace sourit : cela n'avait pas du tout l'air puéril, songea-t-elle.

— Est-ce que mardi prochain vous conviendrait ? demanda enfin la jeune femme en la regardant droit dans les yeux.

— Mardi.

Grace hocha la tête avant de se tourner vers Bram, assis à sa gauche.

— Bram, j'ai invité Mlle Martin à venir prendre le thé mardi. Cela ne pose pas de problème ?

Bram la regarda d'un air courroucé.

— Bien sûr que non, répondit-il.

Cependant, ses yeux lançaient des éclairs. Grace décida de ne pas en tenir compte.

— Parfait, dans ce cas.

Mlle Martin hocha gaiement la tête et tapota affectueusement le bras de Grace avant de reporter son attention sur le centre de la pièce. Eleanor s'était installée au piano et lord Evans était penché au-dessus de son épaule ; ils discutaient à voix basse des morceaux qu'ils allaient interpréter. Grace remarqua qu'Eleanor écoutait à peine les instructions de son compagnon, tant elle était troublée par sa proximité.

A côté d'elle, Bram étouffa un bâillement, et quand elle essaya de lui prendre la main, il la déroba résolument. Il était en colère, désormais, elle le savait, las de cette soirée et mécontent qu'elle eût lancé une invitation sans son accord préalable.

Bah, songea-t-elle, elle le convaincrait que la soirée avait été réussie et se ferait pardonner à leur retour à la maison.

La musique fut magnifique ; lord Evans avait une voix riche, mélodieuse qui semblait couler dans la pièce comme du miel et envelopper toutes les personnes présentes. C'était de l'opéra, un genre inconnu de Grace et chanté dans une langue inconnue, mais l'enchantement était total. Une demi-heure passa sans que la voix de lord Evans faiblisse, au contraire : son timbre était plus clair que jamais. Eleanor jouait très bien et ses doigts ne la trahirent qu'une fois ; elle se reprit très vite et son compagnon ne parut pas gêné.

— Maintenant, dit-il en sortant une très belle guitare de sa boîte, si vous me le permettez, j'aimerais chanter pour vous l'une des plus belles ballades irlandaises. Je la dédie à Mme Donnelly dont la mère, me dit-on, avait la plus belle voix de la vallée.

Son regard trouva celui de Grace, et il chanta toute la ballade pour elle. C'était « A Rose that Blooms[1] », et les yeux de la jeune femme se remplirent de larmes en entendant la chanson même que sa mère lui avait chantée si souvent le soir, quand elle était petite fille. Lorsque lord Evans eut terminé, Grace applaudit avec plus de ferveur que tous les autres, et il parut ravi de l'émotion qu'il avait suscitée chez elle. Bram, en revanche, ne l'était pas, au contraire, et lorsque la séance de musique fut achevée, il attrapa le bras de Grace d'une main de fer.

1. « Une rose éclose ». (N.d.T.)

233

— Nous allons prendre congé, à présent, très chère.

Sa voix était relativement aimable, mais elle le devinait au bord de l'explosion. Il remercia à la hâte leurs hôtes pour la très belle soirée, et salua rapidement quelques-uns des invités avant d'entraîner Grace vers l'entrée, où leurs manteaux les attendaient.

— Donnelly !

Lord Evans courut pour les rattraper dans l'air froid du soir.

— Evans.

Bram s'était retourné pour lui faire face.

— Vous n'avez pas perdu votre voix, de toute évidence. Comment va votre père ?

Lord Evans haussa les épaules.

— Je ne rentre quasiment jamais à Londres. Et le vôtre ?

Ce fut au tour de Bram de hausser les épaules.

— L'Irlande est votre nouvelle patrie, si je comprends bien, reprit lord Evans. Et j'ai fait la connaissance de votre nouvelle... épouse.

— C'est ce que j'ai vu.

— N'allez-vous pas m'inviter un de ces soirs ?

Il souriait à Grace, mais son ton défiait clairement Bram.

— Certainement, contra ce dernier. Combien de temps comptez-vous passer en Irlande ? Grace pourrait organiser un dîner avec Mlle Eleanor... et sa mère, bien entendu.

Evans grimaça.

— Je pensais à quelque chose de plus... informel, dirons-nous. Juste nous trois et un peu de cette délicieuse bière irlandaise que vous gardez dans la grange. Vous avez toujours un tonneau en réserve, n'est-ce pas ?

Bram jeta un coup d'œil à Grace, qui n'en croyait pas ses oreilles.

— Si c'est boire qui vous intéresse, passez un soir et je remplirai votre verre jusqu'à l'aube. Mais si vous avez autre chose en tête, je vous suggère d'attacher votre cheval sous les fenêtres d'Eleanor.

Lord Evans leva les mains en un geste outragé.

— Mon ami ! Vous réveillez des fantômes depuis longtemps oubliés.

— Vraiment ?

Bram le toisa encore quelques instants avant de se tourner pour aider Grace à monter dans la voiture.

Lord Evans chercha le visage de la jeune femme dans l'obscurité. Le clair de lune faisait briller ses yeux et paraître ses joues plus pâles.

— Faites bien attention à vous, madame Donnelly, lui dit-il.

Elle n'osa pas lui rendre son adieu, et se contenta de hocher légèrement la tête.

— En route ! cria Bram.

Jack fit claquer les rênes et lança les chevaux au galop. Au bout de quelques kilomètres, Grace songea que Bram devait s'être endormi, tant il était silencieux. Elle se rapprocha de lui afin de mettre sa main sous sa tête en guise d'oreiller, mais soudain, il lui attrapa le bras avec violence et la repoussa. Son dos heurta durement la banquette.

— Bram ! s'écria-t-elle, couvrant le fracas des sabots. Que faites-vous ?

— Vous me dégoûtez, rétorqua-t-il. Petite catin de campagne !

Elle entendit le bruit métallique du bouchon de sa flasque et le vit boire une gorgée de whisky. Choquée, elle retint son souffle, incapable de comprendre ce qui suscitait cette colère brutale et démesurée. Il était irritable lorsqu'il buvait, elle avait déjà eu l'occasion de s'en apercevoir, mais jusqu'alors elle avait toujours réussi à l'éviter dans ces moments-là ; il était allé se défouler ailleurs. Généralement, lorsqu'il rentrait chez eux après une soirée trop arrosée, il dormait d'un sommeil de plomb pendant une demi-journée. En cet instant, cependant, il ne paraissait pas près de s'endormir, et elle n'avait aucun moyen de sortir de la voiture, qui cheminait à vive allure dans les bois solitaires.

— Vous m'avez désobéi sur toute la ligne, grommela-t-il en portant de nouveau la flasque à ses lèvres. Sur toute la ligne ! Soyez maudite !

— Non, Bram, protesta-t-elle dans l'espoir de calmer sa fureur. J'ai agi exactement comme vous me l'aviez demandé.

— En flirtant avec ce satané Evans toute la soirée ? Il vous a traitée de fille de ferme devant tout le monde et vous l'avez laissé faire ! *Vous l'avez laissé faire !*

L'alcool commençait à faire effet, et sa voix devenait de plus en plus pâteuse.

— Je l'ai vu jouer au charmeur avec vous, vous regarder dans les yeux d'un air langoureux, et comment avez-vous réagi ? Vous vous êtes contentée de lui sourire comme une idiote ! Vous ne voyez donc pas ce qu'il cherche à faire ?

236

— Bram..., coupa-t-elle.

— Silence ! hurla-t-il.

Les chevaux ralentirent.

— Plus vite, Jack, poussez-les ! lança-t-il au cocher.

Lorsque les sabots martelèrent le sol plus rapidement, il se tourna de nouveau vers Grace.

— C'est exactement comme avec Abigail. Mais cette fois non plus il ne l'emportera pas. Je m'en assurerai.

Il termina la flasque et la jeta sur la banquette en face de lui.

Pendant un moment, il demeura si immobile que Grace n'osa pas bouger. Puis tout à coup, il écrasa son poing contre la paroi de la voiture.

— Il n'a jamais connu un jour de labeur dans sa vie. Vous ne sauriez pas quoi faire d'un type pareil, avouez-le ! Vous imaginez-vous capable de satisfaire un Evans ?

— Non, répondit-elle d'une voix tremblante en s'enveloppant plus étroitement dans sa couverture.

— Vous vous êtes ridiculisée en entrant dans son jeu et après, pour couronner le tout, vous êtes allée échanger des commérages avec la femme du médecin, cette vieille harpie villageoise, au lieu de vous trouver une amie convenable parmi les dames. N'allez pas croire que je ne suis pas au courant de tout ce que vous avez fait ce soir, Gracelin *O'Malley*.

Il cracha son nom de famille comme s'il lui souillait la bouche.

— Vous m'avez sciemment désobéi. Et pour quoi ? Pour un thé avec Mlle Julia Martin, cette chienne prétentieuse ! N'allez pas croire qu'elle s'intéresse à une petite paysanne imbécile comme vous, elle veut s'amuser, c'est tout. Et vous, bien sûr, vous êtes tombée droit dans le panneau ! Vous avez été l'idiote de la soirée. A l'heure qu'il est, ils sont tous en train de rire de vous, oui, tous autant qu'ils sont, ils se gaussent aux dépens de mon imbécile de femme.

Grace ferma les yeux, balayée par une vague d'humiliation. Elle avait passé une soirée bien différente de celle qu'il décrivait, mais elle voyait bien qu'il y avait du vrai dans ses accusations : elle avait laissé lord Evans lui faire la cour de façon éhontée – elle avait même apprécié l'intérêt qu'il lui portait –, au lieu de se conduire comme l'exigeait sa position d'épouse de Bram. Mme Branagh s'en était rendu compte, elle s'était même sentie obligée de lui en parler. Tout le monde savait. Et dire qu'elle avait eu la prétention de croire qu'une jeune femme éduquée et de bonne famille pouvait sincèrement rechercher sa compagnie ! Ces gens-là se moquaient bien d'elle ; elle avait été sotte de penser que certains pourraient devenir ses amis. Oh, comment avait-elle pu être aussi aveugle ? Ses yeux se remplirent de larmes et elle se pencha en avant pour implorer le pardon de son mari.

Mais avant qu'elle ait pu ouvrir la bouche, il la frappa. Durement, la main ouverte, avec tout le poids de sa colère. Sa tête partit en arrière et heurta la poignée en laiton de la portière. Elle leva les mains devant son visage, mais dans le noir, les coups semblaient pleuvoir de tous côtés.

— Bram, arrêtez, je vous en supplie ! cria-t-elle tandis qu'il frappait sans discrimination son visage, ses bras, ses cuisses. Je suis désolée ! Vous avez raison, je ne suis qu'une idiote !

Il s'interrompit un moment, si bien qu'elle crut que c'était terminé et baissa les bras. La lune passa derrière lui, et bien qu'elle ne pût discerner ses traits clairement, elle eut l'impression qu'il souriait. Elle se détendit.

— Venez ici. Immédiatement.

Sa voix était rauque tant il avait crié et bu, mais ce fut sa froideur qui fit frissonner Grace.

Comme elle ne bougeait pas, tétanisée, il la gifla de nouveau, l'attrapa par les cheveux et la tira violemment jusqu'au siège en face de lui, la maintenant d'une poigne de fer. Elle pouvait à peine respirer, et n'osait dire un mot. Il fit courir les doigts de son autre main sur son visage affolé, son nez, ses lèvres, il pinça son menton, puis il descendit le long de son cou, repoussa son châle et se mit à lui caresser la poitrine de sa paume ouverte. Il descendit encore et lui pinça la cuisse si violemment qu'elle poussa un cri de douleur.

— Alors ? Vous faites moins la fière, maintenant, hein ? lui souffla-t-il à l'oreille avant de lui mordiller le lobe sans douceur.

Il attrapa le devant de sa robe et tira dessus, déchirant le tissu au niveau des épaules et de la poitrine et exposant sa chair nue à l'air glacial. Les mains toujours maintenues dans l'une des siennes, Grace ne pouvait se recouvrir, et elle ferma les yeux. Il éclata de rire et enfouit son visage entre ses seins, la repoussant contre la banquette. Elle se débattit, mais cela parut exciter Bram encore davantage.

Voyant qu'il ne parviendrait pas à défaire sa jupe, il la retroussa d'un geste vif.

— Non, Bram, il ne faut pas, supplia-t-elle. Vous allez faire mal au bébé.

Il rit et lui pinça de nouveau l'intérieur de la cuisse si fort qu'elle dut se mordre la lèvre pour ne pas crier. Il la prit durement, douloureusement ; loin de l'émouvoir, les larmes de Grace semblaient le stimuler, et elle eut l'impression que cela ne finirait jamais. Mais soudain, il se mit à lui murmurer à l'oreille qu'il l'aimait, qu'il l'aimerait toujours, qu'elle était toute sa vie.

— Abigail, répétait-il, en larmes. Abby, oh, Abby...

Il sombra dans une espèce de coma éthylique et elle put se dégager de dessous lui. Elle se blottit dans l'angle de la voiture, serrant le velours déchiré de sa robe contre sa poitrine, et elle observa par la vitre des chouettes qui chassaient au clair de lune.

Déjà, ils arrivaient chez eux. Chez eux – mais elle n'y était pas chez elle, songea-t-elle tristement.

Bram se réveilla lorsque les chevaux firent halte. Il secoua la tête pour s'éclaircir les idées. Au même instant, Grace gémit ; il dessoûla aussitôt et recouvrit le corps glacé et tremblant de la jeune femme de son manteau en lui répétant qu'il était désolé, vraiment désolé. Cela ne se reproduirait pas, il était d'un tempérament trop vif, il était désolé, cela ne se reproduirait pas. Jamais, jamais, au grand jamais. Il se ferait pardonner.

Grace avait l'impression d'évoluer dans une sorte de brouillard. Les mots de Bram la poursuivaient

jusque dans ses rêves, ils la faisaient gémir et frissonner. Elle s'éveilla de nouveau comme son mari
la portait dans l'escalier et la mettait au lit. Avec
douceur, il lui ôta sa robe déchirée. Il eut un petit
sursaut choqué en découvrant sa peau couverte de
bleus et de griffures. Il mit du bois dans le feu et
frotta doucement son corps avec un linge de flanelle
jusqu'à ce qu'elle eût repris quelques couleurs, puis
il lui passa sa chemise de nuit. Dans un état second,
elle leva les yeux vers lui et s'imagina soudain que
Morgan était dans la pièce, qu'il était venu tuer
Bram. Il ne savait pas à quel point ce dernier pouvait
être redoutable et elle essaya de parler, de le mettre
en garde.

— Non, non ! balbutia-t-elle, paniquée.

— C'est fini, murmura Bram, croyant qu'elle
s'adressait à lui. Chut, ma chérie. Dormez. Vous
vous sentirez mieux demain.

Lorsqu'il eut baissé la lumière de la lampe et
quitté la pièce, elle releva la tête pour voir si
Morgan était toujours debout derrière le miroir. Il
était bien là, et Sean aussi, qui cousait sur un tabouret dans le coin de la pièce, près de l'endroit
où Grandma était penchée sur la bouilloire et où
Pa fumait sa pipe en parlant à Ryan à voix basse.
Ils étaient tous là, même sa mère, ravissante, assise
sur le bord du lit. Kathleen lui prit la main et se
pencha pour poser sa joue fraîche contre la
sienne, fiévreuse. Grace sentit la douceur de sa peau
et en respira l'odeur de romarin et de lavande,
elle entendit sa mère fredonner la douce mélodie
de « A Rose that Blooms ». Elle était de nouveau

avec eux tous, elle n'était jamais partie. Cela n'était qu'un rêve.

9

— Encore combien de temps à attendre ?

Bram désignait le ventre de Grace de sa cuillère dégoulinante de jaune d'œuf.

— Encore un mois, je pense. Il devrait arriver vers Pâques.

Elle lissa son tablier et grimaça de douleur comme le bébé lui donnait un nouveau coup de pied dans les côtes.

— Espérons-le.

Bram engloutit le reste de son petit déjeuner, s'essuya la bouche, repoussa sa chaise et tendit la main vers son chapeau.

— Je vais être très occupé ce printemps et je risque de ne pas passer beaucoup de temps à la maison. Je n'aime pas vous savoir ici toute seule, ajouta-t-il, sourcils froncés.

— Vous êtes souvent absent, et je m'en sors plutôt bien, non ? Et puis, j'ai Brigid, ajouta Grace en ramassant l'assiette de Bram.

— Pas vraiment, non, rétorqua-t-il. Vous lui laissez trop de liberté, Grace. Elle va et vient à sa guise. Je veux qu'elle soit ici tous les jours, toute la journée jusqu'à la naissance du bébé.

Grace hocha la tête, priant pour que Bram n'eût pas remarqué que Brigid était encore absente, ce matin-là.

— Je ne reviendrai pas de la journée, annonça-t-il. Ce satané agent n'a pas rassemblé la moitié des loyers, et le jour du paiement est passé depuis longtemps. Foley ne peut pas payer du tout. C'est aussi bien, grommela-t-il.

— Vous n'allez pas le jeter dehors, n'est-ce pas, Bram? demanda-t-elle en lui tendant sa veste. Il a travaillé ce lopin de terre toute sa vie. Il aurait continué cette année encore s'ils n'étaient pas tous tombés malades...

Bram haussa les épaules.

— Ce n'est pas mon problème.

Il glissa les bras dans les manches de la veste, puis il se retourna pour faire face à Grace. Son expression se radoucit lorsqu'il vit sa mine déçue.

— Bien sûr, je le plains, et croyez-moi, je lui ai donné toutes les occasions possibles de se rattraper. Mais je ne peux pas l'entretenir éternellement. Moi aussi, j'ai des frais!

— Oui, c'est vrai.

Grace lui tendit sa sacoche.

— Je vous ai mis du pain, du fromage, un morceau de gâteau et deux pommes. Ne travaillez pas toute la journée sans faire de pause, arrêtez-vous pour déjeuner.

— Je n'y manque jamais, affirma-t-il en mettant le sac sur son épaule. A présent, donnez-moi un baiser, voulez-vous, madame Donnelly?

Il se pencha vers sa bouche et l'embrassa. Puis,

posant une main sur le ventre de Grace, il sourit. Au même instant, le bébé donna un nouveau coup.

— Ah, cette fois, je l'ai bien senti ! s'exclama-t-il fièrement. Ce sera un garçon fort et en bonne santé, j'en suis sûr. J'ai parié là-dessus dans toute la ville.

— C'est ce que j'ai entendu dire. Il paraît que la naissance d'une fille serait notre ruine !

Bram rit de bon cœur.

— Impossible. D'ailleurs, votre mère a eu des fils, et la mienne aussi, il n'y a aucune raison pour que nous n'en ayons pas également.

Ils se dirigèrent ensemble vers la porte. Grace mit un châle sur ses épaules afin de se protéger de la brume glacée de février qui flottait sur les collines. Nolan approchait justement avec Warrior [1], le grand pur-sang noir de Bram.

— Attendez !

Grace effleura la manche de Bram avant de tourner les talons et de rentrer précipitamment dans la maison. Contrarié, Bram la regarda s'éloigner.

— Grace, je dois y aller !

Nolan amena le cheval près de la porte et tendit les rênes à son maître.

— Il est agité, aujourd'hui, observa-t-il en caressant le nez de l'animal. Il doit sentir le printemps approcher.

Warrior se cabra et souffla violemment en secouant son énorme tête. Bram garda les rênes fermement en main.

— Doucement, mon garçon, doucement. Du calme.

1. « Guerrier ». *(N.d.T.)*

Lorsque l'animal eut cessé de bouger, Bram se tourna vers Nolan.

— Je vais chez Tib Foley. Et je dois m'arrêter plusieurs fois au retour, si bien que je serai absent pratiquement toute la journée. N'en profite pas pour traînasser, ordonna-t-il, ou je te ferai fouetter. Nettoie les écuries et répare la barrière de l'enclos des moutons. Et fais-le correctement, cette fois, sans quoi il t'en coûtera ton travail. Je n'ai pas l'intention de laisser les renards nous tuer d'autres bêtes cette année.

Nolan baissa les yeux vers les pointes usées de ses vieilles bottes.

— Bien, monsieur. Pardon, monsieur.

— Donne de la paille et de l'avoine fraîche aux chevaux et sors la jument ; Mme Donnelly ne peut pas la monter en ce moment.

Il plaça son pied dans l'étrier et monta en selle avant d'ajouter :

— Garde un œil sur Mme Donnelly. S'il se passe quoi que ce soit, fais venir ta mère en vitesse, puis cours chercher la sage-femme. Mais seulement si c'est absolument nécessaire, tu m'entends ? ajouta-t-il après une courte pause.

Nolan hocha la tête, triturant sa casquette entre ses mains.

— Oui, monsieur, c'est compris.

— Bien.

Bram jeta un coup d'œil aux nuages qui s'amoncelaient dans les cieux, à présent que la brume se dissipait un peu.

— Où est-elle ? grommela-t-il. Grace !

Elle sortit de la maison en courant tant bien que

245

mal, laissant la porte ouverte. Bram esquissa une grimace devant sa démarche maladroite. Elle lui tendit un paquet entouré de papier brun taché de graisse.

— C'est pour M. Foley, dit-elle en reprenant sa respiration. Un peu de mouton et un morceau de gâteau. Et un pot de cette confiture de fraises qu'il aime tant.

Bram fourra le paquet dans sa sacoche, jurant à voix basse contre les vieux invalides et les femmes enceintes. Puis il tira sur les rênes et donna du talon dans les flancs de Warrior, qui trépignait d'impatience.

Grace demeura sur le seuil et lui fit un petit signe de la main, mais il ne se retourna pas.

— Bon, le voilà parti pour la journée, soupira-t-elle.

Elle se tourna vers Nolan, debout à côté d'elle.

— Eh bien, ne t'a-t-il donc pas donné une longue liste de choses à faire ?

Il hocha la tête, et elle lui sourit avec compassion.

— Tu mérites bien le peu que tu gagnes, mon pauvre garçon, ça c'est sûr. Allons, entre une minute et mange quelque chose avant de commencer. Je t'ai gardé un peu de gâteau dans le four.

Nolan secoua la tête avant de remettre sa casquette.

— Non, merci, madame. Je ferais mieux de m'y mettre.

Grace le regarda traverser la cour en direction des écuries, consciente qu'il n'avait dans le ventre qu'un morceau de pain sec et peut-être un peu de gruau liquide : Brigid mangeait bien à Donnelly

House, mais ne pouvait rien rapporter à ses enfants. Nolan était petit pour ses dix ans, mais robuste, de tous les jeunes Sullivan, c'était le plus sérieux. Les autres, en particulier ses frères aînés, semblaient aller et venir en fonction des travaux saisonniers, mais Nolan, lui, était là tous les jours, et avait obtenu un travail permanent et un salaire fixe. Grace ne connaissait ses frères que de vue, mais elle était allée à l'école primaire avec sa sœur Moira, qui avait un an de moins qu'elle. Même à l'époque, Moira avait été une excellente source d'information sur les relations entre hommes et femmes, et ses connaissances, savamment distillées à ses pairs détail après détail, lui avaient valu d'être la meneuse incontestée de leur groupe d'enfants. Grace avait profité à l'école d'un certain nombre de ses histoires, et encore maintenant, quand Moira venait traire les vaches ou baratter le beurre, elle lui peignait des scènes si explicites que Grace se demandait d'où elle tirait ses informations. Indulgente, elle attribuait la culture très ciblée de la jeune fille au fait qu'elle appartenait à une grande famille dont tous les membres, parents et frères et sœurs mariés compris, dormaient ensemble. Quoi qu'il en fût, Grace avait désormais si peu de contacts avec quiconque en dehors de Donnelly House qu'elle appréciait la compagnie de Moira et ses manières franches, et même la jalousie bon enfant qu'elle affichait à son égard.

Moira était curieuse et interrogeait Grace sans vergogne sur sa vie intime avec le châtelain, mais Grace se contentait de rire de son indiscrétion sans jamais rien dévoiler. Le souvenir de la soirée où

Bram l'avait battue, après le dîner chez les O'Flaherty, demeurait dans son cœur comme une écharde douloureuse. Moira parlait parfois des raclées que son père donnait à sa mère, de la façon dont ses frères traitaient leur femme, aussi Grace en vint-elle à songer que les choses se passaient ainsi entre la plupart des hommes et des femmes, bien qu'elle-même ne se souvînt pas de la moindre violence dans sa famille. Bram et elle ne parlaient jamais de l'incident. Il était venu la voir très tôt le lendemain matin, et lui avait annoncé qu'elle avait fait une chute terrible en descendant de l'attelage et devait rester au lit un jour ou deux, pour son bien et celui du bébé. Lui devait partir, avait-il ajouté en évitant son regard, dans le Nord, en Ulster, pour affaires. Cela lui prendrait près d'une semaine. Elle n'avait pas répondu et s'était contentée d'observer son visage, le corps raide et douloureux, le cœur serré. Il lui avait jeté une petite bourse de pièces d'argent. Jack l'emmènerait à Macroom le jour du marché, pour qu'elle puisse acheter de quoi décorer un peu la nursery. Depuis leur retour de lune de miel, il ne lui avait jamais proposé de l'argent ainsi, et elle avait compris que c'était sa manière de lui demander pardon. Deux jours plus tard, elle était allée en ville et avait fait quelques emplettes avant de cacher l'argent restant au fond de son armoire.

Lorsqu'il était rentré, elle avait déjà eu le temps de transformer le grand salon, de coudre des rideaux pour les fenêtres de la nursery, et de commencer la layette du bébé. Jamais ils n'avaient parlé de la fameuse soirée chez les O'Flaherty – ni du dîner, ni de leur retour chez eux –, mais par la suite leur rôle respectif au sein du couple avait changé inéluctablement. Grace s'était imposée en tant que maîtresse de Donnelly House, comme si elle sentait inconsciemment qu'un certain prix avait été payé qui l'y autorisait ; Bram, en revanche, avait cessé de se comporter comme le seul propriétaire. Une nouvelle phase de partenariat difficile avait commencé pour eux, et peu à peu, le malaise s'était si bien installé qu'ils n'en avaient plus eu conscience.

L'hiver était passé lentement, sans beaucoup de visites pour égayer les jours sombres. Grace était allée voir sa famille à Noël, et une fois Sean était venu à dos de mulet jusqu'à la lisière de la forêt, d'où il l'avait appelée en sifflotant. Elle ne lui avait jamais demandé de ne pas se présenter à la maison, mais il semblait sentir qu'il n'y serait pas le bienvenu.

Lord Evans n'avait pas cherché de nouveau à se faire inviter à dîner, au grand soulagement de Grace, et Mlle Martin était retournée à Dublin où, disait-on, elle passait ses soirées et une partie de ses nuits dans les pubs à boire et fumer avec les autres étudiants de l'université tout en débattant de politique comme un homme. On affirmait que ses écrits étaient ouvertement en faveur des Repealers, et Grace parcourait toujours les journaux que rapportait Bram, à la recherche d'un de ses articles ; elle n'en trouvait jamais, mais suivait avec intérêt la querelle de plus en plus virulente qui opposait les Old Irelanders passifs d'O'Connell aux Young Irelanders, plus agressifs. A présent que sa grossesse était très visible, et qu'elle devait éviter d'apparaître en public, la compagnie de son frère près du feu lui manquait terriblement, et elle regrettait de ne pouvoir l'entendre exprimer ses opinions passionnées sur les derniers événements politiques.

Cependant, elle n'était pas malheureuse. Chaque fois qu'elle voyait apparaître Donnelly House au bout de la grande allée, avec ses lourds murs de pierre et son toit d'ardoise, elle ne pouvait s'empêcher de s'arrêter avec émerveillement. De petites fenêtres à meneaux s'ouvraient sur l'air du matin et reflétaient la lumière du soleil. Le mur était couvert de lierre épais sur le devant, autour de l'entrée principale, ainsi que sur les côtés à hauteur des fenêtres des chambres. Grace était très vite tombée amoureuse de cette maison, dès qu'elle avait pu y imprimer sa marque et avait cessé de s'y sentir « en visite ». Jamais elle n'était blasée devant son luxe et sa taille : elle appréciait particulièrement les toilettes intérieures et la salle de bains, avec sa grande baignoire en fer rapportée d'Angleterre par la deuxième épouse de Bram. C'était la première fois de sa vie qu'elle possédait une baignoire assez grande pour s'y allonger, et cela la ravissait, même si elle ne pouvait plus, dans son état, porter elle-même les seaux d'eau chaude et n'aimait pas demander à Brigid de le faire plus d'une fois tous les quinze jours. Elle maintenait la maison propre et nette et préférait travailler au côté de Brigid que d'engager des aides supplémentaires. Elle savait que Bram était content de l'argent ainsi économisé. Par ailleurs, elle exploitait son talent pour la couture en confectionnant rideaux et draperies, taies d'oreillers et housses diverses.

Bram ne voyait pas d'un très bon œil qu'elle fût si active à présent que sa grossesse était bien avancée, aussi passait-elle ses soirées à faire de la couture près du feu pendant que Bram lisait des papiers ou faisait ses comptes. Ils se racontaient leur journée ou, si Bram était de bonne humeur, il lui parlait des progrès de ses affaires et de ses projets pour le futur. Mais jamais il ne mentionnait le passé, et Grace savait instinctivement que toute question serait mal reçue. Lui n'était d'ailleurs pas non plus intéressé par la vie qu'elle avait menée avant d'entrer dans la sienne, et il ne l'encourageait pas à cultiver les souvenirs. Leur monde se limitait au présent : eux deux, leur petite maisonnée, leurs affaires et la naissance toute proche de leur fils.

Songeant à cela, Grace soupira et pénétra dans la bibliothèque. Il y avait beaucoup de choses qu'elle aurait pu faire dans la maison et le jardin, les femmes qu'elle connaissait travaillaient dur jusqu'à l'arrivée de leur bébé, mais Bram lui avait strictement ordonné de se reposer. Elle passa un chiffon à poussière sur le dos des superbes volumes, qu'elle avait déjà parcourus pour la plupart. Il y avait des noms sur les pages de garde : sur les romans et les livres d'histoire de l'art, « Abigail Dunstone » était écrit d'une main élégante et ferme ; dans les recueils de poèmes et les revues pour dames, « Mercy Steadham » était tracé en pattes de mouche presque illisibles. Plus son terme approchait, et plus Grace se retrouvait souvent devant ces livres. Elle passait son doigt sur les noms et se posait mille questions sur les précédentes épouses de Bram. Elle était certaine que l'argenterie et la vaisselle fine étaient arrivées d'Angleterre avec elles, ainsi que certains des meubles, mais elle ne savait pas exactement lesquels. La seule autre trace de leur présence dans la maison était une boîte recouverte de velours qu'elle avait trouvée au fond de la malle de voyage de Bram. Le couvercle était orné d'une broderie très jolie au point de croix représentant deux cœurs entrelacés portant les initiales A.D. et B.D. Sans doute avait-elle appartenu à Abigail. C'était le prénom que Bram criait parfois, dans son sommeil... Grace prit un volume relié en cuir sur une étagère et l'approcha de la lumière pour observer de nouveau l'écriture racée.

— C'était une beauté, comme vous.

Brigid était entrée sans bruit dans la pièce et secouait les lourds doubles rideaux.

— L'idole de l'Angleterre ! Débutante, elle avait un prétendant différent pour chaque jour du mois, paraît-il. En fin de compte, elle s'est fiancée avec un charmant jeune lord, mais peu après, elle a rencontré sir Donnelly. Un coup d'œil, et c'en a été fini de ses fiançailles. Elle a apporté avec elle la plupart des livres, mais presque rien d'autre.

— Combien de temps ont-ils été mariés ?

Grace passa son doigt sur le nom. Brigid regarda autour d'elle, puis elle s'approcha de la fenêtre et scruta l'allée.

— Il est parti pour la journée, la rassura Grace.

Brigid fronça les sourcils, hésitante, puis elle s'approcha de sa maîtresse.

— Quatre ans, ils ont été mariés, tout au plus.

252

— Comment est-elle morte ?

— Naissance difficile, répondit Brigid en s'efforçant de ne pas regarder le ventre de Grace.

— Parlez-moi d'elle.

Grace reposa le livre sur l'étagère et s'assit. De nouveau, la gouvernante regarda par la fenêtre.

— C'est une histoire un peu longue..., protesta-t-elle d'un air circonspect.

— Il est allé chez Tib Foley, l'informa Grace. Il ne sera pas de retour avant des heures. Je vous en prie, Brigid. J'aimerais savoir.

Réprimant un soupir, Brigid hocha la tête et s'humecta les lèvres. Elle se tut un moment pour rassembler ses souvenirs.

— Eh bien, ils étaient tous les deux jeunes et impétueux, et habitués à obtenir ce qu'ils désiraient. Lord Donnelly avait arrangé un autre mariage pour son fils, et comme je vous l'ai dit, Mlle Abigail était fiancée à un lord fortuné. Mais lorsque votre mari et elle se sont rencontrés, ils n'ont plus voulu entendre parler de leurs promis respectifs et se sont enfuis. Humilié, le père de Mlle Abigail l'a reniée, quant à lord Donnelly, il était furieux. Sir Donnelly était son fils préféré, vous comprenez, et il avait toutes sortes de projets le concernant. Malheureusement, le scandale était tel qu'il a dû les envoyer ici.

Brigid quitta sa place près de la fenêtre pour venir s'asseoir au bord du divan.

— En faveur de Mlle Abigail, je dirai que c'était une vraie lady, gracieuse comme une reine. Elle adorait les gens d'ici, et allait toujours les voir en personne pour prendre de leurs nouvelles. Elle n'hésitait pas à rentrer dans leur maison et à partager leur repas, elle considérait nos problèmes comme les siens et elle faisait tout son possible pour arranger les choses. Elle était déjà passée tout près de la mort à la naissance de son premier enfant ; le pauvre petit avait les pieds en bas et le cordon autour du cou, il était mourant et cherchait à l'entraîner avec lui. Ils l'ont enterré au cimetière d'ici, d'ailleurs, le malheureux... Mais elle, elle aimait la vie et avait lutté pour s'en sortir. Elle n'aurait jamais dû essayer d'avoir un autre enfant, mais têtue comme elle l'était, elle n'a rien voulu entendre.

Brigid secoua la tête et soupira.

— Le jeune lord qu'elle avait laissé derrière elle est venu en Irlande, ici, à la maison pour essayer de la récupérer, mais Mlle Abigail était de nouveau sur le point d'accoucher et je crois que cette fois elle savait qu'elle ne survivrait pas. Elle était à l'étage et refusait de voir quiconque. Il était là, debout dans la cour sous la pluie battante, et il criait son nom, mais nous l'avons chassé sans lui laisser le temps de la contrarier.

Elle fit une courte pause.

— C'était il y a dix ans, et à l'époque j'étais déjà six fois mère. Cela semblait si injuste ! Sir Donnelly est presque devenu fou de douleur, et quand le frère de Mlle Abigail est arrivé d'Angleterre pour demander le corps, il a fallu sortir notre pauvre châtelain de la maison *manu militari*. Il voulait qu'ils soient tous enterrés ici, la mère et ses fils morts, mais les membres de la famille de Mlle Abigail n'ont rien voulu entendre et lord Donnelly a pris leur parti.

Elle se tut un instant et fronça les sourcils.

— C'est bizarre, quand on y songe, qu'aucune des deux femmes de *Sir* Donnelly ne repose ici.

— Aucune des deux ? répéta Grace d'une voix douce, n'osant pas interrompre le récit de la gouvernante.

— La famille de Mlle Mercy est venue demander son corps aussi, après sa mort. Ils se sont battus, oui, ils en sont sortis tout ensanglantés. Je parle de son père et de sir Donnelly. M. Steadham accusait le maître de...

Brigid se rattrapa juste à temps et laissa sa phrase en suspens.

— De quoi ? la pressa Grace en se penchant vers elle.

De nouveau inquiète, Brigid se leva.

— Tout cela est fini, n'est-ce pas ? Il s'est enfin trouvé une bonne épouse, vous attendez un enfant... Ne se mettrait-il pas en colère s'il m'entendait parler ainsi de ses malheurs passés ?

— S'il vous plaît, Brigid, l'implora Grace. Il faut que je sois au courant de tout cela si je veux pouvoir le comprendre un jour et le rendre heureux.

— Ah, madame, vous ne pouvez pas porter un poids pareil ! De toute façon, ce n'était qu'un tissu de mensonges. Les Anglais, que savent-ils de nous, hein ?

Elle traversa la pièce et s'approcha du feu pour se réchauffer les mains.

— Sir Donnelly aussi est anglais, lui rappela Grace.

Les épaules de Brigid s'affaissèrent.

— Oui-da, répondit-elle à voix basse. J'oublie parfois qu'il n'est pas des nôtres.

Elle serra ses mains l'une contre l'autre.

— Pas la peine d'espérer le comprendre, alors, n'est-ce pas? Essayez seulement de vous entendre correctement avec lui.

— Il faut que vous me disiez tout, insista Grace, plus fermement. Je vous jure que personne ne saura rien, jamais.

Brigid eut un faible sourire.

— Même si les gens savaient, cela n'aurait guère d'importance. Beaucoup s'imaginent déjà être au courant de toute l'histoire... mais en fait, personne ne la connaît vraiment.

— Combien de temps Mlle Mercy et mon époux ont-ils été mariés? demanda Grace en venant s'asseoir sur un petit tabouret près du feu.

Brigid compta sur ses doigts.

— A peine deux ans.

— Et comment est-elle morte?

— Elle a succombé à une fièvre cérébrale, répondit Brigid d'un ton lugubre. Elle était faible, elle toussait déjà quand il l'a ramenée d'Angleterre. Je ne crois pas l'avoir jamais vue en bonne santé, la pauvre. C'était la fille d'un cousin de son père, une de ces beautés anglaises à la peau pâle et à l'ossature très fine, vous savez? Et bien sûr, elle était très riche. Pas forte et pleine de vie comme la première, mais elle avait de très beaux cheveux et une jolie silhouette, et elle adorait les enfants. La première année, elle est venue souvent m'aider, quand ma Mary est née et que j'étais si faible. Elle s'occupait des plus petits et cuisinait un peu, jusqu'au jour où le maître a dit qu'elle devait ménager ses forces.

256

Ils espéraient avoir un enfant eux aussi, vous comprenez.

— Elle n'en a jamais eu?

Brigid secoua la tête.

— Non. Ça ne prenait pas. Parfois elle avait du retard et était tout excitée, mais au bout de sept ou huit semaines elle se retrouvait au lit avec de gros saignements. La fièvre cérébrale l'a prise pendant son second hiver ici; elle a été malade des mois et est morte au printemps.

Le cœur lourd, Grace regardait les flammes sans les voir.

— Quand ils sont venus la chercher, bien sûr, ils ont vu combien elle avait dépéri, enfermée dans cette chambre. Son père était debout exactement là où vous êtes maintenant, son fusil à la main, et il accusait sir Donnelly de l'avoir assassinée.

— Assassinée! répéta Grace, interloquée.

— Oui.

Brigid triturait son tablier entre ses doigts.

— C'était quelque chose de terrible, terrible.

— Mais pourquoi penser au meurtre?

— Elle était devenue folle, vous comprenez, expliqua Brigid avec une agitation croissante. Elle délirait. Il avait dû l'enfermer pour son propre bien! Au début, il allait la voir tous les soirs, pour bavarder avec elle et lui tenir un peu compagnie, mais c'était de pire en pire, et elle a fini par hurler dès l'instant où il passait la porte. Elle lui envoyait des objets au visage et détruisait tout, elle le traitait de tous les noms. Il a dû l'enfermer pour qu'elle soit en sécurité. Nous avons ôté l'essentiel de ses meubles et ce qui se cassait – tout ce qui aurait pu

257

être dangereux pour elle, vous comprenez. Et ensuite, bien sûr, quand elle a essayé de se jeter par la fenêtre...

Brigid s'interrompit, les épaules voûtées sous le poids du souvenir.

— Nous avons dû l'attacher à son lit. Il lui apportait ses repas lui-même et la nourrissait quand elle était calme, il la lavait et s'occupait d'elle. Elle était trop violente, disait-il, pour qu'on prenne le risque de la confier à quelqu'un d'autre, et il ne voulait pas la faire interner dans un asile. Et enfin, elle est morte, que Dieu ait pitié de son âme.

Brigid se signa avec ferveur.

— Mon Dieu !

Grace avait du mal à en croire ses oreilles.

— Mon Dieu, oui, comme vous dites, madame, acquiesça la gouvernante.

Grace prit une profonde inspiration.

— Comme c'est terrible. Pour vous tous. Oui, comme c'est terrible !

— Oui-da.

Brigid fronça les sourcils.

— Et maintenant, je vous ai mis tout ça dans la tête. Ça ne peut pas être bon pour le bébé. Dieu sait pourtant que cette maison n'a pas besoin de malheurs supplémentaires !

— Pas de problème, Brigid, affirma Grace en prenant la main de son interlocutrice. Je préfère apprendre la vérité de vous plutôt que de quelqu'un d'autre, qui n'aurait pas autant d'affection pour mon mari. Merci de m'avoir parlé.

— Je vous en prie, madame, n'abordez pas le

sujet avec lui. Il vaut mieux que tout cela reste enterré.

Grace n'avait jamais vu Brigid la supplier de quoi que ce fût, et cela la mit mal à l'aise.

— Ferais-je une chose pareille ? la rassura-t-elle. N'ayez crainte, ce sera notre secret.

Brigid poussa un soupir de soulagement, puis elle sursauta en entendant la grosse horloge sonner.

— Impossible qu'il soit si tard !

Elle ôta précipitamment son tablier.

— Jack et moi devons emmener le mari de Decla en charrette à Macroom, d'où il prendra la diligence jusqu'à Cork. Il embarque ce soir pour Londres, avant de partir pour l'Amérique y faire fortune. (Elle eut un petit rire.) C'est seulement un peu d'aventure qu'il cherche, du moins c'est ce que nous pensons, Jack et moi, mais Decla dit qu'il a raison.

Elle s'interrompit au moment de passer la porte.

— Cela ne vous ennuie pas, madame ? demanda-t-elle en regardant le ventre de Grace d'un air inquiet. Moi partie, il ne restera plus que Nolan.

— Tout ira bien, affirma la jeune femme. Selon mes calculs, il me reste encore un mois à attendre, bien que je sois déjà énorme...

Brigid ne sourit pas.

— Surtout, appelez bien Nolan si vous devez soulever ou porter quoi que ce soit, insista-t-elle.

— Promis.

Lentement, Grace se leva et s'étira.

— Allons, ne vous faites pas de souci pour moi. Je vais rester là et coudre près du feu.

Brigid alla installer le nécessaire à couture près de sa maîtresse.

— Bien. Je serai de retour en début de soirée.

Grace entendit Jack appeler sa femme. Celle-ci lui cria de se taire et, bientôt, le bruit des roues de la charrette retentit sur le pavé de l'allée. Grace s'approcha de la fenêtre et regarda dehors, consciente du silence qui l'enveloppait à présent que la grande maison était quasiment vide. Son esprit bouillonnait d'images du passé nées du récit de Brigid. Songeant à ce que Bram avait enduré, elle se dit qu'elle comprenait mieux désormais le désespoir qui prenait possession de lui lorsqu'il avait bu. Cependant, elle était troublée par les accusations de violence portées contre lui, car elles ne lui rappelaient que trop l'incident de la calèche.

Qui était vraiment cet homme auquel elle appartenait désormais ? C'était son mari, bien sûr, mais pas son ami. Amitié était synonyme de loyauté et de confiance. Etait-il loyal envers elle ? Pouvait-elle lui faire confiance ?

Anxieuse, elle sentit un malaise l'envahir. La matinée avait été longue, et il fallait qu'elle mange. Elle décida de prendre une tranche de pain beurrée et un thé.

La nourriture la réconforta un peu, et lorsqu'elle eut fini, elle jeta un regard circulaire autour de la spacieuse cuisine. Cela faisait bien longtemps qu'elle n'avait pas préparé un vrai bon dîner, et elle songea que cela lui occuperait l'esprit. Il y avait une pièce de bœuf à rôtir et des pommes de terre dans la réserve. Elle recueillerait le jus pour faire une sauce et confectionnerait un pudding à la graisse de rognon avec des légumes du potager bouillis pour accompagner le tout.

Elle but la dernière gorgée de thé sucré et chassa les miettes tombées sur son corsage, puis elle sortit le grand plat et alluma du feu dans le four. Pendant que celui-ci chauffait, elle ouvrit la porte et sortit précautionneusement dans la cour, évitant les flaques de boue pour atteindre le petit carré de verdure abrité derrière la maison. Passant dans la réserve, elle choisit les pommes de terre les plus appétissantes, des herbes, une courge et quelques pommes séchées. Lorsqu'elle eut terminé, son panier était si rempli qu'elle devait le porter en tendant les deux mains devant elle.

A son retour, la cuisine lui parut oppressante. L'anxiété qui l'avait poussée à agir fit place à une déprime soudaine, et une profonde fatigue envahit tous ses membres. Elle aurait volontiers arrêté, mais il était plus de midi et elle n'avait pas le temps de faire la sieste si elle voulait que le souper soit prêt à temps. Elle croqua une pomme, puis elle lava les pommes de terre et les mit à cuire dans une marmite, laissant les légumes verts découpés tremper dans de l'eau salée. Elle frotta la viande de sel et d'herbes et la posa dans le plat. A présent, la cuisine était chaude et odorante, mais Grace ne parvenait pas à se débarrasser de son sentiment de malaise et d'appréhension. Mécaniquement, elle alla sortir du four le gâteau aux pommes doré et le posa près de la fenêtre pour qu'il refroidisse, puis elle souleva le plat de viande afin de le mettre à cuire. Au moment où elle le glissait dans le four, une douleur atroce lui déchira le ventre et, saisie, elle tomba à genoux, les mains serrées autour de la taille. Une fois l'élancement passé, elle put de nouveau respirer. Cinq minutes s'écoulèrent, puis dix, et elle fut prise d'un nouveau spasme, plus fort que le précédent. Elle ferma les yeux en gémissant, le front perlé de sueur. L'instant d'après, une flaque se formait à ses pieds, trempant ses jupes.

— Oh, mon Dieu, murmura-t-elle.

Elle rampa lentement jusqu'à une chaise près de la table. Elle se reposa un instant, puis se releva.

— Nolan ! appela-t-elle, mais sa voix était trop faible.

Elle regarda le jeune garçon traverser la cour avec des seaux vides à la main et disparaître. Un moment plus tard, il réapparut, de l'eau débordant de ses seaux.

— Nolan ! cria-t-elle de nouveau.

Il ne l'entendit pas et elle plaça sa tête sur ses bras, aussi immobile que possible. De nouveau, elle eut le sentiment qu'un couteau la transperçait au plus profond d'elle-même et elle serra les dents. La douleur ricochait dans son corps, annihilant toute pensée, sauf une : survivre, à tout prix. Quand la vague reflua et qu'elle put respirer de nouveau, elle leva la tête et repéra un bol en bois posé sur la table. Elle s'appuya de son mieux, se pencha pour l'attirer à elle et le saisit des deux mains. Elle attendit, craignant qu'une nouvelle douleur ne vienne et ne lui fasse manquer l'occasion. Enfin, heureusement, Nolan apparut et elle put lancer le bol en direction de la fenêtre. Le verre vola en éclats avec fracas ; surpris, Nolan se tourna en direction du bruit, puis il lâcha ses seaux et courut vers la maison.

— Le bébé, articula-t-elle, haletante, lorsqu'il pénétra en courant dans la cuisine. Il arrive.

Le jeune garçon blêmit.

— Je vais chercher maman.

Grace secoua la tête au moment où une nouvelle contraction s'annonçait.

— Non, souffla-t-elle. Partie.

— Je trouverai quelqu'un ! Ne vous inquiétez pas ! affirma Nolan d'une voix que la panique rendait méconnaissable.

Grace ouvrit la bouche pour parler, mais ne put que pousser un hurlement. Terrifié, Nolan sortit de la maison en courant. Elle l'entendit crier le nom de Moira, puis elle s'évanouit.

Des gifles cuisantes sur ses joues la ramenèrent à elle. Elle ouvrit les yeux et vit le visage de Brigid, livide d'inquiétude.

— Dieu merci, vous êtes revenue parmi nous, dit-elle avec un soupir de soulagement. Restez éveillée ! Le moment arrive.

Grace avait la tête qui tournait. Confuse et happée par la douleur intolérable, elle avait l'impression qu'un incendie redoutable ravageait son corps, qu'elle ne pouvait s'échapper.

— Soulevez les genoux, madame, lui intima Brigid.

Comme elle ne réagissait pas, elle les poussa elle-même.

— Allons, vous devez y arriver !

Rapidement, elle noua un tablier propre autour de sa taille et posa une pile de linge près du lit.

— Que Dieu me pardonne, grommela-t-elle dans

263

sa barbe. C'est ma faute, jamais je n'aurais dû éveiller de vieux fantômes et la laisser ensuite toute seule avec eux. Soulevez-vous ! ordonna-t-elle d'une voix plus forte. Vous ne pourrez pas pousser correctement si vous restez à plat sur le dos !

Grace obtempéra et fut récompensée par une douleur si intense qu'elle aurait donné n'importe quoi pour la faire disparaître.

— C'est insupportable, haleta-t-elle. Est-ce que je vais mourir, Brigid ?

— Seulement un petit moment, répondit la gouvernante. Vous devez prendre la douleur comme elle vient et l'accompagner. A présent, écoutez votre corps. Quand il vous dira de pousser, obéissez-lui.

Grace s'appuya en arrière et s'efforça de respirer profondément. De la vapeur s'échappait de la bassine d'eau en train de bouillir dans un coin de la pièce ; quelqu'un avait fermé les rideaux.

— J'étais dans la cuisine, je préparais le dîner... Comment suis-je arrivée ici ?

— Chut, lui intima Brigid. Ne perdez pas vos forces en vains bavardages. Jack est parti chercher le Dr Branagh. C'est Nolan et moi qui vous avons montée ici, mais le pauvre aurait bien pu le faire tout seul, tant il était secoué. Jamais il n'avait été aussi heureux de voir sa vieille mère ! Vrai, il vous adore, ce garçon.

La douleur, désormais familière, revenait peu à peu. Grace prit la main de Brigid et s'efforça de ne pas paniquer.

— Pour le premier, c'est toujours plus dur, affirma Brigid d'un ton apaisant. On a l'impression de donner naissance à dix hommes adultes et non à un petit bébé, n'est-ce pas ? Mais ce sera bientôt terminé. Faites-moi confiance. Ne suis-je pas passée par là treize fois ? Et regardez, je suis bien vivante.

Sentant Grace lui agripper la main de toutes ses forces, elle la serra, gémissant en chœur avec la jeune femme tout en lui soufflant des encouragements à travers le brouillard de douleur qui l'enveloppait.

— Poussez, maintenant, ma fille ! Poussez !

De fait, Grace se sentait moins mal lorsqu'elle poussait, si bien qu'elle obéit, n'arrêtant que lorsque son corps le lui demandait. Elle sentit une pression colossale, poussa une dernière fois de toutes ses forces, et presque aussitôt la douleur cessa. L'instant d'après, elle entendait la voix de Brigid qui s'exclamait :

— Vous avez réussi, madame ! C'est un garçon ! Vous avez un fils !

Grace riait et pleurait en même temps lorsque, baissant les yeux, elle découvrit le bébé rouge et hurlant, qui semblait recouvert d'une sorte de couche blanchâtre. Presque aussitôt, une autre contraction la saisit.

— Ce n'est pas fini, haleta-t-elle.

— Ce n'est que le placenta, affirma Brigid d'un ton confiant avant de couper le cordon ombilical.

Presque aussitôt, elle eut un hoquet de surprise.

— Jésus, Marie, Joseph ! Mais non, vous avez raison, il y en a un autre ! Regardez la tête !

Grace n'eut qu'à pousser vigoureusement pour faire sortir le second bébé. Aussitôt après, une vague de soulagement l'envahit.

— Une fille ! s'étonna Brigid. Regardez-moi cette petite chose !

— Une fille, répéta Grace d'une voix faible.

Emerveillée et abasourdie, elle écoutait les vagissements de ses enfants.

— Bon, il n'y en a plus d'autres là-dedans, n'est-ce pas ? demanda Brigid en jetant un coup d'œil circonspect entre ses jambes.

— Non, c'est fini, souffla Grace.

Elle laissa sa tête retomber sur le matelas et se reposa pendant que Brigid coupait le second cordon et entreprenait de nettoyer les deux bébés.

Elle termina de laver le petit garçon d'abord, l'emmaillota dans des langes de lin propres et le posa contre le sein de Grace.

— Faites-le téter un petit peu, dit-elle en passant un doigt sur les lèvres du nouveau-né. Il est plus petit que la fille, mais il a une tête d'une bonne taille.

Grace soutint la minuscule tête toute chaude, avec ses cheveux soyeux encore humides, et posa la bouche du bébé contre son sein. Elle n'avait pas encore l'impression d'avoir du lait, et ne fut pas surprise lorsque l'enfant refusa de téter. Ses lèvres tremblèrent, mais il ne tarda pas à fermer les yeux et à s'endormir.

— Comment allez-vous les appeler ? s'enquit Brigid.

Elle souleva l'enfant et le déposa dans son berceau avant de revenir avec sa sœur. Celle-ci se mit aussitôt à téter avec une telle vigueur que Grace ne put retenir une grimace de douleur.

Elle regarda le minuscule visage de la fillette.

— Elle se nommera Mary, du nom de ma grand-mère, et Kathleen, comme ma mère. Mary Kathleen, murmura-t-elle au nourrisson, qui but avec une ardeur redoublée.

— Et le garçon ? demanda Brigid avec un coup d'œil en direction du bébé immobile dans le berceau près du feu.

— Michael, en hommage au grand-père de mon mari. Et peut-être lui donnerons-nous Brian comme second prénom.

Brigid hocha la tête.

— Oui, comme le grand roi.

Elle roula les linges souillés en boule et les posa près de la porte.

— C'est un beau nom, « Michael Brian Donnelly ». Un nom fort, puissant.

Elle s'approcha du berceau et regarda le visage du nouveau-né. Grace, elle, sentait ses yeux se fermer.

— Pouvez-vous prendre Mary Kathleen, Brigid ? Elle a fini, et moi je m'endors.

Aussitôt, elle sombra dans un profond sommeil et elle ne sentit pas Brigid changer ses linges et lui nettoyer les jambes. Dans la pièce silencieuse, on n'entendait que leurs souffles fatigués et, par moments, le bruit d'une bûche qui sifflait dans le feu. Brigid ne cessait de retourner près du berceau où dormaient les deux bébés. La fille avait l'air plutôt bien, mais quelque chose chez le garçon l'inquiétait. Il y avait un problème, bien qu'elle ne pût déceler lequel. Elle-même n'avait jamais eu d'enfant prématuré, sans parler de jumeaux, et elle ignorait ce

267

qui était normal en pareil cas. Elle secoua la tête ; au même moment, Grace gémit dans son sommeil.

— C'est vrai, ils ont un mois d'avance et ça se voit, mais la tête du garçon..., grommela la gouvernante en se triturant la lèvre inférieure. Oui, c'est ça qui ne va pas : on dirait que sa tête est enflée.

Elle s'assit dans le rocking-chair et tira son chapelet de sa poche. Ses doigts passaient d'une perle à l'autre tandis que ses lèvres murmuraient des prières silencieuses. Lorsqu'elle eut fini, elle recommença, sans jamais quitter son petit monde des yeux.

Bram rentra tard, et saoûl. Rejoint par Nolan qui lui avait annoncé que sa femme était en travail, il avait commencé à fêter la naissance immédiatement en payant une tournée générale chez O'Devlin. Il pénétra dans la maison en chantant, ce qui réveilla Grace qui entendit Brigid descendre à la hâte à sa rencontre pour lui demander de faire moins de bruit : la mère et les enfants dormaient. Il avait un fils, continua-t-elle, et une...

— Un fils !

La voix sonore de Bram retentit dans toute la maison.

— Je le savais ! Je veux le voir !

Une odeur d'air froid et de whiskey entra à sa suite dans la chambre. Ses cheveux dégoulinants de pluie mouillèrent le visage de Grace lorsqu'il se pencha pour l'embrasser.

— Vous êtes sorti sous la pluie sans chapeau, monsieur Donnelly ? le taquina-t-elle en souriant, à moitié endormie.

— Nous avons un fils !

Les yeux injectés de sang de Bram se remplirent de larmes, suscitées autant par l'alcool que par l'émotion.

— Là-bas, répondit-elle avec un signe de tête en direction du berceau. Nous avons aussi une petite fille.

Il écarquilla des yeux éberlués.

— Une fille ? Un garçon et une fille ?

Il se précipita vers le berceau et regarda à l'intérieur comme s'il n'avait jamais vu de bébé de sa vie.

— Lequel est le garçon ? s'enquit-il à voix basse.

— Celui qui a les cheveux clairs. Ceux de la fille sont plus épais et plus foncés.

Il souleva le petit garçon et le tint maladroitement avant de le tendre à Grace.

— Voilà un beau jeune homme !

— J'ai pensé que nous pourrions l'appeler Michael Brian, si cela vous plaît, proposa-t-elle timidement.

Il hocha la tête.

— Très beau nom.

Il regarda le visage minuscule du nourrisson et lui souleva le menton du bout du doigt.

— Quant à la fille, elle s'appelle Mary Kathleen, d'après Grandma et ma mère.

Bram ne quitta pas le nouveau-né des yeux.

— Très bien, dit-il. C'est votre fille, appelez-la comme vous voudrez.

L'intéressée se réveilla alors et se mit à pleurer pour réclamer son lait. Grace demanda à Bram de reposer leur fils dans le berceau et de lui amener la petite.

Bram obéit et regarda Grace déboutonner le haut de sa chemise de nuit pour nourrir l'enfant. Il la fixait avec tant d'attention tandis que le bébé commençait à téter que Grace en fut gênée. Elle fit un geste maladroit, si bien que la fillette lâcha son sein ; aussitôt, elle cria de frustration en agitant ses petits poings.

— Elle est exigeante, dites-moi, remarqua Bram d'un ton appréciateur.

Il demeura près d'elle jusqu'à ce que Mary Kathleen eût terminé de boire, jeta un dernier coup d'œil à son fils, puis il les laissa pour aller se coucher dans sa propre chambre.

Le lendemain matin, Brigid apporta à Grace son petit déjeuner sur un plateau. Bram vint la rejoindre peu après avec du café. Il se montra aussi tendre et courtois envers elle qu'au début de leur mariage, et pour la première fois depuis des mois Grace put se reposer paisiblement. Mais deux matins plus tard, elle comprit que le petit Michael n'allait pas bien. Mary Kathleen s'était éveillée régulièrement toutes les deux ou trois heures pour se nourrir ; elle ne cessait qu'une fois rassasiée, quand un peu de lait coulait à la commissure de ses lèvres. Michael, lui, n'avait fait que quelques faibles tentatives ; il tétait à peine, puis il se mettait à geindre et sombrait dans un sommeil agité. Toute la journée, elle s'inquiéta pour lui. Elle le garda au lit avec elle et le mit au sein aussi souvent que possible, le réveillant régulièrement et lui susurrant d'une voix chantante qu'il devait manger.

— Il ne va pas bien, dit-elle aussitôt à Bram

lorsqu'il entra ce soir-là avec le plateau de son dîner. Il n'arrive pas à téter.

Bram haussa les épaules, fatigué par ses longues journées et ses nuits sans sommeil, las d'être toujours humide et plein de boue ; une fine bruine n'avait pas cessé de tomber depuis la naissance des jumeaux.

— Il paraît qu'ils dorment beaucoup, au début. D'un jour à l'autre, il se réveillera affamé.

— Mais il a une drôle de couleur... Son visage et ses mains sont tout jaunes. Et il gémit dans son sommeil.

La mâchoire serrée, elle regarda Bram dans les yeux.

— Je crois que nous devrions faire venir le Dr Branagh.

Bram fronça les sourcils et passa sa main sur son visage mal rasé.

— Nous n'allons pas appeler le médecin à la moindre broutille. En particulier ce péquenaud de Branagh. Je ne veux pas que tout le monde soit au courant de nos affaires.

Il la regarda avec irritation.

— Je croyais que vous saviez tout sur les bébés, vous autres filles de ferme.

Grace lui décocha un regard meurtrier avant de prendre le petit Michael dans ses bras sans rien dire. Bram se calma un peu.

— De toute façon, Branagh est parti pour Cork. Je l'ai croisé sur la route hier après-midi, et il a demandé des nouvelles des bébés.

— Que lui avez-vous dit ?

— Qu'ils étaient en pleine forme.

271

Les yeux de Grace se remplirent de larmes. Mal à l'aise, Bram se tortilla sur sa chaise.

— C'était vrai, à ce moment-là, non ? Vous êtes épuisée, voilà tout. C'est à force de passer vos nuits éveillée avec cette petite goulue, là-bas.

Il jeta un coup d'œil en direction du berceau où dormait Mary Kathleen.

— Que dit Brigid ?

— Qu'il est possible que Mary Kathleen prenne presque tout le lait. Elle dit qu'il faut laisser le petit à la lumière pour que la jaunisse disparaisse, et qu'ensuite il se réveillera assez pour téter.

— Faites-le, alors ! rétorqua Bram.

Il se leva et s'approcha de la fenêtre.

— C'est ce que j'ai fait ! protesta Grace. Mais il fait si sombre !

Alors même qu'elle disait cela, de lourds nuages s'amoncelaient dans le ciel, et une pluie violente ne tarda pas à venir frapper les vitres. Bram regardait fixement son reflet.

— Envoyez la fille chez une nourrice, dit-il.

Le cœur de Grace fit une embardée.

— Il y a une femme, du côté d'Agahmore, qui prend des nouveau-nés en nourrice. Son mari est mort, ça lui permet de payer son loyer. Demandez à Brigid de lui emmener le bébé dès demain.

— Vous voulez que j'envoie Mary Kathleen chez une nourrice ? (Grace ne put retenir ses larmes.) Oh, Bram, jamais je ne pourrai m'en séparer. Ce serait horrible !

Bram fit volte-face et la regarda durement.

— Faites ce que je vous dis, ou nous perdrons notre fils.

Il se radoucit et s'efforça de la convaincre.

— Ce ne sera pas long, Grace. Vous l'avez dit vous-même. Quelques jours à la lumière et il démarrera. Donnez-lui une semaine environ pour prendre un peu de poids et profiter au maximum de votre lait, et ensuite vous pourrez faire revenir la fille et vous occuper d'eux deux.

— Ne pouvons-nous pas plutôt faire venir cette femme ici ? supplia Grace.

Bram fit non de la tête.

— Elle a ses enfants et sa maison à entretenir. Et elle s'occupe d'autres bébés. Je la paierai bien, la petite aura tout le lait qu'il lui faudra et sera bien traitée, croyez-moi.

Grace se mordit la lèvre et baissa les yeux sur son fils, toujours aussi calme.

— Bon, d'accord, murmura-t-elle. Si vous pensez que c'est pour le mieux.

— Bien.

Bram s'approcha et lui tapota amicalement la tête.

— Oui, je pense que c'est le mieux à faire. Et si l'état de notre jeune Michael ne s'améliore pas dans quelques jours, nous ferons venir quelqu'un pour l'examiner.

— Le Dr Branagh, dit Grace avec fermeté sans relever la tête.

Bram soupira, contrarié.

— Ou la sage-femme ; quelqu'un qui s'y connaît en bébés et sait se taire.

Grace ne ferma pas l'œil, cette nuit-là. Michael se nourrissait par intermittence, mais n'ouvrait jamais les yeux. A côté de lui, Mary Kathleen paraissait éclatante de santé, avec ses joues roses, ses cheveux sombres et ses yeux foncés et brillants. Elle tétait avec sa vigueur coutumière et, chaque fois, Grace pleurait à la pensée de la laisser partir. Le matin arriva et elle nourrit la fillette une dernière fois en la serrant si fort contre elle que Mary Kathleen cria et prit un air renfrogné. Brigid était debout près d'elles en silence, et lorsque ce fut terminé, elle souleva l'enfant, l'emmaillota et l'emporta dans la froide matinée d'hiver. Grace sortit de son lit, s'approcha de la fenêtre et regarda s'éloigner l'attelage jusqu'à ce qu'il fût hors de sa vue. Quand Brigid revint une heure plus tard, elle annonça que la fillette avait accepté sa nourrice avec enthousiasme et que tout allait bien.

Grace se vêtit, puis elle s'assit près de la fenêtre et berça Michael en priant avec ferveur pour que le soleil perce les nuages noirs. Elle lui chanta des chansons, lui murmura des mots d'amour et le supplia d'ouvrir les yeux et de boire. Il le fit, mais jamais très longtemps, et jamais assez pour vraiment se remplir la bouche de lait. Bram vint les voir ce soir-là et dit qu'il fallait lui donner encore quelques jours, que le nourrisson avait tout le lait pour lui seul désormais et irait bientôt mieux. En définitive, ce ne fut pas le Dr Branagh qu'ils durent appeler, mais le croque-mort.

Le fils de Grace mourut au plus profond de sa huitième nuit, la tête gonflée sur son corps émacié, la peau couleur bouton d'or.

Il était allongé à côté de sa mère dans le lit, le bras de celle-ci l'enveloppant légèrement, son oreille près de sa bouche pour entendre sa respiration, légère mais régulière. Grace avait fini par s'endormir d'un sommeil las. Elle avait refait le rêve qui lui avait sauvé la vie, le jour de la mort de sa mère : elle avait entendu la voix de Kathleen, au milieu d'une chorale d'anges, qui lui criait « Respire, respire ! », et elle s'était éveillée en sursaut. Elle avait attiré l'enfant immobile à elle et lui avait murmuré les mêmes mots, mais il était trop tard, elle n'avait pas été assez forte pour l'ancrer à la vie comme Grandma l'avait ancrée, elle, à l'époque. Incrédule, elle avait défait la couverture qui entourait ses minuscules épaules et sa poitrine, elle avait cherché le battement de son cœur, touché la peau dorée de son visage, lui avait intimé d'ouvrir les yeux. Comme il demeurait inerte, elle l'avait bercé en lui chantant doucement tous les airs qu'elle connaissait. Ses seins gonflés du lait qu'il ne pouvait boire lui faisaient mal, et elle le serrait de toutes ses forces, effleurant de son nez sa tête duveteuse, respirant son odeur douce et se balançant inlassablement, jusqu'à ce que la première lumière du matin pénètre dans sa chambre et mette un terme à sa veille.

Quand Bram pénétra dans la chambre après son petit déjeuner, Grace tenait toujours l'enfant mort et chantait doucement d'une voix rauque. Elle leva les yeux et eut l'impression que son mari était très loin. Elle vit son visage reposé et confiant blêmir sous le choc. Quand il tendit les mains vers le bébé, elle fronça les sourcils et secoua la tête. Il s'assit sur une chaise en face d'elle et ils se regardèrent, elle avec un grand détachement, lui avec une stupéfaction choquée. Puis il se leva et partit.

Il avait toujours été un homme d'action, et c'est dans l'action qu'il noya son chagrin. Il ordonna à Brigid de monter dans la chambre de Grace. Elle apaisa celle-ci et lui prit avec douceur le corps de l'enfant. On appela le croque-mort pour choisir le bois du cercueil.

— Il aura ce qu'il y a de mieux ! C'est un Donnelly, que diantre ! insista Bram avant de s'enfermer avec une bouteille de whiskey.

L'alcool abattit ses défenses, et il hurla et pesta contre Dieu et sa femme. La tempête passa aussi vite qu'elle était venue, et bien que de nouvelles rides amères fussent apparues sur son visage, il sembla par la suite résigné à ce dernier coup du sort. Néanmoins, il garda ses distances avec tout le monde, et en particulier sa femme.

Grace ne pouvait rester dans ce grand lit déserté par son mari et ses enfants, aussi se leva-t-elle et s'habilla-t-elle avant de reprendre mécaniquement ses tâches coutumières. La douleur l'avait comme anesthésiée. Elle songeait souvent à sa petite fille mais elle avait peur de la perdre, elle aussi, et préféra la laisser où elle était. Incapable de pleurer, à peine capable de réfléchir, elle se promenait dans la maison en serrant contre elle la chemise de nuit de nouveau-né de son fils, et quand son odeur sur celle-ci commença à s'estomper, elle faillit devenir folle. Elle plia les vêtements qu'il avait portés, ses couches, ses petits chaussons et son bonnet, les enveloppa séparément de papier de soie et les plaça au fond de sa malle de souvenirs. Elle envoya les autres vêtements à la nourrice de Mary Kathleen. Maintenant qu'elle n'avait plus rien à tenir, à quoi s'accrocher, maintenant que ses mains étaient désespérément vides, elle se remit à coudre et entreprit de broder un linceul. Ses doigts lui obéissaient, mais elle était incapable de se souvenir de ce qu'était la joie. Désespérée, elle envisageait sa propre mort.

10

Ils vinrent tous à la veillée mortuaire, Ryan et Aghna, Grandma, Patrick, et même Sean, qui pour sa sœur endura sans mot dire le pénible voyage dans la charrette glacée et bringuebalante. Ce fut lui qui apaisa un peu les vagues de chagrin qui assaillaient son cœur en citant son cher Livre sacré : « Tous se lamentaient et la pleuraient, mais Il leur dit : Ne désespérez pas, car elle n'est pas morte, mais seulement endormie. »

Il prit Grace par la main et l'entraîna dans le jardin, loin des voix étouffées du salon. Contrairement à ce qui s'était passé lors de la mort de leur mère, elle n'avait pas reçu la moindre manifestation de compassion. La bienséance britannique à laquelle Bram tenait tant n'aurait jamais autorisé de tels débordements... Elle eût pourtant donné cher pour pouvoir enfouir son visage dans son tablier et soulager son cœur de la douleur qui l'étreignait. Au lieu de cela, elle devait garder la tête haute, se comporter comme si elle avait déjà accepté la perte de son fils, offrir gracieusement thé, café, ou whiskey aux hôtes de son mari, tout en écoutant poliment leurs récits d'autres deuils. Parfois, il lui prenait l'envie d'éclater de rire en regardant ces dames distinguées chuchoter par-dessus leurs tasses. A d'autres moments, la rage qui bouillonnait en elle menaçait d'exploser.

— Nous partageons tous ta douleur, Grace, dit Sean lorsqu'ils se trouvèrent enfin à l'abri des oreilles indiscrètes.

— Vous ne savez rien de ma douleur ! répondit-elle d'un ton amer, se détestant de réagir ainsi, mais incapable de se contrôler. Tu n'as jamais tenu dans tes bras le cadavre de ton enfant innocent, ajouta-t-elle.

— Non. Je ne connaîtrai d'ailleurs jamais non plus le bonheur de presser contre moi mon enfant vivant.

— Eh bien, c'est mieux ainsi, crois-moi.

Elle croisa les bras et baissa les yeux vers le sol noir et dur.

Sean ne répondit pas. Pendant plusieurs minutes, seuls les murmures étouffés provenant du salon vinrent troubler son silence.

— Tu ne penses pas ce que tu dis, reprit-il enfin.

Et il posa doucement ses mains sur les épaules de sa sœur pour l'obliger à se tourner vers lui. Elle était aussi grande que lui, et ils se regardaient droit dans les yeux, face à face.

— C'était sans doute un très bel enfant, Grace. Je suis malheureux de ne l'avoir jamais vu.

Ces mots simples transpercèrent le brouillard douloureux dans lequel elle flottait et l'atteignirent avec tant de force qu'elle cessa brusquement de résister. Elle se sentit défaillir et s'abattit contre la poitrine de son frère.

— Pleure, souffla-t-il en la serrant dans ses bras. Ne t'occupe pas de tous ces gens. Qui sont-ils pour que tu sois contrainte de taire ta peine devant eux?

Alors elle appuya son visage contre l'épaule de Sean et libéra enfin sa souffrance trop longtemps contenue. Les voix des invités semblaient s'être tues, et ses sanglots de désespoir emplissaient la campagne, résonnant dans la nuit.

— Est-ce que tu veux que j'appelle ton mari? demanda-t-il lorsqu'elle fut enfin apaisée.

Elle secoua la tête, demeurant serrée contre lui.

— Il ne t'est donc d'aucun réconfort? Parce que c'est le garçon qui est mort? Son héritier? C'est ça?

Il passa une main tendre dans l'épaisse chevelure mouillée de larmes de la jeune femme.

Elle s'essuya les yeux sur la chemise de Sean, déjà trempée, puis redressa la tête.

— Il n'ose pas en parler, articula-t-elle. Parce que c'est peut-être à cause de lui que notre enfant était si faible.

Sean fronça les sourcils.

— Comment cela, à cause de lui?

Elle le considéra un long moment sans rien dire – lui, son frère chéri, qui devait déjà comprendre, au plus profond de lui-même, sans qu'elle soit contrainte de prononcer les mots douloureux...

— Est-ce qu'il t'a fait du mal, Grace?

— Oui, avoua-t-elle.

Instantanément, son cœur se trouva soulagé d'un énorme poids.

— C'était un peu avant Noël, reprit-elle très vite. Ça ne s'est produit qu'une fois. Et... Mon Dieu, comme j'ai honte... Il avait bu.

— Ce n'est pas à toi d'avoir honte, s'écria Sean, le visage dur. Quelle sorte d'homme est-il pour battre son épouse, enceinte de son enfant, de surcroît?

Elle ne répondit pas.

— Pourquoi ne nous as-tu rien dit?

— Qu'auriez-vous pu faire? Et puis, au bout d'un moment, j'ai cessé d'y penser, c'est devenu comme un mauvais rêve. Nous n'en avons pas reparlé.

— Tu n'aurais pas dû l'épouser.

Il jeta un regard par-dessus son épaule en direction des ombres du salon.

— Il ne t'a jamais aimée.

— Comment le sais-tu?

— Parce que j'ai vu le regard d'un homme qui t'aimait, l'éclat de ses yeux quand il prononçait ton nom. Le regard de ton mari n'est que le reflet glacé d'un cœur vide.

Ils se dévisagèrent pendant de longues secondes.

— Qu'est-ce que tu dis? balbutia-t-elle enfin d'une voix blanche.

— Morgan est amoureux de toi, répliqua-t-il simplement. C'est lui que tu aurais dû épouser.

D'un geste violent, elle le saisit à la gorge et le plaqua contre le mur, ivre de rage.

— Maudit sois-tu, Sean O'Malley! Maudit sois-tu de dire des choses pareilles!

Il attrapa ses poignets.

— Est-ce que tu l'aimes, Grace? Parce que moi, je pense que oui.

Elle se contenta de lutter pour se libérer, en vain.

— Quitte Donnelly, insista-t-il. Et épouse Morgan.

Elle parvint enfin à se dégager, et, dans la lumière de la fenêtre toute proche, il vit à quel point elle était épuisée, accablée par la vie, et il comprit qu'il n'avait fait qu'accentuer son lourd fardeau. Mais il était trop tard, le mal était fait.

Elle tira son châle sur ses épaules et se détourna de lui.

— Peu importe qui j'aime ou n'aime pas, dit-elle d'une voix lointaine. Ça ne fait aucune différence. J'ai épousé Bram Donnelly devant Dieu. Je me suis engagée, pour le meilleur et pour le pire. Je ne peux rompre un tel engagement, Sean. Dieu m'a déjà enlevé mon fils...

— Dieu n'est pas responsable de notre malheur, répondit posément Sean. Nous nous l'infligeons nous-mêmes. Dieu est là pour nous aider à en sortir.

Il tira un vieux volume de sa poche et le lui posa entre les mains.

— C'est la Bible de maman. Prends-la, et appuie-toi sur elle pour trouver ta voie, car nul n'est mieux placé que Dieu pour comprendre combien il est douloureux de perdre un fils.

Les yeux de Grace s'emplirent à nouveau de larmes.

— Encore une chose, ajouta Sean.

Il marqua un temps d'hésitation avant de poursuivre.

— Au cas où Donnelly s'aviserait de porter de nouveau la main sur toi... Je ne suis peut-être pas de taille à lutter contre lui, mais sache que rien n'arrêtera Morgan.

— Je sais, murmura-t-elle en se remémorant le visage de ce dernier derrière la vitre, le soir où Bram l'avait battue.

Il était là.

Elle se tourna vers son frère et planta son regard dans le sien.

— Dorénavant je ne veux plus parler de tout ça.

— Grace..., implora-t-il.

— Non.

Elle leva la main, puis ajouta d'une voix moins assurée :

— Je ne le supporterais pas.

— D'accord. Mais ce que je voulais te dire concerne Mary Kathleen. (Il lui prit la main.) Ton mari t'a mis dans la tête qu'un fils valait mieux qu'une fille.

Elle eut un mouvement de protestation.

— C'est la vérité, insista-t-il. Sinon, pourquoi l'abandonnerais-tu au sein d'une autre femme alors que le tien la réclame ?

Elle demeura immobile un long moment, songeuse.

— Tu as raison, reconnut-elle enfin. J'ai dû perdre la tête pour la laisser loin de moi.

— Oui, précisément. Est-ce qu'il n'est pas temps maintenant de la reprendre à la maison ?

Brigid partit chercher Mary Kathleen à l'aube, en dépit des protestations de Bram : « C'est un fardeau trop lourd pour vous après la mort de Michael, avait-il dit à Grace. Laissez le bébé en nourrice encore quelques mois, au moins jusqu'à l'été. »

Mais la jeune femme avait tenu bon. Si elle

attendait encore, son lait se tarirait, et elle serait obligée de confier de nouveau la petite à une nourrice. Or après tout, c'était une Donnelly, même si elle n'avait pas l'heur d'être un garçon.

Ils s'étaient disputés jusque tard dans la nuit, jusqu'à ce que Bram, finalement, abandonne le combat, vaincu par l'insistance de Grace, mais surtout furieux de la voir oser s'opposer à sa volonté. Il était toutefois parvenu à sauver la face en lui interdisant de parcourir elle-même la dangereuse route gelée qui la séparait de sa fille. Grace n'avait pas insisté, satisfaite d'avoir obtenu l'essentiel. Mais elle avait attendu toute la matinée derrière la porte d'entrée, jusqu'à ce que Brigid déposât enfin au creux de ses bras le petit paquet de langes tièdes qui enveloppait la fillette.

Le berceau de Mary Kathleen à ses pieds, elle prit son aiguille et acheva de broder l'étoffe qui devait tapisser le cercueil de son fils. Elle déclara que l'enterrement aurait lieu trois jours plus tard, et insista pour que le corps minuscule soit placé dans le cellier, où la température était plus basse. Personne ne la contredit; tous sentaient qu'elle avait changé. Bram allait et venait en silence, n'osant briser le recueillement dans lequel elle travaillait. Ceux à qui il fut donné de poser les yeux sur son ouvrage affirmèrent que jamais ils n'avaient vu pareil chef-d'œuvre. De fines étoiles tissées de fil d'or, des anges dont les ailes gracieuses s'unissaient pour former un écrin autour de l'enfant qu'ils tenaient, des visages de mères tournés vers le ciel, des guirlandes de roses, de lys et d'amarantes, entrelacées de manière à former des bannières proclamant la vie éternelle... Et surtout, le Christ, aux portes du paradis, bras ouverts pour accueillir l'enfant, son cœur posé sur sa main tendue. L'ensemble formait un tableau extraordinaire, une vision sublime, qui ne laissait personne indifférent.

Quand Michael eut été enterré, drapé dans son somptueux linceul, on murmura que jamais plus elle ne ferait un aussi beau travail. Ses mains n'étaient-elles pas écorchées d'avoir tenu l'aiguille et le tissu heure après heure, jour après jour, sans cesse ? Cet excès de chagrin ne l'avait-il pas vidée de toute envie, de toute vision ? N'était-il pas déjà miraculeux qu'elle fût parvenue à effectuer cette tâche ? Et maintenant, se demandaient amis, voisins, parents et connaissances, qu'allait-il advenir de cette femme encore si jeune ? Ses yeux trahissaient une profonde tristesse, mais son visage avait pris dans le deuil une expression incroyablement sereine, presque lumineuse. Ils ne pouvaient rien faire d'autre qu'attendre et observer, avec au plus profond d'eux-mêmes le sentiment d'assister à un phénomène étrange et troublant.

11

Aveuglé par la sueur qui coulait de son front et trempait sa chemise, Morgan guida la lourde brouette jusqu'au bas du jardin et déchargea une par une les pierres qu'il avait extraites de la terre. Le mur, presque achevé, arrivait à la hauteur de sa taille. Ses épaules et son dos meurtris le faisaient souffrir, mais il bénissait ce labeur de le laisser le soir trop épuisé pour réfléchir. Il assembla les blocs de rocaille, les fixant solidement de manière à constituer un rempart efficace pour protéger leur récolte des animaux. La pierre couleur vert-de-gris encadrait joliment les allées soigneusement bêchées, où l'on voyait à présent pointer les tiges de maïs et les fragiles plants de tomates, les feuilles touffues des pousses de pommes de terre à côté des oignons graciles et des minuscules carottes, les entrelacs délicats des petits pois et les treilles de haricots. Il était infiniment soulagé de les voir éclore, tant la rigueur de l'hiver avait durci le sol; la moindre gelée tardive aurait pu mettre en péril les fragiles semences. Mais le père Brown l'avait encouragé à suivre son instinct, lui assurant qu'il était sur la bonne voie avec la préparation de sa terre et son choix de cultures adaptables, minutieusement sélectionnées. Il avait exposé ses idées au bon prêtre un soir, devant une bière, au coin du feu, et celui-ci lui avait suggéré de rencontrer d'autres jeunes cultivateurs qui voulaient également faire progresser leur exploitation. Il avait déclaré que Morgan possédait plus de connaissances qu'eux tous réunis, et il ne se trompait pas, comme le prouvait l'élection du jeune homme à la tête des groupes agricoles de deux paroisses voisines. Depuis, Morgan les réunissait chaque semaine en alternance pour discuter des dernières informations sur les techniques de traitement des sols, de sélection des semences, de rotation des cultures et d'irrigation. Tout au long de l'hiver, il s'était distingué en présentant ses propres théories, si bien qu'il était bientôt apparu comme un expert aux yeux de tous, alors qu'il en était encore à sa première récolte. Il s'en amusait avec le père Brown, qui lui disait de ne pas oublier le Livre des Hébreux, où il est écrit qu'avoir la foi, c'est seulement croire en ce que l'on espère. Morgan se le répétait chaque matin en s'éveillant.

La vue troublée par la sueur, il ôta sa chemise et se versa un seau d'eau sur la tête, laissant échapper un cri sous le choc glacé. Le cœur battant, il s'essuya à l'aide de sa chemise, puis grimpa sur le mur pour inspecter son travail. Il leva son visage vers le soleil, et Grace apparut devant ses yeux, mais il repoussa la vision, le cœur encore trop à vif pour la supporter. De temps à autre, l'odieux regret de ne pas avoir demandé sa main venait le hanter, et il sombrait dans la douleur. Il ne se confiait à personne, refusait même d'en parler avec Sean, et, petit à petit, ces moments de tristesse se faisaient plus rares. Il n'avait cependant pas laissé la terre occuper toute la place dans sa vie. Elle n'était qu'un exutoire qui lui permettait de s'occuper pendant que sa passion se consumait lentement. Il espérait qu'en travaillant dur, il parviendrait d'une manière ou d'une autre à acheter une parcelle de terrain. Il faisait de son mieux pour ignorer la présence d'un gouvernement qui ne lui donnerait jamais accès à un tel avancement, mais en lui-même il connaissait la vérité, et celle-ci attisait le brasier de sa rage, déjà éveillée par les pamphlets politiques que quelqu'un

avait glissés dans son bulletin agricole hebdoma-
daire.

«Alors, est-ce que tu as jeté un coup d'œil au
Martin et Mitchel?» lui avait demandé le père Brown
d'un ton anodin. La question avait surpris Morgan.
Bon nombre d'Irlandais croyaient en un avenir sous
la loi britannique et se faisaient un plaisir de rapporter aux autorités les conversations subversives.
Aussi Morgan se gardait-il soigneusement d'exposer
ses opinions devant quiconque, à l'exception de
Sean. En lui parlant ainsi, le père Brown prenait un
grand risque – à moins qu'il ne cherchât à lui tendre
un piège.

«Les articles sur les engrais?» avait répondu
Morgan en feignant de ne pas comprendre l'allusion. Mais le prêtre n'avait pas été dupe et avait
insisté : «Il y a du changement dans l'air, mon garçon, avait-il déclaré. Nous sommes nombreux à te
tenir en estime, à admirer la façon dont tu mènes
ta maison, ton érudition, ton talent pour t'imposer
aux autres. Est-ce que tes camarades ne te consi-
dèrent pas comme supérieur? Réfléchis bien, c'est
tout ce que je te demande. Un garçon doué comme
toi pourrait nous être très utile.»

Morgan avait longtemps caressé de vagues rêves
de changement révolutionnaire, mais à présent, sa
pensée s'affirmait, et il songeait de plus en plus
souvent à ces questions. Il n'était pas encore prêt à
épouser les idées nouvelles des Young Irelanders,
mais il jugeait bon d'éprouver autre chose que de
l'amertume, et ce frémissement de changement l'ex-
citait, lui ouvrant des perspectives de vie nouvelle.

D'un autre côté, il savait qu'en s'engageant sur

cette voie il n'exposerait pas seulement sa propre tête, mais celles de tous les membres de sa famille. Or des fermiers avaient été expulsés pour moins que cela... Pouvait-il se permettre de prendre des risques, surtout dans la situation précaire où ils se trouvaient ? Ils n'avaient eu aucune nouvelle de Nally depuis la foire, mais le travail d'Aislinn avait payé le dernier trimestre de loyer, et ses gages les aideraient aussi pour l'échéance suivante. Morgan avait relevé ses manches en maintes occasions pour rapporter un peu d'argent ou un morceau de viande, mais la famille était encore loin de prospérer. Mary avait été malade pendant l'hiver, et ils avaient dû acheter une chèvre laitière pour nourrir le bébé, qui depuis était devenu faible et malingre. Barbara, qui s'apprêtait à entrer au couvent pour commencer son noviciat, avait retardé son départ pour s'occuper de la maison jusqu'au rétablissement de sa mère, et toutes deux souffraient de la situation, car Mary désirait vivement qu'une de ses filles entre chez les sœurs. De toutes, c'était Barbara qui avait entendu l'appel avec le plus de force.

Aislinn leur manquait à tous. Ils étaient privés non seulement de son aide, mais surtout de sa joie de vivre et de la couleur qu'elle mettait dans leur vie terne. Par ailleurs, Mary s'inquiétait de son sort chez les O'Flaherty. Elle s'était accoutumée à la vie à Cairn Manor avec une rapidité qui lui semblait suspecte. Elle leur envoyait des nouvelles de temps à autre, et payait leur loyer directement au propriétaire, ce dont sa mère lui était très reconnaissante, mais la rumeur disait qu'elle était devenue la maîtresse du jeune Gerald O'Flaherty, et cela ne présageait rien de bon. Kate et Maureen, de leur côté, nourrissaient toutes les deux pour leur aînée une admiration sans borne, surtout depuis qu'elles l'avaient vue dans ses beaux vêtements et qu'elles avaient reçu de ses mains de jolis présents pour Noël ; si bien qu'elles ne cessaient de parler avec excitation du jour où elles partiraient à leur tour travailler au manoir et porteraient de belles tenues.

Ellen, qui avait maintenant presque neuf ans, s'occupait parfaitement de la petite de trois ans, Fiona. Elle l'habillait, la faisait manger et s'assurait qu'elle restait près d'elle pendant qu'elle vaquait à ses différentes tâches. Elle passait peu de temps avec ses deux grandes sœurs, mais elle demeurait proche de Barbara et de sa mère, et adorait son grand frère.

Morgan la regardait à présent traverser la cour sale jusqu'au poulailler, suivie de la petite Fiona qui babillait dans une langue que seules Ellen et Mary semblaient comprendre. Il agita la main dans leur direction.

— Est-ce que tu as terminé ? demanda Ellen en le rejoignant.

Elle mit sa main en visière au-dessus de ses yeux et parcourut du regard les sillons rectilignes.

— C'est beau, n'est-ce pas ? dit-elle avec enthousiasme.

Il se mit à rire.

— Dans peu de temps, tu mangeras des carottes et des petits pois, et puis des oignons, du maïs, des panais, de la courge...

— Qué couge ? demanda Fiona en plongeant ses petites mains dans la terre et en la malaxant.

— Elle veut savoir ce que c'est qu'une courge, traduisit Ellen.

Morgan secoua la tête.

— Je ne le sais pas vraiment moi-même, petite Fio, répondit-il. C'est un légume, c'est un peu dur, et ça se mange, c'est du moins ce qu'affirment les fascicules que le père Brown m'a donnés.

— Nous n'aurons pas de pommes de terre ? demanda gravement Ellen.

— Si. Nous pourrons toujours nous rassasier avec ça.

— Alors pourquoi planter tout le reste ?

Elle écarta une mèche de cheveux châtains de son visage criblé de taches de rousseur.

Morgan la considéra un instant. Elle avait entendu parler des famines, et savait déjà ce que signifiait la faim. Mais elle n'en avait jamais réellement souffert.

— Eh bien, mademoiselle la rétrograde ! la taquina Morgan. Tu résistes au changement ? Tu as donc l'intention de manger des patates et rien que des patates toute ta vie ?

Elle eut un petit rire et glissa sa main dans celle de son frère.

— Je ne sais pas..., dit-elle timidement.

Il serra la menotte.

— Le changement est une bonne chose, déclarat-il. C'est ce qui rend la vie intéressante.

Il baissa les yeux en direction de Fiona, qui regardait ses poings serrés, pleins de terre.

— Qu'est-ce que tu fabriques, toi ? Ne mange pas ça, hein ? En voici une qui n'a pas peur d'essayer de nouvelles choses !

Il souleva la petite et la cala sur son épaule, tendant de nouveau sa main libre à Ellen. Ils demeurèrent ainsi un moment tous les trois, contemplant le jardin enfin prêt. En contrebas passait la route, qui se perdait à travers les arbres.

— Qui vient vers nous, là-bas, sur le chemin ? demanda Ellen.

Morgan plissa les yeux pour mieux distinguer la charrette qui se rapprochait, son cocher courbé sur les rênes dans une position étrange.

— Tiens ! On dirait Sean O'Malley ! s'écria-t-il avec stupeur.

L'image de Grace réapparut instantanément dans sa tête et il eut l'impression que son cœur s'arrêtait de battre. Il y avait maintenant trois mois qu'elle avait perdu son fils. Et si Sean venait annoncer que sa fille était morte à son tour...

Il reposa Fiona à terre, et glissa sa main sale dans celle d'Ellen.

— Courez dire à Barbara que Sean arrive, ordonna-t-il. Mettez de l'eau à chauffer, et voyez s'il y a quelque chose à manger à la maison. Je vais à sa rencontre.

Il fit de grands signes en direction du petit équipage. Sean lui rendit son salut et ralentit son cheval en voyant Morgan courir vers lui à travers champs, sautant par-dessus barrières et fossés. Quelques minutes plus tard, il était auprès de lui.

— Que s'est-il passé ? demanda Morgan avec angoisse, alarmé par le visage blême de Sean et l'éclat étrange de ses yeux.

— Je... j'ai dû venir tout de suite... Il fallait que je te dise... Tu dois absolument venir, c'est...

— Calme-toi.

Morgan se hissa dans la charrette et saisit les rênes, posant une main réconfortante dans le dos de son ami.

— Est-ce que c'est Grace ?

Sean secoua la tête.

— Non, non, rien à voir.

Il essayait désespérément de reprendre sa respiration ; ses joues étaient enflammées comme s'il avait de la fièvre.

— Ton père ? Grandma ?

— Non.

Il fronça les sourcils, agacé.

— Attends, souffla-t-il.

Il prit une grande inspiration, puis une seconde, et son corps se détendit.

— Tout le monde va bien. Je suis juste venu te parler d'une réunion.

Les yeux brillants, il jeta un coup d'œil autour de lui et baissa la voix.

— Une réunion secrète. Qui a lieu ce soir. Un homme doit venir prendre la parole, le futur chef de notre mouvement.

Morgan ouvrait de grands yeux abasourdis.

— Est-ce que tu es en train de me dire, Sean O'Malley, que tu as parcouru tout ce chemin pour participer à une réunion des Young Irelanders ?

Sean acquiesça avec enthousiasme.

— Oui ! C'est incroyable ! Ils ont des projets, des projets pour reconstruire l'Irlande, pour lui donner un avenir meilleur !

Morgan hocha la tête.

— Je sais.

Il fit claquer les rênes, et le cheval commença à remonter lentement le chemin qui menait à la maison.

— Ce sont des hommes qui n'ont pas les moyens de leurs ambitions. Leurs discours et leurs proclamations sonnent bien, mais rien de ce que j'ai entendu ne me laisse penser qu'ils sont capables de mener une action. Ils n'ont aucun plan solide.

Sean attrapa son bras.

— C'est là que tu te trompes, dit-il avec excitation. Ils ont mis en place des brigades, peut-être une centaine, à travers l'Irlande ! Cet homme qui va venir, il a une expérience militaire, et de l'argent pour acheter des armes et des munitions. Il passe de groupe en groupe pour nous apprendre à nous organiser. C'est un vrai mouvement, même si tout se passe en secret.

— Tout se passe en secret parce que ces hommes bravent la loi, répondit posément Morgan. Et qu'ils exposent leur famille au passage.

— Cette loi est anglaise, ce n'est pas la nôtre, et elle signifie notre mort, alors pourquoi ne pas nous battre ?

— Tu crois que l'on va se battre ?

Sean balaya du regard la maison au toit rafistolé, la clôture brisée par endroits et, dans la cour de terre battue, la bassine de linge fumante près de laquelle se tenaient Ellen et la petite Fiona dans leurs vêtements rapiécés.

— Ce n'est plus tant l'issue du combat qui importe que le fait de nous dresser pour défendre nos biens, tu ne crois pas ? Cette terre est irlandaise, elle nous appartient.

Il se tourna vers Morgan, le visage grave.

— Il n'y a pas si longtemps, tu parlais toi-même d'insurrection.

— Et toi, répliqua Morgan, il n'y a pas si longtemps, tu me parlais des devoirs d'un bon chrétien.

Sean sourit.

— Je suis le premier à reconnaître mes erreurs.

— Bien sûr... Quel pieux mensonge !

La carriole franchit la barrière, et Morgan l'immobilisa.

— Pas un mot de tout cela devant maman et les filles, déclara-t-il. Dis-leur que des renards menacent tes moutons, et que je vais t'aider à les piéger.

Les yeux de Sean se mirent à briller.

— Alors tu vas venir à la réunion ?

— Je vais venir, répondit Morgan. Mais seulement pour te surveiller.

Ils se retrouvèrent dans une grotte en haut de la colline, derrière la ferme d'Irial Kelley. Il faisait sombre, et des branches d'arbre masquaient l'entrée fermée par des planches. L'ascension de la colline fatigua Sean, mais malgré la sueur qui perlait à son front, il refusa avec véhémence l'offre de Morgan de le porter sur son dos. Il tenait à marcher, comme un homme fort.

La grotte était bondée, et il y régnait une chaleur étouffante malgré les épais murs de pierre. Quelqu'un avait apporté une petite barrique de bière et une bouteille de whisky passait de main en main, mais personne n'était ivre. Au contraire, Morgan constata que l'ambiance était grave et sérieuse. Les torches et les lanternes dispensaient une lumière vacillante et trop faible, mais la plupart des hommes présents semblaient préférer rester dans l'ombre. Chaque nouvelle arrivée était d'ailleurs saluée par des regards suspicieux, voire franchement réprobateurs, tant régnait la peur des espions. Sean et Morgan, eux, furent accueillis par les signes de tête amicaux des fermiers du groupe auquel appartenait Morgan, des jeunes de la paroisse, et de bon nombre d'hommes plus âgés. Ils repérèrent un banc libre derrière les autres, et Sean s'y traîna tant bien que mal, épuisé. Morgan, lui, s'appuya contre le mur et prêta l'oreille aux conversations qui l'entouraient. La plupart des hommes présents étaient des fermiers catholiques, comme lui. Les plus âgés d'entre eux évoquaient l'émancipation chèrement payée des catholiques en 1829, et le travail plus récent d'un brillant avocat qui avait délaissé le barreau pour se consacrer entièrement à la cause irlandaise, Daniel O'Connell, « Dan le Fanfaron », pour ses ennemis, qui jugeaient son emphase vulgaire. Ses disciples avaient obtenu la promesse de voir abroger l'Union par des moyens légaux et constitutionnels, mais les plus radicaux, comme ceux qui étaient rassemblés dans la grotte, avaient abandonné cette direction, qu'ils avaient fini par estimer sans espoir. Certains hommes présents avaient assisté aux grands rassemblements où des centaines de personnes se pressaient pour écouter O'Connell réclamer l'abrogation. A peine un an s'était écoulé depuis qu'il avait appelé à la plus grande manifestation jamais organisée, dans les champs de Clontarf, près de Dublin, à l'endroit précis où, huit siècles plus tôt, Brian Boru avait repoussé les Norvégiens jusqu'à la mer. Le gouvernement avait attendu que plus de cinq mille personnes se massent autour du ténor pour ordonner aux canons de Pigeon House de se diriger vers Clontarf. Des navires de guerre étaient entrés dans la baie de Dublin, et des troupes avaient bloqué tous les accès possibles au lieu du rassemblement. O'Connell s'était alors adressé à la foule, clamant que le temple de la liberté ne devait pas s'ériger sur leurs cadavres, et leur enjoignant de rentrer chez eux plutôt que de s'exposer à un massacre. La foule, choquée, s'était dispersée dans le calme. Plus aucune manifestation, plus aucun trouble n'avait eu lieu depuis, mais O'Connell avait été arrêté pour avoir tenté de porter atteinte à la Constitution par la force. Le jury, soigneusement sélectionné pour le procès, l'avait condamné et envoyé en prison. Par la suite, le verdict avait été révisé, et O'Connell libéré, mais il était ressorti brisé, à bout de forces et de nerfs. L'Irlande s'était alors enfermée dans une impuissante hostilité, alimentée par les Britanniques, qui avaient maintenu l'occupation militaire. Le père de Morgan avait assisté au Grand Rassemblement, et ses enfants l'avaient souvent entendu évoquer avec amertume l'emprisonnement d'O'Connell, et la façon dont il avait ensuite changé de convictions. Ce soir-là, les mêmes propos étaient sur toutes les lèvres, et Morgan sentit la colère longtemps enfouie en lui commencer à frémir.

— Je vais nous trouver quelque chose à boire, dit-il à Sean.

Il se fraya un chemin jusqu'à la barrique, et Kelley emplit pour lui deux gobelets de terre cuite, soufflant sur l'excès de mousse avant de les lui tendre.

— Qui est cet orateur qui doit venir ce soir, Irial ?

— Je ne suis pas sûr de son nom, mais les autres l'appellent « Evans ». On le reconnaît à ses cheveux couleur de paille. La plupart du temps, il se fait appeler « capitaine ».

Kelley aspira la mousse qui débordait de son gobelet.

— Il est en retard. Il faut dire que la route est longue depuis Kanturk.

— C'est bien un Irlandais ? demanda Morgan en avalant une gorgée de bière.

Le liquide épais ne fit qu'attiser sa soif, et il but à grandes goulées.

— Non, figure-toi que c'est un Anglais, répondit Kelley en balayant l'assemblée du regard. Un « expatrié », comme ils disent. Il vient d'Espagne ou quelque chose comme ça. Il a de l'argent, ou en tout cas des amis qui en ont, et il est avec nous, ça tu peux le croire. Il est venu l'été dernier, il est allé de comté en comté pour nous recenser, et il a fait des cartes formidables.

— Vous le croyez digne de confiance ?

— Totalement, assura Irial. D'ailleurs je suis heureux de te voir ici.

Morgan le remercia pour les bières et retourna vers Sean, qui prit son gobelet avec gratitude. Ils burent en silence, sans se plaindre de la faim qui commençait à les tenailler.

Au bout d'une heure, il y eut un mouvement près de l'entrée. Un vent frais s'engouffra dans la grotte, et un groupe d'hommes apparut. L'un d'entre eux, qui portait un épais manteau et un grand chapeau couvrant son visage, s'avança devant l'assistance. Il retira son couvre-chef, dévoilant une masse de cheveux blonds. Les conversations se turent instantanément.

— Messieurs, commença-t-il d'une voix assurée, je sais que vous avez attendu longtemps.

Il marqua une pause et détailla tour à tour les visages qui lui faisaient face.

— Presque six cents ans, pour être exact.

A ces mots, les hommes se levèrent et l'acclamèrent en chœur. Evans leva les mains pour demander le silence.

— Votre attente touche à sa fin, maintenant que vous avez décidé de prendre les armes contre vos oppresseurs. Vous avez tenté de gagner leur respect en manifestant et en protestant, par des lois et des discours, sans rien obtenir d'autre que la pauvreté et les privations. Vos familles ont été divisées entre Old et Young Irelanders, pendant que les Britanniques se moquaient de vous. Cessez de perdre du temps à vous battre entre vous, et travaillez au contraire à unir vos frères. Montrez-leur le chemin de la liberté, vous en avez le pouvoir.

Une autre acclamation éclata, et lorsqu'elle retomba enfin, un murmure d'excitation courut dans l'assistance.

— A l'heure actuelle, des troupes stationnent dans tous les grands ports, occupent toutes les forteresses, emplissent toutes les casernes. Elles sortent régulièrement pour faire leurs exercices et nous rappeler leur présence. Comme si c'était nécessaire, ajouta-t-il avec un petit sourire.

Les hommes applaudirent et se rapprochèrent un peu plus.

— Nous sommes en guerre, Young Irelanders, reprit-il gravement. Et vous êtes des soldats enrôlés. Il vous faudra beaucoup de courage pour appuyer sur la gâchette, mais vous devrez le faire.

Il marqua un nouveau temps d'arrêt.

— Votre objectif, ce sont les uniformes britanniques. Ne les ratez pas.

Morgan jeta un regard à Sean, dont le visage rayonnait d'émotion contenue.

— Capitaine Evans ?

Les têtes se tournèrent.

— Qui a parlé ? demanda l'Anglais en scrutant l'obscurité du fond de la grotte. Avancez !

Les hommes s'écartèrent et laissèrent Morgan se frayer un chemin jusqu'à l'orateur, certains l'encourageant au passage d'une bourrade amicale.

— Mon nom est McDonagh, dit-il avec aplomb. Et je voudrais savoir pourquoi vous pensez que nous, Irlandais, avons besoin d'un Britannique pour nous diriger. N'êtes-vous pas l'un de ces Européens convaincus de leur supériorité, qui croient pouvoir sauver les pauvres Irlandais de leur propre bêtise ?

Un silence glacial suivit sa question. Dans la foule, on ouvrait de grands yeux, on se poussait du coude, tout en considérant Morgan avec admiration. Le jeune homme fixait le capitaine droit dans les yeux, et l'autre soutenait son regard, comme si chacun d'eux sondait le courage de son interlocuteur. La tension presque palpable s'évanouit brusquement lorsque Evans éclata de rire.

— Ah ! Voici un véritable homme d'action !

Il croisa les bras sans quitter Morgan des yeux.

— Bien, monsieur McDonagh, vous soulevez une question légitime. Je suis anglais, c'est vrai. Et il y a beaucoup de choses que j'aime dans mon pays.

Un murmure de réprobation se propagea dans le public.

— Mais il y a aussi des choses que je ne peux tolérer, enchaîna-t-il en élevant la voix pour bien se faire entendre. Et parmi celles-ci, l'occupation de l'Irlande et la domination de son peuple.

Il y eut un flottement dans la foule, puis les hommes se mirent à approuver.

— Pardi, il a raison ! cria quelqu'un.

— Et pourquoi ne vous contentez-vous pas de vous opposer à votre gouvernement dans votre pays, et d'apporter votre soutien à ceux de vos compatriotes qui partagent vos convictions ? demanda Morgan.

Le capitaine réfléchit un instant.

— Honnêtement, ils ne sont pas nombreux, dit-il. Et encore moins nombreux sont ceux qui peuvent faire entendre leur voix. L'Angleterre est peuplée de gens qui peinent jour après jour pour survivre, exactement comme vous ici. Ils n'ont pas le temps de penser au combat des pauvres fermiers irlandais parce que leur esprit est occupé par leurs propres luttes. Le problème n'est pas qu'ils ne veulent pas s'occuper de vous, mais qu'ils ne le peuvent pas. Ceux qui sont misérables se battent contre la pauvreté, ceux qui sont riches s'efforcent de le rester. Je ne pouvais rien faire pour changer les choses dans mon pays. Mais en Espagne, j'ai rencontré d'autres hommes qui jugeaient eux aussi que l'occupation de l'Irlande avait assez duré. Ce sont mes compatriotes qui tiennent votre pays, et à ce titre je me sens investi d'une responsabilité vis-à-vis de vous. J'estime qu'il est de mon devoir de leur faire lâcher prise. Est-ce que cela répond à votre question, monsieur McDonagh?

Morgan examina son interlocuteur, ses beaux vêtements déchirés et maculés de boue, ses bottes aux talons usés, et ses traits distingués tirés par la fatigue.

— C'est un début de réponse, capitaine Evans.

Il se tourna vers les participants, qui approuvèrent d'un signe de tête.

— Expliquez-nous ce que vous comptez nous faire faire, et nous comprendrons tous mieux.

Evans passa une main dans sa chevelure épaisse, puis déplia la carte qu'il avait apportée dans sa sacoche. Il demanda à deux hommes de la tenir devant lui, et désigna du doigt les zones de la région où stationnaient des patrouilles. Il leur expliqua ensuite comment s'organiser en petits groupes d'une douzaine d'hommes, sous la direction d'un chef. Il précisa qu'ils devaient se rencontrer en secret, et garder pour eux leurs idées.

— Les espions sont partout, avertit-il. Presque autant que des Anglais eux-mêmes, méfiez-vous de ceux qui, parmi vos compatriotes, recherchent leurs bonnes grâces. Plus la situation deviendra désespérée, plus ils seront nombreux.

Il les encouragea à s'organiser aussi rapidement que possible, et à se réunir de nouveau la semaine suivante de leur côté. Fusils et pistolets leur seraient fournis, promit-il, et ils recevraient aussi des casques et des leçons de tir. En attendant, ils devaient conserver toutes les armes qu'ils pourraient trouver, et les cacher dans un endroit sûr.

Lorsqu'il eut fini, les hommes se rapprochèrent de Morgan pour recueillir son opinion, mais il leur dit avec fermeté qu'ils devaient se décider eux-mêmes, en leur âme et conscience. Ils hésitèrent un instant, puis se mirent à parler entre eux, tandis que Morgan aidait Sean à sortir de la grotte. Une fois dehors, tous deux inspirèrent profondément l'air frais de la nuit.

— Ils vont rester ici à bavarder jusqu'au lever du jour, dit Morgan.

Sean sourit.

— Le capitaine Evans a oublié de mentionner notre principal atout : nous sommes capables de soûler les Anglais de paroles jusqu'à ce qu'ils en crèvent !

Ils se mirent à rire, puis commencèrent à descendre la pente glissante jusqu'à la charrette qui les attendait.

Ils n'avaient pas parcouru cinq cents mètres sur le chemin que trois hommes à cheval surgirent des taillis.

— McDonagh, dit Evans en touchant son chapeau en signe de salut. Je me demandais si je pourrais faire un bout de chemin avec vous pour discuter un peu.

Morgan surprit le regard soupçonneux que l'Anglais lança en direction de Sean.

— C'est mon frère, plus que si nous étions du

même sang, déclara-t-il sans arrêter la carriole. C'est lui qui m'a amené ici ce soir.

— Alors je ne peux que l'en féliciter, répondit Evans.

Il adressa un signe de tête à Sean, puis se tourna de nouveau vers Morgan.

— Je leur ai parlé de vous, là-bas, et tous m'ont dit comme un seul homme que vous étiez né pour être chef.

— Je n'en suis pas si sûr, rétorqua Morgan sans quitter la route des yeux.

— Si, vous le savez très bien. (Le ton était catégorique.) Vous n'en aviez pas encore conscience, c'est tout. Mais ce soir vous avez pris la tête et parlé en leur nom. J'admire cela. Vous êtes de ces hommes que les autres suivent naturellement.

— Et où voudriez-vous qu'ils me suivent, capitaine ? Dans les taillis bordant la route, pour pouvoir tirer dans le dos du premier Britannique ayant la mauvaise idée de passer par là ?

Il fit claquer les rênes, et le cheval accéléra. Le cavalier ajusta son allure.

— Il n'y a pas d'honneur dans un tel combat, poursuivit Morgan. Ce que vous nous proposez n'est ni plus ni moins qu'un crime. Et je n'ai pas l'intention de m'associer à quelque crime que ce soit.

— Et ce que les Anglais vous font subir, mon ami ? N'est-ce pas un crime de vous affamer, vous, vos femmes et vos enfants ? Comment appelez-vous cela ?

Morgan serra les lèvres, le visage crispé.

— Et les choses ne feront qu'empirer, enchaîna Evans un ton plus bas. Grâce à Dieu, il n'y a pas eu

303

de famine depuis de nombreuses années, mais votre peuple survit plus qu'il ne vit, et une seule année de mauvaises récoltes vous ruinerait. Lorsque les Anglais seront parvenus à débarrasser l'Irlande des Irlandais, ils auront ce qu'ils voudront et pourront faire de votre terre le potager de l'Angleterre !

— C'est la vérité et tu le sais, Morgan.

C'était Sean qui avait parlé. Il éleva la voix pour mieux se faire entendre.

— Ils ont déjà rasé nos forêts ; nos meilleures prairies nourrissent leurs troupeaux, et ils chargent leurs bateaux de notre grain pour l'emporter chez eux. Nous n'avons plus que des pommes de terre pour nous maintenir en vie.

Morgan lui jeta un regard.

— Certains ont plus que cela, concéda Sean, mais ils sont si peu nombreux ! Nous ne possédons pas notre terre, et nous ne la posséderons jamais. Les écoles d'Etat nous privent de notre langue, de nos coutumes et de notre religion, elles récrivent notre histoire afin de présenter les Anglais comme nos sauveurs. Dans une ou deux générations, nous serons tous anglais. Cette île ne conservera de l'Irlande que son nom.

Morgan tira sur les rênes et le groupe de cavaliers s'immobilisa à côté d'eux.

— Je sais tout cela, dit-il. Je vis cette sinistre réalité tous les jours. Mais quand nous commencerons à répliquer, que nous tuerons un soldat par-ci, brûlerons un propriétaire par-là, estropierons un fonctionnaire ou deux, que nous arrivera-t-il, à nous ?

Il regarda autour de lui.

— Y a-t-il des chrétiens parmi vous? Capitaine Evans, êtes-vous chrétien?

— Oui. Je le suis devenu ici.

Morgan approuva d'un signe de tête.

— Alors vous me comprenez quand je dis que ce n'est pas la mort que je redoute, mais le mal. Ce ne seront pas seulement des soldats anglais que je vais tuer, mais des hommes comme moi, des hommes avec une famille, des hommes de foi.

Evans poussa un profond soupir et se pencha pour poser une main sur le montant de la carriole.

— Nous sommes en guerre, mon ami. Personne ne se lèvera pour dire : «Nous commettons une grave erreur, les Irlandais ont le droit de disposer de leur terre, nous allons la leur rendre et partir; excusez-nous pour les dommages que nous vous avons causés.» Non. Lentement et sans merci, ils vous réduiront à néant et vous balaieront de l'Histoire. Vos enfants ne connaîtront que l'Irlande anglaise.

— Vous ne lui apprenez rien, capitaine, intervint doucement Sean. Mais les hommes d'envergure ne prennent pas d'engagement à la légère.

— C'est juste, admit Evans. Quand vous aurez arrêté votre décision, et je prie le Seigneur pour que ce soit la bonne, Kelley vous aidera à prendre contact avec moi. D'ici là, je vous souhaite le meilleur, McDonagh. Et à vous aussi...?

— O'Malley. Sean O'Malley.

— O'Malley?

Evans fronça les sourcils.

305

— Vous ne seriez pas un parent de Grace O'Malley, par hasard ?

— Si. C'est ma sœur.

Evans se tourna vers Morgan et s'écria :

— Alors vous êtes le McDonagh dont elle dit tant de bien !

— Vraiment ? demanda Morgan, confus.

— Je l'ai rencontrée à un dîner chez les O'Flaherty, un soir. Il faut que je maintienne les apparences, vous comprenez... Lors de cette soirée, le jeune Gerald flirtait avec une des servantes, votre sœur, je présume, McDonagh, et Grace est intervenue pour prendre sa défense. Alors que je la taquinais sur le soin qu'elle prenait des pauvres, elle m'a répondu très sèchement que la famille McDonagh, dont cette jeune femme était issue, se plaçait bien au-dessus de toutes celles des convives rassemblés ce soir-là.

Il sourit, se remémorant la scène avec une évidente nostalgie.

— Elle m'a tout de suite énormément plu. J'ai rarement rencontré une femme d'un tel tempérament. J'aurais aimé profiter davantage de sa compagnie, mais je n'ai jamais été réinvité, et je ne l'ai pas revue.

Morgan et Sean échangèrent un regard.

— Grace était enceinte, dit Sean avec retenue. Elle a donné naissance à des jumeaux, mais l'un est mort. Elle a traversé une période difficile.

Evans parut sincèrement touché par la nouvelle.

— Je suis désolé de l'apprendre. Comment a-t-elle perdu son enfant ?

Sean et Morgan se regardèrent de nouveau.

— Est-ce que c'était une fille ? demanda Evans d'un air soupçonneux.

— Non, répondit Sean. Un garçon. Il était faible dès le départ.

— Pourquoi cette question ? demanda Morgan en se tournant vers Evans.

Ce dernier marqua une pause avant de répondre.

— Donnelly a une réputation que vous ne devez pas ignorer.

Sean se dressa vivement dans la carriole.

— Nous n'avons jamais entendu dire qu'il assassinait les enfants !

— Expliquez-vous, capitaine, le prévint Morgan, si vous ne voulez pas que mon ami sorte de ses gonds.

Evans se remit en selle et se tourna vers les deux hommes qui attendaient toujours patiemment derrière lui.

— Avancez, je vous rejoins, ordonna-t-il.

Lorsqu'ils furent hors de portée de voix, il déclara gravement :

— Messieurs, je porte un secret que je n'ai partagé avec personne jusqu'à présent.

— Si ce secret a quelque chose à voir avec ma sœur ou l'homme qu'elle a épousé, vous feriez bien de le livrer immédiatement, répondit Sean avec virulence.

Evans étudia leurs visages éclairés par la lune.

— Il y a des années, j'ai été fiancé à une jeune femme nommée Abigail Dunstone. J'étais éperdument amoureux d'elle, mais j'ai mis du temps à déclarer ma flamme.

Si Evans remarqua que les mains de Sean se crispaient sur les rênes, il ne le montra pas.

— Elle s'est laissé convaincre d'épouser Bram Donnelly qui, comme vous le savez, est un très bel homme plein de charisme. Absolument charmant, quand il le désire.

Il s'éclaircit la gorge.

— Donnelly s'est disputé avec l'ensemble de son entourage, et avec son père en particulier, si bien que ce dernier a fini par l'envoyer ici pour s'occuper des biens de la famille. Il a toujours détesté l'Irlande, mais Abigail en est tombée amoureuse, pour ses coutumes, ses fêtes, ses croyances, et surtout pour les Irlandais eux-mêmes. Sa première grossesse a failli la tuer et a tout changé pour elle. Chaque jour est devenu précieux à ses yeux. La vie a pris une valeur nouvelle. Elle avait commencé à m'écrire en secret, voyez-vous. Au départ, par désœuvrement, je suppose, puis justement parce qu'elle s'est mise à considérer la vie d'une manière radicalement différente, et qu'elle a compris qu'elle m'aimait. Je l'ai alors suppliée de revenir en Angleterre, mais elle éprouvait la conviction que Dieu l'avait conduite en Irlande pour éclairer le peuple irlandais, réduit en esclavage. Dans sa dernière lettre, elle évoquait la colère de Donnelly à propos de ses engagements politiques, et son insistance pour qu'elle lui donne un deuxième enfant, un héritier, ce qui la terrifiait. Et puis je n'ai plus rien reçu.

Son cheval piaffa et gratta du sabot. Une chouette hulula au-dessus de leurs têtes. Morgan et Sean se tenaient immobiles, suspendus aux lèvres d'Evans, attendant qu'il poursuive son récit.

— Je suis allé trouver les Donnelly pour les supplier de demander à Bram de la ramener en Angleterre, mais ils n'ont rien voulu entendre. Ils m'ont répondu qu'elle avait fait un choix de vie, et qu'elle devait l'assumer. Ma famille a renoncé à intervenir. Elle a reçu une lettre des Donnelly expliquant qu'Abigail vivait retirée du monde, et que le harcèlement que j'exerçais sur elle nuisait à sa santé. Ma famille m'a alors envoyé en Espagne sous un prétexte fallacieux. Lorsque je m'en suis rendu compte, je me suis précipité en Irlande, mais quand je suis arrivé chez les Donnelly, Abigail était enfermée dans sa chambre, en proie à une sorte de crise, m'a-t-on dit. Les domestiques ont refusé de me laisser la voir. Elle est apparue brièvement à la fenêtre et m'a regardé, mais j'ai vu dans ses yeux qu'elle ne me reconnaissait pas, et quand je l'ai appelée, elle n'a pas répondu. Je suis allé à Dublin pour trouver un médecin ou un avocat susceptible de m'aider, mais pendant que je me trouvais là-bas, elle est morte.

Il se tut un instant, puis se reprit.

— C'était il y a longtemps, mais je n'ai jamais pardonné à Donnelly. Et je ne lui pardonnerai jamais.

— Donc vous voulez sa perte, dit Sean posément.

— Je la voulais.

Il marqua une nouvelle pause.

— Mais après ma rencontre avec votre sœur, j'y ai renoncé. Faites bien attention à elle, ajouta-t-il. Donnelly n'est pas un homme digne de confiance.

— Je sais, dit Sean.

Et Morgan se raidit sur le siège à côté de lui.

Le capitaine Evans les considéra tour à tour.

— Je n'ai pas pu sauver Abigail, mais je ne laisserai pas votre sœur subir le même sort. Abigail voulait que l'Irlande soit libre, et je me suis promis de consacrer ma vie à cette cause en hommage à sa mémoire.

Il s'interrompit.

— La seule façon de sauver Grace est de prendre le même engagement.

Une maison s'éclaira en haut de la colline, et quelques volutes de fumée s'élevèrent dans le ciel. L'aube déchirerait bientôt le rideau protecteur de la nuit.

— Je dois partir, déclara l'Anglais.

Il se redressa sur sa selle et tendit la main à Morgan.

— Réfléchissez bien à ce que je vous ai dit, McDonagh. Votre peuple a besoin de vous.

— J'y penserai, monsieur.

Le capitaine se tourna alors vers Sean.

— Et ils ont besoin de vous aussi, O'Malley.

Il lui serra la main.

— Merci, capitaine.

Ils le regardèrent s'éloigner au trot, rattraper ses compagnons, puis disparaître au galop au détour du chemin. Le ciel gris continuait à s'éclaircir, si bien qu'ils ne furent bientôt plus des ombres sur la route, mais un petit équipage bien visible.

— Ramène-nous à la maison, Morgan, dit enfin Sean. Nous avons du travail.

12

L'été fut chaud et sec. Les hommes abandon-
nèrent chemises et chaussures, les femmes raccour-
cirent leurs jupes et remontèrent leurs manches
pour profiter du plus petit souffle d'air, tandis que
les bébés somnolaient ou s'énervaient à mesure que
la chaleur montait, et que les enfants cherchaient
de l'ombre pour jouer. Le moindre mouvement
était ralenti, alourdi par la chaleur.

De la terre noire sortirent des feuilles de pomme
de terre d'un vert profond et brillant, gage d'abondance. La récolte de l'année s'annonçait excellente,
et, du fait de cette promesse, personne ne se plaignait des derniers repas de vieilles patates fari-
neuses. La nature regorgeait de baies, auxquelles
s'ajoutaient de temps à autre sur la table une
anguille ou une truite pêchée dans le lac du maître,
ou un lapin rapporté par le chien de sa promenade
dans les bois. Les paysans s'endormaient enfin dans
la chaleur, le ventre plein, le visage hâlé par le soleil
et détendu par la perspective d'un avenir plus
serein.

Grace emmenait Mary Kathleen partout avec elle,
lui donnant à boire chaque fois qu'elle le réclamait.
La douleur de la perte de son fils s'amenuisait à
mesure que cette enfant s'éveillait à la vie. Lorsqu'elle sortait faire une promenade, elle attachait le
bébé autour d'elle au moyen d'une sangle confec-
tionnée dans des vieux draps. Elle s'arrêtait pour
l'allaiter sous l'un des gros chênes et, souvent,

s'assoupissait contre le tronc, ne se réveillant que lorsque la tête de sa fille commençait à peser trop lourd sur son bras. Elle déposait alors la petite à l'ombre, dans un grand couffin garni de linges, et allait s'occuper des fleurs, bêchant et arrosant, taillant et désherbant. Bram avait beau insister pour qu'elle confiât ces tâches à Brigid ou à Moira, Grace refusait d'abandonner son jardin. Il était devenu nécessaire à son équilibre. Elle s'y sentait plus près de Dieu, bien plus que lorsqu'elle priait à genoux dans sa chambre. Et, du jardin, elle pouvait voir la croix de pierre de la tombe de son fils. Elle était à la fois proche de Dieu et de ses enfants.

Alors que juillet chassait juin, la générosité de la nature la combla de joie, effaçant les douleurs de l'hiver. Bram aussi, d'ailleurs, se trouvait dans de meilleures dispositions. La récolte de pommes de terre s'annonçait si bonne qu'il était certain de pouvoir collecter ses loyers sans difficulté, et il semblait moins affecté par le fait d'avoir une fille pour seul héritier alors que son fils s'était endormi pour toujours. Il se résignait à voir sa femme renoncer à tout effort d'élégance pour s'adonner au jardinage, vigoureuse comme une paysanne, la peau presque aussi brune que la terre qu'elle retournait. Il ne se plaignait pas de ne plus la voir s'habiller pour le dîner, et ne se souciait d'ailleurs plus de l'heure de celui-ci. Souvent, il ne rentrait que tard le soir, et bien que son haleine fût chargée d'alcool, il se montrait calme, s'endormait rapidement et se levait de bonne humeur. Grace et lui se parlaient peu, et il ne l'approchait pas durant la nuit, car la petite dormait dans la chambre de sa mère ; mais ils ne se querellaient pas non plus, toujours polis l'un envers l'autre, aimables même, et peu à peu, tout doucement, ils parvinrent à tourner le dos à leur malheur.

Et puis, une brume grise et morose s'installa et persista jour après jour, pendant trois interminables semaines. La température chuta, et des averses glacées vinrent ponctuer les longues journées grises. La première semaine, Grace demeura à l'intérieur, craignant d'exposer sa petite à ce mauvais temps, mais bientôt la morosité du ciel gagna son cœur, et elle commença à éprouver un impérieux besoin de sortir. Or un matin, alors qu'elle regardait par la fenêtre du premier étage, elle aperçut à la lisière du bois, de l'autre côté du champ, une silhouette assise dans une charrette. Convaincue qu'il ne pouvait s'agir que de Sean, elle agita la main. Il lui rendit son salut et immobilisa son cheval, faisant tourner la carriole sur elle-même. Grace se hâta d'emmailloter Mary Kathleen et de l'attacher contre elle, puis elle enfila un manteau suffisamment grand pour les envelopper toutes les deux et courut en direction de la charrette. Son frère l'attendait, et lorsqu'elle vit le bonheur illuminer son visage alors qu'il se penchait sur le bébé, la petite flamme qui couvait en son cœur se ralluma instantanément. Elle se plaignit du temps, et il la réprimanda doucement, lui rappelant qu'elle était de la campagne, que sa fille aussi en était issue, et qu'à ce titre, elles devaient savoir aimer chaque journée que Dieu leur donnait, que les conditions climatiques fussent bonnes ou mauvaises, on pouvait trouver autant de beauté dans les éléments déchaînés que dans une journée ensoleillée. Ses paroles la touchèrent au

313

plus profond d'elle-même, ainsi que les passages de la Bible qu'il avait recopiés pour qu'elle pût les étudier. Ce ne fut qu'une visite en coup de vent, quelques instants volés en secret, mais qui lui réchauffèrent le cœur et chassèrent sa mélancolie.

Bram, de son côté, ne se consola pas si facilement. Le froid menaçait les plants de maïs, et il s'inquiétait pour les pommes de terre, dont la récolte était devenue incertaine. Il connaissait par cœur les grandes dates noires de l'histoire agricole du pays : 1728, très mauvaise récolte ; 1739, récolte entièrement détruite ; 1740, récolte catastrophique ; 1770, récolte dévastée par un parasite ; 1800 et 1807, très mauvaises récoltes, en raison du gel ; 1821 et 1822 ; désastre à Munster et Connaught ; 1830 et 1831, récoltes catastrophiques dans les comtés de Mayo, Donegal et Galway ; 1832, 1833, 1834 et 1836, récoltes perdues à cause de la sécheresse et du même parasite dans de nombreuses régions ; 1835, mauvaise récolte en Ulster ; 1836 et 1837, récoltes désastreuses à travers tout le pays, provoquant une famine de la baie de Bantry à Lough Swilly ; et l'année précédente, 1844, la première récolte avait été largement perdue. Il abhorrait les pommes de terre, et haïssait le fait que ses loyers et fermages en dépendent. Il ne lui restait qu'à tenter de se raisonner... Il fallait se résigner aux aléas du rendement, et se convaincre que pour l'instant, il n'y avait pas de raison de s'inquiéter.

Le brusque changement de temps affectait aussi les animaux. Son cheval, déjà d'un naturel nerveux, était devenu quasiment incontrôlable. Quant aux vaches, elles étaient maigres et produisaient un lait de mauvaise qualité.

— Maudit temps irlandais, marmonnait-il régulièrement.

Quand Grace faisait observer que cela pouvait cesser d'un jour à l'autre, il se contentait de froncer les sourcils.

Elle avait pourtant raison. Un matin, le brouillard disparut, les nuages passèrent du noir au gris, pour finalement se muer en longues traînées blanches, le soleil revint et sécha la terre, et les pommes de terre apparurent, intactes. Le journal de Bram, le *Journal de l'homme libre*, annonça que « la récolte de pommes de terre, l'or des pauvres, n'avait jamais été si belle et si abondante » ; le *Times* publia des rapports en provenance de toutes les provinces d'Irlande, prédisant partout « une moisson précoce et riche ». Bram fut rasséréné, et Grace autant que lui. Un vent de soulagement souffla sur la campagne. De nouveau, les gens vivaient dehors. Ils souriaient et chantaient, déterraient quelques tubercules et attendaient. Le soir, les enfants couraient pieds nus dans la terre chaude, s'enfonçaient dans les plants qui leur arrivaient aux hanches, tapotant les tubercules blancs qui dégageaient dans l'air d'été une odeur légèrement sucrée. Les jours diminuaient, les nuits s'allongeaient... Ainsi passèrent les dernières semaines de l'été.

Puis, une nuit, bien avant que l'aube eût gagné le sommet des montagnes, que les oiseaux aient commencé à chanter ou les animaux à quitter leur repos, bien avant l'heure où les rêves heureux cèdent la place à l'éveil, elle arriva. Elle avait traversé l'océan, et à présent, comme épuisée par son long voyage, elle s'étendait sur le sol, invisible, sans odeur, indétectable ; sereine, l'Irlande dormait.

Grandma ne s'était pas levée la première. Sa nuit avait été perturbée par de mauvais rêves et elle n'avait trouvé le sommeil qu'au petit matin. A présent, elle s'habillait lentement, attachant son tablier tout en se dirigeant vers la cuisine. Elle demeura un instant immobile près de la fenêtre, encore engourdie, puis repoussa le volet.

Elle comprit immédiatement. Il ne pouvait s'agir que de cela. Elle ferma les yeux, se laissant lentement envahir par l'atroce sensation. Des cris résonnèrent au loin dans la vallée comme un écho à son malaise, une imperceptible agitation troubla l'air calme du matin... Elle savait. Aucun doute n'était possible. La maladie était de retour.

— Seigneur Dieu, ayez pitié de nous..., murmura-t-elle, les yeux encore clos dans la lumière brillante du matin.

Quand elle les rouvrit, Sean revenait lentement vers la maison, le regard fixe, le visage blafard.

— Inutile de parler, je sais...

Elle se pencha vers lui par la fenêtre.

— Je l'ai senti dans mes rêves, ajouta-t-elle. Même s'il a fallu attendre cette minute précise pour que je le voie de mes yeux...

— Qu'est-ce que nous allons faire, Grandma ?

La voix de Sean était rauque, empreinte de désespoir.

— Papa est assis au milieu du champ comme s'il avait reçu la foudre, reprit-il. Et Ryan aussi.

— Est-ce que tout le monde est touché ?

— Papa dit que oui.

Il secoua la tête comme pour repousser la fatalité.

— Comment est-ce possible ? La récolte était si belle ! Les feuilles étaient vertes et brillantes, les fleurs plus blanches que neige !

— Viens, rentre, maintenant, dit-elle doucement.

Elle posa un regard tendre sur le jeune homme accablé.

— Je vais te faire un thé. Ça te fera du bien.

— Je ne comprends pas.

Grandma versa l'eau bouillante sur les feuilles dans le pot. Lorsque son fils la rejoignit dans la pièce, elle reprit la parole, d'une voix chaude et posée.

— Certains disent que tout se passe en une nuit, dit-elle. Que c'est le vent qui apporte un fléau invisible qui se dépose sur les feuilles comme de la poussière, et qui y laisse des points noirs.

Elle versa le liquide brûlant dans une tasse.

— Beaucoup te raconteront aussi que c'est le démon qui s'amuse, ou la main de Dieu qui nous punit. Mais quoi que ce soit, il reste que les plants étaient magnifiques hier, et qu'ils sont pourris aujourd'hui.

— C'est un fléau.

Il prit sa tasse et souffla sur son thé.

— Une peste noire et sournoise, qui dégage une puanteur comme je n'en ai jamais senti.

— C'est l'haleine de l'enfer sur la terre. Et cette odeur que tu respires, c'est celle de la mort.

Ils entendirent un cri dans le chemin, et soudain la porte s'ouvrit en coup de vent. C'était Aghna. Elle était allée passer la nuit chez ses parents pour leur annoncer qu'elle était enceinte. Elle était partie rose de bonheur et de fierté, et maintenant elle se tenait sur le seuil, à bout de souffle et si pâle que ses taches de rousseur tranchaient sur sa peau livide comme des pustules de rougeole.

— Oh, mon Dieu, ici aussi ?

Grandma lui prit la main pour la guider jusqu'au banc.

— Assieds-toi, ma fille, avant de te faire du mal. Oui, ici aussi. Parfois ceux des îles d'Aran y échappent, mais pas toujours. (Elle s'interrompit.) De toute façon, il y a fort à craindre que les champs épargnés soient bientôt frappés aussi.

— Oh, Grandma... Est-ce que nous aussi, nous allons être touchés ?

Elle enfouit son visage dans ses mains et se mit à pleurer.

Sean leva vers sa grand-mère un visage désespéré. Quand la porte du fond s'ouvrit pour laisser entrer Patrick et Ryan, Aghna se leva et courut se jeter dans les bras de son mari. Il la serra contre lui, mais ne prononça pas un mot.

— Il n'y a rien à sauver ? demanda Grandma d'un ton résigné tout en sortant d'autres tasses.

Patrick se laissa tomber lourdement sur le banc et secoua la tête.

— Un ou deux plants ici ou là... Mais la plupart sont pourris.

Il passa une main lasse sur son visage.

Grandma se dirigea vers la porte ouverte et regarda de l'autre côté du chemin, en direction des maisons de leurs voisins, posées sur leurs petites

318

parcelles. Campbell Hawes était là, creusant la terre de ses mains nues avec la frénésie d'un chien fou à la recherche de son os. Il s'arrêta d'un coup, regarda autour de lui, et se remit à creuser avec la même ardeur démente à un autre endroit, puis à un troisième, pour finalement s'asseoir dans la terre et brandir son poing vers le ciel. Plus bas, le long du chemin, les petits Ryan sortirent de chez eux, abasourdis, comme frappés par la foudre, puis se précipitèrent de nouveau vers la maison en voyant que leur mère, qui venait de paraître à son tour, menaçait de se trouver mal.

Comme un ultime défi, la nature avait placé cette journée sous un ciel d'azur. Seuls quelques nuages cotonneux, poussés par une brise tiède, se promenaient paresseusement loin au-dessus de leurs têtes. Grandma se détourna et rentra dans la pièce sombre d'un pas chancelant.

— Arrête, ma fille, murmura-t-elle à Aghna qui sanglotait toujours dans un coin de la salle, la tête sur les genoux de son mari. Ce n'est pas la fin du monde.

Aghna leva vers elle son visage baigné de larmes.

— Qu'allons-nous manger ? Comment allons-nous survivre à l'hiver ?

Et sa main vint se poser sur son ventre.

— Non, assura Grandma. Tu ne le perdras pas. Nous sommes moins à plaindre que la plupart des gens d'ici. Nous avons des réserves de nourriture, et des bêtes à abattre. Il faudra faire attention, peut-être se restreindre, mais nous ne mourrons pas de faim.

319

Patrick se leva et posa une main sur la tête d'Aghna.

— Tu dois écouter Grandma. Elle a connu suffisamment d'années difficiles pour savoir de quoi elle parle.

— Où vas-tu, papa? demanda Sean.

— Il faut arracher les plants pourris, puis creuser pour débarrasser la terre de ce qui reste, et tout brûler. Et il faut nettoyer tous les plants épargnés, et les entreposer à l'abri pour cet hiver.

Sean redressa d'un bond son corps déformé.

— Je vais t'aider.

— Non, fils, répondit son père avec calme. J'ai besoin de bras puissants pour travailler vite. Ryan va m'aider à creuser.

Il vit le visage de Sean encaisser le coup comme une gifle.

— Mais j'ai besoin de toi pour d'autres travaux, ajouta-t-il aussitôt.

Il désigna du menton le garde-manger.

— Regarde ce qu'il nous reste, et fais le compte des cochons et des poules : combien à manger, combien à élever, combien donneront des œufs, combien pourront être vendus au boucher.

— Nous ferions bien de récolter tout de suite ce qui peut l'être, dit Grandma. (Elle se tourna vers Aghna.) Viens ma fille, nous allons voir ce que nous pouvons mettre de côté pour les tiens.

Aghna pâlit.

— Ils n'ont rien, murmura-t-elle. Quatre enfants à nourrir, et dix shillings de loyer à payer après la moisson. Ils ne pourront pas. Ils seront expulsés!

Elle tourna ses grands yeux vers Ryan. Ce dernier

l'aida à se relever et la prit dans ses bras, regardant Grandma par-dessus son épaule.

— Ils ne seront pas chassés, pas maintenant, c'est impossible, dit-il fermement. Et nous partagerons nos vivres avec eux, ne t'inquiète pas.

Grandma acquiesça, tout en songeant aux cinq bouches à nourrir dans son propre foyer, aux voisins qui ne plantaient jamais plus que le strict nécessaire, et conservaient à peine assez de poules pour en obtenir quelques œufs. L'hiver serait long...

— Sean, dit-elle doucement en désignant du menton la porte du fond.

Il la suivit jusqu'à la remise où ils conservaient les pommes et les oignons, et où ils pendaient les jambons à l'automne.

— Tu es inquiète, dit Sean.

Il lui prit la main. Grandma exhala un soupir et haussa ses frêles épaules.

— J'en ai vu d'autres...

Ils firent l'inventaire de ce qui se trouvait dans la pièce, comptant avec soin les quelques bocaux posés sur les étagères, le reste de la récolte de pommes de terre de l'année précédente, les deux tonneaux de pommes, les sacs de farine et d'avoine, les herbes qui séchaient, accrochées aux poutres du plafond. Ces réserves, que n'importe lequel de leurs voisins eût en temps normal qualifié d'abondantes, paraissaient bien maigres à présent.

Grandma attira son petit-fils plus près d'elle et baissa la voix.

— Nous devons être un peu égoïstes, mon garçon. Nous devons prétendre avoir moins qu'en réalité, sans quoi tout le monde viendra frapper à notre porte et nous mourrons de faim avant la prochaine récolte.

Sean approuva d'un signe de tête.

— Je peux creuser un trou et faire un faux plancher pour cacher les bocaux et étaler les pommes. Est-ce que tu crois que nous devrions tuer le cochon?

— Non, il est encore trop jeune. Mais attention, si nous ne les mangeons pas, les poulets et les cochons ne tarderont pas à disparaître, il faudra garder un œil sur eux. Et aux premières gelées, nous commencerons à constituer des réserves de viande.

— Entendu, dit Sean. Je vais me mettre à creuser tout de suite.

— Mais attention, que ni Ryan ni Aghna ne te voient, avertit Grandma. Il est bien naturel qu'elle veuille venir en aide à sa famille, et que Ryan tienne à les soutenir aussi, mais nous ne devons pas nous dépouiller pour autant. Si nous les laissons emporter beaucoup de provisions chez Aghna, ils les partageront avec leurs voisins, et dans un mois nous n'aurons plus rien. Si nous ne leur donnons qu'un peu de nourriture, ils la garderont pour eux et feront en sorte de la manger avec parcimonie. Tu comprends?

— Oui, Grandma.

— Je sais, c'est un discours qui semble peu charitable et indigne d'un bon chrétien...

Elle secoua la tête comme pour se libérer de cette douloureuse pensée.

— Non, dit Sean en l'entourant de son bras. Cela s'appelle du rationnement. Ne donner que ce dont les autres ont strictement besoin, au moment où ils en ont besoin. C'est la meilleure façon d'agir, Grandma. Tu ne dois pas te sentir coupable.

— C'est facile à dire maintenant, répondit-elle en parcourant les provisions du regard. Mais quand ils viendront se présenter chez nous avec leurs enfants affamés...

— Nous leur donnerons un bol de porridge, nous mettrons du pain dans leurs poches, et nous les renverrons chez eux, répondit-il fermement.

— C'est facile à dire maintenant, répéta-t-elle.

Elle s'appuya sur lui et ils demeurèrent ainsi l'un contre l'autre un moment avant de ressortir dans la chaude lumière du soleil. Tout était redevenu parfaitement calme. Cris et lamentations s'étaient tus pour faire place à un implacable silence, comme si un manteau de désespoir s'était abattu sur la campagne.

— Au moins, nous n'avons pas à nous faire de souci pour Grace et la petite Mary Kathleen, dit Grandma. C'est déjà une bénédiction.

— Oui, approuva Sean. Et peut-être pourra-t-elle dire un mot en faveur de la famille d'Aghna, à propos du loyer.

Grandma se tourna vivement vers lui.

— Non ! s'écria-t-elle. Tu n'as pas le droit d'attendre ça d'elle ! Il ne faut pas lui demander d'aide !

Sean fronça les sourcils.

— Pourquoi ? Elle serait ravie de nous apporter son soutien !

— La vie est suffisamment difficile pour elle, et tu le sais très bien.

Elle avait braqué sur lui des yeux implorants.

— Avoir épousé notre Grace ne suffit pas au bonheur de son mari. Elle est contrainte de se comporter comme une étrangère dans sa propre maison, sans aucune liberté de décision. Nous ne pouvons pas lui imposer quoi que ce soit qui risque de la mettre dans une position difficile.

Sean acquiesça, mais ne dit rien.

— Et puis tu sais, elle n'est plus la même. Elle nous cache quelque chose – de la honte, du chagrin, quelque chose...

Grandma leva les yeux vers le ciel immense.

— Quand le bébé est mort, elle s'est éloignée de nous, de son mari aussi. Elle a réussi à retrouver goût à la vie après avoir récupéré Mary Kathleen, c'est sûr. Mais malgré tout... (Elle chercha ses mots.) Je ne peux pas m'empêcher de penser que ce sursaut de vie l'a laissée aveugle, en un sens. Elle voit tout en rose alors que rien ne va, poursuivit-elle en secouant la tête vigoureusement. Je ne sais pas ce que j'essaie de t'expliquer au juste.

— Je comprends, dit Sean.

Il lui prit la main.

— Je lui dirai que tout va bien pour nous, et que nous avons suffisamment de réserves pour nous en sortir.

— Tu la vois donc ? s'écria Grandma.

Ses yeux, d'un seul coup, s'étaient mis à briller.

— Je lui rends visite de temps en temps, dans le bois derrière sa maison, juste pour regarder de loin si tout semble aller bien...

— Ça me réchauffe le cœur, mon garçon.

— Parfois, elle me voit, et elle sort avec le bébé. D'autres fois, elle se contente de me faire signe.

Peut-être pour me dire de m'en aller, je ne sais pas, ajouta-t-il en souriant.

— Morgan aussi va la voir, n'est-ce pas?

— Il ne le dit pas, mais je pense que oui. Il part à cheval deux ou trois fois par semaine, pour porter des messages à...

Il s'arrêta net et la considéra avec une soudaine appréhension.

— Pas la peine de rougir ainsi, tu sais, je connais les Young Irelanders.

Elle esquissa un vague sourire.

— Mais tu ferais bien d'apprendre à mieux tenir ta langue. Il y a autant d'espions que de patriotes sur notre terre.

Sean déglutit, abasourdi.

— Mais comment... Comment...

— Les femmes savent écouter le sol, observer la terre, et sentir d'où vient le vent, répondit-elle doucement avant de poser une main sur son épaule. Ne prends pas cet air ahuri! Ton grand-père était un Oak Boy, et des hommes ont été décorés pour leur courage des deux côtés de ta famille!

— Ça t'est égal, alors?

— Ça ne me sera pas égal si tu te fais tuer. Alors, sois prudent. Utilise l'intelligence que le Seigneur t'a donnée et sors-nous de ce marasme avant que la famine ne nous emporte tous. Morgan et toi êtes les meneurs du mouvement dans la région, je suppose.

Elle se tut un instant, laissant son regard se perdre par-dessus les champs.

— Les McDonagh vont se trouver en difficulté. Ce fripon de Nally n'a pas reparu de toute l'année.

— Morgan a planté d'autres légumes en plus des pommes de terre, dit Sean. Pas grand-chose, des oignons, des petits pois, du maïs...

— La terre n'est pas bonne pour le maïs par ici, dit Grandma.

— Il a pourtant poussé. Ils pourront le manger, ou au moins le donner aux cochons.

— Nous ne les abandonnerons pas.

Elle le regarda droit dans les yeux.

— C'est une promesse, insista-t-elle. Morgan est comme un fils pour moi, tu le sais.

Aghna sortit de la maison à ce moment-là, essuyant son visage dans son tablier. Ryan déposa un baiser sur sa joue avant de grimper vers le haut de la colline pour rejoindre son père. En regardant la silhouette gracile de la jeune femme, Grandma éprouva soudain un immense découragement. Elle était trop âgée pour affronter cela une fois de plus, trop lasse pour voir les visages de ses enfants s'émacier jour après jour, leurs cheveux se ternir, leur corps devenir faible et fragile... Trop vieille pour regarder Aghna endurer une grossesse difficile à cause du manque de nourriture et finir par perdre son bébé ou par mettre au monde une petite créature malingre... Trop usée pour supporter l'absence de sollicitude, le repli de chacun sur soi, quand la faim pousserait les bouches affamées à quémander un peu de pain alors qu'il n'y en aurait plus... Trop faible pour tolérer la douleur de voir mourir des braves gens et des enfants innocents. Oui, elle était trop vieille pour revivre tout cela, même si elle savait bien qu'elle n'avait pas le choix. Au plus profond de son cœur, elle demanda à Dieu pourquoi il devait en être ainsi.

Quand le mois d'octobre arriva, l'île entière était en proie à la panique. Les rumeurs se propageaient à une telle vitesse que les informations données le matin étaient fréquemment réfutées l'après-midi. On pouvait encore déterrer quelques plants de pommes de terre sains, mais ils étaient infestés par la pourriture avant qu'on ait eu le temps de les entreposer. Les fermiers se précipitaient pour vendre leur maigre production avant qu'elle ne soit perdue, saturant le marché.

Dans un ultime effort pour combattre la terreur, les commissaires scientifiques publièrent soixante-dix mille exemplaires d'une brochure intitulée *Conseils concernant la récolte de pommes de terre aux fermiers et paysans d'Irlande*. Les pommes de terre encore saines devaient être exposées au soleil, entourées d'une tranchée emplie de mottes de gazon et d'un amalgame de chaux, de sable, d'herbe brûlée et de sciure sèche. Quant aux tubercules malades, ils devaient être placés dans des bassines ; la pulpe était ensuite lavée, égouttée, puis séchée sur une plaque de fonte. L'amidon resté au fond de la bassine devenait ainsi, une fois mélangé avec la pulpe séchée et un peu de seigle, un aliment comestible pour le bétail. Mais les instructions étaient compliquées, et même ceux qui savaient comment s'y prendre manquaient le plus souvent de matériel pour achever le processus complet. Chacun avait sa propre théorie sur ce qu'il fallait faire et les journaux les

327

relayaient toutes, au mépris du bon sens le plus élémentaire.

Avec le mois de novembre arrivèrent les gelées annonçant la terrible réalité de l'hiver. Ceux qui, parmi les fermiers, disposaient de quelques réserves, pouvaient espérer s'en sortir, mais pas les autres, les milliers d'autres qui n'avaient plus un sac de farine ni un penny devant eux. Avant la récolte suivante, à la fin du mois d'août, dix mois terribles s'annonçaient.

— Enfer et damnation !

Bram froissa son journal et le jeta dans le feu.

Grace leva la tête du secrétaire devant lequel elle était assise, passant en revue les comptes du domaine. Ils ne pouvaient plus espérer le moindre loyer pour l'année à venir, mais ils n'étaient pas menacés de mourir de faim.

Elle posa sa plume et s'adressa à son mari d'un ton posé.

— Mauvaises nouvelles ?

— C'est cette fripouille d'O'Connell, éructa-t-il en direction des flammes.

Grace croisa les mains sur ses genoux. Elle avait appris à ne plus se formaliser des accès de colère de son mari.

— Qu'a-t-il donc fait ? demanda-t-elle.

— Il a appelé à la suppression des exportations de blé vers l'Angleterre, et réclame l'ouverture des ports au libre import de vivres et de blé indien en provenance des colonies. Il demande des aides, et, pour les financer, il propose d'imposer une taxe de dix pour cent aux propriétaires terriens résidents, et de cinquante pour cent à ceux habitant à l'étranger !

Il décocha un coup de pied à la pile de bûches posée à côté de l'âtre.

— Nous ne pouvons pas payer dix pour cent de ce que nous ne touchons pas ! reprit-il avec animosité. Quel abruti ! Encore des manœuvres politiques ! Il se moque pas mal du sort des paysans ! Tout ce qui l'intéresse, c'est de faire abroger les lois sur le blé. Mais l'Angleterre n'y consentira jamais !

Il se dirigea vers la fenêtre à grandes enjambées, et plongea son regard dans la nuit noire et froide.

— Sir Robert Peel appuiera sa requête. Cela fait des années qu'il attend cela. L'Irlande sera divisée, et plus personne ne se souciera de la famine ni ne mettra en place une aide véritable. Maudits imbéciles d'Irlandais.

Grace se mordit la lèvre, songeuse.

— Est-ce que cela signifierait que le grain que nous faisons pousser demeurerait en Irlande au lieu d'être expédié en Angleterre ? hasarda-t-elle enfin.

— Il en reste de toute façon toujours une partie ici.

— Oui... Mais elle est partagée entre les soldats anglais et leurs chevaux.

— Foutaises !

Il avait crié, la voix pleine de rage.

— Notre grain est acheté un bon prix par l'Angleterre, et le fruit de cette vente revient à l'Irlande, ajouta-t-il sèchement.

— Mais les fermiers irlandais n'en voient pas la couleur.

— Ils sont payés pour leur travail pendant la moisson, et pour toute récolte supplémentaire.

— Cet argent sert à payer leur loyer, vous le savez très bien. La plupart des propriétaires se servent même directement, sans que les paysans voient l'ombre d'un penny.

Bram laissa échapper un soupir d'irritation.

— Qui faut-il blâmer ? Pas moi, en tout cas !

Il revint vers la cheminée, et s'appuya contre le manteau.

— Ces maudits Irlandais ne sont que des paresseux. Un plat de pommes de terre et un feu de paille, voilà tout ce à quoi ils aspirent. Ils élèvent leurs enfants comme leurs chats, uniquement pour qu'ils leur tiennent chaud dans leur lit la nuit. S'ils souffraient vraiment de voir leurs récoltes envoyées vers l'Angleterre, ils arrêteraient de faire de la liqueur avec ce qu'ils mettent de côté !

Il frappa du poing la pierre de la cheminée.

— Mais ils ne sacrifieraient pas une goutte de leur précieux whiskey pour remplir le ventre de leurs enfants ! enchaîna-t-il avec humeur. Ils font le strict minimum pour survivre, ils ne plantent que ce qui pousse facilement, ils ne mettent pas un penny de côté en prévision d'années difficiles, alors que l'expérience leur a maintes fois enseigné qu'on est toujours contraint, un jour ou l'autre, de puiser dans ses réserves... Et en plus de cela, à la minute où la situation commence à se gâter, ils s'attendent à ce que le gouvernement britannique accoure pour les secourir sans qu'ils aient à subir le moindre dommage !

— Ce n'est pas vrai, s'insurgea Grace. Il y a toujours des brebis galeuses, mais la grande majorité de notre peuple est composée de gens honnêtes qui travaillent dur.

— Ta famille, peut-être, concéda-t-il. Mais elle constitue une exception. La plupart des Irlandais travaillent peu, n'économisent rien, et se montrent incapables de préparer l'avenir !

— Je ne dis pas que tu as raison, mais t'est-il arrivé de penser que ceux que tu dénonces pouvaient être amenés à se comporter ainsi parce qu'ils ont l'impression de ne pas avoir d'avenir, justement ? Ils se tuent à la tâche sans espoir de posséder un jour cette terre qu'ils travaillent. Ils sont condamnés à demeurer esclaves des propriétaires terriens.

Le visage de Bram se figea dans une expression froide et dure, mais Grace poursuivit :

— On leur a refusé le droit à l'instruction, le droit de pratiquer leur religion, le droit de voter dans leur propre pays. Le mieux qu'un jeune Irlandais puisse espérer est de pouvoir cultiver le lopin de terre d'un autre ; s'il a de la chance, son travail lui permettra de payer son loyer ; mais les loyers abordables sont devenus une denrée rare.

— Avec qui as-tu parlé de ces choses-là ? demanda-t-il abruptement.

Grace le regarda, surprise.

— Personne.

— Est-ce qu'il arrive que ton frère vienne te voir pendant que je suis absent ?

— J'aimerais beaucoup que ce soit le cas, mentit-elle.

Les yeux de Bram se plissèrent, pleins de défiance.

— Mais tu ne lis tout de même pas les journaux?

— Une fois de temps en temps, confessa-t-elle. La lecture m'occupe, les soirs où tu n'es pas là. Je pensais que ça te serait égal.

— Ça ne m'est pas égal, trancha-t-il. Je suis maître chez moi, et mon opinion est la seule qui compte. Est-ce que c'est clair?

La jeune femme acquiesça et baissa les yeux.

— Je ne tolérerai pas que tu discutes avec moi de sujets auxquels tu n'entends absolument rien. Une femme de qualité n'a pas à exprimer des opinions politiques, et je n'admettrai pas que la mienne s'y autorise. La politique mène au fanatisme et au narcissisme, surtout chez ceux qui n'y connaissent rien. J'en ai déjà été le témoin, aux premières loges, ajouta-t-il avec amertume. Si tu as des envies de lecture, lis donc ta maudite Bible, ou un de ces volumes-là!

Il ponctua sa phrase d'un large geste désignant la bibliothèque derrière elle.

— Des romans à l'eau de rose et des récits de voyage, voilà tout ce dont une femme a besoin. Le reste n'est bon qu'à pervertir l'esprit.

— Entendu, Bram, dit-elle doucement. Je ne lirai plus tes journaux.

— Bien. Je ne voudrais pas que tu deviennes impertinente et grossière comme cette malheureuse Martin. Il n'y a de place pour ces femmes-là ni dans un ménage, ni dans la bonne société.

Il se détourna et repoussa les bûches dans le feu. Grace soupira, puis elle reprit ses comptes. Mais son esprit flottait à mille lieues de là. Un pesant silence emplit peu à peu la pièce ; finalement, Bram se servit un verre de whiskey dont il avala la moitié d'une seule gorgée. C'était la première fois qu'il buvait ainsi devant Grace depuis la soirée chez les O'Flaherty.

— Il y a longtemps que nous n'avons pas reçu de lettre d'Angleterre, dit-il au bout d'un moment d'une voix détendue, comme adoucie par l'alcool.

— Aucune nouvelle de votre père, donc ? se força-t-elle à demander sans quitter son travail des yeux.

Il la considéra un instant, puis prit une nouvelle gorgée qu'il savoura avant de l'avaler.

— Aucune. Mais il a des soucis. La maladie des pommes de terre a frappé l'Angleterre comme l'Irlande. Mes parents ont dû partir pour l'étranger en attendant que la situation s'améliore.

Il s'interrompit et plongea les yeux dans son verre.

— Je peux toujours vendre les fabriques. Elles sont à moi. Nous nous en sortirons si nous faisons attention. Je vérifierai ces chiffres quand tu auras terminé de les noter, ajouta-t-il.

— Nous pouvons nous passer de beaucoup de choses, dit Grace en reposant sa plume sur l'encrier. Nous pourrons mettre en place une distribution de soupe quand l'hiver deviendra mauvais.

— Non.

Le ton était ferme, sans appel.

Grace demeura impassible un instant, puis se remit à parler en prenant soin de garder son calme.

— Tes fermiers n'auront plus rien, Bram. Ils vont venir ici demander du travail... Le moins que nous puissions faire est de leur donner de la soupe et un morceau de pain pour les empêcher de mourir de faim.

— Non, répéta-t-il fermement. Aucun mendiant ne viendra souiller le sol de cette propriété. Et ne t'avise pas d'aller leur rendre visite non plus, c'est compris ?

— Mais pourquoi ?

— Dès qu'ils auront entendu dire que nous distribuons de la nourriture, ils accourront de tout le comté. Même les catholiques, qui pensent pourtant qu'ils risquent de perdre leur âme en acceptant un bol de soupe des mains d'un protestant. Ils viendront échouer ici, et ils n'essaieront plus de lutter eux-mêmes pour leur propre survie. Je sais cela d'expérience.

Il termina son whiskey, reposa son verre, s'étira, puis vint poser ses mains sur les épaules de Grace.

— Tu pourras, bien entendu, apporter de l'aide aux membres de ta famille, mais à personne d'autre. Je t'autorise à leur donner les vivres dont ils ont besoin, mais uniquement ce dont ils ont besoin, et en petites quantités, sans quoi ils seront dépouillés par leurs voisins.

Grace garda le silence, oppressée par la conversation et par le poids désagréable des mains de son mari sur ses épaules. Elle réprima un soupir de soulagement lorsque Mary Kathleen se mit à pleurer et qu'il la lâcha pour qu'elle puisse se lever. Quittant précipitamment la pièce, elle gravit quatre à quatre les marches de l'escalier, tenant ses jupes dans ses poings crispés, les dents serrées pour contenir sa rage.

Mary Kathleen dormait tout au bout du couloir.

Le feu avait faibli, mais il ne faisait pas froid dans la chambre lorsque Grace y pénétra. La petite s'était redressée dans son lit et s'accrochait aux barreaux. Dès qu'elle reconnut sa mère, elle cessa immédiatement de crier, sourit à travers ses larmes et se mit à gazouiller, oubliant instantanément son chagrin. Grace la prit dans ses bras et constata qu'elle s'était mouillée. Tout en chantonnant, elle la débarrassa rapidement de ses linges souillés, puis s'installa avec elle dans le fauteuil à bascule pour l'allaiter. Ces instants apportaient à Grace une véritable sérénité. Elle aimait sentir le poids de sa fille sur son bras, et voir avec quelle avidité elle tétait, s'interrompant de temps à autre pour lui adresser un sourire, les mains tendues vers son visage. C'était dans ces moments-là que Grace songeait à la colère qui subsistait en elle, mais celle-ci n'était plus qu'un souvenir, atténué par la paix qui s'installait peu à peu en son âme. Sa douleur d'avoir perdu Michael Brian s'était apaisée et ne venait plus troubler la joie qu'elle éprouvait au contact de Mary Kathleen. A présent, lorsqu'elle pensait à son fils reposant au paradis, elle remerciait Dieu de le garder auprès de Lui, et Lui était reconnaissante de lui avoir laissé son autre enfant. Elle avait pris conscience qu'il contrôlait sa vie, et elle voyait partout Sa présence. Elle se rappelait les paroles de son frère : chacun occupait la place qui était la sienne dans l'Univers, parce que Dieu l'avait voulu ainsi, afin que Sa volonté soit accomplie le moment venu. Elle était comme Joseph dans l'Egypte des pharaons, responsable d'une multitude à la veille d'une période de famine. Et maintenant que le moment était venu, elle ne décevrait pas son Seigneur. Il lui donnerait le courage d'agir.

13

Noël s'annonça. Fenêtres et cheminées se parèrent de gui et de houx, et même dans les masures les plus sombres, les plus misérables, les murs s'ornèrent d'images de la Vierge et de l'Enfant. Pour beaucoup, il n'y aurait pas de festin cette année-là, mais on fêterait Noël tout de même. Les familles s'organisaient pour se rassembler afin de prier et de chanter ensemble, et les adultes dissimulaient les petits présents qu'ils destinaient à leurs enfants. Tous rêvaient d'une journée entière devant un bon feu de cheminée, d'une grosse miche de pain chaud, peut-être de gâteaux d'avoine accompagnés d'un peu de beurre ou d'un œuf pour les plus privilégiés. Chacun s'accorderait un verre, puis on chanterait les airs que tous connaissaient par cœur, et l'on écouterait les longues histoires familières, les enfants sur les genoux de leur père, les bébés dans les bras de leur mère. Ils n'avaient pas honte de leur pauvreté, et ce jour-là, ils oublieraient aussi leur peur, car ils sauraient Dieu avec eux. N'avait-Il pas envoyé Son propre fils naître dans une étable, par une nuit glacée? Et, même si des rois étaient venus de loin pour fêter Sa venue, n'avait-il pas appelé les pauvres Ses frères?

Grace pensait à tout cela, debout près de la fenêtre de la cuisine, au petit matin. Il faisait froid et gris, mais il ne pleuvait pas, ce dont elle se réjouissait. Bram avait dit qu'elle pourrait aller rendre visite à sa famille, le temps d'une journée et d'une nuit, pour souhaiter à tous un joyeux Noël et leur montrer sa petite fille. Il lui avait aussi donné l'autorisation de leur porter un panier plein, et elle s'affairait à présent à y entasser tout ce qu'elle pouvait trouver. Plutôt que de dépenser de l'argent pour acheter des cadeaux, elle avait préféré parcourir la maison afin d'y dénicher des objets dont personne ne remarquerait l'absence : un drap de lin pour le lit de Grandma, une pile de journaux et de magazines pour Sean, des vêtements de bébé pour Aghna, et, pour Ryan, une paire de vieilles bottes que Bram avait mises au rebut parce qu'elles le serraient trop. Elle avait aussi pris dans la cave une bonne bouteille de whiskey pour son père, et avait trouvé des gants pour ses mains qui s'ankylosaient avec l'âge. Au cours des semaines précédentes, elle avait préparé et mis de côté le plus de nourriture possible, de sorte qu'elle disposait de réserves de pain, de gâteaux et de biscuits, auxquelles viendraient s'ajouter un jambon, une pièce de bœuf bouilli et un sac d'avoine. Elle enveloppa soigneusement le panier dans des torchons, et envoya Nolan porter le tout dans la voiture. Ce serait lui qui la conduirait jusqu'à la ferme de ses parents, où il passerait la nuit afin de pouvoir la ramener le lendemain. Pendant qu'il étrillait et harnachait les chevaux, Grace alla chercher Mary Kathleen, qu'elle

337

avait emmaillotée dans plusieurs lainages pour la protéger du froid.

Lorsque le manoir disparut de leur vue et qu'ils se trouvèrent seuls sur la route, elle se laissa gagner par une formidable exaltation. Elle ne pouvait la partager avec Nolan, qui conduisait dans le froid tandis qu'elle était blottie à l'intérieur de la voiture avec la petite, mais la vue du paysage familier défilant en silence derrière la vitre suffisait à son bonheur, qui gonflait sa poitrine à mesure qu'ils se rapprochaient de la vallée et de la maison qu'elle considérait encore comme siennes.

— C'est ici ! cria-t-elle enfin à Nolan, qui d'ailleurs aurait aisément deviné tout seul qu'ils étaient arrivés, car une foule de gens se précipitait vers la voiture en agitant les bras pour le faire ralentir.

Lorsque l'attelage s'immobilisa, la porte de la maison s'ouvrit, et le père de Grace apparut sur le seuil.

— Et voici le plus beau cadeau que Dieu pouvait envoyer à un vieux papa ! Sa fille, sa fille chérie, et sa petite-fille !

Il accourut vers elles et aida Grace à descendre, prenant Mary Kathleen dans ses bras et la portant fièrement pour la faire admirer aux voisins. Ils la déclarèrent à l'unanimité vigoureuse et en bonne santé, on admira l'éclat vif de ses yeux, et ses belles joues si roses. Mais tous se turent lorsque Grace s'approcha à son tour, intimidés, car elle était devenue une dame qui se déplaçait en voiture, conduite par un cocher. Elle regarda autour d'elle, puis échangea quelques mots avec son père à l'écart. Les yeux de Patrick s'agrandirent de joie.

— Ecoutez cela ! s'écria-t-il à l'attention des voisins. Notre Grace a apporté une bouteille d'excellent whiskey pour que nous la partagions ! Venez, et que Dieu vous bénisse ! Nous allons lever notre verre pour célébrer ces temps de fête comme il se doit !

Une clameur de joie s'éleva, et tous se pressèrent pour entrer dans la maison. Debout sur le seuil, Sean tendit les bras à sa sœur et la serra contre lui, puis il la conduisit à Grandma, assise près du feu. Aghna salua timidement sa belle-sœur et Ryan la fit tourner dans ses bras en clamant «Joyeux Noël ! ». Ils s'extasièrent tous sur la beauté de Mary Kathleen, qui semblait pourtant bien petite une fois débarrassée de ses couvertures et qui, assise sur les genoux de son arrière-grand-mère, posait de grands yeux curieux sur les visages rayonnants d'excitation.

Nolan entra silencieusement et posa les paniers sous la table, dans la cuisine, avant de ressortir pour nourrir les chevaux. Malgré les efforts des voisins pour rester discrets, Grace surprit leur regard en direction de ce qu'ils savaient bien être de la nourriture. Elle se pencha vers Grandma et murmura à son oreille.

— Est-ce que vous avez suffisamment pour vous nourrir tous à la maison ?

— Oui.

La vieille dame avait prononcé ce « oui » doucement, en soutenant son regard, et Grace comprit immédiatement qu'ils avaient fait des réserves pour se préparer au pire.

— Dans ce cas, que dirais-tu d'un ragoût pour accompagner le whiskey ? J'ai apporté du bœuf cuit

339

et des carottes. Si tu as quelques oignons, ou des panais, et peut-être un peu de chou pour accompagner la viande...

Les yeux de Grandma se mirent à briller.

— Je vais rester ici avec Mary Kathleen, dit-elle. Est-ce que tu veux bien t'occuper de la cuisine ? Tes petits plats nous manquent beaucoup, tu sais !

Grace demanda à Aghna de venir l'aider aux fourneaux, et avant que la première tournée de whiskey fût terminée, le chaudron mijotait sur le feu, exhalant un délicieux fumet qui attira les derniers voisins, ceux qui s'étaient montrés trop fiers pour accepter la première invitation. Declan et Paddy Neeson vinrent avec leur père, qui n'avait pourtant pas le cœur à fêter Noël, car sa femme était décédée au cours de l'été. Les Ryan étaient déjà là, et Julia ne cessait de répéter que Mary Kathleen était le portrait craché de sa mère au même âge. Mme O'Daly amena son fils Shane, si timide, dont les joues s'empourprèrent lorsque la jeune Niamh Sheehan, la sœur du grand Quinn, vint lui dire bonjour. Il y avait aussi le vieux Campbell Hawes, plus avide que tous de participer à la fête, et sa femme, qui le rappelait à l'ordre d'une tape sur l'épaule chaque fois qu'il tendait de nouveau son verre vide. Irial Kelley, qui était venu avec sa famille, avait apporté son violon, et il ne se fit pas prier longtemps avant de se mettre à jouer. Sean avait trouvé Nolan dans la grange, et l'avait convaincu de venir se joindre à la fête. A présent, il arborait un sourire que Grace voyait pour la première fois sur ses lèvres. Même Mary Kathleen, d'abord hésitante, crapahutait autour de la pièce, acceptant les mains qui se tendaient vers elle.

Lorsque tous eurent mangé le bœuf et le pain, accompagnés d'une nouvelle tournée de whiskey, ils vinrent un par un remercier Grace, lui souhaiter un joyeux Noël, lui serrer la main ou lui tapoter la joue, comme pour montrer qu'elle était toujours l'une des leurs. Puis ils s'enveloppèrent dans leurs manteaux ou leurs châles, délivrés pour un temps de leur faim et de leurs soucis, et ils rentrèrent chez eux.

Quand la maison fut vidée de ses visiteurs, Sean jeta une nouvelle bûche dans la cheminée et mit la bouilloire sur le feu. Nolan s'était assoupi sur la paillasse qu'ils avaient installée pour lui dans un coin de la pièce, et Mary Kathleen s'endormait dans les bras de son grand-père, qui la berçait en lui caressant doucement les cheveux.

— Julia a raison, dit-il à Grace, on dirait toi quand tu étais bébé. Sérieuse comme un pape dès que tu entreprenais quelque chose, mais toujours de bonne humeur.

— Elle est adorable, répondit seulement Grace. C'est une bénédiction de l'avoir avec moi.

Aghna se leva et apporta la bouilloire fumante sur la table pour préparer du thé.

— Laisse-moi t'aider, Aghna.

Grace prit la lourde bouilloire et versa elle-même l'eau chaude dans la théière.

— Est-ce que tu ressens déjà quelque chose ? demanda-t-elle gentiment à sa belle-sœur.

Aghna baissa timidement les yeux.

— Oui, dit-elle.

341

Elle posa sa main sur son ventre.

— Surtout la nuit, quand j'essaie de dormir.

Une fois le thé infusé, Grace le versa dans les tasses, puis elle se pencha sous la table pour sortir les paquets de Noël.

— Je vous ai apporté quelques petites choses, annonça-t-elle.

Elle tendit les vêtements de bébé à Aghna, puis se tourna vers Ryan.

— Et voici pour vous, monsieur le fermier.

Ryan prit les bottes avec un sourire plein de reconnaissance.

Quant à Sean, il reçut sa pile de journaux et de revues avec un plaisir manifeste, caressant les couvertures avec délicatesse, comme s'il s'agissait d'un véritable trésor. Il prit à peine le temps de baiser les mains de sa sœur avant de se plonger dans la lecture des gros titres.

— Moi, je n'ai pas fini de profiter de mon cadeau ! dit doucement le père de Grace en se penchant par-dessus la petite Mary Kathleen endormie pour désigner son verre, où il restait un fond de whiskey. Et j'ai l'impression d'être un grand seigneur, ajouta-t-il fièrement, car j'ai même pu le partager avec mes voisins ! Merci, mon enfant.

— Mais le whiskey était pour toute la famille, rétorqua Grace. J'ai aussi un cadeau pour toi.

Et elle posa à côté de son verre la paire de gants de peau.

— J'ai pensé à tes mains endolories qui doivent tant souffrir par ce froid glacial, surtout le matin.

Son père, incapable de prononcer un mot, baissa la tête pour dissimuler les larmes qui lui montaient aux yeux, mais Grace savait qu'il était touché. Elle déposa un baiser sur sa joue et murmura à son oreille :

— Tu es un homme bien, Pa.

Puis elle alla s'asseoir à côté de Sean, et prit une tasse de thé entre ses mains pour les réchauffer.

— J'ai aussi apporté du tissu pour les petites McDonagh, lui dit-elle. Pour confectionner des manteaux d'hiver et des couches pour le bébé.

Elle s'interrompit et baissa la voix.

— Et j'ai aussi un livre pour Morgan, si tu veux bien le lui donner.

— Un livre !

Sean leva la tête de ses journaux.

— Pourquoi aurait-il besoin d'un livre ? Certes, c'est un beau cadeau, mais...

— Le père Brown est passé chez les Sullivan alors que j'y étais et il a dit que Morgan lisait toutes les publications agricoles qui lui tombaient sous la main. Or j'ai trouvé ce livre, à propos des cultures dans l'Est.

Un sourire se dessina sur les lèvres de Sean.

— Effectivement, c'est une excellente idée. Et le cadeau lui fera d'autant plus plaisir qu'il vient de toi.

Mais son sourire se fana immédiatement.

— Quoi ? Qu'y a-t-il ? demanda Grace, qui ne comprenait pas ce brusque changement d'humeur.

Sean jeta un regard en direction d'Aghna et Ryan, qui passaient en revue les vêtements de bébé un par un, puis se tourna vers son père qui fredonnait une berceuse à sa petite-fille tout en sirotant son whiskey.

— Rien de grave, répondit Sean toujours à voix

basse. C'est juste qu'il est... il est préoccupé. Il se torture l'esprit avec les événements, et puis avec Aislinn qui a disparu...

— Aislinn !

Son exclamation alerta Mary Kathleen, qui se dressa pour regarder sa mère. Grace lui sourit, puis reprit la parole en prenant garde de ne pas parler trop fort.

— Elle n'est plus au service des O'Flaherty ?

Sean secoua la tête.

— Elle est partie pour Londres rejoindre le jeune Gerald, il y a des mois. Lui est revenu pour rendre visite à sa famille, mais personne n'a jamais eu aucune nouvelle d'elle.

— Ils se sont enfuis, alors...

Elle se remémora cette soirée, presque deux ans auparavant, le visage à la fois craintif et exalté d'Aislinn, et le regard de Gerald, fasciné...

— Je suppose qu'il a dû lui faire croire qu'il voulait partir avec elle. Lui vit à Londres, il travaille avec un grand avocat. Mais tu dois savoir tout ça, vu les milieux que tu fréquentes.

Grace fit signe que non, prenant d'un seul coup conscience de l'isolement dans lequel elle vivait.

— Nous ne sortons pas beaucoup, expliqua-t-elle. Depuis que... les bébés sont nés.

— Ah bon...

Sean marqua un temps d'arrêt avant de reprendre.

— Eh bien, personne n'a entendu parler d'Aislinn de tout l'été. Sa mère a seulement reçu quelques billets dans une enveloppe, sans lettre. Ils se sont demandé si elle s'était mariée, mais on leur a dit que le vieux O'Flaherty l'appelait la maîtresse de son fils.

— Et Morgan pense qu'elle est encore à Londres?

— Oui, dit Sean d'un ton amer. Un soir, il a vu le jeune Gerald sortir d'un pub. Il l'a attrapé par le col, l'a traîné au coin de la rue, et l'a plaqué contre le mur. L'autre n'est qu'une poule mouillée, il n'a même pas essayé de se défendre.

— Tu en parles comme si tu y étais.

— C'est parce que j'y étais. J'attendais dans la charrette avec un pistolet, au cas où il aurait eu besoin de renfort.

Grace ouvrit de grands yeux.

— Un pistolet! Mais où avais-tu trouvé une chose pareille? Vous auriez pu vous faire tuer tous les deux!

Sean lui adressa un regard grave.

— Nous allons tous mourir, d'une manière ou d'une autre. Nous sommes en guerre à présent, Grace. Tu le sais, ou est-ce une nouvelle qui n'est pas encore parvenue à franchir les murs de ta belle maison?

La jeune femme baissa les yeux sur ses bottes fourrées qui maintenaient ses pieds bien au chaud. Les paroles de son frère l'atteignaient en plein cœur.

— Pour résumer une longue histoire, reprit Sean, Gerald a commencé par installer Aislinn dans une chambre, et puis il s'est désintéressé d'elle... Elle était pourtant à son goût, il l'a dit à Morgan, mais selon lui elle était trop vulgaire pour devenir la femme d'un gentleman.

Il s'interrompit, balayant de nouveau la pièce du regard.

— Ce soir-là, j'ai cru que notre Morgan allait le tuer sur place. Mais il a réussi à se contrôler, dit-il en avalant une gorgée de thé. Quand Aislinn s'est aperçue que son amoureux l'avait trompée, elle est entrée dans une telle colère qu'elle a mis le feu à sa maison, avant de disparaître. Morgan a peur qu'elle n'ait un enfant, et qu'elle n'ose plus rentrer à la maison, par honte...

— Bien sûr, dit Grace avec un élan de compassion. Et sa mère ne lui en veut pas ?

— Non. Elle s'en veut surtout à elle-même d'avoir laissé sa fille partir, et ne quitte plus son lit, tant elle est malade de chagrin. Tout ce qu'ils désirent, c'est la retrouver, et la ramener chez eux. Ils n'ont pas un sou pour payer la traversée, alors Morgan essaie de trouver un capitaine de vaisseau qui lui permettra de s'acquitter du passage en heures de travail.

Grace demeura un moment immobile, le regard perdu dans les flammes de la cheminée. Puis elle posa doucement sa tasse, se leva, et se dirigea vers sa chambre, cette chambre qu'elle partagerait de nouveau avec Grandma cette nuit-là. Il faisait sombre dans la pièce. Elle n'avait pas apporté de bougie, mais elle chercha à tâtons sa bourse dans son sac de voyage. Elle la trouva, et retourna vers le seuil de la porte pour pouvoir compter à la lumière l'argent dont elle avait besoin.

— Tiens, dit-elle doucement en regagnant sa place près de Sean.

Elle lui glissa la bourse dans la main.

— Donne-lui ça. Pour sa traversée, et les deux billets de retour.

Sean secoua la tête.

— Jamais il n'acceptera cela de ta main. Il est trop fier.

— Alors tu l'y forceras, Sean, insista-t-elle. Je sais que tu en as le pouvoir. Bien sûr, c'est autant d'argent que vous n'aurez pas pour vous ici. Mais...

— Tout va bien pour nous, coupa-t-il. Ne t'inquiète pas. Il ne faut pas que tu demandes de l'argent à ton châtelain pour nous, tu sais.

— Je ne lui en demande pas. Il n'y a dans cette bourse que ce que j'ai économisé sur les dépenses domestiques. Je suis un tout petit peu plus douée pour les comptes qu'il ne le pense, ajouta-t-elle avec un sourire malicieux.

Sean se mit à rire.

— Tu es un amour, sœurette ! s'exclama-t-il en glissant la bourse dans sa poche. Je ferai en sorte qu'il l'accepte, et je te remercie dès maintenant en son nom.

— Ne me remercie pas. N'a-t-il pas toujours été comme un frère pour nous ? Ne nous a-t-il pas aidés chaque fois que nous avions besoin de bras ? Et n'a-t-il pas été à ton côté quand tu devais rester couché ?

— D'accord, dit Sean. Je lui rappellerai tout ça pour le convaincre d'accepter.

Ils échangèrent un sourire. Ils se tenaient tout près l'un de l'autre, devant le feu, et Grace éprouva soudain l'impression de voir revenir le temps de leur enfance, quand ils bavardaient sans fin durant les soirées d'hiver.

Au bout d'un moment, Patrick se leva lentement,

et vint déposer Mary Kathleen endormie dans les bras de sa mère.

— Il est temps d'aller tous nous coucher, dit-il.

Prenant la bouteille de whiskey, il répartit les dernières gouttes entre leurs verres. Grandma quitta péniblement son fauteuil à bascule pour les rejoindre près du feu. Aghna et Ryan étaient là aussi, debout côte à côte. Sean aida Grace à hisser la petite sur son épaule, puis il demeura à côté de sa sœur, si bien qu'ils se trouvèrent réunis, la lumière des flammes dansant sur leur visage fatigué et allumant des étincelles dans leurs yeux.

Patrick leva son verre et dit d'une voix douce :

— A la chaleur de notre feu, et à la paix de nos cœurs. Que le Seigneur nous bénisse et nous protège, qu'il nous garde unis comme en cet instant, car rien n'est plus important que cela. (Il s'interrompit, la voix étranglée par l'émotion.) A notre famille, ajouta-t-il enfin.

— A notre famille, répondirent-ils en chœur.

Et ils burent tous en même temps.

— Et n'oublions pas les autres, reprit Patrick en levant son verre encore plus haut. A la santé des jeunes comme des vieux !

— A l'Irlande ! clamèrent-ils.

— Que Dieu soit avec nous, ajouta doucement Aghna.

Ryan lui prit la main et la serra dans la sienne.

14

Il ne gela pas, mais un froid humide régna sur la région durant tout l'hiver. Même lorsqu'il ne pleuvait pas, les nuages plombaient le ciel gris et le sol demeurait gorgé d'eau. Les bronchites se multiplièrent, et nombreux furent ceux qui, parmi les plus vulnérables, ne résistèrent pas à la maladie. Grace priait ardemment pour Grandma, clouée au lit, et pour Aghna, dont l'enfant devait naître en juin. La petite Mary Kathleen ne cessait de tousser et ne parvenait pas à se débarrasser de son vilain rhume, si bien que sa mère n'eut pas le loisir d'effectuer une nouvelle visite à sa famille. Au lieu de cela, elle envoya Nolan à deux reprises porter chez elle des paniers de provisions et d'herbes médicinales, ainsi que des lettres que Sean pourrait lire aux autres pour les distraire.

A la fin du mois de février, les rayons du soleil reprirent de la vigueur malgré les grandes rafales de vent qui balayaient encore la terre détrempée. Grace et Brigid confectionnèrent un gâteau pour le premier anniversaire de Mary Kathleen, mais la gouvernante l'emporta finalement chez elle, car la petite demeurait trop faible pour avoir de l'appétit. Quant à son père, il n'avait pas daigné participer à la petite fête. Il s'était d'ailleurs montré nerveux et irritable durant tout l'hiver. Grace espérait voir son humeur s'améliorer maintenant qu'ils avaient traversé le pire, et que s'annonçait le retour du temps des semailles et des travaux d'extérieur, qu'il affectionnait particulièrement. La question d'un nouvel enfant revenait fréquemment dans leurs conversations. Bram voulait un fils, mais Grace allaitait encore Mary Kathleen et redoutait le sevrage, même si la petite semblait assez vigoureuse pour se passer du sein. A cette appréhension s'ajoutait la peur de la colère de Bram si par malheur Grace ne lui donnait pas un fils. Elle connaissait son passé, et la violence de ses colères. S'il avait une seconde fille, la déception ne risquait-elle pas de le pousser à franchir la fragile barrière qui l'avait jusqu'ici empêché de commettre l'irréparable? Pourtant, Grace ne pouvait ignorer éternellement sa requête, et il était de son devoir d'y accéder. Et puis, au fond d'elle-même, elle n'avait pas totalement abandonné l'espoir de voir renaître entre eux une forme d'amour.

Mais le jour où elle se rendit à l'étable pour traire elle-même les vaches, elle prit réellement sa décision. Moira avait sans doute négligé les pauvres bêtes le matin, car elles poussaient des meuglements plaintifs. Alors que Grace s'approchait de la grange, elle entendit un autre bruit se mêler aux gémissements des animaux, elle reconnut le rire de Moira, un rire léger et grivois, et songea qu'un garçon de ferme l'avait certainement suivie dans le foin pour s'offrir un peu de bon temps au contact de ses formes généreuses.

Mais il ne s'agissait ni d'un garçon de ferme ni d'un paysan... Grace s'approcha de l'entrée, incapable de détacher ses yeux du spectacle qui s'offrait à elle. Allongé sur Moira dans la paille, Bram profitait de ses charmes. Il lui maintenait les mains au-dessus de la tête ; ils étaient encore habillés, mais tout indiquait qu'ils ne le resteraient pas longtemps. Il lui caressait les seins et l'embrassait dans le cou, tandis qu'elle lui murmurait des mots doux en lui mordillant l'oreille. Soudain, il se fit plus pressant ; elle poussa un cri aigu, puis éclata de rire et se lova contre lui. Lorsqu'elle vit la main de son mari se glisser sous les jupes de la servante, Grace lâcha son seau. Bram tourna la tête vers elle, mais au lieu de se redresser, il se contenta d'esquisser un sourire narquois. Moira, elle, le repoussa vivement, se tortillant pour essayer de se rajuster.

Bram regarda sa femme, puis il se redressa tranquillement, et brossa ses vêtements pour les débarrasser des brins de paille qui s'y accrochaient.

— Eh bien, Grace ? demanda-t-il sans la moindre trace d'émotion. Que faites-vous ici ?

Grace chercha dans ses yeux une expression de remords, une marque quelconque d'embarras, mais n'en décelant aucune, elle tourna les talons. Arrivée à la maison, elle détacha son tablier et le jeta sur le sol de la cuisine avant de monter dans sa chambre. Elle se tint un moment appuyée contre la porte fermée, puis elle traversa la pièce pour aller se planter devant le miroir.

— Oh, mon Dieu, souffla-t-elle en effleurant son visage de sa main. Que s'est-il passé ?

Le bruit des sabots du cheval de Bram sur le gravier de l'allée l'attira à la fenêtre, mais il était déjà loin, presque hors de sa vue. Elle savait qu'il ne rentrerait pas de la nuit.

Elle rajusta quelques mèches de cheveux devant

son miroir, puis elle se rendit auprès de Mary Kathleen, qui s'était réveillée de sa sieste. Les petits bras qui se refermèrent tendrement autour de son cou lui firent un bien immense, et elle enfouit son visage dans les cheveux d'ange de sa fille.

Lorsqu'elle redescendit, Moira avait disparu. Les vaches geignaient de manière intolérable, aussi Grace se rendit-elle, avec Mary Kathleen, à la grange pour les traire. La chaleur des bêtes et le bruit régulier des jets de lait dans le seau la détendirent un peu. La petite se tenait sagement assise derrière elle, lançant en l'air des poignées de paille qu'elle regardait retomber sur sa tête. Grace avait presque terminé sa tâche lorsque Moira parut dans la pénombre et se précipita vers elle.

— Je suis désolée, madame, sanglota-t-elle, tombant à genoux et s'agrippant au bas de la robe de sa maîtresse. J'ai tellement honte, tellement honte !

Elle secouait la tête tout en pleurant, sous le regard stupéfait de Mary Kathleen. Grace se sentit vieille, tout à coup. Pourtant, Moira était à peine plus jeune qu'elle.

Elle posa sa main sur la tête courbée de la servante et poussa un profond soupir.

— C'est un bel homme, murmura-t-elle. Un homme à qui il est difficile de résister.

— Oh que oui, répondit Moira.

Elle leva vers Grace un visage plein de larmes où brillaient des yeux apeurés.

— Et j'ai été faible, je le sais bien ! Une vraie pécheresse, ma mère dirait. Mais quand il a commencé, moi je croyais qu'il voulait juste me taquiner... Avant, il ne me regardait même pas ! Et puis il s'est mis à me remarquer, à faire exprès de passer tout près de moi, de me toucher les cheveux, les...

Elle s'interrompit, puis reprit après une profonde inspiration.

— Il veut que j'aie un enfant, voilà ce qu'il a dit.

Grace ferma les yeux mais parvint à se tenir immobile, sans même chanceler. Cependant, un nœud s'était formé dans sa gorge, l'empêchant de respirer.

— Pourquoi ? dit-elle d'une voix blanche.

— Parce que vous ne pouvez pas, et qu'il désire un fils ! Vous le savez bien ! Oh, ça n'a rien à voir avec de l'amour, ajouta-t-elle vivement, je sais bien qu'il ne m'aime pas ! Mais il m'a donné une robe neuve, et il m'a promis de l'argent.

Grace demeura muette.

— Vous me connaissez, madame ! s'écria Moira d'une voix pleine de désespoir. Je me suis amusée avec les garçons du pays, et il n'y en a plus un de sérieux qui épousera une fille comme moi ! Faut que je m'en aille d'ici si je veux une vie convenable.

— Et votre enfant, dans ce cas ?

Les yeux de la servante s'emplirent de nouveau de larmes, mais elle soutint le regard de Grace.

— Je le laisserai ici pour que vous l'éleviez comme votre fils. C'est ça, le marché.

— Et si c'est une fille ?

Moira regarda sa maîtresse avec intensité.

— Vous avez bon cœur, madame. Je sais que vous prendriez soin d'elle comme de votre propre fille.

Grace secoua la tête.

— Ce ne sera pas à moi d'en décider, dit-elle. Et

je peux t'assurer qu'il ne gardera jamais ton enfant si c'est une fille. Il regarde à peine celle qu'il a déjà. Il a besoin d'un fils, ou alors son père ne lui cédera pas sa terre. Or sans cet héritage, il n'est rien. Il ne peut ni emprunter ni faire d'hypothèque sur des biens qui ne lui appartiennent pas. C'est pour cette raison qu'il veut un fils, et cela se comprend.

— Ecoutez, madame, reprit Moira, je me cacherai jusqu'à la naissance. Personne ne saura! Et si c'est un garçon, vous garderez votre terre, et moi je disparaîtrai pour toujours!

Grace attrapa la servante par les épaules et la secoua.

— Réveille-toi! Tu ne sais pas ce que tu dis! Et de toute façon, je n'ai pas besoin de ton aide. Je peux avoir un enfant.

Moira la considéra avec incrédulité.

— Mais il a dit que vous ne pouviez pas...

— Il voulait dire que je ne le souhaitais pas. Et c'est bien là mon erreur.

La servante la dévisagea encore un instant, puis elle s'abattit contre elle, la tête sur ses genoux.

— Oh, mon Dieu, madame... Je vais finir en enfer, aussi sûrement que je suis devant vous aujourd'hui!

— Relève-toi, ordonna sèchement Grace. Et essuie-toi les yeux. Vous n'avez pas encore... fait la chose, n'est-ce pas?

Moira fit signe que non.

— Mais vous êtes allés suffisamment loin pour qu'il y ait un risque.

Elle réfléchit un moment.

— Je vais t'aider à partir, décréta-t-elle. La sœur de ta mère vit à Killarney, c'est bien cela ? Est-ce qu'elle peut te prendre chez elle ?

— Je ne sais pas... Ils ont beaucoup souffert cet hiver, ils n'avaient rien à manger, et les enfants sont tombés malades. Si je demande à aller vivre chez eux, ils me répondront qu'ils n'ont pas besoin d'une bouche de plus à nourrir !

— Je veux que tu ailles là-bas et que tu les aides, trancha Grace. Je te donnerai des provisions et de l'argent, et dès que je le pourrai, je t'en enverrai davantage. Ensuite, tu partiras pour l'Angleterre, si c'est ce que tu veux. Est-ce que tu m'as comprise ?

— Oui... Mais qu'est-ce que je vais dire à ma pauvre mère ? Certainement pas la vérité, sinon mon père me battra à mort.

Grace se mordit la lèvre.

— Dis à ta mère que le maître abuse un peu trop du whiskey, et que tu as peur. Elle comprendra, et elle sera ravie que tu t'en ailles loin de lui.

Moira se leva et brossa sa jupe sale et pleine de trous. Grace se redressa, et elles se regardèrent, face à face.

— Vous avez toujours été bonne pour moi, madame, murmura la servante. Je pensais que c'était bien pour tout le monde, ce marché, pour vous comme pour moi. Est-ce que vous parviendrez à me pardonner ?

Grace entoura la jeune femme de ses bras et la serra contre elle.

— Nous vivons des temps étranges, dit-elle

doucement. Garde foi en Dieu, et demande-Lui de te pardonner.

— Je le ferai, promit Moira. Je le ferai.

Bram ne posa aucune question sur la disparition de Moira, ne sembla pas surpris non plus de voir sa femme l'accepter de nouveau dans son lit, et lorsque l'été s'annonça, Grace était enceinte pour la seconde fois. Elle avait maintenant dix-huit ans.

L'allégresse qui accompagnait d'ordinaire le retour des beaux jours se manifesta de manière moins vive cette année-là. Les paysans, amaigris, se contentaient de se tenir sur le pas de leur porte, distraits de temps à autre par un voyageur hagard qui progressait lentement le long du chemin. La rouille avait gâté presque toutes les pommes de terre, ne laissant quasiment rien pour les semences, si bien que la plupart des familles n'avaient planté que le quart de ce dont elles avaient besoin pour assurer leur subsistance... Mais c'était là tout ce qu'elles possédaient. Les spéculations allaient bon train sur la qualité de la récolte future.

L'été avançait. Bientôt, les premières pousses sortirent de terre et produisirent de belles feuilles bien vertes.

Grace était terriblement fatiguée, et sujette à de constantes nausées. Elle ne pouvait plus porter sa fille, qui se traînait derrière elle en pleurnichant. Tantôt impatiente, tantôt lasse, la future mère était si accaparée par les transformations qui s'opéraient en son propre corps que le reste du monde lui semblait lointain et étranger. Seule une lettre de Sean venait la distraire de temps en temps. De son côté, elle donnait des nouvelles régulières à sa famille par l'intermédiaire de Nolan. Par bonheur, tous avaient survécu à l'hiver, et Aghna avait donné naissance en juin à un beau petit garçon, qu'elle avait prénommé Thomas, comme son grand-père maternel.

Au mois d'août, la chaleur s'installa, et les plants de pommes de terre se garnirent de fleurs. Chacune portait la promesse d'un avenir meilleur pour tous ceux qui attendaient d'apaiser enfin leur faim. De nouveau, ils pouvaient aller se coucher le cœur plein d'espérance, puisqu'ils avaient connu le pire. Nombreux étaient ceux qui avaient troqué leur lit et leurs vêtements contre un peu de nourriture, et qui à présent dormaient sur des guenilles étendues à même le sol sale, sans une botte de paille pour s'en faire un matelas, sans un morceau de pain dans leur garde-manger. Ils étaient à bout, sans ressource, et cette récolte, aussi maigre fût-elle, était leur dernière chance de survie. Mais lorsqu'ils s'éveillèrent par un beau matin d'août, cette dernière flamme d'espoir s'éteignit à son tour. La rouille avait de nouveau envahi leurs champs, laissant derrière elle le spectacle désolé des plants noircis de pourriture. Une odeur infecte flottait sur la campagne et pénétrait jusque dans les maisons. Cette fois, ils n'eurent même plus la force de pleurer. Ils tombèrent à genoux, abasourdis. Et, comme si la perte de leur dernière récolte ne suffisait pas, de violents orages éclatèrent, la foudre zébra le ciel noir, éclairant de sa lumière blafarde leurs champs dévastés, et la pluie s'abattit, torrentielle, avant de laisser place à un brouillard humide qui les

357

enveloppa de son manteau sinistre. A présent, ils le savaient tous, il n'y avait plus rien à espérer.

15

La lettre de lord Donnelly arriva à la mi-octobre. Elle était brève, et pourtant Bram resta pendant plus d'une heure assis à la lire, immobile.

— Ce ne sont pas les nouvelles que vous attendiez, n'est-ce pas? demanda Grace en entrant discrètement dans le bureau, surprise de trouver Bram assis exactement dans la position où elle l'avait laissé avant d'aller coucher Mary Kathleen.

— «Dans l'état actuel des choses, nous faisons un effort pour respecter nos engagements, lut Bram avec une pointe d'émotion dans la voix. L'entreprise d'importation de marchandises coloniales de ton frère a subi de sérieux revers et ses dettes sont considérables. Mes propres affaires se sont révélées moins lucratives que par le passé, et depuis la mort de lord Helmsley, je n'ai plus de partenaire avec qui en partager la charge. En outre, cette année, nous marions Caroline à sir Bevin de Knightsbridge; sachant combien ta mère aime faire étalage de sa fortune en société, ce sera le mariage de la saison.»

Bram s'éclaircit la gorge.

— «Après toutes ces années passées à faire prospérer ton domaine et à spéculer sur le commerce du lin, nous pensions que tu possédais des avoirs suffisants. Mais si, comme tu le dis, tu ne peux pas obtenir une augmentation des revenus annuels, ni même payer rapidement la somme habituelle, alors nous devrons envisager sérieusement la vente de Donnelly House, puisqu'il n'y a pas encore d'héritier pour le domaine. Nous avons fait tout ce que nous avons pu ici pour alléger la charge financière qui pèse sur notre famille et rétablir notre réputation, nous comptons désormais sur toi pour te racheter une bonne fois pour toutes. »

Bram laissa tomber sa main sur son genou.

— Veut-il dire qu'ils sont ruinés ? demanda Grace.

— Il veut dire qu'il n'a plus suffisamment d'argent pour maintenir le train de vie habituel de la famille, et qu'il ne supportera pas que cela devienne un embarras. Il n'hésitera donc pas à vendre le domaine derrière notre dos si je ne lui envoie pas immédiatement quelque chose.

Bram frotta sa barbe naissante.

— Il me fait également miroiter l'appât de la rédemption. Je le connais. Il veut me voir revenir à la maison, mais il est trop fier pour le demander. Si je réussis, il obtiendra son argent ; si j'échoue, il m'aura, moi.

— Est-il au courant, pour le bébé ?

— Oui, dit Bram. Il sait qu'il doit honorer notre accord. Mais si ce n'est pas un garçon, il vendra la maison aux enchères et nous serons obligés de retourner en Angleterre. Il adorerait ça. Il adorerait m'avoir sous son contrôle de nouveau...

Grace se mordit la lèvre et posa une main

protectrice sur son ventre. Un des chiens de chasse s'éloigna de la cheminée pour venir renifler la main de son maître. Bram prit gentiment l'animal par les oreilles et le regarda bien en face.

— C'est du bluff, lâcha-t-il enfin. Il sait qu'il n'obtiendra rien pour le domaine. Pas avec les problèmes que nous rencontrons ici, ni avec la nouvelle taxe immobilière.

Il marqua une pause pour réfléchir puis prit une décision.

— Je vais vendre le moulin de Kildaire. Il a un bon rendement, Hastings me l'achètera sûrement. Comme ça, j'aurai quelque chose à envoyer en Angleterre, tout en gardant suffisamment d'argent pour faire tourner les affaires ici jusqu'à ce que...

Il lança un regard à Grace.

— Jusqu'à ce que votre fils soit né, acheva-t-elle à sa place. (Bram acquiesça.) Si Dieu le veut, ajouta-t-elle.

— Dieu me doit bien ça.

Il se leva et les chiens l'imitèrent, prêts à le suivre.

— Quand partirez-vous ? demanda-t-elle.

Il réfléchit un moment.

— Dès demain, dit-il enfin. Je ne sais pas quand je rentrerai, en revanche. Si Hastings pense que je suis désespéré, il me fera une proposition bien en deçà de mes espérances.

— Je m'occupe de votre valise.

Grace se leva doucement ; son dos lui faisait toujours mal.

— Préparez mon habit, dit-il en consultant l'heure à sa montre de gousset. Ajoutez deux chemises de soirée. Les bottes noires, les boutons de manchette en or.

Elle hocha la tête comme il sortait du bureau, les chiens sur ses talons. La porte d'entrée se referma bruyamment. Elle devina qu'il était allé à l'étable demander à Nolan de préparer Warrior pour un long périple à travers le pays. Elle était soulagée qu'il s'absente de la maison pendant quelque temps, même si elle imaginait qu'il passerait ses soirées avec des femmes bien plus sophistiquées qu'elle. Elle secoua la tête pour effacer ces images de son esprit et partit s'occuper de ses bagages. Elle savait que Bram aimait avoir beaucoup d'allure, particulièrement en ville.

Il était parti depuis deux jours seulement quand ils commencèrent à remonter lentement l'avenue pour pénétrer dans l'allée qui menait à la maison, de plus en plus nombreux. Grace avait grandi au milieu des pauvres, mais elle avait rarement été confrontée à une misère aussi extrême que celle qui la prenait à la gorge chaque fois qu'elle ouvrait la porte de derrière.

— Dieu vous bénisse, ma'ame, disaient-ils en tombant à genoux ou en levant leurs bébés affamés à la hauteur de son regard. Et Dieu bénisse tout le monde chez vous.

Elle ne pouvait pas les repousser alors qu'il était clair qu'ils mouraient de faim à petit feu, squelettes animés portant des enfants rachitiques trop épuisés pour bouger et qui se contentaient de la fixer en silence. Dans leurs yeux sombres, elle ne lisait que désespoir et capitulation, parfois, même, rien du tout.

Ce fut ceux-là qu'elle nourrit en premier. Elle les écouta et apprit que la plupart avaient survécu jusqu'alors en mangeant des mûres et des feuilles de chou, mais qu'il n'y avait désormais plus de baies sur les buissons et que les rares choux restants moisissaient dans les champs. A Skibbereen, disaient-ils, il ne restait plus une seule miche de pain ou un seul sac de farine de maïs à acheter. Le comité d'aide aux victimes de la famine avait fait appel à M. Hughes, le responsable de l'intendance, et celui-ci avait fait distribuer quelques tonnes de nourriture à la population, mais en fin de compte, il avait été forcé d'arrêter, car ses supérieurs exigeaient que les gens du pays mettent leurs ressources en commun pour importer ou qu'ils utilisent les produits du cru plutôt que de dépendre de la charité gouvernementale. Des émeutes avaient éclaté à Youghal quand une foule avait tenté d'immobiliser un bateau chargé de sacs d'avoine destinés à l'exportation. Les gens ne supportaient pas de voir de la nourriture sortir du pays. Le comté de Waterford déplorait déjà bien des morts quand un groupe d'hommes affamés était entré dans Dungarvan en menaçant de piller les magasins si les exportations de grain n'étaient pas suspendues. Deux mille escadrons avaient été répartis dans tout le pays afin de maintenir l'ordre. Tous les navires chargés de grain ou de farine étaient escortés par la marine nationale quand ils remontaient la rivière Fergus, et l'on racontait que des vaisseaux de guerre étaient postés à la sortie des ports de Bantry et de Berehaven.

A mesure que la nouvelle se propageait que la maîtresse de Donnelly House nourrissait ses métayers, un nombre croissant de paysans en guenilles avait trouvé le chemin de la porte de service. Brigid avait regardé Grace avec crainte la première fois que celle-ci lui avait demandé de préparer les grandes marmites pour faire bouillir la soupe et d'allumer le four afin d'y cuire du pain, mais maintenant la gouvernante arrivait à la cuisine avant l'aube afin que les malheureux qui dormaient dans les champs puissent avoir quelque chose de chaud à se mettre dans le ventre le plus tôt possible. Grace et elle travaillaient ensemble, avec l'aide de tous ceux qui avaient encore suffisamment de forces, pour distribuer à chacun au moins un bol de soupe et un morceau de pain. La plupart repartaient après un jour ou deux pour voir si, comme le prétendait la rumeur, des bateaux chargés de nourriture étaient bien arrivés aux ports de Galway ou de Cork ; d'autres les suivaient en espérant embarquer pour l'Angleterre. Le Comité de travaux publics opérait toujours, mais le nombre de travailleurs qui se présentaient chaque jour aux bureaux d'embauche dépassait de plusieurs milliers le nombre de places disponibles. Tous ceux qui pouvaient tenir une pelle ou une bêche, les jeunes enfants, les femmes enceintes et les vieillards y compris, faisaient la queue afin de s'inscrire sur la liste qui leur garantirait deux ou trois shillings par semaine. Cela leur permettrait d'assurer à leur famille un petit repas par jour à condition, bien sûr, de trouver de la nourriture à acheter.

Un désordre immense régnait dans les rues

rendues impraticables par la foule. Les centres de paye étaient installés dans des débits de boissons clandestins, où l'on incitait les travailleurs à dépenser au bar leurs maigres revenus. Les fonctionnaires chargés de la rémunération étaient, pour la plupart, des hommes sans scrupules qui payaient les travailleurs avec une grosse coupure, les obligeant ainsi soit à se rendre dans la ville la plus proche pour casser le billet, ce qui leur faisait perdre le salaire d'une journée, soit à dépenser une partie de leur revenu sur place afin d'avoir de la monnaie.

Certains demeuraient à Donnelly House dans l'espoir de survivre ainsi jusqu'au printemps – c'était surtout le cas des femmes accompagnées d'enfants en bas âge, des vieillards et des infirmes –, et d'autres restaient là pour y mourir, car ils étaient sûrs de recevoir l'extrême-onction et un enterrement chrétien. Le père Brown venait presque chaque jour réconforter les mourants, entendre leur confession et accomplir les derniers rites.

En ces temps difficiles, les membres du clergé n'étaient pas mieux lotis que les gens du peuple ; Grace vit un jour le père engloutir sa soupe d'un trait avant de fourrer un morceau de pain dans sa poche en prévision de la faim qui le tenaillerait plus tard dans la journée. Malgré cela, il se privait souvent de manger jusqu'à ce que tous autour de lui aient avalé quelque chose. Il répétait inlassablement à Grace que Dieu la bénirait pour ses bonnes actions, ce à quoi elle répondait que Dieu l'avait déjà fait. Elle pensait à l'homme qui venait d'arriver parmi eux et qui lui apportait une aide inestimable.

— Bonjour, madame, salua-t-il d'une voix douce en passant la tête dans l'embrasure de la porte. Nous avons eu deux morts, une mère et son bébé, que Dieu bénisse leurs âmes, mais la majorité de nos pensionnaires est encore bien vivante.

— Bonjour, Abban.

Grace songea avec un pincement au cœur à la mère et à l'enfant, à cette femme arrivée tard dans la nuit, titubante, serrant dans ses bras son bébé immobile, leurs bouches couvertes de plaies.

— Peux-tu les couvrir jusqu'à ce que le père Brown arrive ?

— Je m'en occupe. (Il posa sa main sur son épaule.) Il n'y a pas assez de larmes pour tous, madame. La mère et son petit sont à présent en sécurité entre les mains du Seigneur. Au chaud et rassasiés. Ne sont-ils pas heureux, aussi étrange que cela puisse paraître, puisque leur vie de misère s'est enfin achevée ?

Il alla vers le poêle et souleva la lourde marmite de gruau pour la porter dehors.

— Attends, dit Grace. Avale quelque chose tout de suite, sans quoi tu ne mangeras rien de la journée.

Abban jeta un regard vers la porte.

— Ils sont déjà nombreux à attendre.

— Mange.

Elle lui tendit un bol.

— Je vais leur apporter du thé pour les réchauffer. Tu ne leur seras d'aucune utilité si tu tombes malade.

Abban fit un signe de la tête et mangea rapidement, debout à côté du poêle. Il était en train d'essuyer soigneusement son bol quand Brigid entra.

— Bonjour, madame, dit-il. Qu'est-ce que je peux faire pour vous rendre service ?

Brigid écarquilla les yeux.

— Abban Alroy ! Tu es encore là ? Décidément, tu me surprendras toujours. Qu'attends-tu pour traîner ta carcasse jusqu'au port et ficher le camp d'ici, tant que tu es en bonne santé ?

Il lui tendit un bol et versa dedans une louche de gruau.

— Je ne quitterai pas l'Irlande, madame. Pas maintenant que j'y ai enterré les miens, mon fils et sa femme. J'ai dit à Dieu, si Vous me laissez en vie, donnez-moi au moins un travail. Et Il m'a conduit ici, alors c'est ici que je resterai. Je serai enterré en Irlande avec ceux que j'aime.

Brigid hocha la tête.

— Hélas, je te comprends.

Elle mangea son petit déjeuner jusqu'à la dernière miette.

— Enfin, on n'est pas mécontents de t'avoir, reprit-elle en jetant un coup d'œil par la fenêtre. Sors donc cette marmite et remplis leurs bols. Ceux qui n'en ont pas devront partager ; nous avons déjà distribué presque toute la vaisselle, y compris la belle porcelaine. Je n'ose même pas penser à ce que le maître dira à son retour.

— N'est-ce pas un bon chrétien ?

Abban souleva la marmite. Brigid eut un petit rire bref.

— Non, on ne peut pas vraiment dire ça. Et crois-moi, j'en sais quelque chose : ça fait des années que je travaille pour lui.

Abban porta la marmite dans la cour et aussitôt

366

une queue se forma devant lui. Il remplissait les récipients un à un, ignorant les remerciements et les bénédictions pour se concentrer sur les gamelles des enfants. Il fallait s'assurer qu'ils aient un peu plus à manger que les autres et se partagent le lait de la vache. Quand la première marmite fut vide, il la nettoya à la brosse dans la cour pendant que Brigid et Grace apportaient la deuxième. Une troisième attendait sur le réchaud.

Après avoir épuisé le gruau, elles avaient commencé à préparer de la soupe avec tout ce qu'elles avaient pu trouver ce jour-là. Elles s'étaient même résignées à sacrifier une autre poule, bien que Grace s'efforçât d'en garder suffisamment pour avoir des œufs. Cela faisait presque un mois que les distributions avaient commencé et les provisions n'allaient pas tarder à manquer. Par deux fois, Grace avait envoyé Abban en ville avec le chariot pour chercher de la farine, et il avait acheté tout ce qu'il avait pu en vendant l'argenterie, mais maintenant on ne trouvait plus nulle part de farine ou d'avoine, même si une rumeur annonçait que les Anglais allaient faire venir des colonies un navire de farine de maïs. Le jardin avait été vidé de ses denrées comestibles, les bocaux de confiture étaient quasiment tous finis, et Abban se demandait comment Grace et sa fille allaient se nourrir, sans parler de la foule qui augmentait chaque jour. Il avait pensé jusqu'alors que le châtelain rapporterait de la nourriture, mais il comprenait maintenant que c'était peu probable. Lorsqu'il était arrivé à Donnelly House, Grace lui avait seulement dit que son mari était parti pour affaires et qu'elle l'attendait d'un jour à l'autre. Deux semaines s'étaient écoulées depuis et Abban se demandait s'il ne l'avait pas abandonnée. Après tout, Donnelly était un Anglais ; peut-être avait-il décidé de rentrer chez lui auprès des siens. Il secoua la tête, soupira et entreprit de récurer la marmite encore plus fort.

— Abban ! appela Grace.

Elle se trouvait sous l'abri couvert qu'elle avait installé de l'autre côté de la cour pour les plus malades.

Elle était presque au terme de sa grossesse, et avait souvent recours à lui lorsqu'elle devait soulever ou tirer des choses lourdes.

— Deux autres sont en train de nous quitter. Envoie-moi le père Brown dès que tu le verras.

— Oui, madame, cria-t-il.

Réprimant un soupir, il partit vers la remise chercher la pelle. Sur la colline derrière le jardin, les monticules de terre surmontés d'une croix en bois se multipliaient. Grace insistait pour qu'il y ait une croix par tombe et pour que, dans la mesure du possible, le nom de chaque personne soit peint sur une pierre posée à côté de celle-ci. Les mères et les enfants étaient enterrés ensemble. Le temps manquait, et le bois, pour confectionner des cercueils, mais les corps étaient enroulés dans des draps ou de larges morceaux de toile qu'on refermait en les cousant soigneusement. Le père Brown faisait une prière pour chacun. En son absence, Grace réconfortait de son mieux les mourants en leur citant la Bible.

Après qu'il eut creusé les tombes, Abban alla à la grange s'occuper des animaux. C'était un problème pour Grace ; elle ne voulait pas que les bêtes souffrent et meurent de faim, mais elle ne pouvait les nourrir sans priver les hommes. Ils se débrouillaient de leur mieux en leur donnant du foin, mais les chevaux manquaient d'avoine et ils étaient devenus léthargiques. La vache avait encore du lait et par chance les cochons, qui d'ailleurs seraient bientôt tués et salés, s'accommodaient de tout et n'importe quoi.

Quand les animaux furent soignés, Abban retourna à la maison pour sortir la marmite de soupe. Le pain avait été coupé en tranches et placé sur une longue planche. Il y avait de l'eau et un peu de lait pour les enfants, même si la plupart d'entre eux étaient trop malades pour en profiter.

— Vous devez monter et vous reposer, madame.

Abban prit Grace par la main et la conduisit à l'intérieur.

— C'est l'heure de la sieste de la petite, et le bébé qui va bientôt arriver a besoin de vos rêves.

Grace examina son visage hâlé.

— Ce sera un enfant bien préoccupé, s'il est formé par mes rêves.

Elle tendit sa main à Mary Kathleen, qui trotta rapidement vers elle.

— Il me reste encore de l'argenterie à vendre et un peu d'argent, mais où trouverons-nous de la nourriture, désormais ?

Abban se dressa de toute sa hauteur, ce qui ne le faisait guère dépasser Grace que d'un pouce, et il essaya de prendre un air sévère en la regardant.

— Ce dont nous avons besoin nous viendra de Dieu, déclara-t-il. Comme toujours. Songez au jeune garçon qui donna son déjeuner à Notre-Seigneur

Jésus. Il n'avait que deux malheureux poissons et cinq morceaux de pain, mais en les offrant en partage, il a pu nourrir cinq mille personnes.

Grace sourit d'un air las.

— Si seulement Jésus venait parler dans la cour aujourd'hui, hein, Abban?

— Il y est, madame, affirma-t-il avec ferveur. Montez et dormez un moment. Brigid et moi pouvons nous occuper de tout pour l'instant et j'ai aperçu le père Brown qui remontait l'allée.

— D'accord, opina Grace en se dirigeant vers l'escalier. Mais réveillez-moi dans une heure.

— Promis.

Satisfait, Abban regarda Grace et Mary Kathleen gravir les marches. La maîtresse était bien trop pâle, pensait-il, et il ne donnerait pas cher d'un prématuré, par les temps qui couraient. L'enfant aussi était inquiète et s'agrippait aux jupes de sa mère avec anxiété. Il l'avait emmenée voir les animaux, mais après un petit moment, elle avait commencé à s'agiter. La maîtresse ne semblait pas dérangée par ces sollicitations perpétuelles; elle aimait, au contraire, avoir sa fille auprès d'elle, comme si la moindre absence était trop dure à supporter pour elle aussi.

Abban retourna à la cuisine et aida Brigid à préparer une nouvelle marmite de soupe. Cette fois, il n'y avait pas grand-chose dedans : du bouillon très clair, de fines lamelles de viande, quelques légumes d'hiver découpés en morceaux et une poignée de graines d'orge. C'était tout de même chaud et nourrissant, bien que cela tînt peu au ventre, et personne ne se plaignit. Beaucoup de gens avaient un chapelet à la main, et Abban entendit le nom de Grace mentionné dans chaque prière.

— On n'a toujours pas de nouvelles du maître? demanda le père Brown en se réchauffant les mains autour d'un bol de soupe.

— Aucune, répondit Brigid. Mais c'est aussi bien, sinon Mme Donnelly devrait fermer sa cuisine.

Le père Brown avala une gorgée de soupe.

— Voyons, il est sûrement au courant des agissements de sa femme, et je suis certain qu'il les approuve. Ne la louerait-il pas d'être restée si forte et d'avoir si bien su faire son devoir de chrétienne en ces temps difficiles?

Brigid eut un rire sec qui fit sursauter Abban, occupé à découper des navets.

— Je ne pense pas que «louer» soit le terme adéquat, mon père.

Elle se tourna vers lui et s'essuya les mains sur son tablier.

— Le jour où sir Donnelly réapparaîtra à cheval au bout de cette allée, quelqu'un devra payer pour tout ça.

Elle désigna d'un geste large la pagaille dans la cour, les appentis, le désordre de la cuisine. Par la porte ouverte, des gémissements leur parvenaient du salon, où les plus malades avaient été installés.

— N'escomptez pas de paroles gentilles à propos d'un quelconque devoir chrétien. Non.

Elle se détourna afin que seul Abban puisse voir la peur sur son visage.

Le père Brown posa son bol vide.

— Je pensais que sir Donnelly était au courant.

Sa mine s'était assombrie.

— Certes, je le connaissais de réputation ; les métayers le décrivent comme quelqu'un de... ferme. Mais j'avais cru, ou plutôt *espéré*, qu'il avait été converti, en quelque sorte.

— Non, mon père, répondit Brigid. Non, certainement pas.

— Bon, dans ce cas, vous devez m'appeler à la minute même où il arrivera. Je lui parlerai en faveur de Mme Donnelly et de ses bonnes actions.

Il se tourna et jeta un regard vers la route qui menait à la maison.

— En attendant, il y a du travail à faire.

— Deux personnes à enterrer, acquiesça Abban. Et il y en a trois autres dans le salon qui ne tiendront sûrement pas jusqu'à ce soir.

Le père Brown fit un signe de la tête et chercha dans les plis de sa soutane son bréviaire et son crucifix.

— J'entendrai les confessions d'abord, puis j'irai m'occuper des morts.

L'après-midi tirait à sa fin, dans un froid glacial et triste. Bientôt la neige, pourtant si rare dans le Sud où les hivers étaient d'ordinaire plutôt doux, se mit à tomber, comme si la nature, elle aussi, s'était retournée contre l'Irlande. Dans le noir, les paysans en haillons souillés se blottirent autour de petits feux de camp improvisés dans la cour. Ils se parlaient peu, laissant parfois échapper des murmures. Certains fredonnaient des airs sans mélodie dans l'espoir de calmer leurs enfants malades et affamés. Ils ne remuaient pas car ils n'avaient pas d'énergie à gaspiller. Ceux qui étaient encore forts et confiants s'étaient remis en route après le petit déjeuner, guettant le ciel avec inquiétude, persuadés que la prochaine ville leur offrirait davantage de nourriture ou un emploi, s'ils pouvaient encore travailler. D'autres étaient venus prendre leur place, le visage angoissé. Parmi eux, beaucoup avaient une mauvaise toux et respiraient difficilement, ce qui signifiait une fin proche. Abban essaya de donner à chaque nouvel arrivant une tasse de breuvage chaud et un morceau de pain. Il prit à part les plus malades ou les mourants pour les emmener dans la maison et les étendre sur des couvertures ou des tapis dans le salon. C'était l'endroit le plus splendide qu'ils eussent jamais vu et certains criaient dans leur délire, persuadés d'être entrés au paradis. Il mit les femmes avec les jeunes enfants dans la grange ou sous l'appentis improvisé dans la cour. Les hommes se débrouillèrent tant bien que mal en empilant des planches pour se faire un abri ou en restant assis près du feu durant la nuit glaciale. Tous semblaient avoir dix ans de plus que leur âge véritable. Ceux qui pouvaient se rendre utiles le faisaient, mais s'ils avaient la force de se remettre en route, ils préféraient aller tenter leur chance en ville.

Abban et le père Brown venaient juste d'inhumer la mère et son bébé dans la terre gelée quand ils aperçurent un homme à cheval qui descendait l'allée. Le cavalier ne s'arrêta pas pour parler avec les voyageurs qui marchaient sur la route, mais il les écarta de sa cravache pour pouvoir passer. Abban et le prêtre se regardèrent.

— Je crois que le maître est de retour, dit calmement le père Brown en se signant, avant de commencer à descendre la colline.

Abban resta là pendant encore une minute et jeta un coup d'œil à la fenêtre de la chambre de Grace. Pas de lumière. Il décida de ne pas la réveiller avant que le père Brown ait parlé à sir Donnelly, mais son cœur battait la chamade et il récita une petite prière pour se calmer.

16

— Mais qu'est-ce qui se passe, ici, bon sang ? demanda une voix furibonde dans la cour. Qui sont tous ces gens ? Brigid !

La gouvernante s'approcha de la porte, très pâle, et chercha des yeux le père Brown, qui traversait le jardin.

— Ravie de vous voir de retour à la maison, monsieur, dit-elle docilement. Dois-je demander à Nolan de s'occuper de votre cheval ?

Bram sauta à terre et accrocha d'un geste vif les rênes à un piquet. La colère qui émanait de lui était presque palpable ; ses yeux injectés de sang prouvaient qu'il avait trouvé un *shebeen* ouvert sur le chemin.

— Nolan !

Le jeune garçon arriva en courant.

— Sois gentil, emmène le cheval de sir Donnelly à l'écurie.

D'un geste hésitant, Nolan détacha l'animal, puis il se hâta de l'entraîner vers l'écurie.

Tous les hommes présents dans la cour s'étaient levés et attendaient en silence. La neige tombait sur leurs épaules et recouvrait leurs chapeaux usés jusqu'à la corde. Le père Brown glissa sur une plaque de verglas près du puits, recouvra son équilibre et reprit son chemin vers le perron.

— Sir Donnelly.

Il esquissa un petit salut de la tête.

— Permettez-moi d'être le premier à vous souhaiter la bienvenue chez vous et à vous féliciter pour ce que vous faites ici.

Bram plissa les yeux et observa le prêtre un moment, avant de balayer la cour du regard.

— Qui diable êtes-vous ?

Il poussa le père Brown de côté et s'avança vers sa gouvernante.

— Qu'est-ce que c'est que ce foutoir, Brigid ?

Il jeta un coup d'œil dans la cuisine par-dessus l'épaule de son employée.

— Où est Mme Donnelly ?

En rage, il pénétra dans la maison au pas de charge.

— Grace ! Grace !

Brigid le suivit.

— Elle se repose, monsieur. Comme vous le savez, elle arrive à terme, et elle a été très fatiguée dernièrement.

Bram ignora l'intervention de Brigid.

— Grace !

Il entra dans le salon et ouvrit de grands yeux en voyant tous les meubles poussés contre les murs. Des ballots de haillons jonchaient le sol ; regardant mieux, il comprit qu'il s'agissait d'êtres humains allongés à même le tapis.

Grace apparut au sommet de l'escalier. Elle se coiffa sommairement d'une main avant de descendre aussi vite que possible.

— Bram, dit-elle d'une voix posée en lui prenant le bras pour l'entraîner hors du salon. Je suis si heureuse que vous soyez de retour !

Il la regarda d'un air abasourdi.

— Pour l'amour de Dieu, que se passe-t-il ici ? Qui sont tous ces gens ?

Grace déglutit et lissa nerveusement le tablier qu'elle portait sur sa jupe.

— Ce sont vos métayers, Bram. Ils sont en train de mourir, dit-elle en soutenant son regard sans ciller. Le père Brown vient pour entendre leur confession. Ensuite, nous les enterrons.

Avec un calme insolite et presque inquiétant, Bram demanda :

— Et tous les hommes valides, dans la cour ?

— Des métayers aussi, qui essayent d'aller en ville pour y trouver du travail. Il ne leur reste plus rien ici, expliqua-t-elle.

— Et vous les nourrissez ?

Elle hocha la tête, la bouche sèche.

— Avec nos réserves ?

— Oui.

— Donc non seulement mes métayers s'enfuient sans payer leur loyer, mais en plus ils me volent ma nourriture au passage, c'est bien ça ?

Le sourire de Bram glaça le sang de Grace.

— Est-ce que je comprends bien la situation ? demanda-t-il.

— Ils ne peuvent pas vous payer, Bram, dit-elle avec un calme qu'elle était loin de ressentir. Ils n'ont pas d'argent. Ils n'ont rien à manger. Ils meurent de faim. Et maintenant, ils meurent de froid en prime. Je ne pouvais pas les chasser...

— Oh, vous ne pouviez pas ? (Il prit un air faussement surpris.) Ah, très bien dans ce cas. Si vous ne « pouviez pas »...

Il lui attrapa le bras et la traîna à travers la cuisine jusque dans la cour.

— Vous ne *pouviez* pas les chasser, mais vous allez les faire payer ; je veux qu'ils me donnent tout ce qu'ils ont, alliances, montres, boucles d'oreilles...

Il la secouait tout en parlant.

— Regardez-les ! Ils sont sournois et mesquins. Ils cousent des pièces de monnaie dans leurs vêtements, ils enterrent ce qu'ils possèdent dans les champs ou le cachent dans des troncs d'arbre creux ! Je sais qu'ils ont de l'argent caché quelque part, et cet argent m'appartient ! Dites-leur de me le rendre ! exigea-t-il.

Elle lutta pour se dégager.

— Je ne ferai pas ça ! Ils n'ont rien à vous donner !

— Alors dites-leur de quitter ma propriété sur-le-champ ou je les abattrai jusqu'au dernier.

Il serra son bras plus fort encore et la jeta à terre.

Les malheureux présents dans la cour lâchèrent leurs bols et leurs tasses et s'avancèrent comme un seul homme. Abban s'approcha, une pelle levée au-dessus de sa tête en guise d'avertissement. Bram

377

battit en retraite dans la cuisine mais ressortit aussitôt, un six coups dans chaque main. Ses chiens vinrent se placer à ses côtés, tremblants d'excitation.

— Quittez mes terres, espèces de sales Irlandais fainéants !

Les hommes demeurèrent immobiles, bientôt rejoints par les femmes et les enfants. Le père Brown était debout devant eux.

— Commencez à courir, cria Bram dont la voix résonnait dans le silence cotonneux de la cour enneigée. Sinon, je vous jure que je vous abattrai là où vous êtes. Espèces de voleurs ! Sales intrus !

Le père Brown s'approcha, les mains levées.

— Je vous en prie, sir Donnelly. Vous êtes fatigué... Vous avez fait un long voyage... Tout cela peut vous surprendre. Mais ne sommes-nous pas entre gens raisonnables ?

Bram abaissa le canon de son arme vers le prêtre, qui s'immobilisa net.

— Nous ne vivons pas à une époque *raisonnable*, curé.

Le père Brown déglutit et fit un autre pas en avant.

— Mais certainement...

Sans ciller, Bram lui tira une balle dans le pied.

— La prochaine fois, je viserai plus haut. Maintenant, fichez le camp.

Les hommes se précipitèrent pour soutenir le prêtre, vacillant, qui regardait Bram, sous le choc. Un homme se détacha soudain de la foule et monta à la charge en lançant un cri de guerre ; Bram l'abattit sans hésiter.

— Au suivant, dit-il calmement.

Comme ils ne reculaient toujours pas, il tira de nouveau, tuant un autre homme. Du sang éclaboussa la neige immaculée.

— Courez et vivez, ou restez et mourez, expliqua-t-il patiemment.

Il attendit encore quelques secondes puis, voyant qu'ils ne bougeaient pas, il soupira, secoua la tête comme un instituteur confronté à de fortes têtes et visa soigneusement une jeune femme. Aussitôt, tous reculèrent, puis ils se mirent à courir en direction de la route, traînant maladroitement les malades et les blessés derrière eux, glissant et tombant sur la glace. Bram tira en l'air pour leur faire accélérer la manœuvre, puis il lança les chiens sur eux. Là-dessus, il se retourna pour regarder les déchets que les fuyards avaient abandonnés dans la cour ; c'est alors qu'il vit Abban, qui ne s'était pas enfui mais se tenait debout près de l'étable.

— Toi ! ordonna-t-il. Va chercher les misérables qui jonchent mon salon et jette-les dans les marécages.

— Monsieur ?

— Enlève-les de là ou tu passeras l'après-midi à les enterrer avant de creuser ta propre tombe à côté des leurs. Compris ?

Il agita son arme.

— Oui, sir.

Abban alla rapidement chercher la charrette dans l'étable et la conduisit devant la porte de la cuisine. A l'intérieur de la maison, il entendait Bram interroger Grace d'un ton de plus en plus furieux. Il jura entre ses dents et entreprit de porter les mourants un par un dans la charrette. Le dernier était son cousin Dick, qui ne verrait certainement pas le soleil se lever le lendemain, tant il souffrait de la fièvre. Abban ne pouvait pas abandonner tous ces malheureux dans les marécages.

— Va à la maison paroissiale.

Brigid était apparue sur le seuil, pâle et les yeux rougis par les larmes.

— Là-bas au moins, ils seront enterrés en chrétiens.

Elle leva les yeux vers le ciel.

— Il neige fort. Bientôt tu ne verras plus rien. Laisse la charrette sur place, j'enverrai Nolan la chercher demain. Quant à toi, tu ferais mieux de ne pas revenir ici.

— Que va-t-il se passer ? demanda Abban à voix basse. Vous vous en sortirez ?

Brigid soupira, puis serra la mâchoire avec détermination.

— Je ne partirai que si je n'ai pas d'autre choix. Mon Jack est malade, et il y a Nolan... Je n'ai jamais connu un hiver aussi froid que celui-ci. Sur les routes, nous mourrons, c'est sûr.

— Et votre maîtresse ?

De nouvelles larmes embuèrent les yeux de la gouvernante.

— Je ne sais pas, murmura-t-elle en secouant la tête. Je ne pense pas qu'il osera lever la main sur elle alors que le bébé est presque à terme.

Elle s'interrompit et écouta ; une porte claqua à l'étage.

— Mais quand il a trop bu, reprit-elle, il n'est plus lui-même. Je l'ai vu se montrer terriblement cruel. Ce n'était pas avec elle, mais...

Elle laissa sa phrase en suspens.

— Je reviendrai, déclara Abban, le visage grave. Donnez à votre maître tout le whiskey que vous pourrez trouver, et peut-être finira-t-il par s'endormir.

Il grimpa sur la banquette de la charrette ; cependant, il demeura là un moment, incapable de se résoudre à partir. Il y avait de la lumière à l'une des fenêtres du premier, mais la neige l'empêchait de distinguer ce qui se passait à l'intérieur de la pièce. Il pencha la tête et tendit l'oreille : des éclats de voix lui parvinrent. Réprimant un soupir, il s'enroula plus étroitement dans sa veste et donna le signal du départ aux chevaux.

— Ce n'est pas possible, vous avez perdu l'esprit ! hurlait Bram.

Grace et lui se trouvaient dans le bureau. Elle était assise près de la fenêtre et lui arpentait la pièce, les poings serrés.

— Il ne reste plus rien dans la réserve ! poursuivit-il. Vous vous rendez compte de ce que vous nous avez fait ? Hein ? Vous vous rendez compte ?

Grace lui fit face, sans pourtant chercher à le défier.

— J'ai fait ce que j'estimais juste. Ces gens travaillent votre terre année après année, ce sont eux qui vous fournissent votre revenu. Je ne pouvais pas leur tourner le dos et les laisser mourir de faim sur le pas de notre porte.

— Alors vous avez décidé de laisser votre propre famille mourir de faim à leur place, c'est ça ?

Grace essaya de calmer l'angoisse qui lui nouait l'estomac.

— Ainsi, vous n'avez pas pu vendre la fabrique et rapporter des vivres comme vous l'escomptiez ? demanda-t-elle.

— Je ne dirige pas un asile pour déshérités. Je vous l'ai dit clairement avant de partir. Vous saviez ce que j'attendais de vous, mais cela ne vous a pas empêchée de me désobéir.

Grace ne l'avait jamais vu aussi furieux, mais ce n'est que lorsqu'elle réalisa que Brigid avait dû rentrer chez elle et qu'ils étaient probablement seuls tous les deux dans la maison qu'elle commença à éprouver de la peur.

— J'ai eu tort d'agir comme je l'ai fait sans votre permission, dit-elle avec humilité. Vous avez tout à fait raison d'être en colère.

— N'essayez pas de me calmer, cracha-t-il. Vous avez creusé votre propre tombe, madame Donnelly.

Il tira quelques papiers de la poche intérieure de sa veste et les jeta sur le bureau.

— Non seulement Hastings n'avait pas de quoi me racheter ma part, mais lui-même cherchait à vendre la sienne. Nous avons dû offrir à manger et à boire à tous les Anglais du bateau pour essayer de nous débarrasser de ce satané moulin, et il m'a fallu tout ce temps pour persuader quelqu'un d'accepter le marché. Quand ils viennent ici, mes compatriotes ne voient que des hordes de miséreux qui mendient dans les rues ; la peur flotte partout comme une mauvaise odeur. Qui voudrait investir dans un pays à l'agonie ?

— Mais vous avez bel et bien réussi à vendre ?
demanda-t-elle avec espoir.

— Oui. Mais pour presque rien. J'ai envoyé
l'essentiel de la somme à Londres par télégraphe,
me croyant en sécurité. Voilà ce qu'il reste.

Il sortit une bourse de pièces de la poche de son
manteau et la laissa tomber sur la liasse de papiers.

— De toute façon, cela ne nous servira pas à
grand-chose, car les denrées à acheter se font de
plus en plus rares dans le pays.

— Il reste les animaux, rappela-t-elle. Et je n'ai
pas touché à la cave.

— Vous peut-être pas, mais quelqu'un s'est servi.

Il jeta un coup d'œil par la fenêtre. Son visage
sévère se refléta dans la vitre.

— Vos précieux paysans irlandais ont forcé la
porte et volé ce que vous ne leur aviez pas donné.

Grace se mordit la lèvre. Elle n'éprouvait aucun
ressentiment vis-à-vis des malheureux qui avaient
pris la nourriture, mais elle savait que cela jouerait
contre elle dans le procès perdu d'avance que son
mari était d'ores et déjà en train de lui faire.

— Seigneur, je déteste ce satané pays ! s'exclama-
t-il en frappant violemment du poing sur son
bureau. Rien que des mendiants et des putes.

Terrifiée à l'idée même de bouger, Grace ne
répondit pas.

— Mais plutôt mourir que de rentrer en Angleterre vaincu. Je ne pourrais supporter le petit sourire satisfait de mon père. Non, il ne gagnera pas.
(Des gouttes de sueur brillaient sur le front de
Bram.) Je suis peut-être coincé ici, pour mon malheur, mais je n'ai pas l'intention de me laisser

engloutir par ce raz-de-marée d'ordures. Je vaincrai cette famine et cet horrible hiver, et lorsque tous les autres seront assez désespérés pour vendre, je rachèterai les terres ; cela arrivera tôt ou tard ! Quand tout sera fini, je serai l'homme le plus riche du pays, et lorsque mon père insistera pour recevoir une « rémunération », j'aurai l'extrême satisfaction de lui dire d'aller se faire foutre.

Il eut un sourire mauvais, qui s'évanouit dès qu'il posa les yeux sur Grace.

— Sortez d'ici, ordonna-t-il. Dites à Brigid de m'apporter quelque chose à boire. Puis laissez-moi seul, je dois réfléchir à un moyen de nous tirer de ce bourbier.

La nuit tomba tôt. Les flocons s'étaient transformés en grêle puis en neige fondue qu'un vent violent projetait contre la maison. Ce n'était pas le vent d'ouest, si familier en Irlande, mais une bise gelée venue du nord-est, qui mit un terme à plus d'une vie sur les routes cette nuit-là.

A l'étage, dans la maison battue par la tempête, Bram buvait le whiskey directement au goulot tout en faisant ses comptes, indifférent aux hurlements du vent qui s'engouffrait en sifflant dans chaque minuscule fente de la charpente. Se remémorant les conseils d'Abban, Brigid était descendue à la cave et en avait remonté une bouteille entière, qu'elle avait apportée à son maître dans son bureau. Puis, en s'efforçant d'ignorer la tension qui régnait dans la maison mais sans pouvoir s'empêcher de sursauter au moindre bruit de la tempête, elle avait entrepris de rôtir le dernier poulet accompagné d'un navet pour le dîner de son maître, dans l'espoir qu'un bon repas l'aiderait à s'endormir vite.

Grace débarrassa le salon des duvets et des couvertures installés sur le sol et demanda à Nolan de remettre les meubles à leur place. Lorsque ce fut fait et que tout eut recouvré son apparence antérieure, elle renvoya le jeune garçon sans tenir compte de ses protestations, puis elle alluma un feu et se perdit dans la contemplation des flammes, songeant à la situation dans laquelle elle se trouvait et regrettant de tout son cœur de ne plus être une enfant insouciante sur les genoux de sa grand-mère. Mary Kathleen, terrifiée par la tempête, dormait sur le divan. Les flammes jouaient dans ses fins cheveux blonds et elle avait niché son petit poing serré tout contre sa bouche. Elle tétait dans son sommeil et Grace s'inquiétait pour leur avenir, tandis que l'enfant à naître lui donnait des coups de pied de plus en plus violents. De temps en temps, un bruit de pas lui parvenait de l'étage supérieur, et à deux reprises elle entendit un fracas de verre brisé suivi d'un chapelet de jurons. Bram n'avait pas touché au poulet; elle songea à Abban et à son cousin mourant, seuls, sans protection dans la nuit glaciale, mais elle retint ses larmes, consciente de ne devoir montrer aucun signe de faiblesse. Elle continua à chercher des réponses dans le feu jusqu'à ce que le sommeil l'emporte enfin.

— Espèce de petite garce imbécile! cria Bram à son oreille en la tirant par les cheveux pour l'obliger à se lever.

Elle se réveilla aussitôt, le cœur battant à tout

rompre ; un regard lui suffit pour comprendre que Bram avait bu au point d'en perdre la tête. Elle chercha à se dégager en le repoussant des deux mains, mais elle n'avait aucune chance devant sa force et sa rage.

— Tout l'argent a disparu ! Jusqu'au dernier penny !

Il la projeta contre la porte et la poignée lui heurta douloureusement la colonne vertébrale.

— Et l'argenterie ! Elle appartenait à Abigail, vous n'aviez pas le droit d'y toucher ! Où est-elle ?

Il avait refermé les mains autour de la gorge de Grace et l'étranglait.

Réveillée par les cris de son père, Mary Kathleen se mit à hurler de terreur. Grace battait des mains, désespérée ; elle effleura du bout des doigts une figurine en porcelaine qu'elle parvint à attraper et qu'elle fracassa sur la tête de Bram. Momentanément assommé, il la lâcha et elle courut vers sa fille, qu'elle serra contre elle dans un geste protecteur.

Bram reprit rapidement ses esprits et les accula dans un coin.

— Il est déjà impardonnable que vous ayez dilapidé nos réserves, gronda-t-il. Mais avoir dépensé mon argent et volé l'argenterie d'Abigail... Pour nourrir ces déchets infâmes... Je devrais vous tuer rien que pour ça.

Passant près de la cheminée, il s'empara du tisonnier.

Grace reposa Mary Kathleen et se plaça devant elle. Paniquée, elle regardait tout autour d'elle à la recherche d'une issue. Il n'y avait que la porte ; pour s'enfuir, elle devait contourner son mari.

— Bram, le bébé..., supplia-t-elle.

Elle s'interrompit, car le souvenir de la dernière fois où elle avait prononcé ces mots s'imposait à son esprit.

Il se précipita sur elle et la frappa avec le tisonnier. Elle tomba à genoux.

— Le bébé, grommela-t-il en jetant son arme dans le feu d'un air écœuré. Ce satané bébé...

Il attrapa Grace par les cheveux et la traîna hors de la pièce. Puis il la força à se mettre debout, la retourna violemment et la poussa contre l'escalier. Elle trébucha et il lui décocha un coup de pied ; sa botte s'écrasa contre son abdomen. Aveuglée par la douleur, la jeune femme lutta pour ne pas perdre connaissance.

— Cours, lança-t-elle faiblement à la fillette, qui criait toujours dans la pièce voisine.

Bram eut un reniflement méprisant et l'attrapa de nouveau par les cheveux, près du crâne. Il la tira dans l'escalier et le long du couloir du premier étage jusqu'à la petite chambre close près de la nursery : la chambre d'Abigail.

— Entre là-dedans, chienne !

Il la poussa dans la pièce, puis la plaqua contre le mur.

Pas de lumière, songea Grace. Elle réalisa alors que les fenêtres étaient condamnées. Une peur panique l'envahit ; elle lutta contre Bram avec une énergie renouvelée et lui décocha un coup de genou dans l'entrejambe. Lorsqu'il se plia en deux, elle le repoussa et essaya de courir jusqu'à la porte, mais il l'attrapa par la cheville et la fit tomber avant de la tirer à lui. Elle essaya de se relever, mais au même instant il lui assena un coup de poing en plein visage. Comme elle retombait sur le sol, elle entendit la voix de Bram à travers une sorte d'épais brouillard.

— Vous resterez là-dedans jusqu'à la naissance du bébé.

Il respirait bruyamment, debout sur le seuil de la porte.

— Si c'est un garçon, peut-être vous laisserai-je sortir. Si c'est une fille, vous pourrez crever toutes les deux.

La porte se referma et Grace demeura prostrée dans l'obscurité. Elle entendit la clé tourner dans la serrure.

— Mary, murmura-t-elle avant de s'évanouir.

17

Personne ne répondit à la maison paroissiale et Abban comprit que les prêtres étaient montés se réfugier dans le minuscule couvent de sœurs situé sur la colline. Il ne pouvait se résoudre à laisser son cousin et les autres hommes seuls devant l'église, bien qu'aucun d'entre eux ne fût conscient. Il poussa le cheval terrifié dans le vent violent, les mains et le visage engourdis par le froid. Sa charrette était recouverte de neige et de glace. Il dut rester près d'une demi-heure à frapper à la porte de l'institution religieuse avant de se faire entendre au-dessus des hurlements de la tempête. Une fois à l'intérieur, il but un peu de bouillon et accepta une houppelande offerte par ses hôtesses, qui elles-mêmes possédaient fort peu, mais qui insistèrent avec force gestes pour qu'il accepte ce présent lorsqu'elles comprirent qu'il avait l'intention de repartir avant la fin de la tempête. Il embrassa son cousin Dick sur les deux joues et regarda longuement le visage du dernier membre vivant de sa famille, puis il demanda aux prêtres de l'enterrer, de dire une messe spéciale pour le salut de son âme et de mettre son nom complet sur la pierre tombale afin que lui puisse la retrouver un jour.

Il était plus de minuit, le vent avait fini par se calmer, et la neige tombait moins dru. Abban se sentait seul au monde, et il fut revigoré en voyant, dans la tourbière, les lumières vacillantes de feux de camp entre les huttes basses et rudimentaires que des malheureux s'étaient construites à la hâte. Beaucoup étaient morts, mais d'autres survivaient comme lui, jour après jour, nuit après nuit.

Quand, enfin, il aperçut la grande allée montant à Donnelly House, son cœur s'emplit de crainte et il essaya de pousser encore le cheval épuisé. Une petite lumière brillait à la fenêtre du salon, mais sinon la maison était plongée dans l'obscurité. Ils dorment bien en sécurité dans leur lit, songea Abban, un peu rasséréné. Mais lorsqu'il approcha de la maison, ses illusions volèrent brutalement en éclats ; une frêle silhouette jaillit de l'ombre et courut vers lui aussi vite que le lui permettait la neige épaisse.

— Il est ivre mort, dit Nolan, tout essoufflé.
Maman a pris la petite. Je ne sais pas ce qu'est
devenue Madame, et j'ai peur de retourner seul à
l'intérieur.

Abban hissa le jeune garçon dans la charrette et
se hâta de faire le tour de la maison pour se ranger
près de la porte de la cuisine. Il s'arrêta et écouta,
mais il n'entendait que les sifflements intermittents
du vent dans les branches.

— Où est sir Donnelly? demanda-t-il aussi fort
qu'il l'osait.

— Par terre, près de la cheminée dans le salon,
répondit Nolan, les yeux écarquillés par la frayeur.
Il revient à lui de temps à autre, jure et délire, puis
il retombe.

— Et ta maîtresse?

— En haut, je crois. Il y a du sang sur le mur près
de l'escalier. (Nolan attrapa le bras d'Abban.) Nous
devons la sortir de là.

Abban hocha la tête.

— Courage, mon garçon. Voilà ce que nous
allons faire.

Il jeta un coup d'œil à la porte ouverte de la
cuisine.

— Sans bruit, tu vas conduire la charrette à l'écurie et atteler un cheval frais. Ensuite, reviens ici.
Allez, vas-y, en silence. Et aussi vite que possible.

— Et toi, où iras-tu?

— A-t-elle de la famille dans la région?

Les yeux du garçonnet s'écarquillèrent de surprise.

— Oui-da, acquiesça-t-il. De l'autre côté du
grand bois.

— C'est là que j'irai, dans ce cas. Maintenant, dépêche-toi.

Abban sauta à bas de la charrette et se glissa dans la cuisine. Comme il traversait le hall d'entrée, il entendit Bram ronfler dans le salon. Il prit une bougie sur le buffet et se dirigea avec précaution vers l'escalier, un pas après l'autre. Soulevant la chandelle, il gravit lentement les marches, s'arrêtant pour se signer lorsqu'il arriva à la hauteur de la tache de sang sur le mur. Grace ne se trouvait pas dans sa chambre, la première sur le palier, ni dans les deux suivantes, ni non plus dans la nursery à l'extrémité du couloir. Ce n'est que lorsqu'il entendit un gémissement au-dessus de lui qu'Abban remarqua le petit escalier à côté de cette pièce. Il y avait des cheveux et du sang sur la première marche et, le cœur battant, il se hâta de monter. Il essaya de tourner la poignée, mais la porte était fermée à clé.

— Madame ? souffla-t-il à travers le battant. Vous m'entendez ?

Seuls les craquements lugubres de la maison lui répondirent, mais il avait la certitude que Grace était bien dans la pièce. Sans doute le châtelain avait-il la clé dans sa poche, mais l'idée de le fouiller pour la trouver ne plaisait guère à Abban. Il pouvait toujours tirer une balle dans la tête de cette ordure et brûler la maison, songea-t-il. Mettre un terme à ce cauchemar... Il secoua la tête. Ce serait elle qui serait accusée. Et pendue. Les Anglais prenaient plaisir à pendre les Irlandais, dernièrement, et ils se feraient une joie de passer la corde au cou d'une femme issue d'une classe modeste. Non. Il allait devoir la sortir de là sans coup férir ; son mari mourrait une autre fois. En approchant la bougie de la poignée, il nota que la serrure n'était pas très solide. Il s'appuya contre le mur d'en face et donna un coup de pied dans la porte aussi fort qu'il le put. Elle trembla mais ne s'ouvrit pas et Abban retint son souffle, tendant l'oreille, à l'affût de bruits en provenance du salon. Il refit un pas en arrière et frappa de nouveau ; cette fois, la serrure céda.

— Madame ?

La bougie levée devant lui, il pénétra dans la pièce. Les fenêtres étaient condamnées avec des planches. Il fit le tour de la pièce jusqu'à ce que sa lumière éclaire la silhouette recroquevillée dans un coin.

— Dieu du ciel, murmura-t-il avant de s'approcher de Grace.

La lueur de la flamme révéla un visage méchamment enflé. Du sang s'échappait d'une profonde coupure au-dessus de l'œil, la lèvre inférieure était fendue, les cheveux emmêlés et arrachés par poignées. Les mains de Grace étaient blessées, certains de ses ongles manquaient. Abban posa la chandelle à terre et prit la jeune femme dans ses bras. Elle gémit et essaya de le repousser.

— Chut, tout va bien, madame, murmura-t-il d'un ton apaisant. C'est Abban, je suis venu vous ramener chez vous. Il faut vous calmer.

Il la souleva maladroitement en faisant bien attention à son ventre et en essayant de tenir la bougie en même temps. Elle n'ouvrit les yeux qu'une fois, le regardant sans le voir, avant de les refermer. Soudain, il eut peur et se hâta de descendre l'escalier, de traverser la cuisine et de sortir dans la nuit glaciale. Il posa son précieux fardeau avec douceur à l'arrière de la charrette, là où les hommes mourants avaient été allongés peu de temps plus tôt, puis il retourna chercher à l'intérieur toutes les couvertures qu'il put trouver. Il en entoura Grace et la recouvrit afin de la protéger et de la tenir au chaud pendant le voyage.

— Ainsi, elle est vivante, dit Nolan avec soulagement.

— Pas pour longtemps, répondit Abban en lui lançant une couverture. Allez, monte à présent, et montre-moi le chemin.

Les O'Malley n'étaient pas encore levés lorsque Abban immobilisa son attelage devant chez eux. Il lui avait fallu plusieurs heures pour arriver jusquelà : à deux reprises, il avait dû s'arrêter pour dégager la neige de la route, et deux fois encore Nolan et lui s'étaient trompés de route tant la neige avait transformé le paysage. Bien qu'épuisé, il sauta à terre et alla frapper violemment à la porte jusqu'à ce qu'on lui ouvre.

— Nous n'avons pas grand-chose à t'offrir, mon frère, lui dit Patrick en bâillant. Mais si tu attends que le feu soit en route, nous pourrons toujours te donner une tasse de thé et un peu de porridge.

— Je vous ai amené votre fille, s'empressa d'expliquer Abban. Elle est blessée. Aidez-moi à la sortir de la charrette.

Patrick sortit aussitôt de son demi-sommeil et appela ses fils par-dessus son épaule.

— Ryan ! Sean ! Vite, c'est Grace.

Il suivit Abban jusqu'à la charrette et regarda à l'intérieur.

— Doux Jésus, que s'est-il passé ?

Ryan se hâta hors de la maison tout en enfilant son pantalon, les pans de sa chemise ouverte battant au vent. Il se plaça face à son père et ils soulevèrent ensemble le ballot de couvertures. Grace gémit et la coupure de sa lèvre se rouvrit, un filet de sang coula sur son menton recouvert d'une croûte sombre. Ils la portèrent à l'intérieur et l'allongèrent devant l'âtre. Sean soufflait sur les braises pour faire partir le feu. Grandma courut vers eux en nouant son châle autour de ses épaules. Abban et Nolan s'approchèrent jusqu'au seuil de la porte et s'immobilisèrent pour regarder la scène avec anxiété.

Patrick leur fit signe d'entrer.

— Venez. Fermez cette porte. Dites-moi, qui êtes-vous ?

— C'est M. Alroy, qui nous aidait à Donnelly House, expliqua Nolan.

Abban hocha la tête et entra dans la pièce principale de la petite maison, qui lui rappelait tant la sienne ; son cœur se serra à la pensée de la famille qu'un mois plus tôt il avait encore.

— Sean, ordonna Grandma, mets la bouilloire à chauffer et va me chercher ma trousse. (Elle se tourna vers Abban.) Il l'a battue, n'est-ce pas ?

Ce dernier acquiesça et s'assit à côté de Grace pour lui tenir la main.

— Elle l'a mis en colère en nourrissant les affamés qui venaient frapper à sa porte. J'étais parmi eux, et je suis resté pour l'aider. Il était parti, vous comprenez, pour affaires. Avec ce froid, elle n'a pas eu le cœur de renvoyer les malheureux qui lui demandaient refuge...

— Non, bien sûr, répondit doucement Grandma en chassant les cheveux qui tombaient sur le visage livide de Grace.

— Il est apparu tout à coup. Elle avait d'énormes marmites de soupe sur le feu, des mourants plein la maison et le père Brown dans la cour prêt à les enterrer.

Abban s'interrompit pour regarder Patrick.

— Il a tiré dans le pied du prêtre et a abattu deux hommes froidement pour violation de propriété.

Le visage de Patrick se durcit.

— Et ensuite il l'a battue ?

Abban secoua la tête.

— C'est arrivé plus tard. Il a bu et ressassé un moment. Il m'a chassé de la propriété, mais je suis revenu et je l'ai trouvée dans cet état, enfermée dans une pièce à l'étage. Lui cuvait son whiskey au rez-de-chaussée.

— Où est Mary Kathleen ?

Sean donna ses herbes et ses baumes à Grandma, puis il boitilla jusqu'à la porte et regarda en direction de la charrette.

Abban et Nolan échangèrent un regard piteux et leurs épaules s'affaissèrent. Comment avaient-ils pu oublier l'enfant ?

— Elle est en sécurité, expliqua Nolan d'un ton las. Maman l'a emmenée chez nous.

— Je vais retourner la chercher.

Abban se leva et se dirigea vers la porte, chancelant.

— Asseyez-vous, dit Patrick avec fermeté. Vous

n'êtes pas en état de ressortir, surtout par ce temps. De plus, à l'heure qu'il est, il doit être en train de se réveiller et de faire le tour du propriétaire. Votre mère accepterait-elle de conduire l'enfant ici? demanda-t-il à Nolan.

— Je ne sais pas, dit-il l'air découragé. Elle était terriblement effrayée quand elle est entrée dans la maison et qu'elle a vu la petite qui pleurait dans un coin et du sang partout sur les murs. Elle m'a dit d'attendre M. Alroy près de la porte et de lui dire ce qui s'était passé.

Aghna était levée elle aussi, et tenait le petit Thomas dans ses bras.

— Va-t-elle perdre le bébé, Grandma? demanda-t-elle avec douceur.

Grandma fit courir sa main sur le ventre de Grace, s'arrêtant de temps en temps, les sourcils froncés.

— Je n'en sais rien, répondit-elle. Je crois que l'enfant bouge un peu, mais c'est difficile à savoir. Ils ont beaucoup souffert tous les deux.

Elle leva les yeux et vit l'inquiétude inscrite sur le visage d'Abban, la fatigue du jeune Nolan.

— Fais-leur quelque chose à manger, Aghna, la nuit a été longue pour eux.

Pendant que les hommes s'asseyaient à table, Grandma entreprit de recoudre la coupure au-dessus de l'œil de Grace, elle appliqua un baume sur ses lèvres et sur les plaques arrachées de son cuir chevelu. Avec des ciseaux, elle égalisa ses ongles brisés avant de bander les doigts dont les ongles avaient été arrachés. Enfin elle demanda à Ryan et Patrick de porter Grace sur la paillasse de sa propre chambre, où ils la posèrent aussi délicatement qu'ils le purent.

Dans l'intimité, Grandma déboutonna la robe déchirée, clignant des yeux pour chasser les larmes qui brouillaient sa vue chaque fois qu'elle découvrait une nouvelle contusion. Elle appela Aghna pour qu'elle l'aide à baigner et nettoyer les plaies, et ensemble elles enfilèrent une chemise de nuit à la malheureuse. A deux reprises, Grace ouvrit les yeux, mais elle ne parut pas comprendre où elle était ni avec qui. Chaque fois, elle referma les paupières avec soulagement et sombra dans le profond sommeil des combattants épuisés.

A table, les hommes discutaient des possibilités qui s'offraient à eux. Patrick affirmait que c'était à lui de venger sa fille et de sauver sa petite-fille, mais Abban le calma et lui expliqua que ce serait folie. Patrick ne connaissait pas les environs de Donnelly House et serait aussitôt repéré dans la neige ; de plus, il n'était pas familier aux chiens, qui rôdaient la nuit sur les terres quand leur maître était à la maison. Pour peu que le châtelain décidât une fois encore de jouer des pistolets... Non, franchement, ils n'avaient pas besoin d'un autre corps à enterrer, point final. Il en allait de même pour Ryan, et Abban vit naître un profond soulagement dans les yeux d'Aghna lorsqu'il en fit la remarque. Après de longues palabres, il fut finalement décidé que Nolan et Abban, que les chiens ne risquaient pas d'agresser, retourneraient ensemble au manoir, mais pas avant d'avoir mangé et dormi. Ils feraient en sorte d'arriver à la nuit tombée.

La tempête s'était calmée. Seules quelques rares

rafales de vent soufflaient encore par moments et le ciel était sans nuages. La réverbération du soleil sur la neige était aveuglante ; la glace qui s'était formée sur les vitres fondait rapidement. Tous regardaient dehors avec émerveillement, admirant ce spectacle si rare et si beau.

— On se croirait au royaume des fées, murmura Nolan d'une voix ensommeillée.

Ryan apporta des paillasses et Grandma installa Abban et Nolan près du feu. Le bon porridge et la chaleur de la pièce les aidèrent, tant ils étaient las, à trouver immédiatement le sommeil.

L'après-midi était bien avancé lorsqu'ils se réveillèrent. Grandma leur offrit un bol de soupe claire avec un peu de pain dur à tremper, puis elle leur donna des chapeaux et enveloppa leurs mains dans des lambeaux de draps déchirés. Tous les membres de la famille les accompagnèrent jusqu'à la carriole et demeurèrent sur le chemin en attendant qu'ils s'éloignent. Abban, qui ne souhaitait pas porter le poids de leur inquiétude plus longtemps que nécessaire, dut insister pour qu'ils rentrent à l'intérieur. Lorsqu'il releva la tête, seul Sean demeurait sur le seuil.

— Pourquoi ne l'avez-vous pas tué ? demanda-t-il calmement lorsque Nolan eut grimpé à l'arrière de la charrette et se fut réfugié sous les couvertures.

Abban prit un moment la mesure de ce petit homme au bras estropié et à la jambe boiteuse. Il fut frappé par la ressemblance de son regard avec celui de sa sœur.

— J'aurais dû, répondit-il. J'en avais le désir. Mais je n'ai pas eu le temps de réfléchir correctement, je ne pensais qu'à une chose : la sortir de là. De plus, je craignais que les Anglais ne se fassent une joie de la pendre pour meurtre, s'ils retrouvaient Donnelly avec une balle dans la tête.

— Oui-da. Il ne fait plus bon être irlandais en Irlande, de nos jours. Si nous ne mourons pas de faim ou de fièvre, ils nous jettent en prison pour conspiration.

— Tant qu'il nous restera des jeunes comme celui-ci, déclara Abban en jetant un coup d'œil à Nolan, assoupi derrière lui, nous survivrons.

— Les jeunes meurent plus vite encore que les vieux, déclara Sean d'un ton dur, et ceux qui survivent errent sur les routes et hantent les villes.

— Les sœurs de la Rose, à Cork, s'occupent d'eux. J'ai entendu dire qu'elles acceptaient tous les orphelins qui arrivaient à leur porte.

Sean posa la main sur l'épaule d'Abban.

— Jamais auparavant nous n'avons eu d'orphelinats, en Irlande. Jamais. Nous nous sommes toujours occupés des nôtres. Mais cela aussi, ils nous l'ont enlevé. Ce n'est pas d'orphelinats supplémentaires que nous avons besoin, conclut-il sans détour, mais de moins d'Anglais.

— Ce n'est pas la première fois que j'entends cela.

— Et ?

— Il est vrai que les soldats anglais sont assoiffés de sang.

— Et à force de se dessécher, les Irlandais n'ont-ils pas soif, eux aussi ?

Abban réfléchit un moment à cet échange avant de répondre :

— Je suis un homme simple. Un fermier depuis toujours. Mon grand-père portait le ruban, mais à la fin de sa vie, il ne cessait de répéter que la lutte avait coûté plus de vies qu'elle n'en avait sauvé, et que l'Irlande avait beaucoup souffert à cause de cela. Il m'a dit de toujours suivre la loi et de vivre honnêtement, et c'est ce que j'ai fait.

Sean scruta son visage avec attention.

— Bon, très bien.

Il hocha la tête et tourna les talons pour rentrer dans la maison.

Tout à coup, Abban le rattrapa par le bras.

— Mais cela, c'était avant, ajouta-t-il. Dans une autre vie.

— Je comprends.

Abban lui lâcha le bras.

— Je ne suis plus un jeune homme.

— Vous n'êtes pas vieux non plus.

— J'ai été chassé de la maison de mon enfance par des soldats qui l'ont détruite en riant.

— Cela arrive tous les jours, acquiesça Sean.

— J'ai regardé tous les membres de ma famille mourir de fièvre au bord de la route et les ai enterrés de mes mains dans les bois pour que les animaux ne les mangent pas et pour que les soldats ne profanent pas leurs tombes. Ces dernières semaines, j'ai enterré plus de gens que je n'en puis compter, et vu mourir de faim un nombre incalculable d'enfants.

— Oui-da.

— J'ai vu des soldats anglais à cheval piétiner des gens encore vivants et envoyer des enfants sains dans des asiles infestés, où ils sont morts dans d'affreuses souffrances.

Il s'interrompit, jeta un coup d'œil en direction de la porte ouverte de la maison et baissa la voix.

— Et j'ai vu une femme formidable, une bonne chrétienne, battue presque à mort par son mari, propriétaire terrien anglais. Et je sais qu'il n'aura jamais à répondre de son crime devant la loi.

— Nous devons changer ces lois qui ne nous donnent aucun pouvoir sur nos propres destinées.

— Comment? demanda Abban avec angoisse. O'Connell est mort, et à la fin de sa vie c'était un homme brisé. Peel lui-même a baissé les bras.

— Cela signifie-t-il que nous devions faire de même?

— Je collectais des fonds pour les Repealers dans ma paroisse, mais les médisances m'ont poussé à quitter le mouvement. Ces gens-là ne faisaient rien contre la souffrance; il n'était question que de politique, ils ne cherchaient qu'à endiguer la montée des Young Irelanders.

— Vous êtes contre eux, alors?

Abban secoua la tête.

— Pas s'ils réagissent à la famine. Pas s'ils se lèvent comme les hommes d'action qu'ils affirment être. Mais ce Smith O'Brien, leur responsable, est un garçon à peine plus âgé que vous, et protestant qui plus est. Un de ces satanés intellectuels qui ont passé des années les fesses sur un banc du Parlement et qui ne savent rien des gens du peuple.

— Ces années, il les a passées à plaider la cause de l'Irlande, jour après jour, fit valoir Sean. Et avec lui, il a Duffy, qui est fils d'épicier, et Meagher, dont le père était le maire catholique de Waterford. Et le jeune John Mitchel, élevé par un pasteur presbytérien. Ils sont tous prêts à parler en notre nom.

— Et si je voulais parler en mon propre nom ?

Abban croisa les bras sur sa poitrine.

— Une voix isolée est aisément noyée, observa Sean. Ajoutez-la aux nôtres et ils seront contraints d'écouter.

A cet instant, le soleil perça les nuages qui s'étaient peu à peu amoncelés dans le ciel, et un rayon de lumière éclaira les deux hommes, les réchauffant brièvement. Soudain, le visage d'Abban se modifia : la détermination remplaça le désespoir.

— Je tire mieux que beaucoup, bien que je n'aie pas de fusil, dit-il d'un ton calme. Je monte à cheval, et je connais ces montagnes mieux que personne. J'ai lu les discours de Duffy dans *La Nation*, et je connais vos positions.

— Si vous êtes fait prisonnier, on vous jugera pour trahison. Et vous serez pendu, éviscéré et écartelé, selon la coutume.

— Alors, je ne me laisserai pas prendre, répondit Abban avec un sourire amer. Où dois-je aller, maintenant ?

— A Donnelly House, pour récupérer Mary Kate, dit Sean. Si vous n'y parvenez pas, remontez la vallée jusqu'à Black Hill. Demandez sur la route la maison d'un dénommé McDonagh. Au besoin, recommandez-vous de moi. Lorsque vous serez là-bas, n'acceptez de parler qu'à lui, et en privé.

— N'ai-je pas déjà entendu parler de ce McDonagh ?

— Sans doute que si.

Sean soutint son regard.

— Et il aurait bien besoin de quelqu'un comme vous pour le soutenir dans son action. Nous ne sommes pas tous des saints, vous savez, et il lui faut quelqu'un de confiance.

Une nouvelle fois, Abban jeta un coup d'œil en direction de la porte ouverte.

— Alors, je suis son homme, répondit-il.

18

Julia Martin faisait les cent pas dans le salon ; entre chaque va-et-vient, elle s'interrompait pour regarder par la fenêtre. Elle triturait les bagues qu'elle portait aux doigts, modifiait l'arrangement des bouquets de fleurs, prenait des livres sur les étagères et en tournait les pages sans les lire, pour ensuite les remettre en place ou les abandonner sur une table basse. Finalement, elle se laissa tomber dans un fauteuil et poussa un soupir, à bout de patience.

— Dieu du ciel, Julia, que t'arrive-t-il ?

Son père était assis près de la cheminée, ses journaux empilés à côté de lui.

— Ne peut-on plus lire tranquillement les nouvelles du jour sans craindre de recevoir un livre sur la tête ?

Fronçant les sourcils, Julia se mordilla un ongle.

— Ce n'est pas en lisant ce torchon que vous apprendrez quoi que ce soit, dit-elle avec dédain. Tout ce qui vaut la peine d'être lu se trouve dans *La Nation*, père, comme vous le savez parfaitement.

— *La Nation*? Mais ce journal est écrit par une bande de vauriens radicaux, à ce qu'il paraît, plaisanta-t-il. Des bouffons suréduqués, bourrés d'idéaux romantiques...

Elle lui jeta un coussin à la tête en riant.

— A ce propos, poursuivit M. Martin, dis-moi comment tu comptes galvaniser les foules cette semaine.

Il cala le coussin sous son bras, sortit sa pipe et entreprit de la bourrer avec un peu de tabac tiré d'une boîte en argent posée sur une table près de lui.

— Alors? Quel est l'objet de votre prose enflammée, cette semaine?

— La révolution, bien sûr.

Elle se redressa et se pencha en avant.

— John veut que nous offrions tout notre soutien aux Young Irelanders. Ils se heurtent à l'opposition du groupe d'O'Connell, les prêtres sont contre eux, et la bourgeoisie ne leur donne pas assez d'argent pour financer un soulèvement armé.

— Un soulèvement armé?

Son père tira sur sa pipe jusqu'à ce que d'épaisses volutes de fumée s'en échappent.

— En sommes-nous arrivés là?

— Mais bien sûr! Ma parole, cela fait trop longtemps que vous vous voilez la face en lisant la presse pacifiste!

404

Elle se leva et traversa la pièce pour s'installer en face de lui.

— Que s'est-il passé ces derniers mois, à votre avis ?

— Mon avis, c'est que nous sommes au cœur de la plus terrible famine que l'Irlande ait jamais connue, répondit-il calmement. Ici, à Dublin, les mendiants agonisants sont si nombreux qu'on ne peut circuler dans les rues, les asiles des pauvres sont saturés, les hôpitaux sont impuissants. Pendant ce temps, des bateaux remplis de grain quittent nos ports chaque jour, et Londres refuse de nous envoyer de l'aide parce que ce serait trop cher et que cela risquerait de nuire aux cours agricoles. Toute l'Angleterre se bouche les oreilles pour ne pas entendre les cris de torture qui s'élèvent de nos rues, les Anglais s'en lavent les mains avec une frénésie digne de Ponce Pilate. Voilà ce qui se passe, à mon avis.

— « S'en lavent les mains avec une frénésie digne de Ponce Pilate », répéta Julia. C'est bon, ça. Je m'en servirai dans mon prochain papier.

— Il ne s'agit pas de rhétorique, ma fille, lui rappela-t-il, mais de réalité. Derrière les mots passionnés que tu utilises dans tes articles, il y a la souffrance très réelle de personnes tout aussi réelles. Ecris-tu *sur* eux ou *pour* eux ?

Julia rougit.

— Ce n'est pas juste, dit-elle avec colère. J'aime mon pays, et je ne peux pas le voir détruire sans rien faire.

— Non, reconnut son père, mais tu ne serais pas la première à te laisser emporter par la dynamique

405

de la révolution quand les vraies questions sont celles de la famine et de la survie.

— Ne travaillé-je pas à la soupe populaire ? Et ne suis-je pas ambulancière en plus ? s'insurgea-t-elle. Ne passé-je pas des semaines entières à voyager pour mendier de l'argent et de la nourriture dans toutes les grandes maisons de l'est du pays ? N'ai-je pas vidé mes propres poches et vendu les bijoux de ma mère pour obtenir de quoi acheter de la nourriture et des médicaments ?

— Tu as fait tout cela et plus encore, ma chérie.

— Si mon peuple et ma patrie ne m'importaient pas, je serais restée en Angleterre et j'aurais tranquillement terminé mes études, continua-t-elle, toujours en colère. Je passerais mes soirées à danser et à dîner dehors au lieu de quémander de la nourriture, d'écrire des articles politiques qui pourraient me faire envoyer en prison, et surtout de perdre mes plus belles années à attendre tard dans la nuit des renégats et des hommes recherchés !

— Ah.

Il tira une bouffée de tabac aromatique.

— Voilà qui explique tes allées et venues.

Elle prit un air renfrogné.

— Il est en retard.

— Dis-moi, ce n'est tout de même pas de M. McDonagh qu'il est question ? (Les yeux de M. Martin pétillaient de malice.) Le rebelle de Black Hill, celui que les hommes admirent et devant lequel les dames se pâment ?

— Eh si, celui-là même, admit-elle, de meilleure humeur.

— Que fait-il ici, alors ?

— William veut qu'il rencontre John et Thomas Meagher. David est parti le chercher hier.

Elle jeta un coup d'œil à l'horloge posée sur le manteau de la cheminée.

— Selon mes calculs, ils auraient dû arriver il y a des heures.

— Passeront-ils toute la soirée avec nous? interrogea son père. J'avais l'intention de me coucher tôt, mais je suppose que...

Elle eut un petit geste de la main.

— Montez dans votre chambre quand il vous plaira, père. Morgan a seulement besoin d'un lit pour la nuit.

M. Martin étudia le visage sérieux de sa fille, sa pâleur, ses yeux noirs anxieux.

— Tu as un crayon dans les cheveux, ma chérie, observa-t-il affectueusement.

Il tendit la main pour l'ôter et remit ensuite en place avec douceur les mèches déplacées.

— Et n'est-ce pas ton cœur que j'entends battre comme un tambour?

Elle le dévisagea un instant, puis reporta son regard sur le feu. Elle se mordit la lèvre.

— Je n'ai jamais été très douée pour les histoires d'amour, père, comme vous le savez bien.

Il eut un petit rire.

— C'est ce qui fait ton charme, ma chère enfant. Ils te croient tous inaccessible, et c'est pour cela qu'ils font la queue devant ta porte. De fait, je t'imaginais plus intéressée par une vie indépendante que par un mariage, observa-t-il avec inquiétude. Tu as fait ton entrée dans le monde comme un ouragan, puis tu as laissé tomber une bonne dizaine de prétendants très acceptables pour partir à l'université. Mais comme tu as toujours su ce que tu voulais, je ne me suis jamais permis de te donner de conseils. (Il poussa un soupir.) Si au moins ta chère mère était encore en vie, peut-être y aurait-il un minimum d'ordre dans ton existence et...

Elle sourit.

— Es-tu bien en train de me parler de la seule femme qui ait jamais été renvoyée par les dames patronnesses à cause de ses idées « progressistes et déplacées » ? Celle qui a étudié le droit toute seule et a écrit un pamphlet sur le planning familial, pamphlet interdit, bien sûr, et qui a bien failli nous faire tous excommunier ?

Son père ne put s'empêcher de rire.

— Celle-là même. Qui d'ailleurs était toujours très courtoise, même lorsqu'elle se querellait avec l'évêque, et qui savait parfaitement diriger sa maison. Mais tu as tout à fait raison : si elle était encore de ce monde, vous vivriez toutes les deux dans les collines avec les autres, et vous apprendriez aux rebelles à écrire d'une main tout en tirant de l'autre.

— Vous avez été très patient avec nous, observa-t-elle affectueusement. Vous avez toujours soutenu mère même quand elle vous mortifiait, et vous m'avez laissé prendre mon destin en main sans rien dire. Et qu'avez-vous obtenu en récompense de ces précepteurs, de ces études à l'université, de ces voyages, de cette pensée libre que vous m'avez offerts ? Une fille incapable de diriger une maison, qui porte des vêtements passés de mode, fume, boit, écrit des articles politiques incendiaires et remplit votre maison d'anarchistes !

— Ah, mais comme ma vie serait ennuyeuse sans toi, Julia, dit-il avec fierté. Si passionnée et enthousiaste. Jamais je ne voudrais que tu sois différente.

Il tapota le rebord du cendrier de sa pipe pour faire tomber le tabac.

— En revanche, je m'inquiète un peu de te voir devenir aussi excentrique si jeune, la taquina-t-il. Que te restera-t-il pour plus tard ?

— Lorsque ma vue commencera à baisser et que j'aurai trop de rhumatismes pour tenir un stylo, je pourrai toujours élever des chats et me promener toute la journée en grommelant, répliqua-t-elle.

— Peut-être te marieras-tu, en fin de compte.

— Je ne sais pas, répondit-elle simplement.

— Le mariage ne l'intéresse pas ?

Elle haussa les épaules.

— Je ne lui ai pas encore posé la question.

M. Martin leva les yeux au ciel d'un air faussement exaspéré.

— Ce n'est pas ainsi que cela se passe, ma chérie. Il est catholique, n'est-ce pas ?

— Oui, acquiesça-t-elle. Nous avons cela en commun. Mais il compte parmi ses amis aussi bien des prêtres que des pasteurs, et il n'a pas de préjugés dans un sens ou dans l'autre. Même s'il n'a pas reçu d'éducation formelle, il est capable de retenir un nombre astronomique d'informations, c'est une vraie éponge. Et il est brave, pas intrépide, il admet connaître la peur, il est courageux. Il a le sentiment d'avoir reçu une mission de Dieu.

— Et tu es tombée amoureuse de lui.

Elle hocha la tête. Puis la secoua.

— Je ne sais pas. Je suis distraite et malheureuse quand il n'est pas là, mais en sa présence, je n'arrive pas à travailler non plus ! Je n'ai aucun contrôle sur ce qui m'arrive, et j'ai horreur de ça.

Elle s'extirpa de sa chaise et retourna à la fenêtre.

— Peut-être que, si nous étions amants, j'arriverais à me le sortir de la tête.

— Julia ! s'exclama M. Martin, lâchant sa pipe dans son indignation.

Elle lui décocha un petit sourire par-dessus son épaule.

— Oh, père, je plaisante !

— Parfois, j'en doute, gronda-t-il.

Elle reporta son attention sur la fenêtre et se figea.

— Le voilà.

M. Martin soupira et se leva de son fauteuil pour suivre sa fille dans l'entrée glaciale. La porte s'ouvrit, et l'homme d'action que tous les intellectuels admiraient tant entra. McDonagh et O'Malley – un garçon brillant, de l'avis général – faisaient déjà figure de légendes au sein du groupe d'étudiants grisés qui suivaient le vent du changement.

— McDonagh.

M. Martin lui serra la main.

— Cela me fait plaisir de vous voir.

— Le plaisir est partagé, monsieur, répondit poliment Morgan. Et merci de me loger ce soir.

— Quand vous voudrez, mon cher garçon, quand vous voudrez. Et maintenant, excusez-moi, une brique chaude m'attend dans mon lit.

Il se tourna vers Julia et l'embrassa sur la joue.

410

— Bonne nuit, ma chérie. Et fais bien attention à ce tambour, ajouta-t-il en soutenant un instant son regard.

— Bonne nuit, père, répondit-elle avec un sourire.

Ils le regardèrent gravir l'escalier ; puis Julia suspendit le manteau humide de Morgan à un porte-manteau pour le faire sécher avant de conduire son invité dans le salon. Elle ferma la porte derrière eux afin de garder la chaleur à l'intérieur, et Morgan s'approcha aussitôt de la cheminée.

— Il est bien tard, observa-t-il en tendant les mains vers les flammes. Je vous ai fait attendre.

Elle balaya ses excuses d'un petit geste de la main.

— Je me couche toujours très tard. Un verre ? proposa-t-elle en débouchant la carafe de whiskey.

— Nous avons vidé toute une bouteille chez Smith O'Brien, avoua-t-il. Je ne tiens pas très bien sur mes jambes.

— Eh bien, je vous en prie, asseyez-vous ! dit-elle en lui indiquant le fauteuil abandonné par son père, et prenez un dernier verre avant d'aller vous coucher.

— Un dernier verre, d'accord.

Il s'assit et étendit les jambes devant lui avec un soupir d'aise.

— Alors, qu'avez-vous pensé de notre John Mitchel ? s'enquit Julia en lui tendant un verre à moitié plein de whiskey.

Un long moment, il plongea son regard dans l'alcool d'un air las.

— Ma foi, c'est une vraie tornade, n'est-ce pas ?

Elle rit de bon cœur, debout près du fauteuil de

411

Morgan, le bras appuyé nonchalamment sur le manteau de la cheminée.

Il secoua la tête.

— Je n'ai pas compris la moitié de ce qu'il a raconté. C'est soit un fou, soit un visionnaire.

— Un peu des deux, répondit-elle en portant son verre à ses lèvres.

— En tout cas, il semble nous soutenir, et nous avons bien besoin de l'influence d'un homme comme lui, notamment sur la presse. Pour ce qui est de Meagher, j'avais déjà entendu son discours, et je continue à l'admirer. Smith O'Brien, bien sûr, est le meilleur de nous tous, et jamais je ne pourrai dire tout le bien que je pense de lui.

— Comment va David ?

— Le capitaine Evans ? Plutôt bien, même s'il est fatigué d'arpenter la campagne dans la neige. Il se peut qu'il aille chercher Sean à Macroom dans une semaine. Maintenant qu'ils savent quel atout il représente, ils ont peur qu'il ne tombe malade et meure. Smith O'Brien le veut en sûreté et au sec à Dublin pour pouvoir garder un œil sur lui.

— Que fait-il ?

— Des cartes, expliqua Morgan en buvant une nouvelle gorgée. Il connaît l'ouest du pays mieux que quiconque ; comment, je l'ignore, car de toute sa vie il n'est guère allé au-delà de la Lee et des montagnes de Derrynasaggart ! De plus, c'est ce que Mitchel appelle un « stratège-né », il est très doué pour préparer des embuscades. Il dit tirer son inspiration des grandes batailles de la Bible, ce qui n'étonne guère tous ceux qui le connaissent.

— Je vois. Et vous ? Irez-vous aussi à Dublin ?

— Non. Je passe déjà trop de temps loin de ma mère, et elle ne va pas bien.

— Mais n'avez-vous pas des centaines de sœurs à la maison?

Il rit.

— Pas exactement. Barbara, l'aînée, est entrée chez les sœurs de la Rose et va bientôt devenir religieuse à part entière. La suivante est... (Une expression inquiète passa fugitivement sur ses traits.) ... elle est quelque part à Londres, acheva-t-il.

Après avoir bu une dernière gorgée, il repoussa fermement le verre loin de lui.

— J'ai encore trois sœurs à la maison, sans compter le bébé, mais toutes ont beaucoup souffert du froid et de la faim cet hiver. Pourtant la sœur de Sean, Grace, leur a envoyé à plusieurs reprises de la nourriture pour les aider à tenir le coup.

— C'est celle qui est mariée à Bram Donnelly?

— Oui, dit-il, le regard perdu dans les flammes.

— Je l'ai rencontrée une fois. A un dîner. Elle m'a beaucoup plu. Elle m'a semblé sans prétention, et sa conversation avec David était intéressante, j'avoue que je n'ai pas pu m'empêcher de l'écouter. Mais c'était il y a des siècles...

— Moi-même, je ne l'ai pas vue depuis bien longtemps. Je sais seulement qu'elle a ouvert sa cuisine aux plus démunis après Noël et qu'elle a sauvé de nombreuses vies. (Il fit une courte pause.) Je vois mal son mari l'autorisant à faire une chose pareille, mais peut-être a-t-elle réussi à le changer.

— Connaissant Bram Donnelly, cela m'étonnerait fort.

Morgan la regarda, puis détourna de nouveau les yeux.

— En tout cas, elle s'occupe bien de sa famille, et de la mienne aussi dès qu'elle le peut, mais c'est tout de même à moi de le faire et je n'aime pas abandonner ma mère et mes sœurs, surtout durant une période aussi difficile.

— Nous devons tous faire des sacrifices, remarqua Julia.

Elle finit son verre et le reposa.

— « A celui qui a beaucoup reçu, on demandera beaucoup », cita Morgan.

La jeune femme jeta un coup d'œil autour de la pièce, avec sa réserve de bois pour le feu, ses meubles confortables, son plateau de biscuits.

— Oh non, Julia, protesta-t-il aussitôt, je ne pensais pas à vous, mais à moi. Vous, vous vous démenez comme une diablesse, jour après jour, vous vous consacrez corps et âme à la lutte pour votre pays au lieu d'épouser tranquillement un gentleman et de profiter du confort d'une vie de famille.

— Vous avez fait le même sacrifice, souligna-t-elle.

Ils se turent et, pendant un moment, seuls les craquements du feu troublèrent le silence de la pièce. L'horloge sonna, comme pour leur rappeler l'heure tardive et dehors, dans la rue enneigée, un attelage passa avec un bruit étouffé.

— Avez-vous jamais songé à vous marier ? demanda enfin Julia d'un air faussement détaché.

Il la regarda, surpris.

— Et vous ?

Elle haussa les épaules.

414

— J'aime ma liberté, et ce serait la perdre.

— Pas si vous épousiez la bonne personne.

— Comment savoir qui est la bonne personne? Un homme peut avoir l'air parfait au début et se révéler bien différent par la suite.

Morgan hocha la tête.

— Ce n'est pas pareil pour une femme que pour un homme, reconnut-il. La vie d'une épouse tourne autour de celle de son mari, alors que lui, il fait ce qu'il veut.

— Voudriez-vous que la vie de votre femme tourne autour de la vôtre?

Morgan réfléchit à la question.

— Je suppose que d'une certaine manière, oui, admit-il. Mais en même temps, je ne voudrais pas qu'elle se perde dans mon existence. Je préférerais que nous construisions une vie comme ça...

Il forma deux cercles avec ses index et ses pouces et les superposa afin qu'un cercle plus petit apparaisse au milieu.

— Une femme doit être forte pour que la vie de son mari ne la happe pas, ajouta-t-il.

— Et vous n'avez jamais rencontré de femme digne de vous?

Julia donna un coup de pied dans une bûche qui menaçait de tomber de la cheminée.

— Si, répondit-il, mais le destin n'a pas voulu que nous nous mariions.

Surprise, Julia écarquilla les yeux.

— Elle a épousé quelqu'un d'autre, précisa Morgan.

— Dans ce cas, elle n'était pas celle qu'il vous fallait.

— Oh si, répondit-il d'une voix très douce. Mais trouver la bonne personne et l'épouser sont deux choses différentes. Dieu peut vous ouvrir la porte, mais Il ne va pas rester sur le seuil pour vous la tenir éternellement.

— Et il n'existe qu'une seule bonne personne pour chacun de nous ? demanda-t-elle. Il n'y a pas de seconde chance ?

— Je ne sais pas, répondit-il en chassant une mèche de cheveux de son front.

— Vivre une histoire d'amour ne vous manque pas ? Vous êtes si jeune ! demanda Julia en s'efforçant d'adopter un ton léger. Vous ne vous sentez jamais seul ?

Levant les yeux vers son visage, il y vit la détresse qu'elle cherchait à dissimuler.

— Si, terriblement, répondit Morgan. Et plus je vois du monde, pire c'est.

Elle s'agenouilla à côté de lui et posa sa joue contre son genou pour qu'il ne puisse pas voir ses yeux.

— Je sais.

Doucement, il lui caressa les cheveux avant de tourner son visage vers lui.

— Julia...

— Je ne veux pas me marier, coupa-t-elle. Nous ne sommes pas faits pour cela, vous et moi. Mais nous pourrions être quelque chose l'un pour l'autre.

— Ah, Julia...

Elle se leva et l'embrassa. Morgan n'hésita qu'un instant avant de lui rendre son baiser. Il l'attira sur ses genoux, les mains crispées sur sa jupe.

— Nous pouvons aller dans ma chambre, lui souffla-t-elle à l'oreille, un peu haletante. Nous pouvons être ensemble.

Il ferma les yeux et la serra étroitement contre lui.

— Dites oui, Morgan, le pressa-t-elle.

— Non, répondit-il enfin. Julia, je ne peux pas.

Elle fit glisser ses doigts dans ses épais cheveux sombres et l'embrassa de nouveau. Ce fut lui qui mit un terme à leur baiser, mais il ne la lâcha pas.

Elle le repoussa violemment, se leva et lui donna un coup de pied dans le tibia. Il étouffa un cri de douleur.

— Julia !

Comme il essayait de la rattraper, elle recula pour se mettre hors de portée.

— Vous mériteriez pire encore, monsieur McDonagh, lâcha-t-elle. Je ne vous demande pas de m'épouser, pour l'amour du ciel, seulement d'être mon amant ! Quel homme êtes-vous pour refuser ?

— Un véritable imbécile, cela ne fait aucun doute, admit-il avec remords.

— Dans ce cas, changez d'avis !

Il la regarda debout devant lui, les mains sur les hanches, les cheveux en bataille, furieuse, et il se demanda pourquoi diable les hommes ne pouvaient choisir de qui ils tombaient amoureux.

— Encore une minute, et je ne résisterai plus, dit-il en se levant. Aussi est-il temps pour moi de vous souhaiter une bonne nuit, Julia.

Il sortit dans le hall, prit son manteau et ouvrit la porte d'entrée sur la nuit glaciale.

— Morgan ! (Debout derrière lui, elle frissonnait.) Espèce de lâche ! Avez-vous donc peur que je vous tende un piège si vous restez dormir ici ?

Morgan sourit, puis son visage redevint sérieux.

— J'en tremble. Julia, je vous considère comme une véritable amie...

— Oh, pour l'amour de Dieu !

Hors d'elle, elle tapa du pied par terre.

— *Arrah*, je n'ai jamais été doué pour parler. Je ne suis qu'un homme d'action.

— Pas ce soir, grommela-t-elle.

Il ne put s'empêcher de rire.

— Vous êtes une fille extraordinaire, Julia, et si je dois perdre votre amitié, je me maudirai jusqu'au jour de ma mort.

— Eh bien, commencez tout de suite.

Il tendit les bras et elle se blottit contre lui.

— Donnez-moi seulement une bonne raison, dit-elle contre son épaule.

— Ce n'est pas ainsi que je vous aime.

— Et moi, ce n'est pas de l'amour que je vous demande.

— Vous devriez, rétorqua-t-il en embrassant ses cheveux. Ne vous contentez jamais de moins.

Elle s'accrocha encore à lui un moment, et il la tint dans ses bras jusqu'à ce qu'elle soit prête à le lâcher. Ils s'embrassèrent rapidement sur les lèvres et se sourirent, quiconque les aurait surpris aurait juré qu'il s'agissait de deux amants se séparant pour la nuit.

— Où irez-vous ? demanda Julia en reculant à contrecœur.

— Je sortirai Smith O'Brien de son bon lit tout

chaud et lui demanderai de me faire une petite place, répondit-il en souriant. Mais je doute de pouvoir fermer l'œil de la nuit.

— Bien fait pour vous, rétorqua-t-elle.

— Bonne nuit, Julia.

Il tourna les talons et descendit avec précaution les marches gelées.

— Bonne nuit, lâche ! lança Julia avant de refermer la porte sur lui.

Pendant un moment, elle demeura immobile, le front contre le battant froid. Elle sursauta lorsque son père se racla la gorge derrière elle.

— Est-ce ton jeune ami que tu as mis dehors par une nuit pareille ? demanda-t-il en descendant l'escalier, le bonnet de nuit de travers et le visage fatigué, ombré d'un début de barbe grise.

— Il voulait partir, père, répondit-elle d'une voix lasse. Il semblerait que je ne sois plus la séductrice d'antan.

— Non ?

— Il en aime une autre, expliqua-t-elle, mais elle est mariée.

— Comme c'est triste.

Il s'immobilisa devant elle.

— Il refusait ne serait-ce que d'envisager de devenir mon amant, mais il a dû quitter la maison pour résister à la tentation, expliqua-t-elle avec un petit sourire triste.

— Je savais que j'avais raison de me faire du souci.

— Ma réputation est fichue.

— Hautement improbable.

Il posa un bras autour de ses épaules.

— Il est tard. Viens te coucher à présent, ma chérie, et prépare un nouveau plan d'action pour demain matin.

Lentement, ils gravirent les marches, enlacés.

— Es-tu terriblement malheureuse ? demanda M. Martin.

— Non. C'est étrange, mais non. Cela dit, si je n'arrive pas à avoir un amant alors que je suis dans la fleur de l'âge, quel espoir ai-je pour l'avenir ?

Ils atteignirent le palier et la porte de sa chambre.

— Je crains d'être destinée à devenir une vieille dame excentrique avec des crayons dans les cheveux et de l'encre sur le bout du nez.

Compatissant, son père lui serra le bras.

— Dans ce cas, ma chérie, je regarderai si je peux te trouver un chat convenable.

Il lui souhaita bonne nuit et elle pénétra dans la chambre. La lumière tamisée de la lampe tombait sur des piles de papiers volants, de crayons en bois rongés, de livres annotés. Ses vêtements étaient en tas là où elle les avait abandonnés, ses chaussures éparpillées sur le tapis : l'endroit ressemblait si peu à un petit nid d'amour qu'elle ne put s'empêcher de rire. Morgan avait raison, elle n'était pas prête à partager sa vie avec quelqu'un. Elle songea à lui, marchant dans la nuit noire, gelé jusqu'aux os. Bien fait pour lui, se dit-elle de nouveau, mais avec affection cette fois. Elle lui parlerait lorsqu'ils se reverraient, elle lui pardonnerait et ils partageraient une longue, très longue amitié, et ils passeraient de nombreuses soirées ensemble près du feu à parler, boire du whiskey et lancer des livres à la tête de ce satané matou.

19

— Faites taire cette gamine !

Bram fit irruption dans la cuisine, furieux d'avoir
été dérangé dans son travail.

— Oui, monsieur, répondit vivement Brigid, je
vais essayer, monsieur.

Elle sortit la fillette de sa chaise haute et la serra
contre elle en lui tapotant le dos. Mary Kathleen se
cambra pour essayer de lui échapper et se mit à
hurler de plus belle.

— Elle veut sa mère. Personne à part elle ne peut
la nourrir.

— Si elle a faim, elle mangera, rétorqua Bram
d'un air mauvais. Surveillez-la, Brigid, c'est bien
compris ?

— Oui-da, monsieur, acquiesça Brigid avec un
hochement de tête penaud.

— Et je ne veux plus entendre parler de tentatives de kidnapping, sans quoi vous vous retrouverez à la rue avec les autres minables de votre espèce,
la prévint-il. Et si cet Alroy se montre dans les
parages, je veux en être informé immédiatement
pour pouvoir lui faire sauter la cervelle.

Là-dessus, il quitta la cuisine en jurant à mi-voix.

Brigid s'efforça d'apaiser la fillette qu'elle tenait
toujours dans ses bras.

— *Arrah,* calme-toi. N'énerve pas ton papa comme ça.

— Mam, gémit Mary Kathleen d'une voix triste. Mama, mama.

Sans la lâcher, Brigid se dirigea vers la porte de la cuisine et l'ouvrit.

— Ta maman viendra te chercher dès qu'elle sera guérie, chuchota-t-elle, le regard fixé sur la route et le bois, de l'autre côté de la cour. Dommage que tu ne sois pas dans ses bras à l'heure qu'il est, que Dieu vous bénisse toutes les deux.

Elle était certaine qu'Abban ferait une autre tentative pour récupérer l'enfant, et en dépit de la peur que lui inspirait son maître, elle était décidée à l'aider. La veille déjà, elle avait guetté sa venue, mais finalement c'était Nolan et non Abban qui était réapparu et s'était glissé dans la maison à la nuit tombée. Il lui avait annoncé que Grace avait perdu son bébé, et qu'Abban était parti chercher de l'aide. Elle avait voulu demander quelle sorte d'aide, mais avait préféré s'abstenir. Ils vivaient une période terriblement troublée et incertaine, et elle avait en permanence l'estomac noué. Jack était cloué au lit et mourait à petit feu d'avoir trop bu, trop longtemps, bien qu'il affirmât avoir attrapé la fièvre, et Moira était revenue de Killarney avec un petit garçon, mais sans mari. C'était une telle honte que parfois, Brigid se réjouissait presque de la terrible famine qui détournait l'attention de ce bâtard venu entacher la réputation des Sullivan. Nolan était aussi silencieux et secret qu'une tombe, il se glissait dehors la nuit et ne rentrait qu'au petit matin. Parfois, elle levait les yeux et le surprenait en train de la fixer comme s'il avait des milliers de questions à lui poser, et elle mourait d'envie de le prendre dans ses bras, lui, le plus noble de ses enfants, et de lui demander ce qu'il attendait d'elle, ce qu'il enfouissait au plus profond de son cœur. Mais elle ne pouvait pas. S'il était mouillé avec les rebelles, mieux valait ne pas le savoir. Ainsi, lorsque les policiers viendraient lui poser des questions, elle pourrait les regarder dans les yeux et jurer qu'elle n'avait jamais entendu parler de jeunes garçons exaltés qui tiraient sur les soldats, non, jamais. Les seules armes de la maison appartenaient au maître, elle pouvait d'ailleurs leur montrer la vitrine fermée à l'intérieur de laquelle elles étaient installées, propres et prêtes à servir. Ils n'apprendraient pas que Nolan savait crocheter la serrure et ne s'en privait pas, qu'il empruntait le fusil pour taquiner le gibier, disait-il à sa mère, et le nettoyait, puis le remettait à sa place avant que le maître ait pu s'apercevoir de son absence. Il ne rapportait plus jamais de lapin ou de grouse à la maison comme autrefois, mais de fait les bois étaient dévastés à présent. Nolan avait terriblement changé, il était sûr de lui et déterminé. Il l'avait suppliée de le laisser emmener la petite chez les O'Malley, mais elle avait répondu non, non.

« Il t'abattrait sans hésitation et cela, je ne pourrais le supporter.

— Si je ne remets plus les pieds ici, il ne pourra rien me faire.

— Il me tuera à ta place », avait-elle dit pour l'empêcher de partir seul dans ce monde en perdition, lui, encore un enfant.

Nolan était resté et avait fait son travail, et elle

avait remarqué qu'en apparence il se montrait respectueux envers sir Donnelly, même si elle savait que dans sa tête, il prenait des notes. Elle voyait sa façon d'évaluer le maître, d'observer ses habitudes et de le regarder d'un air las depuis les écuries, attendant qu'il lui donne l'ordre de seller Warrior et de charger son fusil – un ordre qui ne venait que rarement, car le maître ne quittait la maison qu'à contrecœur. Il évitait également de rester dans l'embrasure des portes ou derrière les fenêtres. La nuit, il prenait soin de tirer tous les rideaux et de lâcher les chiens sur les terres. Deux châtelains avaient été abattus, un sur la route, l'autre dans sa propre cour, et un troisième avait perdu sa maison dans un incendie. Bram Donnelly n'admettrait jamais avoir peur de ces voyous qu'il maudissait, mais Brigid et Nolan savaient : il y avait de bonnes raisons, ces temps-ci, de verrouiller toutes les portes.

— Quoi ? aboya Bram en réponse au timide coup frappé à sa porte.

— C'est moi, monsieur. Moira.

— Ah, Moira. Entre. Merci d'être venue.

L'irritation avait fait place à une amabilité onctueuse.

— Ferme la porte derrière toi, ma chère petite, veux-tu ?

Il sourit et désigna un divan placé contre le mur.

— Assieds-toi, je t'en prie. Tu dois être fatiguée. Ta mère m'a dit que tu avais trouvé du travail ?

— Oui-da, soupira Moira. Je casse des pierres sur la route de Rosamare.

Bram écarquilla les yeux et la considéra avec

attention.

— C'est une longue marche, aller et retour. Combien es-tu payée?

— Deux shillings par semaine, répondit-elle. Moitié moins par ce temps. Nous devons quand même nous présenter là-bas pour recevoir notre argent, même s'il n'y a pas de travail.

Bram hocha la tête.

— Et tes frères font la même chose?

— Non, monsieur, dit Moira en baissant la tête. Ils voudraient quitter le pays, ils sont partis pour Galway.

— C'est pire dans l'Ouest.

Bram prit sa lampe-tempête et la posa sur une table basse près du canapé.

— Les entrepôts sont vides, et les rues pleines de soldats prêts à tirer sur les mécontents, c'est-à-dire sur tout le monde.

Il s'interrompit et vit l'horreur peinte sur les traits de la jeune fille.

— Le vieux Jack est parti avec eux? s'enquit-il.

— Il est trop malade, répondit-elle. Le pauvre est faible comme un nouveau-né, avec sa fièvre. Il n'arrive pas à avaler quoi que ce soit, à part le peu de bouillon que maman rapporte à la maison.

— Cela ne m'ennuie pas qu'elle prenne de la nourriture, déclara Bram, bon prince. Ça m'évite de la payer.

— On ne peut pas manger de l'argent, monsieur, et l'on ne trouve nulle part de la nourriture à acheter.

— C'est très vrai.

Il se laissa tomber sur un fauteuil près d'elle et regarda son visage épuisé.

— Tu veux boire quelque chose?

Moira lui jeta un coup d'œil en coin mais ne s'attarda pas sur son visage. Ses jambes lui faisaient mal ; elle avait déjà parcouru près de treize kilomètres ce jour-là, et elle avait si froid qu'elle avait l'impression qu'elle ne recouvrerait jamais l'usage de ses doigts ou de ses orteils. Dans moins de six heures, elle devrait se lever et repartir.

— Non, monsieur, je ne crois pas, monsieur. Merci beaucoup, monsieur.

Bram haussa les épaules et se leva.

— Comme tu voudras.

Il se versa un verre de whiskey et but une longue gorgée.

— Mmmh. Du feu dans le ventre, commenta-t-il, les yeux fixés sur le tablier de Moira. Ça vous réchauffe des pieds à la tête, il n'y a rien de tel après une dure journée de travail. Surtout par ce temps.

La pluie battait sans discontinuer contre la vitre et Moira frissonna dans sa robe trop légère.

— Tu es sûre que je ne peux pas te persuader de te joindre à moi? insista Bram avec un sourire engageant.

Moira regarda la bouteille avec une convoitise soudaine.

— Ma foi... (Elle se mordilla un ongle.) C'est vrai qu'il fait très froid, ce soir.

Bram lui versa deux doigts de whiskey, puis se ravisa et en rajouta un peu. Moira prit le verre plus avidement qu'elle ne l'aurait voulu et vida la moitié de son contenu d'une traite avant de s'essuyer la bouche du revers de la main.

— Bois, lui dit Bram en remplissant de nouveau son verre.

L'alcool ne tarda pas à la réchauffer et à lui faire oublier un peu ses muscles endoloris, et elle se détendit. Elle s'adossa aux coussins et fit courir ses doigts sur le velours.

— Comme c'est beau, murmura-t-elle, les joues en feu.

— Oui, acquiesça Bram en venant s'asseoir à côté d'elle. Les belles choses sont un réconfort dans les moments difficiles... (Il la regarda longuement.) Parle-moi de ton fils, Moira.

Elle plissa les yeux.

— Il n'y a rien à dire, monsieur. Ce n'est encore qu'un petit bébé.

— Il ressemble à son père? demanda-t-il sur le ton de la conversation.

— Non, monsieur. Vrai, c'est mon portrait craché.

— Et qui est son père, au fait? Que fait-il? s'enquit-il en portant son verre à ses lèvres.

— Rien du tout, monsieur, c'est pour ça qu'il n'est pas là.

Moira se rongea de nouveau un ongle, puis elle se força à reposer sa main sur ses genoux.

— Pourquoi vous intéressez-vous à un vaurien comme lui?

Bram haussa les épaules.

— Simple curiosité. Tu ne l'as plus revu du tout depuis la naissance du bébé?

— Ah non, répondit-elle avec un rire amer, et je

suis certaine de ne jamais le revoir. Il s'est bien amusé, et maintenant il est parti pour le Canada avec une autre.

Un sourire naquit sur les lèvres de Bram.

— Ainsi donc, tu es seule pour élever l'enfant? Il n'y a personne pour s'occuper de vous deux?

Moira baissa les yeux.

— Non, monsieur. J'ai la chance de pouvoir vivre chez maman et d'avoir été embauchée par les travaux publics. Sans cela, ce serait l'asile des pauvres pour nous deux.

Le vent secoua les fenêtres, les flammes des bougies vacillèrent, mais la lampe-tempête continuait à les éclairer. Bram attendit un moment en silence, Moira semblait plongée dans de sinistres pensées.

— Tu n'as pas à te contenter de si peu, Moira, alors que tu mérites tellement mieux, dit-il enfin en s'approchant encore d'elle. Laisse-moi faire quelque chose pour toi. Et pour ton fils.

Moira l'étudia un instant.

— J'ai entendu dire que madame était tombée malade et était rentrée chez elle, monsieur, dit-elle prudemment. Et qu'elle avait perdu son petit garçon.

— Ah.

Bram remplit leurs deux verres et lui en mit un dans la main.

— Dans ce cas, tu sais que j'ai un problème. J'ai besoin d'un héritier.

— Ces choses-là prennent près d'un an, monsieur, fit valoir Moira avec un sourire narquois.

Bram lui rendit son sourire.

— Pas nécessairement. Tu vois, ma chère, tu as

déjà un petit garçon. Il est bien vivant, et il a le bon âge.

— Essayez-vous de me dire que vous voudriez faire passer mon bébé pour votre fils, monsieur?

Les yeux écarquillés, elle se redressa et s'assit tout au bord du canapé.

— Tu es une fille intelligente, Moira. Intelligente et très belle.

Elle baissa la tête et lissa sa jupe. Se penchant vers elle, Bram chassa doucement une mèche de cheveux tombée sur son front.

— Toi et moi avons partagé quelque chose, autrefois, dit-il avec douceur. Quelque chose de très spécial. Tu t'en souviens?

Elle hocha la tête, les yeux baissés. Il lui releva le menton pour l'obliger à croiser son regard.

— Nous nous ressemblons, tous les deux. Nous sommes des gens passionnés, sensuels, murmura-t-il en laissant courir son doigt sur la poitrine de la jeune fille. Je peux t'aider, continua-t-il en lui mordillant l'oreille. Et toi aussi tu peux m'aider. (Il l'embrassa dans le cou.) J'ai besoin de toi, Moira.

Incapable de résister plus longtemps, elle tourna la tête vers lui et ils échangèrent un long baiser. Il l'allongea sur le canapé, renversant son verre au passage, et s'allongea sur elle. Le cœur de Moira se mit à battre plus vite, envahi d'une excitation qu'elle n'avait jamais connue que dans les bras de Bram, et quand il entreprit de déboutonner son gilet en lui susurrant qu'il avait besoin d'elle, qu'il l'aimait, qu'il la couvrirait de présents et resterait toujours auprès d'elle, elle oublia tous ses doutes.

Lorsque le pâle soleil reprit sa course dans les

cieux tourmentés, elle était certaine que c'était elle qui avait séduit Bram, et que c'était le désir qui avait poussé celui-ci à lui proposer son étrange marché. Elle n'aurait pas à se lever ce matin-là, ni aucun autre, à marcher dans la neige gelée et à casser des pierres avec une mauvaise pioche pour construire une route dont personne ne voulait. Elle n'aurait pas à faire la queue avec les autres femmes affamées, tremblantes, prématurément usées, elle n'aurait pas à tendre les mains pour recevoir une somme dérisoire. Elle ne mourrait pas de faim dans la rue, elle ne deviendrait pas folle dans un bordel sordide, son fils ne grandirait pas en haillons. Grâce à elle, la fortune du châtelain serait assurée, et la gratitude de Bram et sa passion pour elle lui garantiraient un avenir sûr. Et, ensuite, leur fils deviendrait un grand homme, qui s'occuperait toujours de sa mère. Elle avait une foi aveugle en cette vision idyllique et le plus étonnant était que Bram y croyait, lui aussi.

20

Grace pouvait à présent s'asseoir pendant de courts instants. Elle était installée sur une chaise près du feu lorsque Brigid arriva, en milieu de journée.

— Il ne vous rendra pas l'enfant à moins que

vous ne retourniez là-bas, annonça-t-elle après que Grandma lui eut donné une tasse de thé.

Le visage déjà blanc de Grace pâlit visiblement.

— Comment va-t-elle ?

Brigid secoua la tête.

— Pas bien du tout. Elle vous appelle jour et nuit, sans relâche. La pauvre petite mange à peine. Et l'entendre pleurer le rend si méchant vis-à-vis d'elle...

— Il ne lui a pas fait de mal, j'espère ? demanda Grandma avec un regard dur.

— Oh, non. (Brigid reposa sa tasse.) Si j'avais pu vous amener la petite, je l'aurais fait. Abban a essayé, vous savez, juste après votre départ. Mais le maître a descendu l'allée au grand galop et a arraché l'enfant des bras de Nolan. Et il a fait à mon pauvre garçon une méchante bosse sur la tête avec la crosse de son fusil.

— Et si Grace ne retourne pas là-bas ? s'enquit Grandma en s'asseyant.

— Il dit qu'elle ne reverra jamais Mary Kathleen, soupira Brigid. Qu'il enverra la petite en Angleterre, chez sa sœur qui n'a pas d'enfant et n'en veut pas, à ce qu'on raconte. Et il dit qu'il vous chassera tous de cette maison avant de la raser.

Grace regardait le feu, et un silence pesant s'abattit sur la pièce tandis que les deux autres femmes guettaient sa réaction.

— Je ne peux pas le laisser envoyer Mary Kathleen en Angleterre. Elle a besoin de moi, et moi d'elle.

— Non !

431

Sean était debout sur le seuil, un panier de tourbe glissé sous son bras valide.

— Nous te la rendrons, Grace, je te l'ai promis.

La jeune femme secoua la tête.

— Cela fait déjà presque quatre semaines. Noël est passé. Elle est tout ce qu'il me reste, Sean, et je ne peux plus supporter cette situation. Il faut que je retourne près d'elle, sans quoi elle tombera malade et mourra.

— Non, ma chérie, affirma Grandma en posant un bras rassurant sur les épaules de Grace. Tout ira bien pour elle, Brigid prendra soin d'elle.

L'intéressée se mordit la lèvre.

— Je fais tout mon possible, dit-elle. Mais il la garde près de lui, elle dort dans la même pièce que lui et est attachée toute la journée avec une corde. Elle ne va pas bien, Madame, elle a besoin de l'amour de sa mère.

— Bon sang, Brigid !

Sean décocha à la gouvernante un regard meurtrier. Laissant tomber son panier de tourbe, il boitilla jusqu'à la chaise de Grace.

— Tu ne retourneras pas auprès de lui, point final !

Il baissa la voix et la regarda avec intensité.

— Tu dois me faire confiance, Gracie. Faire confiance à Dieu. Nous te la ramènerons.

Grace soutint son regard.

— Je fais confiance à Dieu. Et je sais que tu agis au mieux, Sean. Mais même si tu parviens à récupérer Mary Kathleen, nous perdrons notre terre. Nous n'aurons plus rien. Déjà, nous n'avons presque rien. Ce serait nous condamner tous à une mort certaine et tu le sais.

— Pour l'amour de Dieu, Grace, ne cède pas! supplia-t-il. Sinon, la prochaine fois que tu rentreras à la maison, ce sera dans un cercueil. Et Mary Kathleen aussi!

Brigid intervint.

— Il a juré de ne jamais plus lever la main sur elle.

— Ce salaud est un menteur, un démon tout droit sorti de l'enfer!

— Oui-da, répondit calmement Brigid. Il est tout cela et pire encore. Mais à présent il a besoin de Madame. Il ne peut plus se permettre de lui faire du mal. C'est seulement pour une courte période, pendant que son père sera là : il veut faire passer le fils de Moira pour le sien et laisser croire que tout va pour le mieux jusqu'à ce que le vieux lord lui ait légué le domaine. Ensuite, il affirme que Mary Kathleen et Madame seront libres de revenir ici. Il dit qu'il signera l'acte de propriété de ces terres et que vous n'aurez plus à payer un seul loyer de toute votre existence.

Sean cracha dans le feu.

— Ce ne sont que des mensonges, dit-il d'un ton coupant. Pourquoi a-t-il besoin de Grace, puisqu'il a Moira? Pourquoi ne pas la faire passer pour sa femme, tout simplement?

Brigid ne baissa pas la tête, mais ses joues étaient rouges de honte.

— Moira est trop grossière, et elle boit trop. Il a peur qu'elle ne fasse une gaffe devant son père et il a raison. Elle viendra montrer le bébé à la maison

433

et se présentera comme une nourrice. Puis elle repartira avec l'enfant.

— Pourquoi fait-elle cela? demanda Grace.

— Pour l'argent, répondit Brigid dans un soupir. Il lui a promis une belle somme, et sa propre maison à Dublin. Il cherche à lui faire croire qu'il la rejoindra là-bas un jour et qu'ils formeront un couple heureux.

— Compte-t-il mettre un terme à son mariage avec Grace, dans ce cas? voulut savoir Grandma.

— Je ne sais pas, répondit Brigid en détournant la tête. C'est une sotte, ma pauvre Moira. J'ai essayé de le lui dire. Il ne s'installera pas plus avec elle qu'avec son cheval.

Grace se leva et s'enveloppa dans son châle.

— Attendez-moi, Brigid, déclara-t-elle avec fermeté. Je viens avec vous.

Sean tendit le bras pour lui barrer le passage.

— Pa ne le permettra jamais, dit-il.

— Je serai partie avant qu'il ne rentre à la maison. (Avec douceur, elle repoussa son bras.) Il n'y a pas d'autre solution, mon frère. Tu dois me laisser y aller.

Amer, Sean demeura près de la porte et refusa de l'aider à porter ses affaires, mais finalement il s'approcha d'elle, les yeux pleins de larmes.

— Ne me fais pas ça, lui souffla-t-elle lorsqu'elle se pencha pour l'embrasser. Où est donc passée toute cette foi dont tu nous rebats les oreilles d'habitude?

Il secoua la tête sans sourire.

— Je prierai chaque minute de chaque jour jusqu'à ce que tu rentres à la maison.

— Oui, renchérit Grandma en étreignant Grace une dernière fois, que Dieu soit avec toi, mon enfant.

— Expliquez tout à Pa, murmura Grace avant de monter dans la voiture envoyée par Bram et de dire à Nolan de se mettre en route.

Lorsqu'elle disparut au loin, ils eurent l'impression que leurs cœurs se brisaient : ils savaient qu'elle était d'ores et déjà dans un autre monde et que dorénavant ils ne pouvaient plus rien faire pour la protéger. Et de fait, en dépit de leurs gestes d'au revoir et de leurs encouragements, Grace ne se retourna pas une seule fois.

Février passa. Mary Kathleen fêta son deuxième anniversaire dans l'indifférence de tous, sauf de sa mère ; lord Donnelly n'était toujours pas venu. Une lettre était arrivée expliquant que l'île était trop instable pour qu'il risquât une visite pour l'instant. Les journaux de Londres étaient pleins d'histoires terribles à propos de propriétaires terriens abattus dans leur jardin ou piégés sur les routes. Lord Donnelly avait lu des descriptions de la crasse et des maladies qui régnaient partout, et ne souhaitait pas attraper quoi que ce fût. Il demandait s'il était vrai qu'on ne pouvait plus marcher dans les rues des villes sans devoir enjamber des corps nus de femmes et d'enfants mourants.

« Oh oui, c'est vrai », avait grommelé Bram avant de brûler la lettre.

Son humeur s'assombrissait de jour en jour, et il faisait passer le temps en tirant sur les vagabonds qui osaient pénétrer dans l'allée. Il obligeait Nolan à dormir dans l'étable pour protéger les animaux.

Depuis qu'il avait pris l'habitude de lâcher les chiens dans la propriété la nuit, tous sauf deux avaient disparu. Dans la campagne, l'absence totale d'animaux était angoissante ; la disparition des chats et des chiens aurait dû encourager souris et rats à proliférer, mais même ces derniers étaient attrapés et mangés. Dans les bois, il n'y avait plus ni lapins ni renards, plus de poissons dans les lacs, plus de coquillages ni d'algues sur les plages. Les hommes étaient tous affamés ; visages immobiles et yeux absents faisaient peur à voir. Les enfants, qui n'avaient plus que la peau sur les os, ressemblaient à de vieilles femmes rabougries, avec leur visage plissé de douleur et d'anxiété. Et les femmes, les mères, avaient simplement l'air engourdies. Bram ne pouvait plus les regarder en face, même si leur souffrance ne lui inspirait que du mépris.

Quand Grace revint avec Brigid, il l'évita pendant quelques jours. Il passait le plus clair de son temps à l'écurie avec Nolan. Seuls ce dernier et Brigid venaient encore à la maison désormais ; ils travaillaient pour gagner leur pain quotidien et payer leur loyer. En arrivant, Grace alla directement retrouver Mary Kathleen. La fillette ne pleura pas mais grimpa d'un air las dans les bras de sa mère avant de s'endormir profondément. Grace la tint contre elle toute la nuit, et par la suite elle ne se déplaça plus sans elle. Bram leur ordonna de rester dans la maison et de ne pas s'approcher des fenêtres, et c'est ce qu'elles firent.

Peu après son retour, Grace avait vu Moira et son

petit garçon, prénommé Phillip en l'honneur du père de Bram. A aucun moment, elle n'avait dit un mot au sujet du subterfuge, et elle s'était contentée de prendre l'enfant dans ses bras pour qu'il s'habitue à elle. Moira se montrait tantôt agressive et tantôt penaude, selon l'humeur de Bram. Grace ne lui parlait pas et passait le plus clair de son temps dans la nursery avec Mary Kathleen. Elle y avait même installé un lit. Elle n'était allée dans sa chambre que pour y prendre ses affaires, et par la suite elle n'en avait pas franchi le seuil.

Lorsque Bram estima qu'elle avait eu assez de temps pour s'installer, il quitta les écuries et réintégra la maison avec bravade et bonne humeur, déterminé à ignorer l'horreur qui les entourait et les conséquences terribles de ses propres actions. Il ne mentionnait jamais la fausse couche qui leur avait fait perdre leur second fils, et se contentait de parler inlassablement du bétail qu'il achèterait et de la richesse qui serait sienne quand Donnelly House lui appartiendrait. Grace ne faisait rien pour le défier et se contentait de prier pour que lord Donnelly vînt bientôt, afin qu'elle puisse jouer son rôle et ensuite repartir chez elle avec Mary Kathleen.

Mais lord Donnelly ne venait pas, et l'inquiétude commençait à se faire sentir. Bram se remit à boire, accompagné de plus en plus souvent par Moira. Grace les entendait rire derrière la porte close du bureau, mais elle ne se mettait pas les mains sur les oreilles : elle se moquait bien de ce qu'ils pouvaient faire.

Lorsqu'une autre lettre arriva de Londres, Grace eut peur de voir Bram se laisser aller davantage encore à son penchant naturel pour la boisson ; aussi fut-elle surprise de l'entendre rire joyeusement.

— Il n'a pas l'intention de venir. Jamais ! annonça-t-il en faisant irruption dans la cuisine où Grace donnait son déjeuner à Mary Kathleen. Mais il a accepté d'envoyer tout de même le titre de propriété.

Il secoua un morceau de parchemin d'allure très officielle sous le nez de Grace.

— Voilà, ma petite femme, dit-il en riant de nouveau. La fin de tous mes ennuis.

— Et des miens, ajouta Grace d'un ton calme.

— Oui, oui, acquiesça-t-il avec bonne humeur. Et des vôtres, bien entendu.

— Dans ce cas, je peux partir ? demanda-t-elle.

Il fronça légèrement les sourcils.

— Je ne serais pas si pressée, à votre place, rétorqua-t-il, d'un ton coupant cette fois. La seule chose qui vous attende dehors, c'est un dur labeur et une mort lente.

— Il y a ma maison, fit-elle valoir. Celle que vous avez promise à ma famille si je revenais vers vous.

— Eh bien, en fin de compte, je n'ai pas eu besoin de vous, contra-t-il.

— Etes-vous en train de me dire que vous n'avez pas l'intention de tenir votre parole ?

— J'ai toujours été un homme de parole, aboya-t-il.

Il s'interrompit et regarda le visage de Grace, ému soudain par l'absence de peur qu'il y lisait, par la façon dont elle soutenait son regard sans ciller. Il l'avait battue presque à mort et lui avait volé son enfant et pourtant, il le savait, elle n'avait pas peur de lui. Il prit son menton entre ses doigts.

— Vous m'avez déçu, Grace, dit-il avec douceur. Nous aurions pu accomplir de grandes choses, tous les deux, si vous m'aviez obéi et étiez devenue l'épouse que j'attendais. Nous aurions pu avoir une très belle vie ensemble. Mais maintenant c'est impossible, à cause de votre fierté et de votre obstination...

— Et de votre cruauté, coupa-t-elle calmement.

Il plissa brièvement les yeux et Grace sentit ses doigts se crisper sur son menton, mais elle ne détourna pas le regard.

— J'ai mes faiblesses, concéda-t-il. Et ce satané pays et les miséreux ignorants et paresseux qui le peuplent ne font que les exacerber. On ne peut pas toujours tout supporter en silence.

Grace ne répondit rien et il finit par la lâcher.

— Vous pourrez partir lorsque je reviendrai de la ville. Je serai absent deux jours, et quand je serai de retour avec l'argent emprunté contre le titre de propriété...

Il se dirigea vers la porte, puis se retourna et la regarda avec un désir ardent qu'elle ne comprit pas.

— Je me souviens de la première fois que je vous ai vue debout dans la lumière du bûcher, au milieu de la ville, dit-il. Jeune, belle et forte. Et la première fois que je vous ai tenue dans mes bras à Dublin... J'étais si sûr alors que vous étiez la réponse à ma solitude, à la misère de mon existence ! Je vous aimais vraiment, Grace.

Dans la lumière crue du petit matin, il paraissait vieux, soudain.

Grace le regarda partir, elle entendit son pas lourd monter l'escalier. Et, à sa grande surprise, elle ressentit un très léger pincement au cœur. Elle aussi avait été pleine d'espoir. Cependant elle ne s'autorisa pas à éprouver davantage ; il l'aimait peut-être, en cet instant, mais c'était uniquement parce qu'elle ne lui appartenait plus tout à fait. S'il en avait la possibilité, il essaierait de nouveau de lui voler son âme, et cela, elle ne le laisserait jamais plus le faire.

— Bientôt, nous nous en irons d'ici, dit-elle à sa fille avec douceur. Et alors nous aurons une vie nouvelle.

Mais quand Bram revint trois jours plus tard, Grace comprit qu'elle avait peu d'espoir de quitter Donnelly House. Il n'était pas soûl. Il n'avait pas bu une goutte d'alcool, et c'était peut-être plus effrayant encore que s'il était rentré à la maison ivre mort. Son visage était livide de colère et un calcul froid avait remplacé tout espoir dans son regard.

Il entra au pas de charge et alla directement s'enfermer dans son bureau, ses chiens sur les talons. Grace attendit dix minutes avant de le rejoindre.

— Apportez-vous de mauvaises nouvelles ? demanda-t-elle en refermant la porte derrière elle.

— Nous ne pouvons pas obtenir d'argent en échange du titre, répondit-il d'un ton monocorde. Mon père a déjà emprunté toute la somme. Nous sommes hypothéqués jusqu'à la moelle !

Il rit amèrement.

— Il ne m'a pas donné un héritage, il s'est simplement débarrassé d'une dette !

Grace s'assit en face de lui.

— Allez-vous perdre le domaine ?

Bram hocha la tête, puis la secoua.

— Je ne sais pas, dit-il, les yeux perdus dans le vague. Les banques londoniennes vont exiger un paiement. Elles veulent plus que mon père n'a jamais possédé !

Il tendit la main vers la carafe de whiskey mais n'en ôta pas le bouchon.

— Il a joué son va-tout et maintenant, je suis censé abandonner la partie et retourner en Angleterre la queue entre les jambes. Au moment où mon fils, futur héritier des Donnelly, s'apprête à commencer son éducation !

— La seule Donnelly ici, c'est Mary Kathleen, déclara Grace calmement. Il n'y a pas d'héritier, Bram. A moins que vous n'emmeniez Phillip et Moira en Angleterre avec vous.

— C'est hors de question.

Cette fois, il se versa un verre, qu'il vida cul sec.

— Vous pourriez vendre vos autres fabriques. Même si vous n'en obtenez qu'un prix modeste, cela vous fera de l'argent pour rembourser la dette, suggéra Grace.

— J'y ai déjà pensé, elles sont sur le marché. Mais ça prendra du temps. (Il s'interrompit.) Deux d'entre elles sont assurées en cas d'incendie.

Grace ne dit rien.

— S'il devait y avoir un accident...

— Et qu'adviendrait-il des ouvriers à l'intérieur ?

Bram frappa du poing sur la table.

— Bon sang, Grace ! Pourriez-vous cesser de penser aux autres et vous préoccuper un peu de votre propre famille, pour une fois ?

— Très bien. Dans ce cas, laissez-moi retourner auprès de ma famille et je ne vous causerai plus aucun souci.

— Non, décréta Bram. J'ai besoin de vous, au moins pour le moment. Le colonel Jones et le capitaine Wynne, du Comité de travaux publics, vont venir la semaine prochaine voir comment les choses se passent ici. Si j'arrive à obtenir des tickets de travail pour mes métayers, je recevrai directement leurs salaires et moi, je leur donnerai ce que je voudrai ; ainsi, je pourrai prélever leur loyer à la source.

— Ils ne gagnent déjà pas grand-chose, fit valoir Grace en regardant le paysage sinistre et détrempé par la fenêtre. Ils vont travailler pour rien...

— Au moins, ils auront un toit au-dessus de leur tête. Et s'ils ne sont pas contents, ils peuvent toujours s'en aller. J'appellerai les gardes pour faire raser leurs maisons et ils cesseront d'être un fardeau pour moi.

— Non, se hâta de dire Grace. Vous avez raison, ils seront heureux de travailler.

— J'ai besoin que vous prépariez la maison pour recevoir nos visiteurs et que vous leur donniez des repas décents. Je veux qu'ils s'imaginent que tout va bien pour moi et que je cherche seulement à aider mes travailleurs. N'en faites pas trop quand même, ajouta-t-il après une courte pause.

Le colonel arriva avant le week-end, et autour d'un dîner composé d'un poulet décharné et d'une tarte à base de pommes d'hiver séchées, Bram et lui parvinrent à un accord. Les banques londoniennes ne saisiraient pas Donnelly House avant que la crise ne soit passée. Le Comité de travaux publics ferait creuser des fossés sur les terres de Bram afin de drainer l'eau des champs, qui seraient ensuite cultivés. Ainsi, Bram pourrait exploiter tout le domaine au maximum. Des tickets d'emploi seraient distribués aux métayers dans le besoin et physiquement capables de travailler ; ils seraient embauchés directement par Bram. Le printemps approchait et l'Irlande devait faire face à un nouveau désastre : il ne restait presque plus de fermiers pour planter les quelques graines encore disponibles. Il fallait trouver des moyens d'inciter les gens à retourner à la terre et leur fournir des semences. La suspension de la dette de Bram serait obtenue en échange de sa promesse de superviser le projet fermier. Les deux hommes se serrèrent la main et fumèrent des cigares accompagnés d'un verre du meilleur whiskey de la maison.

De nouveau, l'humeur de Bram était au beau fixe ; le lendemain, il monta Warrior tôt le matin et sortit, ses deux chiens sur les talons. Il avait l'intention de parcourir les villages à l'est de ses terres et d'embaucher des travailleurs en échange d'une suspension de loyer et d'un penny par jour. Rien ne le préparait à la vision qui l'accueillit dans le premier village.

Par le passé, il était allé maintes fois à Skibbereen et avait chevauché le long d'allées boueuses et sales, où les gens vivaient à l'intérieur de cabanons infestés de rats, mourant de faim même quand les récoltes de pommes de terre étaient bonnes. Là croupissaient les malades, les mendiants, les veuves, les handicapés mentaux, les orphelins, les plus pauvres d'entre les pauvres. Chaque année, près de deux millions d'entre eux mouraient de faim, en période de famine comme de prospérité. C'était ainsi. La plupart crevaient dans leur taudis, et nul ne s'en apercevait pendant des jours.

Mais il ne s'était pas attendu à trouver semblable misère dans les villages plus florissants comme Bantry, Crookhaven ou Skull. Où qu'il allât, il ne voyait presque jamais de visages aux fenêtres ou d'hommes assis sur le pas de la porte. Et quand il descendit de son cheval pour entrer dans une maison choisie au hasard, l'odeur faillit le renverser. Au bout d'une allée, il trouva une cabane à l'intérieur de laquelle deux enfants hébétés étaient assis sur les genoux de leur mère. Celle-ci, les yeux grands ouverts, avait dû mourir un jour ou deux plus tôt. Les enfants étaient nus, et le corps de leur frère ou de leur sœur gisait à quelques pas d'eux, à moitié recouvert de pierres. Ils ne firent pas un bruit lorsqu'il passa devant eux, seuls leurs yeux le suivirent. Ils seraient morts avant la tombée de la nuit.

Il remonta sur son cheval et se rendit au village suivant. La situation n'y était guère meilleure, mais il trouva tout de même deux familles qui s'en sortaient à peu près – comment, il ne posa pas la question. Les hommes et les femmes se dirent prêts à venir sur-le-champ, et demandèrent s'il y aurait à manger. Il ne put se résoudre à répondre que non, et expliqua que les quakers installeraient peut-être une soupe populaire près du chantier, comme ils l'avaient fait dans l'Ouest. Il leur promit que, s'ils travaillaient, ils ne seraient pas expulsés. Certains s'accrochèrent à cette promesse, d'autres se détournèrent, déçus.

Quand il rentra chez lui à la fin de la journée, il alla directement s'enfermer dans son bureau, et n'en sortit pas pendant deux jours.

Moins d'un mois plus tard, la Chambre des communes entérinait l'échec du Comité de travaux publics. Les parlementaires soulignèrent qu'il était absurde d'abîmer le réseau de voies nationales de Sa Majesté par la construction de voies qui commençaient n'importe où et n'allaient nulle part, de canaux incapables de retenir l'eau et de jetées emportées par la première tempête. Les nombreux retards et accidents, les fonctionnaires corrompus, et les sommes versées à tort et à travers signèrent la perte de cette institution. Dans sa sagesse, la Chambre des communes vota la Loi sur le soulagement temporaire des personnes dans la misère d'Irlande, connue sur place sous le nom de loi sur les soupes populaires. Tandis que les distributions de soupe se généralisaient, les travaux publics et leur gestion désastreuse furent enfin abandonnés. Se retrouvant avec des fossés de drainage à moitié creusés et sans plus d'entrées d'argent, Bram écrivit une lettre au Comité de travaux publics moribond. On lui suggéra de solliciter du Trésor un prêt immédiat : les propriétaires terriens pouvaient demander jusqu'à cinquante mille livres afin d'acheter des graines à redistribuer à leurs métayers. Bram présenta sa requête, bien qu'il n'eût guère l'intention de distribuer plus que le strict nécessaire : il préférait planter ses propres champs afin de vendre les surplus aux entrepôts de Macroom et Cork. Grace demanda, et obtint, assez de semences pour permettre à sa propre famille de reprendre son exploitation ; cela, en échange de sa présence à Donnelly House.

La neige hivernale finit par fondre, mais fut aussitôt remplacée par des giboulées dévastatrices. La terre, lourde d'eau, était difficile à labourer, et le travail avançait lentement. Grace avait vu les fermiers embauchés par Bram glisser des graines de pommes de terre dans leurs poches, ou s'accroupir par terre pour en mâcher rapidement une poignée, et elle savait qu'ils avaient faim. Elle avait entendu dire que le père Brown dirigeait une soupe populaire à Cork, et que le révérend Birdwell nourrissait la population de Skibereen, mais le nombre des affamés était bien plus important que prévu, et il était impossible d'aider tout le monde. Elle était frustrée de ne pouvoir faire plus pour ceux qui l'entouraient et s'activait dans la maison, récurant chaque pièce afin, le soir, d'être assez fatiguée pour s'endormir d'un sommeil sans rêves.

Bien que Moira et Phillip vinssent rarement avec Brigid, Grace se sentait claustrophobe dans la maison ; quand les pluies s'apaisèrent et qu'un peu de soleil commença à adoucir l'air, elle emmena Mary Kathleen à la lisière du bois cueillir des fleurs et écouter les chants d'oiseaux. Elle se désolait de l'étrange enfance que connaissait sa fille, mais admettait que cela valait mieux que pas d'enfance du tout.

Un jour que le vent, chargé de délicieuses senteurs de printemps, avait chassé tous les nuages, elle laissa Mary Kathleen jouer gaiement avec une casserole sur le sol de la cuisine à côté de Brigid et, sur une impulsion, elle se dirigea seule vers le bois. Dans sa poche, elle emportait des petits pains durs d'avoine qu'elle glissa discrètement aux travailleurs lorsqu'elle passa près d'eux, tout en faisant semblant de les réprimander pour leur paresse au cas où Bram la surveillerait depuis la fenêtre de son bureau.

Comme elle approchait des arbres, pour la plupart en fleurs, elle entendit un sifflement qui ne ressemblait à aucun des chants d'oiseaux qu'elle connaissait. Elle plissa les yeux pour scruter le sousbois ensoleillé, à la recherche du visage de Sean. Le sifflement retentit de nouveau, plus insistant cette fois ; elle le suivit à travers un bosquet d'arbrisseaux et d'épineux jusqu'à une clairière envahie de hautes herbes. Intriguée, elle s'immobilisa et regarda autour d'elle ; elle sursauta lorsqu'une main se plaqua sur sa bouche et qu'elle se sentit entraînée fermement derrière un arbre. Elle se débattit de toutes ses forces, puis mordit la main de son assaillant si fort qu'il la lâcha en poussant un juron. Elle reconnut aussitôt la voix familière et fit volte-face.

— Morgan McDonagh, espèce d'idiot ! Tu m'as fait une peur bleue !

Elle le repoussa violemment contre l'arbre et il gémit de douleur lorsque sa tête heurta une branche basse.

Il se frotta le crâne, secoua la main que Grace avait mordue et la regarda avec amusement.

— Tu avais une meilleure idée ? Ça fait des jours que je traîne dans les parages dans l'espoir de te parler, mais jusqu'à présent tu étais avec Mary Kathleen.

Un peu penaude tout de même, Grace prit entre les siennes la main blessée et observa la morsure.

— Toujours une vraie battante, la taquina-t-il. La grande reine des pirates...

— *Arrah*, gronda-t-elle. Tu es bien placé pour parler, toi qui rôdes autour des maisons comme un homme des montagnes. Voilà que tu te laisses même pousser la barbe !

Il se pencha et chuchota d'un air de conspirateur :

— C'est mon déguisement. Je suis un homme recherché dans la région, figure-toi.

Il roula les yeux, comme s'il s'attendait à voir des espions surgir tout autour d'eux. Elle lui posa une main sur les lèvres.

— Cela ne me fait pas rire, Morgan McDonagh, car je sais que c'est la pure vérité. Tu ne devrais pas traîner par ici.

— Allons bon. As-tu l'intention de me gronder toute la matinée, ou pouvons-nous passer un bon moment ?

Ses yeux dansaient gaiement dans son beau visage. Grace ne put que céder.

— Tu m'as prise par surprise. Ce n'est pas tous les jours qu'un maraudeur barbu m'entraîne dans les bois... Je suis contente de te voir, admit-elle. Mais es-tu seul ?

— Ton vieil ami Alroy couvre mes arrières.

— Abban ?

Elle scruta les bois par-dessus l'épaule de Morgan.

— Oui. C'est un brave homme. Sean l'a mis dans le coup. Ils ont reçu les semences que tu leur as envoyées, au fait, et ils en ont apporté un peu à maman et aux filles. Nous te sommes tous infiniment reconnaissants.

Grace balaya ces remerciements d'un revers de main.

— Comment vont-ils ? Comment va Grandma ?

— Plutôt bien. (Il fronça les sourcils.) Ryan aurait dû participer aux travaux, mais tout cela est fini maintenant. Aghna et le petit Thomas ont été malades, mais ce n'était pas la fièvre, ajouta-t-il aussitôt, devinant son inquiétude. Elle travaillait aussi, et faisait tout le chemin dans le froid. Elle a attrapé une bronchite qu'elle a passée au bébé. Grandma s'occupe bien d'eux, tu la connais.

— J'aimerais être là-bas pour les aider.

— C'est pour cela que je suis venu.

Il lui prit la main et la fit asseoir par terre à côté de lui.

— Tu sais ce que je fais, n'est-ce pas ? Ce dans quoi ton frère et moi nous sommes engagés ?

— Oui, acquiesça-t-elle. J'ai entendu parler des embuscades tendues aux gardes de Sa Majesté et des émeutes sur les chantiers navals. Et je sais que de nombreux propriétaires terriens sont assassinés et qu'on brûle leur maison.

Il posa la main sur le genou de Grace et la regarda dans les yeux.

— Le nom de ton mari est sur la liste, dit-il sans ambages. C'est vrai qu'il a donné du travail à quelques hommes dans les champs, mais il a expulsé des centaines de gens et il a l'intention de continuer la prochaine fois que les gardes seront dans le coin.

Le cœur de Grace se serra de honte.

— Je ne pensais pas qu'il le ferait vraiment.

— Il a mal agi, à bien des égards, rétorqua Morgan d'une voix dure. A dire vrai, Grace, jamais je n'aurais cru que tu retournerais auprès de lui.

— Je ne me souviens pas de t'avoir demandé ta bénédiction.

La sécheresse de la réponse surprit Morgan.

— Très bien, dans ce cas. Mais je dois quand même te prévenir : c'est un homme haï. Ils finiront par le tuer, et je ne pourrai rien faire pour les en empêcher.

— Pourquoi voudrais-tu les en empêcher ?

— Parce que c'est ton mari, répondit-il simplement. Parce que tu es retournée vers lui. Mais tu dois lui dire de laisser tomber et de s'enfuir d'ici au plus vite, sans quoi c'est un homme mort.

— Il ne m'écouterait pas. Et il ne laissera jamais tomber. Il est persuadé qu'il va devenir l'homme le plus riche d'Irlande.

— Est-ce que tu l'aimes, Grace ? demanda-t-il avec douceur.

Elle regardait les branches des arbres, les fougères, tout sauf le visage de son interlocuteur de peur de devoir affronter son regard.

— Je ne peux pas le laisser. Il n'y a rien d'autre à dire.

Il ne la quitta pas des yeux.

— Il a promis de donner à Pa le titre de propriété de la ferme pour qu'il ne soit jamais expulsé, et il me permet de leur envoyer de la nourriture. Si je ne reste pas auprès de lui, nous serons tous perdus.

— Tu ne peux pas demeurer ici, insista-t-il. Je contrôle les insurgés de mon mieux, mais je ne peux pas les empêcher de tuer Donnelly sous prétexte

que sa femme est une de mes amies ! Pour être honnête, après ce qu'il t'a fait, je suis prêt à les laisser
le massacrer, mais ils sont souvent trop fougueux
– leur pouvoir est dans leurs mains, pas dans leurs
têtes – et s'ils tirent sur la voiture alors que tu es à
l'intérieur, ou brûlent la maison avec Mary Kathleen
et toi dedans...

— Je connais le risque, coupa Grace.

— Dans ce cas, tu dois trouver un moyen de
partir d'ici.

Grace arrachait des brins d'herbe, les uns après
les autres, et finalement Morgan immobilisa sa
main. Il la tourna entre les siennes, lissa de son
pouce sa paume maculée de terre.

— La dernière fois que je t'ai vue, nous nous
sommes assis sous un arbre et avons parlé à voix
basse, exactement comme aujourd'hui. Et pourtant,
tu portais des gants blancs et un bonnet, et tu avais
tout l'air d'une grande dame.

Grace ne sourit pas, mais leva les yeux vers le
visage de Morgan. Il avait toujours ses taches de
rousseur, même si elles étaient en partie dissimulées
par sa barbe.

— Et te souviens-tu de la fois où nous avons
dansé comme des fous, chez toi, pour le mariage de
Ryan ? ajouta-t-il. Pour moi, c'était un jour de pur
bonheur.

— Oui, acquiesça-t-elle d'une voix étranglée.

Il la regarda d'un air alarmé.

— Ah non ! Moi qui ne voulais qu'un sourire,
voilà que je t'ai fait pleurer !

Il attira la tête de la jeune femme contre sa
poitrine.

— Pas étonnant que tu aies tellement lutté en me voyant derrière cet arbre ! Ce vieux Morgan, quel charmeur... Toutes les femmes fondent en larmes dès qu'elles le voient arriver.

Elle rit malgré elle et il la serra étroitement contre lui, les yeux fermés.

— Oui, ça a été terriblement dur depuis ces jours heureux, impossible de le nier. Mais nous sommes toujours vivants, tous les deux. Ainsi que ceux que nous aimons.

— Nous avons de la chance, chuchota Grace.

— Nous sommes bénis, répondit-il en embrassant ses cheveux. Maintenant, sèche tes larmes et retourne chez toi avant qu'il ne vienne te chercher.

Il se leva et lui tendit la main.

— Je ferai ce que je pourrai pour retenir mes amis, mais il ne reste pas beaucoup de temps. Ne te permettrait-il pas de rendre visite à ta famille ?

— Pas avec Mary Kathleen, répondit Grace, et je refuse de la laisser de nouveau.

— Tu as raison, reconnut-il.

Ils époussetèrent leurs vêtements, et Morgan accompagna Grace jusqu'à l'orée du bois ; de là, ils voyaient les champs.

— Je ferai de mon mieux, répéta-t-il. Ne voyage pas avec lui. Abban et moi essaierons de surveiller la maison. Nous trouverons quelque chose.

Un sifflement aigu s'éleva derrière eux.

— Je dois y aller, à présent.

Grace hocha la tête.

— Que Dieu te bénisse, Morgan. Je... Cela m'a fait du bien de voir ton visage. Enfin, ce qu'on en voit! ajouta-t-elle avec un sourire en effleurant sa barbe du bout des doigts.

— J'ai été moi aussi content de te voir, pirate! murmura-t-il avant d'embrasser sa joue.

Il ne se détacha d'elle que lorsqu'un nouveau sifflement vint troubler le silence. Il plongea son regard dans le sien pendant un long moment, puis fit volte-face et disparut dans le sous-bois.

Comme Grace retraversait le champ en faisant bien attention à ne pas écraser les cultures, elle fut un instant éblouie par le soleil qui se reflétait sur la vitre du bureau de Bram, en train de se refermer. Son cœur se mit à battre la chamade, mais elle lui intima de se calmer. Elle songea que son mari n'avait pu la voir d'aussi loin, et que de toute façon elle n'avait rien à se reprocher. Elle se hâta en direction de la maison et se heurta à Bram au moment de pénétrer dans la cuisine.

— Que faisiez-vous dans les bois? demanda-t-il d'un ton dur.

— Je marchais.

Elle s'obligea à le regarder dans les yeux.

— Essayez encore.

Il tira d'un coup sec Mary Kathleen de derrière la porte, les doigts étroitement serrés autour de son bras. La fillette gémit.

Grace tendit la main vers elle, mais Bram la poussa hors de sa portée.

— Pas si vite, dit-il. Je vais vous aider : qui était cet homme à qui vous parliez?

— Un ami de mon frère, répondit-elle, réfléchissant à toute vitesse. Il me demandait de la nourriture et des graines.

453

— Et pourquoi n'est-il pas venu jusqu'à la maison ?

— Il avait peur. Vous avez une réputation redoutable, vous savez.

Bram esquissa un sourire aviné.

— Oui, dit-il. Voilà qui me plaît.

Il repoussa Mary Kathleen loin de lui et elle se cogna la tête contre le mur.

— Maman !

Elle éclata en sanglots. Grace fit un mouvement vers elle, mais Bram la retint.

— Non, dit-il. Brigid !

La gouvernante entra en courant dans la cuisine et s'immobilisa, observant la scène.

— Emmenez Mary Kathleen chez vous et demandez à Moira de la surveiller, ordonna-t-il.

— Oui, monsieur.

Sans regarder Grace, Brigid souleva l'enfant et sortit de la pièce avec elle.

— Bon, dit Bram avec un sourire qui se voulait engageant. Nous voilà seuls, à présent. Vous voulez prendre un verre avec moi ?

— Non, merci, répondit calmement Grace.

Elle se retourna et essaya d'ouvrir la porte. Bram l'attrapa par le bras et l'attira à lui.

— Arrêtez, dit-il comme elle le frappait de ses poings, paniquée. Arrêtez. Je ne vais pas vous faire mal. Arrêtez ! exigea-t-il, à bout de patience, en la secouant.

— Que voulez-vous ? demanda-t-elle, haletante.

— Cela m'a excité de vous apercevoir là-bas dans les bois avec un autre homme. Cela a stimulé mon imagination, en quelque sorte. Je vous voyais, roulant dans les feuilles humides, et d'ailleurs... (Il ôta une minuscule brindille de ses cheveux.)... voici la preuve que je ne me trompais pas.

Le cœur de Grace se mit à battre la chamade.

— Bram, je n'ai pas... Jamais je ne...

— Bien sûr que non, coupa-t-il d'un ton apaisant. Mais vous êtes une jeune femme, et je n'ai pas été assez attentif à vos besoins.

— Je n'ai besoin que d'une chose, c'est d'être laissée en paix, affirma-t-elle.

Il secoua la tête.

— Allons, allons... Je sais mieux que vous ce que vous éprouvez. Il est normal que vous ne puissiez pas me respecter si je ne me conduis pas en maître.

Grace se détourna pour fuir son odeur repoussante, sa proximité intolérable. Il enfouit son visage dans ses cheveux en murmurant :

— Je veux revenir dans votre lit. C'est ma place, je suis votre mari.

— Non.

— Il n'est pas question de oui ou de non, Grace. Le passé est derrière nous. Oubliez-le. Oubliez-le et vous ne le regretterez pas.

L'espace d'un instant, elle se sentit envahie par une tentation presque insoutenable. Oublier les bébés morts, le viol, les coups. Oublier la misère, la famine, la souffrance, oublier la faim et la trahison, oublier le deuil, le deuil terrible... Oublier tout et reprendre son devoir d'épouse comme si rien ne s'était produit.

Un goût amer lui monta à la bouche et une vague de dégoût la submergea. Bram prit son frisson pour une preuve de désir, il la souleva et la porta vivement jusqu'à sa chambre. Elle ne l'en empêcha pas. Incapable d'oublier le passé comme il le lui demandait, elle se força à penser à l'avenir – le sien, celui de sa fille et de sa famille. Alors elle se retira en elle-même et laissa son corps réagir automatiquement, fit les gestes qui satisferaient Bram et lui donneraient l'impression de l'avoir conquise. Une seule fois, alors qu'il était allongé sur elle, elle ouvrit les yeux et regarda par-dessus son épaule en direction de la porte ouverte. Là, dans l'ombre du couloir, elle vit le visage choqué et anéanti de Moira, et cela ne fit qu'augmenter la souffrance de son âme torturée.

— Bon, très bien !

Bram sauta à bas de son lit le lendemain matin et s'approcha de la fenêtre en enfilant son pantalon.

— Ils me surveillent, vous savez, dit-il avec un geste en direction des collines. J'ai vu des hommes courir le long des corniches quand je suis sorti à cheval. Ils ont tiré dans la jambe d'O'Flaherty. (Il rit.) Puis, quand il a rassemblé sa famille et qu'ils sont tous partis pour Dublin, ils ont incendié sa maison. Ah ! Mais ils ne me font pas peur.

Il revint vers le lit et laissa courir son regard sur Grace.

— Il est tôt, dit-il avant de boucler sa ceinture. Nous avons encore tout notre temps.

Elle ne l'encouragea pas, incapable de comprendre sa façon de raisonner. Il se comportait comme un jeune marié ravi, bien qu'il eût été incapable d'atteindre son but, la veille : après plusieurs tentatives frustrantes, il avait sombré dans un coma éthylique.

456

Peut-être ne s'en souvenait-il pas ; en tout cas, elle n'avait pas l'intention de lui en parler.

— Pensez-vous qu'ils vont s'en prendre à vous ?

Cette question fit oublier à Bram ses projets érotiques.

— Peuh ! Les garçons du coin sont trop simplets, trop lâches. (Il plissa les yeux.) Mais peut-être ont-ils fait venir quelques personnes de l'extérieur pour faire un peu avancer les choses. Comme l'ami de votre frère, celui qui a prétendu ne vouloir que des graines. Comment s'appelle-t-il, déjà ?

— Dick, répondit-elle aussitôt, songeant au cousin qu'avait perdu Abban. Dick... O'Brien.

— Je vais donner son nom au colonel et faire faire une enquête.

Il rentra les pans de sa chemise dans son pantalon.

— Je meurs de faim. Levez-vous et préparez-moi quelque chose à manger.

Grace ne se fit pas prier pour sortir du lit, et se hâta d'aller s'habiller dans la nursery. La vue du berceau vide de Mary Kathleen lui fit l'effet d'un coup de poing dans l'estomac, et elle pria pour ne pas retomber enceinte. Il y avait, elle le savait, des herbes qu'elle pouvait utiliser à cet effet, mais il faudrait qu'elle consulte Grandma avant que Bram ne parvienne à ses fins.

A la cuisine, elle posa devant lui un bol de gruau et un morceau de lard de la réserve. Brigid entra bientôt avec Mary Kathleen et s'immobilisa en les voyant assis à table comme mari et femme.

— Brigid ! s'écria Bram. Belle matinée, n'est-ce pas ? Emmenez l'enfant à l'étage et préparez-la pour une journée en plein air.

— Bien, Monsieur.

Elle jeta un coup d'œil perplexe à Grace au moment de quitter la pièce.

La jeune femme s'était figée en entendant l'ordre de Bram, mais elle parvint à conserver un ton indifférent pour demander :

— Comptez-vous sortir avec Mary Kathleen aujourd'hui ?

Il lui sourit et elle vit que derrière son apparence enjouée se dissimulait toujours son caractère habituel, plus pervers que jamais et dangereusement près de la folie pure et simple.

— Ces bandits ne me tireront pas dessus si j'ai une enfant sur le dos, déclara-t-il, le visage triomphant. Et une petite Irlandaise, en plus !

Il était fier de son plan : il était obligé de sortir, mais il pouvait bénéficier d'une protection.

— Mais elle a à peine deux ans ! dit Grace en essayant de prendre un ton léger. Vous ne pouvez pas vous promener toute la journée avec un bébé, si ?

— Si, et c'est exactement ce que je vais faire, annonça-t-il. Vous pouvez le dire à l'ami de votre frère.

Il se leva, lui attrapa le visage à deux mains et l'embrassa durement.

— A ce soir, très chère.

Grace eut à peine le temps de souffler quelques mots d'amour et d'encouragement à la fillette que déjà elle était installée derrière Bram sur le cheval, et fermement attachée à son père avec une corde. Lorsqu'ils eurent disparu au loin, Grace rentra dans la maison et vomit son petit déjeuner.

— Vous êtes malade, Madame ? s'inquiéta Brigid.

— Oui, répondit-elle après s'être rincé la bouche. Il pense que les rebelles ne lui tireront pas dessus s'il a une enfant irlandaise attachée dans son dos.

— Jésus Marie Joseph !

La gouvernante se signa. En cet instant, elle faisait plus que jamais ses cinquante ans, et même davantage.

— Que s'est-il passé entre vous deux, alors ?

Grace secoua la tête.

— Il croit m'aimer de nouveau, et s'imagine pouvoir me faire oublier ce qui s'est passé. C'est de la folie. Il est en train de perdre la tête.

Brigid lui jeta un coup d'œil perçant.

— Moira m'a dit la même chose.

Elle baissa la voix.

— Vous devez faire attention, Madame, la prévint-elle. Il souffre de la maladie des amants, et ma Moira aussi.

Sous le choc, Grace écarquilla les yeux.

— Je ne sais pas lequel l'a donnée à l'autre, chuchota Brigid, mais Moira avale de l'arsenic en cachette. J'ai trouvé la bouteille dans ses affaires. Où elle se l'est procurée, je n'en ai pas la moindre idée.

— Oh, mon Dieu, Brigid ! gémit Grace. Il faut que je m'en aille d'ici.

— Vous ne pouvez pas nous laisser, l'implora Brigid. Si vous partez, il perdra la tête pour de bon et nous tuera tous, ou il nous jettera dehors, ce qui revient au même. Et ça, à condition que les rebelles ne nous fassent pas brûler avant.

— Ne dites rien à personne, Brigid, vous

m'entendez? Pas un mot sur Moira, la maladie, les meurtriers en liberté ou quoi que ce soit.

— Bien, Madame, dit Brigid avec humilité.

Grace erra dans la maison toute la journée, passant de pièce en pièce, observant les peintures sur les murs, les beaux meubles, les livres, la vue. Elle ne pouvait ni partir ni rester, elle ne pouvait aimer et n'osait pas céder à la haine ; elle était paralysée par la peur.

Le ciel s'assombrit, une averse s'abattit sur la terre, puis le temps s'éclaircit de nouveau, mais Bram et la fillette ne rentraient toujours pas. Elles allumèrent les lampes de la cuisine, déposèrent un souper léger à base de légumes frits dans le lard sur la table. Grace attendait, guettant le bruit des sabots de Warrior et suppliant Dieu de lui faire un signe, de lui indiquer une direction, n'importe laquelle.

La réponse lui vint sous la forme de sa fille gelée, mouillée et tremblante, trop épuisée pour faire autre chose que gémir dans ses bras. Son visage étroit était fiévreux et couvert de bleus ; un de ses bras pendait lourdement à son côté.

— Que s'est-il passé ?

Grace se força à garder son calme.

Bram haussa les épaules, visiblement saoul.

— Cette gamine est geignarde et terriblement pénible. Vous l'avez trop gâtée.

Il brossa son pantalon et tendit sa veste à Brigid.

— Mais c'est encore un bébé !

Grace souleva l'enfant avec douceur et tâta son épaule. Mary Kathleen poussa un hurlement, puis se mit à pleurer.

— Elle est démise, indiqua Grace à Brigid. Aidez-moi. Apportez le whiskey.

— Pas question de gâcher du bon whiskey pour cette sale gosse, grommela Bram.

Grace l'ignora et porta sa fille dans la nursery. Elle entendait Bram les maudire, mais elle ne pensait pas qu'il les suivrait et ferait davantage d'histoires. Brigid la rejoignit bientôt, elle ferma la porte et dit à voix basse :

— Voilà, Madame.

Elle posa la bouteille de whiskey et regarda Grace découper le chemisier de la fillette pour dégager son bras. Les deux femmes ne purent retenir une grimace à la vue de l'épaule de Mary Kathleen et de son petit bras qui pendait mollement à son côté.

— Versez un peu de whiskey dans sa timbale et apportez-la-moi, ordonna Grace en aidant la fillette à se tenir assise.

Des larmes roulaient sur les joues de Mary Kathleen, mais elle ne disait rien, engourdie par la douleur et la journée longue et pénible qu'elle venait de passer. Ses yeux ne quittaient pas le visage de sa mère, et Grace devait faire un effort de volonté surhumain pour ne pas hurler de rage.

— Voilà, voilà, *musha*, dit-elle d'une voix apaisante. Bois ça. C'est fort, je sais, mais ça calmera la douleur de ton pauvre petit bras.

Les deux femmes échangèrent un coup d'œil au-dessus de la tête de l'enfant. Elles réussirent à lui faire boire trois petites gorgées avant que la fillette ne ferme les yeux.

— J'ai apporté des bandes, dit Brigid. Avez-vous le courage de le faire vous-même, ou voulez-vous que je m'en charge ?

— Je vais le faire, répondit Grace, le visage fermé.

Brigid tint fermement la fillette, pendant que Grace plaçait ses mains de part et d'autre de son épaule.

— Prête ?

Brigid hocha la tête.

D'un mouvement vif, Grace remit l'épaule en place. Mary Kathleen ouvrit les yeux et poussa un cri de douleur, puis elle retomba dans un sommeil hébété.

— Voilà, Madame, voilà, c'est fait, dit Brigid en tapotant doucement le bras de Grace. Vous vous en êtes très bien sortie, elle guérira sans problème.

Jusqu'à ce moment-là, Grace n'avait pas réalisé que des larmes roulaient sur ses joues ; elle n'en eut conscience que lorsqu'elle porta la main à son visage et le sentit humide. Elles bandèrent l'épaule et le bras de Mary Kathleen pour les bloquer contre le haut de son corps afin qu'elle ne puisse remuer dans son sommeil. Grace passa de l'eau tiède sur son visage et lui brossa les cheveux en arrière. Son cœur se serra à la vue des bleus qui marquaient ses joues et de la coupure qu'elle avait au menton.

— Jamais je n'aurais pensé qu'il lui ferait du mal, murmura Brigid en secouant la tête.

Elle prit la timbale de l'enfant et vida d'un trait le whiskey qui demeurait au fond.

Grace baissa la flamme de la lampe, puis elle s'assit dans le rocking-chair près du lit de sa fille.

— Puis-je faire autre chose, Madame ? demanda Brigid, debout près de la porte, les traits pâles et tirés.

Les pensées se bousculaient dans la tête de Grace.

— Non, répondit-elle. Merci, Brigid. Allez vous coucher, à présent.

— Je prierai à genoux pour vous deux, ce soir, murmura la gouvernante avant de refermer la porte derrière elle.

Grace attendit que la maison fût silencieuse, puis elle se mit elle aussi à genoux, serra ses mains l'une contre l'autre et appuya sa tête au montant du lit de l'enfant, malade à la pensée de tout ce qui s'était produit. Elle avait beaucoup de choses à dire à Dieu, beaucoup de questions à Lui poser ; et la lutte entre esprit et âme commença.

Lorsque la longue nuit fit place au matin et que la lumière du jour commença à chasser les ombres, elle se leva avec raideur du sol glacé et se dirigea vers le miroir. Elle regarda les lourdes bottes à ses pieds, sa robe à la jupe maculée de boue et aux manches fripées, la croix à son cou, son menton, sa bouche, crispée désormais, ses joues pâles, les rides qui tiraient le coin de ses yeux vers le bas. Elle regarda au-delà du terrible chagrin qui marquait durement ses traits, loin à l'intérieur d'elle-même, là où son âme s'était réfugiée. Et là, elle accepta ce qu'elle vit : une maison vide et noircie par les flammes.

21

La grotte d'Irial Kelley avait été découverte depuis longtemps, et plus personne ne s'y retrouvait. Les hommes s'étaient divisés en groupes plus petits, hélas, trop d'entre eux étaient constitués de maraudeurs indépendants qui agissaient sous l'emprise de la colère et non par calcul. Malgré tout, ils constituaient une menace suffisante pour que l'on en parlât dans la presse et que les têtes des rebelles fussent mises à prix par l'armée britannique.

A peine abrités de la pluie et du vent par une vieille hutte dans les marais, les hommes de Morgan étaient rassemblés autour d'un petit feu de tourbe et attendaient le capitaine Evans. Irial entra avec ses hommes, Abban Alroy et Morgan sur ses talons. Evans avait envoyé un message à Morgan : Sean O'Malley ne devait pas être mis au courant de la réunion de ce soir-là. Il était trop proche de la famille et serait à coup sûr interrogé s'il y avait une enquête.

— Douze autres familles expulsées cette semaine, commença Irial en se réchauffant les mains au-dessus du feu. Leurs biens détruits, leur toit arraché. Hanlon et Donohue sont rentrés chez eux à la nuit tombée dans l'espoir de mettre leur famille à l'abri de l'orage et les soldats les attendaient. Ils ont tué Hanlon et son fils, et Donohue a perdu son bras. Et tout cela pour quoi ?

Son regard se posa tour à tour sur chacun des visages levés vers lui.

— Pour les quelques pennies que ces Anglais lui jettent. Ils disent « Nettoie la terre et plante pour nous », et il le fait, sans se soucier le moins du monde des gens qui ont vécu là toute leur vie.

— C'est un Anglais, dit Abban.

— C'est un homme mort.

Lord Evans apparut sur le seuil et s'approcha du feu.

— Il s'en est tiré trop longtemps. Qu'en dites-vous ?

— S'il vous plaît, capitaine.

Un jeune garçon se fraya un chemin jusqu'à lui.

— Je suis volontaire. Je peux le faire, monsieur.

— Bien sûr, Sullivan.

Evans regarda le jeune homme.

— Personne n'en doute. Et tu as tes raisons de vouloir agir.

Nolan secoua la tête.

— Ce n'est pas pour Moira, dit-il avec une grimace, mais pour les Hanlon – Dirk Hanlon était mon copain – et aussi pour les autres. (Il s'interrompit et baissa les yeux.) Pour la dame et ce qu'il lui a fait. Et pour Mary Kathleen. S'il a été capable de lever la main sur elles, il finira tôt ou tard par nous tuer tous.

— Il a touché à la petite ? demanda Morgan, livide de rage.

— Oui-da, acquiesça Nolan. Il la prend avec lui pour expulser les gens et surveiller les travaux. Elle est attachée à lui avec une corde, vous comprenez, pour que personne ne puisse lui tirer dans le dos.

— Que Dieu ait pitié, murmura Abban.

— Le maître lui a démis l'épaule en la tirant par

465

le bras, et même après que Madame la lui a remise en place, il a encore emmené Mary Kathleen de force. Au bout de deux jours, elle a attrapé la fièvre, expliqua Nolan avec un sourire sombre. Lui, il a peur de la fièvre, alors maintenant il la laisse dans son lit, mais il attache un ballot de vêtements dans son dos pour faire croire aux gens qu'elle est toujours avec lui.

Morgan posa la main sur la crosse du revolver glissé à sa ceinture.

— Le salaud ! Je m'en occupe, dit-il à Evans.

— Moi aussi, renchérit Abban.

— Il semblerait que nous souhaitions tous lui faire la peau, à celui-ci, observa Evans. Mais ce ne sera pas facile : c'est un Anglais, ils s'acharneront sur tous ceux qu'ils penseront, de près ou de loin, liés à son décès.

— Ce doit être un accident, dans ce cas, dit Morgan en se tournant vers Abban.

— Exactement, acquiesça Evans. Un accident, il n'y a pas d'autre solution.

Il sortit une petite flasque de sa poche, en but une gorgée et la passa aux autres.

— Quelles sont les faiblesses de Donnelly ? Que savons-nous de ses habitudes ?

— C'est un excellent cavalier et un bon tireur, dit Abban.

Morgan hocha la tête.

— Il connaît toutes les routes et même les raccourcis, et il emprunte un chemin différent chaque fois qu'il sort.

— Il n'y a pas qu'envers sa femme et sa fille qu'il

est violent, intervint Irial. Il est de notoriété que les prostituées ont peur de lui.

Les yeux de Nolan étincelèrent de haine.

— Et c'est un alcoolique.

— Ce qui le rend imprévisible, ajouta Evans.

Il s'interrompit et réfléchit un moment. Les hommes demeurèrent silencieux, observant son visage et s'efforçant de contrôler leurs propres émotions.

— Bon, très bien, dit-il enfin. Voilà ce que nous allons faire...

Grace étala de la graisse de bacon frite sur deux tranches de pain, puis elle saupoudra généreusement chacune d'arsenic avant de les réunir en sandwich. Ce faisant, elle s'interdit de réfléchir à son action ; elle ne laissa pas le mot de « meurtre » s'imposer à son esprit.

Mary Kathleen était couchée à l'étage dans son lit. Sa fièvre baissait un peu. Elle ne tarderait pas à aller mieux et Bram l'emmènerait de nouveau sur la route avec lui. Cela finirait par la tuer. Grace ne pouvait pas s'enfuir avec elle : elle n'avait nulle part où aller, et elle ne ferait que les condamner toutes deux à une mort douloureuse. Il y avait de l'argent dans la maison ; elle avait vu Bram compter ses sacs de pièces un soir, mais lorsque ensuite elle avait cherché les bourses dans sa chambre, elle ne les avait pas trouvées. Après sa mort, elle fouillerait la maison de fond en comble avant de s'en aller.

Elle enveloppa le sandwich dans un tissu humide, y ajouta un dernier morceau de fromage dur et le plaça dans la sacoche de Bram. Puis elle monta à l'étage pour qu'il ne pût scruter son visage avant de partir.

Par la fenêtre, elle vit Nolan attacher le mannequin au dos de Bram, puis reculer d'un pas pour laisser son maître monter à cheval. Elle demeura impassible lorsque le jeune garçon tendit la sacoche à son mari, mais elle retint sa respiration jusqu'à ce que Bram eût appelé ses chiens et disparu au grand galop dans l'allée.

— Au revoir, murmura-t-elle alors, la main à plat sur la vitre.

C'était une journée superbe. Spectaculaire. Les rayons chaleureux du soleil filtraient à travers les arbres ; les oiseaux chantaient. Bram suivait le cours du ruisseau à travers bois. Il allait gagner de l'argent, aujourd'hui, mais avant tout il lui fallait se débarrasser de ces locataires qui ne payaient plus leur loyer. Il n'aurait servi à rien de leur donner des semences, ils se seraient empressés de les manger. Et s'il plantait quoi que ce fût sur les terrains qu'ils occupaient, ce serait déterré pour la même raison. Le groupe en question l'avait toujours irrité par son manque d'initiative et sa paresse, sa nonchalance. Personne ne voulait jamais travailler ; comment ils étaient parvenus jusqu'à présent à rassembler l'argent du loyer demeurait pour lui un mystère. Mais cette fois, ils étaient en retard pour leur paiement, et lui avait d'autres projets pour l'espace qu'ils encombraient. Le colonel lui avait parlé de gérants d'entreprises anglais qui, pour la plupart, étaient des fermiers expérimentés ; si Bram leur fournissait la terre, le gouvernement paierait leur loyer et leur fournirait des semences.

Il allait sur-le-champ retrouver les soldats et se réjouissait à l'idée de passer sa journée à expulser les gêneurs. Il lui restait une heure avant son rendez-vous, et le moment était bien choisi, estima-t-il, pour manger un morceau. Il arrêta Warrior, mit pied à terre et s'installa avec sa sacoche contre un arbre ; il était si absorbé par ses pensées et si sûr de sa capacité à se jouer des militants irlandais, qu'il pensait idiots, qu'il ne remarqua pas les ombres qui volaient d'arbre en arbre au-dessus de sa tête.

Morgan regarda Bram sortir son sandwich et mordre dedans. Puis il le vit se lever et aller remplir sa timbale au ruisseau. De l'autre côté de l'eau, Abban était dissimulé sur la rive derrière une pile de pierres. Evans se trouvait un peu plus loin, là où le cours d'eau passait sous la route ; son attelage était caché juste avant le pont. Ils attendaient depuis un moment que Donnelly descende de cheval, craignant qu'aujourd'hui encore il ne demeurât en selle toute la journée. Lorsqu'il aurait mangé, ils espéraient qu'il fermerait les yeux et s'endormirait, mais même dans le cas contraire, ils étaient prêts à s'occuper de lui. Abban et Morgan longeraient silencieusement la rive et maîtriseraient Bram ; ils l'assommeraient et le conduiraient sur son propre cheval jusqu'à Evans, qui l'emmènerait ensuite en voiture jusqu'à sa maison close préférée, dans le Nord. Là, une des jeunes Irlandaises qu'il avait battues l'attendait pour se venger. On lui donnerait tout l'alcool qu'il voudrait, puis il serait empoisonné et abandonné jusqu'à ce que la police le trouve. Trop d'alcool et une faiblesse cardiaque dans un bordel : ce ne serait pas la première fois qu'une chose semblable se produirait.

Morgan mit ses mains en coupe autour de sa bouche et imita le cri du coucou, signalant à Abban que le moment d'intervenir était arrivé. Il n'y eut pas de réponse, mais un peu plus tard Abban poussa un cri différent. Ce n'était pas ce qui était prévu. Que faisait-il ? Morgan se déplaça pour mieux voir, et c'est alors qu'il comprit ce qu'Abban avait voulu lui signaler : Donnelly était debout, vacillant, et se tenait la tête entre les mains comme s'il essayait de s'éclaircir les idées.

Abasourdi, Morgan regarda le châtelain appeler ses chiens et leur lancer un morceau du sandwich qu'il avait commencé à manger. Le premier d'entre eux l'avala tout rond et alla ensuite boire au ruisseau avec frénésie. Il vomit, puis fut pris de convulsions. Donnelly, qui avait lui aussi observé la scène, tira son pistolet et abattit l'animal. Il se dirigea d'un pas mal assuré vers Warrior et monta en selle avant d'éperonner l'étalon. Morgan et Abban s'élancèrent dans les bois, s'efforçant à la fois de ne pas perdre le cavalier de vue et de ne pas être repérés.

Tout à coup, une silhouette jaillit de derrière un rocher sur le chemin du cheval de Donnelly en criant « Hyah ! Hyah ! ». Warrior se cabra, saisit, et désarçonna son cavalier. La tête de Donnelly heurta une pierre et il demeura immobile.

Morgan se mit à courir le long de la rive.

— Non ! cria-t-il au jeune garçon, qui rampait prudemment vers le corps inerte.

En entendant l'appel de Morgan, Nolan leva la tête et scruta les bois, au moment même où Bram levait le pistolet qu'il tenait encore et lui tirait dans la poitrine. Abban poussa un hurlement de l'autre côté de la rive.

Bram se releva lentement, titubant. Son col était tout taché de sang, mais il continuait à tirer en direction des deux hommes, qui s'approchaient rapidement. Morgan plongea derrière un rocher, Abban derrière un arbre. Ils attendirent, conscients que la frustration de Bram ne faisait que croître.

— Sortez de là, lâches ! rugit-il en tirant à l'aveuglette.

Il attrapa la selle de Warrior et se hissa dessus.

— Il faudra bien plus d'un gamin pour se débarrasser de moi !

— Que diriez-vous d'une femme, dans ce cas ?

Moira apparut et avança dans le ruisseau, braquant sur Bram le fusil volé par Nolan. Elle portait un pantalon et une chemise en lambeaux ayant appartenu à son père, et elle avait rassemblé ses cheveux sous une casquette d'homme.

Bram parut troublé un moment, puis il éclata de rire.

— Mais c'est Moira ! Et dis-moi, ta mère est-elle là elle aussi ? Et le vieux Jack ?

Il leva son pistolet.

— Dois-je t'abattre comme j'ai abattu ton frère, Moira, ou bien l'heure de la revanche des Sullivan a-t-elle sonné ?

— Oui, elle a sonné, rétorqua la jeune fille avec un calme glacial avant d'appuyer sur la détente.

Bram tomba de son cheval et atterrit dans le

ruisseau la tête la première. Moira s'approcha de lui et lui tira une autre balle dans la nuque. Un silence de mort s'abattit sur la forêt.

Puis ils entendirent des voix. Des soldats se dirigeaient vers eux. Moira n'hésita pas : elle sauta sur la selle de Warrior et partit à toute allure vers le pont.

Morgan et Abban échangèrent un regard par-dessus le ruisseau et commencèrent à descendre les rives escarpées. Abban traversa le cours d'eau, ramassa le corps inerte de Nolan et l'apporta à Morgan. Ensemble, ils remontèrent sur la berge avant d'emprunter un chemin inconnu des soldats. Le sang de Nolan maculait leurs chemises. Il gémissait et appelait sa mère ; mais quand enfin ils arrivèrent au campement dans le marais, il était mort.

22

— Ils l'ont arrêté !

Ryan était debout à la porte de derrière, sa casquette à la main.

— Ils sont venus le chercher directement ce matin. Pa dit qu'il ne survivra jamais à l'interrogatoire.

Grace le tira par la main pour le faire entrer dans la cuisine.

— Tu parles de Sean ?

Ryan hocha la tête.

— Complot visant au meurtre.

— Non ! s'écria la jeune femme en se laissant tomber sur un tabouret. Ce n'est pas lui, ajouta-t-elle avant de lever les yeux vers son frère.

Ce dernier s'assit à son tour.

— Il dit que non, mais qu'il mourra volontiers pour celui qui a fait ça.

Il lui prit la main, chose qu'il n'avait jamais faite auparavant.

— Qu'ont dit les soldats, quand ils ont rapporté son corps à la maison ?

— Qu'on lui a tendu une embuscade sur la rive du ruisseau, près du vieux pont. Il a reçu une balle dans la poitrine et une autre dans la tête. On l'a trouvé dans l'eau, sur le ventre ; aucune trace de Warrior. Ils ont donné la chasse à deux hommes dans les bois et à un troisième qui était à cheval, mais ils les ont perdus tous les trois dans les petits chemins.

Grace réfléchit un instant.

— C'est absurde. Tu imagines notre Sean courant dans les bois ?

— Il dit qu'il était plus bas en train de pêcher quand les soldats sont passés. Ils lui ont posé quelques questions avant de poursuivre leur chemin. Peu après, il a entendu des coups de feu et a préféré s'éclipser.

— Ils pensent qu'il faisait le guet.

— Et peut-être est-ce vrai.

— Tu ne vas pas aller raconter ça à qui que ce soit, n'est-ce pas, Ryan O'Malley ? dit Grace en scrutant attentivement le visage de son frère.

473

— Nous devons faire très attention.

Ryan jeta un coup d'œil en direction de la porte, et son regard se posa sur les bottes de Bram.

— Il ne te manque pas, n'est-ce pas ?

Mille émotions se bousculèrent dans le cœur de Grace, et des larmes lui picotèrent les yeux.

— C'était mon mari, dit-elle doucement. Pour le meilleur et pour le pire.

Elle s'essuya le visage avec le coin de son tablier.

— Mais jamais Dieu n'aurait créé un homme aussi cruel, reprit-elle d'une voix plus ferme. A l'heure qu'il est, il a rejoint son maître en enfer.

— C'est ce que l'on dit dans toute la vallée.

Ryan serra la main qu'il tenait toujours entre les siennes.

— Les nouvelles vont vite, et nombreux sont ceux qui pensent que Dieu t'a libérée d'une mauvaise alliance.

— Mais faut-il que la vie de Sean soit le prix de ma liberté ?

— J'ai envoyé un messager à Black Hill, mais personne n'a vu Morgan depuis des jours.

Grace s'immobilisa. Tout à coup, elle comprenait.

— C'est lui qu'ils veulent. Ils savent qu'il viendra à la rescousse de Sean.

Ryan ouvrit de grands yeux.

— Nous devons le prévenir.

Il se leva et se dirigea vers la porte.

— Où est Nolan ? Il saura où le trouver mieux que personne.

Grace secoua la tête.

— Nolan a disparu, et Moira aussi. Ça a failli tuer

le pauvre vieux Jack, et Brigid est malade d'inquiétude. Elle passe son temps près du feu à bercer le bébé.

— Moira ne se serait pas enfuie sans son fils ?

— Heureusement qu'elle l'a fait, répondit Grace. Il faut que j'aie un petit garçon dans les bras quand le frère de Bram arrivera pour son enterrement, sans quoi tout ira encore plus mal.

— C'est donc son frère qui va venir, et non son père ?

— Oui. Lord Donnelly ne va pas très bien, à en croire la lettre que j'ai reçue, mais moi, je crois qu'il a plus peur qu'autre chose. (Elle fit une pause.) Je ne sais rien du frère, Edward, sinon que Bram le méprisait.

— Seigneur tout-puissant, quelle histoire !

De nouveau, Ryan jeta un coup d'œil aux bottes près de la porte.

Grace se leva.

— Ne t'inquiète pas. Je vais y arriver. Je garderai le bébé et le ferai passer pour mien jusqu'à ce que cet Edward ait enterré Bram et soit reparti chez lui, puis je rendrai l'enfant à Brigid, vendrai tout ce que je pourrai et rentrerai à la maison.

— Et Sean ?

Grace se mordit la lèvre.

— Morgan ne le laissera pas pendre, dit-elle avec fermeté. Et il ne se laissera pas attraper non plus. Nous devons avoir la foi.

— Très bien, dans ce cas, dit Ryan, soulagé. Je répéterai tout ça à Pa et nous attendrons des nouvelles. Devons-nous assister à l'enterrement ?

— Oui, acquiesça-t-elle sombrement. Il ne doit

475

pas y avoir d'histoires : pour son frère, nous sommes une famille heureuse. Affamée, ajouta-t-elle, mais heureuse.

Elle insista pour que Ryan emporte la moitié de l'avoine qu'elle avait sous la main, deux œufs frais de sa dernière poule, qu'elle gardait soigneusement enfermée dans la cuisine la nuit, et des pieds de porc à bouillir.

— Ce n'est pas grand-chose, s'excusa-t-elle.

— Ce n'est pas moi qui vais me plaindre.

Il l'embrassa sur la joue et regagna sa charrette, laissant Grace seule dans la maison qui, pour l'instant, était toute à elle.

23

Ils l'enterrèrent en secret par un matin brumeux, haut sur la colline au-dessus de chez lui, son petit corps enveloppé dans un drap de lin propre, un ruban aux couleurs de l'Irlande vert, blanc et orange épinglé sur sa poitrine.

Seuls des hommes vinrent évoquer la vie et pleurer la mort de ce jeune garçon si calme et courageux. Que des hommes et une femme, sa mère, réveillée en silence et emmenée là pour qu'elle sût où reposait son fils. Son mari, faible et tremblant de fièvre, était debout à son côté, enveloppé dans sa couverture et soutenu de part et d'autre par des hommes puissants dont le regard douloureux démentait l'allure stoïque.

Le père Brown était venu sans poser de questions ; il avait déjà eu à affronter les Anglais, et son silence face à la torture lui avait valu la confiance des rebelles. L'odeur puissante s'échappant de l'encensoir qu'il balançait au-dessus de la tombe se mêlait à celle des pins. L'air était humide. Il n'y avait pas de vent, pas même une légère brise, et l'on n'entendait que la voix douce du prêtre.

— A la terre, nous retournons ce corps, psalmodia-t-il. Cendres aux cendres, poussière à la poussière. Nous prions pour que Notre-Seigneur Jésus-Christ ait pitié de son âme et l'accueille à bras ouverts aux portes du paradis. Amen.

Brigid gémit et se balança doucement, les mains jointes sur sa poitrine. Morgan posa son bras sur ses épaules.

— Quelqu'un souhaite-t-il dire quelque chose ? demanda le père Brown.

Abban fit un pas en avant, sa casquette à la main.

— Oui, mon père, moi.

Il s'adressa au petit groupe.

— J'ai rencontré Nolan Jack Sullivan pendant le pire hiver que l'Irlande ait connu. Celui de la grande famine, de la mort omniprésente. Un hiver marqué par une cruauté et une misère insoutenables, pour un enfant plus encore que pour un adulte. Et je dois dire ceci à propos de Nolan : jamais il n'y eut garçon plus solide que lui durant ces temps instables. A aucun moment sa fidélité à son Créateur et à ceux qu'il aimait n'a été mise en défaut. Jamais je n'ai fréquenté garçon plus

477

courageux et sincère. (Il regarda Brigid.) C'était un fils qui faisait honneur à sa mère. Et aucun père n'aurait pu en avoir de meilleur. Nous étions fiers de le compter parmi nous. (Il s'interrompit, puis ajouta :) Redressez-vous, messieurs, et faisons-lui nos adieux comme il le mérite... Nolan Jack Sullivan, un vrai fils d'Irlande.

Et tous rejetèrent les épaules en arrière. Leurs vêtements trop grands flottaient sur leurs corps décharnés. Chacun portait dans son cœur l'image d'un autre enfant aimé et enterré, et ce fut aussi pour ces enfants-là qu'ils chantèrent, pour eux qu'ils pleurèrent. Leur voix se brisait d'émotion, mais quand l'un faiblissait, l'autre trouvait dans son âme une force nouvelle pour reprendre la chanson.

Brigid écoutait, le visage baigné de larmes. Jack murmurait les paroles de son mieux, la main sur le cœur. Et c'est ainsi qu'ils accompagnèrent leur fils vers un monde qui le méritait davantage.

Des lumières commençaient à s'allumer aux fenêtres des maisons de la vallée. Les femmes qui sortaient d'un pas lent pour accueillir cette nouvelle journée portaient leur main à leur oreille et écoutaient les échos de ce qu'elles reconnaissaient aussitôt comme un chant funèbre. Leurs propres enfants étaient pour la plupart couchés à même le sol de leur maison, mourants, et certaines se demandèrent si c'était la fin, si Dieu dans Sa miséricorde leur envoyait une escouade d'anges à travers les bois brumeux pour les emmener en un lieu où la nourriture serait abondante et où ils ne connaîtraient plus jamais la misère.

Lorsque le chant s'acheva, elles attendirent encore un peu, scrutant les collines voilées, puis elles soupirèrent et rentrèrent chez elles pour s'allonger auprès de leurs enfants et attendre.

Abban et Morgan restèrent derrière pour refermer la tombe et en marquer l'emplacement d'une croix au nom de Nolan. Ils ne prirent leurs pelles qu'une fois les Sullivan partis, lorsque le dernier des hommes venus présenter leur hommage au jeune garçon eut disparu entre les arbres.

— Jamais je ne m'habituerai à coucher un enfant dans le sol glacé, soupira Abban en lançant une pelletée de terre sur le linceul.

— Dans ce cas, tu es un homme chanceux.

Morgan frotta ses mains l'une contre l'autre pour les réchauffer.

— Ce sont ceux qui s'y sont habitués qui m'effraient le plus.

Ils travaillèrent avec tant d'ardeur qu'ils furent bientôt en nage. Il était dangereux pour eux de s'approcher autant de Donnelly House, alors que des soldats ne cessaient d'entrer et de sortir de la propriété et qu'on attendait le frère de Bram d'un jour à l'autre, mais ils n'avaient pas eu le cœur d'enterrer l'enfant trop loin de sa mère, maintenant qu'elle l'avait perdu à jamais. Ils œuvrèrent rapidement, mais le soleil commençait déjà à percer la brume lorsqu'ils eurent fini.

— Devons-nous mettre Brigid au courant, pour Moira ?

— Non.

Morgan reposa sa pelle.

— C'était un accident, elle n'aurait pas dû être abattue de cette façon. Cela ne ferait aucun bien à ses parents de savoir qu'elle est morte elle aussi. Autant qu'ils s'imaginent qu'elle s'est enfuie vers une vie meilleure.

— Comment va Evans ?

— Son bras est dans un sale état, mais il va mieux. Le père Brown l'a caché dans le grenier de la paroisse.

— Se souvient-il de quoi que ce soit ? demanda Abban en s'essuyant les mains sur son pantalon.

— Il se rappelle avoir vu un cheval noir se diriger vers le pont au grand galop. Il dit être sorti de la voiture pour abattre le cavalier, puis avoir réalisé que ce n'était pas Donnelly. Moira devait être paniquée, après le meurtre, avec les soldats sur ses talons, et elle s'est mise à tirer dans tous les sens. Evans ne s'est pas rendu compte que c'était une femme, il a simplement tiré à son tour pour se défendre. Irial et le vieux Tom étaient tout près avec leur charrette et ils ont pu les sortir de là juste avant l'arrivée des soldats, lui évanoui et elle morte. Ils ont emporté le corps chez les religieuses et Evans chez le père Brown.

— A-t-elle reçu une sépulture chrétienne ?

— Oui. Elle repose dans la roseraie avec les autres filles catholiques qui, pour une raison ou une autre, n'ont pas pu être ramenées chez elles.

Morgan s'appuya sur sa pelle et essuya la sueur de son front, puis il s'immobilisa comme une lumière s'allumait au premier étage de la grande maison au-dessous d'eux. Une ombre passa devant la fenêtre.

Abban regarda son ami un moment avant de dire d'une voix douce :

— C'est dur d'être si près, de la voir et de ne pas pouvoir lui apporter un peu de réconfort.

Morgan hocha la tête.

— On dit qu'elle s'est évanouie lorsque les soldats lui ont apporté le corps.

— Je ne crois pas que ce soit de chagrin, cependant, mon frère.

Les deux hommes échangèrent un regard.

— Quelqu'un a empoisonné sa nourriture, et ce n'était ni Brigid ni la petite.

De nouveau, Morgan se tourna vers la maison.

— Es-tu en train de dire que notre Grace est capable de meurtre?

Abban s'approcha pour mieux voir. Grace était maintenant dans la cour et se dirigeait vers l'étable.

— Je ne qualifierais pas ça de meurtre, répondit-il enfin. Qui d'autre était là pour défendre sa vie et celle de son enfant? Un secret pareil doit être terrible à porter, pour elle, ajouta-t-il en secouant la tête.

Morgan observa la jeune femme qui ressortait de l'étable et entrait dans la maison, un seau à la main.

— Nous ferions mieux de terminer et de partir d'ici.

Abban le tira doucement en direction de la tombe.

— Nous ne pouvons rien faire pour elle.

Morgan étudia le visage de son compagnon un long moment.

— Il y a quelque chose, déclara-t-il. Si tu es prêt à risquer ta pauvre vieille peau une fois de plus.

Un sourire las se peignit sur les traits d'Abban.

— Ah. J'attendais précisément que tu en parles.

481

Les deux hommes achevèrent de refermer la tombe, ils aplanirent la terre et la recouvrirent d'aiguilles de pin. Ancrée dans le sol, une croix de bois portait l'inscription : « NOLAN JACK SULLIVAN, 1836-1847, BRAVE FILS D'IRLANDE. »

Ils ôtèrent leurs chapeaux et s'absorbèrent un moment dans une prière silencieuse ; le cri d'un corbeau dans le silence leur fit relever la tête.

— Où est-il retenu prisonnier ? demanda Abban.

— A la prison de Cork.

Morgan enfonça sa casquette sur ses oreilles et remonta le col de son manteau pour se protéger du froid. Abban l'imita.

— Alors courage, mon ami, dit-il en s'engageant sur le chemin. Une longue, longue marche nous attend.

24

Edward Donnelly était écœuré par l'Irlande et tous ses habitants. Comment son frère avait-il pu épouser une Irlandaise et s'installer dans un endroit pareil ? Cela le dépassait, même s'il admettait volontiers que la fille en question était très belle. Pour une autochtone, en tout cas. Lui la trouvait trop maigre, mais après tout, chacun ses goûts, et Bram avait toujours été bizarre.

Sa première nuit dans la maison, humide même

pour la saison, avait été extrêmement déconcer-
tante. Il n'y avait pas de serviteurs pour veiller à son
confort, ni même de cuisinière ; la seule employée
semblait être cette Brigid, une femme, si l'on pouvait employer ce terme à son endroit, qui faisait
peine à voir et semblait de surcroît impossible à
comprendre. Elle passait son temps à grommeler
d'étranges phrases en dialecte. Et encore ne lui
était-elle pas trop désagréable, car elle lui ôtait son
manteau lorsqu'il entrait dans la maison et lui
apportait un verre de whiskey sans qu'il eût à réclamer. Apparemment, il était le seul homme à Donnelly House ; c'était sa belle-sœur qui s'était occupée
en personne de la voiture et des chevaux qu'il avait
loués.

La demeure était mal entretenue : plusieurs vitres
étaient cassées et le toit demandait à être réparé.
De nombreux volets pendaient lamentablement.
L'étable ne contenait pas d'autre animal qu'une
vache osseuse ; en revanche, des poulets vivaient
dans l'arrière-cuisine, au rez-de-chaussée. L'Irlandaise s'en était excusée, expliquant qu'il était nécessaire de les protéger des voleurs, mais il trouvait cela
difficile à croire ; d'ailleurs, il savait combien les
Irlandais aimaient vivre au milieu des animaux.
Durant le trajet jusqu'au domaine, il avait remarqué
des piles de bouse séchée sur le seuil des maisons et
il avait vu des enfants pâles et épuisés assis dessus.
Horribles à voir, ces enfants, pour la plupart : des
bras maigres comme des morceaux de bois, mais
un énorme ventre et des jambes toutes gonflées.
Et à Dublin – un endroit immonde, dégoûtant
entre tous, dont les allées exhalaient une puanteur

terrible – il avait même vu des enfants au visage poilu ! Un médecin avec qui il s'était lié d'amitié lors de la traversée lui avait expliqué que cela touchait parfois les gens qui mangeaient mal et vivaient dans des conditions d'hygiène déplorables, et il lui avait conseillé d'éviter les foules, car tout le monde était porteur de la maladie qui infestait cet endroit maudit. Il s'était attendu à trouver une misère semblable à celle qui régnait dans les bas-fonds de Londres, mais jamais il ne s'était imaginé une horreur si omniprésente, et il avait hâte de chasser de son esprit la vision de ces visages d'enfants ratatinés et couverts de poils.

La fille de son frère n'était pas un chimpanzé, elle, Dieu merci. C'était une petite chose frêle et fragile, toujours alitée. Elle avait hérité la chevelure flamboyante de sa mère, mais elle avait bien le front haut et le menton déterminé des Donnelly. Le garçon, lui aussi, semblait avoir été épargné par le physique ingrat de la plupart de ses compatriotes. Il ne ressemblait pas particulièrement à sa mère et n'avait pas les traits virils de son père, mais c'était encore un bébé. Dans un murmure embarrassé, la mère avait expliqué que son lait s'était tari et qu'elle le nourrissait au lait de vache. Apparemment, ce changement ne lui convenait guère : il était maigre et avait des boutons. Il pleurnichait souvent et seule la dénommée Brigid parvenait à le calmer en lui chantant inlassablement une chanson qu'Edward ne connaissait pas.

Il avait demandé à voir le corps de son frère, et avait été surpris de le trouver, vêtu d'humbles habits de campagne, allongé sur la table du salon. Il n'y avait pas de lumière dans la pièce, et il avait fallu ouvrir les rideaux pour qu'il puisse regarder ce visage dont il se souvenait à peine. Bram avait vieilli, depuis leur dernière entrevue, et les chocs qu'il avait reçus n'avaient rien fait pour améliorer son apparence. La pièce était froide, comme il se doit d'une chambre mortuaire, mais Edward avait été traversé d'un frisson qui ne devait rien à l'humidité glacée. Tout était parfaitement silencieux et immobile, comme si nul ne s'était approché du corps depuis qu'il avait été placé là. Les seuls à pleurer le défunt dans la pièce voisine étaient sa femme, la gouvernante, et un vieil homme qu'elles appelaient Jack, et qui paraissait avoir lui aussi un pied dans la tombe. Ils avaient reçu les condoléances de deux anciens associés d'affaires, ainsi que du capitaine Wynne et des O'Flaherty, de Dublin. Mais c'était tout. Edward avait imaginé une longue file de locataires, casquette à la main, les femmes en pleurs, venus présenter leurs respects à leur châtelain mort, mais pas un seul ne s'était déplacé. Des ingrats. Mesquins, à n'en pas douter. Les comptes étaient terriblement mal tenus, mais de toute évidence, aucun d'entre eux n'avait payé de loyer depuis plus d'un an ! Pas étonnant que son frère n'eût pas pu envoyer de l'argent à la maison, s'il était incapable de gérer son domaine mieux que cela.

Tous ces problèmes, toutes ces contrariétés, et il n'avait rien eu de substantiel à se mettre sous la dent depuis son arrivée, rien qu'un bol de soupe claire et un peu de pain dur. Apparemment, il y avait bel et bien pénurie de nourriture dans ce maudit pays. Il pensait jusqu'alors que les membres des classes

485

supérieures pouvaient encore s'acheter ce dont ils avaient besoin, mais l'Irlandaise lui avait expliqué qu'il fallait pour cela obtenir une autorisation spéciale du capitaine de la garde et donc se rendre à Cork. Ensuite, la nourriture devait être rapportée en cachette à la maison, et l'on courait à tout moment le risque d'être rançonné par des bandits et des pillards. C'était simplement stupéfiant.

L'enterrement devait avoir lieu cet après-midi-là, après quoi il espérait jeter un coup d'œil aux affaires de son frère et parvenir à un accord avec l'Irlandaise. Elle, bien sûr, n'avait droit à rien de ce que laissait son mari, mais elle aurait sans doute les intérêts de son fils à cœur. Si, bien sûr, elle comprenait de quoi il retournait, ce qui était loin d'être certain. En attendant, il ferait la sieste et rêverait à un dîner londonien.

Ce fut un petit enterrement. Les propriétaires terriens amis de Bram, du moins ceux qui étaient encore dans le pays, avaient refusé de venir par crainte d'une embuscade. La famille de Grace était présente : son père, visiblement fatigué et un peu perdu ; Grandma, qui embrassa Grace immédiatement, cajola le bébé qu'elle tenait dans ses bras, puis salua M. Donnelly et lui dit d'une voix grave quel frère extraordinaire il avait eu, et à quel point ils l'avaient tous aimé comme un fils ; Ryan et Aghna, debout, l'air mal à l'aise, tenant chacun par une main le petit Thomas. Ils avaient amené quelques voisins pour faire bonne mesure : les O'Dugan et Julia Ryan, et Grace leur en était reconnaissante, car Brigid était restée à la maison pour surveiller Mary

Kathleen et le vieux Jack, alité et vraisemblablement mourant.

Le révérend Birdwell, pasteur du temple que fréquentait autrefois la mère de Grace, avait fait le déplacement, et il célébra un service protestant plein de tact et de sobriété. Sans même en avoir conscience, Grace retint sa respiration tout du long, jusqu'au moment où elle dut jeter une poignée de terre sur le cercueil. Elle le fit d'une main ferme ; et un soulagement de plus en plus grand l'envahit au fur et à mesure que les pelletées de terre emplissaient la tombe. Le petit groupe retourna ensuite à Donnelly House.

La collation qui les attendait était réduite au strict minimum, mais personne ne dit mot. Ce fut le révérend Birdwell qui, enfin, brisa le silence.

— Sean ne va pas bien ? demanda-t-il à Grace d'un ton inquiet.

Grace jeta un coup d'œil à Grandma. Aussitôt la vieille dame s'approcha et lui prit le bébé, qui commençait à s'agiter.

— Sean ne va pas bien, non, révérend, répondit-elle calmement à la place de sa petite-fille. Il est alité.

— Qui est le Sean en question ? voulut savoir Edward.

— C'est le frère de Grace, monsieur, expliqua Grandma. Un bon garçon, mais infirme, le pauvre, et souvent malade.

Edward esquissa une grimace dégoûtée.

— Ce n'est pas une tare de famille, j'espère ? demanda-t-il avec un coup d'œil inquiet au bébé que tenait toujours Grandma.

— Oh, mon Dieu, non, monsieur, se hâta-t-elle de répondre. Il a eu un accident il y a des années, en essayant de sauver sa mère – ma fille, que le Seigneur la bénisse – quand elle s'est noyée.

Edward écarquilla de grands yeux alarmés.

— Oh.

Il vida d'un trait son verre de sherry et regarda autour de lui à la recherche de quelque chose de plus fort.

Grace sortit le whiskey et remplit tous les verres. Elle était sur le point de s'excuser pour aller voir Mary Kathleen lorsque l'on frappa à la porte principale ; le capitaine Wynne entra au pas de charge, suivi par sa garde.

Ses yeux balayèrent le groupe et se posèrent aussitôt sur Edward.

— Pardonnez cette intrusion, monsieur Donnelly, mais nous sommes à la recherche d'un fugitif.

Il fit signe à l'un des soldats de monter à l'étage, et à l'autre de fouiller les pièces du bas.

Par la fenêtre, Grace vit des soldats se diriger vers l'étable et la réserve.

— Qui cherchez-vous ? s'enquit-elle.

— Votre frère, bien sûr, madame Donnelly.

Il la regarda prudemment, ne sachant comment se comporter vis-à-vis d'elle : il lui devait le respect en présence de son beau-frère, mais ne pouvait s'empêcher de la soupçonner de duplicité.

— Il s'est enfui, précisa-t-il.

— C'est une honte !

Edward bomba la poitrine et traversa la pièce d'un air outragé.

— Comme vous le savez peut-être, capitaine,

nous avons enterré mon frère aujourd'hui et nous sommes en deuil. Faire irruption ici de cette manière est inadmissible !

— Oui, monsieur, je vous présente de nouveau mes excuses. (Le capitaine Wynne n'avait pas l'intention de céder.) Mais le frère de Mme Donnelly, qui était détenu dans le cadre de l'enquête sur le meurtre de sir Donnelly, s'est échappé, avec l'aide de deux autres hommes recherchés par la justice, et nous pensons qu'ils essaieront de revoir leur famille avant de quitter le pays.

— Est-ce vrai ?

Edward se tourna vers Grace.

— Bien sûr que non, s'exclama-t-elle. Mon frère est infirme !

— Vous ignorez, madame, qu'il est accusé d'avoir tué votre mari ? demanda le capitaine d'une voix incrédule.

Patrick s'éclaircit la gorge et fit un pas en avant.

— Sean a été emmené pour être interrogé il y a deux jours. Nous avons dit à Grace qu'il était malade et alité parce que nous estimions qu'elle avait assez de chagrin comme ça.

Il s'approcha de sa fille et posa la main sur son bras.

— Nous sommes prêts à jurer de l'innocence de Sean, et nous n'avons pas entendu parler d'une évasion.

— Mais il a été inculpé du meurtre de mon frère ?

Le regard incrédule d'Edward allait du capitaine à Patrick.

— Oui.

Wynne porta la main à sa poche intérieure et en tira ce qui ressemblait à un document officiel.

— Voici sa confession.

—. Sa confession ! s'exclama Patrick, outré. Le malheureux n'a pas plus tué sir Donnelly que vous ou moi !

— Faites-moi voir ça.

Edward prit le papier des mains du soldat et le parcourut.

— Cela semble en ordre, dit-il enfin. Votre frère a avoué avoir tiré sur Bram. Il a dit avoir agi seul et non dans le cadre d'un complot. Il voulait vous venger des mauvais traitements que vous aviez subis.

Il jeta un coup d'œil à la dernière page.

— Est-ce bien la signature de votre frère ?

— Je n'en suis pas sûre, répondit Grace d'un ton égal, bien que l'écriture ferme et théâtrale ne pût appartenir à nul autre.

Edward plissa les yeux.

— Quels sont ces soi-disant « mauvais traite-ments » auxquels il fait allusion ?

— Votre frère l'a battue si violemment qu'elle a frôlé la mort, répondit Patrick d'une voix calme mais claire, sans baisser les yeux.

— Elle a perdu..., commença Ryan.

— Elle a *failli* perdre le bébé, coupa Grandma en embrassant la joue de l'enfant qu'elle tenait toujours contre elle.

Un silence pesant s'abattit sur la pièce.

— Il semblerait qu'il ne soit pas ici, déclara le capitaine un moment plus tard, après qu'un soldat fut venu lui faire son rapport en secouant la tête.

Il se tourna vers Grace.

— Mais s'il devait venir et que vous omettiez de nous le signaler, je vous ferais arrêter également.

Les joues brûlantes de rage, Grace se redressa de toute sa hauteur.

— Jamais je ne vendrai mon propre frère à des soldats anglais ! répondit-elle d'un air de défi.

— C'est un meurtrier, rétorqua le capitaine sans baisser les yeux.

— Il n'est pas capable de tuer, et vous le savez parfaitement, puisque vous avez vu son pauvre corps tout tordu. Et son esprit est faible aussi. Il dirait n'importe quoi afin de passer pour un héros.

— Ah, mais j'ai sa confession, fit valoir le capitaine avec un sourire hautain.

— Non, c'est moi qui l'ai !

Grace lui montra le papier qu'elle avait en main, puis elle le déchira d'un geste vif et s'empressa de jeter les morceaux dans le feu.

L'un des soldats courut vers la cheminée, poussant Grace au passage, et récupéra le document, roussi et fumant. Il le remit à son supérieur.

— Je devrais vous arrêter pour cela, grommela Wynne entre ses dents.

— Allons, allons.

Edward posa une main sur le bras du capitaine.

— C'est une veuve éplorée, elle n'est plus elle-même. Je comprends votre colère, mais j'aurai fini ce que j'ai à faire ici dans un jour ou deux ; ne pouvez-vous attendre que je sois parti pour poursuivre cette affaire ?

Wynne regarda Grace, puis Edward, avant de revenir à la jeune femme.

— Vous n'avez pas fini d'entendre parler de moi,

491

madame Donnelly, dit-il avant de faire volte-face et de quitter la maison.

Edward attendit que les soldats eussent disparu au bout de la route pour s'adresser à Grace.

— Maintenant, ma chère belle-sœur, je crois que vous feriez mieux de vous expliquer. Il semblerait que votre famille ait voulu faire bonne figure devant moi, et j'aimerais savoir pourquoi.

Grace réfléchit à toute vitesse.

— Ils ont tous eu du mal à lui pardonner les coups qu'il m'a donnés une fois, dit-elle en s'approchant du feu, dos à la flamme. Ils ne sont venus aujourd'hui que par respect pour moi.

Elle sourit aux intéressés, mais son regard les prévint qu'ils devraient acquiescer à tout ce qu'elle dirait.

— J'ai pardonné à mon mari et suis revenue ici pour lui donner le fils qu'il désirait tant. Vous ne pouvez pas savoir combien il a été troublé toute l'année dernière par les lettres de votre père, qui lui demandait de l'argent, quand il n'en avait pas à donner. Vous avez vu les livres de comptes. Il a dû vendre les moulins et les fabriques pour nous permettre d'acheter de quoi nous nourrir. Vous comprenez certainement combien un homme peut être frustré lorsqu'il se sent incapable de subvenir aux besoins de sa famille, et quand, en plus, il doit regarder, impuissant, tout ce qu'il a bâti s'évanouir en fumée.

Baissant la voix, elle regarda en direction de la fenêtre.

— J'ai honte de devoir le dire, mais pendant une courte période il a sombré dans la boisson. J'ai provoqué sa colère en distribuant le peu de nourriture que nous avions à des étrangers sur la route, et cela lui a fait perdre la tête. (Elle s'efforça de prendre un ton sincère.) Jamais homme n'a été plus contrit et aimant que mon mari lorsqu'il a réalisé ce qu'il avait fait. Il a juré de cesser de boire, cela lui a éclairci les idées, et dès lors il s'est entièrement consacré à son travail pour nous sortir de la situation désespérée dans laquelle nous nous trouvions.

— Et votre frère n'a pas su que vous vous étiez réconciliés ?

Edward se surprenait à avoir envie de la croire ; elle était captivante, à sa manière. Il comprenait mieux à présent la réputation des conteurs irlandais.

Grace secoua la tête.

— Sean n'est pas un assassin. Mon mari a été pris en embuscade par un groupe rebelle de métayers expulsés, j'en suis parfaitement certaine.

Patrick acquiesça.

— Notre Sean a toujours été trop proche de sa sœur. Elle lui a tenu compagnie pendant toute son enfance, vous comprenez. Il a prétendu avoir tué votre frère uniquement pour être un héros à ses yeux.

— Pourtant, le capitaine semblait convaincu de sa culpabilité, observa Edward d'un air dubitatif.

— Il faut qu'il traîne quelqu'un devant la justice, répondit Patrick. Sir Donnelly était quelqu'un d'important dans la région, et bien sûr, c'était un Anglais. Son meurtre ne peut rester impuni.

— Naturellement, murmura Edward.

Il se détourna et regarda par la fenêtre le ciel tourmenté qui s'assombrissait rapidement.

— Vous devez être épuisé, dit aussitôt Grace. Après ce voyage et toute cette agitation...

— C'est vrai, renchérirent aussitôt les autres en hochant la tête et en se dirigeant vers la porte.

— Nous devons rentrer à la maison, Grace.

Patrick embrassa sa fille, puis il fit un pas sur le côté.

— Nous nous arrêterons chez les Sullivan et prendrons la petite Mary Kathleen avec nous. Je te la ramènerai dans un jour ou deux.

Grace accepta avec reconnaissance. Ils en avaient discuté en privé et étaient tombés d'accord pour éloigner la fillette, qui aurait sans cela risqué de laisser échapper que Phillip n'était pas vraiment son frère.

— Bonne nuit, monsieur Donnelly. Désolé pour tous vos ennuis. Que votre frère repose en paix, et bon retour chez vous.

Edward accepta les mains tendues des hommes et les adieux timides des femmes. Lorsque Grace eut raccompagné les visiteurs jusqu'à la porte, il se passa une main sur le visage avec une lassitude infinie. Cette maison était étrange, et il s'y passait de drôles de choses. D'ailleurs, tout le pays était sournois et instable ; il avait hâte de le quitter. Il se servit un autre whiskey – la seule chose qu'il appréciât en Irlande – et était sur le point de monter à l'étage quand il entendit un petit vagissement s'échapper du berceau placé près du feu. Il s'en approcha et jeta un coup d'œil au visage du bébé emmailloté à l'intérieur. Un Donnelly. Son propre sang. Maintenant qu'il y regardait de plus près, il voyait une ressemblance ; oui, il y avait quelque chose dans les yeux, le menton. Phillip était clairement un Donnelly. Il se sentait proche de l'enfant et s'imagina un instant en mentor d'un jeune homme énergique et intelligent. Mais cela n'arriverait jamais. Il n'avait pas l'intention de remettre les pieds en Irlande. Peut-être, quand l'enfant serait en âge d'aller à l'école, le ferait-il venir près de lui, songea-t-il, perdu dans ses rêveries. Mais non, se ravisa-t-il : l'enfant serait déjà trop irlandais, à ce moment-là. Son accent le mettrait au ban de la bonne société, son esprit serait indiscipliné... Il posa un doigt sur la joue du bébé et fut récompensé par un sourire et un babil joyeux. Phillip Edward. Voilà un nom qui plairait au vieux lord. Malgré son côté tape-à-l'œil et ses manières impétueuses, Bram avait été le préféré de leur père, et ce dernier avait prié jusqu'au bout pour que l'aventure irlandaise de son fils cadet échoue et qu'il rentre au bercail, contrit et reconnaissant d'être de nouveau accueilli dans le giron familial. Bram était mort et lord Donnelly était consumé par le remords et le chagrin. Il avait perdu tout intérêt pour les choses financières, et Edward n'était pas encore prêt à s'en occuper à sa place – il se réjouissait de mener une vie relativement aisée, sans grandes responsabilités. Qui sait, peut-être un petit-fils redonnerait-il goût à la vie à lord Donnelly ? Oui, le fils de Bram, un enfant portant le même nom que lui, pourrait bien lui apporter un second souffle. Si Edward arrachait le malheureux enfant à ses parents irlandais incultes et le ramenait en Angleterre sous sa tutelle... Eh bien, peut-être finirait-il par monter dans l'estime de son père. Edward sourit chaleureusement au bébé dans son berceau. Cela pourrait marcher. Il regarda son verre de whiskey et le leva.

— A toi, jeune Donnelly, lança-t-il en observant avec bonheur les flammes qui jouaient sur les ciselures du cristal.

25

Le vieux Jack exhala son dernier soupir comme le soleil se levait, le lendemain matin. Brigid tapota sa joue parcheminée avec affection, puis elle lui croisa les bras sur la poitrine avant de sortir pendre un morceau de tissu jaune sur le seuil de sa porte. Ses yeux étaient secs. La mort de Jack était un soulagement, après son interminable maladie, et de toute façon pleurer n'aurait servi à rien : il n'y avait personne pour venir partager son deuil et le profond chagrin qu'elle portait en son cœur.

Elle avait tout juste fini de l'envelopper dans un drap usé lorsque l'on frappa doucement à la porte. Trois hommes se glissèrent à l'intérieur. Ils se découvrirent et baissèrent les yeux. Ils avaient dit qu'ils viendraient, et ils étaient là. Et maintenant, elle n'avait plus qu'à leur souhaiter que Dieu les garde, et ils emporteraient Jack pour qu'il repose près de leur Nolan sur la colline, au-dessus de la maison. Elle les remercia et essaya de leur glisser sa dernière pièce dans la main, mais ils secouèrent la tête.

— Non, petite mère, dirent-ils, et ils lui embrassèrent la joue.

Ils avaient l'air las et étaient mal rasés. Elle ne les regarda pas s'éloigner comme des ombres dans les bois, elle ne nota pas l'heure à laquelle elle avait pour la dernière fois posé les yeux sur son mari. C'était inutile.

Quand Brigid entra dans la cuisine, Grace s'y trouvait, Phillip sur ses genoux. L'expression de la gouvernante était si grave que la jeune femme se leva aussitôt et lui tendit le bébé. Brigid le prit dans ses bras, s'assit avec précaution sur une chaise et commença à le bercer sans quitter son petit visage des yeux. Jack était mort, certes, mais elle pouvait puiser un peu de réconfort dans cet enfant, tout ce qu'il lui restait de sa famille.

Edward n'était pas encore levé. Il avait été très occupé ces deux derniers jours : il avait envoyé des dizaines de messages et fait une enquête approfondie sur les affaires de son frère, le tout avec l'aide d'un jeune soldat que le capitaine Wynne avait mis à sa disposition. Grace soupçonnait le gradé d'avoir chargé son subalterne de garder un œil sur elle et sur la maison, mais son beau-frère avait sans le vouloir déjoué les plans de Wynne en mettant constamment le soldat à contribution. Grace lui en était reconnaissante, même si elle n'avait pour lui aucune pensée charitable : elle espérait seulement qu'il ne la jetterait pas dehors immédiatement. Elle l'avait entendu porter toast sur toast et rire tout seul la veille au soir, comme pour célébrer une idée qu'il avait eue ; il s'était finalement endormi sur le divan du salon, devant le feu. Il avait cependant dû se lever à un moment ou un autre pour regagner sa chambre, car il n'était plus en bas ce matin-là quand elle s'était levée avec le bébé.

Grace ne demanda pas à Brigid comment le vieux Jack serait enterré : elle lui avait déjà dit que quelqu'un s'en occuperait, et la jeune femme avait vu une ombre se glisser furtivement hors de l'étable aux premières lueurs de l'aube.

Elle prépara une tasse de thé et la posa devant la femme avec qui elle avait partagé tant de moments difficiles, et à qui elle avait si peu à offrir.

— Que Dieu vous bénisse, Brigid, murmura-t-elle.

— Et vous aussi, madame.

Le petit déjeuner d'Edward était prêt sur un plateau. Il avait dit qu'il se lèverait tôt pour pouvoir parler à Grace avant son départ. Elle le rencontra dans l'escalier, habillé et rasé de frais ; il se frottait les mains d'un air ravi.

— Ah, formidable ! dit-il gaiement en voyant le plateau qu'elle portait. Venez donc dans le salon avec moi et nous pourrons parler pendant que je déjeunerai.

Il s'assit et glissa la pointe d'une serviette dans son col, puis il fit signe à Grace de poser le plateau sur la table à côté de lui.

— Asseyez-vous, asseyez-vous ! dit-il en lui indiquant la chaise qui lui faisait face. Oh, mais voici de superbes œufs ! Et que vois-je à côté ? Ne serait-ce pas un morceau de bacon ? (Il sourit.) Je savais bien que cette histoire de famine était grandement exagérée. Regardez-moi ce petit déjeuner !

Grace sourit d'un air las.

— Vous avez là ce qu'il nous reste, monsieur.

Il ne releva pas et avala le tout en quelques minutes, avant de se carrer dans sa chaise et de regarder la jeune femme d'un air satisfait.

— Ma chère belle-sœur, commença-t-il avec cérémonie, j'ai beaucoup réfléchi aux affaires de mon frère, et je me suis résolu à vous offrir une grande tranquillité d'esprit.

— Merci, Edward, dit-elle avec humilité.

— Comme vous le savez, le domaine tel qu'il est actuellement ne vaut rien. Il ne rapporte pas le centième de ce qu'il coûte en entretien, sans parler de faire un profit. Il serait absurde de vous obliger à vivre ici dans la misère quand vous avez une maison de famille qui vous attend. Je me suis arrangé avec un certain Ceallachan...

Grace secoua vivement la tête.

— Oh, non, monsieur! Vous ne devez pas faire affaire avec un type de son espèce!

— Que lui reprochez-vous?

— C'est un homme impitoyable, et un tricheur. Il n'y a pas plus cruel dans tout le comté.

Edward sourit.

— Parfait! Vous me confortez dans mon opinion, ma chère. Il me faut un homme impitoyable pour collecter les dettes qui sont dues sur ce domaine. En échange, je lui ai promis un généreux pourcentage et le droit de vivre dans cette maison, si bien que je suis sûr qu'il ne me trahira pas. Après tout, c'est de l'héritage de votre fils que je me préoccupe.

— Mon fils. (Grace s'interrompit.) Phillip? L'héritage de Phillip?

— Les propriétés comme celle-ci sont traditionnellement transmises de père en fils. Je suis désolé pour votre fille, bien sûr, mais un jour elle aura un mari qui subviendra à ses besoins.

— Oui, bien sûr, dit Grace, dubitative.

— Mais revenons-en à votre fils.

Il joignit les mains devant lui avant de poursuivre.

— J'ai une proposition à vous faire, et j'aimerais que vous m'écoutiez jusqu'au bout avant de me donner une réponse.

— D'accord.

Grace s'efforça de ne laisser paraître aucune émotion.

— Phillip est un Donnelly, commença prudemment Edward. Il y a une longue tradition de Donnelly mâles dans notre famille, même si mon épouse et moi-même n'avons pas eu la chance d'avoir des enfants. Pour l'instant, Phillip est le seul héritier de mon père.

Il fit une pause pour s'assurer que son interlocutrice le suivait bien ; c'était apparemment le cas, car elle s'était légèrement redressée sur sa chaise.

— En tant qu'héritier de la fortune anglaise des Donnelly et de ce domaine en Irlande, Phillip devra faire face à de nombreuses responsabilités, qu'il ne pourra assumer sans une éducation convenable.

— Etes-vous en train de m'expliquer, monsieur, que Phillip devra aller en Angleterre quand il sera en âge de faire ses études ?

Edward leva la main.

— Je vous en prie, madame, laissez-moi terminer.

Grace hocha la tête avec réticence.

— Comme je le disais, Phillip aura besoin d'une

500

éducation très complète pour assumer au mieux son futur rôle. Oui, j'aimerais qu'il vienne en Angleterre recevoir un enseignement digne de ce nom, mais les premières années de la vie sont essentielles elles aussi.

Edward s'humecta les lèvres.

— Ce que je suggère, c'est que vous me permettiez de ramener dès maintenant Phillip avec moi à Londres...

Grace secoua fermement la tête en guise de protestation.

— Je vous en prie, je vous en prie, insista Edward, écoutez-moi jusqu'au bout ! Comme vous l'avez dit vous-même, ce pays souffre de la famine et de la fièvre. Sa vie est en danger, ici. A Londres, il aura le meilleur médecin, la meilleure infirmière privée ; il sera élevé par une nourrice, comme son père et moi l'avons été, et un précepteur se chargera des prémices de son éducation. Puis il aura des professeurs, entrera en pension et ira à l'université C'est une vie agréable pour un jeune homme ; il ne manquera de rien.

— Et l'amour, Edward ? L'amour d'une mère ?

— Ma femme a toujours rêvé d'avoir un enfant, répondit-il calmement. Elle l'aimera de tout son cœur. Nous l'élèverons comme notre propre fils bien-aimé.

— Je ne peux pas l'abandonner, répondit simplement Grace, songeant à Brigid dans la cuisine, son petit-fils dans les bras.

— Madame, dit Edward avec fermeté, j'avais espéré que vous verriez combien ma proposition est raisonnable et seriez reconnaissante de la chance

501

inespérée offerte à votre fils, mais je constate que ce n'est pas le cas. Je dois donc vous dire que j'ai parfaitement le droit d'emmener l'enfant avec ou sans votre permission, dans la mesure où il est le seul héritier d'une vaste fortune.

Il s'interrompit puis, ne voyant pas de changement dans l'expression de son interlocutrice, il ajouta :

— Et dans la mesure où sa mère est suspectée d'avoir tué son père.

Grace se leva, folle de rage.

— Me traitez-vous de meurtrière, monsieur ?

— Non.

Edward secoua la tête.

— Je sais que vous n'avez rien à voir avec la mort de Bram, pas plus que votre frère, mais sur le papier l'affaire est louche, et au vu des circonstances, n'importe quel juge de ce pays ou d'Angleterre me confierait l'enfant sans hésitation. Je ne veux pas en arriver là. Cela ne ferait que ternir votre nom et le sien.

Grace se rassit et réfléchit.

— Est-ce que je le reverrai ?

— Certainement. Bien qu'il me paraisse préférable d'éviter des contacts trop fréquents, puisque j'aimerais l'adopter et en faire mon fils. Il est encore jeune, vous finirez par l'oublier. Ce n'est pas comme si vous l'aviez eu des années et des années. Pas comme votre fille.

— Et Mary Kathleen, justement ? s'enquit-elle. Devra-t-elle partir aussi ?

— Non, répondit-il aussitôt. La place d'une fille est auprès de sa mère.

— Mais c'est une Donnelly tout autant que son frère.

— Oui, dit-il.

Il commençait à comprendre.

— Oui, c'est certainement vrai, elle a du sang Donnelly dans les veines.

Il observa Grace, qu'il voyait soudain avec des yeux nouveaux.

— Que souhaiteriez-vous... Pour assurer l'avenir de votre fille, j'entends ?

Grace réfléchit.

— Pour Mary Kathleen Donnelly, je voudrais une somme d'argent permettant de couvrir son éducation et une dot convenables. Et je désirerais que pour son dix-huitième anniversaire, le titre de propriété de ce domaine lui soit remis. Le titre libre de toute dette, et la propriété en état de rapporter un modeste revenu pour elle et pour sa famille, si elle en a une.

Edward analysa cette proposition. Il était fort possible que la mère et sa fille ne survivent même pas un an ; le titre lui reviendrait alors directement.

— Très bien, dit-il. C'est une requête raisonnable. Cela donnera à ma nièce une chance d'avoir des fréquentations correctes.

Grace ignora la pique.

— En ce qui concerne mon fils, continua-t-elle, je voudrais que les papiers d'adoption soient établis devant notaire ; pour ma tranquillité d'esprit, j'aimerais avoir la preuve qu'il sera bien votre héritier, et que vous ne le chasserez jamais de chez vous, quoi qu'il advienne.

— Volontiers, acquiesça-t-il avec soulagement.

503

— Et une dernière chose, ajouta-t-elle. Je souhaite que vous emmeniez Brigid Sullivan avec vous comme nourrice de l'enfant, chargée de s'occuper de lui jusqu'à ce qu'il soit en âge d'aller en pension. Et je veux également qu'elle soit par la suite gardée à votre service et entretenue jusqu'à sa mort naturelle.

Edward fronça les sourcils.

— Une nurse irlandaise? Et aussi âgée?

— Elle n'est pas vieille, et elle l'aime comme son propre fils. Je ne pourrai me séparer de Phillip que si je la sais auprès de lui.

— Je n'en demanderais pas trop, à votre place. Vous semblez oublier que c'est moi qui ai l'avantage.

— Je ne demande que ce qui est juste, rétorqua-t-elle sans se troubler. Et je crois, monsieur, que c'est moi qui ai l'avantage. Phillip est à moitié irlandais, et nous sommes en Irlande; sans ma permission, vous ne le reverrez que quand il sera grand, et capable de se battre pour récupérer ce qui lui appartient.

Il la regarda avec respect.

— Vous défendez bien vos intérêts, madame, et je dois dire que j'admire votre façon de faire. Je suppose que vous voulez que tout cela soit écrit noir sur blanc?

Elle hocha la tête.

— Je souhaite avoir les papiers en main avant votre départ.

— Parfait.

Il se leva et s'inclina devant Grace.

— Vous avez ma parole. J'enverrai le soldat à

Cork avant nous pour qu'il fasse préparer tous les documents ; ils seront prêts à être signés à notre arrivée. Marché conclu ?

— Marché conclu.

En fin de compte, tout fut plus simple que Grace ne l'avait imaginé. Brigid lui avoua que Nolan était mort et enterré – elle ne précisa pas les circonstances de son décès – et qu'elle savait au fond de son cœur que Moira n'était plus de ce monde.

— Je ne rêve jamais de mes enfants de leur vivant, dit-elle, et Moira m'apparaît toutes les nuits depuis des semaines.

Tous ses autres enfants étaient partis pour l'Amérique, et il ne lui restait plus que son petit-fils. Elle était reconnaissante à Grace du marché qu'elle avait négocié pour elle : cela signifiait qu'elle pourrait peut-être finir ses jours dans un confort relatif et voir Phillip devenir un jeune homme aisé et en bonne santé. Elle serait là pour lui murmurer des contes irlandais à l'oreille quand il s'endormirait le soir, et pour lui chanter des chansons irlandaises le matin. Elle ne put s'empêcher de rire de l'ironie du sort : le bâtard irlandais de Moira allait vivre à Londres comme héritier de la grande fortune des Donnelly ! Ah, le Seigneur avait bel et bien le sens de l'humour !

Le voyage à Cork fut rapide ; Grace signa sans hésiter les papiers garantissant un avenir doré au jeune Phillip. Cela lui procurait une intense satisfaction, tout comme les vingt livres or qu'elle avait empochées en même temps qu'une promesse écrite que le titre de propriété de Donnelly House reviendrait à sa fille, la véritable héritière des Donnelly, le jour de son dix-huitième anniversaire.

26

Grace engagea la carriole dans l'allée qui conduisait chez elle. Là, devant la maison, elle vit sa fille qui jouait dans la poussière avec un bâton. Elle serra longuement l'enfant contre elle avant de lui expliquer qu'elle ne resterait qu'une nuit, car elle devait retourner à Donnelly House pour rassembler leurs affaires.

Ils attendirent le soir pour décharger ce qu'elle avait rapporté de Cork. Voir dans les entrepôts toute cette nourriture prête à être expédiée en Angleterre quand tant de gens mouraient de faim à deux pas de là l'avait mise en rage, et elle avait dépensé plus de deux livres or et beaucoup d'énergie pour récupérer quelques denrées avant qu'elles ne disparaissent dans la cale d'un cargo. Cachés sous le siège de la charrette se trouvaient un sac d'avoine, un de blé et un d'orge – elle n'avait pas voulu acheter la farine indienne grossière que l'on donnait aux Irlandais – ainsi qu'un sac de sucre et un tonnelet de mélasse. Elle avait aussi réussi à obtenir une boîte de thé, une de poisson fumé, et un panier de pommes séchées. Elle avait dû avoir recours à toute sa séduction, et à une autre bourse d'or, pour convaincre le cuisinier du bord de se séparer de deux poulets farcis et d'un peu de porc. Après cela, elle avait pris la route avec une détermination farouche, sans jamais s'arrêter de peur d'être attaquée et détroussée.

Elle supplia sa famille de garder les provisions bien cachées, car il y avait assez là pour leur permettre à tous de tenir le coup, mais pas pour nourrir leurs voisins. Pendant que Ryan, Aghna et Thomas admiraient avec émerveillement cette nourriture miraculeuse, Grace attira Patrick dans un coin et lui mit dix livres dans la main.

— Caches-en cinq, dit-elle calmement, et essaie de faire passer les cinq autres à Sean afin qu'il puisse quitter l'île et partir pour l'Amérique.

Patrick secoua la tête.

— Je ne sais pas où il est, ni comment l'aider.

— Il te contactera, affirma-t-elle. Il n'essaiera pas de partir sans t'avoir fait passer un mot ; tu diras au messager que tu dois voir Sean avant qu'il ne s'en aille, que tu peux payer sa traversée.

— Bien, c'est ce que je ferai.

Son sourire était las, mais son regard plein de gratitude.

— Tu ne veux pas que Ryan ou moi te raccompagnions chez toi ?

— Non, répondit-elle, intraitable. J'ai cinq jours pour prendre ce qui m'appartient et mettre le reste dans des malles, que notre cher ami le capitaine Wynne viendra chercher et enverra en Angleterre. Il faut que je sois là-bas toute seule.

Son père la regarda un moment en silence.

— Oui, je comprends.

Cette nuit-là, elle dormit mal, et elle partit très tôt

le lendemain matin. Cela lui fit un drôle d'effet de remonter l'allée vers Donnelly House et de ne voir aucune lumière aux fenêtres, aucun mouvement dans la cour. La maison des Sullivan aussi était déserte, mais penser que Brigid et Phillip étaient en route pour l'Angleterre lui mettait du baume au cœur.

Elle amena le cheval à l'écurie sans perdre de temps, puis elle pénétra dans la maison et alluma les lampes. Elle chargea le fusil de Bram et le plaça près de la porte d'entrée, puis elle monta le pistolet au premier étage et le posa à côté de son lit.

Dans la cuisine, elle mangea un morceau de poulet et un peu de pain, et elle but un verre d'eau du puits. Elle regarda autour d'elle : on était au début du mois de mai et le soleil brillait. Le père de Grace profiterait de cette journée pour planter les pommes de terre germées qu'il avait réussi à conserver, et qui, si Dieu le voulait, donneraient en août une récolte digne de ce nom. Après les avoir plantées, il devrait ensuite monter la garde pour que les affamés qui traînaient sur les routes ne les déterrent pas, tant la plupart étaient prêts à tout pour se mettre quelque chose sous la dent. Dans une semaine, elle serait de retour auprès de lui pour l'aider.

Après sa maigre collation, elle avait encore faim, mais c'était une sensation à laquelle elle était habituée et elle l'ignora.

Il y avait des malles dans le grenier et à l'aide d'une corde elle parvint à les descendre à l'étage inférieur. Puis elle les tira jusqu'au rez-de-chaussée, s'assit sur l'une d'elles et réfléchit à la façon dont elle allait procéder. Elle ne pouvait pas rapporter chez elle des malles de livres et d'antiquités : elle n'aurait nulle part où les mettre et serait incapable d'expliquer leur provenance si d'aventure le capitaine Wynne passait lui rendre visite. Néanmoins, elle avait le sentiment que la plupart de ces choses revenaient de plein droit à sa fille, et cela la contrariait de les envoyer en Angleterre ou de les laisser entre les mains de Ceallachan. Elle jeta un coup d'œil par la fenêtre et son regard se posa sur la colline et le petit cimetière où Abban et elle avaient enterré tant de malheureux, et elle lut alors la réponse à sa question : elle enfouirait les malles. Celles-ci étaient étanches et elle pouvait en plus les recouvrir de goudron pour les protéger. Evidemment, après plusieurs années dans la terre humide, leur contenu risquait de s'abîmer un peu, mais cela valait la peine d'essayer. Elle se mit aussitôt à l'œuvre et commença à remplir les malles – celles qui partiraient pour l'Angleterre, et celles qui reviendraient à sa fille.

Les journées passèrent très vite, épuisantes : Grace remplissait les coffres et les chargeait sur un traîneau que le cheval tirait jusqu'au sommet de la colline, puis elle creusait une «tombe» et enterrait ses trésors à l'intérieur. Elle dissimula trois malles, toutes remplies de linge, de portraits de famille, de livres, d'antiquités. Il y avait aussi une petite horloge musicale, de l'argenterie, de la porcelaine et du cristal. Dans la dernière, elle déposa les boucles d'oreilles que Bram lui avait données au début de leur mariage, le pendentif en diamant, sa bague de fiançailles et son alliance. Chaque tombe était marquée d'une croix de bois portant un nom différent : Mary Kathleen, Michael Brian et Baby Boy, une pour chacun des enfants qu'elle avait eus avec Bram, bien qu'un seul eût survécu pour réclamer son héritage.

Cette tâche accomplie, Grace se sentit beaucoup plus en paix avec elle-même et elle ralentit un peu son rythme. Elle remplit les malles restantes avec quelques livres et œuvres d'art, des portraits de famille, de l'argenterie et du linge moins beau. Les vêtements de Bram repartiraient tous pour l'Angleterre avec ses bottes, ses fusils et son matériel de pêche. Elle ne laissa dans la maison que le strict nécessaire : des assiettes et couverts dépareillés, quelques casseroles et poêles, de la literie. Certains des meubles seraient expédiés à Londres, mais le reste, elle le savait, resterait à la maison, où elle espérait qu'il demeurerait. Elle n'était pas assez sotte pour ne rien laisser du tout à Ceallachan : ici et là, elle avait posé un chandelier ou un vase, quelques livres, et il y avait encore du vin dans la cave, ainsi qu'une demi-caisse de whiskey. Ainsi, il vendrait ce qu'il voudrait et la laisserait en paix.

Grace empaqueta enfin ses dessus-de-lit et ses abécédaires, la Bible familiale, des couvertures et des oreillers de rechange, et le lit de la chambre d'amis. Elle prit également une casserole dans la cuisine et tout ce qui, estimait-elle, pourrait améliorer l'ordinaire de sa famille, y compris quelques bouteilles de porto et de whiskey. Elle garderait le cheval et rapporterait à son père des pelles et des houes ainsi que des seaux, des marteaux, des râteaux et des clous.

On était jeudi soir. Le samedi matin, elle donnerait les malles au capitaine Wynne et les clés de la maison à Ceallachan.

Elle se rendit dans la bibliothèque dépouillée, alluma le feu qu'elle avait préparé ce matin-là, et s'assit sur le divan pour le regarder brûler. Elle était plongée dans ses pensées, engourdie par la chaleur, quand elle entendit un bruit à la fenêtre de derrière. Elle scruta l'obscurité ; ne voyant rien, elle se dit qu'une branche d'arbre devait frotter contre la vitre. Cependant le bruit recommença, plus insistant cette fois. Elle se leva et se glissa rapidement dans la cuisine ; prenant le fusil de Bram, elle sortit dans le noir et fit le tour de la maison. Il lui fallut un moment pour s'habituer à l'obscurité, mais bientôt, dans la lumière qui tombait de la fenêtre, elle repéra les silhouettes de deux hommes appuyés contre le mur. L'un semblait soutenir l'autre. Elle braqua l'arme sur eux et ôta la sécurité.

— Qui êtes-vous et que voulez-vous ? demanda-t-elle.

Elle fit un pas en avant pour mieux viser ; le plus grand des deux hommes faillit lâcher son compagnon lorsqu'il essaya de lever les bras en l'air.

— Pour l'amour du ciel, Grace, ne tire pas ! chuchota-t-il aussi fort qu'il le put.

Le cœur de Grace fit une embardée.

— Donnez-moi vos noms, dans ce cas ! répondit-elle, n'osant pas en croire ses oreilles.

— C'est moi, bien sûr !

Il s'approcha un peu, soutenant toujours l'autre homme.

— Oh, Dieu tout-puissant, souffla Grace.

Elle baissa rapidement le fusil et courut vers eux.

— Morgan McDonagh, j'ai failli faire sauter ta tête de mule ! Que fabriques-tu ici, pour l'amour de Dieu, et qui est caché sous cette grande cape ?

Ils entrèrent dans la cuisine et firent asseoir l'homme. Morgan repoussa la capuche.

— Le père Brown ! s'exclama-t-elle. Qu'a-t-il à la tête ?

Morgan se laissa aussi tomber sur une chaise. Il passa une main lasse sur son visage.

— Il n'est qu'égratigné, mais ça a beaucoup saigné. Ils sont revenus le chercher, tu comprends.

Il jeta un coup d'œil au vieil homme.

— Et il n'aurait pas survécu à un second « interrogatoire », alors nous l'avons tiré de là, mais il a été touché et nous avons été séparés des autres pendant l'escarmouche. J'ai perdu son cheval, mais c'est aussi bien, nous aurions été repérés et...

Il secoua la tête.

A cet instant, le père Brown se redressa. Il ouvrit les yeux et esquissa un faible sourire.

— Grace, ma chère petite, pardonnez notre intrusion.

— Allons, allons, ne dites pas de bêtises, le gronda-t-elle gentiment. Vous me connaissez mieux que ça. N'avons-nous pas déjà partagé des moments difficiles ?

— Oh si, soupira-t-il.

Il posa sa main sur la sienne.

— Pourriez-vous nettoyer ma blessure, pendant que nous réfléchissons à ce que nous allons faire ?

— Bien sûr, acquiesça-t-elle. Venez avec moi près du feu et réchauffez-vous.

Ils se levèrent pendant qu'elle bloquait la porte de derrière, puis ils la suivirent dans la bibliothèque.

— Asseyez-vous, ordonna-t-elle. Je vais chercher du whiskey.

Ils furent bientôt installés par terre devant le feu, les lourds verres de Bram devant eux. Ils échangèrent un regard.

— Voilà qui est bien agréable, dit Morgan en levant son verre en direction de Grace.

— Bravo ! renchérit le prêtre.

Il but une longue gorgée.

Grace baigna la plaie de son front et lui posa un bandage. Le whiskey lui avait rendu ses couleurs ; il but un peu de la soupe claire qu'elle avait en réserve et mangea un morceau de pain d'avoine et une vieille pomme séchée.

— Un festin, ma chère, affirma-t-il avec un gros soupir. Un festin, il n'y a pas d'autre mot.

Morgan, qui finissait lui aussi sa nourriture, hocha la tête.

— Nous te sommes très reconnaissants, Grace. Je ne sais pas ce que nous aurions fait sans toi ; j'ai vu de la fumée sortir de ta cheminée et j'ai prié pour que tu sois seule.

— Deux jours de plus et tu serais tombé sur Ceallachan, dit-elle avec gravité.

— C'est ce que nous avons entendu dire, acquiesça le père Brown en regardant Morgan. C'est mal, de vous mettre ainsi à la porte après tout ce que vous avez traversé.

Grace haussa les épaules.

— Je ne me suis pas si mal débrouillée que ça.

513

Elle pensa à la mère et au fils de Moira, partis pour l'Angleterre.

— Comment pourrais-je rester ici, moi, veuve et seule ? ajouta-t-elle avec un sourire espiègle. Avec tous les renégats et les vagabonds qui rôdent dans les parages la nuit ?

Ils rirent de bon cœur. Puis le père Brown porta la main à sa tête et émit un grognement.

— Pourrais-je m'allonger dans un coin un moment, ma chère Grace ? demanda-t-il. Je commence à sentir la fatigue, et mes yeux se ferment tout seuls.

— Prenez ma chambre, en haut des marches, mon père, cela me fait plaisir.

Il secoua la tête.

— Je suis sûr de dormir d'un sommeil de plomb... Si quelqu'un venait frapper en pleine nuit, je risquerais de réagir trop tard. Mieux vaut que je sois caché quelque part. (Il réfléchit un moment.) Que diriez-vous du placard de l'office ? proposa-t-il.

Grace hocha la tête.

— Si c'est ce que vous voulez, mais le sol y est dur et froid répliqua-t-elle en posant son verre. Morgan, viens m'aider à transporter le lit de plumes de la nursery et des couvertures.

Il la suivit à l'étage, attendit patiemment qu'elle lui eût mis le lit de plumes et deux couvertures de laine dans les bras, puis il descendit le tout à la cuisine et la regarda confectionner une couche douillette dans le grand placard.

— Et toi ? demanda-t-elle lorsqu'elle eut fini. On dirait que tu n'as pas fermé l'œil depuis des siècles.

Il secoua la tête.

— Pas de problème, affirma-t-il. Il faut que quelqu'un demeure éveillé pour monter la garde.

Elle vit combien il était pâle, combien ses yeux étaient cernés. Sa barbe avait disparu ; ses cheveux, coupés tant bien que mal, étaient retenus par un lien de cuir, mais quelques mèches folles lui tombaient sur le front. Depuis que la famine sévissait, Grace s'était accoutumée aux visages osseux et très secs, le sien y compris, mais cela la choqua de voir Morgan si décharné, lui qui lui avait toujours semblé aussi fort et solide qu'un chêne irlandais et dont le beau visage avait été si souriant, quoi qu'il advînt. A présent, on avait l'impression qu'un simple sourire aurait craquelé sa peau, qu'une chute lui aurait brisé les os.

— C'est moi qui resterai éveillée, décréta-t-elle en le prenant par la main pour l'entraîner dans le salon. Toi, tu vas passer une bonne nuit, et pas question de protester, tu m'entends ?

Il était trop épuisé pour lutter, et se laissa tomber avec reconnaissance sur le tapis devant la cheminée. Il posa sa tête contre le divan et ferma les yeux. Grace réveilla le père Brown, qui s'était assoupi, et l'accompagna dans la cuisine. A peine était-il installé dans son lit de fortune qu'il s'endormit profondément, au grand soulagement de la jeune femme.

Elle vérifia que les portes étaient bien fermées et tira tous les rideaux. Elle connaissait assez la maison pour ne pas avoir besoin d'une bougie, si bien que l'éclat du feu l'aveugla lorsqu'elle revint au salon. Morgan était immobile, les mains jointes sur sa poitrine. Sa veste, qu'il n'avait pas ôtée, était trop

515

légère et en piteux état. Grace rajouta de la tourbe et un peu de petit bois dans le feu, puis elle s'assit silencieusement à côté de lui. Il dormait la tête rejetée en arrière et elle l'attira très doucement contre son épaule. Chassant les cheveux qui lui tombaient sur le front, elle l'embrassa.

— Ah, merveilleux.

Ses yeux demeurèrent fermés, mais il sourit. Grace recula vivement la tête, honteuse.

— Moi qui pensais que tu dormais profondément! En fait, tu me guettais sournoisement, dans l'espoir d'abuser de la pitié d'une vieille amie! le gronda-t-elle gentiment.

Il ouvrit les yeux et esquissa un sourire facétieux.

— Ce n'était pas vraiment ta pitié que j'avais en tête.

Il s'assit et l'attira dans ses bras.

— Mais il est vrai que tu es ma vieille amie, reprit-il. Tu m'as manqué, pirate.

— Toi aussi, répondit-elle avec sincérité, heureuse d'être près de lui. N'es-tu pas rentré chez toi pendant tout ce temps? Ta mère doit s'inquiéter pour toi.

— Je n'y suis pas allé, et je n'irai plus jamais.

Grace se redressa et scruta le visage de Morgan.

— Est-elle morte, alors?

— Oui.

Il hocha lentement la tête.

— Et tes sœurs?

— Aussi.

— Toutes? murmura Grace.

— Non. Non, pas toutes, répondit-il, le regard perdu dans le feu. Maman n'a jamais vraiment recouvré ses forces après la naissance du dernier bébé, et à deux ans Erin n'était qu'une pauvre petite chose toute faible. Elles sont mortes à deux jours d'intervalle, et ensuite ça a été le tour de Fiona. Maureen a réussi à me contacter par l'intermédiaire du père Brown et je suis rentré pour les enterrer en cachette, mais quelqu'un avait parlé et un garde m'attendait. (Il secoua la tête.) J'ai pu m'approcher assez pour voir la maison et les filles qui allaient et venaient et qui m'attendaient, mais les soldats étaient partout aux alentours et j'aurais été une cible facile. Le lendemain, Maureen est sortie et a creusé la tombe elle-même, elle a enterré les corps ensemble et marqué l'emplacement. Pas une semaine après, Ceallachan et ses acolytes, tous irlandais, soit dit en passant, les ont mises à la porte. Bien sûr, c'était encore une manigance pour me faire venir, personne n'a l'intention de cultiver quoi que ce soit sur ces terres, mais moi, j'étais loin et n'ai entendu parler de rien. Maureen n'avait aucun moyen de m'avertir, alors elle a emmené Katie et Ellen dans la montagne. Elle avait entendu dire que de la nourriture était cachée dans les grottes. Encore une de ces rumeurs folles... Lorsque j'ai fini par les retrouver, Maureen et Katie étaient mortes, de faim ou de fièvre, je ne sais pas. Les animaux les avaient trouvées avant moi, tu comprends... (Sa voix se brisa.)... bien qu'Ellen ait essayé de les éloigner avec un bâton, conclut-il.

— Où est Ellen à présent? s'enquit Grace d'un ton posé.

— Enterrée chez les sœurs.

Sa voix était redevenue normale.

— Barbara est là-bas, tu sais. Tant de choses se sont passées depuis qu'elle a pris le voile, j'ai l'impression que ça fait des années ! Ils l'appellent sœur John Paul. Elle porte une grande robe et donne des ordres à tout le monde, comme à la maison. (Il eut un sourire las.) Ellen est morte deux jours avant d'arriver au couvent. C'était ma petite chérie, ma préférée, et je n'ai pas eu le cœur de la laisser sur le bord de la route.

— Oh, Morgan, j'ignorais tout cela...

— Mourir n'a rien d'original, ces temps-ci, soupira-t-il.

— Mais Aislinn est vivante ? Et ton père ?

— Pa est rentré juste avant Noël, et il a trouvé la maison rasée et la tombe dans le jardin. Il paraît qu'il s'est saoulé, qu'il a volé le cheval de quelqu'un, qu'il est entré avec dans le fort et s'est mis à tirer sur tout le monde. Les soldats l'ont abattu, bien sûr, mais je pense qu'il en a entraîné un ou deux avec lui dans l'autre monde.

— Et toi maintenant, tu portes ça, dit Grace en effleurant les anneaux d'or qui pendaient aux oreilles de Morgan.

— Maman les avait laissés à Maureen pour moi. J'en porte un en souvenir d'elle, l'autre en souvenir de lui. (Il haussa les épaules.) C'est à peu près tout ce qu'il me reste. Avec ça.

Il sortit de dessous sa chemise une cordelette en cuir au bout de laquelle pendait l'alliance de sa mère.

— Ellen l'avait autour du cou, et Barbara n'a pas le droit de posséder des biens matériels, comme tu le sais.

Le cœur de Grace se serra.

— Vas-tu la donner à Aislinn ? s'enquit-elle.

— Oui, si je la trouve. La dernière fois que j'ai eu de ses nouvelles, elle était à Liverpool. Elle se débrouillait de son mieux pour s'en sortir, tu la connais, elle est forte. Il se peut qu'elle ait un enfant, je ne sais pas. (Il regarda Grace.) Maman se moquait de la honte, elle voulait seulement la revoir. Avec le recul, je suis content qu'elle ne soit jamais revenue.

— Ah, Morgan...

Il haussa de nouveau les épaules.

— Barbara est vivante, et peut-être qu'Aislinn aussi. Moi je suis là.

Quittant le feu des yeux, il effleura la joue de Grace de la main.

— Et grâce à Dieu, tu es là, toi aussi, conclut-il.

Elle couvrit sa main de la sienne, puis se pencha en avant et l'embrassa, avec douceur car ses lèvres étaient gercées et douloureuses. Sous le choc, il écarquilla les yeux, mais il se remit vite de sa surprise et l'attira contre lui pour l'embrasser à son tour avec passion et une sorte de désespoir.

— Je suis désolé, chuchota-t-il dans ses cheveux en relâchant son étreinte. Je me suis oublié... J'ai passé tant de nuits à dormir sur le sol glacé et dur de maisons inconnues en songeant à toi pour me réchauffer, en m'imaginant un baiser comme celui-là ! Tu dois me pardonner ma folie.

Elle recula et plissa les yeux.

— « Je, je, je... » Je trouve que vous vous mettez bien en avant, pour quelqu'un qui n'a pas fait le premier pas, monsieur McDonagh.

Il sourit malgré lui.

— Ça va, alors? demanda-t-il timidement.

Elle hocha la tête et soutint son regard, et il se pencha pour l'embrasser de nouveau, lentement cette fois, car ils avaient le temps.

— Où iras-tu quand tu quitteras cet endroit? s'enquit-il comme elle s'allongeait contre lui.

— A la maison, répondit-elle. J'ai bien de la chance d'en avoir encore une.

Elle lui serra le bras, puis, le regardant, poursuivit :

— Je ne t'ai pas remercié d'avoir sauvé la vie de notre Sean! Sans toi, il serait mort, à l'heure qu'il est.

— Je n'en suis pas si sûr. (Il eut un petit rire et secoua la tête.) Ton cher frère n'a jamais manqué de cran, tu sais. Quand nous sommes arrivés à la prison, nous n'avons eu aucun mal à repérer sa cellule : il insultait les gardes à tue-tête. Il paraît qu'il n'a pas arrêté de les maudire, eux et leur famille, pendant toute la journée et toute la nuit, même quand ils lui tapaient dessus. (Il rit de nouveau.) Il ne niait pas avoir tué Donnelly... Au contraire, il promettait de leur faire la même chose à la première occasion! Abban et moi étions certains qu'ils lui trancheraient la gorge pour le faire taire avant que nous ayons eu le temps de le sortir de là.

Grace rit avec lui, puis elle se rembrunit lorsqu'elle réalisa combien son frère avait été près de perdre la vie.

— Comment avez-vous fait?

Morgan fronça les sourcils.

— Je ne dirai qu'une chose : tous les Anglais ne

sont pas contre nous. Certains, issus de familles pauvres et aussi désespérées que les nôtres, nous aident dès qu'ils le peuvent. Beaucoup ont du mal à tolérer toute cette souffrance, surtout celle des enfants.

— Tu as pris un gros risque. J'ai vu des affiches à Macroom et à Cork. Ta tête est mise à prix, on t'appelle « McDonagh le hors-la-loi ».

— Ma foi, je ne suis pas le seul à être recherché, n'est-ce pas ?

Il sourit, puis passa une main sur son visage las.

— Au moins, j'ai la chance qu'ils me veuillent vivant. Avant de me passer une corde autour du cou ou de m'envoyer chez Van Diemen, ils aimeraient que je leur donne des noms... Notamment celui de ton cher frère, comme tu t'en doutes.

— Sais-tu où il se trouve, alors ?

— J'ai ma petite idée, reconnut-il, mais je ne peux rien dire.

— Vous devez quitter le pays tous les deux. Le plus vite possible.

— Ce n'est pas si facile, soupira-t-il. Même si je pouvais partir, nous n'aurions pas assez d'argent pour payer le voyage, la nourriture, les vêtements, les papiers et les intermédiaires...

Grace réfléchit un moment.

— Combien vous faudrait-il ?

— Plus que tu n'as dans ta cachette, pirate. (Un sourire aux lèvres, il l'embrassa sur la joue.) Toi qui as nourri toutes les bouches du comté.

— Combien ? insista-t-elle, ignorant sa remarque.

— Beaucoup, répondit-il. Je ne peux pas monter à bord de n'importe quel bateau, avec ma tête. On offre une récompense pour ma capture, comme tu le sais, et nombreux sont ceux, Anglais et Irlandais confondus, que cette somme intéresse.

— J'ai de l'argent, dit-elle. Beaucoup.

— Non, dit-il en lui prenant la main. Donnelly n'avait rien en banque, et personne ne voudra acheter ce qu'il reste ici.

Un moment, elle l'observa en silence.

— Si tu peux te taire un moment et m'écouter, je te raconterai une petite histoire.

Il demeura silencieux pendant qu'elle lui parlait du plan mis au point par Bram pour récupérer le titre de propriété de Donnelly House lorsque Moira était revenue chez sa mère avec un enfant illégitime. Il resta bouche bée lorsqu'elle lui décrivit la réaction d'Edward devant le bébé et il applaudit quand elle lui raconta comment elle avait négocié, en échange du départ pour l'Angleterre du petit Phillip, un poste de nourrice à vie pour Brigid et une bonne somme d'argent ainsi que les papiers de Donnelly House pour Mary Kathleen.

— Tu es bel et bien un pirate ! s'exclama-t-il lorsqu'elle eut terminé.

Là-dessus, il éclata de rire et la regarda avec une admiration renouvelée.

— Doux Jésus, je ne t'imaginais pas capable de tout cela, Gracelin O'Malley. Tu devrais te joindre à nous ; vrai, nous aurions bien besoin d'un esprit comme le tien. Dis-moi, y a-t-il d'autres secrets enfouis dans cette jolie tête ?

Le visage de Grace recouvra aussitôt son sérieux et, lisant dans ses pensées, Morgan lui prit la main.

— Tu n'es pas une meurtrière, dit-il aussitôt. Je

sais que tu voulais le tuer, et que tu as essayé, mais en fin de compte, ce n'est pas toi qui l'as assassiné.

Les yeux de Grace se remplirent de larmes.

— Tu lui as tiré dessus pour me couvrir. L'arsenic l'avait déjà tué.

Morgan fit non de la tête.

— C'est Sean, alors.

— Ni Sean, ni moi, ni Abban, et pourtant, ce jour-là, nous étions tous prêts à nous débarrasser de lui.

— Qui, alors ?

— Nolan avait un plan, lui aussi. Il était plus bas le long du ruisseau, et quand ton mari est arrivé sur Warrior, il a sauté devant lui pour l'affoler. Comme il l'espérait, le cheval s'est cabré et a jeté Donnelly à terre, mais il n'est pas mort sur le coup : il s'est contenté de demeurer immobile pour laisser le petit s'approcher, et il l'a visé à bout portant.

— Nolan !

Grace porta la main à son cœur.

— Moira était un peu plus loin, et quand elle a vu ce qui était arrivé à son frère, elle n'a pas hésité, elle a tiré une balle dans la poitrine de Donnelly. Il est tombé dans le ruisseau et elle s'est approchée pour l'achever d'une autre balle derrière la tête.

— Brigid pensait que Moira était morte. Sans cela, je n'aurais jamais permis à Edward d'emmener son fils !

— Brigid avait raison. Les soldats étaient tout près. Quand nous les avons entendus approcher, Abban et moi avons réussi à attraper Nolan et à l'emmener ; Moira a enfourché Warrior et s'est enfuie. Elle était déguisée en homme, et quand le capitaine... (Il s'interrompit.)... Quand un autre de nos hommes l'a vue venir vers lui, le fusil levé et tirant dans tous les sens, il s'est cru attaqué et l'a abattue.

— Moira a tué Bram.

Grace n'en croyait pas ses oreilles.

— Oui.

— J'ai mis de l'arsenic dans son sandwich ce matin-là. Je voulais en finir. S'il était rentré vivant, j'aurais trouvé un autre moyen.

Morgan lui mit les mains sur les épaules et la secoua doucement.

— Regarde-moi, dit-il avec fermeté. Dieu pardonne toujours, Grace, si on le Lui demande. Il sait combien tu avais peur pour Mary Kathleen et pour toi-même, et Il t'a libérée Lui-Même.

— Pauvre Moira, murmura-t-elle.

A sa grande honte, elle éclata en sanglots bruyants, déchirants, irrépressibles. Morgan la serra contre lui.

— C'est fini, chuchota-t-il. Il ne te fera plus jamais de mal.

Elle lutta pour se dégager de son étreinte, incapable de respirer.

— Chut, souffla-t-il, apaisant. Ne te débats pas. Laisse les anges emporter ta douleur, car je sais qu'ils sont là.

Elle l'entendit et cessa de s'agiter. La caresse de la main de Morgan sur son dos la calma et l'aida à respirer de nouveau. Ses larmes coulaient toujours à flots, trempant le devant de sa chemise, mais elle ne sanglotait plus. Seuls de profonds soupirs accompagnaient chaque souvenir douloureux : les bébés morts; les coups qui lui avaient volé son innocence; les tourments qu'elle avait endurés durant son mariage et la culpabilité qui les avait accompagnés; la peur de perdre sa fille et d'être damnée pour avoir voulu tuer son mari; l'horreur de ce qu'elle avait vu, ces mères et ces enfants mourant au bord des routes, le désespoir de n'avoir pas eu assez de nourriture pour aider ceux qui étaient venus mendier à sa porte; la douleur lancinante, affaiblissante de la faim; l'épuisement de la lutte quotidienne pour la survie. Elle chassa cela, l'exhala et le laissa monter vers les anges prêts à tout purifier. Une fois son cœur soulagé, elle se sentit plus légère, libre enfin d'ouvrir son esprit à la seule vérité, à l'évidence bouleversante qui soudain s'imposait à elle.

— Je t'aime, dit-elle à voix haute.

— Et moi aussi.

Il déposa un baiser sur son front.

— Est-il trop tard? demanda-t-elle.

Il sourit tout contre ses cheveux.

— Il n'est jamais trop tard.

Un moment, ils demeurèrent parfaitement immobiles dans le silence troublé seulement par les sifflements du feu.

— Combien de temps avons-nous?

Le tissu était rêche sous sa joue, et, à travers, elle sentait la chaleur du corps de son compagnon, elle entendait les battements de son cœur. Elle se serra contre lui, connaissant déjà la réponse.

— Pas longtemps, souffla-t-il. Seulement ce soir.

— C'est si peu...

Il ne répondit pas tout de suite.

— Pour moi, c'est tout, dit-il enfin.

Levant la tête, elle plongea son regard dans le sien. Il ne bougea que lorsqu'elle commença à lui ôter sa chemise humide ; alors il lui prit les mains et les embrassa, puis il l'attira doucement pour l'allonger près de lui sur le tapis devant le feu.

— J'ai cette réputation..., commença-t-il. Elle n'est pas méritée. Je veux dire, je n'ai jamais...

Grace posa un doigt sur ses lèvres.

— Je n'ai jamais fait l'amour avec un homme qui m'aimait, dit-elle en gaélique. Et jamais je n'ai aimé un homme comme je t'aime, Morgan.

Il regarda longuement son visage, puis il se pencha pour l'embrasser en lui murmurant des mots tendres dans la langue de leur enfance. Il n'essaya pas de dissimuler l'émotion profonde qui l'envahissait et ni l'un ni l'autre ne ferma les yeux. Même quand ils s'embrassaient, ils ne cessaient de se parler, et leurs corps se réjouissaient de la proximité de leurs cœurs. Ils se chuchotaient mille sottises et riaient doucement, émus et émerveillés, puis ils s'accrochèrent l'un à l'autre jusqu'à ce que le sommeil les emporte, épuisés, dans un monde où ils ne seraient jamais séparés.

Grace se réveilla en sursaut. Le feu s'était éteint et Morgan était allé leur chercher une couverture. Il était toujours profondément endormi, tout contre elle ; dans le sommeil, les rides de son visage étaient comme lissées, et il semblait parfaitement paisible. Grace referma les yeux, mais au même instant, elle entendit un bruit de pas étouffés sur le gravier, devant la fenêtre. Quelqu'un marchait autour de la maison. Rapidement, le cœur battant la chamade, elle toucha l'épaule de Morgan et posa un doigt sur ses lèvres pour lui intimer le silence lorsqu'il ouvrit les yeux. Il comprit immédiatement et enfila ses vêtements en lui indiquant de faire de même. Une fois rhabillés, ils traversèrent la grande pièce. Grace monta chercher son pistolet et donna le fusil à Morgan. Dans l'entrée, ils entendirent un petit coup frappé à la porte, si léger qu'il était à peine audible. Ils échangèrent un regard. Morgan se dissimula dans l'ombre et Grace s'approcha de la porte.

— Qui est là ? cria-t-elle sans ouvrir.

— Madame Donnelly ? demanda une voix faible de l'autre côté du battant.

Elle ne répondit pas.

— Etes-vous seule, madame Donnelly ?

— Non, répondit-elle avec fermeté. J'ai mon pistolet avec moi.

Tout à coup, Morgan jaillit de sa cachette, entrouvrit la porte, attrapa l'homme qui se trouvait derrière et l'attira à l'intérieur.

— Qu'est-ce que vous fabriquez à traîner là dehors ?

— Seigneur, McDonagh, j'ai eu un mal fou à vous retrouver !

Un homme barbu enveloppé dans une cape sombre et usée ôta son chapeau et salua Grace.

— Bonsoir, madame Donnelly, ou plutôt bonjour, car le coq ne va pas tarder à chanter. (Il se tourna vers Morgan.) Le père Brown est avec vous ?

Morgan hocha la tête.

— Oui-da, il dort. Une balle lui a frôlé la tête, mais Grace l'a soigné et il s'en remettra.

— Réveillez-le, dit l'homme avec vivacité. Je suis

passé devant un camp de soldats il y a moins d'une heure, ils seront ici au point du jour.

— Lord Evans! s'exclama Grace, reconnaissant soudain son visiteur.

Elle n'en croyait pas ses yeux. De l'homme avec qui elle avait dîné, des années plus tôt, il ne restait plus qu'une voix élégante et un regard pétillant d'humour abrités par un corps vieilli, malmené et amaigri.

— A votre service, ma chère, répondit-il avec une petite révérence. Mais j'espère que vous garderez cette information pour vous.

— Je ne suis pas une rapporteuse! s'indigna Grace.

Lord Evans éclata de rire.

— Non, non, je le sais. (Il la regarda un moment.) Si j'en crois ce que j'ai entendu dire, vous êtes même une chrétienne admirable, qui a bravé la colère de Satan en personne pour venir en aide à son prochain.

Grace baissa les yeux, embarrassée.

— Cette description n'est pas exacte non plus, protesta-t-elle.

Il lui prit la main et la baisa.

— Ah, madame Donnelly, dit-il avec gaieté, vous êtes entrée dans la légende de l'Irlande, vous savez. Nombreux sont ceux qui affirment avoir entr'aperçu vos ailes tandis que vous leur serviez de la soupe; d'autres disent que votre halo brillait si fort qu'il les a réchauffés. Oui, dit-il en se tournant vers Morgan, j'ai entendu plus d'un Irlandais devenir lyrique à l'évocation de votre bravoure et de votre compassion, de votre beauté et de votre endurance.

Grace ne disait rien, les joues en feu.

— Bien, reprit-il avec un claquement de mains. J'ai des chevaux dans les bois et un contact prêt à conduire le père Brown chez les franciscains. Dépêchez-vous, McDonagh ! Par tous les diables, vous avez l'air d'avoir dormi, pour une fois.

Morgan alla chercher le père Brown dans la cuisine. Lord Evans sourit à Grace.

— Merci de les avoir accueillis, dit-il avec gratitude. Cet imbécile de Mitchel a publié intégralement l'appel aux armes de Lalor et maintenant les Anglais nous surveillent plus que jamais. Ils seraient trop heureux de mettre la main sur ces deux-là.

— Avez-vous de quoi manger en route ? demanda Grace.

Il secoua la tête.

— Si vous aviez un peu de nourriture à nous offrir, madame, je serais une fois encore votre débiteur.

Il jeta un coup d'œil à la porte de la cuisine, sur le seuil de laquelle venaient d'apparaître Morgan et le père Brown.

— Ah, Evans, dit ce dernier en étouffant un bâillement, le visage ensommeillé et le bandage de travers. Merci d'être venu.

Grace se précipita dans la cuisine et jeta tout le pain qu'il lui restait ainsi qu'un morceau de fromage dans une sacoche avec deux pommes flétries. C'est alors qu'elle repensa à l'or.

— Ne partez pas !

Elle lança la sacoche à Morgan et grimpa au

premier. Dans sa chambre, elle arracha le montant de la commode et sortit sa bourse de sa cachette. Elle ne s'arrêta que pour en sortir cinq pièces d'or, puis elle la glissa dans sa poche et redescendit en courant.

— Voilà, dit-elle en la donnant à Morgan. Tu sais quoi en faire.

— Je ne peux pas accepter, Grace.

Il essaya de la lui rendre, mais elle ne voulut rien entendre. Elle se tourna vers lord Evans.

— Il y a assez d'or dans cette bourse pour permettre à Morgan et à mon frère Sean de partir pour l'Amérique.

Il écarquilla les yeux de surprise.

— Pouvez-vous me promettre de les y aider, lord Evans? continua-t-elle.

— Je vous le promets d'autant plus volontiers, madame Donnelly, que rien ne me ferait plus plaisir que de les savoir en sécurité.

Grace hocha la tête, puis elle regarda Morgan, qui la prit dans ses bras et la serra contre lui de toutes ses forces.

— Nous devons partir, dit Evans avec douceur.

— Epouse-moi.

Morgan plongea son regard dans celui de Grace avant de se tourner vers le père Brown. Ce dernier cligna plusieurs fois des yeux.

— Vous voulez vous marier? Ici? Maintenant?

— Nous n'avons pas le temps, intervint lord Evans en jetant un coup d'œil inquiet au ciel qui s'éclaircissait à l'horizon. Je suis désolé. Nous trouverons un autre moyen.

— Non, dit Morgan avec fermeté. Il faut que ce

soit maintenant. Nous sommes déjà mariés dans nos cœurs.

Le regard qu'il lança au père Brown en disait long.

— Mariez-nous maintenant devant Dieu.

Lord Evans poussa un soupir résigné.

— Bon, mais faites vite.

— Très bien.

Le père Brown arrangea sa veste et se redressa, prêt à assumer son rôle.

— Auriez-vous une Bible, ma chère ?

Grace courut au premier étage une nouvelle fois, puis redescendit à toute allure et tendit une Bible au prêtre.

— Dépêchez-vous, mon père ! supplia-t-elle.

Il tourna les pages à la hâte, trouva ce qu'il cherchait et se mit à lire. Morgan et Grace se rapprochèrent l'un de l'autre.

— Les anneaux ? demanda-t-il solennellement lorsqu'il eut terminé sa lecture.

Grace secoua la tête, mais Morgan tira sur la cordelette de cuir qui pendait à son cou, la coupa avec son couteau et posa l'alliance de sa mère sur la Bible ouverte que le père Brown tenait.

Lord Evans poussa un nouveau soupir et retira ses gants, révélant l'anneau d'or travaillé qu'il portait au petit doigt de sa main droite.

— Mon cadeau de mariage pour vous deux, dit-il en l'ôtant et en le posant à côté de la bague de Morgan.

— Seigneur, bénissez ces deux vies à présent unies en une seule pour l'éternité. Amen. Prenez les alliances.

Il tendit la Bible devant lui.

— Morgan McDonagh, promettez-vous de toujours aimer votre femme et de lui être fidèle à travers toutes les épreuves de la vie, jusqu'à ce que la mort vous sépare ?

— Oui-da.

Morgan prit la bague de sa mère et la glissa au doigt de Grace.

— Oui, je le promets, corrigea lord Evans à voix basse.

— Oui, je le promets, répéta Morgan en souriant à Grace.

— Gracelin Donnelly, promettez-vous de toujours aimer votre époux et de lui être fidèle à travers toutes les épreuves de la vie, jusqu'à ce que la mort vous sépare ?

— Oui, je le promets.

Grace glissa la bague de lord Evans à l'annulaire de Morgan.

— Alors, je vous déclare mari et femme avec la bénédiction de Notre Seigneur Jésus-Christ.

Le père Brown ferma la Bible d'un coup sec.

— Bon, allons-y.

Evans sortit le premier, suivi par ses deux compagnons.

— Lord Evans ! appela Grace.

Elle lui tendit un fin volume relié de cuir.

— C'était à Abigail. Elle a écrit quelque chose à l'intérieur. Ça vous est destiné.

Il revint sur ses pas et prit le livre avec précaution.

— Je n'ai lu que les noms, précisa Grace. Je l'ai trouvé caché sous un tapis dans une chambre.

J'espérais avoir un jour l'occasion de vous le remettre.

Lord Evans le tint entre ses mains comme un précieux trésor.

— Merci, dit-il enfin avant de prendre la main de Grace et de la baiser de nouveau. Je crois que moi aussi, je commence à entr'apercevoir cette fameuse auréole..., madame McDonagh.

Il dévala les marches du perron en dissimulant le volume dans sa chemise. Le père Brown se signa.

— Que Dieu vous bénisse, ma chère enfant, dit-il avant de suivre lord Evans.

Grace serra son mari dans ses bras une dernière fois.

— Je t'aime, chuchota Morgan. Je t'ai toujours aimée.

— Et moi aussi, répondit-elle.

— S'il m'arrivait quelque chose...

— Non.

Elle secoua la tête, mais il la força à le regarder.

— Si je ne peux pas être avec toi dans cette vie... (Il s'interrompit, mais continua d'une voix ferme :) Sache que je t'attendrai dans la suivante. Aie confiance.

Elle se mordit la lèvre, incapable de répondre, et ils s'embrassèrent une dernière fois.

— Quitte l'Irlande ! le supplia-t-elle comme ils descendaient les marches.

— Pas sans toi.

— Dépêchez-vous ! appela Evans, qui avait déjà traversé la moitié du champ.

Morgan se mit à courir pour rejoindre ses compagnons.

— Pars pour l'Amérique, lui cria-t-elle. Je te suivrai.

Il leva la main et disparut dans la brume.

27

Le capitaine Wynne et sa garde arrivèrent tôt le samedi matin pour superviser officiellement la remise des clés de Donnelly House à l'agent Ceallachan. Le capitaine, bien qu'il continuât à nourrir des soupçons quant au rôle joué par Grace dans l'assassinat de son mari, était visiblement écœuré par les manières serviles de l'homme grossier qui devait la remplacer dans la belle demeure. Il refusa d'entrer dans le jeu de Ceallachan, et s'éloigna pour éviter ses petits commentaires en aparté et ses yeux levés au ciel. Grace, pour sa part, se montra respectueuse et leur expliqua en détail le fonctionnement de la maison et la répartition des clés. Elle ne mordit pas à l'hameçon lorsque Ceallachan s'efforça de la rabaisser (« Ne serez-vous pas soulagée de quitter cette grande maison pour retourner dans la petite cabane à laquelle vous étiez habituée ? »), pas plus qu'elle ne lui répondit lorsqu'il chercha à obtenir des informations, officiellement afin d'aider le capitaine (« Alors, avez-vous l'intention de rejoindre votre pauvre frère au Canada ? »), mais elle fit son devoir avec dignité avant de rappeler à l'agent, au moment de partir, que cette maison appartenait de droit à sa fille et qu'elles reviendraient toutes deux la récupérer un peu plus de quinze ans plus tard. Elle lui laissa entendre avec beaucoup de tact qu'en cas de problème à son retour, sa famille et lui subiraient des tourments sans fin. Le capitaine Wynne ne put s'empêcher de pouffer en entendant cela ; cependant, il reprit vite contenance et ordonna à l'un de ses hommes, le soldat Henry Adams, de ramener la veuve chez elle à Macroom. Elle affirma qu'elle n'avait pas besoin de garde, mais il lui rappela que le cheval devait ensuite être remis à la cavalerie de Macroom, tâche dont s'acquitterait le soldat Adams. Il avait d'autres raisons de souhaiter que ce jeune homme ingénieux accompagne Mme Donnelly, et il la soupçonnait de s'en douter ; d'ailleurs, lorsqu'elle le regarda, il eut l'impression qu'elle lisait dans son âme. Il devait admettre que cette femme qui avait connu tant de souffrances et les avait supportées avec une telle force ne le laissait pas indifférent d'autant qu'il avait bien connu Donnelly et devinait ce qu'elle avait pu endurer auprès de lui.

Le capitaine n'était pas ravi de devoir chasser une telle femme de chez elle, mais les ordres étaient les ordres, et en vérité il n'était pas mécontent de passer un jour ou deux loin de Cork et de son agitation perpétuelle. La campagne n'était pas sans dangers non plus, car les risques d'embuscade étaient nombreux, mais au moins il échappait au vacarme et à la puanteur de la ville. Il respira profondément l'air frais et doux du printemps comme ils se dirigeaient vers la charrette.

— Au revoir, madame Donnelly, dit-il en lui tendant la main. Tous mes vœux pour la suite.

— Au revoir, capitaine.

Elle serra brièvement la main tendue, puis elle grimpa sur la banquette.

— Ne laissez pas les rebelles mettre le feu à la maison de ma fille.

— Vous êtes plus à même de les dissuader que moi, fit-il valoir en reculant d'un pas.

Grace sourit, et l'espace d'un instant il eut conscience de la beauté fabuleuse de cette femme aux traits altérés par la fatigue et la faim. Une nouvelle fois, il regretta de ne pas vivre à une autre époque, et de ne pas avoir l'occasion de la connaître dans des circonstances différentes.

— Que Dieu ait pitié de votre âme, murmura-t-elle.

— Et de la vôtre, madame Donnelly.

Il éleva la voix pour s'adresser au jeune homme qui attendait, au garde-à-vous.

— Adams, ramcnez Mme Donnelly chez elle, laissez la charrette, et conduisez le cheval au fort de Macroom.

— Bien, mon capitaine.

Le soldat salua et s'installa à la place du cocher. Il prit les rênes.

— Hue !

La charrette s'ébranla et ils s'engagèrent dans la grande allée.

Ceallachan était retourné à l'intérieur de la maison pour faire une nouvelle fois le tour du propriétaire, mais le capitaine Wynne demeura là et regarda s'éloigner la carriole jusqu'à ce qu'elle ait atteint la route principale et disparu à ses yeux. Grace ne s'était pas retournée une seule fois, et il ne l'en admirait que davantage. Elle n'était pas du genre à pleurer ou à geindre, quoique avec les Irlandais, on ne sût jamais : ils étaient si sentimentaux...

Grace et le soldat Adams voyagèrent en silence pendant le plus clair de la matinée. Adams, un jeune homme sympathique et extraverti, faisait de temps à autre un commentaire sur le temps magnifique ou la beauté de la campagne, mais à aucun moment il ne parvint à dérider sa passagère. Persuadé qu'elle menait une existence aisée, il ne songea pas un instant qu'elle était peut-être épuisée par les événements des derniers jours et le manque de nourriture. Or cela faisait deux jours que Grace n'avait pas mangé, car elle avait donné ses dernières provisions à lord Evans. Elle avait dû faire appel à tout son courage pour avoir l'air normale et pleine de vitalité devant le capitaine. Ce n'est que lorsque le jeune soldat suggéra, au bout de deux heures, qu'ils s'arrêtent un peu pour se dégourdir les jambes qu'elle sortit de sa torpeur. Elle acquiesça et, dès qu'ils eurent mis pied à terre, s'éloigna un peu dans les bois pour aller puiser de l'eau au ruisseau.

Lorsqu'elle rejoignit son compagnon, il était assis sur une pierre à l'ombre d'un arbre et il mangeait du pain et du fromage avec des morceaux de viande séchée. Grace en eut aussitôt envie, mais elle ne dit mot, s'assit à quelque distance de lui et ferma les yeux comme pour faire la sieste.

Le soldat Adams n'était pas indifférent à la famine qu'il avait constatée partout durant ses deux années en Irlande, mais il s'imaginait toujours que les gens « riches » avaient accès à de la nourriture. Aussi ne lui vint-il pas à l'idée que Grace pouvait avoir faim.

Pour lui, le pire avait été de voir les enfants irlandais, par milliers, semblait-il, couchés le long des routes et dans les caniveaux, avachis contre les portes d'asiles pour pauvres incapables de les accueillir ou dans les cours des hôpitaux, trop faibles pour accompagner de la voix la supplication de leurs yeux. Il pouvait reprocher aux parents leur ignorance et leur paresse, le manque de prévoyance qui les avait mis dans une telle situation, mais les enfants... Il secoua la tête. Les voir souffrir autant l'avait troublé profondément, bien qu'il se fût efforcé de s'endurcir au maximum. Nombre de ses compagnons d'armes offraient leurs rations et essayaient de soulager la faim de quelques-uns, mais c'était une goutte d'eau dans la mer : il n'y avait jamais assez pour sauver les milliers de gens qui avaient besoin d'aide.

Au début, il avait trouvé ce pays magnifique et ses habitants joyeux et insouciants, mais il en était venu à haïr l'Irlande et toute sa misère, et il n'avait plus qu'une hâte : s'en aller. Même dans les bas-fonds de Londres, il n'avait jamais eu à ce point le sentiment d'une désagrégation complète de la condition humaine. Partout en Irlande, la mort prévalait, et il n'aurait su dire ce qui était pire : la mort lente et douloureuse d'un homme au corps rongé par le manque de nourriture, délabré de l'intérieur par des crises incessantes de dysenterie, sans cheveux, sans dents, couvert de furoncles, bouffi et voûté ; la mort violente du malade de la fièvre noire, au corps enflé de sang et violacé, dont les vomissements et la gangrène étaient épouvantables et accompagnés d'une puanteur indescriptible ; ou la mort lente de celui atteint de la fièvre jaune, avec de la température élevée, des vomissements, des suées et l'épuisement qui les accompagnait. Cette fièvre-là ne semblait d'abord durer que quelques jours, mais ensuite elle frappait de nouveau quand on la croyait tombée, trois ou quatre fois si le patient survivait assez longtemps. Et bien sûr, il y avait la folie engendrée par tout cela, qui laissait elle aussi ses victimes anéanties, dégradées, sans espoir.

Au mois de mars, il avait fait partie d'un détachement qui avait parcouru tout l'ouest du pays pour ériger des *fever sheds* ; mais la demande était énorme, et les médecins et infirmières trop peu nombreux. Il avait appris à cette occasion beaucoup de choses sur le fonctionnement du typhus, et il savait que les images et les odeurs liées à cette période de sa vie ne le quitteraient jamais ; elles le poursuivaient même dans son sommeil. Il comptait les jours qui le séparaient de son retour dans les vertes prairies de Cornouailles. A l'origine, il avait l'intention de faire carrière dans la cavalerie, mais maintenant il avait changé d'avis. Une fois son devoir effectué, il rentrerait chez lui et y resterait. Il épouserait la fille du recteur et emménagerait avec elle chez son père, pour y élever des enfants potelés et des chevaux robustes. L'été, ils iraient au bord de la mer et, l'hiver, ils se promèneraient sur la lande. Comment un homme sain d'esprit aurait-il pu choisir de rester au milieu d'une horreur pareille? De toute évidence, l'Irlande était un pays abandonné de Dieu.

— Comptez-vous émigrer, madame Donnelly? demanda-t-il vivement, porté par ses pensées. Irez-vous en Angleterre ou au Canada?

Grace ouvrit les yeux et se redressa. Elle était en train de rêver, à la limite du sommeil; elle se voyait marchant dans un jardin quelque part, la main de Mary Kathleen dans la sienne. Grandma était près d'elles et leur disait quelque chose en riant. Elle se força à balayer ces images idylliques et regarda son interlocuteur.

— Non, je ne quitterai pas l'Irlande, répondit-elle, les yeux plissés pour se protéger du soleil.

— Beaucoup de gens s'en vont.

Il mit un morceau de bœuf séché dans sa bouche.

— Ceux qui avaient un peu d'argent sont déjà partis vers une vie meilleure. Plus d'un million pour le Canada et les Etats-Unis, cinq cent mille environ pour l'Angleterre, et bien d'autres encore pour l'Australie.

Grace le regarda, sous le choc. Jamais elle n'aurait cru que l'exode avait été aussi important. Rares étaient les Irlandais qui, d'ordinaire, quittaient leur pays, et ceux qui s'en allaient ne le faisaient qu'à contrecœur et au grand dam de leurs amis et de leur famille. Mais on était à la fin d'un monde, comme Morgan l'avait dit, et tous cherchaient à s'enfuir le plus vite possible, comme le confirmaient les chiffres du soldat Adams.

— C'est une réaction logique, poursuivit ce dernier en portant une bouchée de pain à sa bouche. Ici, si vous ne mourez pas de faim et ne devenez pas fou, vous succombez au typhus ou aux rebelles qui tirent sur tout ce qui bouge. Dans un an, il ne restera plus en Irlande que des tombes et des champs en putréfaction.

Il avala son pain et s'essuya la bouche d'un revers de main.

— Vraiment, vous ne devriez pas rester, lui conseilla-t-il. Avec vos moyens, il est clair que vous pourrez obtenir une vie meilleure au Canada.

— Mes moyens ?

— Vous étiez mariée à sir Donnelly, n'est-ce pas ?

Il chassa les miettes de pain tombées sur ses genoux du bout des doigts, et Grace résista à la tentation de les ramasser pour les manger.

— Les Donnelly sont une vieille famille très respectée à Londres, on parle sans cesse d'eux dans les journaux. Ils n'arrêtent pas de donner de l'argent à des œuvres de charité.

— Eh bien, je ne suis pas une de leurs œuvres de charité, rétorqua Grace.

— Pardonnez-moi, madame Donnelly, ce n'est pas ce que je voulais dire. Je remarquais simplement que les Donnelly avaient de l'argent, et qu'avec la pension que votre mari vous a laissée, vous pourriez sans doute vivre n'importe où...

Grace fronça les sourcils.

— C'est ici, en Irlande, que je veux vivre. Dans une vieille cabane le long d'une jolie petite allée à quelques miles de Macroom.

Elle étudia le soldat, qui était à peine plus âgé qu'elle.

— Quant à ce que m'a laissé mon mari... Il a eu quelques revers de fortune ces dernières années, et ce que je possède est rassemblé dans cette charrette. Je suis irlandaise. Autant dire que, pour les Donnelly de Londres, je ne suis rien.

Le soldat Adams cessa de mastiquer et écarquilla de grands yeux incrédules.

— Par tous les diables, s'exclama-t-il, mais c'est terrible !

Grace hocha la tête, avant de porter rapidement la main à son estomac, qui commençait à gargouiller.

Le jeune homme avait entendu, et il fronça les sourcils.

— Vous ne mangez rien, madame Donnelly ?

— J'ai pris un gros petit déjeuner, mentit-elle.

Henry pencha la tête sur le côté. Pour la première fois, il parvint à faire abstraction de la position sociale présumée de son interlocutrice et il vit sa maigreur, l'état pitoyable de sa robe, ses cheveux plats, son visage émacié et ses yeux cernés.

— Vous devez manger quelque chose, insista-t-il avec tact. Je sais que je n'ai que de la nourriture grossière à vous offrir, mais un peu de pain et de fromage ne vous fera pas de mal. Nous avons encore un long trajet devant nous.

Grace ne put résister davantage.

— Merci, dit-elle simplement en acceptant le gros morceau de pain et le fromage qu'il lui offrait. Vous êtes très gentil de partager votre repas avec moi.

Elle garda un instant le sandwich dans sa main et baissa la tête pour formuler une courte prière avant de mordre dedans. Le soulagement qu'elle éprouva en sentant la nourriture dans sa bouche lui mit les

542

larmes aux yeux, et elle dut mâcher doucement jusqu'à ce que sa gorge se desserre suffisamment pour lui permettre de déglutir.

Voyant cela, le soldat Adams cessa de manger et enveloppa le reste de son déjeuner dans un linge qu'il glissa sans rien dire dans le panier de Grace pendant qu'elle regardait ailleurs.

Lorsqu'elle eut fini, elle se détourna et se lécha les doigts, puis elle ferma les yeux et rendit grâce à Dieu. Elle prit la gamelle de son compagnon et alla leur chercher de l'eau. Rafraîchis, ils reprirent la route sous le chaud soleil de mai. Une brise fraîche fleurant bon la lavande et le thym balayait la campagne.

— Pardonnez-moi de vous poser la question, madame Donnelly, dit Henry Adams au bout d'un moment, mais s'il ne vous a rien laissé pour vivre... Eh bien, cela ne vous donne-t-il pas une raison supplémentaire de vouloir quitter cet endroit? Sinon pour vous, du moins pour l'avenir de vos enfants. Vous pourriez certainement vendre ce que vous avez là derrière et acheter des billets pour vous tous?

D'un geste du pouce, il désignait les malles posées dans la carriole.

Grace aurait aimé pouvoir le payer de sa gentillesse en lui faisant confiance, mais elle savait qu'elle ne devait pas se le permettre : le capitaine Wynne était un homme calculateur, et le soldat Adams, à son insu, avait très certainement été envoyé avec elle pour rapporter des informations à son supérieur. Elle réfléchit un moment avant de répondre.

— Mon fils est déjà en Angleterre, le frère de mon mari l'a adopté et je ne le verrai plus, dit-elle enfin d'une voix égale. On m'a laissé ma fille, et j'ai fait de mon mieux pour assurer son avenir, mais cet avenir est ici, en Irlande. (Elle s'interrompit un court instant.) J'ai d'autres parents, aussi, dont je dois tenir compte : il y a mon père, qui n'acceptera jamais de quitter l'Irlande, et ma grand-mère, trop âgée pour envisager le voyage. Mon frère aîné, Ryan, est marié et a un petit garçon, et il est aussi têtu que mon père.

Le soldat Adams se tortilla sur la banquette.

— Et votre frère Sean ? Celui qui est infirme ?

Grace se mordit la lèvre, puis elle se redressa et rejeta les épaules en arrière.

— Sean est seul à l'heure qu'il est. Je suppose que vous êtes déjà au courant.

— Oui, acquiesça-t-il. J'étais l'un des gardes placés devant sa cellule. Je l'ai écouté nous lancer des insultes et jurer pendant trois nuits d'affilée !

Il secoua la tête avant de rire de bon cœur.

— Il a essayé de nous amadouer à force de paroles, le bougre, puis quand il a vu que nous ne le laisserions pas sortir, il nous a abreuvés d'injures !

— Cela ne lui ressemble pas, déclara Grace en s'efforçant de ravaler un sourire. C'est un chrétien, vous savez, très bien éduqué et qui a beaucoup lu.

— Ça, c'est sûr, reconnut-il. Ce satané coquin n'était jamais à court de citations.

Grace éclata de rire malgré elle.

— Je ne devrais pas le dire, mais je n'étais pas mécontent quand il s'est enfui. Et pas seulement parce que ça me faisait un peu de repos. (Il lui sourit.) Jamais il n'aurait pu tirer sur votre mari avec son épaule dans cet état. Je suis sûr qu'il est coupable de bien d'autres choses, mais pas de meurtre.

— Pourquoi a-t-il été arrêté, dans ce cas?

Le jeune homme haussa les épaules.

— Il en sait long sur l'organisation des rebelles, madame Donnelly. Et avec un esprit comme le sien, il se souvient de tout. Il n'y a aucun doute qu'il appartient au groupe de John Mitchel, le journaliste. Le capitaine Wynne veut faire interdire son satané torchon avant qu'une véritable guerre civile n'éclate. (Il lui jeta un coup d'œil en coin.) Et, bien sûr, tout le monde aimerait mettre la main sur l'ami de votre frère, McDonagh. Il a tendu une embuscade à la garde spéciale de Sa Majesté au printemps dernier et engendré une émeute sur les docks en octobre. Celui-là n'a pas cessé de nous filer entre les doigts; celui qui l'attrapera gagnera une médaille et un billet de retour, cela ne fait pas de doute.

Grace baissa les yeux sur son alliance, puis elle la recouvrit de sa main droite.

— Tout le monde sait que McDonagh et votre frère travaillent ensemble – l'un est le bras, l'autre le cerveau, en quelque sorte. Nous pensons notamment que c'est votre frère qui a planifié les émeutes d'octobre et McDonagh qui a mené le projet à bien. Mais bien sûr, vous ne savez rien de tout cela, n'est-ce pas? demanda-t-il après une pause.

Soutenant son regard sans ciller, Grace fit non de la tête.

— C'est bien ce que je pensais.

Il se retourna vers le cheval et fit claquer les rênes.

— Quoi qu'il en soit, poursuivit-il, nous sommes

certains que c'est McDonagh qui l'a fait évader. Avec un autre type.

Il y eut un long silence. Enfin, Henry Adams demanda d'un ton qui se voulait désinvolte :

— Cela fait longtemps que vous n'avez pas vu votre frère ?

Grace choisit ses mots avec soin.

— Oh oui ! Depuis la fin de l'été dernier.

— Et McDonagh ?

Elle fit semblant de réfléchir.

— Plus longtemps encore.

— Vous le connaissez bien ? s'enquit-il avec légèreté.

Elle hocha la tête comme le visage de Morgan s'imposait soudain à son esprit, souriant, caressé par le soleil du matin.

— Nous avons grandi ensemble, tous les trois. Nos mères étaient les meilleures amies du monde. Quand la nôtre est morte et que Sean est resté infirme, Morgan est descendu de la montagne pour nous remonter le moral. Ils sont comme des frères, tous les deux. (Elle se mordit la lèvre.) Sean ne pourrait pas survivre sans lui, alors j'espère qu'ils sont ensemble, et qu'ils ne sont pas morts dans quelque fossé sordide.

Le soldat Adams émit un petit sifflement.

— Ça, aucun risque ! Bavard comme il l'est, votre frère ne se résoudra jamais à lâcher son dernier souffle, quant à l'autre, il a plus de vies qu'un chat. De plus, si McDonagh était mort, nous le saurions : avec la récompense promise pour sa tête, aucun doute que quelqu'un finirait par nous rapporter son corps.

Grace eut l'impression que son cœur cessait de battre.

— Je croyais que l'on n'offrait une récompense qu'à celui qui le ramènerait vivant?

Adams secoua la tête.

— Il est recherché mort ou vif, maintenant que Mitchel a publié ce stupide appel de Fintan Lalor à la révolution paysanne. C'est exactement ce qu'attendaient les Young Irelanders. Et bien sûr, vous savez que la nouvelle Confédération irlandaise – une sacrée bande de militants, ceux-là – est dirigée par McDonagh et un Anglais traître à sa patrie. Votre frère est certainement mouillé avec ceux-là en prime.

— Peut-être ont-ils quitté l'Irlande, dit Grace avant de se mordre la langue.

— C'est ce que pense le capitaine, observa-t-il d'un air détaché. Il serait ravi de les savoir partis, et serait prêt à arrêter la chasse à l'homme... surtout si, en échange, il pouvait obtenir le nom de ce fameux Anglais.

Grace parcourut du regard les terres alentour, pour la plupart laissées à l'abandon. Les fermes étaient vides, les animaux morts. La campagne restait étrangement silencieuse, on n'entendait que les rares piaillements des oiseaux qui cherchaient encore des graines dans la terre malmenée. Elle songea à lord Evans et à la chanson qu'il avait interprétée à la guitare le soir de leur rencontre. Elle savait qu'il avait vendu l'instrument depuis longtemps, et que ses mains étaient trop abîmées pour jouer encore; ses vêtements luxueux étaient devenus des haillons, son beau visage était désormais las et ridé. Il aurait pu s'en aller des années plus tôt pour s'offrir une vie aisée en Espagne, mais non ; il était demeuré en Irlande, déterminé à se battre pour la liberté d'hommes comme son mari et son frère.

— Je ne sais pas de qui vous parlez, dit-elle enfin en se retournant vers son compagnon. Mais même si je le savais, pensez-vous vraiment que je vous donnerais son nom ?

Il hocha la tête en silence et ils poursuivirent leur chemin sans rien dire jusqu'au moment où, tout à coup, le cheval devint nerveux et se mit à secouer violemment la tête.

— Ho, du calme ! lui dit le soldat pour l'apaiser.

Il tira sur les rênes jusqu'à ce que la charrette soit immobilisée. Puis il se leva pour humer l'air et se rassit presque aussitôt avec une grimace.

— Qu'y a-t-il ? s'enquit Grace.

— Cette odeur, répondit-il en nouant son foulard sur son nez et sa bouche. La fièvre noire. Il doit y avoir des gens qui en souffrent ou en sont morts dans cette maison, là-bas.

Il montra du doigt la première des maisons construites sur une colline au-dessus de la route.

— Vous ne sentez rien ?

Tout à coup, l'odeur parvint à Grace, une puanteur si irrespirable qu'elle se demanda comment elle avait pu l'ignorer jusqu'alors. Elle souleva le bas de sa jupe pour se protéger le visage.

— Le long de cette route, il y a des maisons sur environ un kilomètre et demi, mais un petit chemin monte à l'arrière de la colline, qui ne passe devant aucune habitation. Nous devrions l'emprunter.

Henry Adams fit reculer la charrette et s'engagea sur le sentier à moitié caché par des buissons qu'elle lui indiquait.

— Qui s'occupe des malades, par ici, qui les emmène dans les *fever sheds*? demanda Henry Adams lorsqu'ils furent passés de l'autre côté de la colline et eurent laissé les terribles remugles derrière eux.

— Personne, répondit Grace en lâchant sa jupe. Même si le prêtre de la paroisse est encore vivant, il ne peut leur offrir que de l'eau et les derniers sacrements. Ils n'iront pas dans les abris.

— Alors ils mourront!

— Ils savent que ceux qui partent pour l'hôpital ou pour l'asile ne rentrent jamais chez eux. Tant qu'à mourir, autant mourir dans son lit.

— Et ceux qui ne sont pas atteints?

— Ils sont rares, mais ceux-là enterrent les morts sous le parquet, font tomber le toit sur eux et partent ailleurs avec l'espoir d'envoyer un jour un prêtre prier leurs morts et leur offrir une sépulture décente.

Le jeune homme secoua la tête. Il ne comprenait pas.

— Les Irlandais craignent la fièvre noire plus que tout au monde, expliqua-t-elle. C'est la seule chose qui puisse éloigner des parents de leurs enfants et des enfants de leurs parents. C'est une mort horrible, qu'ils ne supportent pas. Cependant, ils finissent presque toujours par tomber malades les uns après les autres et par mourir.

— Alors personne ne viendra aider ces malheureux?

Grace le regarda.

— Il n'y a pas de nourriture à leur offrir, pas de médicaments susceptibles de les garder en vie. Approcher d'eux, c'est se sacrifier.

Adam se tut un moment, visiblement troublé.

— Pourquoi les rebelles irlandais continuent-ils à se battre pour un pays presque mort ? demanda-t-il enfin.

— Vous pourriez poser la même question à vos compatriotes, observa-t-elle. Et vous pourriez vous demander pourquoi on a laissé les Irlandais mourir de faim alors que des bateaux entiers de grain irlandais étaient envoyés en Angleterre. Comment des propriétaires britanniques qui n'ont jamais mis les pieds sur l'île peuvent exiger des loyers de gens qui vivent là depuis des milliers d'années. Pourquoi nous n'avons pas eu le droit de nous éduquer, de posséder nos propres terres ou de promulguer des lois pour améliorer nos conditions de vie. Pourquoi nos forêts ont-elles été pillées pour construire vos villes ? Pourquoi notre peuple a-t-il été chassé de sa terre pour vous permettre d'avoir davantage de bœuf et de blé ? Pouvez-vous me donner une réponse à toutes ces questions, soldat Adams ?

Il secoua la tête.

— Vous nous avez volé nos terres et notre droit ancestral à vivre dessus dans la dignité. Vous nous avez traités comme des esclaves, vous nous avez affamés, et vous nous avez laissés nous débrouiller avec la maladie et la mort. Voilà ce que nous sommes devenus sous la domination britannique.

Ses yeux lançaient des éclairs.

— L'Irlande vous a donné ses meilleurs fils, et

550

vous en avez fait sans relâche de la chair à canon. Maintenant, nous luttons contre vous parce que nous n'avons plus rien à perdre.

— A part vos vies, objecta-t-il.

— Mais bientôt, nous n'aurons même plus cela. Les Irlandais auront disparu d'Irlande, et votre pays aura enfin ce qu'il souhaite.

— Ce n'est pas vrai, insista-t-il. Nous ne voulons pas que les Irlandais disparaissent! Nous sommes là pour vous aider à survivre!

— Et pensez-vous que «survivre» soit suffisant? demanda-t-elle. Eh bien, non. Nous voulons davantage. Nous voulons vivre. Quel est votre prénom, soldat?

— Henry. Henry James Adams.

— Henry, répéta-t-elle. Et d'où venez-vous?

Il songea à la ferme familiale propre et prospère sur les falaises dominant la mer.

— De Cornouailles, répondit-il. Mon père est éleveur de chevaux.

— Retournerez-vous là-bas lorsque vous aurez fini votre service?

— Oui, répondit-il sans hésitation. Mon père est vieux et ma mère est morte, je reprendrai l'écurie.

— Vous marierez-vous?

— Oui, avec la fille du recteur, répondit-il timidement. Isabel Benton. Si elle veut de moi.

Grace hocha la tête et réfléchit un moment.

— Et si je vous disais, soldat Adams, qu'à votre retour chez vous je viendrai vivre dans votre maison et diriger votre ferme, mais que vous ferez tout le travail et me paierez un loyer en plus? Je prendrai le meilleur de votre récolte, vos plus belles bêtes, et tout votre argent. Vous pourrez vous marier, mais vous devrez d'abord me demander l'autorisation et vous acquitter d'un impôt. Vous n'aurez pas votre mot à dire quant à la gestion de la terre que votre père a travaillée toute sa vie, et il ne pourra pas vous en léguer la moindre parcelle. Si, dans un an ou deux, je décide de faire pousser du blé sur toute l'exploitation et de vous expulser, j'aurai la loi pour moi.

Il ouvrit de grands yeux.

— Voilà l'existence de mon père, poursuivit-elle calmement. Il a travaillé chaque jour de sa vie sur cette terre et paie son loyer quatre fois par an, mais jamais il ne possédera ne serait-ce qu'un petit lopin, et il ne pourra rien léguer à ses fils. Ils peuvent la travailler avec lui s'il la divise, mais jamais leur avenir ne sera assuré. (Elle fit une pause.) Est-ce juste, à votre avis ?

— Non. Non, ce n'est pas juste, reconnut-il en secouant la tête.

— Nous sommes par nature un peuple gai, qui ne se plaint jamais de ce qu'il n'a pas. Nous remettons notre destin entre les mains de Dieu et Lui sommes reconnaissants pour notre pain quotidien. Mais maintenant, Dieu nous demande de cesser de donner toutes nos perles à des cochons. Ce ne sont pas seulement les Irlandais qui se meurent, mais aussi le mode de vie irlandais. Et cette fois, Oisin ne reviendra pas de Tir na nog pour nous aider, c'est à nous de nous reprendre en main.

Adams fronça les sourcils, perplexe.

— Tir na nog, la terre des jeunes, expliqua-t-elle. Oisin était un poète qui était parti à Tir na nog et avait disparu. Il est revenu des centaines d'années plus tard pour remettre en question les manières et les croyances de Patrick the Crooked Crozier[1]. Mais cette fois, si nous attendons trop longtemps pour réagir, tout le monde sera mort ou parti, et il n'y aura plus de traditions anciennes à transmettre.

Elle le regarda avec honnêteté.

— Dans une autre vie, vous et moi aurions pu être amis, soldat Adams, mais tant que vous essaierez de m'arracher mon cœur et ma terre, vous serez mon ennemi.

— Je comprends.

— Bien. Dans ce cas, il y a de l'espoir pour nous tous.

La lumière de l'après-midi commençait à s'adoucir et de larges bandes de pourpre et de rose striaient le ciel au-dessus des montagnes. La nourriture qu'elle avait mangée et l'énergie qu'elle avait mise à plaider la cause de son peuple avaient fatigué Grace et elle s'endormit bientôt, bercée par le mouvement régulier de la charrette. Sa tête se posa doucement sur l'épaule du soldat. Dirigeant le cheval d'une main, Henry la déplaça avec précaution pour que Grace soit plus à l'aise et l'entoura de son autre bras. Sa mère avait été une femme courageuse aux opinions bien ancrées, comme cette Mme Donnelly, et il réalisa soudain qu'elles se seraient très bien entendues.

Quand enfin Grace se réveilla, le soleil était plus bas dans le ciel et elle avait la nuque terriblement raide. Elle redressa aussitôt la tête et il ôta son bras

---

1. Littéralement : « Patrick à la Crosse tordue ». *(N.d.T.)*

pour qu'elle puisse s'éloigner de lui sans être embarrassée.

— Je suis désolée, dit-elle, je me suis endormie.

Il sourit.

— Pas de problème. Vous m'avez donné de quoi réfléchir un bon moment.

Grace se lissa les cheveux de la main et serra son châle autour de ses épaules.

— Vous devez être fatigué, soldat. Voulez-vous que je prenne les rênes?

— Non, répondit-il, car alors je serais entièrement à votre merci, et je vois bien que vous n'êtes pas une femme à prendre à la légère. Vous parlez comme votre frère, avec la même passion dans votre discours. Les membres de votre famille sont-ils tous aussi intéressants?

— Oui, et vous devez absolument faire leur connaissance. Nous sommes presque arrivés.

Elle se redressa sur la banquette, tout excitée soudain à l'idée de se retrouver chez elle, dans la chaleur aimante du cocon familial, sa fille adorée sur les genoux.

Henry Adams éclata de rire.

— Je n'ose pas! S'ils sont tous comme votre frère et vous, je serai recruté par les Young Irelanders avant demain matin!

Il engagea la charrette dans l'allée qu'elle lui indiquait et s'avança. Son sourire fit place à une expression inquiète lorsqu'il constata l'absence de lumière aux fenêtres des maisons qu'ils dépassaient.

— J'ai ordre de conduire le cheval à Macroom et de me cantonner là-bas, déclara-t-il.

— Vous atteindrez la caserne vers minuit. Il vous

suffit de suivre ce chemin jusqu'à la route, ensuite vous verrez des panneaux indicateurs. Faites attention à vous, soldat, ajouta-t-elle.

— C'est promis, acquiesça-t-il. Merci.

Moins de dix minutes plus tard, ils arrivaient en vue de la maison. Un peu de fumée s'échappait de la cheminée et une lanterne était allumée dans la pièce principale ; mais aucune lumière ne filtrait aux fenêtres des maisons adjacentes. Grace était assise sur le rebord de la banquette, les mains jointes sur ses genoux, le cœur battant ; soudain, son sourire se figea et elle sentit la main du soldat serrer la sienne.

— Vous sentez ? chuchota-t-il, alarmé.

Elle hocha la tête, incapable de parler.

— Je ne peux pas vous laisser ici, reprit-il.

Déjà, les chevaux s'étaient immobilisés devant la maison et elle avait sauté à terre.

Patrick ouvrit grand la porte et la serra dans ses bras, puis il plongea son regard dans le sien et déclara :

— Ce sont les enfants.

Livide, Grace osa à peine poser la question.

— Mary Kathleen ?

— Thomas va très mal, il est tout jaune et a une fièvre de cheval depuis deux jours, répondit-il. La petite n'est tombée malade que ce matin. Je crois qu'Aghna aussi a attrapé la fièvre.

Grace se tourna vers le soldat.

— N'entrez pas, lui dit-elle, le visage tendu et inquiet. Vous savez de quoi il retourne.

Impuissant, il la vit s'approcher de la porte, prête à pénétrer à l'intérieur.

— Attendez ! appela-t-il.

— Partez, répondit-elle. Fuyez d'ici le plus vite possible.

Il n'hésita qu'un instant.

— Je peux vous aider. J'ai vu travailler les médecins, à Cork, je sais ce qu'il faut faire.

— Non, dit Patrick avec fermeté.

Grace hésita un moment, puis elle hocha la tête. Henry Adams descendit aussitôt de la charrette et la suivit à l'intérieur de la maison sombre. Passé le seuil, l'odeur était si épouvantable qu'il faillit se trouver mal.

— Ouvrez les fenêtres, dit-il aussitôt aux ombres assises près de la cheminée. Je vais avoir besoin de draps et de longs bâtons.

Grace posa une main sur son épaule.

— Je vous ai mal jugé, soldat, pardonnez-moi.

— Appelez-moi Henry, dit-il simplement avant de s'agenouiller au côté de Mary Kathleen.

28

Julia l'avait prévenu, elle lui avait décrit en détail ce qu'il se passait pendant qu'il parcourait les comtés du Sud pour rallier des partisans, mais maintenant qu'il était de retour, William Smith O'Brien pouvait constater par lui-même l'étendue des dégâts. Dublin était un cloaque immonde où saleté et maladie régnaient en maîtres. Le manque d'égouts et d'installations sanitaires, autrefois tolérable, faisait que la ville empestait désormais la mort et la pourriture. Les gens étaient répugnants ; ils avaient vendu leurs vêtements de rechange et portaient jour après jour les mêmes haillons crasseux. William savait que les meubles et la literie avaient depuis longtemps suivi le chemin des habits, et que la plupart des habitants dormaient à même le sol boueux couverts, au mieux, de sacs de grain vides ou de morceaux de tissu en lambeaux. Tout l'argent qu'ils pouvaient trouver était consacré à l'achat de nourriture, si bien qu'ils n'avaient pas de combustible pour faire chauffer de l'eau et se laver ou laver leurs vêtements. A en croire Julia, la nourriture était consommée crue ou à moitié cuite, ce qui n'arrangeait en rien la dysenterie permanente ; les malheureux étaient si affaiblis qu'ils avaient du mal à se traîner jusqu'aux toilettes extérieures, d'autant que le sol était rendu glissant par les flaques d'immondices sanglantes qui parsemaient les allées. La nuit, ils dormaient groupés pour se réchauffer, ce qui accélérait la propagation des poux porteurs du typhus. Il avait vu ceux qui le pouvaient encore faire la queue pendant toute la journée devant les marmites de la soupe populaire, épaule contre épaule ; il y avait là parfois plus de deux cents personnes malades et infestées.

Chacun savait que le typhus s'était répandu comme un feu de forêt, anéantissant des quartiers entiers en l'espace de quelques semaines. Dans les journaux, Julia faisait l'éloge des médecins, infirmières, prêtres et religieuses qui continuaient à travailler au milieu du peuple pour essayer d'empêcher que la maladie ne se répande davantage et pour réconforter les mourants. C'était une œuvre d'amour, Smith O'Brien en convenait, car il leur fallait s'attaquer non seulement au typhus, mais aussi aux œdèmes causés par la faim et qui affectaient désormais presque toute la population. Des squelettes ambulants voyaient leurs membres enfler jusqu'à tripler de volume avant d'exploser, entraînant une mort douloureuse. Le scorbut était également très répandu, car les pommes de terre qui faisaient l'ordinaire des Irlandais avaient été remplacées par du maïs indien, dépourvu de vitamine C. Les gencives étaient poreuses, les dents tombaient, les articulations enflaient et les jambes devenaient noires jusqu'à la taille ; les gens du coin appelaient cela la maladie de la jambe noire. Il n'y avait presque pas de médicaments pour enrayer la progression de ces maux, et en raison de la nature hautement contagieuse du typhus, les médecins et ceux qui les aidaient succombaient eux-mêmes dans des proportions alarmantes.

Ecrivant dans *La Nation* sous le nom de Patrick Freeman, Julia avait fustigé le gouvernement anglais, lui reprochant d'avoir trop tardé à admettre que l'Irlande était confrontée à une épidémie d'ampleur colossale au milieu de sa troisième année de famine, et de ne pas avoir rétabli immédiatement un Conseil central de la santé pour gérer des fonds destinés à créer des hôpitaux et des dispensaires supplémentaires. A l'heure actuelle, seuls vingt-huit hôpitaux existaient dans toute l'Irlande alors que des centaines de milliers de personnes avaient besoin de soins urgents. Smith O'Brien en avait visité certains et avait vite compris qu'ils étaient totalement dépassés. Le personnel soignant disparaissait peu à peu, emporté par la maladie, et les patients livrés à eux-mêmes étaient laissés nus sur la paille crasseuse sans médicaments, eau ni chaleur. Il en allait de même dans les asiles pour pauvres ; déjà surpeuplés et en manque de personnel, ils s'étaient peu à peu mués en véritables mouroirs où les agonisants gisaient côte à côte à même le sol. La rumeur s'étant répandue qu'en prison on recevait à manger et à boire, des gens honnêtes s'étaient mis à commettre des crimes au hasard dans l'espoir de se faire arrêter.

Il y avait bien quelques *fever sheds*, mais trop souvent ils étaient montés de façon laxiste et se résumaient à des baraquements sommaires adossés aux hôpitaux, où le typhus continuait à se répandre. Le *Times* avait répondu aux éditoriaux irlandais qui mettaient en cause le gouvernement britannique en soulignant le succès de la loi sur la fièvre irlandaise, qui avait permis l'érection de tentes dans certains champs, le nettoyage de nombreuses rues, la désinfection de maisons particulières et l'enterrement des corps, et qui avait débloqué des fonds pour des hôpitaux nouveaux, des dispensaires, des médecins et des infirmières. John Mitchel avait répondu dans *La Nation* que c'était trop peu, trop tard, et que la moitié de la population avait déjà succombé. Il s'opposait catégoriquement à la moindre manifestation de gratitude envers les Anglais et avait au contraire commencé à annoncer la révolution, demandant aux hommes valides de se préparer au combat. Pendant que Julia continuait à débattre en intellectuelle par journaux interposés, il était clair que Mitchel avait repris à son compte l'appel passionné de Fintan Lalor : « L'Irlande périra-t-elle comme un agneau, ou se retournera-t-elle comme le lion qu'on agace ? »

Smith O'Brien, parfaitement conscient de l'épuisement du peuple, avait été horrifié par cette rhétorique incendiaire et s'accrochait à l'espoir d'une révolution sans effusion de sang. Ces derniers temps, il avait envie de disparaître sous terre chaque fois qu'il ouvrait un journal, et il s'efforçait, dans la mesure de ses moyens, d'instiller un peu de sens pratique aux révolutionnaires, encourageant des groupes à se former et à se tenir informés les uns les autres, afin de donner une structure au peu de forces qui demeuraient dans le pays. Désorganisée, avec l'Angleterre qui devenait chaque jour moins tolérante et plus enragée, la révolution serait un désastre, et de nombreuses vies seraient perdues en vain. Smith O'Brien ne contrôlait pas Mitchel, mais il pouvait, avec l'aide de quelques hommes de confiance, assurer une meilleure cohésion entre les révolutionnaires. Or il avait autour de lui des hommes fiables : Sean O'Malley avait organisé le raid d'octobre de façon brillante, le courage et la discrétion de Morgan McDonagh n'étaient plus à prouver et tous le considéraient déjà comme un héros. Quant à lord Evans, il leur avait donné de l'argent sans compter et vivait depuis des années comme un criminel pour que le sol irlandais revienne enfin aux Irlandais.

O'Malley était, en cet instant même, penché sur

des cartes dans la cave de la maison de Smith O'Brien, à Limerick. Avec son corps abîmé et sa santé fragile, il ne survivrait pas à un autre hiver en Irlande. Evans était arrivé avec de l'or et des instructions pour qu'O'Malley et McDonagh quittent le pays sur-le-champ. En ce qui concernait O'Malley, c'était assez facile : il avait pratiquement terminé son travail et avait fini par admettre qu'il serait plus aisé de récolter des fonds et des armes en Amérique. Il irait là-bas recruter certains des immigrants irlandais installés sur place en leur promettant une patrie de nouveau à eux.

Les Etats-Unis s'étaient déjà engagés aux côtés des Irlandais ; depuis des mois, ils leur envoyaient des vaisseaux entiers chargés de grain, de farine de maïs et de vêtements. Pour la plupart, ces dons avaient été rassemblés par la Société des amis et par Tammany, l'organisation centrale du parti démocrate américain. Les paroisses catholiques et les communautés irlandaises de tout le pays avaient également recueilli et envoyé de l'argent pour soulager les pauvres d'Irlande. Ces sommes avaient atteint leur but grâce aux quakers, et avaient contribué à alléger les souffrances de certains parmi les plus malheureux. Mais tout cela cesserait à l'automne, quand les canaux commenceraient à geler et que les bateaux de nourriture ne pourraient plus entreprendre la traversée. Le moment était venu pour O'Malley de partir, il avait d'ores et déjà une place réservée à bord du *Lydia Ann*, qui quitterait bientôt Limerick pour retourner à Manhattan. De nombreux bateaux appareillaient d'Irlande, les cales bourrées d'émigrants, ce qui permettrait à Sean de voyager sans risque. Il monterait à bord à la nuit tombée et se cacherait jusqu'à ce que le navire soit en haute mer. Il se réjouissait de la mission qu'il se voyait confier ; c'était un rêveur.

Impossible en revanche de convaincre McDonagh, le réaliste, d'abandonner son pays avant que la révolution n'ait eu lieu. La rumeur voulait qu'il eût une épouse cachée dans la campagne et refusât de la laisser sur place ; Smith O'Brien avait proposé de lui trouver à elle aussi une place sur un bateau, mais Evans avait affirmé que ce n'étaient là que des racontars et qu'en fait, McDonagh préférait mourir en Irlande que vivre en Amérique. Et c'était bien ce que craignait Smith O'Brien. Un héros mort pouvait réveiller la passion de ses hommes et les inspirer au combat, comme Mitchel l'avait souligné si brutalement, mais Smith O'Brien savait qu'une telle perte conduirait plus probablement au découragement. McDonagh s'était montré un leader brillant, méritant largement les louanges dont il faisait l'objet. Les Irlandais l'estimaient invincible, et tant qu'il continuait à parcourir le pays en parlant de triomphe et en donnant l'exemple, ils continuaient à espérer la victoire. Ils le cachaient et le nourrissaient, l'aimaient et l'appelaient leur fils. En dépit de tous ceux qui se retournaient contre leurs propres amis et essayaient de récupérer la récompense promise pour sa capture, McDonagh était resté libre, et avait libéré d'autres que lui. Nul doute que Dieu était à son côté, disaient-ils ; et si McDonagh leur avait demandé d'aller à la nage attaquer l'Angleterre sur son propre terrain, ils auraient sauté à l'eau sans se poser de questions.

Smith O'Brien secoua la tête. Non, il ne pouvait pas se permettre de laisser mourir McDonagh. Les Anglais non plus, d'ailleurs, mais ils étaient désespérés et prêts à renoncer aux informations qu'il aurait pu leur donner pour éviter un combat. Smith O'Brien avait même entendu dire qu'ils avaient offert la liberté à McDonagh et O'Malley s'ils quittaient l'Irlande pour l'Amérique et leur donnaient le nom du traître anglais qui les aidait. C'était devenu un jeu mortel du chat et de la souris. Mitchel ne cessait de taquiner le gouvernement anglais ; Smith O'Brien, lui, essayait désespérément de gagner du temps avant d'en arriver au point de non-retour.

— Faites-le sortir discrètement du pays, suggéra Sean quand Smith O'Brien vint le chercher dans la cave. Sans l'envoyer trop loin. Pourquoi ne pas le cacher dans une des petites îles du Nord ? Ou chez des sympathisants en Ecosse ?

— Mais les gens ne risquent-ils pas de croire qu'il les a abandonnés ? demanda Smith O'Brien en se réchauffant les mains à la flamme de la bougie posée sur la table de travail de Sean.

— Il suffirait de le faire en secret. Dieu sait que ce ne sont pas les activités clandestines qui manquent dans ce pays, répondit Sean, les yeux brillants comme toujours. Laissez-le disparaître tout simplement, et quelques rumeurs habilement diffusées suffiront pour qu'on le croie en Irlande et bien vivant.

Smith O'Brien réfléchit sérieusement à cette proposition. Sean disait vrai : les rumeurs se propageaient dans le pays à une vitesse telle que personne ne savait jamais ce qui était vrai ou faux.

— Si je me charge de réveiller nos hommes en Amérique et de trouver des armes et de l'argent, et si de son côté Morgan est suffisamment près d'ici pour être contacté et rappelé rapidement, ne pourrions-nous pas être prêts à lancer une offensive au printemps ?

— Croyez-vous que nous puissions attendre jusqu'à cette date ?

Le mois de mars semblait à des années-lumière.

— Oui, affirma Sean. L'Angleterre ne va pas envoyer davantage de soldats en Irlande alors que la France l'asticote. Ne sentez-vous pas le changement dans toute l'Europe ?

Il avait passé de longues journées dans la cave à lire des journaux reçus de tout le continent, et sa voix se faisait de plus en plus vibrante à mesure qu'il abordait son sujet de prédilection.

— Vienne va se soulever et se débarrasser de Metternich, et la Sicile fait pression sur son roi pour obtenir une nouvelle Constitution. Cette agitation rend les Britanniques nerveux, d'autant que notre Fergus O'Connor agite les chartistes là-bas, en Angleterre même. Il y a des millions de gens qui se reconnaissent dans ses revendications, et tous menacent de faire la révolution !

Ravi, il se frotta les mains l'une contre l'autre.

— Ah, Willy, quelle chance nous avons de vivre une telle époque !

Smith O'Brien fronça les sourcils.

— Enfin, vous voyez ce que je veux dire, corrigea Sean avec un sourire penaud. Les grands changements ne peuvent se produire sans sacrifices équivalents, et en Irlande, le prix a déjà été payé.

— Ne pensez-vous pas que le mécontentement risque d'inciter les Anglais à se montrer plus durs encore envers nous ? Une révolution en Irlande les embarrasserait énormément, et ne manquerait pas d'avoir des conséquences jusque chez eux.

Smith O'Brien secoua la tête.

— La marmite bout, cela ne fait aucun doute ; la question est : combien de temps pourrons-nous tenir le couvercle ?

— Assez longtemps, affirma Sean. Laissez Mitchel continuer à grogner dans son journal, et nous serons prêts à nous soulever avant l'été.

Il porta la main à ses reins et se massa doucement pour essayer de dénouer ses muscles endoloris. Une grimace de douleur déforma fugitivement ses traits.

— Ramenez Morgan à Dublin à la fin du mois d'avril, et sa réapparition après tant de mois de rumeurs les rendra tous fous.

— Pourra-t-on le persuader de se faire discret d'ici là ?

— Il n'est pas complètement déraisonnable, vous savez, observa Sean avec un sourire. Têtu, sans aucun doute, mais pas fou. Je crois qu'il se laissera convaincre. Après tout, cela fait des années qu'il n'a pas dormi dans un vrai lit, pris un repas digne de ce nom et partagé la couche d'une jolie femme.

— On dit qu'il s'est marié.

Smith O'Brien observa avec attention le visage de son interlocuteur.

— Etes-vous au courant de quelque chose ?

Sean le regarda, sincèrement surpris.

— Il ne m'a pas dit un mot à ce sujet, et à ma connaissance, il n'a jamais aimé qu'une seule femme.

Il s'interrompit et réfléchit.

— Ce serait une sorte de miracle, si c'était vrai, mais... mais je ne sais pas.

— Si c'était vrai, répéta Smith O'Brien, prudent, s'agirait-il d'une personne assez forte pour l'influencer?

Sean frotta son épaule douloureuse.

— Oh oui, dit-il en riant. Elle est assez forte pour prendre un fusil et mener elle-même les hommes au combat.

— Où pourrais-je la trouver?

Sean hésita.

— Avez-vous posé des questions à Evans à ce sujet?

— Il dit que McDonagh est marié à sa lutte, point final.

— Il se peut que je me trompe, dit Sean. Ce ne serait pas la première fois.

Smith O'Brien ignora cette remarque.

— On dit qu'il porte une bague.

Sean réfléchit de nouveau.

— S'il garde la chose secrète, c'est qu'il a une bonne raison de le faire. (Il se mordit la lèvre.) Qu'attendez-vous d'elle, exactement?

— Uniquement une lettre, dit Smith d'un ton convaincant. Que lui seul lira. Une lettre le persuadant de rester caché pour l'instant. Accepterait-elle de l'écrire?

— Oui, acquiesça Sean. Mais elle cherchera le

piège. Il faudra lui envoyer Evans en personne pour la rassurer. C'est le seul en qui elle aura confiance.

— Il la connaît?

Smith O'Brien écarquilla les yeux d'un air exaspéré.

— Assez bien, oui, et il sait où elle habite.

— Il aurait pu me faire gagner un temps précieux, grommela-t-il. Il faut que je le retrouve.

Sean lui jeta un regard amusé.

— Tout arrive en temps et en heure, dit-il. Pourrez-vous demander à Evans de lui remettre aussi un message de ma part?

Smith O'Brien passa une main perplexe sur les favoris qui encadraient son visage.

— Un message de vous?

— Oui. Qu'il lui dise seulement que son frère lui envoie son amour éternel!

Il éclata de rire devant l'expression abasourdie de son interlocuteur.

— Oh, bon Dieu! jura Smith O'Brien en faisant mine de lui envoyer un livre à la tête.

Et c'est ainsi qu'avec cet étrange mélange de soulagement et d'irritation qui semblait être son lot permanent depuis quelque temps, Smith O'Brien confia à lord Evans une dernière mission : obtenir une lettre d'une épouse inconnue dans un lieu inconnu et l'apporter à McDonagh, où qu'il fût, afin de le convaincre de se rendre dans un autre endroit inconnu.

Il sourit faiblement et pria pour qu'O'Malley fût une fois encore tombé juste. Sa plus grande peur était que McDonagh fût capturé et emprisonné avant qu'ils eussent eu le temps de le mettre en lieu sûr. Toute communication serait rompue ; il n'y aurait aucun moyen de le faire évader. Et Dieu savait que lord Evans ne pourrait guère aller plus loin, même s'il eût sans hésiter tranché la gorge à quiconque aurait osé suggérer qu'il était au bout du rouleau. Il suffisait de voir son visage cireux, ses yeux jaunes et ses lèvres pâles, ses mains tremblantes et sa fatigue évidente pour savoir qu'il ne survivrait pas longtemps à moins de se mettre au lit et de se faire soigner.

— Par tous les démons de l'enfer ! murmura Smith O'Brien en passant sa main dans ses cheveux. Les meilleurs hommes d'Irlande, et regardez-les ! L'un d'eux va mourir d'épuisement d'un jour à l'autre, le deuxième est infirme et tousse comme une petite vieille, et le troisième ne peut pas montrer son visage plus d'une minute sans que quelqu'un le prenne pour cible !

Il se servit un grand verre de whiskey et sentit avec bonheur l'alcool brûlant descendre dans son estomac. Et là, tout à coup, il eut une idée. Il espérait que la lettre de son épouse bien-aimée suffirait à convaincre McDonagh de partir, mais dans le doute il enverrait également Meagher le trouver. Si un homme était capable d'en faire ployer un autre à force de rhétorique, c'était bien Meagher. Ils emmèneraient McDonagh aux îles d'Aran et le cacheraient jusqu'à ce que le moment soit venu d'agir. Sean partirait pour l'Amérique par le prochain bateau : son voyage était payé et le capitaine avait reçu de l'argent sous le manteau pour le nourrir et l'abreuver jusqu'à l'arrivée. Il aurait de l'argent en poche et une liste de sympathisants qu'il contacterait à son arrivée et qui s'occuperaient de lui à New York. Lui aussi avait le don de s'exprimer avec passion, et un mois ou deux passés à discuter dans les pubs lui permettraient de réunir bon nombre de jeunes gens vigoureux prêts à revenir revendiquer leur terre. Evans serait envoyé dans le sud de la France sous prétexte de contacter des révolutionnaires locaux. O'Malley avait raison de dire que l'Europe entière était sur le point de s'insurger ; on racontait à l'étranger que Louis-Philippe s'apprêtait à fuir et que Lamartine, le poète, était en passe de devenir ministre des Affaires étrangères. Si les Français se révoltaient bel et bien et que leur roi se réfugiait en Angleterre, cela donnerait un coup de pouce à la lutte irlandaise. Avec un peu de chance, l'Angleterre serait alors trop divisée pour garder l'île sous sa coupe. De plus, en France, Evans pourrait recevoir des soins de qualité, ce qui lui permettrait de revenir au printemps en meilleure santé pour recueillir les fruits de son long labeur.

— Voilà, grommela Smith O'Brien.

Il se leva et s'étira. S'approchant de la fenêtre, il regarda la rue jonchée d'immondices en contrebas. Le soleil se levait sur une autre journée de misère, et déjà ceux qui avaient survécu à la nuit commençaient à sortir de leurs tanières. Il les regarda, ces futurs soldats, tandis que les mots de Fintan Lalor résonnaient dans sa tête :

« ... Ôtez la muselière du chien-loup. Il y en a un qui sommeille actuellement dans chaque maison du pays, affamé et ivre de colère, et avec le temps il ne fera que devenir de plus en plus furieux. »

— Les maisons sont vides à présent, Fintan, murmura Smith O'Brien dans l'air frais du matin. Et les loups sont dans la ville.

29

Les O'Malley survécurent à la fièvre, non sans pertes : Thomas était mort et enterré dans la vallée à côté de la mère de Grace. Aghna s'y rendait chaque jour ; elle s'asseyait à terre en psalmodiant des mots sans suite et en se balançant d'avant en arrière, incapable de se remettre de son chagrin.

— Notre Aghna est partie, disait Grandma aux voyageurs qui s'arrêtaient pour mendier un peu de nourriture ou un toit pour la nuit.

— Oui-da, partie, répétaient-ils en hochant la tête d'un air entendu, car ils en avaient vu bien d'autres « partir » en ces temps troublés.

Incapable de ramener son fils à la vie ou sa femme à la raison, Ryan mettait à profit l'énergie de son désespoir pour chercher de la nourriture. Il n'était pas le seul dans les bois ou les collines, et ne rencontrait que trop souvent des arbres privés de leurs fruits ou des buissons dont toutes les baies avaient été cueillies. Mais avec rage, il se jetait au milieu des fourrés épineux jusqu'à ce que, éraflé et sanglant, il pût cueillir ce que nul autre n'avait réussi à atteindre ; avec acharnement, il montait jusqu'au sommet des arbres et redescendait avec de petites pommes à tarte ou des prunes vertes ; avec fureur, il traversait les courants d'eau glacée jusqu'à des bassins plus calmes où il demeurait immobile pendant des heures pour attraper une anguille. Il tuait des oiseaux au lance-pierre, attrapait des écureuils à mains nues, mettait en pièces des souches pourrissantes pour récolter des escargots et des larves. Toute la journée, il cherchait sans relâche jusqu'à avoir récolté de quoi fournir un repas à sa famille, et jusqu'à être assez fatigué pour s'endormir le soir au côté de sa femme insomniaque et agitée.

Grandma avait souffert de la fièvre elle aussi, mais à l'instar de Mary Kathleen elle avait survécu. La fillette partageait sa paillasse, installée dans la pièce principale, et la vieille dame passait de longues heures à lui raconter à voix basse d'anciennes histoires en gaélique. Elle lui avait confectionné une poupée de chiffon, que l'enfant avait appelée Fleur.

Grandma donnait la nourriture que Ryan rapportait à la maison à Mary Kathleen, y compris bien souvent sa propre part. Voir les joues de son arrière-petite-fille reprendre des couleurs la remplissait de joie, et elle se réjouissait que ses côtes soient de moins en moins apparentes. Quoique serviable et observatrice, Mary Kathleen était une enfant triste. Aucune étincelle ne brillait dans ses yeux ; elle parlait rarement et semblait toujours peser ses mots. En revanche, elle écoutait avec intensité ce que disaient les adultes en hochant la tête, comme si elle comprenait ce qu'aucun enfant de deux ans et demi n'aurait dû comprendre.

Le moment était venu pour elle de vivre, et pour

Grandma de mourir. Chaque matin, la vieille dame se réveillait et fronçait les sourcils en réalisant qu'elle était toujours là, dans la petite maison. Bien qu'elle eût hâte de se retrouver au paradis, elle n'était pas malheureuse, et considérait chaque heure précieuse passée en compagnie de sa famille bien-aimée comme un cadeau du Seigneur. Il ne servait à rien de parler de tout cela aux autres ; ils savaient, et dans leurs yeux elle devinait que leur deuil avait déjà commencé. Elle passait le plus clair de son temps allongée dans son lit entourée des plus jeunes, et regardait avec un plaisir non dissimulé Mary Kathleen recouvrer ses forces et marcher de nouveau, en s'accrochant aux jupes de sa mère pour garder son équilibre. Elle-même ne bougeait presque plus, à part pour s'asseoir sur le seau placé près d'elle ou pour redresser la tête afin d'apercevoir un petit morceau de ciel par la fenêtre ; mais en esprit, elle arpentait les collines et les vallées de son enfance et rendait visite à ceux qu'elle avait aimés, et dans ces moments-là elle était la plus heureuse des femmes.

Patrick souffrait de voir sa belle-mère s'éteindre ainsi à petit feu, et il voyait en rêve sa chère Kathleen lui reprocher de ne pas alléger davantage les souffrances de Grandma. Mais il ne pouvait pas la forcer à manger quand, dans son cœur, il savait qu'elle avait raison : c'était aux plus jeunes de reprendre des forces. Il avait mis de côté quelques pommes de terre germées en dépit de la faim et de la peur de la mort qui les rongeaient tous et il les avait plantées au printemps. Maintenant, les champs derrière la maison étaient verts et luxuriants, et la floraison promettait une récolte abondante. Il passait ses journées, comme les autres paysans, à examiner d'un œil perçant les pousses aux feuilles luisantes. Jour après jour, il observait le ciel, mesurait les précipitations, grattait la terre à la recherche d'insectes indésirables, vérifiait que les feuilles ne présentaient aucune trace de mildiou. Toute bestiole, toute imperfection engendraient la panique, et Grace voyait son père prendre un an à chaque découverte inquiétante. Il parvenait cependant à maîtriser son angoisse et à laisser les tubercules en place, résistant à la tentation de les déterrer trop tôt. Dans d'autres champs, le maïs poussait bien, mais les fermiers n'osaient pas en consommer eux-mêmes de peur de ne plus rien avoir à vendre en Angleterre et de ne pouvoir payer leurs loyers. Patrick recevait de temps en temps un journal distribué par des fonctionnaires du gouvernement qui passaient dans l'allée et les nouvelles étaient optimistes ; mais il savait, comme tous ceux qui suivaient de près l'évolution de l'agriculture irlandaise, que les récoltes seraient maigres, et qu'une fois encore il n'y aurait pas assez de nourriture pour tout le monde cette année-là.

Patrick serait obligé de ramasser ses pommes de terre et de les cacher pour ne pas susciter la convoitise des voleurs et des mendiants ; et malgré ces précautions, cela ne suffirait peut-être pas à nourrir sa famille pendant l'hiver. Cependant, il ne laissait pas son esprit se perdre en conjectures. Il n'avait qu'une obsession : procéder au ramassage et remplir enfin l'estomac de ses proches. Grandma ne passerait pas l'été, et il craignait qu'Aghna ne devienne violente, comme tant d'autres qui s'étaient, comme elle, abandonnés à leur chagrin. Elle avait des moments de lucidité, mais alors elle suppliait Ryan de l'emmener loin de cet endroit qu'elle abhorrait et accusait d'avoir tué son fils. Patrick lisait la souffrance sur le visage de Ryan et craignait que son fils ne cède avant la récolte, tant il se sentait coupable de la mort de Thomas et de la souffrance d'Aghna.

Sa chère Mary Kathleen avait survécu, Dieu merci, et devenait chaque jour plus forte. Son joli minois, le matin, donnait à Patrick le courage de se lever et de continuer. Mais de tous, c'était Grace qui l'inquiétait le plus ; Grace et le secret qu'elle portait. Il avait attendu qu'elle vienne à lui, mais elle ne l'avait pas fait ; aussi se contentait-il de la regarder manger en s'assurant qu'elle ait un peu plus que sa part, qu'elle se repose et ne travaille pas trop dur. Si elle pouvait tenir le coup encore une semaine, songeait-il, elle aurait assez de nourriture pour deux.

Grace, qui n'avait pas conscience du regard attentif de son père, passait ses longues journées à s'occuper de Grandma, de Mary Kathleen et d'Aghna, qui était redevenue comme une petite fille, tantôt muette et impuissante, tantôt en proie à une rage infantile. Grace employait au mieux la nourriture que rapportait Ryan afin de confectionner un repas pour le soir, et mangeait sans protester les suppléments que lui glissait son père. Durant les chauds après-midi de la fin du printemps, alors que Grandma, Mary Kathleen et Aghna faisaient la sieste dans la maisonnette, que Patrick était assis sur son banc devant la porte et que Ryan était parti depuis longtemps dans les collines, elle arpentait nerveusement l'allée en malmenant son alliance et en observant le ciel, comme s'il pouvait lui apporter les nouvelles qu'elle attendait. Il n'y avait pas de voisins pour calmer ses inquiétudes, pas de femmes susceptibles de l'aider le terme venu. La maison de Katty O'Dugan était vide ; sa famille avait baissé les bras et émigré l'année précédente. Bully Ryan, engagé pour participer aux travaux publics, était mort d'avoir marché jour après jour des kilomètres dans le froid avec sa poitrine fragile, et Julia avait emmené ses enfants à l'asile de pauvres de Cork où, selon toute vraisemblance, ils étaient morts. Les Kelley étaient partis et la boisson avait fini par avoir raison du vieux Campbell Hawes, dont la veuve et les enfants avaient été expulsés par Ceallachan pour ne pas avoir payé leur loyer. Elle avait refusé le refuge que lui offraient les O'Malley et s'était rendue, à pied, pour retrouver son frère. Dans le comté de Kerry, deux familles vivaient encore au bout de l'allée, près de la grand-route : M. Neeson et ses deux fils et Shane O'Daly qui, à quinze ans, avait fini par épouser Niamh, elle-même encore toute jeune et pourtant sur le point de donner naissance à leur premier enfant. Shane et Niamh étaient les seuls survivants de leurs familles respectives, et c'était une bénédiction qu'ils se soient trouvés. Ils avaient joint leurs forces à celles des Neeson pour planter des pommes de terre sur un terrain derrière la maison des O'Daly, et maintenant que l'heure de la récolte approchait Paddy et Shane se relayaient pour surveiller les champs. Dix personnes : voilà tout ce qu'il restait d'une allée autrefois grouillante de monde. Grace apercevait souvent du coin de l'œil des esprits errant entre les arbres ou s'élevant de la colline, et elle entendait, dans l'obscurité de maisonnettes depuis longtemps abandonnées, monter la plainte mélodieuse des chants d'autrefois. Elle avait l'impression de vivre au milieu des morts et non des vivants, mais elle n'avait pas peur. Ce n'était que la tristesse de son peuple qui demeurait sur terre ; les âmes, elles, étaient au paradis.

Le soir, las de leurs propres cogitations, les membres de la famille se réunissaient près de la paillasse de Grandma pour boire un peu d'eau et manger ce que Ryan avait trouvé ce jour-là. Ils bavardaient, et chacun tirait du réconfort de la présence des autres. Enfin, le moment venu, ils s'allongeaient et sombraient dans le sommeil, s'échappant vers un monde où les champs étaient d'or et les assiettes toujours bien garnies.

Un matin à la fin du mois d'août, Patrick quitta son poste au bord de son champ pour suivre un mouvement dans l'herbe et revint une heure plus tard avec un animal dépecé, un lapin, disait-il. Grace savait parfaitement qu'il s'agissait d'un chat émacié, mais elle le rôtit et mangea sa part avec reconnaissance, savourant le goût si rare de la viande dans sa bouche. On pouvait encore trouver de la farine de maïs à Macroom, mais le voyage était risqué et, après avoir survécu à la fièvre au printemps, aucun d'entre eux ne souhaitait s'y rendre. Seule Aghna parlait de partir, quand elle parlait, mais c'était à Galway qu'elle rêvait d'aller.

— Sait-elle seulement ce qu'elle raconte ? demanda Patrick avec irritation un jour qu'elle avait déliré sur le sujet près d'une demi-heure.

576

Grace se leva et conduisit sa belle-sœur à l'extérieur. Elles s'assirent sur le banc. Aghna continuait à affirmer que le seul espoir pour eux était de devenir pêcheurs d'hommes et d'aller au bord de la mer à Galway.

— Dieu soit loué, grommela Patrick lorsqu'elles eurent quitté la pièce.

— Je ne te laisserai pas dire du mal d'elle, Pa, le prévint Ryan. N'est-elle pas toujours ma femme ? Et ne l'aimé-je pas tendrement ?

— *Musha*, mon garçon, elle me brise le cœur, répondit Patrick. Si seulement nous pouvions ramener le petit à la vie et lui rendre la raison ! Hélas, c'est impossible.

Ryan se leva et se mit à faire les cent pas devant la porte ouverte.

— Je ne sais pas ce qui était pire, ce terrible silence pendant des mois ou ces paroles incessantes depuis quelque temps.

— Peut-être tombera-t-elle enceinte de nouveau et cela l'empêchera-t-il de tout le temps songer à s'en aller, suggéra Patrick, un doigt posé sur le tuyau de sa pipe.

Ryan ne dit rien, mais son expression n'échappa pas à Grandma.

— Qu'y a-t-il ? demanda-t-elle d'une voix faible.

— Je ne crois pas qu'elle puisse avoir d'autre enfant, dit-il, le regard fixé sur la porte. Son corps ne fonctionne pas comme il devrait...

— A-t-elle les saignements mensuels ?

Ryan secoua la tête, écarlate.

— Un petit peu. Parfois. C'est Grace qui s'occupe d'elle pour ces choses-là.

— Est-ce qu'elle souffre ?

— Tout le temps, acquiesça-t-il, heureux de pouvoir en parler. Elle dit que c'est tout au fond, là où les enfants sont supposés commencer, ajouta-t-il.

Grandma serra les lèvres et le regarda avec tristesse.

— Cela arrive dans les moments difficiles, dit-elle. Le corps sait qu'il n'a pas assez de nourriture pour deux et se débarrasse du plus faible avant qu'il ne se développe vraiment.

Il secoua la tête.

— Ce n'est pas ça, dit-il. Elle se referme sur elle-même et ne me laisse pas l'approcher, même pour la réconforter ! Oh, Grandma, que dois-je faire, pour l'amour de Dieu ?

Elle lui fit signe de venir s'asseoir sur le bord de sa paillasse et prit sa main entre les siennes.

— Quand une femme s'en va comme ton Aghna, c'est qu'elle ne peut plus supporter le monde. Sa douleur est telle que sa tête voyage au milieu des esprits alors que son corps demeure sur terre. Elle est avec nous sans l'être vraiment. Nous ne pouvons qu'attendre. Et prier.

— J'ai peur pour elle, Grandma, dit-il avec douceur. Parfois, je vois sur son visage qu'elle sait où elle est, mais ce qu'elle dit n'a pas de sens. Cette idée fixe de partir dans l'Ouest... Et si elle s'en va toute seule un beau matin sans que j'en sache rien ?

— Qu'y a-t-il, dans l'Ouest ? Te l'a-t-elle dit ?

— Je sais que ça peut paraître idiot, mais elle affirme que les jésuites de Galway ont préparé un

havre de paix pour les Claddagh[1] catholiques prati-
quants.

Grandma ouvrit de grands yeux.

— Oui, confirma Ryan, je sais. Elle confond les
jésuites de Galway avec Jésus et les pêcheurs de Gali-
lée.

— Il n'y a pas de jésuites à Galway, mon garçon,
seulement des pêcheurs, et ils ne laisseraient pas
Jésus Lui-Même entrer chez eux sans avoir au préalable reçu la preuve qu'il était bien né parmi eux.

Ryan prit une profonde inspiration.

— Elle pense que sa place est là-bas parce qu'une
vieille connaissance de sa mère était de Claddagh.

— Sa mère lui a-t-elle transmis l'anneau d'or[2], et
le porte-t-elle?

Ryan fit non de la tête.

— Parle-t-elle la langue des Claddagh?

Il ne répondit pas.

— Dans ce cas, ils ne voudront pas avoir affaire
à elle, et tu le sais. Elle ne sera pour eux qu'une
transplantée de plus.

— Elle est persuadée que là-bas, des miracles se
produisent tous les jours, que l'eau s'y transforme
en vin, que de la manne tombe du ciel, qu'un
panier toujours plein offre à tous du poisson et du

1. Habitants du village de pêcheurs du même nom. *(N.d.T.)*
2. La bague de Claddagh, représentant un cœur couronné tenu
par deux mains, était traditionnellement portée par les femmes du
village en signe d'appartenance à la communauté. Les célibataires
dirigeaient le cœur vers la pointe de leur doigt, les femmes mariées
vers le dessus de leur main, indiquant ainsi qu'elles n'étaient plus
libres. *(N.d.T.)*

pain… Elle dit qu'elle doit y aller avant qu'il n'y ait plus de place !

Patrick s'éclaircit la gorge.

— Même si vous trouviez là-bas de la famille prête à vous accueillir, tout le monde dit qu'il ne fait pas bon vivre dans l'Ouest, maintenant qu'il n'y a plus d'algues sur les rives et que les coquillages ont tous disparu. On ne peut plus pêcher parce que les bateaux et les filets ont été vendus pour acheter de la nourriture. Les gens mangent du sable uniquement pour avoir la sensation d'un estomac plein.

— Je sais, je sais.

Ryan se prit la tête entre les mains.

— C'est de la folie d'y penser.

— Dans cinq jours, nous récolterons les pommes de terre, lui dit Patrick d'un ton rassurant. Quand elle aura quelque chose de solide à se mettre sous la dent, elle recouvrera ses esprits et son corps se rétablira aussi. Tu ne dois pas te décourager, mon fils, ajouta-t-il avec douceur.

— Si je perdais mon courage, il ne me resterait plus rien, rétorqua Ryan en se levant et en se dirigeant vers la porte. Je vais aller passer un moment avec elle. Il faut que Grace se repose un peu. Dernièrement, elle m'a semblé bien fatiguée.

Lorsqu'il fut sorti, Patrick et Grandma échangèrent un regard. Patrick arqua un sourcil interrogateur. Grandma secoua la tête.

— Pas un mot, chuchota-t-elle.

Patrick ôta sa pipe de sa bouche et serra les mâchoires d'un air farouche.

— Il est temps que nous en parlions, déclara-t-il.

Elle ne peut pas porter cela toute seule plus longtemps.

Au même moment, Grace entra dans la pièce.

— Je ne sais pas quoi faire ! On dirait qu'Aghna habite déjà à Galway dans sa tête, dit-elle à voix basse pour que Ryan ne l'entende pas.

Elle sourit. Lentement, elle s'assit sur le fauteuil à bascule et jeta un coup d'œil à la paillasse de sa grand-mère.

— Mary Kathleen dort déjà ?

Grandma acquiesça de la tête et caressa doucement les cheveux clairs de la fillette.

— Je serai contente quand arrivera la fête de Lug, observa Grace.

Elle ferma les yeux et appuya la tête au dossier du fauteuil.

Grandma et Patrick échangèrent de nouveau un regard.

— Oui da, dit Patrick. Si tout se passe bien, ce sera un bon présage pour la naissance de ce petit que tu as mis en route.

Les yeux de Grace s'ouvrirent d'un coup et elle se redressa vivement sous l'effet de la surprise. Incapable de parler, elle regarda tour à tour son père et sa grand-mère.

Patrick eut un petit rire et même Grandma esquissa l'ombre d'un sourire devant la mine abasourdie de la jeune femme.

— Nous crois-tu idiots, ma fille ? demanda Patrick. N'avons-nous pas vu assez de femmes enceintes dans notre vie pour savoir à quoi cela ressemble ?

— Je n'ai rien dit car j'avais peur de le perdre,

avoua-t-elle d'une voix douce. Hélas, j'en ai perdu d'autres qui étaient bien mieux nourris que celui-ci...

— Certes, mais cette fois, c'est un enfant irlandais à cent pour cent que tu portes, un enfant qui saura se battre.

— Et qu'en sais-tu?

Grace était plus sidérée que jamais.

— Sache que ta grand-mère est une femme sage qui voit tout. Et qu'elle passe son temps à veiller sur toi. C'est elle qui m'a fait remarquer ton alliance.

Il regarda la vieille dame, les yeux brillants de malice.

— Et ne ressemble-t-elle pas à s'y méprendre à celle qu'a portée Mary McDonagh pendant toutes ces années, la pauvre, morte et enterrée aujourd'hui?

Grace ne put s'empêcher de rire. Cependant, elle recouvra rapidement son sérieux.

— Vous ne devez pas en parler, dit-elle très vite. Pas même à Ryan.

Patrick fronça les sourcils.

— Ne t'avons-nous pas prouvé que nous pouvions garder un secret, ma fille? Nous connaissons tous les problèmes de ton mari.

Le cœur de Grace se serra et elle hocha faiblement la tête.

— Peux-tu nous dire quoi que ce soit à propos de ton frère? s'enquit Patrick.

— Non, répondit-elle. Morgan n'a pas voulu m'en parler, mais je crois qu'ils sont ensemble. Ils ont un homme de confiance qui s'occupe d'eux, et je suis sûre qu'ils ne tarderont pas à quitter l'Irlande.

— Morgan ne partira jamais.

Patrick ôta sa pipe de sa bouche et la vida machinalement avant de la remettre dans la poche de sa chemise.

— Il doit s'en aller, Pa, répondit Grace, assise sur le bord du rocking-chair.

— Et Sean? intervint Grandma d'une voix douce.

— Il doit prendre un bateau pour les Etats-Unis, si ce n'est déjà fait. Morgan le suivra dès que possible.

Patrick se leva et traversa la pièce pour poser une main sur la tête de sa petite-fille.

— Ainsi, il ne la verra pas grandir, soupira-t-il.

Grace regarda le visage buriné de son père, ses cheveux blancs qui tombaient en désordre sur son front.

— Nous ne vous quitterons pas, Grandma et toi, Pa. Quand Morgan sera arrivé là-bas et installé, il nous préviendra et nous partirons tous ensemble. Ryan et Aghna aussi.

Patrick secoua la tête.

— Ta grand-mère et moi sommes trop vieux pour aller vivre dans un autre monde, dit-il. Et ton frère et sa femme doivent se débrouiller tous les deux, sans compter sur personne.

— Eh bien moi, je ne partirai pas sans ma famille, point final, rétorqua Grace avec fermeté, luttant contre les larmes qui lui montaient aux yeux.

Patrick s'approcha du rocking-chair. Lui qui d'ordinaire avait trop de pudeur pour témoigner

583

ouvertement son affection à sa fille la prit dans ses bras et la serra contre lui.

— Tu es une jeune femme formidable, Gracelin O'Malley. Tu sais te battre, comme ton mari et tes ancêtres avant lui.

Elle ferma les yeux et posa sa tête contre son épaule.

— Nous sommes ton *ancienne* famille, poursuivit-il avec douceur. Maintenant, ta famille, c'est cette superbe enfant allongée là, le petit bébé qui grandit en toi et ton mari, un homme remarquable. (Il recula un peu pour lui sourire.) Ton chez-toi, ce n'est pas cette maison ; ton chez-toi, c'est l'Irlande tout entière. Et il en ira ainsi tant qu'il y aura des gens comme McDonagh et toi prêts à lutter pour elle. Et comme ton frère, le révolutionnaire, naturellement, ajouta-t-il en riant.

— Et comme toi, Pa, dit-elle avec douceur.

— Ils reviennent.

Il désigna la porte du menton. Aghna s'appuyait au bras de Ryan.

— Mais je veux que tu saches que je maudis le jour où tu as épousé ce Donnelly, que son âme pourrisse en enfer, et que je mourrai heureux si tu acceptes de me pardonner mon aveuglement.

— Ne dis jamais une chose pareille, Pa, l'admonesta-t-elle. Je remercie Dieu qu'il ait été mon mari.

Patrick lui lança un regard noir.

— Sans cela, précisa-t-elle, jamais je n'aurais eu Mary Kathleen, et n'est-elle pas le soleil de ma vie ?

— Que Dieu te bénisse, mon enfant, murmura Patrick, radouci. Et que Dieu bénisse ton mariage avec McDonagh, car c'est lui que tu aurais dû épouser depuis le début.

Grace l'embrassa sur la joue, puis elle s'éloigna légèrement de lui comme son frère et sa belle-sœur entraient dans la pièce. Aghna, fatiguée à présent, était silencieuse, et Ryan avait le visage marqué par l'inquiétude et l'épuisement. Et cependant, songea Grace avec une pointe d'envie, ils étaient ensemble, ils pouvaient se toucher, se regarder et puiser un peu de courage dans la présence de l'autre. Elle posa une main sur son ventre et, à cet instant, sentit pour la première fois son enfant bouger en elle. Aussitôt, elle chassa toutes ses pensées négatives. Il ne fallait pas qu'elle perde ce bébé ; cela seul importait.

Septembre succéda à un mois d'août particulièrement ensoleillé. Les pommes de terre étaient sorties sans taches ni imperfections, et après en avoir mangé tout leur saoul ils les avaient stockées dans la réserve. Grace avait payé le loyer et, avec le peu d'argent qui lui restait, elle avait marchandé et obtenu trois poules et un coq, que Shane O'Daly avait rapportés de Macroom. La ville mourait de faim, raconta-t-il, bien que les greniers fussent pleins de grain, et les magasins de nourriture. Jamais les prix n'avaient été aussi bas, et Grace se réjouissait de l'avoine et de la mélasse qu'ils avaient désormais. Mais pour les autres ce n'était pas si facile ; il n'y avait pas de travail en Irlande et donc pas de salaire, et toute la nourriture du monde n'empêchait pas de mourir de faim lorsque l'on n'avait pas de quoi l'acheter. Les soupes populaires avaient fermé et l'on ne distribuait plus de repas gratuits, et l'Angleterre se réjouissait de ne plus avoir à subventionner l'Irlande.

Ryan et Aghna avaient fini par partir pour Galway, en dépit des protestations de Patrick. Ils avaient mangé pendant une semaine, et Aghna avait commencé à reprendre des forces, si bien qu'elle s'était montrée plus déterminée que jamais à quitter le comté de Cork. Ryan ne voyait pas de raison d'attendre plus longtemps ; il espérait que grâce à la nourriture et à la compagnie de sa famille et des prêtres qu'elle aimait tant, sa femme recouvrerait enfin la santé.

Le jour de leur départ, Patrick les avait accompagnés jusqu'à l'extrémité de l'allée et avait insisté pour qu'ils emportent un sac de pommes de terre et de grain ; puis, à leur grande surprise, il les avait embrassés tous les deux. Un long moment, il avait serré son fils aîné dans ses bras et il avait regardé son visage. Ryan, ému par l'adieu de son père, avait promis avec ferveur qu'ils se reverraient, qu'ils lui enverraient des nouvelles de Galway dès qu'ils seraient installés.

Grace avait embrassé son frère et sa belle-sœur, puis elle était restée debout au milieu de l'allée avec Patrick jusqu'à ce qu'ils eussent disparu à l'horizon.

— Ils reviendront forts et en pleine forme, avait-elle affirmé.

— Non, avait répondu Patrick, le regard perdu dans le vide. Nous ne les reverrons plus.

Les jours passaient et Grace attendait. Elle allait à la porte chaque fois qu'elle entendait un bruit à l'extérieur, espérant toujours avoir des nouvelles de Sean ou de Morgan mais elle n'en recevait aucune. Elle avait fait l'inventaire de leurs réserves : ils avaient assez à manger pour tenir tout l'automne, s'ils faisaient bien attention et se rationnaient à chaque repas. Ils ne parlaient pas de ce qui se passerait lorsque le stock de pommes de terre serait épuisé. Ils n'avaient plus d'argent, et l'échéance du loyer approchait.

Grandma avait complètement cessé de s'alimenter et se contentait de boire un peu d'eau. Elle était si faible à présent qu'elle pouvait à peine soulever la tête de son oreiller ; ses bras et ses doigts n'étaient plus que des os. Mary Kathleen semblait comprendre qu'elle s'en allait, et elle passait des heures entières à côté de son lit à lui chanter des chansons irlandaises de sa voix claire et haut perchée. La nuit, elle insistait pour dormir avec son arrière-grand-mère et ce fut elle qui éveilla Grace un matin à l'aube pour lui dire que les anges étaient venus et qu'ils attendaient au pied du lit.

Grace se hâta de venir et la mère et la fille s'allongèrent près de la vieille femme qu'elles aimaient, une de chaque côté. Elles enveloppèrent son corps frêle de leurs bras et écoutèrent son souffle qui devenait de plus en plus ténu. Grace plaça sa bouche contre l'oreille de Grandma et lui murmura quelques derniers mots d'amour et de tendresse. Grandma était immobile, les yeux fixés au plafond ; ses lèvres tremblaient dans son effort pour parler. Enfin, une larme unique coula de son œil et courut sur sa joue, où elle fut recueillie par la lèvre de Grace. La jeune femme l'embrassa les yeux fermés pour lutter contre sa peine ; Grandma prit une dernière inspiration et s'endormit à jamais. Au même moment, le soleil se leva.

Une heure plus tard, Grace éveilla Patrick et ensemble ils creusèrent une tombe entre celles de Thomas et de Kathleen. Patrick abattit une partie de l'ancienne étable des moutons pour confectionner un cercueil grossier dans lequel ils allongèrent Grandma avant de la mettre en terre. Mary Kathleen, Fleur serrée contre elle, les regarda reboucher le trou et lire des versets de la Bible. Quand Patrick referma le grand livre et le plaça sous son bras, Mary Kathleen arracha quelques fleurs sauvages qu'elle lança sur le monticule de terre fraîche avant d'enfouir son visage dans le tablier de Grace.

Patrick tapota doucement l'épaule de la fillette.

— Voilà, voilà, dit-il d'un ton apaisant. C'est vrai, elle va nous manquer, mais elle est auprès du Seigneur maintenant et heureuse comme un agneau dans une prairie printanière.

A travers ses larmes, Mary Kathleen regarda son grand-père.

— Et toi, continua-t-il à l'adresse de Grace cette fois, n'as-tu pas enterré deux mères ?

Elle hocha la tête, la bouche tremblante.

Il lui souleva le menton et essuya du doigt les larmes qui coulaient sur ses joues.

— Je vois leurs deux visages dans le tien. Ne sont-elles pas toutes les deux debout en cet instant même aux portes du paradis, et ne te regardent-elles pas avec fierté, toi, la mère qu'elles ont élevée ? (Il se tut, puis ajouta :) N'oublie jamais les femmes courageuses dont tu es issue, ma fille. Mary

Kathleen et toi, vous êtes leur descendance, et c'est important.

Grace essaya de répondre, mais n'y parvint pas ; elle tenta de sourire, mais ses lèvres ne purent que trembler. Patrick posa son bras sur ses épaules, puis il prit fermement sa main. Mary Kathleen glissa sa menotte dans l'autre, et ensemble, ils descendirent la colline.

30

La maison était terriblement silencieuse à présent que Ryan, Aghna et Grandma n'étaient plus là. Grace essayait de combler le silence avec des chansons et des bavardages, mais elle obtenait rarement de réponse de la part de sa fille et de son père. Patrick passait ses journées assis au bord du champ de pommes de terre vide ou à faire l'inventaire de leurs réserves ; Mary Kathleen jouait calmement sur la paillasse de Grandma, qu'elle s'était appropriée. C'était une enfant trop triste, qui ne parlait que rarement, le cœur lourd de désespoir et de souvenirs douloureux. Grace ne parvenait même pas à lui faire chanter les chansons que Grandma lui avait enseignées ou dire ses prières à voix haute ; elle cherchait en vain quelque chose qui pût redonner espoir à la fillette. Un soir, comme elles étaient couchées côte à côte dans le lit, Grace posa la main de Mary Kathleen sur son ventre.

— Tu sens ? demanda-t-elle.

La fillette ouvrit de grands yeux.

— C'est un bébé qui grandit dans mon ventre, expliqua Grace. Ton petit frère ou ta petite sœur.

— Il arrivera quand ? demanda l'enfant.

— Avant Noël, en décembre.

Les beaux yeux gris de Mary Kathleen s'assombrirent de nouveau.

— Et combien de temps vivra-t-il avec nous ? demanda-t-elle.

Grace prit sa petite main et l'embrassa.

— Pour toujours, dit-elle.

« Mon Dieu, faites que ce soit vrai », ajouta-t-elle silencieusement.

Mary Kathleen esquissa l'ombre d'un sourire et reposa sa main sur le ventre de sa mère ; et cette fois, elle s'endormit paisiblement.

Ils continuèrent ainsi, jour après jour. Les feuilles passèrent du vert au rouge, les hautes herbes au doré, jusqu'à ce que le dernier jour de septembre arrive enfin, et avec lui le premier feu de tourbe de la saison. Le soleil venait de se coucher lorsqu'ils entendirent les sabots d'un cheval qui descendait l'allée lentement ; l'animal s'arrêta devant chez eux et son cavalier mit pied à terre. Le cœur battant, Grace entrouvrit la porte et jeta un coup d'œil à l'extérieur. Quand elle reconnut leur visiteur, elle décocha un regard éloquent à son père, demeuré à l'intérieur.

— Ceallachan, dit-il sèchement. Qu'est-ce qui vous amène ici ce soir ?

L'agent avait visiblement souffert de la famine lui aussi ; autrefois corpulent, il avait beaucoup maigri et des cernes sombres soulignaient ses yeux. Ses mains étaient sales, ses ongles abîmés et noirs de terre, et sa barbe mal rasée semblait toute mitée.

— Voyez-vous, O'Malley, j'ai reçu une lettre de lord Donnelly en personne, déclara-t-il d'un air important en écartant Grace pour pénétrer dans la pièce. Et il m'a donné l'ordre de jeter tout le monde dehors. Il dit qu'il en a assez d'entretenir des fainéants et qu'il est temps de gagner de l'argent. C'est le blé qui rapporte. Le blé et le maïs.

Il glissa ses pouces dans les manches de son gilet graisseux avec une satisfaction visible.

Mary Kathleen se mit à trembler et Grace s'approcha d'elle.

— Cela n'a rien à voir avec nous, déclara-t-elle, sûre d'elle. Edward Donnelly m'a donné sa parole qu'on nous laisserait tranquille tant que nous paierions notre loyer.

— La lettre ne mentionne aucune promesse, déclara Ceallachan. Il n'y est fait aucune mention particulière des O'Malley.

— Auriez-vous oublié que je suis une Donnelly ?

— Non, madame, dit-il en souriant. Mais je crois qu'eux, si.

— Eh bien, vous vous trompez, Ceallachan.

Elle se redressa de toute sa hauteur et le toisa froidement.

— Et cela vous coûtera votre place.

Sous son regard, l'agent ne put dissimuler un léger malaise.

— Les ordres sont les ordres, rétorqua-t-il néanmoins. Tout le monde doit s'en aller, à commencer par les gens de cette allée.

— J'irai à Macroom dès demain envoyer une lettre à mon beau-père.

Ceallachan haussa les épaules.

— Cela ne vous avancera à rien. Ils sont tous partis passer l'hiver à l'étranger, et c'est le capitaine Wynne qui s'occupe de leurs affaires.

— Dans ce cas, j'irai le voir à l'aube.

— Impossible : voyez-vous, il est parti pour Dublin préparer le transport de criminels.

Ceallachan était de toute évidence ravi de son petit jeu du chat et de la souris.

— D'ailleurs, continua-t-il, l'un d'eux ne s'appelle-t-il pas lui aussi O'Malley ? Un pauvre infirme accusé de conspiration ?

Le cœur de Grace se serra douloureusement et elle regarda son père.

— Que sais-tu à ce sujet, Ceallachan ? demanda Patrick.

— Que seriez-vous prêt à me donner pour ce que je sais ? rétorqua l'agent du tac au tac.

— Peut-être pourrais-je te laisser en vie.

Patrick s'était avancé vivement et avait attrapé Ceallachan par le devant de sa chemise. Les pieds de l'agent ne touchaient plus terre.

— Par tous les diables, O'Malley, balbutia-t-il, vous n'avez vraiment aucun humour !

Patrick le secoua sans ménagement.

— Parle !

— Posez-moi d'abord, insista Ceallachan en essayant de desserrer l'étreinte de Patrick.

Ce dernier le laissa tomber à terre.

— Je ne sais absolument rien.

L'agent brossa son habit en s'efforçant de recouvrer un semblant de contenance.

— Sean est-il en prison ?

Ceallachan se tortilla nerveusement.

— La rumeur veut qu'il ait été arrêté pour complot et envoyé en Angleterre pour y être jugé. (Il s'interrompit.) Remarquez, reprit-il, il peut tout aussi bien être parti pour l'Amérique accomplir je ne sais quelle mission imbécile pour ces rebelles qui s'imaginent capables de prendre le pouvoir.

Le visage de Patrick devint écarlate.

— Quelle version est la bonne ? Et tu ferais mieux de me dire la vérité, sans quoi je t'arracherai la langue !

Ceallachan recula jusqu'au mur, les mains levées devant son visage.

— Je vous le jure devant Dieu, O'Malley, je ne sais que ce que j'entends dans les pubs ! Le capitaine Wynne a été appelé à Dublin pour organiser le transport de certains prisonniers secrets. Et d'aucuns disent que votre fils fait partie du lot.

Il le regarda d'un air innocent, comme si tout cela le dépassait.

— D'autres affirment qu'il est parti pour l'Amérique avec de l'argent plein les poches et l'ordre de ramener des hommes pour reconquérir le pays.

Patrick le toisa d'un air dégoûté, puis il se détourna.

— Qu'attends-tu de nous exactement, Ceallachan ? demanda-t-il sans le regarder.

— De l'argent, répondit très vite leur visiteur avant de se raidir, prêt pour un nouvel assaut.

— Et pourquoi donnerions-nous de l'argent à une vermine comme toi?

— Je soudoierai le capitaine pour vous. Vous devrez quand même déguerpir, mais vous pourrez au moins passer l'hiver ici.

— Ne venez-vous pas de nous dire que le capitaine Wynne était à Dublin? intervint Grace.

Elle s'avança d'un pas vers lui, un bras protecteur autour des épaules de Mary Kathleen.

— Certes, mais je pourrai acheter le garde qui viendra demain matin plus facilement encore que le capitaine! répondit-il sans se démonter. N'est-ce pas une faveur que je vous fais? Et qu'est-ce qu'un petit peu d'or en échange de ma peine? demanda-t-il avec de grands yeux innocents, comme s'il croyait à ses mensonges.

— Nous n'avons pas d'or, déclara Patrick. En fait, nous n'avons pas d'argent du tout.

Ceallachan pencha la tête sur le côté. Son regard allait de l'un à l'autre.

— Je suis sûr que la veuve a mis un petit quelque chose de côté... en prévision de la prochaine échéance?

Patrick secoua la tête.

Une expression orageuse se peignit sur les traits de Ceallachan.

— Je pourrais prendre un objet de valeur, et le vendre moi-même? proposa-t-il.

Il regarda autour de lui. Tous les biens coûteux avaient depuis longtemps disparu de la maison.

— Il doit y avoir un trésor caché quelque part :

des couverts en argent, de la porcelaine fine... Elle ne m'a rien laissé dans la maison, rien du tout, alors que cela me revenait de droit!

— Cela revient de droit à ma petite-fille, répliqua calmement Patrick.

— Je sais que vous avez de l'argent caché quelque part! explosa Ceallachan, le visage écarlate. Et vous feriez mieux de me le donner, monsieur le Hautain, ou vous vous retrouverez à la rue comme tous les autres demain matin!

Il les fusilla du regard une dernière fois avant de sortir au pas de charge, de remonter sur son cheval et de partir au galop. Patrick poussa un long soupir et se laissa tomber sur son tabouret devant la cheminée.

— Ainsi, tu n'as plus rien? demanda-t-il à Grace.

— Non. J'ai enterré trois coffres dans le cimetière près de Donnelly House pour Mary Kathleen, quand elle rentrera chez elle, mais je n'ai trouvé que très peu d'argent, et j'ai dépensé tout ce que j'avais pour acheter à manger et payer le loyer.

Patrick hocha la tête.

— Bah, de toute façon si tu en avais, je ne te laisserais pas le donner à ce salaud répugnant, déclarat-il. Il ne nous mettra pas dehors, ce n'est que du bluff. Du vent.

— Tu en es sûr?

— Certain. Nous sommes les seuls à avoir payé notre loyer et il doit de l'argent à tout le monde, en particulier à Donnelly.

— N'est-ce pas une raison supplémentaire pour nous expulser? demanda-t-elle en serrant sa fille contre elle.

— Pour quoi faire ? Pour que Donnelly fasse pousser du blé ici ? Et qui s'en occupera ? Pas Ceallachan, qui n'a jamais touché à une charrue de sa vie, crois-moi. Non, ce n'était qu'une ruse pour essayer de te prendre l'argent qu'il pensait que tu avais.

— Et en ce qui concerne Sean ?

Il soupira.

— Je ne sais pas, reconnut-il. S'il a été attrapé et jeté dans une cellule, il ne s'en remettra pas.

— Morgan ne l'abandonnerait jamais, affirma Grace. Je sais qu'ils l'ont fait partir d'ici. Il est en Amérique, pour moi il n'y a aucun doute.

— Je pense que tu as raison, ma fille.

Ils demeurèrent un moment silencieux et Mary Kathleen finit par s'endormir, comme toujours lorsque la tension devenait trop insoutenable pour elle.

— Où irions-nous, Pa ? demanda enfin Grace. S'ils nous mettaient dehors ?

Il fronça les sourcils.

— Nous ne quitterons pas cette ferme, ni cette maison où vous êtes nés, tes frères et toi. Aucun homme ne nous l'enlèvera.

Plongée dans ses pensées, Grace se balançait doucement dans le rocking-chair, et quand Patrick se leva et décréta que la journée avait été longue et pénible et qu'il allait se coucher, elle lui souhaita une bonne nuit et le laissa partir sans insister.

Une fois seule, elle fut envahie par un mauvais pressentiment et elle regarda autour d'elle dans la faible lumière du feu de tourbe. Elle se leva et alla délicatement coucher Mary Kathleen sur la paillasse

596

de Grandma à côté de Fleur. Puis elle passa sans bruit dans la pièce de derrière et descendit du haut de l'étagère son sac de voyage, celui qu'elle avait emporté avec elle quand elle s'était mariée et avec lequel elle était revenue. Elle l'ouvrit et regarda à l'intérieur « au cas où » ; il était vide.

De retour dans la pièce principale, elle vérifia que Mary Kathleen dormait paisiblement, puis elle détacha du mur les cartes postales que sa mère aimait : les montagnes Mourne, la falaise de Kilkee, les prairies de Golden Vale, le coucher de soleil sur la baie de Bantry. Le vieux tapis de Grandma était toujours par terre devant le feu, mais il était usé jusqu'à la corde et terriblement sale. Les rideaux en laine vierge n'ornaient plus les fenêtres : ils avaient été utilisés pour garnir le berceau du petit Thomas. Les carafes en étain avaient été vendues à des marchands ambulants, tout comme la plupart des ustensiles de cuisine. Il restait le châle en cachemire de Grandma, la Bible de sa mère, une broche en verre que Patrick avait offerte à Kathleen quand ils s'étaient mariés et qu'il gardait pour Mary Kathleen, et sa vieille pipe en argile. Elle prit le tout, puis sur le dessus elle posa le linge funéraire qu'elle avait brodé pour Michael Brian. Quoi d'autre, quoi d'autre, songeait-elle en regardant autour d'elle. Elle ne vit que des vêtements et son panier à couture. Très vite, elle réunit ce dont elle avait besoin : la chemise de nuit en flanelle de Grandma et sa jupe fleurie préférée, le pantalon de Sean et sa chemise en mousseline ; la vieille veste de Patrick, qui sentait bon la terre et le tabac ; le gilet de mariage de Ryan et le joli tablier d'Aghna ; la couverture de bébé de

Thomas ; le dessus-de-lit en patchwork cousu par Kathleen. Elle mit de la tourbe dans le feu pour le raviver et s'assit devant, puis elle découpa un petit carré dans chacun des vêtements et en replia nettement les bordures avec du fil et une aiguille. Lorsqu'elle en eut une pile, elle entreprit de les coudre ensemble très vite, sans dessin particulier en tête. Elle forma ainsi un grand carré à partir des affaires de ceux qu'elle aimait. Elle travailla sans relâche toute la nuit, et le soleil pointait à l'horizon lorsqu'elle acheva de doubler son ouvrage avec un morceau du dessus-de-lit en patchwork de sa mère. Le tissu n'était pas assez grand pour lui être d'une quelconque utilité, mais lorsqu'elle l'approchait de son visage, elle respirait sa famille, la ferme, elle sentait la vie des êtres qui lui étaient chers vibrer contre sa joue, et c'était tout ce qu'elle voulait. Elle roula l'ouvrage et le plaça dans le sac de voyage avec les cuillères en argent et la timbale de bébé de Mary Kathleen. Elle avait trouvé un portrait de sa mère et de son père, réalisé le jour de leur mariage, mais aucun de Grandma ou des autres.

Enfin capable de se reposer, elle s'allongea à côté de Mary Kathleen endormie, la serra étroitement contre elle et sombra dans le sommeil.

Ce fut Patrick qui la réveilla en lui secouant l'épaule. Il lui dit d'une voix grave de prendre sa fille et de venir rapidement. Elle se leva, se frotta les yeux et souleva Mary Kathleen, qui était réveillée et serrait sa poupée dans ses bras. On criait au bout de l'allée, et des sabots martelaient la poussière.

— Ils sont en train d'expulser les O'Daly, expliqua Patrick.

Il avait descendu l'un des paniers posés sur l'étagère de la cuisine et fouillait à l'intérieur. Il y prit le colt de Bram, que Grace avait caché là.

— Sais-tu te servir de ce satané machin ? demanda-t-il en soulevant l'arme avec précaution.

— Oui, acquiesça-t-elle. Mais il n'est pas chargé.

Elle alla chercher un second panier d'où elle tira un récipient de poudre et six balles. Rapidement, elle versa de la poudre dans chacune des chambres du revolver, puis elle introduisit les balles d'une main experte.

— Je suis prête, annonça-t-elle en glissant l'arme à sa ceinture. Allons-y.

Patrick secoua la tête.

— Emmène la petite à la bergerie en haut de la colline, et ne redescends que lorsque je te ferai signe, ordonna-t-il.

— Et à quoi servirai-je, en haut de la colline ? protesta-t-elle.

Patrick posa ses deux mains sur les épaules de sa fille.

— Fais ce que je te dis, Grace. Tu as une enfant à protéger. Garde ton arme près de toi et cache-toi.

— Mais toi, qu'est-ce que tu peux faire pour eux ? plaida-t-elle.

— Pas grand-chose, c'est vrai, reconnut-il en secouant la tête. Mais je ne les abandonnerai pas. C'est ma faute s'ils n'ont pas été prévenus.

— Pa ! supplia-t-elle.

— Il faut que je sorte ce garçon et sa femme d'ici, déclara-t-il avec fermeté. Quand ils commenceront à jeter ses affaires sur la route, il deviendra fou et ils l'abattront, c'est sûr. Peut-être que Neeson et moi pourrons lui faire entendre raison, à nous deux. Et peut-être les soldats accepteront-ils de revenir dans un jour ou deux, le temps que nous nous préparions à partir.

— N'y compte pas trop.

— Non, admit-il avant de sourire avec malice. Mais ne suis-je pas le père d'un révolutionnaire craint de tous ? Et n'est-il pas possible qu'il y ait en ce moment même des rebelles dans le bois ?

Grace ne se dérida pas.

— Dieu seul sait où il est, Pa.

— Mais Dieu sait aussi parfaitement où nous sommes, nous, et Il ne nous laissera pas tomber.

Elle le serra contre elle de toutes ses forces, puis elle glissa de la poudre et des balles supplémentaires dans sa poche. Elle souleva Mary Kathleen, jeta son sac de voyage sur son épaule et posa sa main libre sur la crosse du revolver. Patrick embrassa la joue de sa petite-fille et ébouriffa ses cheveux blonds.

— Va-t'en vite, petite, fit-il avec un clin d'œil pour apaiser ses craintes. Nous allons jouer à un petit jeu, tu veux bien ?

Elle hocha sobrement la tête. Son grand-père posa son doigt sur ses lèvres.

— Tu vas te cacher avec ta maman comme une gentille petite fille, et je viendrai vous chercher.

Les cris étaient de plus en plus forts et Grace se glissa hors de la maison. Elle s'accroupit derrière le muret de pierre et, ainsi dissimulée, entreprit l'ascension de la colline jusqu'à la bergerie désaffectée. Elle ne se retourna qu'une fois et vit Patrick debout sur le seuil de leur maison. Il lui fit signe de se dépêcher avant de se diriger en courant vers l'extrémité de l'allée.

Quelques minutes plus tard à peine, elle sentit de la fumée et comprit que les soldats brûlaient le toit de la maison des Neeson. Nul doute que celle des O'Daly suivrait. Elle entendait les hurlements d'une femme et les cris colériques de jeunes gens, mais pas la voix grave de son père. Soudain, un coup de feu retentit et un silence de mort s'abattit sur la vallée. Un autre coup de feu suivit.

Grace croisa le regard affolé de sa fille.

— Viens, chuchota-t-elle. Nous allons monter plus haut.

Elles sortirent de la bergerie en rampant et montèrent jusqu'en haut de la colline, là où, enfants, Sean et Grace jouaient dans un arbre creux. Cela faisait des années qu'elle n'était pas venue là, mais elle fut soulagée de voir que l'arbre était toujours debout.

— On va dire que tu es un petit lutin, déclarat-elle à sa fille, et que tu habites ici, dans cet arbre. Entre à l'intérieur et je mettrai ces branches devant l'ouverture pour que personne ne te voie. Voilà ton bébé lutin, ajouta-t-elle en déposant Fleur dans les bras de Mary Kathleen. Serre-le fort et chante-lui une berceuse pendant que j'irai chercher notre repas.

Mary Kathleen paraissait dubitative, mais elle se réfugia néanmoins dans le tronc creux et s'assit, les yeux agrandis par la peur.

— Et maintenant, il faut te rendre invisible ! reprit Grace avec un entrain forcé.

Elle dissimula le trou jusqu'à ce que le visage de sa fille eût disparu.

— Maman ! cria la petite, effrayée.

Grace ferma les yeux, la main appuyée sur une branche.

— Sois courageux, petit lutin ! murmura-t-elle. Chante ta chanson et je serai de retour avant que tu aies terminé.

L'enfant ne répondit pas, et Grace sentit son cœur se serrer douloureusement. Elle s'assura que le revolver était bien à sa place et se mit à courir sur le sommet de la colline. Elle parvint ainsi juste au-dessus des maisons des Neeson et des O'Daly.

Shane O'Daly et le plus jeune des fils Neeson étaient allongés sur la route. Assis non loin de là, un soldat tenait un linge trempé de sang contre sa tempe. Patrick avait les bras autour de Niamh et essayait de calmer la jeune fille, hystérique, pendant que M. Neeson s'efforçait d'éloigner son fils Paddy d'un soldat qui avait tiré un couteau. Ceallachan était debout de l'autre côté du chemin et regardait l'échauffourée avec un dédain amusé. Sur ses ordres, les soldats sortaient les maigres biens des O'Daly de la maison et les jetaient sur la chaussée. Les meubles se brisaient, la vaisselle volait en éclats et les rideaux étaient arrachés des fenêtres. Un petit cadre contenant un portrait fut écrasé d'un coup de talon. Niamh cessa de hurler et se laissa tomber à terre, anéantie. Elle prit la tête de son mari sur ses genoux.

Ceallachan cria un ordre à l'un des soldats, mais ils firent semblant de ne pas l'entendre et continuèrent à mettre la maison à sac. Il cria de nouveau, et comme ils l'ignoraient toujours, il se dirigea lui-même vers le jeune homme mort et, l'attrapant par les talons, il essaya de l'éloigner de sa veuve. Patrick fit un pas en avant pour l'arrêter, et Neeson lâcha son fils ; celui-ci se rua sur l'agent. Ceallachan parvint à s'échapper. Paniqué, il tira son revolver de sa ceinture et se mit à tirer en tous sens. Patrick s'effondra à terre et Neeson et son fils reculèrent, horrifiés. Grace plaqua son poing sur sa bouche pour ne pas hurler et s'immobilisa contre le mur jusqu'au moment où Ceallachan donna un coup vicieux dans la tête de son père du bout de sa botte pointue en jurant.

Sans faire le moindre bruit, mais le cœur battant à tout rompre, Grace descendit alors la colline, dissimulée par les buissons et les arbres clairsemés, et elle longea le mur des Neeson. Bientôt, elle s'estima assez près pour viser. Sa main tremblait, mais elle l'immobilisa en posant le canon sur une fissure du mur. Elle ajusta son tir soigneusement, visant Ceallachan. Le coup partit et elle s'aplatit aussitôt derrière le mur, les yeux fermés, en une prière silencieuse. Quelques secondes s'écoulèrent. Prudemment, elle se redressa un peu pour voir ce qui s'était passé ; Ceallachan était tombé à genoux, constata-t-elle, et une tache rouge sombre s'élargissait à vue d'œil sur son pantalon au niveau de la cuisse. Il agrippait sa jambe des deux mains en hurlant de douleur et de rage et en postillonnant. Les soldats s'étaient figés ; personne n'allait à son secours. Grace visa et tira de nouveau, l'atteignant cette fois au milieu du front. Il ouvrit de grands yeux et tomba en avant, tête la première dans la poussière.

Un vent de panique souffla sur le petit groupe de survivants. Craignant de se faire tirer dessus, deux soldats attrapèrent Neeson et Paddy et se mirent à les frapper avec des matraques tandis qu'un troisième plaçait Niamh devant lui comme un bouclier. Elle lutta pour s'enfuir ; de leur côté, Neeson et Paddy commençaient à ployer sous les coups. Grace se força à attendre pour bien viser ; de la sueur coulait de son front et lui piquait les yeux. Enfin, elle entrevit une ouverture : Paddy baissa la tête et le soldat qui le tenait s'écroula, mort. Paddy courut aider son père mais fut aussitôt attaqué par le soldat au couteau, qui plongea sa lame jusqu'à la garde dans le bras du jeune homme. Grace s'avança un peu, craignant de toucher M. Neeson ou Paddy ; elle s'approcha encore, et encore, et enfin elle tira de nouveau. Dans la confusion qui s'ensuivit, Niamh parvint à se dégager et les deux derniers soldats coururent vers leurs chevaux. Ils sautèrent en selle et s'éloignèrent au grand galop de la scène du massacre. Pour faire bonne mesure, Grace tira un dernier coup en l'air, puis elle se leva et secoua sa main, engourdie à force de serrer la détente.

Niamh la vit la première et appela les autres. Ils regardèrent la jeune femme sans comprendre, la prenant pour un fantôme.

Grace descendit la colline avec précaution et enfin ils reconnurent la fille de Patrick O'Malley. Elle traversa le chemin en courant et s'agenouilla à côté de son père. Sa main se glissa sous sa chemise et lui palpa la poitrine.

— Il est toujours en vie, annonça-t-elle. Aidez-moi à le soulever.

Neeson et Paddy la rejoignirent aussitôt et ensemble ils portèrent Patrick jusqu'au mur de pierre de l'autre côté de la route, contre lequel ils l'adossèrent pour qu'il se tînt assis. Le souffle coupé, il haletait ; il cracha et ouvrit les yeux avec difficulté.

— Seigneur, si c'est ça le paradis, je me suis fait avoir, murmura-t-il.

— Chut, tais-toi.

Grace passa sa main le long de son épaule à la recherche du point d'impact de la balle.

— Tu es loin d'être mourant, Pa, mais tu es tout de même blessé.

Neeson avait rejoint son fils cadet et s'était agenouillé près de lui dans la poussière. Il posa sa paume ouverte sur la poitrine du jeune homme et murmura son nom ; comme il ne répondait pas, il le secoua. Du sang s'échappait de ses lèvres et coulait le long de sa joue. Neeson se signa et baissa la tête, les épaules secouées de sanglots. Paddy s'approcha de son père en silence et posa sa main sur son épaule.

— Nous n'avons pas beaucoup de temps, dit Grace d'un ton posé.

— Je ne le laisserai pas comme ça sur la route.

Neeson ravala ses larmes et tendit la main vers le visage de son fils. Il chassa une mèche de cheveux noirs de son front.

Le cœur de Grace battait la chamade ; elle savait que les soldats risquaient de revenir d'une minute à l'autre avec des renforts pour finir ce qu'ils avaient commencé.

— Mettez-le chez O'Daly, dit-elle, et brûlons la maison. (Son regard se posa sur Niamh.) Nous ferions mieux d'y mettre Shane aussi, ajouta-t-elle avec douceur.

Niamh poussa un gémissement et s'accrocha au corps de son mari.

— Non, non, non !

M. Neeson se leva lentement et alla à elle. Il prit la malheureuse femme enceinte dans ses bras et l'aida à se redresser, sans cesser de lui murmurer des mots apaisants à l'oreille. Elle gémit de nouveau et ses jambes se dérobèrent sous elle, mais il la tint fermement et la força à marcher, un pas après l'autre, l'entraînant loin du jeune homme qui avait été son mari.

Paddy souleva le corps de son frère cadet et le porta dans la maison vide. Il revint chercher Shane quelques secondes plus tard, les yeux baissés. M. Neeson conduisit Niamh près du mur à côté de Patrick puis, avec l'aide de Grace, il prépara des tresses d'herbes sèches pour mettre le feu à la maison. Ils en firent le tour et allumèrent le bord du toit de paille, avant de jeter leurs torches à l'intérieur. Le feu prit rapidement et s'étendit, et ils reculèrent pour se placer de part et d'autre de Niamh et Patrick. Silencieux, ils regardèrent les flammes consumer la maisonnette et envoyer dans les airs des fragments de paille et de chaume carbonisés. Il y eut un grand bruit lorsque le toit s'affaissa à l'intérieur, et des flammes jaunes jaillirent des fenêtres. M. Neeson aida Patrick à se relever et ils reculèrent encore, toujours incapables de détacher les yeux du bûcher funéraire improvisé.

— Nous devons partir, dit enfin Grace. C'est trop dangereux.

— C'est vrai, acquiesça Neeson, mais où irons-
nous ?

— On dit qu'on trouve de quoi manger en ville,
si vous pouvez arriver jusque-là.

— Est-ce là que vous irez, vous ?

Il regarda l'épaisse fumée noire qui s'élevait à
présent de la maison calcinée.

Grace glissa son bras autour de la taille de son
père pour le soutenir.

— Je dois ôter la balle de son épaule et le laisser
se reposer. Et j'ai aussi ma fille, ajouta-t-elle en
levant les yeux vers le sommet de la colline.

— Nous vous attendrons et nous partirons
ensemble. Elle secoua la tête.

— Ils nous rechercheront. Nous avons tué l'un
des leurs, et Ceallachan aussi ; ils reviendront avec
une corde pour nous pendre, n'en doutez pas. Vous
devez partir le plus vite possible. Nous vous suivrons
dans un jour ou deux.

— Irez-vous dans les bois en attendant que votre
père soit en état de voyager ?

— Oui.

Grace se mordit la lèvre.

Neeson examina son visage, puis il hocha la tête
à contrecœur. Il se tourna vers son fils.

— Nous garderons Niamh avec nous demanda-t-il.

En guise de réponse, le jeune homme posa un
bras protecteur sur les épaules de l'intéressée.

— Que Dieu soit avec vous, murmura Grace, les
larmes aux yeux. Faites bon voyage.

— Vous aussi.

Digne jusqu'au bout, Neeson s'inclina légèrement.

— Nous espérons vous revoir en ville.

Elle regarda s'éloigner le long du chemin la malheureuse jeune veuve en larmes, entourée par un homme soudain devenu vieux et son dernier fils vivant, puis elle serra plus fort son père contre elle et le guida lentement le long de l'allée déserte.

31

Grace allongea Patrick sur la paillasse toujours posée à même le sol de leur cabane, puis elle gravit de nouveau la colline à toute vitesse pour récupérer Mary Kathleen. La fillette avait les mains sur les yeux et la bouche grande ouverte dans un hurlement silencieux. Grace la calma de son mieux, puis elle la porta jusqu'à la maison. Elle l'assit dans un coin de la pièce avec Fleur et alla s'occuper de Patrick. Lorsqu'elle releva la tête, elle vit qu'une fois de plus Mary Kathleen s'était réfugiée dans un sommeil salutaire, sa poupée serrée contre elle, la respiration haletante. Soulagée que l'enfant n'eût pas à assister à une autre scène pénible, Grace stérilisa rapidement son couteau de cuisine aiguisé sur le feu. Patrick émit un grognement sourd lorsqu'elle ouvrit la blessure de son épaule, et de nouveau lorsqu'elle sortit la balle avec les doigts. Elle nettoya la plaie et lui mit un pansement, puis elle prépara une compresse froide pour l'énorme bosse qu'il avait à la tempe. Après lui avoir fait une tisane avec ses dernières herbes médicinales et avoir rempli ses poches de pommes de terre crues, elle souleva Mary Kathleen et tous ensemble gravirent la colline pour se réfugier dans les bois, où ils s'installèrent pour la nuit dans une bergerie abandonnée.

Grace ne dormit pas ; assise, elle monta la garde, et dès l'aube elle réveilla ses compagnons et les guida dans la forêt. Pendant deux jours, ils se cachèrent ainsi. Lorsque, enfin, elle estima qu'ils s'étaient assez éloignés de chez eux, ils purent se mêler aux voyageurs silencieux qui jalonnaient la route de Cork. Grace était soulagée de n'être plus qu'un visage anonyme dans la foule. Elle avait installé Mary Kathleen sur son dos ; elle portait son sac de voyage dans une main et s'appuyait sur une canne qu'elle tenait dans l'autre. Patrick marchait à son côté, une couverture sur l'épaule, son chapeau baissé pour dissimuler l'énorme contusion qui lui mangeait presque la moitié du visage. Grace avait jeté son revolver et ses cartouches dans la rivière au cas où ils seraient interpellés par des soldats.

Elle n'était pas allée en ville depuis le jour où elle avait accompagné Brigid, Phillip et Edward Donnelly au port, et elle eut l'impression que la situation avait empiré. Les rues grouillaient de mendiants en haillons et une foule crasseuse était massée autour de l'asile des pauvres et de l'hôpital. Des miches de pain étaient empilées derrière la devanture de la boulangerie, des saucisses pendaient dans la boucherie, mais maintenant qu'il y avait enfin de la nourriture à disposition, peu de gens avaient les moyens de se l'offrir. Les bouches salivaient, les yeux se plissaient furtivement devant la viande, le pain et le fromage si proches et pourtant inaccessibles, et un parfum de révolte flottait dans l'air ; il se mêlait à l'odeur omniprésente de la maladie et imprégnait les vêtements et les rues, fétide, froid et humide, aussi inévitable que l'odeur de mort qui s'élevait de la pile de cadavres attendant d'être brûlés derrière l'hôpital. Patrick plaqua sa couverture sur sa bouche et son nez. Grace attacha un linge autour de son visage et arrangea Mary Kathleen pour que son nez soit enfoui contre son épaule. Ils étaient enfin arrivés, et elle se demandait ce qu'ils allaient bien pouvoir faire. Pendant le voyage, ils ne s'étaient préoccupés que d'avancer, de trouver de quoi manger et de quoi se réchauffer durant les nuits froides de ce début d'octobre. Grace n'avait eu qu'une obsession : arriver en ville, arriver au port. Là, elle avait espéré obtenir des nouvelles de Morgan ou de Sean et élaborer un plan, mais elle ne voyait que des centaines de visages épuisés et affamés autour d'elle et peu à peu son énergie se muait en désespoir. Elle ne reconnaissait personne et n'osait pas s'adresser à des inconnus : on ne pouvait pas faire davantage confiance aux Irlandais qu'aux Anglais, et l'argent des primes était d'autant plus tentant qu'il donnait désormais accès à toute la nourriture disponible. Patrick et elle traversèrent des rues grouillantes de monde pour enfin arriver sur les quais, où l'on était en train de charger plusieurs vaisseaux. Les mâts et les espars se balançaient, malmenés par la mer agitée. Grace s'assit sur une caisse et détacha Mary Kathleen, qu'elle prit sur ses genoux.

— Voilà, nous sommes arrivés, dit-elle en ôtant son mouchoir pour respirer l'air marin.

Mary Kathleen se frotta les yeux et regarda autour d'elle avant de se tourner vers sa mère.

— Où est-ce qu'on est ? demanda-t-elle d'une petite voix plaintive.

Grace parvint à sourire.

— A Cork, annonça-t-elle. C'était autrefois une ville magnifique, et elle est toujours très belle à sa manière, même si aujourd'hui elle est pleine de monde et ne sent pas très bon.

Mary Kathleen hocha la tête et plissa le nez. Elle se blottit contre la poitrine de sa mère et soupira.

— Nous devons manger.

Patrick se leva, mal assuré sur ses jambes. Il n'avait pas bien supporté le voyage et sa blessure à l'épaule commençait à sentir mauvais. Il était très pâle, malgré son ecchymose de toutes les couleurs, et parfois à son réveil il ne se rappelait plus où il était, ce qui inquiétait Grace.

— Je vais pêcher, annonça-t-il.

Grace jeta un coup d'œil à l'eau graisseuse et vit un bras qui flottait derrière un pilier.

— Non, Pa, pas question de manger des poissons sortis de là. Assieds-toi et repose-toi un peu pendant que je réfléchis à ce que nous allons faire.

Elle se mordit la lèvre comme lui revenait le souvenir des quais de Dublin qu'elle avait vus jeune mariée. Elle revoyait les familles venues dire adieu à leurs fils et à leurs filles sur le point d'émigrer, pleurant, se lamentant et priant pour ces jeunes gens qu'elles n'espéraient pas revoir un jour. Quitter l'Irlande, alors, c'était comme quitter la vie ;

personne ne souhaitait cela à ses enfants. Mais ça, c'était avant, désormais, les émigrants attendaient calmement, maigres et hagards, tenant la main d'enfants émaciés, et nul ne pleurait leur départ, car c'était la mort qu'ils laissaient derrière eux, la vie qu'ils allaient chercher au loin. Ces voyageurs las passeraient des semaines en mer mais peu d'entre eux emportaient des provisions, car ils n'avaient rien, et Grace se demandait ce qu'il leur arriverait lorsqu'ils débarqueraient de l'autre côté, les mains vides. Des vêtements et de la nourriture apparaîtraient-ils miraculeusement? Leur distribuerait-on du travail, des aliments et des logements? Elle priait Dieu que ce fût le cas, car elle doutait que Sean fût arrivé en Amérique avec autre chose qu'un mauvais manteau sur ses épaules et une toux persistante.

Elle se leva avec raideur et s'étira, puis elle tendit une main que Mary Kathleen s'empressa de prendre dans la sienne.

— Je vais me promener un peu et voir si je peux nous trouver à manger et un abri pour ce soir, Pa, annonça-t-elle. Toi, reste là et ne bouge pas, car je ne saurais pas te retrouver au milieu de tout ce monde.

Grace nota le nom du quai et celui du bateau ancré près de son père, puis elle s'éloigna. Une odeur alléchante de viande rôtie lui parvint et elle pénétra dans l'allée d'où elle semblait provenir. Elle arriva ainsi devant un pub malpropre, essentiellement fréquenté par des soldats. Prenant son courage à deux mains, elle s'installa près de la porte et entreprit de tendre la main à tous les groupes qui sortaient de l'établissement.

— S'il vous plaît, capitaine, auriez-vous un penny ou un morceau de viande pour ma petite fille ?

Certains lui jetaient un regard empreint de pitié, mais la plupart l'ignoraient, habitués à voir des femmes affamées et des enfants au regard vide. D'autres, ivres, lui suggéraient avec des mots obscènes diverses façons de gagner l'argent dont elle avait besoin. Ecarlate, Grace attira Mary Kathleen contre elle et mit ses mains sur les oreilles de la fillette.

— Madame Donnelly !

Elle sursauta et jeta un coup d'œil en coin à celui qui l'interpellait ainsi. Dès qu'elle l'eut reconnu, elle releva la tête et sourit avec soulagement.

— Henry !

Il était avec un groupe de jeunes gens qui riaient fort et se donnaient des coups de coude d'un air entendu, il leur jeta un regard noir et aboya un reproche bien senti. Ils haussèrent les épaules avant de s'éloigner en titubant, il s'approcha alors de Grace et, la prenant par le bras, il l'entraîna à l'écart du pub.

— Pour l'amour du ciel, que faites-vous ici ? demanda-t-il avec anxiété. Ce n'est pas un endroit pour quelqu'un comme vous.

— Dans ce cas qu'y faites-vous vous-même, Henry Adams ? le gronda-t-elle.

Ils s'arrêtèrent au bout de l'allée et le jeune soldat sourit, en dépit de l'inquiétude que lui inspirait la situation de Grace.

— Cela me fait plaisir de vous voir, admit-il. J'ai souvent pensé à vous. Et comment va ma petite patiente ?

613

— Bonjour, Henry, dit timidement Mary Kathleen en lui jetant un coup d'œil par-dessus la jupe maculée de boue de sa mère.

Il se pencha et lui tapota la tête affectueusement.

— Tu as fait un long voyage, n'est-ce pas ? dit-il.

Il se tourna vers Grace.

— Que diable faites-vous ici ? demanda-t-il de nouveau.

— Nous sommes venus chercher... Je ne sais pas, dit-elle après une courte pause. Grandma est morte, voyez-vous. Pas de la fièvre, mais elle est morte. Et Ryan et Aghna sont partis pour Galway...

— Oh, non ! murmura-t-il, soudain pâle.

— Aghna ne s'est jamais remise de la mort de Thomas, vous savez, et Ryan s'est dit qu'elle serait peut-être mieux dans sa famille...

Il secoua la tête.

— Ils auront de la chance s'ils arrivent là-bas vivants, sans parler de retrouver de la famille. Et votre père ?

— Ceallachan et les soldats sont venus expulser tous les habitants de notre allée et détruire les maisons. Ils lui ont tiré dessus.

Les épaules du jeune militaire s'affaissèrent.

— Oh, Grace, non !

— Mais il est vivant, ajouta-t-elle très vite. Nous l'avons laissé sur les quais se reposer un peu. Nous n'avions plus rien à la maison et on dit qu'il y a à manger, en ville.

— C'est vrai, acquiesça-t-il, mais seulement pour ceux qui ont de l'argent. Est-ce votre cas ?

— Ce n'était pas de la bière que je mendiais devant ce pub, vous savez.

614

Il rit un petit rire court, las, avant de tirer une poignée de pièces de sa poche.

— Tenez, prenez ça, insista-t-il. Vous n'irez pas loin avec, mais au moins vous aurez de quoi manger pour la journée. Où comptez-vous dormir?

— Je n'y ai pas encore pensé. Nous venons juste d'arriver.

— Ne vous approchez pas de l'asile des pauvres, la prévint-il. Il grouille de maladies. A vrai dire, toute la ville est assez mal en point. (Il réfléchit un moment.) Il y a un couvent qui accueille les orphelins, sur une colline en bordure de la ville. Rose quelque chose...

Le visage de Grace s'éclaira.

— Les sœurs de la Rose! Je n'y avais pas pensé. J'ai une amie là-bas.

— Excellent, dit-il, soulagé. En règle générale, les religieuses n'acceptent pas les hommes, mais si vous connaissez l'une d'elles... Pensez-vous pouvoir y arriver avant la nuit?

— Oui, acquiesça-t-elle. N'avons-nous pas déjà fait tout ce chemin?

Ils se regardèrent un moment, peu disposés à se quitter.

— Rentrerez-vous bientôt chez vous, Henry?

— Dans dix semaines, répondit-il avec un soupir. A temps pour l'oie de Noël.

— Et ce sera un beau Noël, affirma-t-elle avec légèreté. Je vous vois d'ici prendre le thé, assis près du feu avec Isabel, la fille du recteur... Comptez-vous lui offrir une bague à ce moment-là?

Il rit.

— Oui. Oui, je veux passer tous les Noëls qu'il

615

me reste à vivre auprès d'Isabel, si elle veut bien de moi.

— Et pourquoi ne voudrait-elle pas d'un beau soldat comme vous ?

Le sourire du jeune homme fit place à une expression plus sombre.

— Tout ça, c'est fini pour moi, déclara-t-il simplement. Je ne reviendrai pas en Irlande, Grace. Jamais.

— Bon, très bien.

Le sourire de Grace ne faiblit pas. Elle lui tendit la main.

— Je vous dis au revoir, Henry, et bonne chance. Merci pour tout ce que vous avez fait pour nous.

Il regarda sa main dans la sienne puis il s'inclina galamment et la baisa.

— Au revoir. Je ne vous oublierai pas.

Mary Kathleen lui tendit timidement la main à son tour et il se pencha pour y déposer aussi un baiser.

— Prends bien soin de ta maman, et promets-moi de l'emmener en Cornouailles voir mes jolis chevaux.

— Je te le promets, Henry, dit-elle avec sérieux.

Puis elle sourit, et Grace en fut transportée, car c'était la première fois depuis des jours.

Elles tournèrent les talons et descendirent l'allée, mais il leur cria d'arrêter et les rejoignit en courant.

— Je ne sais pas où j'ai la tête, Grace. J'ai des nouvelles à vous donner.

Il s'interrompit et regarda autour de lui. Il l'attira près du mur et baissa la voix.

— Je ne suis pas censé dire un mot à ce sujet, mais votre ami a été arrêté.

— Mon frère ? murmura-t-elle.

Il secoua la tête.

— Non, non, pas O'Malley. Lui, nous pensons qu'il a quitté le pays pour l'Amérique à bord du *Champion*, à la fin du mois d'août.

— Dieu merci, soupira-t-elle.

Elle devint tout à coup très pâle.

— Est-ce de Morgan que vous parlez ? C'est Morgan McDonagh qui a été arrêté ?

— Il est détenu à Dublin.

— Vous en êtes sûr ? insista-t-elle. Ne peut-il s'agir d'une autre rumeur ?

— Non, répondit-il.

La voyant sur le point de s'évanouir, il lui prit le bras.

— Je sais de source sûre qu'il a été arrêté avec Thomas Meagher et lord David Evans. Accusé de conspiration. Meagher est sorti sous caution, mais ils sont aux trousses d'Evans depuis longtemps et il va être envoyé à Londres. McDonagh est sous bonne garde. Je ne sais pas quand il doit être jugé. Ni où.

— Seigneur Dieu ! s'écria Grace. Il faut que je le voie !

— C'est hors de question, rétorqua Henry, intraitable. Vous n'arriveriez pas à l'approcher à moins d'un kilomètre, et vous ne devez surtout pas essayer.

— C'est pourtant ce que je ferai, insista Grace. Je n'ai pas le choix !

— Vous arriverez seulement à vous faire emprisonner aussi. Croyez-moi, ils seraient ravis de vous interroger. N'oubliez pas que pour eux, vous êtes avant tout la sœur de celui qui s'est enfui.

— Et l'épouse de celui qui n'y est pas parvenu..., murmura-t-elle.

Il demeura un instant bouche bée.

— Je n'ai pas entendu ça, déclara-t-il enfin en secouant la tête. Non. Je ne veux pas le savoir.

— Je vous en prie, Henry, supplia-t-elle, ne pouvez-vous pas m'aider à le voir ?

Il regarda son visage hagard, épuisé, sale, ses yeux injectés de sang.

— Vous êtes la femme de McDonagh.

— Oui.

— On dit qu'il n'a pas voulu quitter l'Irlande sans vous.

— L'idiot...

Ses yeux se remplirent de larmes.

Henry soupira, les lèvres serrées l'une contre l'autre.

— Il n'y a aucun moyen de vous amener à lui. Grace, et vous ne devez pas chercher à aller à Dublin. C'est trop risqué.

— Y a-t-il une chance, même infime, que vous, vous puissiez le voir, Henry ? demanda-t-elle.

Il hésita, réticent à entrer dans son jeu.

— Dans ce cas, j'irai moi-même, décréta-t-elle.

Devant la détermination de la jeune femme, il ne put que céder.

— Ce sera difficile, la prévint-il.

Le visage de Grace s'éclaira.

— Je ne peux rien vous promettre.

— Si vous me promettez d'essayer, Henry, cela me suffit.

Il secoua la tête, furieux contre lui-même.

— Je ne devrais pas vous dire cela, mais le hasard veut que je doive partir pour Dublin à la fin de la semaine. Je fais partie de l'escorte d'un groupe de prisonniers envoyés à Liverpool.

— Vous êtes sûr de le voir, dans ce cas, dit-elle, pleine d'espoir.

— Il ne fait pas partie de ce groupe, Grace, et j'ignore totalement où il est détenu.

— J'ai confiance en vous, Henry.

Le soldat regarda vers le large, puis il se tourna de nouveau vers elle et soupira.

— Bon, très bien, je ferai de mon mieux. Quel est le message à lui transmettre ?

— Dites-lui... (Elle s'interrompit.) Dites-lui que nous sommes vivantes et en bonne santé, et que... (Elle posa la main sur son ventre.)... et qu'il va être papa.

Henry ouvrit de grands yeux.

— Mon Dieu, Grace !

— Pouvez-vous vous charger de cela, Henry ? le supplia-t-elle. Cela ne fera de mal à personne, et peut-être que cela lui redonnera espoir.

— Oui, acquiesça Henry d'un air pensif. C'est certain.

— Dites-lui aussi que nous le rejoindrons aussi vite que possible.

— Non, répondit-il fermement. Cela ne le rassurera pas du tout. Dublin est un véritable asile de fous en ce moment.

Elle baissa les yeux vers Mary Kathleen.

— Dans ce cas, nous irons chez les sœurs et une fois là-bas nous réfléchirons.

— C'est ce que vous avez de mieux à faire, Grace, assura-t-il. Reposez-vous là-bas et reprenez des forces.

Il jeta un coup d'œil à la légère protubérance visible sous sa jupe.

— Je vous promets de faire tout ce qui sera en mon pouvoir pour lui transmettre votre message.

Un soulagement infini envahit la jeune femme.

— Merci, Henry. Vous êtes un type bien. Votre mère serait très fière de vous.

— Oui, c'est vrai. Partez vite avant que je ne réalise dans quel pétrin vous me mettez et ne change d'avis comme un homme sain d'esprit.

— Dieu vous bénisse, Henry! lança-t-elle.

Tenant sa fille par la main, elle partit en direction des quais pour rejoindre son père.

— Ah, Grace, murmura Henry Adams d'un ton perplexe en la regardant s'éloigner. Qui êtes-vous?

La nuit était tombée lorsque Grace atteignit le couvent, Mary Kathleen sur son dos et Patrick à son côté. Elle sonna à la porte et expliqua à la religieuse qui vint ouvrir qu'elle devait voir sœur John Paul de toute urgence. La nonne lui demanda d'attendre et disparut pendant une demi-heure. Au moment où Grace s'apprêtait à sonner de nouveau, une haute silhouette en habit noir traversa la cour d'un pas rapide, un énorme trousseau de clés à la main.

— Qui va là?

Elle s'arrêta devant la porte et regarda par le judas le vieil homme, la femme en haillons, la fillette endormie.

— C'est Gracelin O'Malley, Barbara. Je suis

venue te demander asile pour mon père, ma fille et moi.

Barbara écarquilla les yeux, ouvrit immédiatement le portail et les fit entrer.

— Que Dieu ait pitié, s'exclama-t-elle. Jamais je ne t'aurais reconnue, Grace ! Ni ton père !

Elle essaya de distinguer le visage de la petite fille qui se cachait derrière l'épaule de sa mère.

— Mais je reconnaîtrais Mary Kathleen n'importe où, ajouta la religieuse avec douceur.

Comme toujours, son regard était chaleureux et réconfortant.

— Morgan m'a beaucoup parlé de toi, jeune fille, poursuivit-elle en caressant la joue de l'enfant.

— Pourrions-nous rester une nuit ou deux ? demanda Grace. Nous allons à Dublin, mais nous devons d'abord nous reposer. J'ai de l'argent, ajouta-t-elle en montrant les pièces que lui avait données Henry.

Barbara repoussa la main tendue.

— Nous parlerons de ça plus tard.

Elle détacha Mary Kathleen du dos de sa mère et la tint dans ses bras.

— Pour commencer, nous devons vous trouver un lit, et quelque chose à manger. Nous n'accueillons pas d'hommes, ajouta-t-elle à l'intention de Patrick sur un ton d'excuse, mais notre gardien est mort il n'y a pas longtemps, et vous pouvez prendre sa chambre sans problème.

Elle est petite, mais toute proche d'ici.

— N'importe quel lit sera le bienvenu ce soir, Barbara, je te remercie.

Barbara conduisit Patrick sous l'appentis et le

laissa assis sur le lit avec une lampe, et la promesse d'un peu de tourbe pour le feu et d'un bol de soupe avant longtemps. Puis elle reconduisit Grace dans le bâtiment principal. Elles montèrent l'escalier et longèrent un couloir interminable bordé de portes blanches percées d'un petit judas comme des portes de cellule. Grace réalisa soudain que c'était dans ces pièces minuscules que dormaient les sœurs, et que beaucoup étaient occupées. Elles tournèrent et empruntèrent un autre couloir, puis un autre encore, pour enfin atteindre l'aile ouest du couvent. Barbara précéda Grace sur une autre volée de marches et poussa une lourde porte qui s'ouvrit avec un gémissement sinistre. Elle traversa la pièce et installa avec douceur Mary Kathleen sur le lit avant d'allumer une lanterne posée sur une table. Il y avait un crochet pour les vêtements et un lavabo fendu sous un miroir minuscule.

— La chambre des invités, plaisanta Barbara. La tienne pour l'instant. Je vais vous apporter de l'eau chaude afin que vous puissiez vous débarbouiller un peu, et les restes du repas de ce soir. Mais je crains qu'il n'y ait pas grand-chose.

— Pour nous, ce sera déjà beaucoup, merci.

— Grace... (Barbara hésita.)... ton père ne souffre pas de la fièvre, n'est-ce pas ? Parce que si c'était le cas, je ne pourrais ni le soigner ni courir le risque de l'installer parmi nous.

— Il y a eu une bataille quand les gardes sont venus expulser tous les locataires de notre allée. Il a pris une balle à bout portant dans l'épaule, expliqua Grace. J'ai nettoyé sa blessure de mon mieux, mais je crains qu'elle ne se soit infectée.

Ce n'était pas contagieux, et Barbara ne put dissimuler son soulagement.

— Je vais aller y jeter un coup d'œil tout de suite, promit-elle. Et cet horrible bleu qu'il a sur le visage ?

— Ils lui ont donné un coup de pied quand il est tombé à terre. C'est déjà moins enflé, mais il a encore mal et dit que son oreille siffle... Parfois, il se demande où il est.

Barbara hocha la tête.

— Il se peut que ce soit le choc. Combien de jours avez-vous voyagé ?

— Cinq, je crois. Nous avons dormi au bord de la route et n'avons pas mangé grand-chose.

— Dans ce cas, c'est déjà un miracle qu'il soit vivant. Et toi, comment vas-tu ?

— Je suis fatiguée et affamée, avoua Grace. Comme tout le monde.

— Et la petite ?

Elle réfléchit avant de répondre.

— Elle est triste. Très silencieuse et triste. Elle dort tellement... Comme si elle ne pouvait pas supporter de rester éveillée.

— C'est exactement ça, expliqua Barbara. Nous voyons souvent ce phénomène, ici. Mais une fois que nos orphelins se nourrissent régulièrement et sont reposés, ils reviennent à la vie. Il en ira de même pour elle, affirma-t-elle avec un sourire rassurant. Bon, je vais te laisser t'installer et je reviendrai avec un repas. Je suis heureuse de revoir un visage familier, ajouta-t-elle avant de refermer la porte.

Grace se laissa tomber sur le lit et faillit s'endormir sur-le-champ, tant ses longues journées de voyage l'avaient épuisée. Elle avait été sur le point de parler à Barbara du bébé qu'elle attendait et de l'emprisonnement de Morgan, mais elle avait la tête si lourde de fatigue qu'elle n'avait pas su par où commencer. Demain, se promit-elle. Je lui dirai tout demain.

Mary Kathleen remua et s'éveilla, puis elle se blottit contre sa mère avec un soupir las. Elles demeurèrent ainsi en silence jusqu'au retour de Barbara, qui portait un broc d'eau fumante et un grand bol de bouillon. Elle versa la moitié de l'eau dans le lavabo et l'autre moitié dans une vieille théière avec une poignée d'herbes à infuser. Elle posa ensuite le bol de soupe sur la table de nuit avec deux cuillères et un généreux morceau de pain noir.

— Nous te sommes tellement reconnaissantes, Barbara !

Grace se redressa et, honteuse, elle attira Mary Kathleen contre elle pour dissimuler son ventre.

— Il vaut mieux que tu m'appelles sœur John Paul, ici, la prévint son amie en s'essuyant les mains avec une serviette. Certaines des religieuses plus âgées se formalisent facilement ; c'est un autre monde, pour elles, tu sais, elles n'ont pas été habituées à avoir des contacts avec l'extérieur, à voir des familles aller et venir, des petits enfants courir dans les couloirs... On est loin du calme et de la vie contemplative d'autrefois. Si en plus nous nous mettions à utiliser nos prénoms usuels, je crois qu'elles deviendraient folles.

Grace lui sourit avec compassion.

— Est-ce que ça a été dur pour toi aussi ? Ta vie d'avant te manque-t-elle ?

Barbara réfléchit un moment avant de répondre.

— Non, dit-elle. Enfin, si, bien sûr ! La faim et la maladie, les orphelins... Tout cela est horrible. Mais moi, je n'ai pas connu longtemps la vie d'avant. Parfois le silence, le calme, l'existence très intériorisée que nous menions me manquent.

Sa main se posa machinalement sur le crucifix qu'elle portait à la ceinture.

— Mais maintenant, j'ai l'impression d'avoir un but, de servir à quelque chose, ce qui n'était pas vrai avant. (Elle leva brièvement les yeux au ciel.) Pardonnez-moi, Père, mais c'est la vérité. Je sais que c'est pour cela que le Seigneur m'a préparée, vois-tu ? C'est là ma véritable vocation.

— Je comprends, acquiesça Grace.

Barbara hocha la tête.

— Oui, je sais que tu comprends.

Elle regarda autour d'elle pour vérifier que ses protégées avaient bien tout ce qu'il leur fallait.

— Bien, lavez-vous, mangez et dormez. Je viendrai demain matin et nous pourrons parler, car je suis sûre que tu as d'autres choses à me dire.

Elle ressemblait tant à Morgan, avec ses pommettes hautes, son front dégagé, ses grands yeux rieurs et ses taches de rousseur sur les joues ! Les yeux de Grace se remplirent de larmes et elle se leva pour prendre sa vieille amie dans ses bras.

— Allons, allons, tout ira bien, lui dit Barbara d'un ton apaisant en lui tapotant le dos. Après une bonne nuit de sommeil, tu te sentiras plus forte et mieux à même d'affronter la situation. Je vais aller voir ton père. Que Dieu vous bénisse toutes les deux.

Elle les quitta et elles entendirent son pas feutré s'éloigner dans un bruissement de lourdes robes le long du couloir. Grace s'approcha du lavabo, mouilla un linge rêche et entreprit de débarbouiller Mary Kathleen. Le linge noircit à vue d'œil et, horrifiée, elle frotta plus fort jusqu'à ce que les petites joues de la fillette fussent bien roses et d'une propreté exemplaire. Hésitante, elle s'approcha ensuite du miroir et regarda son propre visage, qu'elle n'avait pas vu depuis des mois. Elle effleura sa joue, à peine capable de reconnaître ses traits tirés et souillés de boue, ses yeux cernés de noir. Et ses cheveux ! Ce furent eux qui la choquèrent le plus. Sa chevelure autrefois riche, luxuriante et d'un roux flamboyant pendait désormais, plate et terne. Des brindilles et des morceaux de feuilles s'y mêlaient à des nœuds innombrables, la couleur était éteinte, le roux strié de mèches grises. Grace avait l'air d'une femme de quarante ans et non d'une jeune fille de dix-neuf. Elle se nettoya le visage, les bras et les mains jusqu'à ce que l'eau du bassinet soit toute noire.

Mary Kathleen et elle firent une prière rapide, puis elles trempèrent le pain dans la soupe chaude, avalant de grandes bouchées avant de finir le reste à la cuillère. Ensuite, elles burent chacune deux tasses de tisane. Lorsqu'elles eurent fini, elles ôtèrent leurs vêtements sales et enfilèrent les chemises de nuit rêches, visiblement faites à la main, qui pendaient à des crochets près du lavabo. Grace s'assit ensuite sur le lit derrière sa fille et entreprit de la coiffer avec un peigne de bois. Elle sortit de son sac une paire de ciseaux de couture et coupa les cheveux très fins de l'enfant tout autour de son visage. Elle put ensuite les démêler plus facilement et se réjouit de voir qu'ils soulignaient joliment ses grands yeux noirs. Grace ferma les yeux et respira l'odeur de Mary Kathleen. Puis elle couvrit sa joue de baisers jusqu'à ce qu'elle sourie de nouveau.

— Je t'aime, dit-elle en serrant de toutes ses forces la petite fille contre elle.

Elle se leva et s'approcha du miroir, les ciseaux à la main ; et elle coupa ses propres cheveux jusqu'à ce qu'ils tombent juste au-dessus de ses épaules. Quand elle les peigna, des poignées entières lui restèrent dans les mains ; mais en se regardant de nouveau dans le miroir, elle constata avec soulagement qu'elle était à peu près redevenue elle-même.

Réchauffées et propres, Mary Kathleen et elle s'agenouillèrent sur le sol de pierre glacé à côté du lit et baissèrent la tête au-dessus de leurs mains jointes. Elles remercièrent le Seigneur de les avoir conduites là saines et sauves, de leur avoir donné à manger et un lit chaud. Elles Lui demandèrent de veiller sur ceux qui souffraient en cette nuit, et de bénir tous ceux qu'elles aimaient : les Neeson et Niamh O'Daly, quelque part dans la ville, oncle Sean en Amérique, Ryan et Aghna sur la route de Galway, Brigid et Phillip à Londres, leur vieil ami Abban Alroy, Morgan et lord Evans à Dublin, Henry Adams, et cette chère Barbara, que Dieu avait mise sur leur chemin. Puis elles éteignirent leur bougie et se glissèrent dans le lit. Grace s'enroula autour de sa fille jusqu'à ce qu'une douce chaleur les enveloppe toutes les deux et qu'elles s'abandonnent à un sommeil bien mérité.

32

Morgan était assis dans la cellule froide et dégoulinante d'humidité, et il écoutait les gémissements,
les crachats et les quintes de toux des prisonniers
tout autour de lui. La prison était pleine à craquer,
mais il ne partageait son espace minuscule avec personne : ses geôliers craignaient trop son influence
sur les autres prisonniers pour lui permettre le
moindre contact. Malgré un guetteur bien payé et
en qui ils avaient eu toute confiance – et qui, à n'en
pas douter, était en cet instant même assis dans un
pub quelconque, le ventre rempli et de l'argent
plein les poches –, Morgan et lord Evans avaient été
arrêtés chez le cousin de Meagher, où ils préparaient un discours sur la formation d'une garde
nationale armée. Morgan avait écouté, captivé, lord
Evans lire à haute voix le passage annonçant qu'une
brigade irlandaise était en cet instant même recru-
tée aux Etats-Unis ; une manière de rappeler à leurs
compatriotes que le tiers de l'armée britannique
était constituée d'Irlandais, et qu'il y avait désormais
plus de dix mille Irlandais dans les forces de police.
C'était un discours passionné, censé donner du courage aux hommes et les pousser à agir. Ils projetaient également, cette nuit-là, d'écrire une lettre
formelle de félicitations à la nouvelle République

française sur le point de naître. Evans devait faire partie d'une délégation qui l'apporterait à Lamartine. Meagher prononcerait le discours à propos de la garde nationale, et Morgan se rendrait dans le Nord ; il organiserait les hommes qu'il leur restait là-bas, puis il se ferait oublier jusqu'au printemps. Smith O'Brien parlait d'une révolution pour Pâques, mais Morgan jugeait préférable d'attendre l'été et l'arrivée des recrues américaines, en bonne santé et avec leurs armes, pour lancer l'offensive.

Bien que tous eussent été sur leurs gardes et aussi prudents qu'à l'ordinaire, l'embuscade anglaise avait été un succès et ils n'avaient pas eu le temps de se donner rendez-vous. Après leur arrestation, Morgan avait guetté une occasion de voir Evans seul à seul, mais ils ne s'étaient croisés qu'une seule fois, devant la porte de la salle d'interrogatoire : on poussait Morgan à l'intérieur au moment où Evans était traîné dehors. En sang et couvert de contusions, les yeux presque fermés tant ses paupières étaient enflées, Evans avait tout de même réussi à relever la tête et à murmurer faiblement « Vive l'Irlande », ce qui lui avait valu un sale coup de pied de la part d'un garde.

Morgan ne s'en était guère mieux tiré. Il avait fini par s'habituer aux coups qui tombaient invariablement lorsqu'il refusait de répondre aux questions de ses tortionnaires. Au lieu de les satisfaire, il les avait noyés sous un torrent d'insultes, accusant de trahison les policiers irlandais qui participaient à la torture et leur criant que c'était l'avenir de leurs propres enfants qu'ils mettaient en péril. Cela n'avait guère arrangé ses affaires, et ensuite il ne se souvenait plus de rien, jusqu'au moment où il avait repris connaissance dans sa cellule. Un des prêtres de la prison était près de lui et essuyait le sang qui coulait sur son menton.

— Que Dieu soit avec vous, mon fils, dit-il lorsque Morgan ouvrit les yeux.

Il secoua la tête pour s'éclaircir les idées, puis il se redressa avec peine et s'assit, appuyé contre le mur de pierre froid.

— Dieu est toujours avec moi, mon père, parvint-il à articuler malgré ses lèvres fendues et enflées.

— Vous devez garder à l'esprit les procès de Paul, et ne jamais céder au désespoir.

Le prêtre, un Irlandais aux cheveux noirs, se pencha en avant pour examiner la profonde coupure qui entaillait le front de Morgan.

— Même en prison, l'apôtre Paul ne se lamentait pas sur son sort, mais se préoccupait de l'avenir de la foi nouvelle.

Sa main s'immobilisa à mi-chemin entre la plaie et le bassin d'eau tiède et il ajouta d'un air entendu :

— Vous vous rappelez sans doute ses lettres aux fidèles, et comment, grâce à elles, ils ont pu continuer leur œuvre, réconfortés par ses paroles.

Morgan plissa les yeux ; cette simple mimique le fit grimacer de douleur.

— Oui, dit-il, observant le visage du prêtre avec attention. Paul était un serviteur dévoué du Seigneur.

— D'une fidélité à toute épreuve.

Ils se regardèrent, puis jetèrent un coup d'œil à l'homme posté à l'extérieur de la cellule ; il leur tournait le dos, mais le prêtre se déplaça tout de même pour que le soldat ne puisse voir Morgan. Sans bruit, il tira de sa soutane une petite liasse de feuillets et une plume. Il les glissa sous la paillasse de Morgan avec un encrier. Morgan comprit aussitôt.

— Je penserai à Paul, déclara-t-il comme le prêtre se levait. Merci, mon père.

— Dois-je écouter votre confession, mon fils ? demanda le prêtre avec un clin d'œil. Ou préférez-vous prendre le temps de réfléchir à vos péchés et de vous préparer ?

— Oui mon père, j'aimerais me recueillir d'abord, s'il vous plaît, répondit Morgan.

— Je passerai vous voir demain, dans ce cas.

Morgan hocha la tête. Le prêtre prit le bol d'eau sanglante et les linges, fit le signe de la croix et demanda au garde de le laisser sortir.

Morgan ne toucha pas au papier et à la plume. De toute façon, il devrait attendre pour écrire que le garde se soit éloigné dans le couloir ou soit absorbé par son dîner, et cela lui donnait le temps de réfléchir. Un prêtre irlandais pouvait n'être qu'un pion de l'Eglise, au même titre qu'un prêtre anglais. Or dernièrement Rome avait entrepris de rappeler à l'ordre les membres du clergé qui s'étaient engagés auprès des rebelles. Une chose était sûre : Morgan ne connaissait pas ce prêtre, et il n'avait utilisé aucun des mots secrets qui auraient prouvé qu'il s'agissait bien d'un sympathisant. Demain, il viendrait chercher une lettre, mais à qui Morgan était-il censé écrire ? Il n'osait pas utiliser de noms ou mentionner des événements spécifiques. Cette lettre serait-elle son salut ou sa condamnation ? En cet instant, il aurait donné n'importe quoi pour posséder la capacité de raisonnement de Sean ou la clairvoyance de lord Evans.

Pestant contre sa propre sottise, il pria Dieu de le guider. Il avait fermé ses yeux douloureux et pris sa tête entre ses mains. Son front blessé reposait sur ses genoux osseux. Il ne songeait pas à Paul mais au Christ dans le jardin de Gethsémani, envisageant une mort certaine avec un courage vacillant et suppliant Dieu de lui donner de la force. « Que Ta volonté soit faite, O Père, et non la mienne. » Les mots lui vinrent, comme toujours lorsqu'il était plongé dans la prière et il les prononça à voix haute ; ils se perdirent dans les jurons et les gémissements des autres prisonniers. Grâce au Christ, la fin n'était pas à craindre... et il n'aurait pas à l'affronter seul. De cela, il était certain. Une paix immense envahit son âme, et enfin il put dormir.

— McDonagh !

Son nom, chuchoté à travers les barreaux, fit voler son rêve en éclats. Il ouvrit les yeux dans l'obscurité et releva la tête, le cœur battant la chamade.

— McDonagh, réveillez-vous !

Il plissa les yeux et aperçut, dans la lumière tremblante de la torche du couloir, un jeune soldat qu'il n'avait encore jamais vu, debout devant sa cellule.

— Qu'y a-t-il ? demanda-t-il d'une voix rauque de fatigue.

Le soldat était légèrement tourné sur le côté et Morgan distinguait un profil distinctement anglais au-dessus de l'uniforme familier : un nez droit et fin, des épaules rejetées en arrière, des cheveux blonds nettement coupés et une petite moustache.

— J'ai un message.

D'abord un prêtre, et maintenant un soldat anglais. Le prenaient-ils vraiment pour un imbécile ? Il demeura silencieux.

— De la part de votre femme, reprit le soldat. De Grace.

Le cœur de Morgan se mit à cogner plus fort encore dans sa poitrine, mais il se força à répondre d'une voix monocorde.

— Je ne suis pas marié.

— Par tous les diables, grommela le soldat.

Il jeta un coup d'œil dans le couloir avant de se retourner vers Morgan.

— Je n'ai pas le temps de jouer à ce petit jeu, McDonagh. Il va falloir que vous me fassiez confiance.

Morgan fronça les sourcils et, sautant de sa banquette, il s'approcha des barreaux. Le soldat battit en retraite.

— Si vous voulez que je vous écoute, il faudra que vous me fassiez confiance aussi, fit valoir Morgan.

Le soldat hésita, puis il revint à portée de main du plus dangereux assassin d'Irlande.

— Je l'ai vue en personne, reprit-il en observant son vis-à-vis avec attention. A Cork. Elle allait plutôt bien, même si elle était fatiguée par le voyage depuis Macroom. Mary Kathleen et Patrick étaient avec elle.

Morgan hocha la tête. Mille questions se bousculaient dans sa tête, mais il ne voulait rien trahir de ses sentiments et s'efforçait de garder une expression neutre.

633

— Ils ont été expulsés. Tous les autres membres de la famille sont morts ou partis.

Il s'interrompit de nouveau pour écouter les bruits qui leur parvenaient des autres cellules et vérifier que personne n'approchait.

— Je lui ai donné l'argent que j'avais sur moi et l'ai envoyée chez les nonnes.

Bien, songea Morgan. Barbara s'occupera d'eux.

— Mais elle affirme qu'elle viendra à Dublin dès qu'elle en aura la force.

Les yeux de Morgan s'agrandirent d'effroi.

— Je n'ai pas réussi à la dissuader, expliqua le soldat. Vous savez combien elle peut être têtue, ajouta-t-il.

Morgan s'autorisa un demi-sourire, que le jeune homme vit et lui rendit tristement.

— Elle attend un bébé.

Vive comme l'éclair, la main de Morgan jaillit entre les barreaux. Attrapant le soldat par le col, il lui plaqua le visage contre le fer glacé.

— Si tu me mens, ou si c'est je ne sais quelle ruse perverse, je te briserai le cou, je le jure devant Dieu.

— Lâchez-moi, bon sang, protesta le soldat. Pourquoi vous mentirais-je ?

Morgan lui décocha un regard empreint de frustration avant de desserrer son étreinte.

— Une femme seule n'est pas en sécurité sur la route... Pas en ce moment..., grommela-t-il avec anxiété.

Le soldat comprit aussitôt ce qu'il s'imaginait.

— Ce n'est pas cela, précisa-t-il. L'enfant est de vous. Elle voulait à tout prix que vous le sachiez.

Hésitant et perplexe, Morgan le regarda d'un œil las.

— Elle est forte, votre Grace, reprit le soldat. Elle a plus de cran et de courage que n'importe quel homme !

— Ouvrez-moi la porte.

Le soldat recula d'un pas, alarmé.

— Je vous en prie, le supplia Morgan. Je vous promets d'attendre que vous soyez loin avant d'essayer de m'enfuir.

Henry poussa un soupir.

— Je ne peux pas, répondit-il avec calme, mais non sans regret. Je n'ai pas la clé.

Morgan demeura immobile un instant, puis il haussa les épaules pour dissimuler sa déception.

— Cela valait toujours la peine de demander.

Les deux hommes se regardèrent à travers les barreaux. « Grace aime cet homme », songeait Henry. « Elle lui fait confiance », se disait Morgan.

— Comment vous appelez-vous ? s'enquit-il.

— Henry Adams. Cavalerie.

— La reverrez-vous, Adams ?

Henry secoua la tête.

— Non, à moins qu'elle ne vienne à Dublin.

— Elle a dit qu'elle viendrait.

— Elle n'arrivera pas à me trouver au milieu de tout ce chaos.

— Pas sûr, fit valoir Morgan. Croyez-vous en Dieu, Adams ?

— Oui.

— Et croyez-vous que les voies du Seigneur sont impénétrables ?

Henry hocha la tête avec hésitation.

— Ne se peut-il que le Seigneur travaille à travers vous ?

— Ce doit être le cas, répondit Henry, sans quoi, pourquoi ferais-je tout ça ?

— Aidez-la à me voir, supplia Morgan. Si elle vient. Si elle vous trouve.

Une expression dubitative se peignit sur les traits du jeune soldat.

— Et si vous ne pouvez pas, alors remettez de ma part une lettre à John Mitchel, qui la lui fera parvenir.

Henry fut horrifié de cette suggestion.

— Je ne peux pas entrer comme ça, l'air de rien, dans le bureau de ce satané John Mitchel à *La Nation* ! protesta-t-il.

— Les Anglais n'y passent-ils pas leur vie ? La loi sur la trahison n'ayant pas encore été votée, on ne peut pas l'inculper de sédition, mais rien n'interdit à vos compatriotes de le harceler jour et nuit, et vous savez qu'ils ne s'en privent pas !

Henry secoua la tête, intraitable.

— En vérité, Adams, reprit Morgan, c'est très simple : je suis un homme mort. Je ne pourrais pas supporter que Grace apprenne la nouvelle dans la rue – les rumeurs sont si épouvantables, par les temps qui courent !

Le cœur de Henry était déchiré par des sentiments contradictoires, mais il ressentit soudain une vive émotion pour cet homme, un ennemi de l'Empire, certes, mais un héros pour sa patrie.

— Ne perdez pas espoir, dit-il. Vous n'allez pas mourir.

Morgan s'approcha de lui autant que possible.

— Ecoutez un peu autour de nous.

Henry obéit. Et il entendit des gémissements et des quintes de toux s'élever de pratiquement toutes les cellules alentour. Il ne connaissait que trop bien l'agitation perpétuelle des hommes fébriles, leurs haut-le-cœur, leurs voix faibles qui réclamaient à boire. Il jeta un regard alarmé à son interlocuteur.

— Oui, c'est la fièvre, acquiesça Morgan à voix basse. Certains des gardes en souffrent aussi, bien qu'ils ne le sachent pas encore. Pas besoin de me tabasser à mort ou de me pendre par le cou, car avant la fin de la semaine prochaine, je ne serai plus là.

— Vous pourriez survivre, insista Henry. Vous ne seriez pas le premier.

— Je n'ai plus la force de survivre, répondit Morgan d'un ton détaché. Je suis affamé et épuisé, contusionné et gelé. Mes côtes cassées me font mal à la poitrine, tout mon corps est endolori. Nous n'avons pas de médecins ici, pas de couvertures, pas d'air frais ; nous côtoyons constamment nos propres immondices. Je ne suis pas pessimiste de nature, Adams, mais ces dernières années ont fait de moi un réaliste.

Henry ne sut que répondre.

— Je n'ai connu ma femme qu'un moment, et jamais je ne verrai notre enfant. Laissez-moi leur dire adieu. Dieu ne m'a-t-il pas donné les moyens, et n'êtes-vous pas le messager ?

La bouche sèche, Henry essaya de faire taire la petite voix qui lui criait : « Non, tu ne peux pas, tu es déjà resté trop longtemps. » Il entendit un bruit de bottes au-dessus de sa tête, un cliquetis de clés ; le risque était trop grand, il devait partir immédiatement, sans quoi il passerait le restant de ses jours à écouter ces mêmes bruits. Paniqué, il se détourna, prêt à fuir, mais soudain il sentit tout le poids de la main de Dieu s'abattre sur son épaule et le maintenir en place, anéantissant ses doutes, réduisant sa peur à néant. Il n'avait pas demandé à être là, mais il y était. Tout ce qu'il avait vécu jusqu'à présent faisait partie d'un plan divin pour l'amener à cet instant, pour lui permettre de réconforter un ennemi. Comme l'évidence s'imposait à lui avec une clarté éblouissante, sa faiblesse se mua en force, sa lâcheté en courage. Il releva la tête et regarda autour de lui, conscient pour la première fois de sa place dans le monde. Avec une compassion qu'il n'avait encore jamais éprouvée pour quiconque, il se retourna et plongea son regard dans celui, las et troublé, de cet homme en qui il voyait désormais un frère.

La main de Morgan agrippa le barreau ; Henry l'enveloppa de la sienne.

— Ecrivez votre lettre, dit-il d'un ton calme. Je ferai ce que je pourrai.

33

Il était tard. Sean était derrière son bureau dans sa petite chambre louée, au-dessus du *Harp*, le saloon irlandais de Mighty Dugan Ogue. Il était en chemise de nuit, enveloppé dans une couverture, et il entendait, au rez-de-chaussée, les discussions devenir de plus en plus enflammées, ponctuées de temps à autre par des bruits de verre brisé. Tout cela ne troublait pas ses réflexions, cependant, et il était entièrement concentré sur le papier posé devant lui, sur le message urgent qu'il lui fallait écrire.

«Chère Grace», commença-t-il. Alarmé de voir sa main trembler, il s'interrompit le temps de se calmer un peu.

«Viens immédiatement. Ceci sera sans doute la seule injonction que tu recevras jamais de moi ; prends-la au sérieux et ne perds pas de temps.»

Il trempa sa plume dans l'encrier et fronça les sourcils, le regard perdu dans son reflet pâle sur la vitre battue par la pluie. Devait-il lui révéler que depuis son arrivée en Amérique, il n'avait cessé de rêver de mort et de catastrophes ? Il voyait en songe des maisons pleines d'enfants agonisants qui avaient le visage de Mary Kathleen ; Grace et sa fille, courant sur la route pour essayer d'échapper à des soldats qui leur tiraient dessus et rouaient leurs épaules, leurs bras et leurs jambes de coups ; elles deux encore, se remplissant la bouche de terre pour faire taire les hurlements de la faim. Mais son dernier rêve avait été le pire, et il tremblait encore à son seul souvenir : il avait vu Grace allongée au bord de la route dans une flaque de sang, luttant faiblement contre les corbeaux qui essayaient de lui manger les yeux tandis que l'enfant près d'elle sanglotait, impuissante, elle-même attaquée de toute part. Il s'était éveillé trempé de sueur, en poussant un tel cri que Mighty Ogue lui-même s'était précipité dans la chambre, un revolver à la main. Moins d'une heure s'était écoulé depuis, mais il savait qu'il n'avait pas une minute à perdre : il devait tout faire pour convaincre sa sœur de quitter l'Irlande.

« Je sais bien pourquoi, pour qui tu veux rester, mais crois-moi, lui aussi te dirait de partir. S'il est en mesure de voyager, il le fera ; sinon, sois sûre qu'il te suivra au printemps. N'attends pas plus longtemps ! Viens, et emmène Mary Kathleen avec toi. Je n'ai cessé de prier Dieu de la maintenir en vie. Je sais que Pa ne quittera jamais l'Irlande, pas plus que Grandma si elle est toujours vivante, et mon cœur souffre à la pensée de ne plus les revoir. Pour l'instant, je dispose seulement de la somme nécessaire pour vous faire venir, Mary Kathleen et toi, mais au printemps nous enverrons de quoi nous rejoindre à Ryan et les siens. »

Alors même qu'il écrivait ces mots, il eut soudain la certitude que Grandma était morte, et peut-être aussi Patrick, car tous deux lui étaient apparus en rêve. Dans ces songes, le visage de Patrick était déformé par les coups, mais Grandma ne semblait pas avoir eu une mort violente ; une paix merveilleuse irradiait de ses mains lorsqu'elle les posait sur les épaules de Sean et lui disait qu'il ne retournerait jamais en Irlande. Dieu avait des projets pour lui en Amérique, expliquait-elle, mais il devait d'abord retrouver sa sœur et la faire venir. Dans le même rêve, Aghna pleurait sur une petite tombe,

Ryan à son côté, puis ils partaient en mer sur une barque qui s'éloignait dans la nuit et disparaissait.

Il relut le reçu posé près de son encrier et reprit la plume.

« J'ai réservé et payé ton billet à bord de la frégate américaine *Christina*, qui partira de Cork le 1er novembre. Le capitaine s'appelle John Applegate, c'est un homme à la réputation solide. C'est lui d'ordinaire qui paie la taxe de débarquement à l'arrivée, mais je lui ai avancé la somme afin qu'il n'y ait aucun problème. Cependant, rien n'est jamais certain actuellement, alors prépare-toi à tout. »

Il s'efforça une nouvelle fois de calmer le tremblement de sa main. Le souvenir de son propre voyage cauchemardesque à bord du *Lydia Ann*, un navire bondé, lui revint. Certains des tonneaux d'eau avaient fui, d'autres avaient été contaminés par du vin ; le capitaine avait dû rationner les maigres provisions. La fièvre sévissait, tout le monde avait des poux, et la cale empestait la maladie et la crasse.

« Il est essentiel que vous vous mainteniez en bonne santé durant la traversée, Mary Kathleen et toi, car ils ne laissent pas les malades descendre à quai. Ils les envoient en Nouvelle-Ecosse, ce qu'il te faut absolument éviter. Couvre-toi bien, superpose tous les vêtements que tu possèdes et prends une couverture en guise de cape. Dans ton sac, n'emporte rien d'autre que la nourriture que tu pourras trouver, car il ne faudra pas compter sur la charité du capitaine ou sur les provisions de bord. Il sera difficile de faire chauffer quoi que ce soit, penses-y et prends de préférence du poisson et des fruits séchés, du pain et du fromage, si tu peux t'en procurer. »

La femme d'Ogue, une Irlandaise minuscule, lui avait apporté une tasse d'eau chaude parfumée d'un peu de whiskey et de citron, et il la prit entre ses mains pour les réchauffer avant de boire une gorgée. Il se rappelait avoir terminé toutes ses provisions cinq jours avant l'arrivée au port.

« Sors au grand air tous les jours pour éviter la fièvre, qui ne manquera pas de se propager dans la cale. Ne soigne pas les malades. Ne prends pas de risques. Je te le répète, si tu montres le moindre signe de faiblesse, tu ne seras pas autorisée à débarquer ! »

Il souligna la dernière phrase, la tête encore pleine des cris de ceux qui avaient été gardés à bord. Il avait failli y avoir une émeute. Sans eau ni nourriture, après avoir fait tout ce chemin et être arrivés si près du but, les passagers refusaient de reprendre la mer pour aller dans le Nord, en Amérique britannique. Ils avaient entendu des comptes rendus abominables au sujet de l'arrivée à Grosse Pointe et étaient terrifiés à l'idée de mourir là-bas. Lui-même, certain d'y être expédié, avec ses membres estropiés et sa terrible toux, avait sauté à l'eau à la nuit tombée, profitant que le bateau était ancré non loin du port. Il était monté sur le pont sans se faire remarquer par l'homme de quart, puis il avait attendu, vu une planche passer dans l'eau, et il s'était lancé. Il s'était accroché au morceau de bois en priant pour ne pas être entraîné vers le large. Juste avant l'aube, il avait été ramassé dans un doris par des anges déguisés en marins ivres, qui l'avaient gaiement ramené à terre et jeté sur la rive rocailleuse.

« Quand le moment sera venu de quitter le bateau (sa plume grattait furieusement le papier), accroche-toi bien à ton sac et à Mary Kathleen. Ne les confie à personne, même pas à un Irlandais en apparence digne de confiance. Ces voyous sont là pour arnaquer les nouveaux arrivants, ils parlent notre langue et voudront te prendre ton sac afin de t'obliger à les suivre dans une petite pièce bondée où l'on te fera payer six pence pour un repas et autant pour un lit. Ce sont des menteurs et des voleurs, et ils essaieront de t'arracher ton sac ou, pire, la main de Mary Kathleen pour que tu n'aies pas le choix. Accroche-toi bien et résiste. Mes hommes et moi serons là pour t'accueillir. »

Il s'interrompit, craignant soudain de décourager tout à fait sa sœur. Mais il secoua bientôt la tête. Non, pas Grace.

« Ce ne sera pas aussi difficile pour toi que pour tous les autres qui arrivent ici sans que personne les attende, et tu n'auras pas à habiter dans une cave comme beaucoup. J'ai une petite chambre au-dessus d'un pub qui appartient à un type bien, et il a ccepté de te louer la chambre voisine. Il est acquis à la cause et c'est un bon catholique, et pour l'instant nous pouvons le payer dans la mesure de nos moyens, quand nous en avons. Ce n'est pas un endroit mal famé, et au moins Mary Kathleen ne sera pas à la rue. »

Voilà qui était mieux, cela la rassurerait un peu. Que pouvait-il lui écrire d'autre ? Il réfléchit, puis trempa de nouveau sa plume dans l'encrier.

« L'Amérique est bel et bien une terre d'abondance. Arpente n'importe quelle rue et tu verras des cageots de pommes et de tomates, de potirons, de maïs, d'oignons. Dans les boucheries, il y a toutes sortes de viandes pendues au plafond, des jambons, des quartiers de bœuf entiers, et chaque coin de rue est occupé par une boulangerie regorgeant de pains et de gâteaux divers. Régulièrement, des hommes passent avec des charrettes pleines de poisson frais ; tu ne peux pas imaginer le nombre de cabillauds, de turbots, de vivaneaux, de crabes, de coques et de moules que l'on trouve ici. Et rien de tout cela n'est inabordable. Avec les quelques sous que je gagne, j'ai réussi à bien manger jusqu'à présent, et tu ne me reconnaîtras pas tant j'ai les joues rondes ! Mary Kathleen grandira et s'épanouira ici, je te le promets. Il n'est pas trop difficile de trouver un emploi, même s'il faut travailler dur. »

Il ne voulut pas lui dire que les Irlandais étaient connus pour accepter des travaux difficiles en échange d'un salaire de misère, et que cela leur valait le ressentiment de la plupart des autres immi-grants. Il ne mentionna pas les bidonvilles et les paroisses incendiées, les préjugés et le harcèlement dont ils faisaient l'objet. Il ne révéla pas que, der-nièrement, les éditoriaux des journaux avaient demandé que cesse l'afflux considérable d'Irlandais indigents sur les côtes américaines.

«Je t'en prie, viens. Cela fera du bien à mon pauvre cœur de contempler le visage d'une pirate irlandaise sortie tout droit des marais, de la boue aux pieds. Ta fille aura une maison agréable ici, et ton mari aussi, quand il nous rejoindra. Et il nous rejoindra, Grace, aie confiance. Il t'a toujours aimée de tout son cœur et Dieu vous accordera de vivre ensemble sur cette nouvelle terre en attendant que la nôtre soit de nouveau libre. Pour l'instant, nous sommes comme les Juifs errant dans le désert; mais c'est un bien beau désert que nous offre le Seigneur, et nous pourrons tous y reprendre des forces. Viens immédiatement. Je compte les jours jusqu'à l'arrivée du bateau.»

Il s'arrêta et sécha soigneusement l'encre avec un buvard, puis il relut sa missive. Elle était trop pleine de mises en garde et d'émotion mal contrôlée, mais il décida de l'envoyer tout de même. Il faudrait qu'elle parte le lendemain pour atteindre sa desti-nataire avant la fin du mois d'octobre. Si Grace ne tardait pas, elle pourrait partir en novembre par le dernier bateau avant les tempêtes d'hiver. Il fallait qu'elle le prenne. Il le fallait.

La lettre arriva chez William Smith O'Brien, et quand il l'ouvrit, il trouva à l'intérieur une seconde enveloppe adressée à « Gracelin O'Malley ». Il reconnut sans peine l'écriture de Sean. Sans hésiter, il décacheta la lettre et s'approcha de la fenêtre pour la lire à la lumière. Il la parcourut deux fois, et quand il eut fini, il la reposa et regarda sans le voir le jardin automnal. Il ne pouvait pas faire grand-chose désormais, à part s'assurer que Grace McDonagh prenne bien ce bateau. Et cela, se promit-il comme la nuit tombait sur le jardin, il le ferait. Cette fois-ci, il n'échouerait pas. Il devait bien cela à Morgan.

34

A l'automne 1847, l'Irlande mourait toujours de faim, au grand dam des autorités qui avaient supervisé l'afflux de nourriture en provenance de Grande-Bretagne et des Etats-Unis. Le plus rageant était le déclin des communautés côtières, qui se nourrissaient de vieilles feuilles de chou, de mauvaises herbes poussant au bord de la route, de navets pourris et d'algues comestibles. Ces gens-là mangeaient bien quelques berniques arrachées aux rochers, mais ils ne pêchaient pas les poissons qui fourmillaient dans la mer et auraient pu leur sauver la vie. Harengs et maquereaux, cabillauds, turbots

et soles abondaient dans les eaux fraîches et profondes au large de la côte, mais nul n'essayait de les
attraper. Le matériel de pêche avait depuis longtemps été vendu pour acheter de la farine, et maintenant même le plus déterminé des pêcheurs ne
pouvait trouver qu'un fragile canot pour affronter
les courants redoutables. Et c'est ainsi que de
nombreuses communautés côtières, celle de Galway
comprise, mouraient de faim.

Les pêcheurs de Galway vivaient pour la plupart
dans le village de Claddagh. Ils avaient leur propre
dialecte et leur propre maire, un « roi » dont la
parole avait force de loi et auquel ils obéissaient
strictement. Les étrangers n'étaient pas autorisés à
s'installer à Claddagh, et ceux qui osaient essayer
étaient harcelés jusqu'à ce qu'ils se découragent.
Les mères donnaient en héritage à leurs filles
l'épais anneau d'or, signe de leur appartenance à la
communauté. C'était un groupe étrange, clanique,
qui vivait dans des huttes noires au toit de chaume
semblables à des ruches regroupées en grappes.
Les Claddagh étaient méfiants et difficiles à
comprendre. Même les quakers avaient eu du mal
à apporter de l'aide à ces pêcheurs obstinés.

Ils avaient l'exclusivité de la pêche dans certaines
des zones les plus prolifiques d'Irlande, et c'était un
privilège qu'ils gardaient jalousement. Parfois, ils
sortaient et rapportaient une belle prise de harengs,
puis ils refusaient de partir en mer pendant plusieurs jours et empêchaient quiconque de sortir à
leur place. Ils étaient ainsi.

Hélas, ils ne pouvaient plus pêcher du tout, car
leurs bateaux et leurs filets avaient été vendus ou

endommagés, si bien qu'ils attendaient, comme leurs compatriotes, mourant de faim en silence dans leurs huttes. C'est chez eux que Ryan et Aghna parvinrent enfin, et là qu'ils moururent.

La fièvre les avait rattrapés deux jours après leur départ de Galway, mais ils avaient poursuivi leur chemin. Aghna était beaucoup plus malade que Ryan et délirait comme une aliénée quand ils arrivèrent à Claddagh. A la fin, Ryan était presque obligé de la porter.

Les huttes étaient visiblement habitées, mais lorsqu'ils appelèrent à l'aide, personne ne leur porta secours.

— Je suis chez moi, ici! hurlait Aghna en secouant le poing. Demandez aux jésuites!

Des visages sombres apparaissaient aux fenêtres et jetaient des regards méfiants à ces étrangers jaunes de fièvre qui ne parlaient pas le dialecte.

Toute la matinée, sous un soleil éclatant, Aghna et Ryan allèrent de hutte en hutte, puis finalement ils se laissèrent tomber sur le sable humide de la plage, épuisés et assommés. Des épaves de petits bateaux de pêche gisaient tout autour d'eux, et quand le vent se leva en milieu de journée, ils montèrent dans celui qui leur paraissait en meilleur état et ils s'allongèrent côte à côte sur le bois tiède et salé. La fièvre les dévorait; le moindre mouvement était douloureux, et ils ne se parlaient plus que dans leur tête. Personne ne leur apporta de l'eau fraîche ou de la nourriture. Personne ne vint voir s'ils étaient toujours vivants.

La nuit tomba et les étoiles apparurent une à une dans le ciel sans nuages. Ryan ouvrit les yeux et les regarda, il sentit le poids de la tête d'Aghna sur son bras. Il essaya de la serrer contre lui mais n'y parvint pas. La marée montait ; elle grignota la grève, centimètre par centimètre, pour enfin venir lécher la coque du petit bateau, jusqu'à ce que celui-ci se balance doucement comme un berceau d'enfant. Ils n'entendirent pas des milliers d'adieux, mais une seule voix les attirant à elle, et quand enfin ils s'éloignèrent vers le large sous le ciel infini, ils avaient déjà répondu à son appel.

Sous le même ciel limpide mais de l'autre côté de l'île, sur la côte est, Henry Adams descendit d'un bateau dans la baie de Youghal et loua un cheval, le plus rapide qu'il put trouver à cette heure de la nuit dans le seul pub pour marins encore ouvert. Cela faisait déjà près de deux jours qu'il manquait à l'appel, et il lui faudrait encore deux jours pour revenir. Il devrait répondre à bien des questions, mais il n'avait pas peur. McDonagh était mort, et le jeune soldat avait l'impression que la lettre qu'il portait contre son cœur était incandescente.

Il ne connaissait pas cette route et remerciait la Providence que le chemin fût éclairé par la pleine lune, et le ciel criblé d'étoiles. Il songea soudain qu'il aurait dû enfiler autre chose que son uniforme, mais il n'avait pas pensé à se changer ; en vérité, il n'avait pas pris le temps de se reposer un seul instant depuis qu'il avait appris que le hors-la-loi McDonagh avait succombé à la fièvre dans sa cellule après avoir fait sa dernière confession, sans le moindre intérêt pour les autorités, au prêtre de la prison. La force de conviction qui avait envahi

Henry lors de sa visite à la prison n'avait pas faibli depuis, elle était même devenue si forte qu'il n'avait pas hésité un instant lorsque la nouvelle était arrivée : il s'était aussitôt dirigé vers sa couchette et avait glissé la main dans l'entaille du matelas au fond de laquelle la lettre était cachée. Il avait écrit rapidement un petit mot à son capitaine expliquant qu'un médecin avait besoin de son aide d'urgence dans le Sud. Comme il avait déjà été envoyé pour aider dans les hôpitaux par le passé, et qu'aucune mission ne le retenait à Dublin, il avait décidé de partir sur-le-champ. Il était sûr que le capitaine comprendrait, et il promettait de revenir sous quatre jours.

Ce n'était pas ainsi que fonctionnait d'ordinaire le protocole militaire, mais ces derniers mois Henry avait bel et bien été appelé plusieurs fois à la rescousse et son capitaine lui avait toujours donné l'autorisation de partir. A son retour, Henry dirait que le médecin fictif était mort de la fièvre et que lui-même ne se sentait pas très bien. Il espérait ainsi être mis en quarantaine avant que ses supérieurs aient eu le temps de l'interroger, ce qui lui laisserait le temps de peaufiner son récit.

Il était tellement plongé dans ses pensées qu'il n'entendit pas le cri étouffé sur la colline devant lui et n'eut pas conscience de courir un danger. Il ne remarqua pas les jeunes gens qui se déplaçaient sous couvert des arbres en amont de la route, il ne prit pas garde à la nervosité croissante de son cheval de louage, qu'il ne connaissait pas. Son âme était en accord avec Dieu, puisqu'il remplissait la mission que Dieu lui avait confiée, et son cœur était enfin libéré de la douleur qui l'étreignait depuis son arrivée en Irlande. Henry était devenu l'homme qu'il avait toujours rêvé d'être.

La mort ne vint pas dans la douleur et le tonnerre, dans la torture et le désespoir, mais très vite, sans qu'il s'en rende compte ou ait l'occasion de remettre sa foi en doute. Elle vint dans un bref éclair de lumière, à peine entr'aperçu du coin de l'œil. Soudain, tout devint noir et il tomba de sa monture. Une seule balle avait suffi.

Le cheval, terrorisé, se cabra et hennit de toutes ses forces, puis il partit au grand galop, traînant derrière lui le soldat britannique dont la botte était restée accrochée dans l'étrier. Trois hommes et un jeune garçon apparurent sur la route, les bras levés pour apaiser l'animal effrayé. Lorsqu'ils l'eurent calmé, ils libérèrent le soldat et le tirèrent dans les buissons. Là, ils entreprirent de le fouiller.

— Prenez son arme et ses balles, ordonna une voix rude. Et tout son argent.

— Il y a une lettre dans la poche de sa veste.

Le jeune garçon brandit une enveloppe, blanche sous le clair de lune.

— Ne serait-il qu'un messager, alors ? grommela un autre homme. Jette-la.

— Non, intervint de nouveau la voix rude, ça pourrait être important. Est-ce que l'un de vous sait lire ?

Personne ne répondit.

— Mets-la dans la sacoche avec tout le reste.

Lorsqu'ils eurent fini de fouiller le corps, ils le placèrent bien en vue contre le mur de pierre, comme s'il faisait la sieste au bord de la route. Ils s'amusèrent même à lui croiser les jambes et à enfoncer son chapeau sur ses yeux. Que les Brits le trouvent ainsi et évitent cette route, à l'avenir, se disaient-ils. Qu'eux aussi connaissent la peur. Chacun son tour.

La lune avait quitté le ciel nocturne et seules quelques étoiles luttaient encore contre la lumière de l'aube lorsqu'ils atteignirent la maisonnette de la vieille femme qui pratiquait la médecine en secret. Ils frappèrent à la porte et lancèrent le mot de passe, puis ils entrèrent et allèrent aussitôt se réchauffer près du feu. Ils s'accroupirent, trop fatigués pour parler, et acceptèrent les petits bols de porridge liquide offerts par la fille de la vieille. Ils mangèrent en silence avant de s'allonger pour dormir à même le sol, tous sauf le jeune garçon, qui ramassa la sacoche et l'apporta à son capitaine, couché avec une jambe fracassée. La femme lui avait coupé le pied et parlait d'amputer davantage, car la jambe était à présent verte jusqu'au genou et dégageait une odeur pestilentielle. Le jeune garçon prit une profonde inspiration avant de pénétrer dans la petite chambre sans fenêtre où reposait son chef.

— Bonjour, capitaine Alroy, dit-il avec respect.

Dans la chambre mal éclairée, il distinguait seulement la silhouette de l'homme allongé sur le lit.

Abban se redressa en position assise avec une grimace de douleur.

— Ainsi, une nouvelle journée commence, hein, mon garçon ?

Il monta la flamme de la lanterne à l'huile de baleine, et des ombres se dessinèrent sur le mur.

— Eh bien, je pourrai donc dire que j'ai vécu un jour de plus. Que m'apportes-tu là ?

— Une sacoche, annonça le jeune garçon en brandissant son butin devant lui. Nous avons abattu un soldat sur la grand-route, et nous l'avons placé bien en vue pour mettre en garde tous les autres Brits qui auraient voulu s'amuser à chevaucher dans les parages.

— Vraiment ? demanda Abban d'une voix calme.

— Oui, acquiesça fièrement son interlocuteur. Nous avons pris son arme et son cheval, et il y a aussi des papiers là-dedans. On a pensé que ça vous intéresserait peut-être, ajouta-t-il fièrement.

— Fais-moi voir ça, dit Abban en tendant la main. Et maintenant, va te reposer.

— Je ne suis pas fatigué, capitaine !

— N'as-tu pas passé la nuit dehors ? Et n'as-tu pas accompli des gestes effrayants ? demanda Abban, sourcils froncés. Il est déjà assez regrettable que des hommes adultes soient contraints de faire des choses pareilles... Alors des gamins comme toi...

Il se souvint soudain avec une clarté dévastatrice du jeune Nolan, debout seul dans le ruisseau face à Donnelly.

— N'est-ce pas pour vous éviter d'avoir à vous battre que nous luttons ?

— Je n'ai pas peur de me battre, rétorqua le jeune garçon sur un ton de défi. Et je suis aussi courageux que n'importe quel homme, car je n'ai plus de parents pour me pleurer, s'il m'arrivait quoi que ce soit.

Abban poussa un soupir.

— Nous, nous te pleurerions, mon garçon. Et à dire vrai, je ne supporte plus d'enterrer des enfants.

— Pas question que je reste derrière pour cuisiner et ravauder. Je me suis engagé comme combattant, pas comme balayeur !

— Quand tu t'es engagé, tu as remis ta vie entre mes mains, et tu feras ce que je te demanderai, tu m'entends ?

Abban avait parlé d'une voix aussi menaçante que possible.

Le jeune garçon ne répondit pas, mais sa mine blessée en disait long sur ce qu'il ressentait.

— Va te reposer, ordonna Abban avant d'ajouter d'un ton radouci : tu es un bon garçon, et je veux te voir vivre et devenir un homme bien. Mais tu dois m'obéir, car la mort a le bras long. N'oublie pas que, six pieds sous terre, tu ne nous seras d'aucune utilité.

Le jeune garçon hocha sobrement la tête. Lorsqu'il eut quitté la pièce, Abban poussa un long soupir, puis il ouvrit la sacoche. Un instant, son nez se plissa de dégoût tant sa propre odeur de putréfaction lui portait au cœur. Sa jambe ne guérirait pas, il le savait. Mieux valait s'en débarrasser une bonne fois pour toutes. Si seulement la vieille n'avait pas envisagé l'opération avec une telle jubilation malsaine...

Il sortit les papiers. Ils n'étaient pas militaires mais semblaient avoir appartenu à un agriculteur : il y avait là des reçus pour du grain, une feuille d'enchères, une liste de prix, rien de vraiment important.

— Bon sang de bonsoir ! grommela-t-il. Ils sont

allés abattre un malheureux paysan irlandais, et non pas un soldat anglais.

Il passa de nouveau les papiers au crible et remarqua soudain une enveloppe scellée sans nom ni adresse. Fronçant les sourcils, il l'ouvrit et en tira une lettre, retenue par ce qui semblait être une alliance d'homme et deux boucles d'oreilles en or. Il reconnut aussitôt ces dernières, et crut que son cœur allait s'arrêter de battre. Très vite, il déroula la lettre. C'était un message écrit à la hâte ; certains mots avaient été rayés, et le papier était taché pour avoir été replié avant d'avoir eu le temps de sécher. Abban fit un effort pour contrôler ses émotions et, approchant la lanterne afin de mieux voir, il commença à déchiffrer la lettre de Morgan.

« Chère Grace,

Si tu lis ces mots, c'est seulement parce que je n'ai pu venir à toi en personne. J'ai demandé à ton ami de t'apporter ce message pour que tu n'apprennes pas la nouvelle de ma mort par de fausses rumeurs. Je sais que tu es avec Barbara et qu'elle te réconfortera. Pleure pour moi, et que ce soient tes dernières larmes, car je te protège désormais comme jamais je n'ai pu le faire auparavant. »

La vision d'Abban se brouilla et il s'essuya rageusement les yeux au revers de sa manche. Il lut la lettre jusqu'au bout, puis il la posa et regarda les trois anneaux d'or au creux de sa main.

Morgan avait dû mourir en prison, songea-t-il. A cette pensée, il fut envahi par une douleur si intense que si Dieu lui était apparu en cet instant et lui avait demandé s'il était prêt à quitter la Terre, il aurait répondu sans hésiter par un «oui» solennel. A son chagrin venait s'ajouter un vif sentiment de culpabilité. Le soldat que ses hommes avaient abattu était le messager des deux personnes qu'Abban aimait le plus au monde. Cet homme avait réussi à voir Morgan en prison et accomplissait ses dernières volontés.

Du contenu de la lettre, il déduisait que Grace et Morgan étaient parvenus à se marier et que leur enfant allait venir au monde, un enfant que Morgan ne verrait jamais mais qu'il avait aimé avant de mourir. Morgan avait voulu faire en personne ses adieux à Grace, afin qu'elle puisse trouver la paix. Et son messager avait été tué par les hommes d'Abban.

Son poing se crispa autour des trois anneaux et il l'abattit contre le mur avec un hurlement de rage. La vieille accourut et passa la tête dans l'entrebâillement de la porte.

— C'est encore la douleur, cap'taine? demanda-t-elle, la mine pleine d'espoir.

— Oui, rétorqua sèchement Abban.

— La couperons-nous aujourd'hui, alors?

— Pour soulager cette douleur-là, il faudrait que vous m'ôtiez le cœur, grommela-t-il.

Elle ouvrit de grands yeux abasourdis et porta sa main à sa bouche. Abban se ressaisit en voyant une lueur intéressée s'allumer dans son regard.

— Laissez tomber, dit-il très vite. Je ne suis plus moi-même. Aujourd'hui, la jambe s'en va. Mais seulement sous le genou! ajouta-t-il.

— Ah, mon pauvre capitaine, comme c'est dommage, dit-elle d'un ton peu convaincant. Bon, je vais mettre la scie à bouillir.

656

Abban grimaça.

— Très bien. Et envoyez-moi le petit.

Elle s'éloigna en se frottant les mains et appela le jeune garçon, qui sauta prestement de sa paillasse et arriva en courant.

— Vous avez besoin de moi, capitaine ? demanda-t-il, le souffle court.

— Oui.

Abban replia soigneusement la lettre et la remit dans l'enveloppe.

— Attends une seconde.

Il écrivit une courte note, expliquant seulement à Grace que le soldat qui portait la lettre avait été tué et que lui, Abban, priait pour elle. Il la glissa dans l'enveloppe.

— J'ai une course pour toi.

Le jeune garçon cligna des yeux, mais il ne laissa pas la déception assombrir ses traits.

— Bien, monsieur, dit-il d'un ton égal.

— Je veux que tu apportes cette lettre au couvent de Cork. Les sœurs de la Rose. Remets-la en main propre à sœur John Paul et dis-lui de la lire en privé. C'est compris ?

Le jeune garçon hocha la tête.

— La sœur John Paul, chez les sœurs de la Rose à Cork. Qu'elle la lise en privé.

— C'est terriblement important, mon garçon, le prévint Abban, avant de demander à voix basse : est-ce que le nom de McDonagh t'est familier ?

Le gamin écarquilla les yeux, visiblement impressionné.

— Oh, oui, monsieur. Tout le monde ne connaît-il pas le nom de l'homme le plus courageux d'Irlande ?

Abban déglutit avec difficulté.

— Fais-le pour lui, dans ce cas, mon garçon. Ne le laisse pas tomber.

— Non, monsieur, vous pouvez compter sur moi, monsieur.

— N'attire pas l'attention sur toi quand tu seras en ville, l'admonesta Abban. Emmène Lewis avec toi pour plus de sûreté, mais approche seul des portes du couvent.

Le jeune garçon écouta attentivement.

— Dois-je attendre une réponse ? Abban réfléchit quelques instants.

— Non, dit-il enfin. Reviens directement ici.

Le messager prit la lettre avec révérence et la glissa sous sa chemise. Les yeux brillants, il se redressa de toute sa hauteur et salua Abban.

— Porte cette lettre et reviens vivant, et tu m'auras prouvé ta valeur en tant que soldat, déclara Abban avec solennité.

— Je ne vous décevrai pas, capitaine. Et lui non plus.

Là-dessus, le jeune garçon tourna les talons et un moment plus tard Abban l'entendit appeler Lewis, leur nouvelle recrue du comté de Wicklow. Ils sortirent dans la cour et préparèrent l'une des mules. Ils connaissaient bien les routes et pourraient faire l'aller-retour rapidement. Il n'était pas nécessaire de leur demander d'attendre une réponse, songea tristement Abban, car que pourrait répondre Grace à une lettre pareille ?

35

Patrick, Grace et Mary Kathleen étaient au couvent depuis près de dix jours. Ils passaient le plus clair de leur temps à dormir et dévoraient avec gratitude les maigres repas que Barbara leur portait quotidiennement. Grace avait essayé de lui donner ce qu'il lui restait de l'argent d'Henry, mais Barbara avait refusé, insistant pour qu'elle le garde en prévision de son voyage à Dublin. Le départ était prévu pour le lendemain.

Au cours de nombreuses promenades autour du cloître du couvent, Grace avait raconté à Barbara l'histoire de la mort de Bram et de son mariage secret avec Morgan. Le regard de la religieuse s'était éclairé d'une joie profonde quand elle avait appris que son amie portait l'enfant de Morgan, car elle souffrait cruellement de la perte de sa famille et se recueillait encore chaque jour sur la tombe de la petite Ellen. Elle avait espéré que Grace lui donnerait des nouvelles d'Aislinn, mais elle avait fini par admettre qu'on ne pouvait rien apprendre de plus sur le sort de sa cadette. Elle remerciait le Seigneur de lui avoir donné une nouvelle sœur et attendait avec impatience la naissance de l'enfant de son frère. Grace et elle passaient des heures ensemble le soir dans la petite cellule à essayer de planifier l'avenir, certaines que Morgan serait bientôt libre. Barbara insistait pour que Grace, Morgan et les enfants rejoignent Sean en

Amérique et commencent une nouvelle vie, même si elle savait qu'il faudrait faire preuve de beaucoup de persuasion pour convaincre son frère de quitter l'Irlande à la veille de la révolution. Le meilleur moyen d'y parvenir, estimait-elle, était de lui suggérer d'emmener sa famille aux Etats-Unis temporairement, jusqu'à ce que le gouvernement anglais l'ait oublié et que le pays soit débarrassé de la maladie et de la famine. Ils pourraient revenir en été. Les Young Irelanders étaient en position de force désormais, disait-on, et il ne gagnerait rien à risquer sa vie. Il pourrait travailler avec Sean en Amérique, puis revenir en Irlande avec leurs nouvelles recrues. Dans l'intervalle, tout se serait arrangé.

De nombreuses autres sœurs du couvent se joignaient souvent à leurs discussions ; des femmes, jeunes ou vieilles, entraient une à une dans la chambre de Grace, parlant à voix basse pour ne pas réveiller Mary Kathleen. Elles s'asseyaient sur le sol de pierre glacé, les mains cachées dans leurs grandes manches pour se réchauffer, et projetaient de longues ombres sur les murs austères de la cellule. Elles étaient devenues militantes de leur propre chef, tout d'abord en acceptant des orphelins et en abandonnant leur vœu de silence, puis en offrant refuge à des renégats, et enfin en s'intéressant aux nouvelles du monde et en lisant ces journaux mêmes que les prêtres de leur paroisse qualifiaient de séditieux. Leurs discussions à l'heure des repas étaient souvent politiques, et aucune d'entre elles n'ignorait que Morgan McDonagh était le frère de leur sœur John Paul, ainsi que le mari de leur dernière protégée. Dès le début, elles étaient venues en groupe se présenter à Grace et lui avaient offert tout l'argent qu'elles possédaient pour qu'elle puisse soudoyer les gardiens de la prison de Morgan et s'enfuir avec lui en Amérique. Grace avait été profondément touchée et les avait remerciées avec chaleur, mais elle avait refusé l'argent en déclarant que Morgan voudrait avant tout qu'elles nourrissent les orphelins à leur charge – ne disait-il pas toujours que l'espoir de l'Irlande résidait dans ses enfants?

Il était convenu que Mary Kathleen demeurerait au couvent avec Patrick pendant que Barbara accompagnerait Grace à Dublin; en tant que sœur John Paul, elle avait plus de chances de se voir accorder un entretien avec son frère. Elles avaient obtenu des lettres d'introduction de la part de deux prêtres sympathisants, qui affirmaient que l'inspiration religieuse offerte par la sœur même du hors-la-loi pourrait l'encourager à ouvrir son âme et à se repentir. Les autres nonnes avaient ri de bon cœur à la lecture de ces mots et avaient prié afin que les Anglais soient assez ingénus pour se laisser avoir.

Le matin du départ, Grace descendit avec Mary Kathleen, venue lui dire au revoir. La fillette serrait sa poupée contre elle. De son côté, Barbara était sortie dans la cour s'assurer que la charrette qui devait les conduire à Dublin était prête. Tout à coup, un jeune garçon, âgé de douze ans à peine, s'approcha de la grille et fit de grands gestes pour attirer son attention. Quelque chose dans la façon qu'il avait de lancer des regards furtifs autour de lui poussa la religieuse à se hâter dans sa direction.

— Oui? s'enquit-elle une fois à sa hauteur.

661

— Connaissez-vous sœur John Paul? demanda-t-il.

— Oui.

Elle le regarda avec attention, certaine qu'il ne s'agissait pas d'un des orphelins placés sous sa protection.

— Je dois la voir, déclara-t-il avec fermeté.

— Et pourquoi cela, jeune homme?

De nouveau, il regarda autour de lui, moins assuré soudain.

— J'ai une lettre pour elle, et je dois la lui remettre en main propre.

— Je suis sœur John Paul, annonça-t-elle.

Le jeune garçon hésita.

— Comment pourrais-je en avoir la certitude? demanda-t-il. Car j'ai juré de ne donner la lettre qu'à elle, et à personne d'autre.

Barbara regarda autour d'elle et fit signe à une des plus jeunes religieuses d'approcher.

— Dites à ce jeune homme qui je suis, ordonna-t-elle.

La nonne fronça les sourcils.

— Mais c'est sœur John Paul, mon garçon. Qui voudrais-tu que ce soit?

Barbara la remercia et lui demanda d'aller voir si Grace était prête. Dès qu'elle se fut éloignée, elle se retourna vers son visiteur et tendit la main.

— Allons, donne-moi cette lettre. Et sois rassuré, tu as bien fait ton devoir.

Il tira l'enveloppe froissée de sa chemise et la glissa avec précaution entre les barreaux de la grille.

— Il y a autre chose, ajouta-t-il.

Barbara tourna l'enveloppe vierge entre ses doigts, à la recherche d'un nom.

— Vous devez lire le message en privé. En privé, vous m'entendez, ma sœur?

Elle hocha lentement la tête.

— En privé, répéta-t-elle. Autre chose?

— Non. C'est tout.

— As-tu faim? demanda-t-elle avec douceur, bien que le jeune messager eût l'air plutôt bien portant.

— Non, répondit-il avec un regard empreint de fierté. J'ai reçu ordre de repartir directement.

Et là-dessus, il tourna les talons et se mit à dévaler la colline en direction de la grand-route.

Barbara déglutit nerveusement. Elle emporta la lettre à l'intérieur du couvent et chercha un endroit où la lire. Dans la salle principale, les enfants faisaient trop de chahut, et elle se dirigea vers la chapelle. Elle s'assit sur le banc du fond et prit la lettre, les mains soudain tremblantes.

— Oh, mon Dieu, non, non, murmura-t-elle en lisant les mots de son frère. Non, non, non..., psalmodia-t-elle jusqu'à la fin.

Ses mains retombèrent sur ses genoux et à travers ses larmes elle vit le Christ sur Sa croix, derrière l'autel.

— Seigneur, comment avez-Vous pu nous l'enlever? souffla-t-elle avec une colère croissante, avant d'être bientôt envahie par le remords. Pardonnez-moi, Seigneur. Car Vous avez été miséricordieux en lui épargnant une mort bien pire. (Des larmes roulaient sur ses joues.) Mais comment, pour l'amour du ciel, vais-je annoncer la nouvelle à sa femme?

Elle s'agenouilla et pria jusqu'à ce que ses larmes

aient cessé de couler, puis elle se leva et sortit dans la cour. Elle demanda à une religieuse d'emmener Mary Kathleen à la cuisine afin de pouvoir s'entretenir avec Grace. Mais en fin de compte, aucun mot ne lui vint et elle se contenta de placer les lettres et les anneaux d'or dans la main de sa belle-sœur. Puis elle attendit en silence pendant que Grace lisait à son tour les mots terribles et voyait tous ses rêves voler en éclats.

— Il faut prier, dit Barbara aux religieuses anxieuses massées devant la porte de la chambre de Grace. Nous ne pouvons rien faire d'autre. Le choc a provoqué l'accouchement, mais ce bébé arrive bien tôt et Grace est très faible.

Les larmes aux yeux, le visage pâle, les sœurs obéirent et leurs doigts se posèrent sur les perles de leurs chapelets. Elles avaient déjà passé toute la nuit à prier dans la chapelle pour l'âme du grand Morgan McDonagh, et elles s'apprêtaient à y retourner pour demander que son enfant soit épargné, bien que toutes sussent que seule la volonté de Dieu devait être accomplie.

Barbara retourna auprès de Grace. La jeune femme était aussi blanche que le drap sur lequel elle était allongée. Les genoux relevés, elle délirait par moments, appelait sa grand-mère, criait qu'elle voulait voir son frère. A une seule reprise, elle prononça le nom de Morgan, dans un murmure. Cette folie l'empêchait de trop souffrir, Barbara le comprenait, mais elle craignait que Grace ne perde complètement conscience avant d'avoir pu donner naissance au bébé. Celui-ci arrivait, c'était indiscutable, mais comment obliger sa mère à pousser pour l'aider à sortir ? Finalement, avec l'énergie du désespoir, Barbara glissa sa longue main fine aussi loin que possible et guida elle-même l'enfant vers l'extérieur. Elle s'était préparée à trouver le bébé mort – il était né si tôt, d'une mère si choquée et si mal nourrie ! – mais dans sa poitrine, un petit cœur battait. Morgan avait un fils.

Elle coupa le cordon ombilical et nettoya l'enfant avant de l'emmailloter étroitement. Elle accomplissait tous ces gestes d'une main sûre, sans réfléchir ; elle avait assisté sa mère durant ses nombreux accouchements, si bien que c'était devenu comme une seconde nature pour elle. Le petit garçon, minuscule, avait la peau translucide ; ses membres semblaient trop courts par rapport à son corps, mais il possédait tous ses doigts et ses orteils. Il n'ouvrit les yeux qu'un instant, et elle croisa un regard pâle et flou. Lorsqu'elle lui chatouilla les lèvres pour l'encourager à téter, il eut une sorte de haut-le-cœur. En vérité, il semblait à peine capable de respirer, et elle ne savait que penser. Grace avait sombré dans un sommeil profond ; elle ignorait encore que son enfant était né.

On frappa un petit coup à la porte et sœur James passa la tête dans l'embrasure.

— Une dame est là, avec une lettre d'Amérique pour Grace. Nous avons pensé qu'il vaudrait mieux que vous lui parliez.

Sœur James jeta un coup d'œil à la silhouette immobile dans le lit et au paquet de langes dans les bras de sa consœur.

— Le bébé est donc né ?

Barbara hocha la tête.

— C'est un petit garçon. Mais il a l'air malade.

— L'a-t-elle vu ?

— Non.

Barbara réfléchit un instant.

— Laissons-la dormir. Il n'a pas l'air bien, et après tout ce qu'elle a subi, cela risquerait de l'achever.

Sœur James pénétra dans la pièce, s'assit sur le rocking-chair et s'apprêta à prier.

— Je vais rester avec elle, annonça-t-elle. Vous devez être épuisée.

Barbara secoua la tête.

— Gardez-la au calme si elle se réveille. Je vais me dépêcher.

Elle plaça l'enfant dans les bras tendus de sœur James, puis elle quitta la chambre. Elle parcourut le long couloir, descendit le grand escalier et traversa le hall d'entrée pour rejoindre la petite pièce où l'on recevait les visiteurs. Sur le seuil, elle s'arrêta un instant, le temps de reprendre ses esprits.

— Je suis sœur John Paul, dit-elle en refermant la porte derrière elle.

Elle se tourna vers la femme bien habillée qui attendait près de la fenêtre.

— Sœur James m'a dit que vous apportiez une lettre pour Grace ?

Les yeux de la visiteuse se posèrent sur le tablier sanglant de Barbara et elle ne put retenir une grimace horrifiée.

— Je viens juste de mettre un bébé au monde, expliqua Barbara.

La femme se mordit la lèvre.

— Est-il vivant?

— Oui.

— Bien, bien, dit-elle d'un ton un peu hébété avant de tendre une enveloppe à Barbara. Cela vient du frère de Grace, Sean, qui est en Amérique.

Barbara regarda la lettre et ne put s'empêcher de songer à une autre missive, reçue la veille seulement.

— Pardonnez-moi, reprit son interlocutrice, je suis Julia Martin, de Dublin. Je connaissais bien Sean O'Malley et votre frère, Morgan.

— Je vois.

Barbara parcourut rapidement la lettre avant de relever la tête vers Julia.

— Il veut qu'elle le rejoigne sur-le-champ. C'est très urgent.

— Oui, acquiesça Julia. Nous pensons tous que c'est le mieux à faire. Surtout maintenant que Morgan n'est plus là.

— Et qui se cache derrière ce «nous»? voulut savoir Barbara, méfiante.

Elle observa le manteau de Julia et nota qu'il était de bonne qualité, quoique passé de mode.

Julia n'hésita pas.

— William Smith O'Brien, John Mitchel, Fintan Lalor, Thomas Meagher...

— Ah. Les responsables.

— Oui.

— Et pourquoi ces grands hommes n'ont-ils pas réussi à sauver mon frère?

— Ils avaient été incarcérés...

— Mais relâchés.

— Pas assez vite. Ils n'ont pas eu le temps de

rassembler l'argent nécessaire pour engager des avocats et le faire transférer, expliqua Julia. Au début, personne ne savait où il était détenu.

— Il n'aurait pas dû mourir dans une cellule, déclara Barbara avec colère. Pas seul comme un criminel.

— Non, dit Julia. Non, il n'aurait pas dû mourir ainsi. Les deux femmes se jaugèrent du regard.

— Pourquoi vous ont-ils envoyée, vous ? Pourquoi ne sont-ils pas venus eux-mêmes, s'ils tiennent tant que cela à voir Grace partir ?

— Ils sont tous sous haute surveillance. Cela fait maintenant un certain temps que j'œuvre discrètement, expliqua Julia. Les Anglais ne me connaissent pas. J'écris sous le pseudonyme de Patrick Freeman.

Une expression de surprise se peignit sur les traits de Barbara.

— J'ai lu vos articles dans *La Nation*. Vous êtes très téméraire, une libre-penseuse...

— Pas assez téméraire pour écrire sous mon propre nom, cependant. Ni pour inciter les lecteurs à la révolte après l'emprisonnement de Morgan. Ou pour aller le voir en prison.

La colère qui faisait étinceler les yeux de Barbara céda la place à une grande lassitude. Elle guida Julia jusqu'aux fauteuils disposés autour de la cheminée.

— Asseyez-vous, je vous en prie. Savez-vous où ils l'ont enterré ?

— Son corps a été brûlé avec celui de toutes les autres victimes de la fièvre, dit Julia. Il n'est rien resté.

Elle fronça les sourcils en s'efforçant de dissimuler son émotion.

— Il portait ces satanées boucles d'oreilles, vous savez. J'ai essayé de savoir ce qu'elles étaient devenues, mais...

— Elles appartenaient à mon père, dit Barbara avec douceur.

— Je sais, acquiesça Julia.

Son regard se perdit dans les flammes.

— Une pour son père, une pour sa mère. Il était si sensible... Croyez-vous qu'un homme plus noble ait jamais existé ?

Il fallut un moment à Barbara pour comprendre.

— Vous l'aimiez ! dit-elle enfin.

Julia s'immobilisa, incapable de parler.

— Le savait-il ?

Elle hocha la tête, et cette fois elle parvint à esquisser un petit sourire triste.

— Je n'ai jamais été quelqu'un de très subtil... Mais son cœur appartenait à Grace, même si elle était mariée avec cette grosse brute de Donnelly.

— Il a été assassiné.

Barbara s'interrompit, le temps de prendre une décision, puis elle ajouta :

— Grace et Morgan se sont mariés en secret peu après. C'est elle qui a eu un fils aujourd'hui.

— Je l'avais deviné.

Julia se mordit la lèvre mais reprit vite contenance.

— Quand on m'a dit qu'elle n'était pas bien, et que je vous ai vue arriver avec votre tablier tout ensanglanté... J'ai immédiatement compris. Comme tout le monde, j'avais entendu dire que Morgan s'était marié. Vous savez à quelle vitesse les rumeurs se propagent dans ce pays ! Mais jusqu'à présent, je pensais qu'il s'agissait encore d'une de ces grandes légendes romantiques comme il y en a tant. Pour beaucoup, votre frère était un héros, vous savez.

— J'aurais préféré qu'il ne soit qu'un simple fermier, et encore vivant!

Les yeux pleins de larmes, Julia acquiesça.

— Qu'allez-vous faire maintenant? s'enquit Barbara.

Julia s'essuya les yeux de sa main gantée.

— Je resterai en Irlande et continuerai mon travail, dit-elle d'un ton ferme. Je crois que d'ici l'année prochaine, nous serons débarrassés des Anglais.

— Morgan aurait été fier de vous voir poursuivre la lutte.

— Merci, murmura-t-elle avec gratitude.

Elles restèrent encore un moment assises près du feu, puis Julia se leva et se dirigea vers la fenêtre.

— Nous pouvons aider Grace. Il est clair qu'elle ne sera pas en état de prendre la mer demain, mais il y a un autre bateau qui part de Dublin dans cinq jours pour Liverpool. De là, elle pourra partir pour l'Amérique.

— Je ne sais pas.

Barbara songea à la femme épuisée allongée à l'étage et à l'enfant si faible auquel elle venait de donner la vie.

— Je ne crois pas que ce soit possible.

— Laissez-moi envoyer une voiture la chercher demain matin, et je ferai en sorte qu'elle soit accueillie dans un hôpital privé et prise en charge par mon propre médecin, proposa Julia. J'irai à Dublin avec elle et ensuite à Liverpool afin de m'assurer qu'elle monte bien dans un bateau pour l'Amérique.

Barbara essaya de digérer toutes ces informations.

— Elle sera entourée d'amis, assura Julia. Nous prendrons soin d'elle. Nous lui devons bien cela, et nous le devons à Morgan.

— Mais... le bébé? demanda Barbara. Et elle a aussi une fille de trois ans. Qu'adviendra-t-il d'eux?

— Ils viendront aussi, bien sûr.

— Le bébé mourrait, déclara sans ambages la religieuse. Il est déjà très faible, et Grace n'a pas de lait pour lui.

— Comment comptez-vous le nourrir? s'enquit Julia.

— Nous avons ici une femme qui a perdu son enfant et sert de nourrice à ceux qui nous arrivent sans leur mère. Elle aura assez de lait pour lui.

— Grace n'acceptera jamais de le laisser...

— Non, dit Barbara. Même si je suis certaine qu'il ne passera pas la semaine.

— Il sera trop tard à ce moment-là. Le transatlantique aura quitté Liverpool et rien ne garantit qu'il y en aura un autre cette année.

— Faut-il qu'elle parte tout de suite? Ne peut-elle pas attendre le printemps?

— Elle est recherchée dans l'enquête sur l'assassinat d'un garde et de l'agent Ceallachan, et on veut l'interroger à propos de la mort de Donnelly, en outre, nul n'ignore que c'est la sœur de Sean O'Malley et l'épouse de Morgan McDonagh.

— Mais personne ne sait où elle est.

— Pour combien de temps? Il est quasiment impossible de garder un secret sur cette île. J'ai été capable de la retrouver – un de ses vieux amis nous a dit où elle se cachait – et bientôt les gardes seront là à leur tour. Elle ne peut pas s'enfuir avec un bébé malade et une petite fille, et elle ne leur rendra service ni à l'un ni à l'autre si elle meurt de faim ou de fièvre en prison.

Barbara prit une profonde inspiration, puis elle souffla lentement.

— Vous avez raison, admit-elle. Peut-être que je pourrai la convaincre de partir pour l'Amérique en laissant le bébé ici. S'il survit, il prendra des forces et sera en mesure d'effectuer la traversée l'été prochain. Le père de Grace pourra le lui amener.

— Patrick O'Malley est encore en vie ?

— Oui, il est ici.

— On a prétendu qu'il avait été tué dans l'échauffourée avec les gardes.

— Ne démentez pas la rumeur, dans ce cas, ainsi il sera en sécurité parmi nous.

Julia hocha la tête.

— Cela pourrait marcher, dit-elle après quelques secondes de réflexion. Nous lui réserverons une place sur un bateau quand le bébé et lui seront prêts à voyager.

— Et si le bébé meurt ?

— Le père de Grace pourra partir ou rester, ce sera à lui de décider.

— Quand viendrez-vous chercher Grace et Mary Kathleen ?

— Demain matin à l'aube. Elles seront bien cachées et entre les mains des meilleurs médecins jusqu'au moment du départ.

Barbara croisa les mains sur ses genoux et les

regarda sans les voir. Elle essayait de deviner ce que Morgan aurait souhaité.

— Très bien. Laissez-moi faire, elles seront prêtes à partir demain matin, dit-elle enfin en décochant un regard aigu à sa visiteuse. J'espère que nous prenons la bonne décision. Si par malheur quelque chose devait arriver à Grace, si elle devait mourir, je veux votre parole qu'elle serait enterrée en chrétienne et que sa fille me serait rendue.

Julia lui tendit la main.

— Je vous le promets.

Barbara regarda Julia Martin s'éloigner dans le matin brumeux, puis elle s'enferma seule avec la mère supérieure et ensemble elles prièrent pour recevoir des réponses à leurs questions. Au bout d'une heure, elles étaient convaincues : avec l'aide de Dieu, elles parviendraient à persuader Grace que son seul espoir d'assurer un avenir à ses enfants était de quitter l'Irlande le plus vite possible et d'aller rejoindre son frère en Amérique. Il était risqué d'entreprendre un tel voyage après un accouchement difficile, mais elles comptaient sur l'aide d'un médecin compétent. Quant à Mary Kathleen, elle avait prouvé, malgré son jeune âge, qu'elle pouvait être forte dans l'adversité, et elle ne poserait aucun problème à sa mère durant le long trajet. Si on promettait à Grace de bien prendre soin de son père et de son fils, et de les envoyer la rejoindre dès le retour des beaux jours, peut-être accepterait-elle de partir.

Quand elle se réveilla en fin d'après-midi, elle apprit qu'elle avait donné naissance à un fils vivant, et qu'elle n'avait d'autre choix que de l'abandonner. Au début, elle refusa d'en entendre parler, ne

673

voulut même pas envisager la possibilité de laisser l'enfant derrière elle. On lui expliqua qu'il mourrait certainement s'ils devaient se cacher et changer souvent de refuge, alors qu'elle ne pouvait le nourrir et que le pays était toujours en proie à la famine et à la maladie. Mary Kathleen, de son côté, souffrirait terriblement d'une vie pareille, elle dont l'enfance avait déjà été si traumatisante. De surcroît, Grace risquerait à tout moment d'être emprisonnée et séparée de ses enfants. Elle savait tout cela, elle le comprenait, mais malgré les supplications des sœurs, elle ne parvenait pas à accepter leur plan. En fin de compte, ce fut Patrick qui parvint à la convaincre de partir.

— Je ne te laisserai pas tomber, Grace, je garderai le petit en vie, lui promit-il avec ferveur. Je le surveillerai jour et nuit, et quand nous prendrons le bateau pour te rejoindre, il ne quittera pas mes bras de toute la traversée.

— Je sais que tu essaieras, répondit Grace d'un ton las.

Patrick frappa du poing contre sa cuisse.

— Je ne vais pas *essayer*, ma fille, je vais le faire ! Dieu m'est témoin, je vais le faire ! Ne comprends-tu pas, Grace ? C'est pour cette raison que j'ai survécu jusqu'à présent. N'ai-je pas mille fois demandé au Seigneur pourquoi Il m'avait épargné alors qu'il avait pris la vie de tant d'autres bien plus valeureux ? Et aujourd'hui, j'ai sa réponse.

Il prit la main pâle de sa fille posée sur le drap entre les siennes.

— Je comprends que tu ne puisses pas me faire confiance si facilement, après m'avoir vu prendre tant de mauvaises décisions, mais je t'en prie, Grace, je t'en prie, laisse-moi saisir cette chance de me rattraper vis-à-vis de toi. Je t'en prie, ma chérie... Je ne vois pas d'autre moyen.

Grace pleura et Patrick pleura, mais enfin ils parvinrent à se calmer et ils passèrent la fin de l'après-midi à parler sereinement de l'avenir. Ils rirent même un peu lorsque Grace expliqua à son père comment changer une couche.

Dans la soirée, le prêtre vint baptiser le petit John Paul Morgan McDonagh, et ils portèrent tous un toast à son futur avec le whiskey médicinal des religieuses avant de le laisser enfin seul avec sa mère. Grace le serra contre elle et lui parla longuement à voix basse de son père, qu'elle avait aimé plus que la vie elle-même.

36

Epuisée, mais résolue, Grace se leva tôt pour passer sa dernière heure avec son père et son fils. Patrick l'embrassa et la supplia d'être forte, puis il souleva Mary Kathleen et la serra dans ses bras avant de promettre de la revoir sous le soleil estival.

Lorsque l'attelage arriva. Grace et la petite laissèrent Patrick et le nourrisson dans la chambre. Au pied de l'escalier, dans le grand hall d'entrée, Barbara et les autres religieuses étaient debout et les attendaient. Elles s'avancèrent timidement une à une, murmurant des vœux de bon voyage et glissant dans la main de Grace de petites cartes à l'effigie de la Sainte Vierge et du Sacré-Cœur, des chapelets, des crucifix, des médailles de saint Christophe et des fleurs séchées dans des livres de prières. Grace accepta chaque cadeau ; elle avait l'impression de se regarder agir au ralenti, comme dans un rêve. Le Dr Branagh lui avait donné un peu de laudanum et elle se sentait cotonneuse.

Le médecin était arrivé tôt ce matin-là en compagnie de Mlle Martin, celle-là même que Grace avait rencontrée chez les O'Flaherty il y avait de cela tant d'années, et ensuite tout était allé si vite qu'elle ne savait plus où elle en était. Elle ne cessait de chercher Mary Kathleen du regard dans le hall, bien que celle-ci s'accrochât à sa main.

On l'aida à monter dans l'attelage et le Dr Branagh ordonna au cocher d'aller doucement. Grace entendit le portail de fer du couvent se refermer derrière eux, et quand elle se retourna elle vit les religieuses massées derrière les grilles pour la regarder partir. Elle leva la tête vers le dernier étage du bâtiment gris, où son père, le bébé dans les bras, debout à la fenêtre et la main levée, lui adressait un adieu silencieux.

La douleur de les laisser derrière elle, d'avoir perdu Morgan à jamais, et tant d'êtres chers, même Henry, non pas de retour chez lui, marié et éleveur de chevaux, mais mort, lui broyait le cœur ; un gémissement si douloureux s'éleva de sa gorge que le Dr Branagh, inquiet, la prit par les épaules et cria au cocher d'ignorer ses ordres précédents et de s'éloigner aussi vite que possible.

676

Grace avait pensé mourir quand la lettre était arrivée, quand elle avait lu les derniers mots de Morgan et tenu son alliance dans sa main. Elle avait fermé les yeux et souhaité disparaître de toutes ses forces, mais une petite main, qui courait avec anxiété sur son bras, l'avait empêchée de quitter le monde, la forçant à ouvrir les yeux. Sa fille, par son visage pâle et inquiet, suppliait qu'on ne l'oublie pas, qu'on ne l'abandonne pas. Et après cela Grace n'avait plus eu envie de mourir, car comment aurait-elle pu laisser derrière elle cette enfant qui avait survécu en dépit de tout, qui avait traversé tant de moments terribles et qui continuait à s'accrocher à la vie ? Elle avait pris la petite main tremblante et l'avait posée contre sa poitrine, elle avait serré sa fille dans ses bras et senti sa chaleur, les battements de son cœur, et elle avait puisé dans sa présence le courage de vivre.

Les internes du Dr Branagh la portèrent à l'intérieur de l'hôpital, qui était aéré et agréable même en ce milieu d'automne. Une infirmière la déshabilla et la mit au lit ; Grace fut rassurée de voir un lit d'enfant installé à côté du sien pour Mary Kathleen. Elle regarda Mlle Martin s'asseoir sur une chaise dans un coin de la pièce et prendre la fillette sur ses genoux. Le son de sa voix, comme elle se lançait dans un récit fantastique, et le balancement régulier du rocking-chair calmèrent Grace, qui s'endormit paisiblement.

En l'espace de quelques jours, son état s'améliora très sensiblement. L'infirmière la réveillait à intervalles réguliers pour lui faire boire du bouillon de bœuf et manger un peu d'avoine, mais entre-temps

677

on la laissait dormir. Les saignements s'étaient faits moins abondants et Grace avait même réussi à se lever à deux reprises. Elle avait été heureuse de constater que ses jambes étaient solides, et son esprit clair et lucide. Mlle Martin ou plutôt Julia, comme Grace l'appelait désormais, devait arriver après le petit déjeuner et faire le voyage jusqu'à Dublin avec elle ; de là, elles se rendraient à Liverpool, où Grace et Mary Kathleen embarqueraient pour l'Amérique.

— Eh bien, n'est-ce pas ce que je préfère au monde ? demanda gaiement le Dr Branagh en pénétrant dans la chambre. Des joues roses et des yeux brillants !

Grace était habillée et assise sur une chaise près de la fenêtre, Mary Kathleen sur ses genoux.

— Je vais beaucoup mieux, déclara-t-elle, grâce à vos bons soins.

— Formidable !

Il se frotta les mains et s'assit sur le bord du lit.

— Vous sentez-vous assez bien pour entreprendre le voyage jusqu'à Dublin ?

Grace hocha la tête.

— Parfait, dans ce cas. J'ai entièrement confiance en vous.

Il jeta un coup d'œil à sa montre de gousset.

— Julia devrait être là dans moins d'une heure, et alors, en route !

Grace hocha de nouveau la tête, plus lentement cette fois. Son cœur s'était mis à battre la chamade.

Le Dr Branagh remarqua son anxiété et rangea sa montre. Il ne dit mot jusqu'à ce que la jeune femme ait repris contenance. Soudain, il fut submergé par le souvenir de la première fois où il l'avait vue dans les premiers temps de son mariage, si gaie, si fraîche et si belle qu'on avait envie de la montrer au monde entier et de s'exclamer : « C'est ça, l'Irlande » ! A présent, elle était assise là, dépouillée de sa jeunesse, de sa gaieté et de son innocence. Sa chevelure magnifique avait perdu son éclat, son visage était marqué par le chagrin, mais, malgré tout, elle demeurait d'une beauté envoûtante.

— Vous avez souffert plus que la plupart des gens, Grace, observa-t-il d'une voix posée. La main que Dieu vous a distribuée n'était pas facile à jouer, mais vous n'avez jamais baissé les bras et nous sommes tous fiers de vous.

Les yeux de Grace se remplirent de larmes et elle se mordit la lèvre.

— McDonagh était un type bien. Le meilleur de tous, reprit le médecin.

— Oui, convint-elle en se détournant pour regarder par la fenêtre. Je préférerais ne pas parler de lui, si vous voulez bien, docteur.

— Je sais. Quand ma femme est morte, je voulais garder tous mes souvenirs pour moi, de peur qu'ils ne s'estompent si je les partageais avec d'autres. (Il fit une courte pause.) Mais j'ai réalisé après un moment que parler d'elle la rendait plus réelle, que cela la maintenait en vie, vous comprenez ? Parce que d'autres gens avaient eux aussi des souvenirs à partager la concernant. Je crois d'ailleurs que vous en avez un vous-même.

— Ce fameux soir, chez les O'Flaherty, acquiesça Grace en se retournant vers son interlocuteur. Je n'avais que seize ans à l'époque, et elle m'a tout de suite prise sous son aile, comme une vraie mère poule !

Il eut un petit rire.

— Oh, elle vous aimait énormément, vous, une fille de la campagne comme elle ! Et elle priait toujours pour que tout aille bien pour vous. Nous étions inquiets à cause de votre mari, vous comprenez. J'avais soigné ses deux premières femmes et j'avais des doutes sur sa... stabilité mentale.

Grace ne dit rien.

— Ma femme est morte de la fièvre l'année dernière, continua le médecin. Elle s'occupait sans relâche des malades qui vivaient à la campagne et n'arrivaient pas à se déplacer jusqu'à l'hôpital. Je l'ai mise en garde, suppliée de faire attention...

Il secoua la tête.

— Elle a suivi le chemin que Dieu avait tracé pour elle, lui dit Grace d'un ton réconfortant. Elle a fait ce qu'elle devait.

Une infirmière entra avec un plateau. Le médecin se leva et plaça une petite table de nuit devant Grace.

— Voilà, ma chère. Votre petit déjeuner.

Il prit le plateau des mains de l'infirmière, ôta le couvercle et l'installa sur la table.

— Vous devez tout manger, Mary Kathleen et vous.

L'estomac de la fillette gronda et elle joignit aussitôt ses mains en prière pour pouvoir manger plus vite. Le Dr Branagh éclata de rire.

— C'est bien, petite fille, dit-il. Et surtout, finis ton assiette. (Se tournant vers Grace :) Julia ne va pas tarder. A tout à l'heure.

Grace nourrit Mary Kathleen et dégusta son porridge. Les portions étaient généreuses et il était fait avec du lait et du beurre ; à chaque bouchée, des larmes de soulagement picotaient les yeux de Grace. Elle songea de nouveau avec gratitude au dévouement des religieuses qui l'avaient prise chez elles, à la gentillesse du Dr Branagh, à la prévenance de Julia. Dieu lui avait beaucoup pris, mais comme Il lui avait donné aussi en retour !

Lorsqu'elles eurent terminé, Grace brossa et natta ses cheveux, puis elle attacha un chapeau sur les boucles courtes de Mary Kathleen. Elles étaient habillées chaudement – Julia leur avait trouvé des vêtements – et le petit déjeuner nourrissant qu'elles avaient pris leur donnait bonne mine.

— Bientôt, nous allons partir, déclara Grace.

— Pour l'Amérique, acquiesça Mary Kathleen en glissant Fleur dans sa poche. Chez oncle Sean.

— Oui. Tu te rends compte comme il sera content de nous voir ?

— Est-ce que ce sera comme le paradis, là-bas ?

Grace secoua la tête.

— Non, même si on dit que les rues sont pavées d'or et que chaque homme a un poulet entier dans sa marmite tous les soirs !

Mary Kathleen ouvrit de grands yeux.

— Est-ce que j'aime le poulet ? demanda-t-elle.

— Autrefois, c'était ce que tu préférais.

Elle hocha sobrement la tête.

— Je pensais... (Elle hésita un instant.) Si c'était comme le paradis...

— Oui ? l'encouragea Grace.

— Je pensais que peut-être je pourrais retrouver mes frères, là-bas, acheva-t-elle très vite.

Le cœur de Grace se serra et elle attira la petite fille contre elle.

— Je suis désolée pour tes petits frères. Si tu savais comme j'aimerais qu'ils soient avec nous en ce moment !

Elle sentit des larmes brûlantes lui monter aux yeux et dut faire un effort de volonté pour se ressaisir.

— Mais je remercie Dieu de t'avoir, toi, Mary Kathleen, murmura-t-elle, le nez dans les cheveux soyeux de sa fille. Tu es une vraie bénédiction pour moi, et quand viendra l'été, le petit John Morgan viendra nous rejoindre, lui aussi.

Elles demeurèrent silencieuses jusqu'à ce qu'un vacarme dans le corridor annonce l'arrivée de Julia. Elles entendirent des plateaux tomber à terre avec fracas, une infirmière crier qu'il était interdit de courir dans les couloirs, et une voix distinguée lâcher un juron bien senti.

La mère et la fille échangèrent un regard complice et pouffèrent.

— Je l'aime bien, chuchota Mary Kathleen.

— Moi aussi, acquiesça Grace.

Julia pénétra dans la pièce, et avec elle la fraîche morsure du vent d'automne. En présence de ses protégées, elle se montrait toujours drôle et chaleureuse – elle leur faisait des clins d'œil et plaisantait sur les pots de chambre et les odeurs de désinfectant – mais avec les infirmières elle conservait en permanence une attitude réservée, de peur qu'elles ne la prennent pour une excentrique superficielle.

Elle installa Grace et Mary Kathleen dans la voiture rapide qui devait les conduire à Dublin. Leurs bagages furent placés à l'intérieur, à l'abri des intempéries, et elle leur donna un sac de petits pains pour la route. Le Dr Branagh les embrassa chaleureusement, il supplia Grace d'écrire pour lui envoyer des nouvelles de sa vie merveilleuse en Amérique, et de ne pas oublier ceux qui l'aimaient. La jeune femme promit, et elles partirent.

La voiture n'avait pas quitté Cork depuis une heure que déjà Mary Kathleen dormait profondément, la tête sur les genoux de sa mère. Julia prenait des notes dans un carnet et jurait à chaque nid-de-poule. Seule avec ses pensées, Grace écarta les rideaux pour mieux profiter de la nature. Ils étaient en pleine campagne à présent. Les arbres avaient perdu presque toutes leurs feuilles, l'herbe était brune et raréfiée, inondée de boue. Malgré le ciel bas et menaçant, rares étaient les cheminées dont s'échappait de la fumée ; on ne voyait personne, et Grace savait que dans beaucoup de maisons, les derniers survivants étaient immobiles, affamés et dévorés par la fièvre. Son monde avait changé, mais pas le leur. Elle regarda le paysage qui s'étendait à perte de vue, les murs de pierre bas qui délimitaient chaque parcelle, les petites maisons, les toits de chaume, les cours vides. Ses yeux la brûlaient tant elle se concentrait pour essayer d'apercevoir un fermier dans les champs, une femme près d'une baratte, un enfant en train de jouer. Il n'y avait personne.

Soudain, elle remarqua une petite fille qui s'amusait avec un ruban de couleur attaché à une branche d'arbre. Grace chercha à distinguer des visages derrière les fenêtres, aux portes des maisons, mais n'en vit pas ; en revanche, des rubans de couleur étaient attachés un peu partout.

— Pourquoi tous ces rubans ? demanda-t-elle, intriguée.

Julia leva les yeux de son papier et écarta le rideau.

— Ce sont les couleurs de l'Irlande, répondit-elle d'une voix posée. En mémoire de notre héros mort au champ d'honneur.

Grace la regarda sans comprendre.

— Votre mari, madame McDonagh ! s'exclama-t-elle avec un sourire triste. Le légitime roi d'Irlande, à en croire ce qu'on dit dans les pubs.

Grace se détourna de nouveau vers la vitre, les yeux remplis de larmes. Sa vision se brouilla, elle ne distinguait plus que la masse sombre des arbres et les taches colorées flottant au vent. Elle s'essuya les yeux. En regardant mieux, elle voyait des rubans attachés aux arbres et aux buissons, aux piquets, aux portes et aux volets, aux fenêtres, aux enseignes des magasins et des pubs, sur le seuil des maisons, des cabanes, des pires taudis. Dans les marais, ils étaient accrochés aux appentis, aux manches des pelles plantées dans la tourbe.

— Ça a commencé quand la nouvelle de sa mort s'est répandue, expliqua Julia. Ses hommes attachaient les rubans bien en vue un peu partout. Les gardes l'ont appris et ont donné l'ordre de tous les enlever, sans quoi les responsables seraient arrêtés.

Le lendemain, il y en avait des centaines, et le su.
lendemain, des milliers. On dit que nos couleur:
flottent pour lui dans tout le pays.

— Des hommes sont-ils allés en prison à cause de
cela? s'inquiéta Grace sans quitter le paysage des
yeux.

Julia secoua la tête.

— Ils ne peuvent pas nous arrêter tous, dit-elle
simplement, alors ils ont laissé tomber. Ils pensent
que maintenant que notre héros est mort, notre
désir de révolte va bientôt s'éteindre.

Grace se tourna vers elle.

— Et ont-ils raison?

— Jamais!

Elles échangèrent un sourire.

— Le connaissiez-vous bien? demanda Grace au
bout d'un moment.

— Pas aussi bien que je l'aurais voulu, répondit
Julia avec honnêteté. Mais je vous raconterai ça une
autre fois. C'était un bon ami, pour moi, ajouta-
t-elle.

— Oui, il a toujours été un bon ami.

Grace se carra contre le dossier de la banquette,
et ses doigts effleurèrent machinalement son
alliance.

— Et vous aussi, vous êtes devenue une amie. Je
ne comprends pas ce qui vous pousse à faire tout
cela pour moi, Julia, mais je vous remercie du fond
du cœur.

— Nous lui devions bien ça, dit-elle. Et nous
avions aussi une dette envers vous. Vous auriez été
mariés toute votre vie, si les Young Irelanders ne
vous l'avaient pas pris.

Grace secoua lentement la tête.

— Ce n'était pas la volonté de Dieu. Comme vous le savez, j'étais auparavant l'épouse d'un autre, et même si Morgan et moi avions pu nous marier plus tôt, rien ne dit que nous aurions survécu à la famine et à la fièvre. Non, il fallait qu'il en soit ainsi, Dieu nous a mis tous les deux là où nous pouvions Lui être utile.

Elle s'interrompit, et un sourire se dessina sur ses lèvres.

— L'avez-vous jamais entendu chanter ?

Julia rit de bon cœur.

— Tout le temps ! Morgan avait une voix merveilleuse. Lord David Evans et lui chantaient pendant des heures, à condition que nous remplissions leurs verres et mettions des bûches dans le feu. Votre frère s'est joint à eux à une ou deux reprises, si je ne m'abuse.

Grace fronça les sourcils d'un air dubitatif.

— Sean ? Perdre son temps et son souffle à chanter quand il aurait pu parler ? Cela ne lui ressemble pas !

Julia rit de nouveau.

— Certes non, mais c'est pourtant vrai. Etes-vous contente de le rejoindre ? demanda-t-elle avec douceur.

Grace hésita et se mordilla nerveusement la lèvre.

— C'est sûr, j'ai hâte de revoir son visage, mais je préférerais que ce soit ici, en Irlande, dans des circonstances plus agréables.

— Avez-vous peur ?

Grace baissa les yeux vers l'enfant assoupie sur ses genoux.

686

— Non, répondit-elle avec sincérité. Tout ce qui peut faire peur dans une vie, je l'ai déjà vécu.

Après deux jours de voyage, elles arrivèrent à Dublin. Julia leur avait réservé une suite dans l'hôtel où Grace avait passé sa lune de miel, mais le visage lugubre du portier et les mendiants affamés massés devant la porte empêchèrent la jeune femme d'apprécier ces retrouvailles avec le lieu. Elle demanda à la réception des nouvelles d'Alice et s'entendit répondre que celle-ci ayant perdu son mari, mort de la fièvre, avait émigré avec ses deux enfants. Grace lui souhaita bonne chance dans sa tête.

Fatiguée par le voyage, Julia but un grand verre de whiskey coupé d'eau, prit un bain et alla se coucher, laissant Grace et Mary Kathleen seules pour se laver dans la baignoire, vestige d'une splendeur depuis longtemps oubliée, et passer leur dernière soirée en Irlande agenouillées devant la fenêtre à regarder les lumières des lampadaires éclairant à perte de vue l'immense cité.

— Voilà la Liffey, expliqua Grace en montrant à la fillette le fleuve de l'autre côté de la ville. Regarde, on voit les lumières de l'Halfpenny Bridge, sur lequel ton père et moi nous sommes promenés, un soir.

— Et cette grande forêt sombre, c'est quoi ? demanda l'enfant.

Grace rit doucement pour ne pas réveiller Julia.

— Phoenix Park. Il y a un salon de thé très agréable en plein milieu. Je t'y emmènerai, un jour.

Mary Kathleen leva les yeux vers sa mère.

— Nous allons revenir en Irlande, alors ?

Grace lui passa une main attendrie dans les cheveux.

— Oui, promit-elle. Nous reviendrons en Irlande. C'est ici chez nous, non ?

Mary Kathleen hocha la tête. Grace lui montra la flèche de la cathédrale de Christchurch et lui parla longuement des merveilleuses boutiques de Sackville Street, où elle avait autrefois commandé un foulard en dentelle de Limerick, une robe de soirée en velours, des gants français et le plus ravissant des bonnets bleus. Elle lui raconta à voix basse les sorties au théâtre et au concert, les grands restaurants, la visite du château de Dublin et de la bibliothèque de l'université. Mary Kathleen écoutait, éblouie, son menton posé sur son petit bras. Enfin, elle finit par s'endormir et Grace la porta jusqu'au grand lit majestueux qu'elles allaient partager pour leur dernière nuit en Irlande.

Et le matin arriva. Le soleil brillait dans le ciel d'automne sans nuages. Julia fit porter leurs bagages dans l'attelage qui devait les emmener au port. Là, de nouveau, elle se montra très efficace : elle acheta leurs billets et réserva la petite cabine qu'elles partageraient durant la courte traversée jusqu'à Liverpool. Pendant ce temps, Grace et Mary Kathleen se tenaient sur le quai, main dans la main. Elles regardaient les hauts mâts qui se balançaient dans la brise et les marins qui s'affairaient autour d'elles.

Quand, enfin, le moment d'embarquer arriva,

Grace se sentit incapable de bouger, de quitter la terre ferme pour monter sur la passerelle du navire.

Julia, seul témoin de son anxiété croissante, l'attira calmement à l'écart et lui dit d'attendre. Sous les yeux étonnés de Grace, elle courut le long du quai et traversa la rue jusqu'à un jardin privé. Jetant des regards furtifs autour d'elle, elle ouvrit la porte, disparut dans les buissons et reparut bientôt, la mine triomphante. Elle rejoignit Grace au pas de course.

— Donnez-moi votre mouchoir, souffla-t-elle.

Grace obtempéra et regarda, ébahie, son amie déposer une petite motte de terre dans le tissu avant de le nouer soigneusement.

— De la terre ! s'exclama-t-elle.

— De la terre irlandaise, précisa Julia en s'essuyant les mains sur sa jupe. Celle qui fait pousser les pommes de terre, le trèfle et les grands rois guerriers ! Emportez-la en Amérique. Et pour l'amour du ciel, ne lavez pas votre mouchoir !

Elles rirent et cette fois Grace réussit à suivre son amie sur la passerelle jusqu'au pont principal, où elles purent s'accouder au bastingage. Quelques minutes plus tard, on larguait les amarres. Le capitaine était debout, solennel, à côté de son second, qui criait des ordres aux hommes chargés de monter les voiles. Lentement, très lentement, le navire se détacha du quai. Il dépassa les autres bateaux, les barques de pêcheurs, les balises et les bouées, et enfin il quitta le port tout à fait pour le large. Comme Dublin commençait à se fondre dans la brume. Grace se mordit la lèvre, la gorge nouée.

— Je vais emmener Mary Kathleen dans la cabine

pour lui raconter une histoire, dit Julia avec douceur, la main posée sur le bras de Grace. Nous allons vous laisser faire vos adieux tranquillement.

Grace hocha la tête avec gratitude. Elle n'arrivait pas à détacher les yeux de la terre qui disparaissait au loin. Et tout à coup, elle se retrouva seule ; l'Irlande n'était plus qu'un point à l'horizon. Une vague de panique la submergea et elle dut s'accrocher au bastingage pour ne pas vaciller. D'autres autour d'elle avaient la nausée à cause de la mer tourmentée, mais c'était une souffrance bien différente qui lui broyait le cœur. Comment avait-elle pu accepter de partir ? Quelle folie s'était emparée d'elle ? Comment avait-elle pu risquer la vie de Mary Kathleen et la sienne en entreprenant un voyage aussi long alors que l'hiver approchait ? Elles auraient pu se cacher et reprendre des forces en attendant le retour des beaux jours, elle était sûre qu'elles y seraient parvenues. Et si elle ne revoyait plus jamais son père et son fils ? Peu importait que Sean l'attendît à l'arrivée. Peu importait qu'il ne lui restât plus rien en Irlande, ni nourriture ni avenir. Elle baissa la tête et pria Dieu de calmer cette peur panique qui menaçait de l'engloutir. Quelques instants plus tard, elle obtint la réponse qu'elle attendait : elle vit le visage de Morgan devant elle, la tête rejetée en arrière dans un grand éclat de rire, les dents blanches étincelantes, le regard brillant de malice, les taches de rousseur dansant sur sa joue brûlée par le soleil. Il chantait et elle entendit l'écho de sa voix au-dessus du bruit de la mer qui frappait le navire en cadence. Elle plissa les yeux pour mieux le voir ; d'une main, il lui faisait de grands signes d'adieu tandis que de l'autre il tenait la petite Ellen. Sa mère et ses sœurs étaient debout derrière lui ; Mary avait passé le bras autour de la taille de Kathleen, Grandma était à côté d'elles avec Ryan et Aghna, les garçons chahutaient à leurs pieds. Grace vit Moira près de son père, Jack, et tous deux avaient posé une main sur l'épaule de Nolan. Autour d'eux se trouvaient tous ses anciens amis et voisins : les Ryan, les O'Dugan, les Hawes, Shane O'Daly, le jeune fils Neeson, des gens qu'elle avait connus toute sa vie. Et tout seul un peu plus loin, elle reconnut Henry ; Morgan lui fit signe de les rejoindre, de rester en compagnie de la famille de Grace et de ceux qu'elle aimait. Ensemble, ils lui dirent au revoir et elle leur rendit leur salut, la main levée jusqu'à ce que la vision eût disparu.

— Terre ! cria quelqu'un de l'autre côté du navire.

Grace se retrouva seule près du bastingage, la main en l'air, tandis que tous se précipitaient de l'autre côté du navire pour apercevoir l'Angleterre.

Elle ne voyait plus que des moutons d'écume à perte de vue, plus de terre, plus de famille, seules quelques images fugitives de ce qui avait été sa vie. Elle plaqua la paume de sa main sur sa poitrine pour essayer de soulager la douleur qui l'oppressait et sentit le papier rigide de la lettre de Morgan glissée sous son gilet. Sa main en effleura le contour.

« Pleure pour moi, et que ce soient tes dernières larmes, car je te protège désormais comme jamais je n'ai pu le faire auparavant. »

Elle leva les yeux vers le ciel clair.

« Je ne puis te dire si tu dois partir ou rester, lutter avec le passé ou te battre pour l'avenir, mais toi, Grace, tu le sais. Ecoute ton cœur, et demande toujours à Dieu de te guider. Fais-Lui confiance. »

— Oui. Oui, je Lui fais confiance.

« Alors, cesse de regarder en arrière, mon amour. »

Elle se tourna dans la direction d'où venait le son de sa voix, mais il n'était pas parmi les passagers. Elle lâcha le bastingage et le balancement du bateau la fit trébucher.

D'un pas mal assuré, elle traversa le pont en direction de la proue, d'où elle put voir un morceau de terre se détacher dans la brume à l'horizon. L'avenir l'attendait là, elle le savait, bien que le passé fût sur ses talons, encore omniprésent.

— C'est dur de tout laisser derrière, *agra*, n'est-ce pas ? demanda un vieil homme en se poussant pour lui permettre de s'accouder au bastingage.

Elle hocha la tête.

— Et où allez-vous comme ça ? s'enquit-il sans cesser de fixer l'horizon, les yeux plissés pour se protéger de la réverbération.

Elle étudia son profil quelques instants. Son visage était celui de mille Irlandais qu'elle avait connus, elle savait qu'il avait une pipe en terre dans la poche de sa veste, elle connaissait l'odeur boisée de whiskey de sa barbe, elle devinait qu'il y avait de la terre sous ses ongles et cent chansons dans son cœur. Elle se doutait qu'il avait certainement perdu espoir, car c'était le réconfort des jeunes.

— En Amérique, répondit-elle.

Le vent emporta ses mots et les jeta à la mer. Comme le vieil homme lui demandait de répéter, elle s'approcha de son oreille et posa sa main sur la manche rapiécée de sa veste, sans doute la meilleure qu'il possédât. Elle sentit sous ses doigts le drap irlandais noueux usé jusqu'à la corde.

— Je vais à Tir na nog, dit-elle. La terre des jeunes. Et cette fois, ses mots sonnèrent forts et clairs.

REMERCIEMENTS

Merci à la Bellingham Public Library et à la Wilson Library de la Western Washington University pour les documents de recherche, à de nombreux auteurs talentueux d'histoires et de romans sur la famine irlandaise, en particulier Cecil Woodham-Smith et Liam O'Flaherty ; aux membres de U2 pour l'inspiration que m'ont donnée leur musique et leur engagement politique ; au poète William « Bud » Cairns et au fictionnaliste Omar S. Castaneda, tous deux décédés aujourd'hui, mais encore présents dans mon cœur ; à Jean Naggar, agent littéraire toujours de bon conseil ; à mes enfants chéris, Nigel et Gracelin ; à Teri et Peter Smith, Glen et Ezra, amis fidèles, et enfin, et surtout, énormes remerciements à mon mari, Rick, pour les milliers d'heures qu'il a passées à écouter, lire, faire des recherches, donner des conseils et m'encourager de toutes les manières possibles et imaginables. Jamais je n'aurais pu écrire ce livre sans son soutien indéfectible.

Achevé d'imprimer par N.I.I.A.G.
en septembre 2007
pour le compte de France Loisirs, Paris

N° d'éditeur : 49870
Dépôt légal : août 2007
Imprimé en Italie